曹雪芹　著

程伟元　高鹗　整理

九州出版社
JIUZHOUPRESS

目录

第八十一回

占旺相四美钓游鱼
奉严词两番入家塾

且说迎春归去之后，邢夫人像没有这事。倒是王夫人抚养了一场，却甚实伤感，在房中自己叹息了一回。只见宝玉走来请安，看见王夫人脸上似有泪痕，也不敢坐，只在旁边站着。王夫人叫他坐下，宝玉才挨上炕来，就在王夫人身旁坐了。

王夫人见他呆呆的瞅着，似有欲言不言的光景，便道："你又为什么这样呆呆的？"宝玉道："并不为什么，只是昨儿听见二姐姐这种光景，我实在替他受不得。虽不敢告诉老太太，却这两夜只是睡不着。我想咱们这样人家的姑娘，那里受得这样的委屈？况且二姐姐是个最懦弱的人，向来不会和人拌嘴，偏偏儿的遇见这样没人心的东西，竟一点儿不知道女人的苦处。"说着，几乎滴下泪来。

王夫人道："这也是没法儿的事。俗语说的：'嫁出去的女孩儿，泼出去的水。'叫我能怎么样呢？"宝玉道："我昨儿夜里倒想了一个主意：咱们索性回明了老太太，把二姐姐接回来，还叫他紫菱洲住着，仍旧我们姐妹弟兄们一块儿吃，一块儿玩，省得受孙家那混帐行子的气。等他来接，咱们硬不叫他去；由他接一百回，咱们留一百回：只说是老太太的主意。这个岂不好呢？"

王夫人听了，又好笑，又好恼，说道："你又发了呆气了，混说的是什么？大凡做了女孩儿，终久是要出门子的。嫁到人家去，娘家那里顾得？也只好看他自己的命运：碰的好就好，碰的不好也就没法儿。你难道没听见人说'嫁鸡随鸡，嫁狗随狗'？那里个个都像你大姐姐做娘娘呢！况且你二姐姐是新媳妇，孙姑爷也还是年轻的人，各人有各人的脾气，新来乍到，自然要有些扭别的。过几年，大家摸着脾气儿，生儿长女以后，那就好了。你断断不许在老太太跟前说起半个字，我知道了是不依你的。快去干你的去罢，别在这里混说了。”

说的宝玉也不敢作声，坐了一回，无精打彩的出来了。憋着一肚子闷气，无处可泄，走到园中，一径往潇湘馆来。刚进了门，便放声大哭起来。

黛玉正在梳洗才毕，见宝玉这个光景，倒吓了一跳，问：“是怎么了？合谁怄了气了？”连问几声。宝玉低着头，伏在桌子上，呜呜咽咽，哭的说不出话来。黛玉便在椅子上怔怔的瞅着他，一会子问道：“到底是别人合你怄了气了，还是我得罪了你呢？”宝玉摇手道：“都不是，都不是。”黛玉道：“那么着，为什么这么伤心起来？”宝玉道：“我只想着，咱们大家越早些死的越好，活着真真没有趣儿！”黛玉听了这话，更觉惊讶，道：“这是什么话？你真正发了疯了不成？”

宝玉道：“也并不是我发疯，我告诉你，你也不能不伤心。前儿二姐姐回来的样子和那些话，你也都听见看见了。我想人到了大的时候，为什么要嫁？嫁出去，受人家这般苦楚。还记得咱们初结海棠社的时候，大家吟诗做东道，那时候何等热闹。如今宝姐姐家去了，连香菱也不能过来，二姐姐又出了门子了：几个知心知意的人都不在一处，弄得这样光景。我原打算去告诉老太太，接二姐姐回来，谁知太太不依，倒说我呆，混说，我又不敢言语。这不多几时，你瞧瞧，园中光景已经大变了。若再过几年，又不知怎么样了。故此，越想不由的人心里难受起来。”黛玉听了这番言语，把头渐渐的低了下去，身子渐渐的退至炕上，一言不发，叹了口气，便向里躺下去了。

紫鹃刚拿进茶来，见他两个这样，正在纳闷，只见袭人来了，进来看见宝玉，便道：“二爷在这里呢么？老太太那里叫呢。我估量着二爷就是在这里。”黛玉听见是袭人，便欠身起来让坐。黛玉的两个眼圈儿已经哭的通红了。宝玉看见，道：“妹妹，我刚才说的，不过是些呆话，你也不用伤心了。要想我的话时，身子更要保重才好。你歇歇儿罢，老太太那边叫我，我看看去就来。”说着，往外走了。袭人悄问黛玉道：“你两个人又为什么？”黛玉道：“他为他二姐姐伤心。我是刚才眼睛发痒揉的，并不为什么。”袭人也不言语，忙跟了宝玉出来，各自散了。宝玉来到贾母那边，贾母却已经歇晌，只得回到怡红院。

到了午后，宝玉睡了中觉起来，甚觉无聊，随手拿了一本书看。袭人见他看书，忙去沏茶伺候。谁知宝玉拿的那本书却是《古乐府》，随手翻来，正看见曹孟德“对酒当歌，人生几何”一首，不觉刺心。因放下这一本，又拿一本看时，却是晋文，翻了几页，忽然把书掩上，托着腮，只管痴痴的坐着。袭人倒了茶来，见他这般光景，便道：“你为什么又不看了？”宝玉也不答言，接过茶来，喝了一口，便放下了。袭人一时摸不着头脑，也只管站在旁边，呆呆的看着他。忽见宝玉站起来，嘴里咕咕哝哝的说道：“好一个‘放浪形骸之外’！”袭人听了，又好笑，又不敢问他，只得劝道：“你若不爱看这些书，不如还到园里逛逛，也省得闷出毛病来。”那宝玉一面口中答应，只管出着神，往外走了。

一时走到沁芳亭，但见萧疏景象，人去房空。又来至蘅芜院，更是香草依然，门窗掩闭。转过藕香榭来，远远的只见几个人在蓼溆一带阑干上靠着，有几个小丫头蹲在地下找东西。宝玉轻轻的走在假山背后听着。只听一个说道：“看他洑上来不洑上来。”好似李纹的语音。一个笑道：“好，下去了。我知道他不上来的。”这个却是探春的声音。一个又道：“是了。姐姐你别动，只管等着，他横竖上来。”一个又说：“上来了。”这两个是李绮、邢岫烟的声儿。

宝玉忍不住，拾了一块小砖头儿，往那水里一撂，咕咚一声。四个人都吓了一跳，惊讶道：“这是谁这么促狭？唬了我们一跳。”宝玉笑着从山子后直跳出来，笑道：“你们好乐啊！怎么不叫我一声儿？”探春道：“我就知道再不是别人，必是二哥哥这么淘气。没什么说的，你好好儿的赔我们的鱼罢：刚才一个鱼上来，刚刚儿的要钓着，叫你唬跑了。”宝玉笑道：“你们在这里玩，竟不找我，我还要罚你们呢。”大家笑了一回。

宝玉道：“咱们大家今儿钓鱼，占占谁的运气好：看谁钓得着，就是他今年的运气好；钓不着，就是他今年运气不好。咱们谁先钓？”探春便让李纹，李纹不肯。探春笑道：“这样就是我先钓。”回头向宝玉说道：“二哥哥，你再赶走了我的鱼，我可不依了。”宝玉道：“头里原是我要唬你们玩，这会子你只管钓罢。”

探春把丝绳抛下，没十来句话的工夫，就有一个杨叶窜儿吞着钩子，把漂儿坠下去。探春把竿一挑，往地下一撩，却是活迸的。侍书在满地上乱抓，两手捧着，搁在小磁坛内，清水养着。

探春把钓竿递与李纹。李纹也把钓竿垂下，但觉丝儿一动，忙挑起来，却是个空钩子。又垂下去半晌，钩丝一动，又挑起来，还是空钩子。李纹把那钩子拿上来一瞧，原来往里钩了。李纹笑道：“怪不得钓不着。”忙叫素云把钩子敲好了，换上新虫子，上边贴好了苇片儿。垂下去一会儿，见苇片直沉下去，急忙提起来，倒是一个二寸长的鲫瓜儿。

李纹笑着道：“宝哥哥钓罢。”宝玉道：“索性三妹妹和邢妹妹钓了，我再钓。”岫烟却不答言。只见李绮道：“宝哥哥先钓罢。”说着，水面上起了一个泡儿。探春道：“不必尽着让了，你看那鱼都在三妹妹那边呢，还是三妹妹快着钓罢。”李绮笑着接了钓竿儿，果然沉下去就钓了一个。然后岫烟也钓着了一个，随将竿子仍旧递给探春，探春才递与宝玉。

宝玉道：“我是要做姜太公的。”便走下石矶，坐在池边钓起来。岂知那水里的鱼看见人影儿，都躲到别处去了。宝玉抡着钓竿等了半天，那钓丝儿动也不动。刚有一个鱼儿在水边吐沫，宝玉把竿子一晃，又唬走了。急的宝玉道：“我最是个性儿急的人，他偏性儿慢，这可怎么样呢？好鱼儿，快来罢，你也成全成全我呢。”说的四人都笑了。一言未了，只见钓丝微微一动。宝玉喜极，满怀用力往上一兜，把钓竿往石上一碰，折作两段，丝也振断了，钩子也不知往那里去了。众人越发笑起来。探春道：“再没见像你这样卤人。”

正说着，只见麝月慌慌张张的跑来说：“二爷，老太太醒了，叫你快去呢。”五个人都唬了一跳。探春便问麝月道：“老太太叫二爷什么事？”麝月道：“我也不知道。就只听见说是什么闹破了，叫宝玉来问，还要叫琏二奶奶一块儿查问呢。”吓得宝玉发了一回呆，说道：“不知又是那个丫头遭了瘟了。”探春道：“不知什么事，二哥哥你快去。有什么信儿，先叫麝月来告诉我们一声儿。”说着便同李纹、李绮、岫烟走了。

宝玉走到贾母房中，只见王夫人陪着贾母摸牌。宝玉看见无事，才把心放下了一半。贾母见他进来，便问道：“你前年那一次得病的时候，后来亏了一个疯和尚和个瘸道士治好了的。那会子病里，你觉得是怎么样？”宝玉想了一会道：“我记得得病的时候儿，好好的站着，倒像背地里有人把我拦头一棍，疼的眼睛前头漆黑，看见满屋子里都是些青面獠牙、拿刀举棒的恶鬼。躺在炕上，觉着脑袋上加了几个脑箍似的。以后便疼的任什么也不知道了。到好的时候，又记得堂屋里一片金光，直照到我床上来，那些鬼都跑着躲避，就不见了。我的头也不疼了，心上也就清楚了。”贾母告诉王夫人道：“这个样儿也就差不多了。”

说着，凤姐也进来了，见了贾母，又回身见过了王夫人，说道：“老祖宗要问我什么？”贾母道：“你那年中了邪的时候儿，你还记得么？”凤姐儿笑道：“我也不很记得了。但觉自己身子不由自主，倒像有什么人拉拉扯扯，要我杀人才好。有什么拿什么，见什么杀什么，自己原觉很乏，只是不能住手。”贾母道：“好的时候儿呢？”凤姐道：“好的时候，好像空中有人说了几句话似的，却不记得说什么来着。”贾母道：“这么看起来，竟是他了。他姐儿两个病中的光景，合才说的一样。这老东西竟这样坏心！宝玉枉认了他做干妈。倒是这个和尚、道人，阿弥陀佛！才是救宝玉性命的。只是没有报答他。”

凤姐道：“怎么老太太想起我们的病来呢？”贾母道：“你问你太太去，我懒怠说。”王夫人道：“才刚老爷进来，说起宝玉的干妈竟是个混帐东西，邪魔外道的。如今闹破了，被锦衣府拿住，送入刑部监，要问死罪的了。前几天被人告发的。那个人叫做什么潘三保，有一所房子，卖给斜对过当铺里。这房子加了几倍价钱，潘三保还要加，当铺里那里还肯。潘三保便买嘱了这老东西。因他常到当铺里去，那当铺里人的内眷都和他好的，他就使了个法儿，叫人家的内人便得了邪病，家翻宅乱起来。他又去说，这个病他能治，就用些神马、纸钱烧献了，果然见效。他又向人家内眷们要了十几两银子。岂知老佛爷有眼，应该败露了：这一天急要回去，掉了一个绢包儿。当铺里人捡起来一看，里头有许多纸人，还有四丸子很香的香。正诧异着呢，那老东西倒回来找这绢包儿。这里的人就把他拿住，身边一搜，搜出一个匣子，里面有：象牙刻的一男一女，不穿衣裳；光着身子的两个魔王；还有七根朱红绣花针。立时送到锦衣府去，问出许多官员家大户太太、姑娘们的隐情事来。所以知会了营里，把他家中一抄：抄出好些泥塑的煞神，几匣子闹香；炕背后空屋子里挂着一盏七星灯，灯下有几个草人：有头上戴着脑箍的，有胸前穿着钉子的，有项上拴着锁子的；柜子里无数纸人儿，底下几篇小帐，上面记着某家验过，应找银若干，得人家油钱香分也不计其数。”

凤姐道：“咱们的病，一准是他：我记得咱们病后，那老妖精向赵姨娘那里来过几次，和赵姨娘讨银子；见了我，就脸上变貌变色，两眼黧鸡似的。我当初还猜了几遍，总不知什么原故。如今说起来，却原来都是有因的。但只我在这里当家，自然惹人恨怨，怪不得别人治我；宝玉可合人有什么仇呢，忍得下这么毒手？”贾母道：“焉知不因我疼宝玉，不疼环儿，竟给你们种了毒了呢？”

王夫人道：“这老货已经问了罪，决不好叫他来对证。没有对证，赵姨娘那里肯认帐？事情又大，闹出来，外面也不雅。等他自作自受，少不得要自己败露的。”贾母道：“你这话说的也是，这样事没有对证，也难作准。只是佛爷菩萨看的真，他们姐儿两个如今又比谁不济了呢？罢了，过去的事，凤哥儿也不必提了。今日你合你太太，都在我这边吃了晚饭再过去罢。”遂叫鸳鸯、琥珀等传饭。凤姐赶忙笑道：“怎么老祖宗倒操起心来？”王夫人也笑了。只见外头几个媳妇伺候。凤姐连忙告诉小丫头子传饭：“我合太太都跟着老太太吃。”

正说着，只见玉钏儿走来，对王夫人道：“老爷要找一件什么东西，请太太伺候了老太太的饭完了，自己去找一找呢。”贾母道：“你去罢，保不住你老爷有要紧的事。”

王夫人答应着，便留下凤姐儿伺候，自己退了出来。回至房中，合贾政说了些闲话，把东西找出来了。贾政便问道：“迎儿已经回去了？他在孙家怎么样？”王夫人道：“迎丫头一肚子眼泪，说孙姑爷凶横的了不得。”因把迎春的话述了一遍。贾政叹道：“我原知不是对头，无奈大老爷已说定了，叫我也没法。不过迎丫头受些委屈罢了。”王夫人道：“这还是新媳妇，只指望他以后好了好。”说着，嗤的一笑。

贾政道：“笑什么？”王夫人道：“我笑宝玉儿早起，特特的到这屋里来，说的都是些小孩子话。”贾政道：“他说什么？”王夫人把宝玉的言语笑述了一遍。贾政也忍不住的笑。因又说道：“你提宝玉，我正想起一件事来了：这小孩子天天放在园里，也不是事。生女儿不得济，还是别人家的人；生儿若不济事，关系非浅。前日倒有人和我提起一位先生来，学问人品都是极好的，也是南边人。但我想南边先生，性情最是和平。咱们城里的孩子，个个踢天弄井，鬼聪明倒是有的，可以搪塞就搪塞过去了，胆子又大。先生再要不肯给没脸，一日哄哥儿似的，没的白耽误了。所以老辈子不肯请外头的先生，只在本家择出有年纪再有点学问的请来掌家塾。如今儒大太爷虽学问也只中平，但还弹压的住这些小孩子们，不至以颟顸了事。我想宝玉闲着总不好，不如仍旧叫他家塾中读书去罢了。”王夫人道：“老爷说的很是。自从老爷外任去了，他又常病，竟耽搁了好几年。如今且在家学里温习温习，也是好的。”贾政点头，又说些闲话，不提。

且说宝玉次日起来，梳洗已毕，早有小厮们传进话来说：“老爷叫二爷说话。”宝玉忙整理了衣裳，来至贾政书房中，请了安，站着。贾政道：“你近来作些什么功课？虽有几篇字，也算不得什么。我看你近来的光景，越发比头几年散荡了；况且每每听见你推病，不肯念书。如今可大好了。我还听见你天天在园子里和姊妹们玩玩笑笑，甚至和那些丫头们混闹，把自己的正经事总丢在脑袋后头。就是做得几句诗词，也并不怎么样，有什么稀罕处？比如应试选举，到底以文章为主，你这上头倒没有一点儿工夫。我可嘱咐你：自今日起，再不许做诗、做对的了，单要习学八股文章。限你一年，若毫无长进，你也不用念书了，我也不愿有你这样的儿子了。”遂叫李贵来，说：“明儿一早，传焙茗跟了宝玉去收拾应念的书籍，一齐拿过来我看看，亲自送他到家学里去。”喝命宝玉：“去罢！明日起早来见我。”

宝玉听了，半日竟无一言可答，因回到怡红院来。袭人正在着急听信，见说取书，倒也喜欢。独是宝玉要人即刻送信给贾母，欲叫拦阻。贾母得信，便命人叫过宝玉来，告诉他说：“只管放心先去，别叫你老子生气。有什么难为你，有我呢。”宝玉没法，只得回来，嘱咐了丫头们：“明日早早叫我，老爷要等着送我到家学里去呢。”袭人等答应了，同麝月两个倒替着醒了一夜。

次日一早，袭人便叫醒宝玉，梳洗了，换了衣裳。打发小丫头子传了焙茗在二门上伺候，拿着书籍等物。袭人又催了两遍，宝玉只得出来，过贾政书房中来，先打听老爷过来了没有。书房中小厮答应：“方才一位清客相公请老爷回话，里边说梳洗呢，命清客相公出去候着去了。”

宝玉听了，心里稍稍安顿，连忙到贾政这边来。恰好贾政着人来叫，宝玉便跟着进去。贾政不免又吩咐几句话，带了宝玉，上了车，焙茗拿着书籍，一直到家塾中来。早有人先抢一步回代儒说：“老爷来了。”代儒站起身来，贾政早已走入，向代儒请了安。代儒拉着手问了好，又问：“老太太近日安么？”宝玉过来也请了安。贾政站着，请代儒坐了，然后坐下。

贾政道：“我今日自己送他来，因要求托一番。这孩子年纪也不小了，到底要学个成人的举业，才是终身立身成名之事。如今他在家中，只是和些孩子们混闹。虽懂得几句诗词，也是胡诌乱道的；就是好了，也不过是风云月露，与一生的正事毫无关涉。”代儒道：“我看他相貌也还体面，灵性也还去得，为什么不念书，只是心野贪玩？诗词一道，不是学不得的，只要发达了以后，再学还不迟呢。”贾政道：“原是如此。目今只求叫他读书、讲书、作文章。倘或不听教训，还求太爷认真的管教管教他，才不至有名无实的，白耽误了他的一世。”说毕站起来，又作了一个揖，然后说了些闲话，才辞了出去。代儒送至门首，说：“老太太前替我问好请安罢。”贾政答应着，自己上车去了。

代儒回身进来，看见宝玉在西南角靠窗户摆着一张花梨小桌，右边堆下两套旧书，薄薄儿的一本文章，叫焙茗将纸墨笔砚都搁在抽屉里藏着。代儒道："宝玉，我听见说你前儿有病，如今可大好了？"宝玉站起来道："大好了。"代儒道："如今论起来，你可也该用功了。你父亲望你成人，恳切的很。你且把从前念过的书打头儿理一遍。每日早起理书，饭后写字，晌午讲书，念几遍文章就是了。"

宝玉答应了个"是"，回身坐下时，不免四面一看。见昔时金荣辈不见了几个，又添了几个小学生，都是些粗俗异常的。忽然想起秦钟来，如今没有一个做得伴、说句知心话儿的。心上凄然不乐，却不敢作声，只是闷着看书。

代儒告诉宝玉道："今日头一天，早些放你家去罢。明日要讲书了。但是你又不是很愚夯的，明日我倒要你先讲一两章书我听，试试你近来的功课何如，我才晓得你到怎么个分儿上头。"说的宝玉心中乱跳。

欲知明日讲解何如，且听下回分解。

第八十二回

老学究讲义警顽心
病潇湘痴魂惊恶梦

话说宝玉下学回来，见了贾母。贾母笑道："好了，如今野马上了笼头了。去罢，见见你老爷，回来散散儿去罢。"宝玉答应着，去见贾政。贾政道："这早晚就下了学了么？师父给你定了功课没有？"宝玉道："定了：早起理书，饭后写字，晌午讲书、念文章。"贾政听了，点点头儿，因道："去罢，还到老太太那边陪着坐坐去。你也该学些人功道理，别一味的贪玩。晚上早些睡，天天上学，早些起来。你听见了？"

宝玉连忙答应几个"是"，退出来，忙忙又去见王夫人，又到贾母那边打了个照面儿。赶着出来，恨不得一走就走到潇湘馆才好。刚进门口，便拍着手笑道："我依旧回来了。"猛可里倒唬了黛玉一跳。紫鹃打起帘子，宝玉进来坐下。

黛玉道："我恍惚听见你念书去了，这么早就回来了？"宝玉道："嗳呀！了不得！我今儿不是被老爷叫了念书去了么？心上倒像没有和你们见面的日子了。好容易熬了一天，这会子瞧见你们，竟如死而复生的一样。真真古人说'一日三秋'，这话再不错的。"黛玉道："你上头去过了没有？"宝玉道："都去过了。"黛玉道："别处呢？"宝玉道："没有。"黛玉道："你也该瞧瞧他们去。"宝玉道："我这会子懒怠动了，只和妹妹坐着说一会子话儿罢。老爷还叫早睡早起，只好明儿再瞧他们去了。"黛玉道："你坐坐儿，可是正该歇歇儿去了。"宝玉道："我那里是乏，只是闷得慌。这会子咱们坐着，才把闷散了，你又催起我来。"黛玉微微的一笑，因叫紫鹃："把我的龙井茶给二爷沏一碗。

二爷如今念书了，比不得头里。”紫鹃笑着答应，去拿茶叶，叫小丫头子沏茶。

宝玉接着说道：“还提什么念书，我最厌这些道学话。更可笑的是八股文章，拿他诓功名混饭吃也罢了，还要说代圣贤立言。好些的，不过拿些经书凑搭凑搭还罢了；更有一种可笑的，肚子里原没有什么，东拉西扯，弄的牛鬼蛇神，还自以为博奥。这那里是阐发圣贤的道理。目下老爷口口声声叫我学这个，我又不敢违拗，你这会子还提念书呢。”黛玉道：“我们女孩儿家虽然不要这个，但小时跟着你们雨村先生念书，也曾看过。内中也有近情近理的，也有清微淡远的。那时候虽不大懂，也觉得好，不可一概抹倒。况且你要取功名，这个也清贵些。”宝玉听到这里，觉得不甚入耳，因想：“黛玉从来不是这样人，怎么也这样势欲熏心起来？”又不敢在他跟前驳回，只在鼻子眼里笑了一声。

正说着，忽听外面两个人说话，却是秋纹和紫鹃。只听秋纹说：“袭人姐姐叫我老太太那里接去，谁知却在这里。”紫鹃道：“我们这里才沏了茶，索性让他喝了再去。”说着，二人一齐进来。宝玉和秋纹笑道：“我就过去，又劳动你来找。”秋纹未及答言，只见紫鹃道：“你快喝了茶去罢，人家都想了一天了。”秋纹啐道：“呸！好混帐丫头。”说的大家都笑了。宝玉起身，才辞了出来。黛玉送到屋门口儿，紫鹃在台阶下站着，宝玉出去，才回房里来。

却说宝玉回到怡红院中，进了屋子，只见袭人从里间迎出来，便问：“回来了么？”秋纹应道：“二爷早来了，在林姑娘那边来着。”宝玉道：“今日有事没有？”袭人道：“事却没有。方才太太叫鸳鸯姐姐来吩咐我们：如今老爷发狠叫你念书，如有丫鬟们再敢和你玩笑，都要照着晴雯、司棋的例办。我想伏侍你一场，赚了这些言语，也没什么趣儿。”说着，便伤起心来。宝玉忙着：“好姐姐，你放心，我只好生念书，太太再不说你们了。我今儿晚上还要看书，明日师父叫我讲书呢。我要使唤，横竖有麝月、秋纹呢，你歇歇去罢。”袭人道：“你要真肯念书，我们伏侍你也是欢喜的。”

宝玉听了，赶忙的吃了晚饭，就叫点灯，把念过的《四书》翻出来。只是从何处看起？翻了一本看去，章章里头，似乎明白；细按起来，却不很明白。看着小注，又看讲章。闹到起更以后了，自己想道：“我在诗词上觉得很容易，在这个上头竟没头脑。”便坐着呆呆的呆想。袭人道：“歇歇罢，做工夫也不在这一时的。”宝玉嘴里只管胡乱答应。

麝月、袭人才伏侍他睡下，两个才也睡了。及至睡醒一觉，听得宝玉炕上还是翻来覆去。袭人道：“你还醒着呢么？你倒别混想了，养养神，明儿好念书。”宝玉道：“我也是这样想，只是睡不着。你来给我揭去一层被。”袭人道：“天气不热，别揭罢。”宝玉道：“我心里烦躁的很。”自把被窝褪下来。袭人忙爬起来按住，把手去他头上一摸，觉得微微有些发烧。袭人道：“你别动了，有些发烧了。”宝玉道：“可不是。”袭人道：“这是怎么说呢！”宝玉道：“不怕，是我心烦的原故。你别吵嚷，省得老爷知道了，必说我装病逃学，不然怎么病的这么巧？明儿好了，原到学里去，就完事了。”袭人也觉得可怜，说道：“我靠着你睡罢。”便和宝玉捶了一会脊梁，不知不觉，大家都睡着了。

直到红日高升，方才起来。宝玉道：“不好了，晚了！”急忙梳洗毕，问了安，就往学里来了。代儒已经变着脸说：“怪不得你老爷生气，说你没出息，第二天你就懒惰。这是什么时候，才来？”宝玉把昨儿发烧的话说了一遍，方过去了，原旧念书。

到了下晚，代儒道：“宝玉，有一章书，你来讲讲。”宝玉过来一看，却是“后生可畏”章。宝玉心上说：“这还好，幸亏不是《学》、《庸》。”问道：“怎么讲呢？”代儒道：“你把节旨、句子，细细儿讲来。”宝玉把这章先朗朗的念了一遍，说：“这章书是圣人勉励后生，教他及时努力，不要弄到……”说到这里，抬头向代儒一看。代儒觉得了，笑了一笑道：“你只管说，讲书是没有什么避忌的。《礼记》上说‘临文不讳’，只管说，‘不要弄到’什么？”宝玉道：“不要弄到老大无成。先将‘可畏’二字激发后生的志气，后把‘不足畏’三字警惕后生的将来。”说罢，看着代儒。代儒道：“也还罢了。串讲呢？”宝玉道：“圣人说：人生少时，心思才力，样样聪明能干，实在是可怕的。那里料的定他后来的日子，不像我的今日。若是悠悠忽忽，到了四十岁，又到五十岁，既不能够发达，这种人，虽是他后生时像个有用的，到了那个时候，这一辈子就没有人怕他了。”代儒笑道：“你方才节旨讲的倒清楚，只是句子里有些孩子气。‘无闻’二字，不是不能发达做官的话。‘闻’是实在自己能够明理见道，做不做官也是有闻了；不然，古圣贤是遁世不见知的，岂不是不做官的人？难道也是无闻么？‘不足畏’是使人料得定，方与‘焉知’的‘知’字对针，不是‘怕’的字眼。要从这里看出，方能入细。你懂得不懂得？”宝玉道：“懂得了。”

代儒道：“还有一章，你也讲一讲。”代儒往前揭了一篇，指给宝玉。宝玉看是“吾未见好德如好色者也”。宝玉觉得这一章却有些刺心，便陪笑道：“这句话没有什么讲头。”代儒道：“胡说！譬如场中出了这个题目，也说没有做头么？”宝玉不得已，讲道：“是圣人看见人不肯好德，见了色，便好的了不得。殊不想德是性中本有的东西，人偏都不肯好他。至于那个色呢，虽也是从先天中带来，无人不好的，但是德乃天理，色是人欲，人那里肯把天理好的像人欲似的？孔子虽是叹息的话，又是望人回转来的意思。并且见得人就有好德的，好的终是浮浅，直要像色一样的好起来，那才是真好呢。”

代儒道：“这也讲的罢了。我有句话问你：你既懂得圣人的话，为什么正犯着这两件病？我虽不在家中，你们老爷也不曾告诉我，其实你的毛病我却尽知的。做一个人，怎么不望长进？你这会儿正是‘后生可畏’的时候，‘有闻’、‘不足畏’，全在你自己做去了。我如今限你一个月，把念过的旧书全要理清；再念一个月文章。以后我要出题目叫你作文章了。如若懈怠，我是断乎不依的。自古道：‘成人不自在，自在不成人。’你好生记着我的话。”宝玉答应了，也只得天天按着功课干去，不提。

且说宝玉上学之后，怡红院中甚觉清净闲暇，袭人倒可做些活计，拿着针线，要绣个槟榔包儿，想：“这如今宝玉有了功课，丫头们可也没有饥荒了。早要如此，晴雯何至弄到没有结果？”兔死狐悲，不觉叹起气来。忽又想到自己终身：“本不是宝玉的正配，原是偏房。宝玉的为人却还拿得住，只怕娶了一个利害的，自己便是尤二姐、香菱的后身。素来看着贾母、王夫人光景，及凤姐儿往往露出话来，自然是黛玉无疑了。那黛玉就是个多心人。"想到此际，脸红心热，拿着针，不知戳到那里去了。便把活计放下，走到黛玉处，去探探他的口气。

黛玉正在那里看书，见是袭人，欠身让坐。袭人也连忙迎上来问："姑娘这几天身子可大好了？"黛玉道："那里能够，不过略硬朗些。你在家里做什么呢？"袭人道："如今宝二爷上了学，屋里一点事儿没有，因此来瞧瞧姑娘，说说话儿。"

说着，紫鹃拿茶来。袭人忙站起来道："妹妹坐着罢。"因又笑道："我前儿听见秋纹说，妹妹背地里说我们什么来着。"紫鹃也笑道："姐姐信他的话。我说宝二爷上了学，宝姑娘又隔断了，连香菱也不过来，自然是闷的。"袭人道："你还提香菱呢，这才苦呢！撞着这位太岁奶奶，难为他怎么过？"把手伸着两个指头道："说起来，比他还利害，连外头的脸面都不顾了。"黛玉接着道："他也够受了，尤二姑娘怎么死了？"袭人道："可不是。想来都是一个人，不过名分里头差些，何苦这样毒？外面名声也不好听。"黛玉从不闻袭人背地里说人，今听此话有因，心里一动，便说道："这也难说。但凡家庭之事，不是东风压了西风，就是西风压了东风。"袭人道："做了旁边人，心里先怯，那里倒敢欺负人呢？"

说着，只见一个婆子在院里问道："这里是林姑娘的屋子么？那位姐姐在这里呢？"雪雁出来一看，模糊认的是薛姨妈那边的人，便问道："作什么？"婆子道："我们姑娘打发来给这里林姑娘送东西的。"雪雁道："略等等儿。"雪雁进来回了黛玉，黛玉便叫领他进来。

那婆子进来请了安，且不说送什么，只是觑着眼瞧黛玉。看的黛玉脸上倒不好意思起来，因问道："宝姑娘叫你来送什么？"婆子方笑着回道："我们姑娘叫给姑娘送了一瓶儿蜜饯荔枝来。"回头又瞧见袭人，便问道："这位姑娘，不是宝二爷屋里的花姑娘么？"袭人笑道："妈妈怎么认的我？"婆子笑道："我们只在太太屋里看屋子，不大跟太太、姑娘出门，所以姑娘们都不大认得。姑娘们碰着到我们那边去，我们都模糊记得。"说着，将一个瓶儿递给雪雁，又回头看看黛玉，因笑着向袭人说："怨不得我们太太说，这林姑娘和你们宝二爷是一对儿，原来真是天仙似的。"

袭人见他说话造次，连忙岔道："妈妈，你乏了，坐坐吃茶罢。"那婆子笑嘻嘻的道："我们那里忙呢，都张罗琴姑娘的事呢。姑娘还有两瓶荔枝，叫给宝二爷送去。"说着，颤颤巍巍告辞出去。黛玉虽恼这婆子方才冒撞，但因是宝钗使来的，也不好怎么样他。等他出了屋门，才说一声道："给你们姑娘道费心。"那老婆子还只管嘴里咕咕哝哝的说："这样好模样儿，除了宝玉，什么人擎受的起？"黛玉只装没听见。袭人笑道："怎么人到了老来，就是混说白道的？叫人听着又生气，又好笑。"一时雪雁拿过瓶子来给黛玉看，黛玉道："我懒怠吃，拿了搁起去罢。"又说了一会话，袭人才去了。

一时晚妆将卸，黛玉进了套间，猛抬头看见了荔枝瓶，不禁想起日间老婆子的一番混话，甚是刺心。当此黄昏人静，千愁万绪，堆上心来。想起："自己身子不牢，年纪又大了。看宝玉的光景，心里虽没别人，但是老太太、舅母又不见有半点意思。深恨父母在时，何不早定了这头婚姻？"又转念一想道："倘若父母在时，别处定了婚姻，怎能够似宝玉这般人材心地？不如此时尚有可图。"心内一上一下，辗转缠绵，竟像辘轳一般。叹了一会气，掉了几点泪，无情无绪，和衣倒下。

不知不觉，只见小丫头走来说道："外面雨村贾老爷请姑娘。"黛玉道："我虽跟他读过书，却不比男学生，要见我做什么？况且他和舅舅往来，从未提起，我也不必见的。"因叫小丫头回复："身上有病，不能出来，与我请安道谢就是了。"小丫头道："只怕要与姑娘道喜，南京还有人来接。"

说着，又见凤姐同邢夫人、王夫人、宝钗等都来笑道："我们一来道喜，二来送行。"黛玉慌道："你们说什么话？"凤姐道："你还装什么呆？你难道不知道林姑爷升了湖北的粮道，娶了一位继母，十分合心合意？如今想着你撂在这里不成事体，因托了贾雨村作媒，将你许了你继母的什么亲戚，还说是续弦，所以着人到这里来接你回去。大约一到家中，就要过去的。都是你继母作主。怕的是道儿上没有照应，还叫你琏二哥哥送去。"说得黛玉一身冷汗。黛玉又恍惚父亲果在那里做官的样子。心上急着，硬说道："没有的事，都是凤姐姐混闹。"只见邢夫人向王夫人使个眼色儿："他还不信呢，咱们走罢。"黛玉含着泪道："二位舅母坐坐去。"众人不言语，都冷笑而去。

黛玉此时心中干急，又说不出来，哽哽咽咽，恍惚又是和贾母在一处的似的。心中想道："此事惟求老太太，或还有救。"于是两腿跪下去，抱着贾母的腿说道："老太太救我！我南边是死也不去的。况且有了继母，又不是我的亲娘，我是情愿跟着老太太一块儿的。"但见贾母呆着脸儿笑道："这个不干我的事。"黛玉哭道："老太太，这是什么事呢！"老太太道："续弦也好，倒多得一副妆奁。"黛玉哭道："我在老太太跟前，决不使这里分外的闲钱，只求老太太救我。"贾母道："不中用了。做了女人，总是要出嫁的，你孩子家不知道，在此地终非了局。"黛玉道："我在这里，情愿自己做个奴婢过活，自做自吃，也是愿意，只求老太太作主。"见贾母总不言语，黛玉又抱着贾母哭道："老太太，你向来最是慈悲的，又最疼我的，到了紧急的时候儿，怎么全不管？你别说我是你的外孙女儿，是隔了一层了；我的娘是你的亲生女儿，看我娘分上，也该护庇些。"说着，撞在怀里痛哭。听见贾母道："鸳鸯，你来送姑娘出去歇歇，我倒被他闹乏了。"

黛玉情知不是路了，求之无用，不如寻个自尽，站起来，往外就走。深痛自己没有亲娘。便是外祖母与舅母、姊妹们，平时何等待的好，可见都是假的。又一想："今日怎么独不见宝玉？或见他一面，看他还有法儿？"便见宝玉站在面前，笑嘻嘻的道："妹妹大喜呀！"

黛玉听了这一句话，越发急了，也顾不得什么了，把宝玉紧紧拉住说："好！宝玉，我今日才知道你是个无情无义的人了！"宝玉道："我怎么无情无义？你既有了人家儿，咱们各自干各自的了。"黛玉越听越气，越没了主意，只得拉着宝玉哭道："好哥哥，你叫我跟了谁去？"宝玉道："你要不去，就在这里住着。你原是许了我的，所以你才到我们这里来。我待你是怎么样的？你也想想。"

黛玉恍惚又像果曾许过宝玉的，心内忽又转悲作喜，问宝玉道："我是死活打定主意的了，你到底叫我去不去？”宝玉道：“我说叫你住下，你不信我的话，你就瞧瞧我的心。”说着，就拿着一把小刀子往胸口上一划，只见鲜血直流。黛玉吓得魂飞魄散，忙用手捂着宝玉的心窝，哭道：“你怎么做出这个事来？你先来杀了我罢！”宝玉道：“不怕，我拿我的心给你瞧。”还把手在划开的地方儿乱抓。黛玉又颤又哭，又怕人撞破，抱住宝玉痛哭。宝玉道：“不好了！我的心没有了，活不得了！”说着，眼睛往上一翻，咕咚就倒了。

黛玉拚命放声大哭，只听见紫鹃叫道：“姑娘，姑娘！怎么魇住了？快醒醒儿，脱了衣服睡罢。”黛玉一翻身，却原来是一场恶梦。喉间犹是哽咽，心上还是乱跳，枕头上已经湿透，肩背身心但觉冰冷。想了一会：“父母死的久了，和宝玉尚未放定，这是从那里说起？”又想梦中光景，无倚无靠，再真把宝玉死了，那可怎么样好？一时痛定思痛，神魂俱乱。

又哭了一回，遍身微微的出了一点儿汗。扎挣起来，把外罩大袄脱了，叫紫鹃盖好了被窝，又躺下去。翻来覆去，那里睡得着。只听得外面淅淅飒飒，又像风声，又像雨声。又停了一会子，又听得远远的吆呼声儿，却是紫鹃已在那里睡着，鼻息出入之声。自己扎挣着爬起来，围着被坐了一会，觉得窗缝里透进一缕冷风来，吹得寒毛直竖，便又躺下。正要朦胧睡去，听得竹枝上不知有多少家雀儿的声儿，啾啾唧唧，叫个不住。那窗上的纸，隔着屉子，渐渐的透进清光来。

黛玉此时已醒得双眸炯炯，一会儿咳嗽起来，连紫鹃都咳嗽醒了。紫鹃道：“姑娘，你还没睡着么？又咳嗽起来了，想是着了风了。这会儿窗户纸发清了，也待好亮起来了。歇歇儿罢，养养神，别尽着想长想短的了。”黛玉道：“我何尝不要睡，只是睡不着。你睡你的罢。”说了又嗽起来。紫鹃见黛玉这般光景，心中也自伤感，睡不着了。听见黛玉又嗽，连忙起来，捧着痰盒。这时天已亮了。黛玉道：“你不睡了么？”紫鹃笑道：“天都亮了，还睡什么呢？”黛玉道：“既这样，你就把痰盒儿换了罢。”

紫鹃答应着，忙出来换了一个痰盒儿，将手里的这个盒儿放在桌上。开了套间门出来，仍旧带上门，放下撒花软帘，出来叫醒雪雁。开了屋门，去倒那盒子时，只见满盒子痰，痰中有些血星。唬了紫鹃一跳，不觉失声道：“嗳哟！这还了得！”黛玉里面接着问：“是什么？”紫鹃自知失言，连忙改说道：“手里一滑，几乎撂了痰盒子。”黛玉道：“不是盒子里的痰有了什么？”紫鹃道：“没有什么。”说着这句话时，心中一酸，那眼泪直流下来，声儿早已岔了。

黛玉因为喉间有些甜腥，早自疑惑；方才听见紫鹃在外边诧异，这会子又听见紫鹃说话声音带着悲惨的光景，心中觉了八九分。便叫紫鹃：“进来罢，外头看冷着。”紫鹃答应了一声，这一声更比头里凄惨，竟是鼻中酸楚之音。黛玉听了，冷了半截。看紫鹃推门进来时，尚拿绢子拭眼。黛玉道：“大清早起，好好的为什么哭？”紫鹃勉强笑道：“谁哭来？这早起起来，眼睛里有些不舒服。姑娘今夜大概比往常醒的时候更大罢？我听见咳嗽了半夜。”黛玉道：“可不是，越要睡，越睡不着。”紫鹃道：“姑娘身上不大好，依我说，还得自己开解着些。身子是根本，俗语说的：‘留得青山在，依旧有柴烧。’况这里自老太太、太太起，那个不疼姑娘？”只这一句话，又勾起黛玉的梦来，觉得心里一撞，眼中一黑，神色俱变。紫鹃连忙端着痰盒，雪雁捶着脊梁，半日才吐出一口痰来，痰中一缕紫血，簌簌乱跳。紫鹃、雪雁脸都吓黄了。两个旁边守着，黛玉便昏昏躺下。紫鹃看着不好，连忙掀嘴，叫雪雁叫人去。

雪雁才出屋门，只见翠缕、翠墨两个人笑嘻嘻的走来。翠缕便道：“林姑娘怎么这早晚还不出门？我们姑娘和三姑娘都在四姑娘屋里，讲究四姑娘画的那张园子景儿呢。”雪雁连忙摆手儿。翠缕、翠墨二人倒都吓了一跳，说：“这是什么原故？”雪雁将方才的事一一告诉他二人。二人都吐了吐舌头儿，说：“这可不是玩的，你们怎么不告诉老太太去？这还了得，你们怎么这么糊涂？”雪雁道：“我这里才要去，你们就来了。”

正说着，只听紫鹃叫道：“谁在外头说话？姑娘问呢。”三个人连忙一齐进来。翠缕、翠墨见黛玉盖着被，躺在床上，见了他二人，便说道：“谁告诉你们了，你们这样大惊小怪的？”翠墨道：“我们姑娘和云姑娘才都在四姑娘屋里，讲究四姑娘画的那张园子图儿，叫我们来请姑娘。不知道姑娘身上又欠安了。”黛玉道：“也不是什么大病，不过觉得身子略软些，躺躺儿就起来了。你们回去告诉三姑娘和云姑娘，饭后若无事，倒是请他们到这里坐坐罢。宝二爷没到你们那边去？”二人答道：“没有。”翠墨又道：“宝二爷这两天上了学了，老爷天天要查功课，那里还能像从前那么乱跑呢？”黛玉听了，默然不言。二人又略站了一回，都悄悄的退出来了。

且说探春、湘云正在惜春那边评论惜春所画《大观园图》说：这个多一点，那个少一点；这个太疏，那个太密。大家又议着题诗，着人去请黛玉商议。正说着，忽见翠缕、翠墨二人回来，神色匆忙。湘云便先问道：“林姑娘怎么不来？”翠缕道：“林姑娘昨日夜里又犯了病了，咳嗽了一夜。我们听见雪雁说，吐了一盒子痰血。”探春听了，诧异道：“这话真么？”翠缕道：“怎么不真？”翠墨道：“我们刚才进去去瞧了瞧，颜色不成颜色，说话儿的气力儿都微了。”湘云道：“不好的这么着，怎么还能说话呢？”探春道：“怎么你这么糊涂？不能说话，不是已经……”说到这里，却咽住了。惜春道：“林姐姐那样一个聪明人，我看他总有些瞧不破，一点半点儿都要认起真来。天下事，那里有多少真的呢？”探春道：“既这么着，咱们都过去看看。倘若病的利害，咱们也过去告诉大嫂子，回老太太，传大夫进来瞧瞧，也得个主意。”湘云道：“正是这样。”惜春道：“姐姐们先去，我回来再过去。”

于是探春、湘云扶了小丫头，都到潇湘馆来，进入房中。黛玉见他二人，不免又伤起心来。因又转念想起梦中：“连老太太尚且如此，何况他们？况且我不请他们，他们还不来呢。”心里虽是如此，脸上却碍不过去，只得勉强令紫鹃扶起，口中让坐。探春、湘云都坐在床沿上，一头一个，看了黛玉这般光景，也自伤感。探春便道：“姐姐，怎么身上又不舒服了？”黛玉道：“也没什么要紧，只是身子软得很。”

紫鹃在黛玉身后，偷偷的用手指那痰盒儿。湘云到底年轻，性情又兼直爽，伸手便把痰盒拿起来看。不看则已，看了吓的惊疑不止，说：“这是姐姐吐的？这还了得！”初时黛玉昏昏沉沉，吐了也没细看。此时见湘云这么说，回头看时，自己早已灰了一半。探春见湘云冒失，连忙解说道："这不过是肺火上炎，带出一半点来，也是常事。偏是云丫头，不拘什么，就这样蝎蝎螫螫的。"湘云红了脸，自悔失言。

探春见黛玉精神短少，似有烦倦之意，连忙起身说道："姐姐静静的养养神罢，我们回来再瞧你。"黛玉道："累你二位惦着。"探春又嘱咐紫鹃："好生留神伏侍姑娘。"紫鹃答应着。探春才要走，只听外面一个人嚷起来。

未知是谁，下回分解。

第八十三回

省宫闱贾元妃染恙
闹闺阃薛宝钗吞声

话说探春、湘云才要走时，忽听外面一个人嚷道："你这不成人的小蹄子！你是个什么东西，来这园子里头混搅！"黛玉听了，大叫一声道："这里住不得了！"一手指着窗外，两眼反插上去。原来黛玉住在大观园中，虽靠着贾母疼爱，然在别人身上，凡事终是寸步留心。听见窗外老婆子这样骂着，在别人呢，一句也贴不上的，竟像专骂着自己的。自思："一个千金小姐，只因没了爹娘，不知何人指使这老婆子来这般辱骂？"那里委屈得来，因此肝肠崩裂，哭晕过去了。紫鹃只是哭叫："姑娘怎么样了？快醒来罢！"探春也叫了一回。半晌，黛玉回过这口气，还说不出话来，那只手仍向窗外指着。

探春会意，开门出去，看见老婆子手中拿着拐棍，赶着一个不干不净的毛丫头道："我是为照管这园中的花果树木，来到这里，你作什么来了？等我家去，打你一个知道。"这丫头扭着头，把一个指头探在嘴里，瞅着老婆子笑。探春骂道："你们这些人，如今越发没了王法了。这里是你骂人的地方儿吗？"老婆子见是探春，连忙陪着笑脸儿说道："刚才是我的外孙女儿看见我来了，他就跟了来。我怕他闹，所以才吆喝他回去，那里敢在这里骂人呢？"探春道："不用多说了，快给我都出去。这里林姑娘身上不大好，还不快去么！"老婆子答应了几个"是"，说着，一扭身去了，那丫头也就跑了。

探春回来，看见湘云拉着黛玉的手只管哭；紫鹃一手抱着黛玉，一手给黛玉揉胸口，黛玉的眼睛方渐渐的转过来了。探春笑道："想是听见老婆子的话，你疑了心了么？"黛玉只摇摇头儿。探春道："他是骂他外孙女儿，我才刚也听见了。这种东西说话，再没有一点道理的，他们懂得什么避讳？"黛玉听了，叹了口气，拉着探春的手道："妹妹……"叫了一声，又不言语了。探春又道："你别心烦。我来看你，是姊妹们应该的，你又少人伏侍。只要你安心肯吃药，心上把喜欢事儿想想，能够一天一天的硬朗起来，大家依旧结社做诗，岂不好呢？"湘云道："可是三姐姐说的，那么着不乐？"黛玉哽咽道："你们只顾要我喜欢，可怜我那里赶得上这日子？只怕不能够了。"探春道："你这话说的太过了。谁没个病儿灾儿的？那里就想到这里来了？你好生歇歇儿罢，我们到老太太那边，回来再看你。你要什么东西，只管叫紫鹃告诉我。"黛玉流泪道："好妹妹，你到老太太那里，只说我请安，身上略有点不好，不是什么大病，也不用老太太烦心的。"探春答应道："我知道，你只管养着罢。"说着，才同湘云出去了。

这里紫鹃扶着黛玉躺在床上，地下诸事自有雪雁照料，自己只守着旁边，看着黛玉，又是心酸，又不敢哭泣。那黛玉闭着眼躺了半晌，那里睡得着。觉得园里头平日只见寂寞，如今躺在床上，偏听得风声、虫鸣声、鸟语声、人走的脚步响声，又像远远的孩子们啼哭声，一阵一阵的聒噪的烦躁起来。因叫紫鹃："放下帐子来。"

雪雁捧了一碗燕窝汤，递给紫鹃。紫鹃隔着帐子，轻轻问道："姑娘，喝一口汤罢。"黛玉微微应了一声。紫鹃复将汤递给雪雁，自己上来，搀扶黛玉坐起；然后接过汤来，搁在唇边试了一试；一手搂着黛玉肩臂，一手端着汤送到唇边。黛玉微微睁眼，喝了两三口，便摇摇头儿不喝了。紫鹃仍将碗递给雪雁，轻轻扶黛玉睡下。

静了一时，略觉安顿。只听窗外悄悄问道："紫鹃妹妹在家么？"雪雁连忙出来，见是袭人，因悄悄说道："姐姐屋里坐着。"袭人也便悄悄问道："姑娘怎么着？"一面走，一面雪雁告诉夜间及方才之事。袭人听了这话，也唬怔了，因说道："怪道刚才翠缕到我们那边说你们姑娘病了，唬的宝二爷连忙打发我来，看看是怎么样。”

正说着，只见紫鹃从里间掀起帘子，望外看见袭人，招手儿叫他。袭人轻轻走过来，问道：“姑娘睡着了吗？”紫鹃点点头儿，问道：“姐姐才听见说了？”袭人也点点头儿，蹙着眉道：“终久怎么样好呢？那一位昨夜也把我唬了个半死儿。”紫鹃忙问：“怎么了？”袭人道：“昨日晚上睡觉还是好好儿的，谁知半夜里一叠连声的嚷起心疼来，嘴里胡说白道，只说好像刀子割了去的似的，直闹到打亮梆子以后才好些了。你说唬人不唬人？今日不能上学，还要请大夫来吃药呢。”

正说着，只听黛玉在帐子里又咳嗽起来。紫鹃连忙过来，捧痰盒儿接痰。黛玉微微睁眼问道：“你合谁说话呢？”紫鹃道：“袭人姐姐来瞧姑娘来了。”说着，袭人已走到床前。黛玉命紫鹃扶起，一手指着床边，让袭人坐下。袭人侧身坐了，连忙陪着笑劝道：“姑娘倒还是躺着罢。”黛玉道：“不妨，你们快别这样大惊小怪的。刚才是说谁半夜里心疼起来？”袭人道：“是宝二爷偶然魇住了，不是认真怎么样。”黛玉会意，知道是袭人怕自己又悬心的原故，又感激，又伤心，因趁势问道：“既是魇住了，不听见他还说什么？”袭人道：“也没说什么。”黛玉点点头儿，迟了半日，叹了一声，才说道：“你们别告诉宝二爷说我不好，看耽搁了他的工夫，又叫老爷生气。”袭人答应了，又劝道：“姑娘，还是躺躺歇歇罢。”黛玉点头，命紫鹃扶着歪下。

袭人不免坐在旁边，又宽慰了几句，然后告辞。回到怡红院，只说黛玉身上略觉不受用，也没什么大病。宝玉才放了心。

且说探春、湘云出了潇湘馆，一路往贾母这边来。探春因嘱咐湘云道：“妹妹，回来见了老太太，别像刚才那样冒冒失失的了。”湘云点头笑道：“知道了。我头里是叫他唬的忘了神了。”说着已到贾母那边，探春因提起黛玉的病来。贾母听了，自是心烦，因说道：“偏是这两个玉儿多病多灾的。林丫头一来二去的大了，他这个身子也要紧。我看那孩子太是个心细。”众人也不敢答言。贾母便向鸳鸯道：“你告诉他们：明儿大夫来瞧了宝玉，叫他再到林姑娘那屋里去。”鸳鸯答应着出来，告诉了婆子们。婆子们自去传话。这里探春、湘云就跟着贾母吃了晚饭，然后同回园中去，不提。

到了次日，大夫来了，瞧了宝玉，不过说饮食不调，着了点儿风邪，没大要紧，疏散疏散就好了。这里王夫人、凤姐等一面遣人拿了方子回贾母；一面使人到潇湘馆，告诉说大夫就过来。紫鹃答应了，连忙给黛玉盖好被窝，放下帐子；雪雁赶着收拾房里的东西。

一时，贾琏陪着大夫进来了，便说道："这位老爷是常来的，姑娘们不用回避。"老婆子打起帘子，贾琏让着，进入房中坐下。贾琏道："紫鹃姐姐，你先把姑娘的病势向王老爷说说。"王大夫道："且慢说。等我诊了脉，听我说了，看是对不对。若有不合的地方，姑娘们再告诉我。"紫鹃便向帐中扶出黛玉的一只手来，搁在迎手上。紫鹃又把镯子连袖子轻轻的撸起，不叫压住了脉息。

那王大夫诊了好一会儿，又换那只手也诊了，便同贾琏出来，到外间屋里坐下，说道："六脉皆弦，因平日郁结所致。"说着，紫鹃也出来，站在里间门口。那王大夫便向紫鹃道："这病时常应得头晕，减饮食，多梦；每到五更，必醒个几次；即日间听见不干自己的事，也必要动气，且多疑多惧。不知者疑为性情乖诞，其实因肝阴亏损，心气衰耗，都是这个病在那里作怪。不知是否？"紫鹃点点头儿，向贾琏道："说的很是。"王太医道："既这样，就是了。"

说毕，起身同贾琏往外书房去开方子。小厮们早已预备下一张梅红单帖。王太医吃了茶，因提笔先写道：

六脉弦迟，素由积郁。左寸无力，心气已衰。关脉独洪，肝邪偏旺。木气不能疏达，势必上侵脾土，饮食无味；甚至胜所不胜，肺金定受其殃。气不流精，凝而为痰；血随气涌，自然咳吐。理宜疏肝保肺，涵养心脾。虽有补剂，未可骤施。姑拟黑逍遥以开其先，后用归肺固金以继其后。不揣固陋，俟高明裁服。

又将七味药与引子写了。

贾琏拿来看时，问道："血势上冲，柴胡使得么？"王大夫笑道："二爷但知柴胡是升提之品，为吐衄所忌，岂知用鳖血拌炒，非柴胡不足宣少阳甲胆之气。以鳖血制之，使其不致升提，且能培养肝阴，制遏邪火。所以《内经》说：'通因通用，塞因塞用。'柴胡用鳖血拌炒，正是假周勃以安刘的法子。"贾琏点头道："原来是这么着，这就是了。"王大夫又道："先请服两剂，再加减，或再换方子罢。我还有一点小事，不能久坐，容日再来请安。"说着，贾琏送了出来，说道："舍弟的药，就是那么着了？"王大夫道："宝二爷倒没什么大病，大约再吃一剂就好了。"说着，上车而去。

这里贾琏一面叫人抓药；一面回到房中告诉凤姐黛玉的病原与大夫用的药，述了一遍。只见周瑞家的走来，回了几件没要紧的事。贾琏听到一半，便说道："你回二奶奶罢，我还有事呢。"说着就走了。

周瑞家的回完了这件事，又说道："我方才到林姑娘那边，看他那个病竟是不好呢：脸上一点血色也没有；摸了摸身上，只剩了一把骨头。问问他，也没有话说，只是淌眼泪。回来紫鹃告诉我说：'姑娘现在病着，要什么，自己又不肯要。我打算要问二奶奶那里支用一两个月的月钱：如今吃药虽是公中的，零用也得几个钱。'我答应了他，替他来回奶奶。"

凤姐低了半日头，说道："竟这么着罢，我送他几两银子使罢。也不用告诉林姑娘。这月钱却是不好支的：一个人开了例，要是都支起来，那如何使得呢？你不记得赵姨娘和三姑娘拌嘴了？也无非为的是月钱。况且近来你也知道，出去的多，进来的少，总绕不过弯儿来。不知道的，还说我打算的不好；更有那一种嚼舌根的，说我搬运到娘家去了。周嫂子，你倒是那里经手的人，这个自然还知道些。"

周瑞家的道："真正委屈死人。这样大门头儿，除了奶奶这样心计儿当家罢了。别说是女人当不来，就是三头六臂的男人还撑不住呢。还说这些个混帐话。"说着，又笑了一声道："奶奶还没听见呢，外头的人还更糊涂呢。前儿周瑞回家来，说起外头的人，打量着咱们府里不知怎么样有钱呢。也有说：'贾府里的银库几间，金库几间，使的家伙都是金子镶了、玉石嵌了的。’也有说：‘姑娘做了王妃，自然皇上家的东西分的了一半子给娘家。前儿贵妃娘娘省亲回来，我们还亲见他带了几车金银回来，所以家里收拾摆设的水晶宫似的。那日在庙里还愿，花了几万银子，只算是牛身上拔了一根毛罢咧。’有人还说：‘他门前的狮子，只怕还是玉石的呢。园子里还有金麒麟，叫人偷了一个去，如今剩下一个了。家里的奶奶、姑娘不用说，就是屋里使唤的姑娘们，也是一点儿不动的，喝酒下棋，弹琴画画，横竖有人伏侍呢，单管穿罗罩纱，吃的带的，都是人家不认得的。那些哥儿、姐儿们更不用说了，要天上的月亮，也有人去拿下来给他玩。’还有歌儿呢，说是：‘宁国府，荣国府，金银财宝如粪土。吃不穷，穿不穷，算来……’”说到这里，猛然咽住。原来那时歌儿说道是“算来总是一场空”。这周瑞家的说溜了嘴，说到这里，忽然想起这话不好，因咽住了。

凤姐儿听了，已明白必是句不好的话了，也不便追问。因说道：“那都没要紧，只是这金麒麟的话从何而来？”周瑞家的笑道：“就是那庙里的老道士送给宝二爷的小金麒麟儿，后来丢了几天，亏了史姑娘捡着，还了他，外头就造出这个谣言来了。奶奶说这些人可笑不可笑？”凤姐道：“这些话倒不是可笑，倒是可怕的。咱们一日难似一日，外面还是这么讲究。俗语儿说的：‘人怕出名猪怕壮’，况且又是个虚名儿，终久还不知怎么样呢。”周瑞家的道：“奶奶虑的也是。只是满城里茶坊、酒铺儿以及各胡同儿都是这样说，况且不是一年了，那里捂的住众人的嘴？”

凤姐点点头儿。因叫平儿称了几两银子，递给周瑞家的道：“你先拿去交给紫鹃，只说我给他添补买东西的。若要官中的，只管要去，别提这月钱的话。他也是个伶透人，自然明白我的话。我得了空儿，就去瞧姑娘去。”周瑞家的接了银子，答应着自去，不提。

且说贾琏走到外面，只见一个小厮迎上来，回道：“大老爷叫二爷说话呢。”贾琏急忙过来，见了贾赦。贾赦道：“方才风闻宫里头传了一个太医院御医、两个吏目去看病，想来不是宫女儿下人了。这几天，娘娘宫里有什么信儿没有？”贾琏道：“没有。”贾赦道：“你去问问二老爷和你珍大哥；不然，还该叫人去到太医院里打听打听才是。”贾琏答应了，一面吩咐人往太医院去，一面连忙去见贾政、贾珍。贾政听了这话，因问道：“是那里来的风声？”贾琏道：“是大老爷才说的。”贾政道：“你索性和你珍大哥到里头打听打听。”贾琏道：“我已经打发人往太医院打听去了。”一面说着，一面退出来去找贾珍，只见贾珍迎面来了，贾琏忙告诉贾珍。贾珍道：“我正为也听见这话，来回大老爷、二老爷去呢。”于是两个人同着来见贾政。贾政道：“如系元妃，少不得终有信的。”说着，贾赦也过来了。

到了晌午，打听的尚未回来，门上人进来回说：“有两个内相在外，要见二位老爷呢。”贾赦道：“请进来。”门上的人领了老公进来。贾赦、贾政迎至二门外，先请了娘娘的安；一面同着进来，走至厅上，让了坐。老公道：“前日这里贵妃娘娘有些欠安。昨日奉过旨意，宣召亲丁四人进里头探问，许各带丫头一人，馀皆不用。亲丁男人，只许在宫门外递个职名请安听信，不得擅入。准于明日辰巳时进去，申酉时出来。”贾政、贾赦等站着听了旨意，复又坐下，让老公吃茶毕，老公辞了出去。

贾赦、贾政送出大门，回来先禀贾母。贾母道：“亲丁四人，自然是我和你们两位太太了，那一个人呢？”众人也不敢答言。贾母想了想道：“必得是凤姐儿，他诸事有照应。你们爷儿们各自商量去罢。”贾赦、贾政答应了出来，因派了贾琏、贾蓉看家外，凡“文”字辈至“草”字辈一应都去。遂吩咐家人预备四乘绿轿，十馀辆翠盖车，明儿黎明伺候。家人答应去了。贾赦、贾政又进去回明贾母：“辰巳时进去，申酉时出来。今日早些歇歇，明日好早些起来，收拾进宫。”贾母道：“我知道，你们去罢。”赦政等退出。这里邢夫人、王夫人、凤姐儿也都说了一会子元妃的病，又说了些闲话，才各自散了。

次日黎明，各屋子里丫头们将灯火俱已点齐，太太们各梳洗毕，爷们亦各整顿好了。一到卯初，林之孝合赖大进来，至二门口回道：“轿、车俱已齐备，在门外伺候着呢。”不一时，贾赦、邢夫人也过来了。大家用了早饭，凤姐先扶老太太出来，众人围随，各带使女一人，缓缓前行。又命李贵等二人先骑马去外宫门接应，自己家眷随后。“文”字辈至“草”字辈各自登车骑马，跟着众家人，一齐去了。贾琏、贾蓉在家中看家。

且说贾家的车辆轿马俱在外西垣门口歇下等着。一会儿，有两个内监出来说道：“贾府省亲的太太、奶奶们，着令入宫探问；爷们，俱着令内宫门外请安，不得入见。”门上人叫：“快进去。”贾府中四乘轿子跟着小内监前行，贾家爷们在轿后步行跟着，令众家人在外等候。走近宫门口，只见几个老公在门上坐着，见他们来了，便站起来说道：“贾府爷们至此。”贾赦、贾政便挨次立定。

轿子抬至宫门口，便都出了轿。早有几个小内监引路，贾母等各有丫头扶着步行。走至元妃寝宫，只见奎壁辉煌，琉璃照耀。又有两个小宫女儿传谕道：“只用请安，一概仪注都免。”贾母等谢了恩，来至床前，请安毕，元妃都赐了坐，贾母等又告了坐。元妃便问贾母道：“近日身上可好？”贾母扶着小丫头，颤颤巍巍站起来，答应道：“托娘娘洪福，起居尚健。”元妃又向邢夫人、王夫人问了好。邢、王二夫人站着回了话。元妃又问凤姐：“家中过的日子若何？”凤姐站起来回复道：“尚可支持。”元妃道：“这几年来难为你操心。”

凤姐正要站起来回奏，只见一个宫女传进许多职名，请娘娘龙目。元妃看时，说是贾赦、贾政等若干人。那元妃看了职名，心里一酸，止不住早流下泪来。宫女儿递过绢子，元妃一面拭泪，一面传谕道：“今日稍安，令他们外面暂歇。”贾母等站起来，又谢了恩。元妃含泪道：“父女弟兄，反不如小家子得以常常亲近。”贾母等都忍着泪道：“娘娘不用悲伤，家中已托着娘娘的福多了。”元妃又问：“宝玉近来若何？”贾母道：“近来颇肯念书。因他父亲逼得严紧，如今文字也都做上来了。”元妃道：“这样才好。”遂命外宫赐宴。便有两个宫女儿、四个小太监引了到一座宫里，已摆得齐整，各按坐次坐了，不必细述。

一时吃完了饭，贾母带着他婆媳三人，谢过宴。又耽搁了一会，看看已近酉初，不敢羁留，俱各辞了出来。元妃命宫女儿引道，送至内宫门，门外仍是四个小太监送出。贾母等依旧坐着轿子出来，贾赦等接着，大伙儿一齐回去。到家，又要安排明后日进宫，仍令照应齐集，不提。

且说薛家金桂自赶出薛蟠去了，日间拌嘴没有对头，秋菱又住在宝钗那边去了，只剩得宝蟾一人同住。既给与薛蟠作妾，宝蟾的意气又不比从前了，金桂看去，更是一个对头，自己也后悔不来。

一日，吃了几杯闷酒，躺在炕上，便要借那宝蟾作个醒酒汤儿，因问着宝蟾道："大爷前日出门，到底是到那里去？你自然是知道的了。"宝蟾道："我那里知道？他在奶奶跟前还不说，谁知道他那些事？"金桂冷笑道："如今还有什么奶奶太太的，都是你们的世界了。别人是惹不得的，有人护庇着，我也不敢去虎头上捉虱子。你还是我的丫头，问你一句话，你就和我摔脸子，说塞话。你既这么有势力，为什么不把我勒死了，你和秋菱不拘谁做了奶奶，那不清净了么？偏我又不死，碍着你们的道儿。"

宝蟾听了这话，那里受得住，便眼睛直直的瞅着金桂道："奶奶这些闲话，只好说给别人听去，我并没合奶奶说什么。奶奶不敢惹人家，何苦来拿着我们小软儿出气呢？正经的，奶奶又装听不见，没事人一大堆了。"说着，便哭天哭地起来。金桂越发性起，便爬下炕来，要打宝蟾。宝蟾也是夏家的风气，半点儿不让。金桂将桌椅、杯盏尽行打翻。那宝蟾只管喊冤叫屈，那里理会他。

岂知薛姨妈在宝钗房中听见如此吵嚷，便叫："香菱，你过去瞧瞧，且劝劝他们。"宝钗道："使不得，妈妈别叫他去。他去了，岂能劝他，那更是火上浇了油了。"薛姨妈道："既这么样，我自己过去。"宝钗道："依我说，妈妈也不用去，由着他们闹去罢，这也是没法儿的事了。"薛姨妈道："这那里还了得！"说着，自己扶了丫头，往金桂这边来。宝钗只得也跟着过去，又嘱咐香菱道："你在这里罢。"

母女同至金桂房门口，听见里头正还嚷哭不止。薛姨妈道："你们是怎么着，又这么家翻宅乱起来？这还像个人家儿吗？矮墙浅屋的，难道都不怕亲戚们听见笑话了么？”金桂屋里接声道：“我倒怕人笑话呢，只是这里扫帚颠倒竖，也没主子，也没奴才，也没大老婆，没小老婆：都是混帐世界了。我们夏家门子里没见过这样规矩，实在受不得你们家这样委屈了。”宝钗道：“大嫂子，妈妈因听见闹得慌才过来的，就是问的急了些，没有分清‘奶奶’、‘宝蟾’两字，也没有什么。如今且先把事情说开，大家和和气气的过日子，也省了妈妈天天为咱们操心哪。”薛姨妈道：“是啊，先把事情说开了，你再问我的不是，还不迟呢。”

金桂道：“好姑娘，好姑娘，你是个大贤大德的，你日后必定有个好人家好女婿，决不像我这样守活寡，举眼无亲，叫人家骑上头来欺负的。我是个没心眼儿的人，只求姑娘，我说话，别往死里挑检。我从小儿到如今，没有爹娘教导。再者，我们屋里老婆汉子、大女人小女人的事，姑娘也管不得。”宝钗听了这话，又是羞，又是气；见他母亲这样光景，又是疼不过。因忍了气说道：“大嫂子，我劝你少说句儿罢。谁挑检你？又是谁欺负你？别说是嫂子啊，就是秋菱，我也从来没有加他一点声气儿啊。”

金桂听了这几句话，更加拍着炕沿大哭起来说：“我那里比得秋菱？连他脚底下的泥我还跟不上呢。他是来久了的，知道姑娘的心事，又会献勤儿。我是新来的，又不会献勤儿，如何拿我比他？何苦来，天下有几个都是贵妃的命？行点好儿罢，别修的像我嫁个糊涂行子守活寡，那就是活活儿的现了眼了。”

薛姨妈听到这里，万分气不过，便站起身来道：“不是我护着自己的女孩儿，他句句劝你，你却句句怄他。你有什么过不去，不用寻他，勒死我倒也是稀松的。”宝钗忙劝道：“妈妈，你老人家不用动气。咱们既来劝他，自己生气，倒多了一层气。不如且去，等嫂子歇歇儿再说。”因吩咐宝蟾道：“你也别闹了。”说着，跟了薛姨妈便出来了。

走过院子里，只见贾母身边的丫头同着秋菱迎面走来。薛姨妈道：“你从那里来？老太太身上可安？”那丫头道：“老太太身上好。叫来请姨太太安，还谢谢前儿的荔枝，还给琴姑娘道喜。”宝钗道：“你多早晚来的？”那丫头道：“来了好一会子了。”薛姨妈料他知道，红着脸说道：“这如今，我们家里闹的也不像个过日子的人家了，叫你们那边听见笑话。”丫头道：“姨太太说那里的话，谁家没个碟大碗小磕着碰着的呢？那是姨太太多心罢咧。”说着，跟了回到薛姨妈房中，略坐了一回就去了。

宝钗正嘱咐香菱些话，只听薛姨妈忽然叫道：“左胁疼痛的很。”说着，便向炕上躺下。唬得宝钗、香菱二人手足无措。

要知后事如何，下回分解。

第八十四回

试文字宝玉始提亲
探惊风贾环重结怨

却说薛姨妈一时因被金桂这场气怄得肝气上逆，左胁作痛。宝钗明知是这个原故，也等不及医生来看，先叫人去买了几钱钩藤来，浓浓的煎了一碗，给他母亲吃了。又和秋菱给薛姨妈捶腿揉胸。停了一会儿，略觉安顿些。薛姨妈只是又悲又气：气的是金桂撒泼；悲的是宝钗有涵养，倒觉可怜。宝钗又劝了一回，不知不觉的睡了一觉，肝气也渐渐平复了。宝钗便说道："妈妈，你这种闲气，不要放在心上才好。过几天走的动了，乐得往那边老太太、姨妈处去说说话儿，散散闷也好。家里横竖有我和秋菱照看着，谅他也不敢怎么着。"薛姨妈点点头道："过两日看罢了。"

且说元妃疾愈之后，家中俱各喜欢。过了几日，有几个老公走来，带着东西、银两，宣贵妃娘娘之命：因家中省问勤劳，俱有赏赐。把物件、银两一一交代清楚。贾赦、贾政等禀明了贾母，一齐谢恩毕，太监吃了茶去了。大家回到贾母房中，说笑了一回。外面老婆子传进来说："小厮们来回道：那边有人请大老爷，说要紧的话呢。"贾母便向贾赦道："你去罢。"贾赦答应着，退出来自去了。

这里贾母忽然想起，合贾政笑道："娘娘心里却甚实惦记着宝玉，前儿还特特的问他来着呢。"贾政陪笑道："只是宝玉不大肯念书，辜负了娘娘的美意。"贾母道："我倒给他上了个好儿，说他近日文章都做上来了。"贾政笑道："那里能像老太太的话呢？"贾母道："你们时常叫他出去作诗作文，难道他都没作上来么？小孩子家，慢慢的教导他。可是人家说的：‘胖子也不是一口儿吃的。’”贾政听了这话，忙陪笑道：“老太太说的是。”

贾母又道：“提起宝玉，我还有一件事和你商量：如今他也大了，你们也该留神，看一个好孩子，给他定下。这也是他终身的大事。也别论远近亲戚，什么穷啊富的，只要深知那姑娘的脾性儿好，模样儿周正的，就好。”贾政道：“老太太吩咐的很是。但只一件：姑娘也要好，第一要他自己学好才好；不然，不稂不莠的，反倒耽误了人家的女孩儿，岂不可惜？”

贾母听了这话，心里却有些不喜欢，便说道：“论起来，现放着你们作父母的，那里用我去操心？但只我想宝玉这孩子从小儿跟着我，未免多疼他一点儿，耽误了他成人的正事，也是有的。只是我看他那生来的模样儿也还齐整，心性儿也还实在，未必一定是那种没出息的，必至糟蹋了人家的女孩儿。也不知是我偏心，我看着横竖比环儿略好些。不知你们看着怎么样。”

几句话，说得贾政心中甚实不安，连忙陪笑道：“老太太看的人也多了，既说他好，有造化，想来是不错的。只是儿子望他成人的性儿太急了一点，或者竟合古人的话相反，倒是莫知其子之美了。”一句话把贾母也怄笑了，众人也都陪着笑了。贾母因说道：“你这会子也有了几岁年纪，又居着官，自然越历练越老成。”说到这里，回头瞅着邢夫人合王夫人笑道：“想他那年轻的时候，那一种古怪脾气，比宝玉还加一倍呢。直等娶了媳妇，才略略的懂了些人事儿。如今只抱怨宝玉。这会子，我看宝玉比他还略体些人情儿呢。”说的邢夫人、王夫人都笑了，因说道：“老太太又说起逗笑儿的话儿来了。”

说着，小丫头子们进来告诉鸳鸯：“请示老太太，晚饭伺候下了。”贾母便问：“你们又咕咕唧唧的说什么？”鸳鸯笑着回明了。贾母道：“那么着，你们也都吃饭去罢，单留凤姐儿和珍哥媳妇跟着我吃罢。”贾政及邢、王二夫人都答应着，伺候摆上饭来，贾母又催了一遍，才都退出各散。

却说邢夫人自去了。贾政同王夫人进入房中，贾政因提起贾母方才的话来，说道：“老太太这么疼宝玉，毕竟要他有些实学，日后可以混得功名，才好不枉老太太疼他一场，也不至糟蹋了人家的女儿。”王夫人道：“老爷这话，自然是该当的。”贾政因派个屋里的丫头，传出去告诉李贵：“宝玉放学回来，索性吃饭后，再叫他过来，说我还要问他话呢。”李贵答应了“是”。

至宝玉放了学，刚要过来请安，只见李贵道：“二爷先不用过去，老爷吩咐了，今日叫二爷吃了饭就过去呢，听见还有话问二爷呢。”宝玉听了这话，又是一个闷雷，只得见过贾母，便回园吃饭。三口两口吃完，忙漱了口，便往贾政这边来。

贾政此时在内书房坐着，宝玉进来请了安，一旁侍立。贾政问道：“这几日我心上有事，也忘了问你。那一日，你说你师父叫你讲一个月的书，就要给你开笔。如今算来将两个月了，你到底开了笔了没有？”宝玉道：“才做过三次。师父说且不必回老爷知道，等好些，再回老爷知道罢。因此，这两天总没敢回。”贾政道：“是什么题目？”宝玉道：“一个是《吾十有五而志于学》，一个是《人不知而不愠》，一个是《则归墨》三字。”贾政道：“都有稿儿么？”宝玉道：“都是作了抄出来，师父又改的。”贾政道：“你带了家来了，还是在学房里呢？”宝玉道：“在学房里呢。”贾政道：“叫人取了来我瞧。”宝玉连忙叫人传话与焙茗：“叫他往学房中去，我书桌子抽屉里有一本薄薄儿竹纸本子，上面写着‘窗课’两字的就是，快拿来。”

一会儿，焙茗拿了来，递给宝玉，宝玉呈与贾政。贾政翻开看时，见头一篇写着题目是《吾十有五而志于学》。他原本破的是“圣人有志于学，幼而已然矣”。代儒却将“幼”字抹去，明用“十五”。贾政道：“你原本‘幼’字，便扣不清题目了。‘幼’字是从小起，至十六以前都是‘幼’。这章书是圣人自言学问工夫与年俱进的话，所以十五、三十、四十、五十、六十、七十，俱要明点出来，才见得到了几时有这么个光景，到了几时又有那么个光景。师父把你‘幼’字改了‘十五’，便明白了好些。”看到承题，那抹去的原本云：“夫不志于学，人之常也。”贾政摇头道：“不但是孩子气，可见你本性不是个学者的志气。”又看后句：“圣人十五而志之，不亦难乎？”说道：“这更不成话了。”然后看代儒的改本云：“夫人孰不学，而志于学者卒鲜。此圣人所为自信于十五时欤。”便问：“改的懂得么？”宝玉答应道：“懂得。”

又看第二艺，题目是《人不知而不愠》。便先看代儒的改本云：“不以不知而愠者，终无改其说乐矣。”方觑着眼看那抹去的底本，说道：“你是什么？‘能无愠人之心，纯乎学者也。’上一句似单做了‘而不愠’三个字的题目，下一句又犯了下文君子的分界。必如改笔，才合题位呢；且下句找清上文，方是书理。须要细心领略。”宝玉答应着。贾政又往下看：“夫不知，未有不愠者也；而竟不然。是非由说而乐者，曷克臻此。”原本末句：“非纯学者乎？”贾政道：“这也与破题同病的。这改的也罢了，不过清楚，还说得去。”

第三艺是《则归墨》。贾政看了题目，自己扬着头想了一想，因问宝玉道：“你的书讲到这里了么？”宝玉道：“师父说《孟子》好懂些，所以倒先讲《孟子》，大前日才讲完了。如今讲上《论语》呢。”贾政因看这个破、承倒没大改。破题云：“言于舍杨之外，若别无所归者焉。”贾政道：“第二句倒难为你。”“夫墨，非欲归者也，而墨之言已半天下矣，则舍杨之外，欲不归于墨，得乎？”贾政道：“这是你做的么？”宝玉答应道：“是。”贾政点点头儿，因说道：“这也并没有什么出色处，但初试笔能如此，还算不离。前年我在任上时，还出过《惟士为能》这个题目。那些童生都读过前人这篇，不能自出心裁，每多抄袭。你念过没有？”宝玉道：“也念过。”贾政道：“我要你另换个主意，不许雷同了前人，只做个破题也使得。”

宝玉只得答应着，低头搜索枯肠。贾政背着手，也在门口站着作想。只见一个小小厮往外飞走，看见贾政，连忙侧身垂手站住。贾政便问道：“作什么？”小厮回道：“老太太那边姨太太来了，二奶奶传出话来，叫预备饭呢。”贾政听了，也没言语，那小厮自去了。

谁知宝玉自从宝钗搬回家去，十分想念，听见薛姨妈来了，只当宝钗同来，心中早已忙了，便乍着胆子回道：“破题倒作了一个，但不知是不是。”贾政道：“你念来我听。”宝玉念道：“天下不皆士也，能无产者亦仅矣。”贾政听了，点着头道：“也还使得。以后作文，总要把界限分清，把神理想明白了，再去动笔。你来的时候，老太太知道不知道？”宝玉道：“知道的。”贾政道：“既如此，你还到老太太处去罢。”

宝玉答应了个“是”，只得拿捏着慢慢的退出。刚过穿廊月洞门的影屏，便一溜烟跑到贾母院门口。急得焙茗在后头赶着叫道：“看跌倒了！老爷来了。”宝玉那里听的见。刚进得门来，便听见王夫人、凤姐、探春等笑语之声。丫鬟们见宝玉来了，连忙打起帘子，悄悄告诉道：“姨太太在这里呢。”宝玉赶忙进来给薛姨妈请安，过来才给贾母请了晚安。贾母便问：“你今儿怎么这早晚才散学？”宝玉悉把贾政看文章并命作破题的话述了一遍。贾母笑容满面。

宝玉因问众人道：“宝姐姐在那里坐着呢？”薛姨妈笑道：“你宝姐姐没过来，家里和香菱作活呢。”宝玉听了，心中索然，又不好就走。只见说着话儿，已摆上饭来。自然是贾母、薛姨妈上坐，探春等陪坐。薛姨妈道：“宝哥儿呢？”贾母笑着说道：“宝玉跟着我这边坐罢。”宝玉连忙回道：“头里散学时，李贵传老爷的话，叫吃了饭过去，我赶着要了一碟菜，泡茶吃了一碗饭，就过去了。老太太和姨妈、姐姐们用罢。”贾母道：“既这么着，凤丫头就过来跟着我。你太太才说他今儿吃斋，叫他们自己吃去罢。”王夫人也道：“你跟着老太太、姨太太吃罢，不用等我，我吃斋呢。”于是凤姐告了坐，丫头安了杯箸，凤姐执壶斟了一巡才归坐。

大家吃着酒，贾母便问道：“可是才姨太太提香菱，我听见前儿丫头们说秋菱，不知是谁，问起来才知道是他。怎么那孩子好好的又改了名字呢？”薛姨妈满脸飞红，叹了口气道：“老太太再别提起。自从蟠儿娶了这个不知好歹的媳妇，成日家咕咕唧唧，如今闹的也不成个人家了。我也说过他几次，他牛心不听说，我也没那么大精神和他们尽着吵去，只好由他们去。可不是他嫌这丫头的名儿不好改的。”贾母道：“名儿什么要紧的事呢。”薛姨妈道：“说起来，我也怪臊的，其实老太太这边有什么不知道的。他那里是为这名儿不好，听见说，他因为是宝丫头起的，他才有心要改。”贾母道：“这又是什么原故呢？”薛姨妈把手绢子不住的擦眼泪，未曾说，又叹了一口气，道：“老太太还不知道呢，这如今媳妇子专和宝丫头怄气。前日老太太打发人看我去，我们家里正闹呢。”

贾母连忙接着问道：“可是前儿听见姨太太肝气疼，要打发人看去，后来听见说好了，所以没着人去。依我劝，姨太太竟把他们别放在心上。再者，他们也是新过门的小夫妻，过些时自然就好了。我看宝丫头性格儿温厚和平，虽然年轻，比大人还强几倍。前日那小丫头子回来说，我们这边还都赞叹了他一会子。都像宝丫头那样心胸儿，脾气儿，真是百里挑一的。不是我说句冒失话，那给人家作了媳妇儿，怎么叫公婆不疼，家里上上下下的不宾服呢。"

宝玉头里已经听烦了，推故要走，及听见这话，又坐下呆呆的往下听。薛姨妈道："不中用，他虽好，到底是女孩儿家。养了蟠儿这个糊涂孩子，真真叫我不放心：只怕在外头喝点子酒，闹出事来。幸亏老太太这里的大爷、二爷常和他在一块儿，我还放点儿心。"宝玉听到这里，便接口道："姨妈更不用悬心。薛大哥相好的都是些正经买卖大客人，都是有体面的，那里就闹出事来？"薛姨妈笑道："依你这样说，我敢只不用操心了。"说话间，饭已吃完。宝玉先告辞了，晚间还要看书，便各自去了。

这里丫头们刚捧上茶来，只见琥珀走过来向贾母耳朵旁边说了几句，贾母便向凤姐儿道："你快去罢，瞧瞧巧姐儿去罢。"凤姐听了。还不知何故。大家也怔了。琥珀遂过来向凤姐道："刚才平儿打发小丫头子来回二奶奶，说巧姐儿身上不大好，请二奶奶忙着些过来才好呢。"贾母因说道："你快去罢，姨太太也不是外人。"凤姐连忙答应，在薛姨妈跟前告了辞。又见王夫人说道："你先过去，我就去。小孩子家魂儿还不全呢，别叫丫头们大惊小怪的。屋里的猫儿狗儿，也叫他们留点儿神儿。尽着孩子贵气，偏有这些琐碎。"凤姐答应了，然后带了小丫头回房去了。

这里薛姨妈又问了一回黛玉的病。贾母道："林丫头那孩子倒罢了，只是心重些，所以身子就不大很结实了。要赌灵性儿，也和宝丫头不差什么；要赌宽厚待人里头，却不济他宝姐姐有耽待，有尽让了。"薛姨妈又说了两句闲话儿，便道："老太太歇着罢，我也要到家里去看看，只剩下宝丫头和香菱了。打那么同着姨太太看看巧姐儿。"贾母道："正是。姨太太上年纪的人，看看是怎么不好，说给他们，也得点主意儿。"薛姨妈便告辞，同着王夫人出来，往凤姐院里去了。

却说贾政试了宝玉一番，心里却也喜欢，走向外面和那些门客闲谈。说起方才的话来，便有新近到来、最善大棋的一个王尔调名作梅的说道："据我们看来，宝二爷的学问已是大进了。"贾政道："那有进益，不过略懂得些罢咧，'学问'两个字早得很呢。"詹光道："这是老世翁过谦的话。不但王大兄这般说，就是我们看，宝二爷必定要高发的。"贾政笑道："这也是诸位过爱的意思。"

那王尔调又道："晚生还有一句话，不揣冒昧，合老世翁商议。"贾政道："什么事？"王尔调陪笑道："也是晚生的相与，做过南韶道的张大老爷家，有一位小姐，说是生的德容功貌俱全，此时尚未受聘。他又没有儿子，家资巨万，但是要富贵双全的人家，女婿又要出众，才肯作亲。晚生来了两个月，瞧着宝二爷的人品学业，都是必要大成的。老世翁这样门楣，还有何说？若晚生过去，包管一说就成。"贾政道："宝玉说亲，却也是年纪了，并且老太太常说起。但只张大老爷素来尚未深悉。"詹光道："王兄所提张家，晚生却也知道；况合大老爷那边是旧亲，老世翁一问便知。"贾政想了一回，道："大老爷那边，不曾听得这门亲戚。"詹光道："老世翁原来不知，这张府上原和邢舅太爷那边有亲的。"贾政听了，方知是邢夫人的亲戚。

坐了一回，进来了，便要同王夫人说知，转问邢夫人去。谁知王夫人陪了薛姨妈到凤姐那边看巧姐儿去了。那天已经掌灯时候，薛姨妈去了，王夫人才过来了。贾政告诉了王尔调和詹光的话，又问："巧姐儿怎么了？"王夫人道："怕是惊风的光景。"贾政道："不甚利害呀？"王夫人道："看着是搐风的来头，只还没搐出来呢。"贾政听了，咳了一声，便不言语，各自安歇不提。

却说次日邢夫人过贾母这边来请安，王夫人便提起张家的事，一面回贾母，一面问邢夫人。邢夫人道："张家虽系老亲，但近年来久已不通音信，不知他家的姑娘是怎么样的。倒是前日孙亲家太太打发老婆子来问安，却说起张家的事，说他家有个姑娘，托孙亲家那边有对劲的提一提。听见说，只这一个女孩儿，十分娇养，也识得几个字，见不得大阵仗儿，常在屋里不出来的。张大老爷又说，只有这一个女孩儿，不肯嫁出去，怕人家公婆严，姑娘受不得委屈；必要女婿过门，赘在他家，给他料理些家事。”

贾母听到这里，不等说完，便道：“这断使不得。我们宝玉，别人伏侍他还不够呢，倒给人家当家去！”邢夫人道：“正是老太太这个话。”贾母因向王夫人道：“你回来告诉你老爷，就说我的话，这张家的亲事是作不得的。”王夫人答应了。

贾母便问：“你们昨日看巧姐儿怎么样？头里平儿来回我，说很不大好，我也要过去看看呢。”邢、王二夫人道：“老太太虽疼他，他那里耽的住？”贾母道：“却也不止为他，我也要走动走动，活活筋骨儿。”说着，便吩咐：“你们吃饭去罢，回来同我过去。”邢、王二夫人答应着出来，各自去了。

一时吃了饭，都来陪贾母到凤姐房中。凤姐连忙出来，接了进去。贾母便问：“巧姐儿到底怎么样？”凤姐儿道：“只怕是搐风的来头。”贾母道：“这么着还不请人赶着瞧？”凤姐道：“已经请去了。”贾母因同邢、王二夫人进房来看，只见奶子抱着，用桃红绫子小绵被儿裹着，脸皮趣青，眉梢、鼻翅微有动意。贾母同邢、王二夫人看了看，便出外间坐下。

正说间，只见一个小丫头回凤姐道：“老爷打发人问姐儿怎么样。”凤姐道：“替我回老爷，就说请大夫去了。一会儿开了方子，就过去回老爷。”贾母忽然想起张家的事来，向王夫人道：“你该就去告诉你老爷，省了人家去说了，回来又驳回。”又问邢夫人道：“你们和张家如今为什么不走了？”邢夫人因又说：“论起那张家行事，也难合咱们作亲：太啬克，没的玷辱了宝玉。”凤姐听了这话，已知八九，便问道：“太太不是说宝兄弟的亲事？”邢夫人道：“可不是么。”贾母接着，因把刚才的话告诉凤姐。凤姐笑道：“不是我当着老祖宗、太太们跟前说句大胆的话，现放着天配的姻缘，何用别处去找？”贾母笑问道：“在那里？”凤姐道：“一个‘宝玉’，一个‘金锁’，老太太怎么忘了？”贾母笑了一笑，因说：“昨日你姑妈在这里，你为什么不提？”凤姐道：“老祖宗和太太们在前头，那里有我们小孩子家说话的地方儿？况且姨妈过来瞧老祖宗，怎么提这些个？这也得太太们过去求亲才是。”贾母笑了，邢、王二夫人也都笑了。贾母因道："可是我背晦了。"

说着，人回："大夫来了。"贾母便坐在外间，邢、王二夫人略避。那大夫同贾琏进来，给贾母请了安，方进房中。看了出来，站在地下，躬身回贾母道："妞儿一半是内热，一半是惊风。须先用一剂发散风痰药，还要用四神散才好，因病势来的不轻。如今的牛黄都是假的，要找真牛黄方用得。"贾母道了乏。那大夫同贾琏出去，开了方子，去了。凤姐道："人参家里常有，这牛黄倒怕未必有。外头买去，只是要真的才好。"王夫人道："等我打发人到姨太太那边去找找，他家蟠儿向来和那些西客们做买卖，或者有真的，也未可知。我叫人去问问。"

正说话间，众姊妹都来瞧来了，坐了一回，也都跟着贾母等去了。

这里煎了药，给巧姐儿灌下去了，只见喀的一声，连药带痰都吐出来，凤姐才略放了一点儿心。只见王夫人那边的小丫头拿着一点儿的小红纸包儿，说道："二奶奶，牛黄有了。太太说了，叫二奶奶亲自把分两对准了呢。"凤姐答应着接过来，便叫平儿配齐了真珠、冰片、朱砂，快熬起来。自己用戥子按方称了，搀在里面，等巧姐儿醒了，好给他吃。只见贾环掀帘进来，说："二姐姐，你们巧姐儿怎么了？妈叫我来瞧瞧他。"凤姐见了他母子便嫌，说："好些了。你回去说，叫你们姨娘想着。"

那贾环口里答应，只管各处瞧看。看了一会，便问凤姐儿道："你这里听见说有牛黄，不知牛黄是怎么个样儿？给我瞧瞧呢。"凤姐道："你别在这里闹了，妞儿才好些。那牛黄都煎上了。"贾环听了，便去伸手拿那铞子瞧时，岂知措手不及，沸的一声，铞子倒了，火已泼灭了一半。贾环见不是事，自觉没趣，连忙跑了。凤姐急的火星直爆，骂道："真真那一世的对头冤家！你何苦来还来使促狭？从前你妈要想害我，如今又来害妞儿，我和你几辈子的仇呢？"一面骂平儿不照应。

正骂着，只见丫头来找贾环。凤姐道："你去告诉赵姨娘，说他操心也太苦了。巧姐儿死定了，不用他惦着了！"平儿急忙在那里配药再熬。那丫头摸不着头脑，便悄悄问平儿道："二奶奶为什么生气？"平儿将环哥弄倒药铞子说了一遍。丫头道："怪不得他不敢回来，躲了别处去了。这环哥儿明日还不知怎么样呢。平姐姐，我替你收拾罢。"平儿说："这倒不消。幸亏牛黄还有一点，如今配好了。你去罢。"丫头道："我一准回去告诉赵姨奶奶，也省了他天天说嘴。"

丫头回去，果然告诉了赵姨娘。赵姨娘气的叫快找环儿。环儿在外间屋子里躲着，被丫头找了来。赵姨娘便骂道："你这个下作种子！你为什么弄洒了人家的药，招的人家咒骂？我原叫你去问一声，不用进去。你偏进去，又不就走，还要虎头上捉虱子。你看我回了老爷，打你不打。"

这里赵姨娘正说着，只听贾环在外间屋子里更说出些惊心动魄的话来。

未知何言，下回分解。

第八十五回

贾存周报升郎中任
薛文起复惹放流刑

话说赵姨娘正在屋里抱怨贾环，只听贾环在外间屋里发话道："我不过弄倒了药锅子，洒了一点子药，那丫头子又没就死了，值的他也骂我，你也骂我，赖我心坏，把我往死里糟蹋？等着我明儿还要那小丫头子的命呢！看你们怎么着？只叫他们隄防着就是了。"那赵姨娘赶忙从里间出来，握住他的嘴，说道："你还只管信口胡唚，还叫人家先要了你的命呢！"娘儿两个吵了一回。赵姨娘听见凤姐的话，越想越气，也不着人来安慰凤姐一声儿。过了几天，巧姐儿也好了。因此，两边结怨比从前更加一层了。

一日，林之孝进来回道："今日是北静郡王生日，请老爷的示下。"贾政吩咐道："只按向年旧例办了，回大老爷知道，送去就是了。"林之孝答应了，自去办理。

不一时，贾赦过来，同贾政商议，带了贾珍、贾琏、宝玉去给北静王拜寿。别人还不理论，惟有宝玉素日仰慕北静王的容貌威仪，巴不得常见才好，遂连忙换了衣服，跟着来到北府。贾赦、贾政递了职名候谕。

不多时，里面出来了一个太监，手里掐着数珠儿。见了贾赦、贾政，笑嘻嘻的说道："二位老爷好？"贾赦、贾政也都赶忙问好，他兄弟三人也过来问了好。那太监道："王爷叫请进去呢。"于是爷儿五个跟着那太监进入府中。过了两层门，转过一层殿去，里面方是内宫门。刚到门前，大家站住，那太监先进去回王爷去了。这里门上小太监都迎着问了好。

一时，那太监出来，说了个“请”字，爷儿五个肃敬跟入。只见北静郡王穿着礼服，已迎到殿门廊下。贾赦、贾政先上来请安，挨次便是珍、琏、宝玉请安。那北静郡王单拉着宝玉道：“我久不见你，很惦记你。”因又笑问道：“你那块玉好？”宝玉躬着身打着一半千儿回道：“蒙王爷福庇，都好。”北静王道：“今日你来，没有什么好东西给你吃的，倒是大家说说话儿罢。”说着，几个老公打起帘子。北静王说：“请。”自己却先进去，然后贾赦等都躬着身跟进去。先是贾赦请北静王受礼，北静王也说了两句谦辞。那贾赦早已跪下，次及贾政等挨次行礼，自不必说。

那贾赦等复肃敬退出。北静王吩咐太监等让在众戚旧一处，好生款待。却单留宝玉在这里说话儿，又赏了坐。宝玉又磕头谢了恩，在挨门边绣墩上侧坐，说了一回读书作文诸事。北静王甚加爱惜，又赏了茶。因说道：“昨儿巡抚吴大人来陛见，说起令尊翁前任学政时，秉公办事，凡属生童，俱心服之至。他陛见时，万岁爷也曾问过，他也十分保举，可知是令尊翁的喜兆。”宝玉连忙站起，听毕这一段话，才回启道：“此是王爷的恩典。吴大人的盛情。”

正说着，小太监进来回道：“外面诸位大人老爷都在前殿谢王爷赏宴。”说着，呈上谢宴并请午安的片子来。北静王略看了看，仍递给小太监，笑了一笑，说道：“知道了，劳动他们。”那小太监又回道：“这贾宝玉，王爷单赏的饭预备了。”北静王便命那太监带了宝玉，到一所极小巧精致的院里，派人陪着吃了饭，又过来谢了恩。北静王又说了些好话儿，忽然笑说道：“我前次见你那块玉倒有趣儿，回来说了个式样，叫他们也作了一块来。今日你来得正好，就给你带回去玩罢。”因命小太监取来，亲手递给宝玉。宝玉接过来捧着，又谢了，然后退出。北静王又命两个小太监跟出来，才同着贾赦等回来了。贾赦见过贾母，便各自回去。

这里贾政带着他三人请过了贾母的安，又说了些府里遇见什么人。宝玉又回了贾政，吴大人陛见保举的话。贾政道：“这吴大人，本来咱们相好，也是我辈中人，还倒是有骨气的。”又说了几句闲话儿，贾母便叫：“歇着去罢。”

贾政退出，珍、琏、宝玉都跟到门口。贾政道："你们都回去陪老太太坐着去罢。"说着便回房去。刚坐了一坐，只见一个小丫头回道："外面林之孝请老爷回话。"说着递上个红单帖来，写着吴巡抚的名字。贾政知道来拜，便叫小丫头叫林之孝进来。贾政出至廊檐下，林之孝进来回道："今日巡抚吴大人来拜，奴才回了去了。再，奴才还听见说，现今工部出了一个郎中缺，外头人和部里都吵嚷是老爷拟正呢。"贾政道："瞧罢咧。"林之孝又回了几句话，才出去了。

且说珍、琏、宝玉三人回去，独有宝玉到贾母那边，一面述说北静王待他的光景，并拿出那块玉来。大家看着，笑了一回。贾母因命人："给他收起去罢，别丢了。"因问："你那块玉好生带着罢，别闹混了。"宝玉便在项上摘下来说："这不是我那一块玉，那里就掉了呢？比起来，两块玉差远着呢，那里混得过？我正要告诉老太太：前儿晚上我睡的时候，把玉摘下来挂在帐子里，他竟放起光来了，满帐子都是红的。"贾母说道："又胡说了。帐子的檐子是红的，火光照着，自然红是有的。"宝玉道："不是。那时候灯已灭了，屋里都漆黑的了，还看的见他呢。"邢、王二夫人抿着嘴笑。凤姐道："这是喜信发动了。"宝玉道："什么喜信？"贾母道："你不懂得。今儿个闹了一天，你去歇歇儿去罢，别在这里说呆话了。"宝玉又站了一会儿，才回园中去了。

这里贾母问道："正是，你们去看姨太太，说起这事来没有？"王夫人道："本来就要去看，因凤丫头为巧姐儿病着，耽搁了两天，今儿才去的。这事我们告诉了，他姨妈倒也十分愿意，只说蟠儿这时候不在家，目今他父亲没了，只得和他商量商量再办。"贾母道："这也是情理的话。既这么样，大家先别提起，等姨太太那边商量定了再说。"

不说贾母处谈论亲事。且说宝玉回到自己房中，告诉袭人道："老太太和凤姐姐方才说话，含含糊糊，不知是什么意思。"袭人想了想，笑了一笑道："这个我也猜不着。但只刚才说这些话时，林姑娘在跟前没有？"宝玉道："林姑娘才病起来，这些时何曾到老太太那边去呢？”正说着，只听外间屋里麝月与秋纹拌嘴。袭人道：“你两个又闹什么？”麝月道：“我们两个斗牌，他赢了我的钱，他拿了去；他输了钱，就不肯拿出来。这也罢了，他倒把我的钱都抢了去了。”宝玉笑道：“几个钱，什么要紧？傻东西，不许闹了。”说的两个人都咕嘟着嘴，坐着去了。这里袭人打发宝玉睡下，不提。

却说袭人听了宝玉方才的话，也明知是给宝玉提亲的事，因恐宝玉每有痴想，这一提起，不知又招出他多少呆话来，所以故作不知。自己心上却也是头一件关切的事。夜间躺着，想了个主意：“不如去见见紫鹃，看他有什么动静，自然就知道了。”

次日一早起来，打发宝玉上了学，自己梳洗了，便慢慢的去到潇湘馆来。只见紫鹃正在那里掐花儿呢，见袭人进来，便笑嘻嘻的道：“姐姐屋里坐着。”袭人道：“坐着。妹妹掐花儿呢吗？姑娘呢？”紫鹃道：“姑娘才梳洗完了，等着温药呢。”紫鹃一面说着，一面同袭人进来，见黛玉正在那里拿着一本书看。袭人陪着笑道：“姑娘怨不得劳神，起来就看书。我们宝二爷念书，若能像姑娘这样，岂不好了呢！”黛玉笑着把书放下。雪雁已拿着个小茶盘里托着一钟药、一钟水，小丫头在后面捧着痰盒、漱盂，进来。

原来袭人来时，要探探口气，坐了一会，无处入话。又想着黛玉最是心多，探不成消息，再惹着了他，倒是不好。又坐了坐，搭讪着辞了出来了。将到怡红院门口，只见两个人在那里站着呢，袭人不便往前走。那一个早看见了，连忙跑过来。袭人一看，却是锄药，因问：“你作什么？”锄药道：“刚才芸二爷来了，拿了个帖儿，说给咱们宝二爷瞧的，在这里候信。”袭人道：“宝二爷天天上学，你难道不知道？还候什么信呢？”锄药笑道：“我告诉他了，他叫告诉姑娘，听姑娘的信呢。”

袭人正要说话，只见那一个也慢慢的蹭过来了，细看时就是贾芸，溜溜湫湫往这边来了。袭人见是贾芸，连忙向锄药道：“你告诉说知道了，回来给宝二爷瞧罢。”那贾芸原要过来和袭人说话，无非亲近之意，又不敢造次，只得慢慢踱来。相离不远，不想袭人说出这话，自己也不好再往前走，只好站住。这里袭人已掉背脸往回里去了。贾芸只得怏怏而回，同锄药出去了。

晚间宝玉回房，袭人便回道："今日廊下小芸二爷来了。"宝玉道："作什么？"袭人道："他还有个帖儿呢。"宝玉道："在那里？拿来我看看。"麝月便走去，在里间屋里书槅子上头拿了来。宝玉接过看时，上面皮儿上写着"叔父大人安禀"。宝玉道："这孩子怎么又不认我作父亲了？"袭人道："怎么？"宝玉道："前年他送我白海棠时，称我作'父亲大人'，今日这帖子封皮上写着'叔父'，可不是又不认了么。"袭人道："他也不害臊，你也不害臊。他那么大了，倒认你这么大儿的作父亲，可不是他不害臊？你正经连个……"刚说到这里，脸一红，微微的一笑。宝玉也觉得了，便道："这倒难讲。俗语说：'和尚无儿，孝子多着呢。'只是我看着他还伶俐，得人心儿，才这么着。他不愿意，我还不稀罕呢。"说着，一面拆那帖儿。袭人也笑道："那小芸二爷也有些鬼鬼头头的。什么时候又要看人，什么时候又躲躲藏藏的，可知也是个心术不正的货。"

宝玉只顾拆开看那字儿，也不理会袭人这些话。袭人见他看那字儿，皱一会眉，又笑一笑儿，又摇摇头儿，后来光景竟不大奈烦起来。袭人等他看完了，问道："是什么事情？"宝玉也不答言，把那帖子已经撕作几段。袭人见这般光景，也不便再问，便问宝玉："吃了饭，还看书不看？"宝玉道："可笑芸儿这孩子，竟这样的混帐！"袭人见他所答非所问，便微微的笑着问道："到底是什么事？"宝玉道："问他作什么，咱们吃饭罢。吃了饭歇着罢，心里闹的怪烦的。"说着，叫小丫头子点了一个火儿来，把那撕的帖儿烧了。

一时，小丫头们摆上饭来，宝玉只是怔怔的坐着。袭人连哄带怄，催着吃了一口儿饭，便搁下了，仍是闷闷的歪在床上。一时间，忽然掉下泪来。此时袭人、麝月都摸不着头脑。麝月道："好好儿的，这又是为什么？都是什么芸儿雨儿的，不知什么事，弄了这么个浪帖子来，惹的这么傻了的似的，哭一会子，笑一会子。要天长日久，闹起这闷葫芦来，可叫人怎么受呢。"说着，竟伤起心来。袭人旁边由不得要笑，便劝道："好妹妹，你也别怄人了。他一个人就够受了，你又这么着。他那帖子上的事，难道与你相干？”麝月道：“你混说起来了。知道他帖儿上写的是什么混帐话？你混往人身上扯。要那么说，他帖儿上只怕倒与你相干呢。”袭人还未答言，只听宝玉在床上扑哧的一声笑了，爬起来，抖了抖衣裳，说：“咱们睡觉罢，别闹了，明日我还起早念书呢。”说着便躺下睡了。一宿无话。

次日，宝玉起来，梳洗了，便往家塾里去。走出院门，忽然想起，叫焙茗略等，急忙转身回来叫：“麝月姐姐呢？”麝月答应着出来，问道：“怎么又回来了？”宝玉道：“今日芸儿要来了，告诉他别在这里闹；再闹，我就回老太太和老爷去了。”麝月答应了，宝玉才转身去了。刚往外走着，只见贾芸慌慌张张往里来，看见宝玉，连忙请安，说：“叔叔大喜了！”那宝玉估量着是昨日那件事，便说道：“你也太冒失了，不管人心里有事没事，只管来搅。”贾芸陪笑道：“叔叔不信，只管瞧去，人都来了，在咱们大门口呢。”宝玉越发急了，说：“这是那里的话？”

正说着，只听外边一片声嚷起来。贾芸道：“叔叔听，这不是？”宝玉越发心里狐疑起来。只听一个人嚷道：“你们这些人好没规矩，这是什么地方，你们在这里混嚷。”那人答道：“谁叫老爷升了官呢，怎么不叫我们来吵喜呢。别人家盼着吵还不能呢。”宝玉听了，才知道是贾政升了郎中了，人来报喜的，心中自是甚喜。连忙要走时，贾芸赶着说道：“叔叔乐不乐？叔叔的亲事要再成了，不用说，是两层喜了。”宝玉红了脸，啐了一口道：“呸！没趣儿的东西！还不快走呢。”贾芸把脸红了，道：“这有什么的，我看你老人家就不……”宝玉沉着脸道：“就不什么？”贾芸未及说完，也不敢言语了。

宝玉连忙来到家塾中，只见代儒笑着说道：“我才刚听见你老爷升了，你今日还来了么？”宝玉陪笑道：“过来见了太爷，好到老爷那边去。”代儒道：“今日不必来了，放你一天假罢。可不许回园子里玩去。你年纪不小了，虽不能办事，也当跟着你大哥他们学学才是。”

宝玉答应着回来。刚走到二门口，只见李贵走来迎着，旁边站住，笑道："二爷来了么？奴才才要到学里请去。"宝玉笑道："谁说的？"李贵道："老太太才打发人到院里去找二爷，那边的姑娘们说二爷学里去了。刚才老太太打发人出来，叫奴才去给二爷告几天假。听说还要唱戏贺喜呢。二爷就来了。"说着，宝玉自己进来。进了二门，只见满院里丫头、老婆都是笑容满面，见他来了，笑道："二爷这早晚才来，还不快进去给老太太道喜去呢。"

宝玉笑着进了房门，只见黛玉挨着贾母左边坐着呢，右边是湘云，地下邢、王二夫人。探春、惜春、李纨、凤姐、李纹、李绮、邢岫烟一干姐妹都在屋里，只不见宝钗、宝琴、迎春三人。宝玉此时喜的无话可说，忙给贾母道了喜，又给邢、王二夫人道喜。一一见了众姐妹，便向黛玉笑道："妹妹身体可大好了？"黛玉也微笑道："大好了。听见说二哥哥身上也欠安，好了么？"宝玉道："可不是。我那日夜里忽然心里疼起来，这几天刚好些就上学去了，也没能过去看妹妹。"黛玉不等他说完，早扭过头和探春说话去了。

凤姐在地下站着，笑道："你两个那里像天天在一块儿的，倒像是客，有这么些套话，可是人说的'相敬如宾'了。"说的大家都一笑。黛玉满脸飞红，又不好说，又不好不说，迟了一会儿，才说道："你懂得什么！"众人越发笑了。

凤姐一时回过味来，才知道自己出言冒失。正要拿话岔时，只见宝玉忽然向黛玉道："林妹妹，你瞧芸儿这种冒失鬼……"说了这一句，方想起来，便不言语了。招的大家又都笑起来，说："这从那里说起？"黛玉也摸不着头脑，也跟着讪讪的笑。宝玉无可搭讪，因又说道："可是刚才我听见有人要送戏，说是几儿？"大家都瞅着他笑。凤姐儿道："你在外头听见，你来告诉我们，你这会子问谁呢？"宝玉得便说道："我外头再去问问去。"贾母道："别跑到外头去：头一件，看报喜的笑话；第二件，你老子今日大喜，回来碰见你，又该生气了。"宝玉答应了个"是"，才出来了。

这里贾母因问凤姐："谁说送戏的话？"凤姐道："说是二舅舅那边说，后儿日子好，送一班新出的小戏儿，给老太太、老爷、太太贺喜。"因又笑着说道："不但日子好，还是好日子呢：后日还是……"却瞅着黛玉笑。黛玉也微笑。王夫人因道："可是呢，后日还是外甥女儿的好生日呢。"贾母想了一想，也笑道："可见我如今老了，什么事都糊涂了。亏了有我这凤丫头，是我个给事中。既这么着，很好：他舅舅家给他们贺喜，你舅舅家就给你做生日，岂不好呢。"说的大家都笑起来，说道："老祖宗说句话儿，都是上篇上论的，怎么怨得有这么大福气呢。"说着，宝玉进来，听见这些话，越发乐的手舞足蹈了。

一时，大家都在贾母这边吃饭，甚是热闹，自不必说。饭后，贾政谢恩回来，给宗祠里磕了头，便来给贾母磕头，站着说了几句话，便出去拜客去了。

这里接连着亲戚、族中的人，来来去去，闹闹攘攘，车马填门，貂蝉满坐。真个是：

花到正开蜂蝶闹，月逢十足海天宽。

如此两日，已是庆贺之期。这日一早，王子胜和亲戚家已送过一班戏来，就在贾母正厅前搭起行台。外头爷们都穿着公服陪侍。亲戚来贺的，约有十馀桌酒。里面为着是新戏，又见贾母高兴，便将琉璃戏屏隔在后厦，里面也摆下酒席。上首薛姨妈一桌，是王夫人、宝琴陪着；对面老太太一桌，是邢夫人、岫烟陪着。下面尚空两桌，贾母叫他们快来。

一会儿，只见凤姐领着众丫头，都簇拥着黛玉来了。那黛玉略换了几件新鲜衣服，打扮得宛如嫦娥下界，含羞带笑的出来见了众人。湘云、李纹、李绮都让他上首坐，黛玉只是不肯。贾母笑道："今日你坐了罢。"薛姨妈站起来问道："今日林姑娘也有喜事么？"贾母笑道："是他的生日。"薛姨妈道："咳！我倒忘了。"走过来说道："恕我健忘。回来叫宝琴过来拜姐姐的寿。"黛玉笑说："不敢。"大家坐了。

那黛玉留神一看，独不见宝钗，便问道："宝姐姐可好么？为什么不过来？”薛姨妈道：“他原该来的，只因无人看家，所以不来。”黛玉红着脸，微笑道：“姨妈那里又添了大嫂子，怎么倒用宝姐姐看起家来？大约是他怕人多热闹懒怠来罢。我倒怪想他的。”薛姨妈笑道：“难得你惦记他。他也常想你们姐儿们。过一天，我叫他来大家叙叙。”

说着，丫头们下来斟酒上菜。外面已开戏了，出场自然是一两出吉庆戏文。及至第三出，只见金童玉女，旗幡宝幢，引着一个霓裳羽衣的小旦，头上披着一条黑帕，唱了几句儿进去了。众皆不知。听见外面人说：“这是新打的《蕊珠记》里的《冥升》。小旦扮的是嫦娥，前因堕落人寰，几乎给人为配，幸亏观音点化，他就未嫁而逝。此时升引月宫，不听见曲里头唱的：‘人间只道风情好，那知道秋月春花容易抛。几乎不把广寒宫忘却了。’”第四出是《吃糠》。第五出是达摩带着徒弟过江回去，正扮出些海市蜃楼，好不热闹。

众人正在高兴时，忽见薛家的人满头汗闯进来，向薛蝌说道：“二爷快回去，一并里头回明太太也请回去，家里有要紧事。”薛蝌道：“什么事？”家人道：“家去说罢。”薛蝌也不及告辞就走了。薛姨妈见里头丫头传进话去，更骇得面如土色，即忙起身，带着宝琴，别了一声，即刻上车回去了。弄得内外愕然。贾母道：“咱们这里打发人跟过去听听，到底是什么事，大家都关切的。”众人答应了个“是”。

不说贾府依旧唱戏。单说薛姨妈回去，只见有两个衙役站在二门口，几个当铺里伙计陪着，说：“太太回来，自有道理。”正说着，薛姨妈已进来了。那衙役们见跟从着许多男妇，簇拥着一位老太太，便知是薛蟠之母。看见这个势派，也不敢怎么，只得垂手侍立，让薛姨妈进去了。

那薛姨妈走到厅房后面，早听见有人大哭，却是金桂。薛姨妈赶忙走来，只见宝钗迎出来，满面泪痕，见了薛姨妈，便道：“妈妈听见了，先别着急，办事要紧。”薛姨妈同宝钗进了屋子，因为头里进门时，已经走着听见家人说了，吓的战战兢兢的了，一面哭着，因问：“到底是合谁？”只见家人回道：“太太此时且不必问那些底细，凭他是谁，打死了总是要偿命的，且商量怎么办才好。”薛姨妈哭了出来道：“还有什么商议？”家人道：“依小的们的主见：今夜打点银两，同着二爷赶去，和大爷见了面，就在那里访一个有斟酌的刀笔先生，许他些银子，先把死罪撕掳开，回来再求贾府去上司衙门说情。还有外面的衙役，太太先拿出几两银子来，打发了他们，我们好赶着办事。”

薛姨妈道：“你们找着那家子，许他发送银子，再给他些养济银子，原告不追，事情就缓了。”宝钗在帘内说道：“妈妈，使不得。这些事，越给钱越闹的凶，倒是刚才小厮说的话是。”薛姨妈又哭道：“我也不要命了，赶到那里见他一面，同他死在一处就完了。”

宝钗急的一面劝，一面在帘子里叫人：“快同二爷办去罢。”丫头们搀进薛姨妈来。薛蝌才往外走，宝钗道：“有什么信，打发人即刻寄了来。你们只管在外头照料。”薛蝌答应着去了。

这宝钗方劝薛姨妈，那里金桂趁空儿抓住香菱，又和他嚷道：“平常你们只管夸他们家里打死了人，一点事也没有，就进京来了的，如今撺掇的真打死人了。平日里只讲有钱有势，有好亲戚，这时候我看着也是吓的慌手慌脚的了。大爷明儿有个好歹儿不能回来时，你们各自干你们的去了，撂下我一个人受罪。”说着，又大哭起来。这里薛姨妈听见，越发气的发昏。宝钗急的没法。

正闹着，只见贾府中王夫人早打发大丫头过来打听来了。宝钗虽心知自己是贾府的人了，一则尚未提明，二则事急之时，只得向那大丫头道：“此时事情头尾尚未明白，就只听见说我哥哥在外头打死了人，被县里拿了去了，也不知怎么定罪呢。刚才二爷才去打听去了，一半日得了准信，赶着就给那边太太送信去。你先回去道谢太太惦记着，底下我们还有多少仰仗那边爷们的地方呢。”那丫头答应着去了。

薛姨妈和宝钗在家抓摸不着。过了两日，只见小厮回来，拿了一封书，交给小丫头拿进去。宝钗拆开看时，书内写着：

大哥人命是误伤，不是故杀。今早用蝌出名，补了一张呈纸进去，尚未批出。大哥前头口供甚是不好。待此纸批准后，再录一堂，能够翻供得好，便可得生了。快向当铺内再取银五百两来使用，千万莫迟。并请太太放心。馀事问小厮。

宝钗看了，一一念给薛姨妈听了。薛姨妈拭着眼泪说道："这么看起来，竟是死活不定了。"宝钗道："妈妈先别伤心，等着叫进小厮来，问明了再说。"一面打发小丫头把小厮叫进来。薛姨妈便问小厮道："你把大爷的事细说与我听听。"小厮道："我那一天晚上听见大爷和二爷说的，把我唬糊涂了。"

未知小厮说出什么话来，下回分解。

第八十六回

受私贿老官翻案牍
寄闲情淑女解琴书

话说薛姨妈听了薛蝌的来书，因叫进小厮，问道："你听见你大爷说，到底是怎么就把人打死了呢？"小厮道："小的也没听真切。那一日，大爷告诉二爷说……"说着回头看了一看，见无人，才说道："大爷说：自从家里闹的特利害，大爷也没心肠了，所以要到南边置货去。这日想着约一个人同行，这人在咱们这城南二百多地住。大爷找他去了，遇见在先和大爷好的那个蒋玉函，带着些小戏子进城，大爷同他在个铺子里吃饭喝酒。因为这当槽儿的尽着拿眼瞟蒋玉函，大爷就有了气了。后来蒋玉函走了。第二天，大爷就请找的那个人喝酒。酒后想起头一天的事来，叫那当槽儿的换酒，那当槽儿的来迟了，大爷就骂起来了。那个人不依，大爷就拿起酒碗照他打去。谁知那个人也是个泼皮，便把头伸过来叫大爷打。大爷拿碗就砸他的脑袋，一下子就冒了血了，躺在地下。头里还骂，后头就不言语了。"薛姨妈道："怎么也没人劝劝吗？"那小厮道："这个没听见大爷说，小的不敢妄言。"薛姨妈道："你先去歇歇罢。"小厮答应出来。

这里薛姨妈自来见王夫人，托王夫人转求贾政。贾政问了前后，也只好含糊应了，只说等薛蝌递了呈子，看他本县怎么批了，再作道理。

这里薛姨妈又在当铺里兑了银子，叫小厮赶着去了。三日后果有回信。薛姨妈接着了，即叫小丫头告诉宝钗，连忙过来看了。只见书上写道：

带去银两，做了衙门上下使费。哥哥在监，也不大吃苦，请太太放心。独是这里的人很刁，尸亲、见证都不依，连哥哥请的那个朋友也帮着他们。我与李祥两个俱系生地生人，幸找着一个好先生，许他银子，才讨个主意：说是须得拉扯着同哥哥喝酒的吴良，弄人保出他来，许他银两，叫他撕掳。他若不依，便说张三是他打死，明推在异乡人身上，他吃不住，就好办了。我依着他，果然吴良出来。现在买嘱尸亲、见证，又做了一张呈子，前日递的，今日批来，请看呈底便知。

因又念呈底道：

具呈人某，呈为兄遭飞祸代伸冤抑事：窃生胞兄薛蟠，本籍南京，寄寓西京，于某年月日，备本往南贸易。去未数日，家奴送信回家，说遭人命。生即奔宪治，知兄误伤张姓。及至囹圄，据兄泣告，实与张姓素不相认，并无仇隙。偶因换酒角口，先兄将酒泼地，恰值张三低头拾物，一时失手，酒碗误碰囟门身死。蒙恩拘讯，兄惧受刑，承认斗殴致死。仰蒙宪天仁慈，知有冤抑，尚未定案。生兄在禁，具呈诉辩，有干例禁；生念手足，冒死代呈。伏乞宪慈恩准提证质讯，开恩莫大，生等举家仰戴鸿仁，永永无既矣！激切上呈。

批的是：

尸场检验，证据确凿；且并未用刑，尔兄自认斗杀，招供在案。今尔远来，并非目睹，何得捏词妄控？理应治罪，姑念为兄情切，且恕。不准。

薛姨妈听到这里，说道：“这不是救不过来了么？这怎么好呢？”宝钗道：“二哥的书还没看完，后面还有呢。”因又念道：“有要紧的，问来使便知。”薛姨妈便问来人，因说道：“县里早知我们的家当充足，须得在京里谋干得大情，再送一分大礼，还可以复审，从轻定案。太太此时必得快办，再迟了就怕大爷要受苦了。”

薛姨妈听了，叫小厮自去。即刻又到贾府，与王夫人说明原委，恳求贾政。贾政只肯托人与知县说情，不肯提及银物。薛姨妈恐不中用，求凤姐与贾琏说了，花上几千银子，才把知县买通。薛蝌那里也便弄通了。

然后知县挂牌坐堂，传齐了一干邻保、证见、尸亲人等，监里提出薛蟠，刑房书吏俱一一点名。知县便叫地保对明初供，又叫尸亲张王氏并尸叔张二问话。张王氏哭禀：“小的的男人是张大，南乡里住，十八年头里死了。大儿子、二儿子也都死了。光留下这个死的儿子，叫张三，今年二十三岁，还没有娶女人呢。为小人家里穷，没得养活，在李家店里做当槽儿的。那一天晌午，李家店里打发人来叫俺，说：‘你儿子叫人打死了。’我的青天老爷，小的就唬死了。跑到那里，看见我儿子头破血出的躺在地下喘气儿，问他话也说不出来，不多一会儿就死了。小人就要揪住这个小杂种拼命。”众衙役吆喝一声。张王氏便磕头道：“求青天老爷伸冤！小人就只这一个儿子了。”

知县便叫：“下去。”又叫李家店的人问道：“那张三是在你店内佣工的么？”那李二回道：“不是佣工，是做当槽儿的。”知县道：“那日尸场上，你说张三是薛蟠将碗砸死的，你亲眼见的么？”李二说道：“小的在柜上，听见说客房里要酒。不多一会，便听见说：‘不好了，打伤了！’小的跑进去，只见张三躺在地下，也不能言语。小的便喊禀地保，一面报他母亲去了。他们到底怎样打的，实在不知道。求太爷问那喝酒的便知道了。”知县喝道：“初审口供，你是亲见的，怎么如今说没有见？”李二道：“小的前日唬昏了，乱说。”衙役又吆喝了一声。

知县便叫吴良，问道：“你是同在一处喝酒的么？薛蟠怎么打的，据实供来。”吴良说：“小的那日在家，这个薛大爷叫我喝酒。他嫌酒不好，要换，张三不肯。薛大爷生气，把酒向他脸上泼去，不晓得怎么样，就碰在那脑袋上了。这是亲眼见的。”知县道：“胡说！前日尸场上，薛蟠自己认拿碗砸死的，你说你亲眼见的，怎么今日的供不对？掌嘴！”衙役答应着要打。吴良求着说：“薛蟠实没有和张三打架，酒碗失手，碰在脑袋上的。求老爷问薛蟠，便是恩典了。”

知县叫上薛蟠，问道：“你与张三到底有什么仇隙？毕竟是如何死的？实供上来。”薛蟠道：“求太老爷开恩。小的实没有打他，为他不肯换酒，故拿酒泼地。不想一时失手，酒碗误碰在他的脑袋上。小的即忙掩他的血，那里知道再掩不住，血淌多了，过一会就死了。前日尸场上，怕太老爷要打，所以说是拿碗砸他的。只求太老爷开恩！”知县便喝道：“好个糊涂东西！本县问你怎么砸他的，你便供说恼他不换酒才砸的，今日又供是失手碰的。”知县假作声势，要打要夹。薛蟠一口咬定。

知县叫仵作：“将前日尸场填写伤痕，据实报来。”仵作禀报说：“前日验得张三尸身无伤。惟囟门有磁器伤，长一寸七分，深五分，皮开，囟门骨脆，裂破三分。实系磕碰伤。”知县查对尸格相符，早知书吏改轻，也不驳诘，胡乱便叫画供。

张王氏哭喊道：“青天老爷，前日听见还有多少伤，怎么今日都没有了？”知县道：“这妇人胡说！现有尸格，你不知道么？”叫尸叔张二，便问道：“你侄儿身死，你知道有几处伤？”张二忙供道：“脑袋上一伤。”知县道：“可又来！”叫书吏将尸格给张王氏瞧去，并叫地保、尸叔指明与他瞧：现有尸场亲押、证见俱供并未打架，不为斗殴。只依误伤，吩咐画供，将薛蟠监禁候详，馀令原保领出，退堂。张王氏哭着乱嚷，知县叫众衙役撵他出去。张二也劝张王氏道：“实在误伤，怎么赖人？现在太老爷断明，别再胡闹了。”

薛蝌在外打听明白，心内喜欢，便差人回家送信。等批详回来，便好打点赎罪，且住着等信。只听路上三三两两传说：有个贵妃薨了，皇上辍朝三日。薛蝌想道：“这里离陵寝不远，知县办差垫道，一时料着不得闲，住在这里无益。不如到监，告诉哥哥安心等着，我回家去，过几日再来。”薛蟠也怕母亲痛苦，带信说：“我无事。必须衙门再使费几次，便可回家了。只是别心疼银子钱。”

薛蝌留下李祥在此照料，一径回家，见了薛姨妈，陈说知县怎样徇情，怎样审断，终定了误伤；将来尸亲那里再花些银子，一准赎罪，便没事了。薛姨妈听说，暂且放心，说："正盼你来家中照应。贾府里本该谢去；况且周贵妃薨了，他们天天进去，家里空落落的：我想着要去替姨太太那边照应照应，作伴儿，只是咱们家又没人，你这来的正好。"

薛蝌道："我在外头原听见说是贾妃薨了，这么才赶回来的。我还纳闷：我们娘娘好好儿的，怎么就死了？"薛姨妈道："上年原病过一次，也就好了。这回又没听见娘娘有什么病，只闻那府里头几天老太太不大受用，合上眼便看见元妃娘娘，众人都不放心。直至打听起来，又没有什么事。到了大前儿晚上，老太太亲口说是：'怎么元妃独自一个人到我这里？'众人只道是病中想的话，总不信。老太太又说：'你们不信，元妃还和我说是："荣华易尽，须要退步抽身。"'众人都说，谁不想到这是有年纪的人思前想后的心事，所以也不当件事。恰好第二天早起，里头吵嚷出来，说娘娘病重，宣各诰命进去请安。他们就惊疑的了不得，赶着进去。他们还没有出来，我们家里已听见周贵妃薨逝了。你想外头的讹言，家里的疑心，恰碰在一处，可奇不奇？"

宝钗道："不但是外头的讹言舛错，便在家里的，一听见'娘娘'两个字，也就都忙了，过后才明白。这两天，那府里这些丫头、婆子来说，他们早知道不是咱们家的娘娘。我说：'你们那里拿得定呢？'他说道：'前几年正月，外省荐了一个算命的，说是很准的。老太太叫人将元妃八字夹在丫头们八字里头，送出去叫他推算。他独说这正月初一日生日的那位姑娘，只怕时辰错了；不然，真是个贵人，也不能在这府中。老爷和众人说不管他错不错，照八字算去。那先生便说：甲申年正月丙寅这四个字内有伤官败财；惟申字内有正官禄马，这就是家里养不住的，也不见什么好。这日子是乙卯，初春木旺，虽是比肩，那里知道愈比愈好；就像那个好木料，愈经斲削，才成大器。独喜得时上什么辛金为贵，什么巳中正官，禄马独旺，这叫作飞天禄马格。又说什么日逢专禄，贵重的很。天月二德坐本命，贵受椒房之宠。这位姑娘若是时辰准了，定是一位主子娘娘。这不是算准了么？我们还记得说：可惜荣华不久，只怕遇着寅年卯月，这就是比而又比，劫而又劫；譬如好木，太要做玲珑剔透，本质就不坚了。他们把这些话都忘记了，只管瞎忙。我才想起来告诉我们大奶奶，今年那里是寅年卯月呢。’”

宝钗尚未述完这话，薛蝌急道：“且别管人家的事。既有这个神仙算命的，我想哥哥今年什么恶星照命，遭这么横祸，快开八字儿，我给他算去，看有妨碍么？”宝钗道：“他是外省来的，不知今年在京不在了。”

说着，便打点薛姨妈往贾府去。到了那里，只有李纨、探春等在家接着，便问道：“大爷的事怎么样了？”薛姨妈道：“等详了上司才定，看来也到不了死罪。”这才大家放心。探春便道：“昨晚太太想着说：‘上回家里有事，全仗姨太太照应；如今自己有事，也难提了。’心里只是不放心。”薛姨妈道：“我在家里也是难过。只是你大哥遭了这事，你二兄弟又办事去了，家里你姐姐一个人，中什么用，况且我们媳妇儿又是个不大晓事的，所以不能脱身过来。目今那里知县也正为预备周贵妃的差使，不得了结案件，所以你二兄弟回来了，我才得过来看看。”李纨便道：“请姨太太这里住几天更好。”薛姨妈点头道：“我也要在这边给你们姐妹们作作伴儿，就只你宝妹妹冷静些。”惜春道：“姨妈要惦着，为什么不把宝姐姐也请过来？”薛姨妈笑着说道：“使不得。”惜春道：“怎么使不得？他先怎么住着来呢？”李纨道：“你不懂的。人家家里如今有事，怎么来呢？”惜春也信以为实，不便再问。

正说着，贾母等回来，见了薛姨妈，也顾不得问好，便问薛蟠的事。薛姨妈细述了一遍。宝玉在旁听见什么蒋玉函一段，当着人不问，心里打量是他：“既回了京，怎么不来瞧我？”又见宝钗也不过来，不知是怎么个原故。心内正自呆呆的想呢，恰好黛玉也来请安。宝玉稍觉心里喜欢，便把想宝钗来的念头打断，同着姊妹们在老太太那里吃了晚饭。大家散了，薛姨妈将就住在老太太的套间屋里。

宝玉回到自己房中，换了衣裳，忽然想起蒋玉函给的汗巾，便向袭人道：“你那一年没有系的那条红汗巾子，还有没有？”袭人道：“我搁着呢。问他做什么？”宝玉道：“我白问问。”袭人道：“你没有听见薛大爷相与这些混帐人，所以闹到人命关天，你还提那些做什么？有这样白操心，倒不如静静儿的念念书，把这些个没要紧的事撂开了也好。”宝玉道：“我并不闹什么，偶然想起，有也罢，没也罢，我白问一声，你就有这些话。”袭人笑道：“并不是我多话。一个人知书达礼，就该往上巴结才是。就是心爱的人来了，也叫他瞧着喜欢尊敬啊。”

宝玉被袭人一提，便说：“了不得！方才我在老太太那边，看见人多，没有和林妹妹说话，他也不曾理我。散的时候，他先走了。此时必在屋里，我去就来。”说着就走。袭人道：“快些回来罢。这都是我提头儿，倒招起你的高兴来了。”

宝玉也不答言，低着头，一径走到潇湘馆来，只见黛玉靠在桌上看书。宝玉走到跟前，笑说道：“妹妹早回来了？”黛玉也笑道：“你不理我，我还在那里做什么？”宝玉一面笑说：“他们人多说话，我插不下嘴去，所以没有和你说话。”一面瞧着黛玉看的那本书，书上的字一个也不认得。有的像“芍”字；有的像“茫”字；也有一个“大”字旁边，“九”字加上一勾，中间又添个“五”字；也有上头“五”字、“六”字，又添一个“木”字，底下又是一个“五”字。看着又奇怪，又纳闷，便说：“妹妹近日越发长进了，看起天书来了。”

黛玉嗤的一声笑道：“好个念书的人，连个琴谱都没有见过。”宝玉道：“琴谱怎么不知道？为什么上头的字一个也不认得？妹妹你认得么？”黛玉道：“不认得瞧他做什么？”宝玉道：“我不信，从没有听见你会抚琴。我们书房里挂着好几张，前年来了一个清客先生，叫做什么嵇好古，老爷烦他抚了一曲。他取下琴来，说都使不得。还说：‘老先生若高兴，改日携琴来请教。’想是我们老爷也不懂，他便不来了。怎么你有本事藏着？”

黛玉道：“我何尝真会呢。前日身上略觉舒服，在大书架上翻书，看有一套琴谱，甚有雅趣，上头讲的琴理甚通，手法说的也明白，真是古人静心养性的工夫。我在扬州也听得讲究过，也曾学过，只是不弄了，就没有了。这果真是‘三日不弹，手生荆棘’。前日看这几篇没有曲文，只有操名。我又到别处找了一本有曲文的来看着，才有意思。究竟怎么弹的好，实在也难。书上说的：师旷鼓琴，能来风雷龙凤；孔圣人尚学琴于师襄，一操便知其为文王；高山流水，得遇知音。”说到这里，眼皮儿微微一动，慢慢的低下头去。

宝玉正听得高兴，便道：“好妹妹，你才说的实在有趣。只是我才见上头的字都不认得，你教我几个呢。”黛玉道：“不用教的，一说便可以知道的。”宝玉道：“我是个糊涂人，得教我那个‘大’”字加一勾，中间一个‘五’字的。”黛玉笑道：“这‘大’字、‘九’字是用左手大拇指按琴上的九徽；这一勾加‘五’字是右手钩五弦。并不是一个字，乃是一声，是极容易的。还有吟、揉、绰、注、撞、走、飞、推等法，是讲究手法的。”

宝玉乐得手舞足蹈的说：“好妹妹，你既明琴理，我们何不学起来？”黛玉道：“琴者，禁也。古人制下，原以治身，涵养性情，抑其淫荡，去其奢侈。若要抚琴，必择静室高斋，或在层楼的上头，或在林石的里面，或是山巅上，或是水涯上；再遇着那天地清和的时候，风清月朗，焚香静坐，心不外想，气血和平：才能与神合灵，与道合妙。所以古人说‘知音难遇’。若无知音，宁可独对着那清风明月，苍松怪石，野猿老鹤，抚弄一番，以寄兴趣，方为不负了这琴。还有一层：又要指法好，取音好。若必要抚琴，先须衣冠整齐，或鹤氅，或深衣，要如古人的仪表，那才能称圣人之器；然后盥了手，焚上香，方才将身就在榻边，把琴放在案上，坐在第五徽的地方儿，对着自己的当心，两手方从容抬起：这才心身俱正。还要知道轻重疾徐、卷舒自若、体态尊重方好。”宝玉道：“我们学着玩，若这么讲究起来，那就难了。”

两个人正说着，只见紫鹃进来，看见宝玉，笑说道：“宝二爷今日这样高兴。”宝玉笑道：“听见妹妹讲究的，叫人顿开茅塞，所以越听越爱听。”紫鹃道：“不是这个高兴，说的是二爷到我们这边来的话。”宝玉道：“先时妹妹身上不舒服，我怕闹的他烦；再者我又上学：因此显着就疏远了似的。”紫鹃不等说完，便道：“姑娘也是才好，二爷既这么说，坐坐也该让姑娘歇歇儿了，别叫姑娘只是讲究劳神了。”宝玉笑道：“可是我只顾爱听，也就忘了妹妹劳神了。”

黛玉笑道：“说这些倒也开心，也没有什么劳神的。只是怕我只管说，你只管不懂呢。”宝玉道：“横竖慢慢的自然明白了。”说着，便站起来道：“当真的妹妹歇歇儿罢。明儿我告诉三妹妹和四妹妹去，叫他们都学起来，让我听。”黛玉笑道：“你也太受用了。即如大家学会了抚起来，你不懂，可不是对……”黛玉说到这里，想起心上的事，便缩住口，不肯往下说了。宝玉便笑着道：“只要你们能弹，我便爱听，也不管牛不牛的了。”黛玉红了脸一笑，紫鹃、雪雁也都笑了。

于是走出门来，只见秋纹带着小丫头，捧着一小盆兰花来，说：“太太那边有人送了四盆兰花来，因里头有事，没有空儿玩他，叫给二爷一盆，林姑娘一盆。”黛玉看时，却有几枝双朵儿的，心中忽然一动，也不知是喜是悲，便呆呆的呆看。那宝玉此时却一心只在琴上，便说：“妹妹有了兰花，就可以做《猗兰操》了。”

黛玉听了，心里反不舒服。回到房中，看着花，想到：“草木当春，花鲜叶茂；想我年纪尚小，便像三秋蒲柳。若是果能遂愿，或者渐渐的好起来；不然，只恐似那花柳残春，怎禁得风催雨送？”想到这里，不禁又滴下泪来。

紫鹃在旁看见这般光景，却想不出原故来：“方才宝玉在这里，那么高兴；如今好好的看花，怎么又伤起心来？”正愁着没法儿劝解，只见宝钗那边打发人来。

未知何事，下回分解。

第八十七回

感秋声抚琴悲往事
坐禅寂走火入邪魔

却说黛玉叫进宝钗家的女人来，问了好，呈上书子，黛玉叫他去喝茶，便将宝钗来书打开看时，只见上面写着：

妹生辰不偶，家运多艰，姊妹伶仃，萱亲衰迈；兼之猇声狺语，旦暮无休；更遭惨祸飞灾，不啻惊风密雨。夜深辗侧，愁绪何堪。属在同心，能不为之愍恻乎？回忆海棠结社，序属清秋，对菊持螯，同盟欢洽。犹记"孤标傲世偕谁隐，一样花开为底迟"之句，未尝不叹冷节馀芳，如吾两人也。感怀触绪，聊赋四章，匪曰无故呻吟，亦长歌当哭之意耳。

悲时序之递嬗兮，又属清秋。感遭家之不造兮，独处离愁。北堂有萱兮，何以忘忧？无以解忧兮，我心咻咻。

云凭凭兮秋风酸，步中庭兮霜叶干。何去何从兮失我故欢，静言思之兮恻肺肝。

惟鲔有潭兮，惟鹤有梁。鳞甲潜伏兮，羽毛何长。搔首问兮茫茫，高天厚地兮，谁知余之永伤？

银河耿耿兮寒气侵，月色横斜兮玉漏沉。忧心炳炳兮发我哀吟，吟复吟兮寄我知音。

黛玉看了，不胜伤感。又想："宝姐姐不寄与别人，单寄与我，也是惺惺惜惺惺的意思。"

正在沉吟，只听见外面有人说道："林姐姐在家里呢么？"黛玉一面把宝钗的书叠起，口内便答应道："是谁？"正问着，早见几个人进来，却是探春、湘云、李纹、李绮。彼此问了好，雪雁倒上茶来，大家喝了，说些闲话。因想起前年的菊花诗来，黛玉便道："宝姐姐自从挪出去，来了两遭，如今索性有事也不来了，真真奇怪。我看他终久还来我们这里不来？"探春微笑道："怎么不来？横竖要来的。如今是他们尊嫂有些脾气，姨妈上了年纪的人，又兼有薛大哥的事，自然得宝姐姐照料一切，那里还比得先前有工夫呢。"

正说着，忽听得唿喇喇一片风声，吹了好些落叶打在窗纸上。停了一会儿，又透过一阵清香来。众人闻着，都说道："这是何处来的香风？这像什么香？"黛玉道："好像木樨香。"探春笑道："林姐姐终不脱南边人的话，这大九月里的，那里还有桂花呢？"黛玉笑道："原是啊，不然，怎么不竟说是桂花香，只说似乎像呢？"湘云道："三姐姐，你也别说。你可记得'十里荷花，三秋桂子'？在南边，正是晚桂开的时候了。你只没有见过罢了，等你明日到南边去的时候，你自然也就知道了。"探春笑道："我有什么事到南边去？况且这个也是我早知道的，不用你们说嘴。"李纹、李绮只抿着嘴儿笑。

黛玉道："妹妹，这可说不齐。俗语说：'人是地行仙。'今日在这里，明日就不知在那里。譬如我原是南边人，怎么到了这里呢？"湘云拍着手笑道："今儿三姐姐可叫林姐姐问住了。不但林姐姐是南边人到这里，就是我们这几个人就不同：也有本来是北边的；也有根子是南边，生长在北边的；也有生长在南边，到这北边的。今儿大家都凑在一处，可见人总有一个定数。大凡地和人，总是各自有缘分的。"众人听了都点头，探春也只是笑。

又说了一会子闲话儿，大家散出。黛玉送至门口，大家都说："你身上才好些，别出来了，看着了风。"

于是黛玉一面说着话儿，一面站在门口，又与四人殷勤了几句，便看着他们出院去了。进来坐着，看看已是林鸟归山，夕阳西坠。因史湘云说起南边的话，便想着："父母若在，南边的景致：春花秋月，水秀山明，二十四桥，六朝遗迹。不少下人伏侍，诸事可以任意，言语亦可不避。香车画舫，红杏青帘，惟我独尊。今日寄人篱下，纵有许多照应，自己无处不要留心。不知前生作了什么罪孽，今生这样孤凄？真是李后主说的：‘此中日夕只以眼泪洗面’矣！”一面思想，不知不觉神往那里去了。

紫鹃走来，看见这样光景，想着必是因刚才说起南边北边的话来，一时触着黛玉的心事了。便问道：“姑娘们来说了半天话，想来姑娘又劳了神了。刚才我叫雪雁告诉厨房里，给姑娘作了一碗火肉白菜汤，加了一点儿虾米儿，配了点青笋、紫菜，姑娘想着好么？”黛玉道：“也罢了。”紫鹃道：“还熬了一点江米粥。”黛玉点点头儿，又说道：“那粥得你们两个自己熬了，不用他们厨房里熬才是。”

紫鹃道：“我也怕厨房里弄的不干净，我们自己熬呢。就是那汤，我也告诉雪雁合柳嫂儿说了，要弄干净着。柳嫂儿说了：他打点妥当，拿到他屋里，叫他们五儿瞅着炖呢。”黛玉道：“我倒不是嫌人家腌臜。只是病了好些日子，不周不备，都是人家，这会子又汤儿粥儿的调度，未免惹人厌烦。”说着，眼圈儿又红了。紫鹃道：“姑娘这话也是多想。姑娘是老太太的外孙女儿，又是老太太心坎儿上的。别人求其在姑娘跟前讨好儿还不能呢，那里有抱怨的？”

黛玉点点头儿。因又问道：“你才说的五儿，不是那日合宝二爷那边的芳官在一处的那个女孩儿？”紫鹃道：“就是他。”黛玉道：“不听见说要进来么？”紫鹃道：“可不是。因为病了一场，后来好了，才要进来，正是晴雯他们闹出事来的时候，也就耽搁住了。”黛玉道：“我看那丫头倒也还头脸儿干净。”

说着，外头婆子送了汤来。雪雁出来接时，那婆子说道：“柳嫂儿叫回姑娘：这是他们五儿作的，没敢在大厨房里作，怕姑娘嫌腌臜。”雪雁答应着，接了进来。黛玉在屋里已听见了，吩咐雪雁：“告诉那老婆子回去说，叫他费心。”雪雁出来说了，老婆子自去。

这里雪雁将黛玉的碗箸安放在小几儿上，因问黛玉道：“还有咱们南来的五香大头菜，拌些麻油、醋，可好么？”黛玉道：“也使得，只不必累赘了。”一面盛上粥来。黛玉吃了半碗，用羹匙舀了两口汤喝，就搁下了。两个丫鬟撤下来了，拭净了小几，端下去，又换上一张常放的小几。黛玉漱了口，盥了手，便道：“紫鹃，添了香了没有？”紫鹃道：“就添去。”黛玉道：“你们就把那汤合粥吃了罢，味儿还好，且是干净。待我自己添香罢。”两个人答应了，在外间自吃去了。

这里黛玉添了香，自己坐着，才要拿本书看，只听得园内的风自西边直透到东边，穿过树枝，都在那里唏嗰哗喇不住的响。一会儿，檐下的铁马也只管叮叮当当的乱敲起来。

一时雪雁先吃完了，进来伺候。黛玉便问道：“天气冷了，我前日叫你们把那些小毛儿衣裳晾晾，可曾晾过没有？”雪雁道：“都晾过了。”黛玉道：“你拿一件来我披披。”雪雁走去，将一包小毛衣裳抱来，打开毡包，给黛玉自拣。只见内中夹着个绢包儿。黛玉伸手拿起，打开看时，却是宝玉病时送来的旧绢子，自己题的诗，上面泪痕犹在。里头却包着那剪破了的香囊、扇袋并宝玉通灵玉上的穗子。原来晾衣裳时，从箱中检出，紫鹃恐怕遗失了，遂夹在这毡包里的。这黛玉不看则已，看了时，也不说穿那一件衣裳，手里只拿着那两方手帕，呆呆的看那旧诗。看了一回，不觉得簌簌泪下。

紫鹃刚从外间进来，只见雪雁正捧着一毡包衣裳，在旁边呆立，小几上却搁着剪破了的香囊和两三截儿扇袋并那铰折了的穗子。黛玉手中却拿着两方旧帕子，上边写着字迹，在那里对着滴泪呢。正是：

失意人逢失意事，新啼痕间旧啼痕。

紫鹃见了这样，知是他触物伤情，感怀旧事，料道劝也无益，只得笑着道：“姑娘，还看那些东西作什么？那都是那几年宝二爷和姑娘小时，一时好了，一时恼了，闹出来的笑话儿。要像如今这样厮抬厮敬的，那里能把这些东西白糟蹋了呢？”紫鹃这话原给黛玉开心，不料这几句话更提起黛玉初来时和宝玉的旧事来，一发珠泪连绵起来。紫鹃又劝道：“雪雁这里等着呢，姑娘披上一件罢。”那黛玉才把手帕撂下。紫鹃连忙拾起，将香袋等物包起拿开。

这黛玉方披了一件皮衣，自己闷闷的走到外间来坐下。回头看见案上宝钗的诗启尚未收好，又拿出来瞧了两遍，叹道：“境遇不同，伤心则一。不免也赋四章，翻入琴谱，可弹可歌，明日写出来寄去，以当和作。”便叫雪雁将外边桌上笔砚拿来，濡墨挥毫，赋成四叠。又将琴谱翻出，借他《猗兰》、《思贤》两操，合成音韵，与自己做的配齐了，然后写出，以备送与宝钗。又即叫雪雁向箱中将自己带来的短琴拿出，调上弦，又操演了指法。黛玉本是个绝顶聪明人，又在南边学过几时，虽是手生，到底一理就熟。抚了一番，夜已深了，便叫紫鹃收拾睡觉，不提。

却说宝玉这日起来，梳洗了，带着焙茗正往书房中来，只见墨雨笑嘻嘻的跑来，迎头说道：“二爷今日便宜了：太爷不在书房里，都放了学了。”宝玉道：“当真的么？”墨雨道：“二爷不信，那不是三爷和兰哥来了？”宝玉看时，只见贾环、贾兰跟着小厮们，两个笑嘻嘻的，嘴里咭咭呱呱，不知说些什么，迎头来了。见了宝玉，都垂手站住。宝玉问道：“你们两个怎么就回来了？”贾环道：“今日太爷有事，说是放一天学，明儿再去呢。”

宝玉听了，方回身到贾母、贾政处去禀明了，然后回到怡红院中。袭人问道：“怎么又回来了？”宝玉告诉了他。只坐了一会儿，便往外走，袭人道：“往那里去，这样忙法？就放了学，依我说，也该养养神儿了。”宝玉站住脚，低了头，说道：“你的话也是。但是好容易放一天学，还不散散去，你也该可怜我些儿了。”袭人见说的可怜，笑道：“由爷去罢。”

正说着，端了饭来。宝玉也没法儿，只得且吃饭。三口两口忙忙的吃完，漱了口，一溜烟往黛玉房中去了。走到门口，只见雪雁在院中晾绢子呢。宝玉因问：“姑娘吃了饭了么？”雪雁道：“早起喝了半碗粥，懒怠吃饭，这时候打盹儿呢。二爷且到别处走走，回来再来罢。”

宝玉只得回来，无处可去，忽然想起惜春有好几天没见，便信步走到蓼风轩来。刚到窗下，只见静悄悄一无人声。宝玉打量他也睡午觉，不便进去。才要走时，只听屋里微微一响，不知何声。宝玉站住再听，半日，又拍的一响。宝玉还未听出，只听一个人道：“你在这里下了一个子儿，那里你不应么？”宝玉方知是下棋呢，但只急切听不出这个人的语音是谁。底下方听见惜春道："怕什么？你这么一吃我，我这么一应；你又这么吃，我又这么应：还缓着一着儿呢，终久连的上。"那一个又道："我要这么一吃呢？"惜春道："啊嗄！还有一着反扑在里头呢，我倒没防备。"

宝玉听了听，那一个声音很熟，却不是他们姊妹。料着惜春屋里也没外人，轻轻的掀帘进去。看时，不是别人，却是那栊翠庵的槛外人妙玉。这宝玉见是妙玉，不敢惊动。妙玉和惜春正在凝思之际，也没理会。宝玉却站在旁边，看他两个的手段。只见妙玉低着头，问惜春道："你这个畸角儿不要了么？"惜春道："怎么不要？你那里头都是死子儿，我怕什么？"妙玉道："且别说满话，试试看。"惜春道："我便打了起来，看你怎么着。"妙玉却微微笑着，把边上子一接，却搭转一吃，把惜春的一个角儿都打起来了，笑着说道："这叫做'倒脱靴势'。"

惜春尚未答言，宝玉在旁情不自禁，哈哈一笑，把两个人都唬了一大跳。惜春道："你这是怎么说？进来也不言语，这么使促狭唬人。你多早晚进来的？"宝玉道："我头里就进来了，看着你们两个争这个畸角儿。"说着，一面与妙玉施礼，一面又笑问道："妙公轻易不出禅关，今日何缘下凡一走？"妙玉听了，忽然把脸一红，也不答言，低了头自看那棋。宝玉自觉造次，连忙陪笑道："倒是出家人比不得我们在家的俗人。头一件，心是静的。静则灵，灵则慧。"宝玉尚未说完，只见妙玉微微的把眼一抬，看了宝玉一眼，复又低下头去，那脸上的颜色渐渐的红晕起来。宝玉见他不理，只得讪讪的旁边坐了。

惜春还要下子，妙玉半日说道："再下罢。"便起身理理衣裳，重新坐下，痴痴的问着宝玉道："你从何处来？"宝玉巴不得这一声，好解释前头的话。忽又想道："或是妙玉的机锋？"转红了脸，答应不出来。妙玉微微一笑，自合惜春说话。惜春也笑道："二哥哥，这什么难答的？你没有听见人家常说的'从来处来'么？这也值得把脸红了，见了生人的似的。"

妙玉听了这话，想起自家：心上一动，脸上一热，必然也是红的，倒觉不好意思起来。因站起来说道："我来得久了，要回庵里去了。"惜春知妙玉为人，也不深留，送出门口。妙玉笑道："久已不来，这里弯弯曲曲的，回去的路头都要迷住了。”宝玉道：“这倒要我来指引指引，何如？”妙玉道：“不敢。二爷前请。”

于是二人别了惜春，离了蓼风轩，弯弯曲曲，走近潇湘馆，忽听得叮咚之声。妙玉道：“那里的琴声？”宝玉道：“想必是林妹妹那里抚琴呢。”妙玉道：“原来他也会这个吗？怎么素日不听见提起？”宝玉悉把黛玉的事说了一遍。因说：“咱们去看他。”妙玉道：“从古只有听琴，再没有看琴的。”宝玉笑道：“我原说我是个俗人。”说着，二人走至潇湘馆外，在山子石上坐着静听，甚觉音调清切。只听得低吟道：

风萧萧兮秋气深，美人千里兮独沉吟。望故乡兮何处？倚栏杆兮涕沾襟。

歇了一回，听得又吟道：

山迢迢兮水长，照轩窗兮明月光。耿耿不寐兮银河渺茫，罗衫怯怯兮风露凉。

又歇了一歇。妙玉道：“刚才‘侵’字韵是第一叠，如今‘阳’字韵是第二叠了。咱们再听。”里边又吟道：

子之遭兮不自由，予之遇兮多烦忧。之子与我兮心焉相投，思古人兮俾无尤。

妙玉道：“这又是一拍。何忧思之深也！”宝玉道：“我虽不懂得，但听他声音，也觉得过悲了。”里头又调了一回弦。妙玉道：“君弦太高了，与无射律只怕不配呢。”里边又吟道：

人生斯世兮如轻尘，天上人间兮感夙因。感夙因兮不可惙，素心如何天上月。

妙玉听了，呀然失色道：“如何忽作变徵之声？音韵可裂金石矣！只是太过。”宝玉道：“太过便怎么？”妙玉道：“恐不能持久。”正议论时，听得君弦蹦的一声断了。妙玉站起来，连忙就走。宝玉道：“怎么样？”妙玉道：“日后自知，你也不必多说。”竟自走了。弄得宝玉满肚疑团，没精打彩的归至怡红院中，不表。

且说妙玉归去，早有道婆接着，掩了庵门。坐了一回，把禅门日诵念了一遍。吃了晚饭，点上香，拜了菩萨，命道婆子自去歇着。自己的禅床靠背俱已整齐，屏息垂帘，跏趺坐下，断除妄想，趋向真如。

坐到三更以后，听得房上嗗啅啅一片响声。妙玉恐有贼来，下了禅床，出到前轩，但见云影横空，月华如水。那时天气尚不很凉，独自一个凭栏站了一回，忽听房上两个猫儿一递一声厮叫。那妙玉忽想起日间宝玉之言，不觉一阵心跳耳热。自己连忙收摄心神，走进禅房，仍到禅床上坐了。怎奈神不守舍，一时如万马奔驰，觉得禅床便晃荡起来，身子已不在庵中。便有许多王孙公子要来娶他，又有些媒婆扯扯拽拽扶他上车，自己不肯去。一会儿，又有盗贼劫他，持刀执棍的逼勒，只得哭喊求救。

早惊醒了庵中女尼、道婆等众，都拿火来照看，只见妙玉两手撒开，口中流沫。急叫醒时，只见眼睛直竖，两颧鲜红，骂道：“我是有菩萨保佑，你们这些强徒敢要怎么样？”众人都唬的没了主意，都说道：“我们在这里呢，快醒转来罢。”妙玉道：“我要回家去，你们有什么好人，送我回去罢。”道婆道：“这里就是你住的房子。”说着，又叫别的女尼忙向观音前祷告。求了签，翻开签书看时，是触犯了西南角上的阴人。就有一个说：“是了，大观园中西南角上本来没有人住，阴气是有的。”一面弄汤弄水的在那里忙乱。

那女尼原是自南边带来的，伏侍妙玉自然比别人尽心，围着妙玉坐在禅床上。妙玉回头道：“你是谁？”女尼道：“是我。”妙玉仔细瞧了一瞧道：“原来是你。”便抱住那女尼，呜呜咽咽的哭起来，说道：“你是我的妈呀，你不救我，我不得活了。”那女尼一面唤醒他，一面给他揉着。道婆倒上茶来喝了。直到天明才睡了。

女尼便打发人去请大夫来看脉。也有说是思虑伤脾的，也有说是热入血室的，也有说是邪祟触犯的，也有说是内外感冒的：终无定论。后请得一个大夫来看了，问：“曾打坐过没有？”道婆说道：“向来打坐的。”大夫道：“这病可是昨夜忽然来的么？”道婆道：“是。”大夫道：“这是走魔入火的原故。”众人问：“有碍没有？”大夫道：“幸亏打坐不久，魔还入得浅，可以有救。”写了降伏心火的药，吃了一剂，稍稍平复些。

外面那些游头浪子听见了，便造作许多谣言，说：“这样年纪，那里忍得住？况且又是很风流的人品，很乖觉的性灵。以后不知飞在谁手里，便宜谁去呢。”

过了几日，妙玉病虽略好了些，神思未复，终有些恍惚。

一日，惜春正坐着，彩屏忽然进来回道：“姑娘知道妙玉师父的事吗？”惜春道：“他有什么事？”彩屏道：“我昨日听见邢姑娘和大奶奶在那里说呢：他自从那日合姑娘下棋回去，夜间忽然中了邪，嘴里乱嚷，说强盗来抢他来了。到如今还没好呢。姑娘，你说这不是奇事吗？”

惜春听了，默默无语。因想：“妙玉虽然洁净，毕竟尘缘未断。可惜我生在这种人家，不便出家；我若出了家时，那有邪魔缠扰？一念不生，万缘俱寂。”想到这里，蓦与神会，若有所得，便口占一偈云：

> 大造本无方，云何是应住。
> 既从空中来，应向空中去。

占毕，即命丫头焚香。自己静坐了一回，又翻开那棋谱来，把孔融、王积薪等所著看了几篇。内中“茂叶包蟹势”、“黄莺搏兔势”，都不出奇；“三十六局杀角势”，一时也难会难记；独看到“十龙走马”，觉得甚有意思。正在那里作想，只听见外面一个人走进院来，连叫彩屏。

未知是谁，下回分解。

第八十八回

博庭欢宝玉赞孤儿
正家法贾珍鞭悍仆

却说惜春正在那里揣摩棋谱，忽听院内有人叫彩屏，不是别人，却是鸳鸯的声儿。彩屏出来，同着鸳鸯进来。那鸳鸯却带着一个小丫头，提了一个小黄绢包儿。惜春笑问道："什么事？"鸳鸯道："老太太因明年八十一岁，是个暗九，许下一场九昼夜的功德，发心要写三千六百五十零一部《金刚经》。这已发出外面人写了。但是俗说《金刚经》就像那道家的符壳，《心经》才算是符胆。故此《金刚经》内必要插着《心经》，更有功德。老太太因《心经》是更要紧的，观自在又是女菩萨，所以要几个亲丁奶奶、姑娘们写上三百六十五部，如此又虔诚，又洁净。咱们家中除了二奶奶：头一宗他当家没有空儿，二宗他也写不上来，其馀会写字的，不论写得多少，连东府珍大奶奶、姨娘们都分了去，本家里头自不用说。"惜春听了，点头道："别的我做不来，若要写经，我最信心的。你搁下，喝茶罢。"

鸳鸯才将那小包儿搁在桌上，同惜春坐下。彩屏倒了一钟茶来。惜春笑问道："你写不写？"鸳鸯道："姑娘又说笑话了。那几年还好，这三四年来，姑娘还见我拿了拿笔儿么？"惜春道："这却是有功德的。"鸳鸯道："我也有一件事：向来伏侍老太太安歇后，自己念念米佛，已经念了三年多了。我把这个米收好，等老太太做功德的时候，我将他衬在里头供佛施食，也是我一点诚心。"惜春道："这样说来，老太太做了观音，你就是龙女了。"鸳鸯道："那里跟得上这个分儿？却是除了老太太，别的也伏侍不来，不晓得前世什么缘分儿。"说着要走，叫小丫头把小绢包打开，拿出来道："这素纸一扎是写《心经》的。”又拿起一子儿藏香道：“这是叫写经时点着写的。”惜春都应了。

鸳鸯遂辞了出来，同小丫头来至贾母房中，回了一遍。看见贾母与李纨打双陆，鸳鸯旁边瞧着。李纨的骰子好，掷下去，把老太太的锤打下了好几个去。鸳鸯抿着嘴儿笑。

忽见宝玉进来，手中提了两个细篾丝的小笼子，笼内有几个蝈蝈儿，说道：“我听说老太太夜里睡不着，我给老太太留下解解闷。”贾母笑道：“你别瞅着你老子不在家，你只管淘气。”宝玉笑道：“我没有淘气。”贾母道：“你没淘气，不在学房里念书，为什么又弄这个东西呢？”宝玉道：“不是我自己弄的。前儿因师父叫环儿和兰儿对对子，环儿对不来，我悄悄的告诉了他。他说了，师父喜欢，夸了他两句。他感激我的情，买了来孝敬我的，我才拿了来孝敬老太太的。”贾母道：“他没有天天念书么，为什么对不上来？对不上来，就叫你儒太爷打他的嘴巴子，看他臊不臊。你也够受了，不记得你老子在家时，一叫做诗做词，唬的倒像个小鬼儿似的？这会子又说嘴了。那环儿小子更没出息，求人替做了，就变着方法儿打点人。这么点子孩子就闹鬼闹神的，也不害臊，赶大了还不知是个什么东西呢。”说的满屋子人都笑了。

贾母又问道：“兰小子呢，做上来了没有？这该环儿替他了，他又比他小了。是不是？”宝玉笑道：“他倒没有，却是自己对的。”贾母道：“我不信，不然就也是你闹了鬼了。如今你还了得，羊群里跑出骆驼来了——就只你大，你又会做文章了。”宝玉笑道：“实在是他作的，师父还夸他明儿一定有大出息呢。老太太不信，就打发人叫了他来，亲自试试，老太太就知道了。”贾母道：“果然这么着，我才喜欢。我不过怕你撒谎。既是他做的，这孩子明儿大概还有一点儿出息。”因看着李纨，又想起贾珠来，又说：“这也不枉你大哥哥死了，你大嫂子拉扯他一场。日后也替你大哥哥顶门壮户。”说到这里，不禁泪下。

李纨听了这话，却也动心，只是贾母已经伤心，自己连忙忍住泪，笑劝道：“这是老祖宗的馀德，我们托着老祖宗的福罢咧。只要他应的了老祖宗的话，就是我们的造化了。老祖宗看着也喜欢，怎么倒伤起心来呢？”因又回头向宝玉道：“宝叔叔明儿别这么夸他，他多大孩子，知道什么。你不过是爱惜他的意思，他那里懂得。一来二去。眼大心肥，那里还能够有长进呢？”贾母道：“你嫂子这也说的是。就只他还太小呢，也别逼檵紧了他。小孩子胆儿小，一时逼急了，弄出点子毛病来，书倒念不成，把你的工夫都白糟蹋了。”贾母说到这里。李纨却忍不住扑簌簌掉下泪来，连忙擦了。

只见贾环、贾兰也都进来给贾母请了安。贾兰又见过他母亲，然后过来，在贾母旁边侍立。贾母道：“我刚才听见你叔叔说你对的好对子，师父夸你来着。”贾兰也不言语，只管抿着嘴儿笑。鸳鸯过来说道：“请示老太太，晚饭伺候下了。”贾母道：“请你姨太太去罢。”琥珀接着便叫人去王夫人那边请薛姨妈。这里宝玉、贾环退出。素云和小丫头们过来把双陆收起。李纨尚等着伺候贾母的晚饭，贾兰便跟着他母亲站着。贾母道：“你们娘儿两个跟着我吃罢。”李纨答应了。一时，摆上饭来。丫鬟回来禀道：“太太叫回老太太：姨太太这几天浮来暂去，不能过来回老太太，今日饭后家去了。”于是贾母叫贾兰在身旁边坐下，大家吃饭，不必细言。

却说贾母刚吃完了饭，盥漱了，歪在床上说闲话儿。只见小丫头子告诉琥珀，琥珀过来回贾母道：“东府大爷请晚安来了。”贾母道：“你们告诉他：如今他办理家务乏乏的，叫他歇着去罢。我知道了。”小丫头告诉老婆子们，老婆子才告诉贾珍，贾珍然后退出。

到了次日，贾珍过来料理诸事，门上小厮陆续回了几件事。又一个小厮回道：“庄头送果子来了。”贾珍道：“单子呢？”那小厮连忙呈上。贾珍看时，上面写着不过是时鲜果品，还夹带菜蔬、野味若干在内。贾珍看完，问：“向来经管的是谁？”门上的回道：“是周瑞。”便叫周瑞：“照帐点清，送往里头交代。等我把来帐抄下一个底子，留着好对。”又叫：“告诉厨房，把下菜中添几宗，给送果子的来人，照常赏饭给钱。”

周瑞答应了，一面叫人搬至凤姐儿院子里去，又把庄上的帐和果子交代明白。出去了一会儿，又进来回贾珍道：“才刚来的果子，大爷曾点过数目没有？”贾珍道：“我那里有工夫点这个呢？给了你帐，你照帐点就是了。”周瑞道：“小的曾点过，也没有少，也不能多出来。大爷既留下底子，再叫送果子来的人，问问他这帐是真的假的。”贾珍道：“这是怎么说？不过是几个果子罢咧，有什么要紧？我又没有疑你。”

说着，只见鲍二走来磕了一个头，说道：“求大爷原旧放小的在外头伺候罢。”贾珍道：“你们这又是怎么着？”鲍二道：“奴才在这里又说不上话来。”贾珍道：“谁叫你说话？”鲍二道：“何苦来在这里做眼睛珠儿？”周瑞接口道：“奴才在这里经管地租庄子银钱出入，每年也有三五十万来往，老爷、太太、奶奶们从没有说过话的，何况这些零星东西。若照鲍二说起来，爷们家里的田地、房产都被奴才们弄完了。”贾珍想道：“必是鲍二在这里拌嘴，不如叫他出去。”因向鲍二说道：“快滚罢。”又告诉周瑞说：“你也不用说了，你干你的事罢。”二人各自散了。

贾珍正在书房里歇着，听见门上闹的翻江搅海。叫人去查问，回来说道：“鲍二和周瑞的干儿子打架。”贾珍道：“周瑞的干儿子是谁？”门上的回道：“他叫何三，本来是个没味儿的，天天在家里吃酒闹事，常来门上坐着。听见鲍二和周瑞拌嘴，他就插在里头。”贾珍道：“这却可恶！把鲍二和那个什么何三给我一块儿捆起来。周瑞呢？”门上的回道：“打架时，他先走了。”贾珍道：“给我拿了来！这还了得了！”众人答应了。正嚷着，贾琏也回来了，贾珍便告诉了一遍。贾琏道：“这还了得！”又添了人去拿周瑞。周瑞知道躲不过，也找到了。贾珍便叫：“都捆上。”贾琏便向周瑞道：“你们前头的话也不要紧，大爷说开了，很是了，为什么外头又打架？你们打架已经使不得，又弄个野杂种什么何三来闹。你不压伏压伏他们，倒竟走了。”就把周瑞踢了几脚。贾珍道：“单打周瑞不中用。”喝命人把鲍二和何三各人打了五十鞭子，撵了出去，方和贾琏两个商量正事。

下人背地里便生出许多议论来：也有说贾珍护短的；也有说不会调停的；也有说他本不是好人：“前儿尤家姐妹弄出许多丑事来，那鲍二不是他调停着二爷叫了来的吗？这会子又嫌鲍二不济事，必是鲍二的女人伏侍不到了。”人多嘴杂，纷纷不一。

却说贾政自从在工部掌印，家人中尽有发财的。那贾芸听见了。也要插手弄一点事儿，便在外头说了几个工头，讲了成数，便买了些时新绣货，要走凤姐儿的门子。

凤姐正在屋里，听见丫头们说：“大爷、二爷都生了气，在外头打人呢。”凤姐听了，不知何故。正要叫人去问问，只见贾琏已进来了，把外面的事告诉了一遍。凤姐道：“事情虽不要紧，但这风俗儿断不可长。此刻还算咱们家里正旺的时候儿，他们就敢打架；以后小辈儿们当了家，他们越发难制伏了。前年我在东府里，亲眼见过焦大吃的烂醉，躺在台阶子底下骂人，不管上上下下，一混汤子的混骂。他虽是有过功的人，到底主子奴才的名分，也要存点体统儿才好。珍大奶奶不是我说，是个老实头，个个人都叫他养得无法无天的。如今又弄出一个什么鲍二。我还听见是你和珍大爷得用的人，为什么今儿又打他呢？”贾琏听了这话刺心，便觉讪讪的，拿话来支开，借有事，说着就走了。

小红进来回道：“芸二爷在外头要见奶奶。”凤姐一想：“他又来做什么？”便道：“叫他进来罢。”小红出来，瞅着贾芸微微一笑。贾芸赶忙凑近一步，问道：“姑娘替我回了没有？”小红红了脸，说道：“我就是见二爷的事多。”贾芸道：“何曾有多少事能到里头来劳动姑娘呢？就是那一年姑娘在宝二叔房里，我才和姑娘……”小红怕人撞见，不等说完，连忙问道：“那年我换给二爷的一块绢子，二爷见了没有？”

那贾芸听了这句话，喜的心花俱开，才要说话，只见一个小丫头从里面出来，贾芸连忙同着小红往里走。两个人一左一右，相离不远，贾芸悄悄的道：“回来我出来，还是你送出我来，我告诉你，还有笑话儿呢。”小红听了，把脸飞红，瞅了贾芸一眼，也不答言。和他到了凤姐门口，自己先进去回了。然后出来，掀起帘子点手儿，口中却故意说道：“奶奶请芸二爷进来呢。”

贾芸笑了一笑，跟着他走进房来，见了凤姐儿，请了安，并说："母亲叫问好。"凤姐也问了他母亲好。凤姐道："你来有什么事？"贾芸道："侄儿从前承婶娘疼爱，心上时刻想着，总过意不去，欲要孝敬婶娘，又怕婶娘多想。如今重阳时候，略备了一点儿东西。婶娘这里那一件没有呢，不过是侄儿一点孝心。只怕婶娘不赏脸。"凤姐儿笑道："有话坐下说。"贾芸才侧身坐了，连忙将东西捧着，搁在旁边桌上。

凤姐又道："你不是什么有馀的人，何苦又去花钱？我又不等着使。你今儿来意，是怎么个想头儿，你倒是实说。"贾芸道："并没有别的想头儿，不过感念婶娘的恩惠，过意不去罢咧。"说着，微微的笑了。凤姐道："不是这么说。你手里窄，我很知道，我何苦白白儿使你的。你要我收下这个东西，须先和我说明白了。要是这么含着骨头露着肉的，我倒不收。"

贾芸没法儿，只得站起来，陪着笑儿说道："并不是有什么妄想。前几日听见老爷总办陵工，侄儿有几个朋友办过好些工程，极妥当的，要求婶娘在老爷跟前提一提。办得一两种，侄儿再忘不了婶娘的恩典。若是家里用得着侄儿，也能给婶娘出力。"

凤姐道："若是别的，我却可以作主。至于衙门里的事，上头呢，都是堂官、司员定的；底下呢，都是那些书办、衙役们办的。别人只怕插不上手。连自己的家人，也不过跟着老爷伏侍伏侍；就是你二叔去，亦只是为的是各自家里的事，他也并不能搀越公事。论家事，这里是踩一头儿，撬一头儿的，连珍大爷还弹压不住。你的年纪儿又轻，辈数儿又小，那里缠的清这些人呢。况且衙门里头的事，差不多儿也要完了，不过吃饭瞎跑。你在家里什么事作不得，难道没了这碗饭吃不成？我这是实在话，你自己回去想想就知道了。你的情意，我已经领了。把东西快拿回去，是那里弄来的，仍旧给人家送了去罢。"

正说着，只见奶妈子一大起带了巧姐儿进来。那巧姐儿身上穿得锦团花簇，手里拿着好些玩意儿，笑嘻嘻走到凤姐身边学舌。贾芸一见，便站起来，笑盈盈的赶着说道："这就是大妹妹么？你要什么好东西不要？"那巧姐儿便哑的一声哭了。贾芸连忙退下。凤姐道："乖乖不怕。"连忙将巧姐揽在怀里，道："这是你芸大哥哥，怎么认起生来了？"贾芸道："妹妹生得好相貌，将来又是个有大造化的。"那巧姐儿回头把贾芸一瞧，又哭起来，叠连几次。

贾芸看这光景坐不住，便起身告辞要走。凤姐道："你把东西带了去罢。"贾芸道："这一点子，婶娘还不赏脸？"凤姐道："你不带去，我便叫人送到你家去。芸哥儿，你不要这么着，你又不是外人。我这里有机会，少不得打发人去叫你，没有事也没法儿，不在乎这些东东西西上的。"贾芸看见凤姐执意不受，只得红着脸道："既这么着，我再找得用的东西来孝敬婶娘罢。"凤姐儿便叫小红："拿了东西，跟着送出芸哥去。"

贾芸走着，一面心中想道："人说二奶奶利害，果然利害：一点儿都不漏缝，真正斩钉截铁，怪不得没有后世。这巧姐儿更怪，见了我好像前世的冤家似的。真正晦气，白闹了这么一天。"

小红见贾芸没得彩头，也不高兴，拿着东西跟出来。贾芸接过来，打开包儿，拣了两件，悄悄的递给小红。小红不接，嘴里说道："二爷别这么着，看奶奶知道了，大家倒不好看。"贾芸道："你好生收着罢，怕什么，那里就知道了呢？你若不要，就是瞧不起我了。"小红微微一笑，才接过来，说道："谁要你这些东西？算什么呢？"说了这句话，把脸又飞红了。贾芸也笑道："我也不是为东西，况且那东西也算不了什么。"

说着话儿，两个已走到二门口。贾芸把下剩的仍旧揣在怀内。小红催着贾芸道："你先去罢。有什么事情，只管来找我。我如今在这院里了，又不隔手。"贾芸点点头儿，说道："二奶奶太利害，我可惜不能常来。刚才我说的话，你横竖心里明白，得了空儿再告诉你罢。"小红满脸羞红，说道："你去罢，明儿也常来走走。谁叫你和他生疏呢？"贾芸道："知道了。"贾芸说着，出了院门。这里小红站在门口，怔怔的看他去远了，才回来了。

却说凤姐在屋里吩咐预备晚饭，因又问道："你们熬了粥了没有？"丫鬟们连忙去问，回来回道："预备了。"凤姐道："你们把那南边来的糟东西弄一两碟来罢。"秋桐答应了，叫丫头们伺候。

平儿走来笑道："我倒忘了：今儿晌午，奶奶在上头老太太那边的时候，水月庵的师父打发人来，要向奶奶讨两瓶南小菜，还要支用几个月的月钱，说是身上不受用。我问那道婆来着：'师父怎么不受用？'他说：'四五天了。前儿夜里，因那些小沙弥、小道士里头有几个女孩子睡觉没有吹灯，他说了几次不听。那一夜看见他们三更以后灯还点着呢，他便叫他们吹灯，个个都睡着了，没有人答应，只得自己亲自起来给他们吹灭了。回到炕上，只见有两个人：一男一女，坐在炕上。他赶着问是谁，那里把一根绳子往他脖子上一套，他便叫起人来。众人听见，点上灯火，一齐赶来，已经躺在地下，满口吐白沫子。幸亏救醒了。此时还不能吃东西，所以叫来寻些小菜儿的。'我因奶奶不在屋里，不便给他。我说：'奶奶此时没有空儿，在上头呢，回来告诉。'便打发他回去了。刚才听见说起南菜，方想起来了，不然就忘了。"

凤姐听了，呆了一呆，说道："南菜不是还有呢，叫人送些去就是了。那银子，过一天叫芹哥来领就是了。"又见小红进来回道："刚才二爷差人来，说是今晚城外有事，不能回来，先通知一声。"凤姐道："是了。"

说着，只听见小丫头从后面喘吁吁的嚷着，直跑到院子里来。外面平儿接着，还有几个丫头们，咕咕唧唧的说话。凤姐道："你们说什么呢？"平儿道："小丫头子有些胆怯，说鬼话。"凤姐说："那一个？"小丫头进来。问道："什么鬼话？"那丫头道："我刚才到后边去叫打杂儿的添煤，只听得三间空屋子里哗喇哗喇的响，我还道是猫儿、耗子。又听得'嗳'的一声，像个人出气儿的似的。我害怕，就跑回来了。"凤姐骂道："胡说！我这里断不兴说神说鬼，我从来不信这些个话，快滚出去罢。"那小丫头出去了。

凤姐便叫彩明将一天零碎日用帐对过一遍。时已将近二更，大家又歇了一会，略说些闲话，遂叫各人安歇去罢。凤姐也睡下了。

将近三更，凤姐似睡不睡，觉得身上寒毛一乍，自己惊醒了，越躺着越发起渗来，因叫平儿、秋桐过来作伴。二人也不解何意。那秋桐本来不顺凤姐，后来贾琏因尤二姐之事，不大爱惜他了，凤姐又笼络他，如今倒也安静，只是心里比平儿差多了，外面情儿。今见凤姐不受用，只得端上茶来。凤姐喝了一口道："难为你。睡去罢，只留平儿在这里就够了。"秋桐却要献勤儿，因说道："奶奶睡不着，倒是我们两个轮流坐坐也使得。"凤姐一面说，一面睡着了。平儿、秋桐看见凤姐已睡，只听得远远的鸡声叫了，二人方都穿着衣裳略躺了一躺，就天亮了，连忙起来伏侍凤姐梳洗。

凤姐因夜中之事，心神恍惚不宁，只是一味要强，仍然扎挣起来。正坐着纳闷，忽听个小丫头子在院里问道："平姑娘在屋里么？"平儿答应了一声。那小丫头掀起帘子进来，却是王夫人打发过来来找贾琏，说："外头有人回要紧的官事，老爷才出了门，太太叫快请二爷过去呢。"凤姐听见，唬了一跳。

未知何事，下回分解。

第八十九回

人亡物在公子填词
蛇影杯弓颦卿绝粒

却说凤姐正自起来纳闷，忽听见小丫头这话，又唬了一跳，连忙又问：“什么官事？”小丫头道：“也不知道。刚才二门上小厮回进来，回老爷有要紧的官事，所以太太叫我请二爷来了。”凤姐听了工部里的事，才把心略略的放下。因说道：“你回去回太太，就说二爷昨日晚上出城有事没有回来，打发人先回珍大爷去罢。”那丫头答应着去了。

一时，贾珍过来，见了部里的人，问明了。进来见了王夫人，回道：“部中来报：昨日总河奏到，河南一带决了河口，湮没了几府州县。又要开销国帑，修理城工，工部司官又有一番照料，所以部里特来报知老爷的。”说完退出。及贾政回家来，回明。从此，直到冬间，贾政天天有事，常在衙门里。宝玉的功课也渐渐松了，只是怕贾政觉察出来，不敢不常在学房里去念书，连黛玉处也不敢常去。

那时已到十月中旬，宝玉起来，要往学房中去。这日天气陡寒，只见袭人早已打点出一包衣裳，向宝玉道：“今日天气很凉，早晚宁可暖些。”说着，把衣裳拿出来，给宝玉挑了一件穿。又包了一件，叫小丫头拿出，交给焙茗，嘱咐道：“天气冷，二爷要换时，好生预备着。”焙茗答应了，抱着毡包，跟着宝玉自去。

宝玉到了学房中，做了自己的功课，忽听得纸窗呼喇喇一派风声。代儒道：“天气又变了。”把风门推开一看，只见西北上一层层的黑云，渐渐往东南扑上来。焙茗走进来回宝玉道：“二爷，天气冷了，再添些衣裳罢。”宝玉点点头儿。只见焙茗拿进一件衣裳来，宝玉不看则已，看了时神已痴了。那些小学生都巴着眼瞧。却原是晴雯所补的那件雀金裘。宝玉道："怎么拿这一件来？是谁给你的？"焙茗道："是里头姑娘们包出来的。"宝玉道："我身上不大冷，且不穿呢，包上罢。"代儒只当宝玉可惜这件衣裳，却也心里喜他知道俭省。焙茗道："二爷穿上罢。着了冷，又是奴才的不是了，二爷只当疼奴才罢。"宝玉无奈，只得穿上，呆呆的对着书坐着。代儒也只当他看书，不甚理会。

晚间放学时，宝玉便向代儒托病告假一天。代儒本来上年纪的人，也不过伴着几个孩子解闷儿，时常也八病九痛的，乐得去一个，少操一个心；况且明知贾政事忙，贾母溺爱：便点点头儿。

宝玉一径回来，见过贾母、王夫人，也是这么说，自然没有不信的。略坐一坐，便回园中去了。见了袭人等，也不似往日有说有笑的，便和衣躺在炕上。袭人道："晚饭预备下了，这会儿吃，还是等一等儿？"宝玉道："我不吃了，心里不舒服。你们吃去罢。"

袭人道："那么着，你也该把这件衣裳换下来了。这个东西，那里禁得住揉搓？"宝玉道："不用换。"袭人道："倒也不但是娇嫩物儿，你瞧瞧那上头的针线，也不该这么糟蹋他呀。"宝玉听了这话，正碰在他心坎儿上，叹了一口气道："那么着，你就收起来，给我包好了，我也总不穿他了。"说着，站起来脱下。袭人才过来接时，宝玉已经自己叠起。袭人道："二爷怎么今日这样勤谨起来了？"宝玉也不答言，叠好了，便问："包这个的包袱呢？"麝月连忙递过来，让他自己包好，回头和袭人挤着眼儿笑。

宝玉也不理会，自己坐着，无精打彩。猛听架上钟响，自己低头看了看表针，已指到酉初二刻了。一时，小丫头点上灯来。袭人道："你不吃饭，喝半碗热粥儿罢。别净饿着，看仔细饿上虚火来，那又是我们的累赘了。"宝玉摇摇头儿说："还不大饿，强吃了倒不受用。"袭人道："既这么着，就索性早些歇着罢。"于是袭人、麝月铺设好了，宝玉也就歇下，翻来覆去，只睡不着。将及黎明，反朦胧睡去，有一顿饭时，早又醒了。

此时袭人、麝月也都起来。袭人道："昨夜听着你翻腾到五更天，我也不敢问你。后来我就睡着了，不知到底你睡着了没有？”宝玉道：“也睡了一睡，不知怎么就醒了。”袭人道：“你没有什么不受用？”宝玉道：“没有，只是心上发烦。”

袭人道：“今日学房里去不去？”宝玉道：“我昨儿已经告了一天假了，今儿我要想园里逛一天，散散心，只是怕冷。你叫他们收拾一间屋子，备了一炉香，搁下纸墨笔砚，你们只管干你们的，我自己静坐半天才好，别叫他们来搅我。”麝月接着道：“二爷要静静儿的用工夫，谁敢来搅？”袭人道：“这么着很好：也省得着了凉；自己坐坐，心神也不搅。”因又问：“你既懒怠吃饭，今日吃什么，早说，好传给厨房里去。”宝玉道：“还是随便罢，不必闹的大惊小怪的。倒是要几个果子搁在那屋里，借点果子香。”袭人道：“那个屋里好？别的都不大干净，只有晴雯起先住的那一间，因一向无人，还干净，就是清冷些。”宝玉道：“不妨，把火盆挪过去就是了。”袭人答应了。

正说着，只见一个小丫头端了一个茶盘儿：一个碗，一双牙箸，递给麝月道：“这是刚才花姑娘要的，厨房里老婆子送了来了。”麝月接了一看，却是一碗燕窝汤，便问袭人道：“这是姐姐要的么？”袭人笑道：“昨夜二爷没吃饭，又翻腾了一夜，想来今儿早起心里必是发空的，所以我告诉小丫头们，叫厨房里做了这个来的。”袭人一面叫小丫头放桌儿。麝月打发宝玉喝了，漱了口，只见秋纹走来说道：“那雇里已经收拾妥了，但等着一时炭劲过了，二爷再进去罢。”宝玉点头，只是一腔心事，懒怠说话。

一时，小丫头来请，说：“笔砚都安放妥当了。”宝玉道：“知道了。”又一个小丫头回道：“早饭得了，二爷在那里吃？”宝玉道：“就拿了来罢，不必累赘了。”小丫头答应了自去，一时端上饭来。宝玉笑了一笑，向麝月、袭人道：“我心里闷得很，自己吃，只怕又吃不下去；不如你们两个同我一块儿吃，或者吃的香甜，我也多吃些。”麝月笑道：“这是二爷的高兴，我们可不敢。”袭人道：“其实也使得，我们一处喝酒，也不止今日。只是偶然替你解闷儿还使得，若认真这样，还有什么规矩体统呢？”说着，三人坐下：宝玉在上首，袭人、麝月两个打横陪着。

吃了饭，小丫头端上漱口茶来，两个看着撤了下去。宝玉因端着茶，默默如有所思。又坐了一坐，便问道："那屋里收拾妥了么？"麝月道："头里就回过了，这会子又问。"

宝玉略坐了一坐，便过这间屋子来。亲自点了一炷香，摆上些果品，便叫人出去，关上门。外面袭人等都静悄无声。宝玉拿了一幅泥金角花的粉红笺出来，口中祝了几句，便提起笔来写道：

怡红主人焚付晴姐知之：酌茗清香，庶几来飨。

其词云：

随身伴，独自意绸缪。谁料风波平地起，顿教躯命即时休。孰与话轻柔？

东逝水，无复向西流。想象更无怀梦草，添衣还见翠云裘。脉脉使人愁。

写毕，就在香上点个火，焚化了。静静儿等着，直待一炷香点尽了，才开门出来。袭人道："怎么出来了？想来又闷的慌了。"宝玉笑了一笑，假说道："我原是心里烦，才找个清静地方儿坐坐。这会子好了，还要外头走走去呢。"

说着，一径出来，到了潇湘馆里，在院里问道："林妹妹在家里呢么？"紫鹃接应道："是谁？"掀帘看时，笑道："原来是宝二爷。姑娘在屋里呢，请二爷到屋里坐着。"宝玉同着紫鹃走进来。黛玉却在里间呢，说道："紫鹃，请二爷屋里坐罢。"宝玉走到里间门口，看见新写的一副紫墨色泥金云龙笺的小对，上写着：

绿窗明月在，青史古人空。

宝玉看见，笑了一笑，走入门去，笑问道："妹妹做什么呢？"黛玉站起来，迎了两步，笑着让道："请坐。我在这里写经，只剩得两行了，等写完了，再说话儿。"因叫雪雁倒茶。宝玉道："你别动，只管写。"

说着，一面看见中间挂着一幅单条：上面画着一个嫦娥，带着一个侍者；又一个女仙，也有一个侍者，捧着一个长长儿的衣囊似的。二人身旁边略有些云护，别无点缀，全仿李龙眠白描笔意。上有"斗寒图"三字，用八分书写着。宝玉道："妹妹这幅《斗寒图》可是新挂上的？"黛玉道："可不是。昨日他们收拾屋子，我想起来，拿出来叫他们挂上的。"宝玉道："是什么出处？"黛玉笑道："眼前熟的很的，还要问人？"宝玉笑道："我一时想不起，妹妹告诉我罢。"黛玉道："岂不闻'青女素娥俱耐冷，月中霜里斗婵娟'？"宝玉道："是啊！这个实在新奇雅致，却好此时拿出来挂。"

说着，又东瞧瞧，西走走。雪雁沏了茶来，宝玉吃着。又等了一会子，黛玉经才写完，站起来道："简慢了。"宝玉笑道："妹妹还是这么客气。"但见黛玉身上穿着月白绣花小毛皮袄，加上银鼠坎肩；头上挽着随常云髻，簪上一枝赤金扁簪，别无花朵；腰下系着杨妃色绣花绵裙。真比如：

亭亭玉树临风立，冉冉香莲带露开。

宝玉因问道："妹妹这两日弹琴来着没有？"黛玉道："两日没弹了。因为写字已经觉得手冷，那里还去弹琴。"宝玉道："不弹也罢了。我想琴虽是清高之品，却不是好东西，从没有弹琴里弹出富贵寿考来的，只有弹出忧思怨乱来的；再者，弹琴也得心里记谱，未免费心。依我说，妹妹身子又单弱，不操这心也罢了。"黛玉抿着嘴儿笑。

宝玉指着壁上道；"这张琴可就是么？怎么这么短？"黛玉笑道："这张琴不是短，因我小时学抚的时候．别的琴都够不着，因此特地做起来的。虽不是焦尾枯桐，这鹤山、凤尾还配得齐整，龙池、雁足高下还相宜。你看这断纹不是牛旄似的么？所以音韵也还清越。"

宝玉道："妹妹这几天来做诗没有？"黛玉道："自结社以后，没大做。"宝玉笑道："你别瞒我。我听见你吟的什么'不可惙，素心如何天上月'，你搁在琴里，觉得音响分外的响亮。有的没的？"黛玉道："你怎么听见了？"宝玉道："我那一天从蓼风轩来听见的，又恐怕打断你的清韵，所以静听了一回，就走了。我正要问你：前路是平韵，到末了儿忽转了仄韵，是个什么意思？"黛玉道："这是人心自然之音，做到那里就到那里，原没有一定的。"宝玉道："原来如此。可惜我不知音，枉听了一会子。"黛玉道："古来知音人能有几个？"

宝玉听了，又觉得出言冒失了，又怕寒了黛玉的心。坐了一坐。心里像有许多话，却再无可讲的。黛玉因方才的话也是冲口而出，此时回想，觉得太冷淡些，也就无话。宝玉越发打量黛玉设疑，遂讪讪的站起来说道："妹妹坐着罢，我还要到三妹妹那里瞧瞧去呢。"黛玉道："你若见了三妹妹，替我问候一声罢。"宝玉答应着，便出来了。

黛玉送至屋门口，自己回来，闷闷的坐着，心里想道："宝玉近来说话，半吐半吞，忽冷忽热，也不知他是什么意思？"正想着，紫鹃走来道："姑娘，经不写了？我把笔砚都收好了？"黛玉道："不写了，收起去罢。"说着，自己走到里间屋里，床上歪着，慢慢地细想。紫鹃进来问道："姑娘喝碗茶罢。"黛玉道："不吃呢。我略歪歪罢，你们自己去罢。"

紫鹃答应着出来，只见雪雁一个人在那里发呆。紫鹃走到他跟前，问道："你这会子也有了什么心事了么？"雪雁只顾发呆，倒被他吓了一跳，因说道："你别嚷，今日我听见了一句话，我告诉你听，奇不奇？你可别言语。"

说着，往屋里努嘴儿。因自己先行，点着头儿，叫紫鹃同他出来，到门外平台底下，悄悄儿的道："姐姐，你听见了么？宝玉定了亲了。"紫鹃听见，吓了一跳，说道："这是那里来的话？只怕不真罢？"雪雁道："怎么不真？别人大概都知道，就只咱们没听见。"紫鹃道："你在那里听来的？"雪雁道："我听见侍书说的，是个什么知府家，家资也好，人才也好。"

紫鹃正听时，只听见黛玉咳嗽了一声，似乎起来的光景。紫鹃恐怕他出来听见，便拉了雪雁，摇摇手儿。往里望望，不见动静，才又悄悄儿的问道："他到底怎么说来着？”雪雁道：“前儿不是叫我到三姑娘那里去道谢吗？三姑娘不在屋里，只有侍书在那里。大家坐着，无意中说起宝二爷淘气来，他说：‘宝二爷怎么好？只会玩儿，全不像大人的样子，已经说亲了，还是这么呆头呆脑。’我问他定了没有，他说是定了，是个什么王大爷做媒的。那王大爷是东府里的亲戚，所以也不用打听，一说就成了。”紫鹃侧着头想了一想：“这句话奇。”又问道：“怎么家里没有人说起？”雪雁道：“侍书也说的，是老太太的意思：若一说起，恐怕宝玉野了心，所以都不提起。侍书告诉了我，又叮咛：‘千万不可露风说出来，知道是我多嘴。’”把手往里一指：“所以他面前也不提。今日是你问起，我不犯瞒你。”

正说到这里，只听鹦鹉叫唤，学着说：“姑娘回来了，快倒茶来。”倒把紫鹃、雪雁吓了一跳。回头并不见有人，便骂了鹦鹉一声。走进屋内，只见黛玉喘吁吁的刚坐在椅子上。紫鹃搭讪着问茶问水。黛玉问道：“你们两个那里去了？再叫不出一个人来。”说着，便走到炕边，将身子一歪，仍旧倒在炕上，往里躺下，叫把帐儿撩下。紫鹃、雪雁答应出去，他两个心里疑惑方才的话只怕被他听了去了，只好大家不提。

谁知黛玉一腔心事，又窃听了紫鹃、雪雁的话，虽不很明白，已听得了七八分，如同将身撂在大海里一般。思前想后，竟应了前日梦中之谶，千愁万恨，堆上心来。左右打算：“不如早些死了，免得眼见了意外的事情，那时反倒无趣。”又想到自己没了爹娘的苦：“自今以后，把身子一天一天的糟蹋起来，一年半载，少不得身登清净。”打定了主意，被也不盖，衣也不添。竟是合眼装睡。

紫鹃和雪雁来伺候几次，不见动静，又不好叫唤。晚饭都不吃。点灯以后，紫鹃掀开帐子，见已睡着了，被窝都蹬在脚后。怕他着了凉，轻轻儿拿来盖上。黛玉也不动，单待他出去，仍然褪下。

那紫鹃只管问雪雁：“今儿的话到底是真的是假的？”雪雁道：“怎么不真？”紫鹃道：“侍书怎么知道的？”雪雁道：“是小红那里听来的。”紫鹃道：“头里咱们说话，只怕姑娘听见了：你看刚才的神情，大有原故。今日以后，咱们倒别提这件事了。”说着，两个人也收拾要睡。紫鹃进来看时，只见黛玉被窝又蹬下来，复又给他轻轻盖上。一宿晚景不提。

次日，黛玉清早起来，也不叫人，独自一个呆果的坐着。紫鹃醒来，看见黛玉已起，便惊问道："姑娘怎么这样早？"黛玉道："可不是，睡得早，所以醒得早。"紫鹃连忙起来，叫醒雪雁，伺候梳洗。那黛玉对着镜子，只管呆呆的自看。看了一回，那珠泪儿断断连连，早已湿透了罗帕。正是：

瘦影正临春水照，卿须怜我我怜卿。

紫鹃在旁也不敢劝，只怕倒把闲话勾引起旧恨来。迟了好一会，黛玉才随便梳洗了，那眼中泪渍，终是不干。

又自坐了一会，叫紫鹃道："你把藏香点上。"紫鹃道："姑娘，你睡也没睡得几时，如何点香？不是要写经？"黛玉点点头儿。紫鹃道："姑娘今日醒得太早，这会子又写经，只怕太劳神了罢？"黛玉道："不怕，早完了早好。况且我也并不是为经，倒借着写字，解解闷儿。以后你们见了我的字迹，就算见了我的面儿了。"说着，那泪直流下来。紫鹃听了这话，不但不能再劝，连自己也撑不住滴下泪来。

原来黛玉立定主意：自此以后，有意糟蹋身子，茶饭无心，每日渐减下来。宝玉下学时，也常抽空问候。只是黛玉虽有万千言语，自知年纪已大，又不便似小时可以柔情挑逗，所以满腔心事，只是说不出来。宝玉欲将实言安慰，又恐黛玉生嗔，反添病症。两个人见了面，只得用浮言劝慰，真真是亲极反疏了。

那黛玉虽有贾母、王夫人等怜恤，不过请医调治，只说黛玉常病，那里知他的心病。紫鹃等虽知其意，也不敢说。从此，一天一天的减。到半月之后，肠胃日薄一日，果然粥都不能吃了。黛玉日间听见的话，都似宝玉娶亲的话；看见怡红院中的人，无论上下，也像宝玉娶亲的光景。薛姨妈来看，黛玉不见宝钗，越发起疑心。索性不要人来看望，也不肯吃药，只要速死。睡梦之中，常听见有人叫"宝二奶奶"的。一片疑心，竟成蛇影。一日，竟是绝粒，粥也不喝，恹恹一息，垂毙殆尽。

未知黛玉性命如何，且看下回分解。

第九十回

失绵衣贫女耐嗷嘈
送果品小郎惊叵测

却说黛玉自立意自戕之后，渐渐不支，一日竟至绝粒。从前十几天内，贾母等轮流看望，他有时还说几句话；这两日索性不大言语。心里虽有时昏晕，却也有时清楚。贾母等见他这病不似无因而起，也将紫鹃、雪雁盘问过两次，两个那里敢说。便是紫鹃欲向侍书打听消息，又怕越闹越真，黛玉更死得快了，所以见了侍书，毫不提起。那雪雁是他传话弄出这样原故来，此时恨不得长出百十个嘴来说“我没说”，自然更不能提起。

到了这一天黛玉绝粒之日，紫鹃料无指望了，守着哭了会子，因出来偷向雪雁道：“你进屋里来，好好儿的守着他；我去回老太太、太太和二奶奶去。今日这个光景，大非往常可比了。”雪雁答应，紫鹃自去。

这里雪雁正在屋里伴着黛玉，见他昏昏沉沉，小孩子家那里见过这个样儿，只打量如此便是死的光景了，心中又痛又怕，恨不得紫鹃一时回来才好。正怕着，只听窗外脚步走响，雪雁知是紫鹃回来，才放下心了，连忙站起来，掀着里间帘子等他。只见外面帘子响处，进来了一个人，却是侍书。那侍书是探春打发来看黛玉的，见雪雁在那里掀着帘子，便问道：“姑娘怎么样？”雪雁点点头儿，叫他进来。侍书跟进来，见紫鹃不在屋里，瞧了瞧黛玉，只剩得残喘微延，唬的惊疑不止。因问：“紫鹃姐姐呢？”雪雁道：“告诉上屋里去了。”

那雪雁此时只打量黛玉心中一无所知了，又见紫鹃不在面前，因悄悄的拉了侍书的手问道：“你前日告诉我说的什么王大爷给这里宝二爷说了亲，是真话么？”侍书道：“怎么不真？”雪雁道：“多早晚放定的？”侍书道：“那里就放定了呢？那一天我告诉你时，是我听见小红说的。后来我到二奶奶那边去，二奶奶正和平姐姐说呢，道：‘那都是门客们借着这个事讨老爷的喜欢，往后好拉拢的意思。别说大太太说不好，就是大太太愿意，说那姑娘好，那大太太眼里看的出什么人来。再者，老太太心里早有了人了，就在咱们园子里的，大太太那里摸的着底呢。老太太不过因老爷的话，不得不问问罢咧。’又听见二奶奶说：‘宝玉的事，老太太总是要亲上作亲的，凭谁来说亲，横竖不中用。’”

雪雁听到这里，也忘了神了，因说道：“这是怎么说？白白的送了我们这一位的命了！”侍书道：“这是从那里说起？”雪雁道：“你还不知道呢，前日都是我和紫鹃姐姐说来着，这一位听见了，就弄到这步田地了。”侍书道：“你悄悄儿的说罢，看仔细他听见了。”雪雁道：“人事都不醒了，瞧瞧罢，左不过在这一两天了。”正说着，只见紫鹃掀帘进来说：“这还了得！你们有什么话还不出去说，还在这里说。索性逼死他就完了。”侍书道：“我不信有这样奇事。”紫鹃道：“好姐姐，不是我说，你又该恼了，你懂得什么呢？懂得也不传这些舌了。”

这里三个人正说着，只听黛玉忽然又嗽了一声。紫鹃连忙跑到炕沿前站着，侍书、雪雁也都不言语了。紫鹃弯着腰，在黛玉身后轻轻问道：“姑娘，喝口水罢。”黛玉微微答应了一声。雪雁连忙倒了半钟滚白水，紫鹃接了托着，侍书也走近前来。紫鹃和他摇头儿，不叫他说话，侍书只得咽住了。站了一回，黛玉又嗽了一声。紫鹃趁势问道：“姑娘，喝水呀？”黛玉又微微应了一声，那头似有欲抬之意，那里抬得起。紫鹃爬上炕去，爬在黛玉旁边，端着水，试了冷热，送到唇边，扶了黛玉的头，就到碗边喝了一口。紫鹃才要拿时，黛玉意思还要喝一口，紫鹃便托着那碗不动。黛玉又喝了一口，摇摇头儿，不喝了。喘了一口气，仍旧躺下。半日，微微睁眼，说道：“刚才说话不是侍书么？”紫鹃答应道：“是。”侍书尚未出去，因连忙过来问候。黛玉睁眼看了，点点头儿。又歇了一歇，说道：“回去问你姑娘好罢。”侍书见这番光景，只当黛玉嫌烦，只得悄悄的退出去了。

原来那黛玉虽则病势沉重，心里却还明白。起先侍书、雪雁说话时，他也模糊听见了一半句，却只作不知，也因实无精神答理。及听了雪雁、侍书的话，才明白过前头的事情原是议而未成的。又兼侍书说是凤姐说的，老太太的主意，亲上作亲，又是园中住着的，非自己而谁？因此一想，阴极阳生，心神顿觉清爽许多，所以才喝了两口水，又要想问侍书的话。

恰好贾母、王夫人、李纨、凤姐听见紫鹃之言，都赶着来看。黛玉心中疑团已破，自然不似先前寻死之意了。虽身骨软弱，精神短少，却也勉强答应一两句了。凤姐因叫过紫鹃，问道："姑娘也不至这样。这是怎么说，你这样唬人？"紫鹃道："实在头里看着不好，才敢去告诉的。回来见姑娘竟好了许多，也就怪了。"贾母笑道："你也别信他，他懂得什么。看见不好就言语，这倒是他明白的地方。小孩子家不嘴懒脚嫩就好。"说了一回，贾母等料着无妨，也就去了。正是：

心病终须心药治，解铃还是系铃人。

不言黛玉病渐减退。且说雪雁、紫鹃背地里都念佛。雪雁向紫鹃说道："亏他好了。只是病的奇怪，好的也奇怪。"紫鹃道："病的倒不怪，就只好的奇怪。想来宝玉和姑娘必是姻缘。人家说的：'好事多磨'。又说道：'是姻缘棒打不回'。这么看起来，人心天意，他们两个竟是天配的了。再者，你想那一年我说了林姑娘要回南去，把宝玉没急死了，闹得家翻宅乱；如今一句话，又把这一个弄的死去活来：可不说的三生石上百年前结下的么？"说着，两个悄悄的抿着嘴笑了一回。雪雁又道："幸亏好了。咱们明儿再别说了，就是宝玉娶了别的人家儿的姑娘，我亲见他在那里结亲，我也再不露一句话了。"紫鹃笑道："这就是了。"

不但紫鹃和雪雁在私下里讲究，就是众人也都知道黛玉的病也病得奇怪，好也好得奇怪，三三两两，唧唧哝哝议论着。不多几时，连凤姐儿也知道了，邢、王二夫人也有些疑惑，倒是贾母略猜着了八九。

那时正值邢、王二夫人、凤姐等在贾母房中说闲话，说起黛玉的病来。贾母道："我正要告诉你们。宝玉和林丫头是从小儿在一处的，我只说小孩子们怕什么。以后时常听得林丫头忽然病，忽然好，都为有了些知觉了。所以我想他们若尽着搁在一块儿，毕竟不成体统。你们怎么说？"王夫人听了，便呆了一呆，只得答应道："林姑娘是个有心计儿的。至于宝玉，呆头呆脑，不避嫌疑是有的。看起外面，却还都是个小孩儿形象。此时若忽然把那一个分出园外，不是倒露了什么痕迹了么？古来说的：'男大须婚，女大须嫁。'老太太想，倒是赶着把他们的事办办也罢了。"

贾母皱了一皱眉，说道："林丫头的乖僻，虽也是他的好处，我的心里不把林丫头配他，也是为这点子；况且林丫头这样虚弱，恐不是有寿的。只有宝丫头最妥。"王夫人道："不但老太太这么想，我们也是这样。但林姑娘也得给他说了人家儿才好；不然，女孩儿家长大了，那个没有心事？倘或真与宝玉有些私心，若知道宝玉定下宝丫头，那倒不成事了。"贾母道："自然先给宝玉娶了亲，然后给林丫头说人家；再没有先是外人，后是自己的；况且林丫头年纪到底比宝玉小两岁。依你们这么说，倒是宝玉定亲的话，不许叫他知道倒罢了。"

凤姐便吩咐众丫头们道："你们听见了？宝二爷定亲的话，不许混吵嚷；若有多嘴的，隄防着他的皮！"贾母又向凤姐道："凤哥儿，你如今自从身上不大好，也不大管园里的事了。我告诉你，须得经点儿心。不但这个，就像前年那些人喝酒耍钱，都不是事。你还精细些，少不得多分点心儿，严紧严紧他们才好。况且我看他们也就还服你些。"凤姐答应了。娘儿们又说了一会话，方各自散了。

从此，凤姐常到园中照料。一日，刚走进大观园，到了紫菱洲畔，只听见一个老婆子在那里嚷。凤姐走到跟前，那婆子才瞧见了，早垂手侍立，口里请了安。凤姐道："你在这里闹什么？"婆子道："蒙奶奶们派我在这里看守花果，我也没有差错，不料邢姑娘的丫头说我们是贼。”凤姐道：“为什么呢？”婆子道：“昨儿我们家的黑儿跟着我到这里玩了一回，他不知道，又往邢姑娘那边去瞧了一瞧，我就叫他回去了。今儿早起，听见他们丫头说丢了东西了。我问他丢了什么，他就问起我来了。”凤姐道：“问了你一声，也犯不着生气呀。”婆子道：“这里园子，到底是奶奶家里的，并不是他们家里的。我们都是奶奶派的，贼名儿怎么敢认呢？”凤姐照脸啐了一口，厉声道：“你少在我跟前唠唠叨叨的！你在这里照看，姑娘丢了东西，你们就该问哪，怎么说出这些没道理的话来？把老林叫了来，撵他出去！”丫头们答应了。

只见邢岫烟赶忙出来，迎着凤姐陪笑道：“这使不得，没有的事，事情早过去了。”凤姐道：“姑娘，不是这个话。倒不讲事情，这名分上太岂有此理了。”岫烟见婆子跪在地下告饶，便忙请凤姐到里边去坐。凤姐道：“他们这种人，我知道，他除了我，其馀都没上没下的了。”岫烟再三替他讨饶，只说自己的丫头不好。凤姐道：“我看着邢姑娘的分上，饶你这一次。”婆子才起来磕了头，又给岫烟磕了头，才出去了。

这里二人让了坐，凤姐笑问道：“你丢了什么东西了？”岫烟笑道：“没有什么要紧的，是一件红小袄儿，已经旧了的。我原叫他们找，找不着就罢了。这小丫头不懂事，问了那婆子一声，那婆子自然不依了。这都是小丫头糊涂不懂事，我也骂了几句。已经过去了，不必再提了。”凤姐把岫烟内外一瞧，看见虽有些皮绵衣裳，已是半新不旧的，未必能暖和。他的被窝多半是薄的。至于房中桌上摆设的东西，就是老太太拿来的，却一些不动，收拾的干干净净。凤姐心上便很爱敬他，说道：“一件衣裳原不要紧，这时候冷，又是贴身的，怎么就不问一声儿呢？这撒野的奴才，了不得了！”

说了一会，凤姐出来，各处去坐了一坐，就回去了。到了自己房中，叫平儿取了一件大红洋绉的小袄儿，一件松花色绫子一抖珠儿的小皮袄，一条宝蓝盘锦镶花线裙，一件佛青银鼠褂子，包好，叫人送去。

那时岫烟被那老婆子聒噪了一场，虽有凤姐来压住，心上终是不定。想起：“许多姐妹们在这里，没有一个下人敢得罪他的；独自我这里，他们言三语四，刚刚凤姐来碰见。”想来想去，终是没意思，又说不出来。

正在吞声饮泣，看见凤姐那边的丰儿送衣裳过来。岫烟一看，决不肯受。丰儿道：“奶奶吩咐我说：‘姑娘要嫌是旧衣裳，将来送新的来。’”岫烟笑谢道：“承奶奶的好意。只是因我丢了衣裳，他就拿来，我断不敢受的。拿回去，千万谢你们奶奶。承你奶奶的情，我算领了。”倒拿个荷包给了丰儿。那丰儿只得拿了去了。

不多时，又见平儿同着丰儿过来。岫烟忙迎着问了好，让了坐。平儿笑说道：“我们奶奶说，姑娘特外道的了不得。”岫烟道：“不是外道，实在不过意。”平儿道：“奶奶说，姑娘要不收这衣裳，不是嫌太旧，就是瞧不起我们奶奶。刚才说了，我要拿回去，奶奶不依我呢。”岫烟红着脸笑谢道：“这样说了，叫我不敢不收。”又让了一回茶。

平儿和丰儿回去，将到凤姐那边，碰见薛家差来的一个老婆子，接着问好。平儿便问道：“你那里去的？”婆子道：“那边太太、姑娘叫我来请各位太太、奶奶、姑娘们的安。我才刚在奶奶前问起姑娘来，说姑娘到园中去了。可是从邢姑娘那里来么？”平儿道：“你怎么知道？”婆子道：“方才听见说，真真的二奶奶和姑娘们的行事叫人感念。”平儿笑了一笑说：“你回来坐着罢。”婆子道：“我还有事，改日再过来瞧姑娘罢。”说着走了。平儿回来，回复了凤姐，不在话下。

且说薛姨妈家中被金桂搅得翻江倒海，看见婆子回来，说起岫烟的事，宝钗母女二人不免滴下泪来。宝钗道：“都为哥哥不在家，所以叫邢姑娘多吃几天苦。如今还亏凤姐姐不错。咱们底下也得留心，到底是咱们家里人。”

说着，只见薛蝌进来说道：“大哥哥这几年在外头相与的都是些什么人，连一个正经的也没有。来一起子，都是些狐群狗党。我看他们那里是不放心，不过将来探探消息儿罢咧。这两天都被我赶出去了。以后吩咐了门上，不许传进这种人来。”薛姨妈道：“又是蒋玉函那些人哪？”薛蝌道：“蒋玉函却倒没来，倒是别人。”

薛姨妈听了薛蝌的话，不觉又伤起心来，说道："我虽有儿，如今就像没有的了。就是上司准了，也是个废人。你虽是我侄儿，你看你还比你哥哥明白些，我这后辈子全靠你了。你自己从今后要学好。再者，你聘下的媳妇儿，家道不比往时了。人家的女孩儿出门子不是容易，再没别的想头，只盼着女婿能干，他就有日子过了。若邢丫头也像这个东西，"说着，把手往里头一指道："我也不说了。邢丫头实在是个有廉耻有心计儿的，又守得贫，耐得富。只是等咱们的事过去了，早些儿把你们的正经事完结了，也了我一宗心事。"薛蝌道："琴妹妹还没有出门子，这倒是太太烦心的一件事。至于这个，可算什么呢。"大家又说了一会闲话。

薛蝌回到自己屋里，吃了晚饭，想起："邢岫烟住在贾府园中，终是寄人篱下，况且又穷，日用起居不想可知。况兼当初一路同来，模样儿性格儿都知道的。可知天意不均：如夏金桂这种人，偏叫他有钱，娇养得这般泼辣；邢岫烟这种人，偏叫他这样受苦。阎王判命的时候，不知如何判法的？"想到闷来，也想吟诗一首，写出来出出胸中的闷气，又苦自己没有工夫，只得混写道：

蛟龙失水似枯鱼，两地情怀感索居。
同在泥涂多受苦，不知何日向清虚？

写毕，看了一回，意欲拿来粘在壁上，又不好意思，自己沉吟道："不要被人看见笑话。"又念了一遍，道："管他呢，左右粘上自己看着解闷儿罢。"又看了一回，到底不好，拿来夹在书里。又想："自己年纪可也不小了，家中又碰见这样飞灾横祸，不知何日了局，致使幽闺弱质，弄得这般凄凉寂寞。"

正在那里想时，只见宝蟾推进门来，拿着一个盒子，笑嘻嘻放在桌上。薛蝌站起来让坐。宝蟾笑着向薛蝌道："这是四碟果子，一小壶儿酒，大奶奶叫给二爷送来的。"薛蝌陪笑道："大奶奶费心。但是叫小丫头们送来就完了，怎么又劳动姐姐呢。"宝蟾道："好说。自家人，二爷何必说这些套话。再者，我们大爷这件事，实在叫二爷操心，大奶奶久已要亲自弄点什么儿谢二爷，又怕别人多心。二爷是知道的，咱们家里都是言合意不合，送点子东西没要紧，倒没的惹人七嘴八舌的讲究。所以今儿些微的弄了一两样果子，一壶酒，叫我亲自悄悄儿的送来。”说着，又笑瞅了薛蝌一眼，道：“明儿二爷再别说这些话，叫人听着怪不好意思的。我们不过也是底下的人，伏侍的着大爷，就伏侍的着二爷，这有何妨呢？”

薛蝌一则秉性忠厚，二则到底年轻，只是向来不见金桂和宝蟾如此相待，心中想到刚才宝蟾说为薛蟠之事，也是情理，因说道：“果子留下罢。这个酒儿，姐姐只管拿回去。我向来的酒上实在很有限，挤住了偶然喝一钟，平白无事是不能喝的，难道大奶奶和姐姐还不知道么？”宝蟾道：“别的我作得主，独这一件事，我可不敢应。大奶奶的脾气儿，二爷是知道的，我拿回去，不说二爷不喝，倒要说我不尽心了。”薛蝌没法，只得留下。

宝蟾方才要走，又到门口往外看看，回过头来，向着薛蝌一笑，又用手指着里面，说道：“他还只怕要来亲自给你道乏呢。”薛蝌不知何意，反倒讪讪的起来，因说道：“姐姐替我谢大奶奶罢。天气寒，看凉着。再者，自己叔嫂，也不必拘这些个礼。”宝蟾也不答言，笑着走了。

薛蝌始而以为金桂为薛蟠之事，或者真是不过意，备此酒果给自己道乏，也是有的。及见了宝蟾这种鬼鬼祟祟、不尴不尬的光景，也觉有几分。却自己回心一想：“他到底是嫂子的名分，那里就有别的讲究了呢。或者宝蟾不老成，自己不好意思怎么着，却指着金桂的名儿，也未可知。然而到底是哥哥的屋里人，也不好……”忽又一转念：“那金桂素性为人，毫无闺阁礼法，况且有时高兴，打扮的妖调非常，自以为美，又怎么不是怀着坏心呢？不然，就是他和琴妹妹也有了什么不对的地方儿，所以设下这个毒法儿，要把我拉在浑水里，弄一个不清不白的名儿，也未可知。”想到这里，索性倒怕起来了。正在不得主意的时候，忽听窗外扑哧的笑了一声，把薛蝌倒唬了一跳。

未知是谁，下回分解。

第九十一回

纵淫心宝蟾工设计

布疑阵宝玉妄谈禅

话说薛蝌正在狐疑，忽听窗外一笑，唬了一跳，心中想道："不是宝蟾，定是金桂。只不理他们，看他们有什么法儿。"听了半日，却又寂然无声。自己也不敢吃那酒果，掩上房门。刚要脱衣时，只听见窗纸上微微一响。薛蝌此时被宝蟾鬼混了一阵，心中七上八下，竟不知如何是好。听见窗纸微响，细看时又无动静。自己反倒疑心起来，掩了怀，坐在灯前，呆呆的细想。又把那果子拿了一块，翻来覆去的细看。猛回头，看见窗上的纸湿了一块。走过来觑着眼看时，冷不防外面往里一吹，把薛蝌唬了一大跳，听得吱吱的笑声。薛蝌连忙把灯吹灭了，屏息而卧。只听外面一个人说道："二爷为什么不喝酒吃果子就睡了？"这句话仍是宝蟾的语音。薛蝌只不作声装睡。又隔了两句话时，听得外面似有恨声道："天下那里有这样没造化的人！"薛蝌听了似是宝蟾，又似是金桂的语音，这才知道他们原来是这一番意思。翻来覆去，直到五更后才睡着了。

刚到天明，早有人来叩门。薛蝌忙问："是谁？"外面也不答应。薛蝌只得起来，开了门看时，却是宝蟾，拢着头发，掩着怀，穿了件片金边琵琶襟小紧身，上面系一条松花绿半新的汗巾，下面并未穿裙，正露着石榴红洒花夹裤，一双新绣红鞋。原来宝蟾尚未梳洗，恐怕人见，赶早来取家伙。薛蝌见他这样打扮便走进来，心中又是一动，只得陪笑问道："怎么这么早就起来了？"宝蟾把脸红着，并不答言，只管把果子折在一个碟子里，端着就走。薛蝌见他这般，知是昨晚的原故，心里想道："这也罢了。倒是他们恼了，索性死了心，也省了来缠。”于是把心放下，叫人舀水洗脸。自己打算在家里静坐两天：一则养养神，二则出去怕人找他。

原来和薛蟠好的那些人，因见薛家无人，只有薛蝌办事，年纪又轻，便生出许多觊觎之心：也有想插在里头做跑腿儿的；也有能做状子，认得一两个书办，要给他上下打点的；甚至有叫他在内趁钱的；也有造作谣言恐吓的：种种不一。薛蝌见了这些人，远远的躲避，又不敢面辞，恐怕激出意外之变，只好藏在家中，听候转详，不提。

且说金桂昨夜打发宝蟾送了些酒果去探探薛蝌的消息，宝蟾回来，将薛蝌的光景一一的说了。金桂见事有些不大投机，便怕白闹一场，反被宝蟾瞧不起；要把两三句话遮饰，改过口来，又撂不开这个人：心里倒没了主意，只是怔怔的坐着。

那知宝蟾也想薛蟠难以回家，正要寻个路头儿，因怕金桂拿他，所以不敢透漏。今见金桂所为，先已开了端了，他便乐得借风使船，先弄薛蝌到手，不怕金桂不依，所以用言挑拨。见薛蝌似非无情，又不甚兜揽，一时也不敢造次。后来见薛蝌吹灯自睡，大觉扫兴。回来告诉金桂，看金桂有甚方法儿，再作道理。及见金桂怔怔的，似乎无技可施，他也只得陪金桂收拾睡了。夜里那里睡的着，翻来覆去，想出一个法子来：“不如明儿一早起来，先去取了家伙，却自己换上一两件颜色娇嫩的衣服，也不梳洗，越显出一番慵妆媚态来。只看薛蝌的神情，自己反倒装出恼意，索性不理他。那薛蝌若有悔心，自然移船就岸，不愁不先到手。是这个主意。”及至见了薛蝌，仍是昨晚光景，并无邪僻之意，自己只得以假为真，端了碟子回来，却故意留下酒壶，以为再来搭转之地。

只见金桂问道：“你拿东西去，有人碰见么？”宝蟾道：“没有。”金桂道：“二爷也没问你什么？”宝蟾道：“也没有。”金桂因一夜不曾睡，也想不出个法子来，只得回思道：“若作此事，别人可瞒，宝蟾如何能瞒。不如分惠于他，他自然没的说了。况我又不能自去，少不得要他作脚，索性和他商量个稳便主意。”因带笑说道：“你看二爷到底是怎么样的个人？”宝蟾道："倒像是个糊涂人。"金桂听了，笑道："你怎么糟蹋起爷们来了？"宝蟾也笑道："他辜负奶奶的心，我就说得他。"金桂道："他怎么辜负我的心？你倒得说说。"宝蟾道："奶奶给他好东西吃，他倒不吃，这不是辜负奶奶的心么？"说着，把眼溜着金桂一笑。

金桂道："你别胡想。我给他送东西，为大爷的事不辞劳苦，我所以敬他；又怕人说瞎话，所以问你。你这些话和我说，我不懂是什么意思。"宝蟾笑道："奶奶多心，我是跟奶奶的，还有两个心么？但是事情要密些，倘或声张起来，不是玩的。"金桂也觉得脸飞红了，因说道："你这个丫头就不是个好货。想来你心里看上了，却拿我作筏子，是不是呢？"

宝蟾道："只是奶奶那么想罢咧，我倒是替奶奶难受。奶奶要真瞧二爷好，我倒有个主意。奶奶想，那个耗子不偷油呢，他也不过怕事情不密，大家闹出乱子来不好看。依我想，奶奶且别性急，时常在他身上不周不备的去处张罗张罗。他是个小叔子，又没娶媳妇儿，奶奶就多尽点心儿，和他贴个好儿，别人也说不出什么来。过几天，他感奶奶的情，他自然要谢候奶奶。那时奶奶再备点东西儿在咱们屋里，我帮着奶奶灌醉了他，还怕他跑了吗？他要不应，咱们索性闹起来，就说他调戏奶奶。他害怕，自然得顺着咱们的手儿。他再不应，他也不是人，咱们也不至白丢了脸。奶奶想怎么样？"

金桂听了这话，两颧早已红晕了，笑骂道："小蹄子，你倒像偷过多少汉子似的。怪不得大爷在家时离不开你。"宝蟾把嘴一撇，笑说道："罢哟！人家倒替奶奶拉纤，奶奶倒和我们说这个话咧。"从此，金桂一心笼络薛蝌，倒无心混闹了，家中也少觉安静。

当日宝蟾自去取了酒壶，仍是稳稳重重，一脸的正气。薛蝌偷眼看了，反倒后悔，疑心："或者是自己错想了他们，也未可知。果然如此，倒辜负了他这一番美意，保不住日后倒要和自己也闹起来，岂非自惹的呢？"过了两天，甚觉安静。薛蝌遇见宝蟾，宝蟾便低头走了，连眼皮儿也不抬；遇见金桂，金桂却一盆火儿的赶着。薛蝌见这般光景，反倒过意不去。这且不表。

且说宝钗母女觉得金桂几天安静，待人忽然亲热起来，一家子都以为罕事。薛姨妈十分欢喜，想到："必是薛蟠娶这媳妇时冲犯了什么，才败坏了这几年。目今闹出这样事来，亏得家里有钱，贾府出力，方才有了指望。媳妇忽然安静起来，或者是蟠儿转过运气来，也未可知。"于是自己心里倒以为稀有之奇。

这日饭后，扶了同贵过来，到金桂房里瞧瞧。走到院中，只听一个男人和金桂说话。同贵知机，便说道："大奶奶，老太太过来了。"说着，已到门口，只见一个人影儿在房门后一躲。薛姨妈一吓，倒退了出来。金桂道："太太请里头坐，没有外人。他就是我的过继兄弟，本住在屯里，不惯见人。因没有见过太太，今儿才来，还没去请太太的安。"薛姨妈道："既是舅爷，不妨见见。"

金桂叫兄弟出来见了薛姨妈，作了个揖，问了好。薛姨妈也问了好，坐下叙起话来。薛姨妈道："舅爷上京几时了？"那夏三道："前月我妈没有人管家，把我过继来的。前日才进京，今日来瞧姐姐。"薛姨妈看那人不尴尬，于是略坐坐儿，便起身道："舅爷坐着罢。"回头向金桂道："舅爷头上末下的来，留在咱们这里吃了饭再去罢。"金桂答应着，薛姨妈自去了。

金桂见婆婆去了，便向夏三道："你坐着罢。今日可是过了明路的了，省了我们二爷查考。我今日还要叫你买些东西，只别叫别人看见。"夏三道："这个交给我就完了。你要什么，只要有钱，我就买的了来。"金桂道："且别说嘴，等你买上了当，我可不收。"说着，二人又嘲谑了一会，然后金桂陪着夏三吃了晚饭，又告诉他买的东西，又嘱咐一回，夏三自去。

从此，夏三往来不绝。虽有个年老的门上人，知是舅爷，也不常回。从此生出无限风波来，这是后话，不表。

一日，薛蟠有信寄回。薛姨妈打开叫宝钗看时，上写：

男在县里也不受苦，母亲放心。但昨日县里书办说，府里已经准详，想是我们的情到了。岂知府里详上去，道里反驳下来了。亏得县里主文相公好，即刻做了回文顶上去了，那道里却把知县申饬。现在道里要亲提，若一上去，又要吃苦。必是道里没有托到。母亲见字，快快托人求道爷去。还叫兄弟快来，不然就要解道。银子短不得，火速，火速！

薛姨妈听了，又哭了一场。宝钗和薛蝌一面劝慰，一面说道："事不宜迟。"薛姨妈没法，只得叫薛蝌到那里去照料，命人即忙收拾行李，兑了银子，同着当铺中一个伙计，连夜起程。

那时手忙脚乱，虽有下人办理，宝钗怕他们思想不到，亲来帮着收拾，直闹至四更才歇。到底富家女子娇养惯了的，心上又急，又劳苦了一夜，到了次日就发起烧来，汤水都吃不下去。莺儿忙回了薛姨妈。薛姨妈急来看时，只见宝钗满面通红，身如燔灼，话都不说。薛姨妈慌了手脚，便哭得死去活来。宝琴扶着劝解。香菱见了，也泪如泉涌，只管在旁哭叫。宝钗不能说话，连手也不能摇动，眼干鼻塞。叫人请医调治，渐渐苏醒回来，薛姨妈等大家略略放心。

早惊动荣、宁两府的人。先是凤姐打发人送十香返魂丹来；随后王夫人又送至宝丹来；贾母，邢、王二夫人，以及尤氏等，都打发丫头来问候。却都不叫宝玉知道。一连治了七八天，终不见效。还是他自己想起冷香丸，吃了三丸，才得病好。后来宝玉也知道了，因病好了，没有瞧去。

那时薛蝌又有信回来。薛姨妈看了，怕宝钗耽忧，也不叫他知道。自己来求王夫人，并述了一会子宝钗的病。薛姨妈去后，王夫人又求贾政。贾政道："此事上头可托，底下难托，必须打点才好。"王夫人又提起宝钗的事来，因说道："这孩子也苦了。既是我家的人了，也该早些娶了过来才是，别叫他糟蹋坏了身子。"贾政道："我也是这么想。但是他家忙乱；况且如今到了冬底，已经年近岁逼，无不各自要料理些家务。今冬且放了定，明春再过礼。过了老太太的生日，就定日子娶。你把这番话先告诉薛姨太太。"王夫人答应了。

到了次日，王夫人将贾政的话向薛姨妈说了，薛姨妈想着也是。到了饭后，王夫人陪着来到贾母房中，大家让了坐。贾母道："姨太太才过来？"薛姨妈道："还是昨儿过来的，因为晚了，没得过来给老太太请安。"王夫人便把贾政昨夜所说的话向贾母述了一遍，贾母甚喜。

说着，宝玉进来了，贾母便问道："吃了饭了没有？"宝玉道："才打学房里回来，吃了，要往学房里去，先见见老太太。又听见说姨妈来了，过来给姨妈请请安。"因问："宝姐姐大好了？"薛姨妈笑道："好了。"原来方才大家正说着，见宝玉进来，都掩住了。宝玉坐了坐，见薛姨妈神情不似从前亲热："虽是此刻没有心情，也不犯着大家都不言语。"满腹猜疑，自往学中去了。

晚上回来，都见过了，便往潇湘馆来。掀帘进去，紫鹃接着。见里间屋内无人，宝玉道："姑娘那里去了？"紫鹃道："上屋里去了：听见说姨太太过来，姑娘请安去了。二爷没有到上屋里去么？"宝玉道："我去了来的，没有见你们姑娘。"紫鹃道："没在那里吗？"宝玉道："没有。到底那里去了？"紫鹃道："这就不定了。"

宝玉刚要出来，只见黛玉带着雪雁，冉冉而来。宝玉道："妹妹回来了。"缩身退步进来。黛玉进来，走入里间屋内，便请宝玉里头坐。紫鹃拿了一件外罩换上，然后坐下，问道："你上去，看见姨妈了没有？"宝玉道："见过了。"黛玉道："姨妈说起我来没有？"宝玉道："不但没说你，连见了我也不像先时亲热。我问起宝姐姐的病来，他不过笑了一笑，并不答言。难道怪我这两天没去瞧他么？"

黛玉笑了一笑道："你去瞧过没有？"宝玉道："头几天不知道，这两天知道了也没去。"黛玉道："可不是呢。"宝玉道："当真的，老太太不叫我去，太太也不叫去，老爷又不叫去，我如何敢去。要像从前这小门儿通的时候儿，我一天瞧他十趟也不难；如今把门堵了，要打前头过去，自然不便了。"黛玉道："他那里知道这个原故。"宝玉道："宝姐姐为人是最体谅我的。"黛玉道："你不要自己打错了主意。若论宝姐姐，更不体谅，又不是姨妈病，是宝姐姐病。向来在园中做诗、赏花、饮酒，何等热闹。如今隔开了，你看见他家里有事了，他病到那步田地，你像没事人一般，他怎么不恼呢？"宝玉道："这样，难道宝姐姐便不和我好了不成？"黛玉道："他和你好不好，我却不知，我也不过是照理而论。”

宝玉听了，瞪着眼呆了半晌。黛玉看见宝玉这样光景，也不睬他，只是自己叫人添了香，又翻出书来，看了一会。只见宝玉把眉一皱，把脚一跺，道：“我想这个人，生他做什么？天地间没有了我，倒也干净。”黛玉道：“原是有了我，便有了人；有了人，便有无数的烦恼生出来：恐怖，颠倒，梦想，更有许多缠碍。才刚我说的，都是玩话。你不过是看见姨妈没精打彩，如何便疑到宝姐姐身上去？姨妈过来，原为他的官司事情，心绪不宁，那里还来应酬你。都是你自己心上胡思乱想，钻入魔道里去了。”宝玉豁然开朗，笑道：“很是，很是。你的性灵，比我竟强远了。怨不得前年我生气的时候，你和我说过几句禅话，我实在对不上来。我虽丈六金身，还借你一茎所化。”

黛玉乘此机会说道：“我便问你一句话，你如何回答？”宝玉盘着腿，合着手，闭着眼，撅着嘴道：“讲来。”黛玉道：“宝姐姐和你好，你怎么样？宝姐姐不和你好，你怎么样？宝姐姐前儿和你好，如今不和你好，你怎么样？今儿和你好，后来不和你好，你怎么样？你和他好，他偏不和你好，你怎么样？你不和他好，他偏要和你好，你怎么样？”宝玉呆了半晌，忽然大笑道：“任凭弱水三千，我只取一瓢饮。”黛玉道：“瓢之漂水，奈何？”宝玉道：“非瓢漂水，水自流，瓢自漂耳。”黛玉道：“水止珠沉，奈何？”宝玉道：“禅心已作沾泥絮，莫向春风舞鹧鸪。”黛玉道：“禅门第一戒是不打诳语的。”宝玉道：“有如三宝！”黛玉低头不语。只听见檐外老鸦呱呱的叫了几声，便飞向东南上去。宝玉道：“不知主何吉凶？”黛玉道：“人有吉凶事，不在鸟音中。”

忽见秋纹走来说道：“请二爷回去。老爷叫人到园里来问过，说二爷打学里回来了没有。袭人姐姐只说已经回来了。快去罢。”吓的宝玉站起身来，往外忙走。黛玉也不敢相留。

未知何事，下回分解。

第九十二回

评女传巧姐慕贤良
玩母珠贾政参聚散

话说宝玉从潇湘馆出来，连忙问秋纹道："老爷叫我作什么？"秋纹笑道："没有叫。袭人姐姐叫我请二爷，我怕你不来，才哄你的。"宝玉听了，才把心放下，因说："你们请我也罢了，何苦来唬我？"说着，回到怡红院内。袭人便问道："你这好半天到那里去了？"宝玉道："在林姑娘那边，说起姨妈家宝姐姐的事来，就坐住了。"袭人又问道："说些什么？"宝玉将打禅语的话述了一遍。袭人道："你们再没个计较。正经说些家常闲话儿，或讲究些诗句，也是好的，怎么又说到禅语上了？又不是和尚。"宝玉道："你不知道，我们有我们的禅机，别人是插不下嘴去的。"袭人笑道："你们参禅参翻了，又叫我们跟着打闷葫芦了。"宝玉道："头里我也年纪小，他也孩子气，所以我说了不留神的话，他就恼了。如今我也留神，他也没有恼的了。只是他近来不常过来，我又念书，偶然到一处，好像生疏了似的。"袭人道："原该这么着才是。都长了几岁年纪了，怎么好意思还像小孩子时候的样子。"

宝玉点头道："我也知道。如今且不用说那个。我问你：老太太那里打发人来说什么来着没有？"袭人道："没有说什么。"宝玉道："必是老太太忘了。明儿不是十一月初一日么？年年老太太那里必是个老规矩，要办消寒会，齐打伙儿坐下喝酒说笑。我今日已经在学房里告了假了，这会子没有信儿，明儿可是去不去呢？若去了呢，白白的告了假；若不去，老爷知道了，又说我偷懒。"袭人道："据我说，你竟是去的是。才念的好些儿了，又想歇着。我劝你也该上点紧儿了。昨儿听见太太说，兰哥儿念书真好，他打学房里回来，还各自念书作文章，天天晚上弄到四更多天才睡。你比他大多了，又是叔叔，倘或赶不上他，又叫老太太生气。倒不如明儿早起去罢。”

麝月道：“这么冷天，已经告了假，又去，叫学房里说既这么着就不该告假呀，显见的是告谎假脱滑儿。依我说，乐得歇一天。就是老太太忘记了，咱们这里就不消寒了么？咱们也闹个会儿，不好么？”袭人道：“都是你起头儿，二爷更不肯去了。”麝月道：“我也是乐一天是一天，比不得你要好名儿，使唤一个月，再多得二两银子。”袭人啐道：“小蹄子儿，人家说正经话，你又来胡拉混扯的了。”麝月道：“我倒不是混拉扯，我是为你。”袭人道：“为我什么？”麝月道：“二爷上学去了，你又该咕嘟着嘴想着，巴不得二爷早些儿回来，就有说有笑的了。这会子又假撇清，何苦呢，我都看见了。”

袭人正要骂他，只见老太太那里打发人来说道：“老太太说了，叫二爷明儿不用上学去呢。明儿请了姨太太来给他解闷，只怕姑娘们都来家里的，史姑娘、邢姑娘、李姑娘们都请了，明儿来赴什么消寒会呢。”宝玉没有听完，便喜欢道：“可不是，老太太最高兴的。明日不上学，是过了明路的了。”袭人也不便言语了。那丫头回去。宝玉认真念了几天书，巴不得玩这一天；又听见薛姨妈过来，想着宝姐姐自然也来：心里喜欢。便说：“快睡罢，明日早些起来。”于是一夜无话。

到了次日，果然一早到老太太那里请了安。又到贾政、王夫人那里请了安，回明了老太太今儿不叫上学。贾政也没言语。便慢慢退出来，走了几步，便一溜烟跑到贾母房中。见众人都没来，只有凤姐那边的奶妈子带了巧姐儿，跟着几个小丫头过来，给老太太请了安，说：“我妈妈先叫我来请安，陪着老太太说说话儿。妈妈回来就来。”贾母笑着道：“好孩子，我一早就起来了，等他们总不来，只有你二叔叔来了。”那奶妈子便说：“姑娘，给叔叔请安。”巧姐便请了安。宝玉也问了一声“妞妞好”。

巧姐道：“昨夜听见我妈妈说，要请二叔叔去说话。”宝玉道：“说什么？”巧姐道：“我妈妈说，跟着李妈认了几年字，不知道我认得不认得。我说都认得，我认给妈妈瞧。妈妈说我瞎认，不信，说我一天尽子玩，那里认得。我瞧着那些字也不要紧，就是那《女孝经》也是容易念的。妈妈说我哄他，要请二叔叔得空儿的时候给我理理。”贾母听了，笑道：“好孩子，你妈妈是不认得字的，所以说你哄他。明儿叫你二叔叔理给他瞧瞧，他就信了。”宝玉道：“你认了多少字了？”巧姐儿道：“认了三千多字，念了一本《女孝经》，半个月头里又上了《列女传》。”

宝玉道：“你念了懂的吗？你要不懂，我倒是讲讲这个你听罢。”贾母道：“做叔叔的也该讲给侄女儿听听。”宝玉便道：“那文王后妃不必说了。那姜后脱簪待罪，和齐国的无盐安邦定国，是后妃里头的贤能的。”巧姐听了，答应个“是”。宝玉又道：“若说有才的，是曹大姑、班婕妤、蔡文姬、谢道韫诸人。”巧姐问道：“那贤德的呢？”宝玉道：“孟光的荆钗布裙，鲍宣妻的提瓮出汲，陶侃母的截发留宾：这些不厌贫的，就是贤德了。”巧姐欣然点头。宝玉道：“还有苦的：像那乐昌破镜，苏蕙回文；那孝的：木兰代父从军，曹娥投水寻尸等类，也难尽说。”巧姐听到这些，却默默如有所思。宝玉又讲那曹氏的引刀割鼻及那些守节的，巧姐听着更觉肃敬起来。宝玉恐他不自在，又说：“那些艳的，如王嫱、西子、樊素、小蛮、绛仙、文君、红拂，都是女中的……”尚未说出，贾母见巧姐默然，便说：“够了，不用说了。讲的太多，他那里记得。”巧姐道：“二叔叔才说的，也有念过的，也有没念过的。念过的，一讲我更知道好处了。”宝玉道：“那字是自然认得的，不用再理了。”

巧姐道：“我还听见我妈妈说：我们家的小红，头里是二叔叔那里的，我妈妈要了来，还没有补上人呢。我妈妈想着要把什么柳家的五儿补上，不知二叔叔要不要？”宝玉听了更喜欢，笑着道：“你听你妈妈的话！要补谁就补谁罢咧，又问什么要不要呢。”因又向贾母笑道：“我瞧大妞妞这个小模样儿，又有这个聪明儿，只怕将来比凤姐姐还强呢，又比他认的字。”贾母道：“女孩儿家认得字也好，只是女工针黹倒是要紧的。”巧姐儿道：“我也跟着刘妈妈学着做呢。什么扎花儿咧，拉锁子咧，我虽弄不好，却也学着会做几针儿。”贾母道：“咱们这样人家，固然不仗着自己做，但只到底知道些，日后才不受人家的拿捏。”巧姐答应着“是”，还要宝玉解说《列女传》，见宝玉呆呆的，也不好再问。

你道宝玉呆的是什么？只因柳五儿要进怡红院，头一次是他病了，不能进来；第二次王夫人撵了晴雯，大凡有些姿色的，都不敢挑；后来又在吴贵家看晴雯去，五儿跟着他妈给晴雯送东西去，见了一面，更觉娇娜妩媚。今日亏得凤姐想着，叫他补入小红的窝儿，竟是喜出望外了，所以呆呆的呆想。

贾母等着那些人，见这时候还不来，又叫丫头去请。回来李纨同着他妹子、探春、惜春、史湘云、黛玉都来了。大家请了贾母的安，众人厮见。独有薛姨妈未到，贾母又叫请去。果然薛姨妈带着宝琴过来。宝玉请了安，问了好，只不见宝钗、邢岫烟二人。黛玉便问起：“宝姐姐为何不来？”薛姨妈假说身上不好。邢岫烟知道薛姨妈在坐，所以不来。宝玉虽见宝钗不来，心中纳闷，因黛玉来了，便把想宝钗的心暂且搁开。不多时，邢、王二夫人也来了。凤姐听见婆婆们先到了，自己不好落后，只得打发平儿先来告假，说是：“正要过来，因身上发热，过一会儿就来。”贾母道：“既是身上不好，不来也罢。咱们这时候很该吃饭了。”丫头们把火盆往后挪了一挪，就在贾母榻前一溜摆下两桌，大家序次坐下。吃了饭，依旧围炉闲谈，不须多赘。

且说凤姐因何不来？头里为着倒比邢、王二夫人迟了，不好意思。后来旺儿家的来回说：“迎姑娘那里打发人来请奶奶安。还说并没有到上头，只到奶奶这里来。”凤姐听了纳闷，不知又是什么事，便叫那人进来问：“姑娘在家好？”

那人道：“有什么好的。奴才并不是姑娘打发来的，实在是司棋的母亲要我来求奶奶的。”凤姐道：“司棋已经出去了，为什么来求我？”那人道：“自从司棋出去，终日啼哭。忽然那一日，他表兄来了。他母亲见了，恨的什么儿似的，说他害了司棋，一把拉住要打。那小子不敢言语。谁知司棋听见了，急忙出来，老着脸，和他母亲说：‘我是为他出来的，我也恨他没良心。如今他来了，妈要打他，不如勒死了我罢。’他妈骂他：‘不害臊的东西，你心里要怎么样？’司棋说道：‘一个女人嫁一个男人。我一时失脚，上了他的当，我就是他的人了，决不肯再跟着别人的。我只恨他为什么这么胆小？一身作事一身当，为什么逃了呢？就是他一辈子不来，我也一辈子不嫁人的。妈要给我配人，我原拚着一死。今儿他来了，妈问他怎么样：要是他不改心，我在妈跟前磕了头，只当是我死了，他到那里，我跟到那里，就是讨饭吃也是愿意的。’他妈气的了不得，便哭着骂着说：‘你是我的女儿，我偏不给他，你敢怎么着？’那知道司棋这东西糊涂，便一头撞在墙上，把脑袋撞破，鲜血流出，竟碰死了。他妈哭着，救不过来，便要叫那小子偿命。他表兄也奇，说道：‘你们不用着急。我在外头原发了财，因想着他才回来的，心也算是真了。你们要不信，只管瞧。’说着，打怀里掏出一匣子金珠首饰来。他妈妈看见了，心软了，说：‘你既有心，为什么总不言语？’他外甥道：‘大凡女人都是水性杨花，我要说有钱，他就是贪图银钱了。如今他这为人就是难得的。我把首饰给你们，我去买棺盛殓他。’那司棋的母亲接了东西，也不顾女孩儿了，由着外甥去。那里知道他外甥叫人抬了两口棺材来。司棋的母亲看见诧异说：‘怎么棺材要两口？’他外甥笑道：‘一口装不下，得两口才好。’司棋的母亲见他外甥又不哭，只当是他心疼的傻了。岂知他忙着把司棋收拾了，也不啼哭，眼错不见，把带的小刀子往脖子里一抹，也就抹死了。司棋的母亲懊悔起来，倒哭的了不得。如今坊里知道了，要报官。他急了，央我来求奶奶说个人情，他再过来给奶奶磕头。”

凤姐听了，诧异道：“那有这样傻丫头？偏偏的就碰见这个傻小子。怪不得那一天翻出那些东西来，他心里没事人似的，敢只是这么个烈性孩子。论起来，我也没这么大工夫管他这些闲事，但只你才说的，叫人听着怪可怜见儿的。也罢了，你回去告诉他，我和你二爷说，打发旺儿给他撕掳就是了。”凤姐打发那人去了，才过贾母这边来，不提。

且说贾政这日正与詹光下大棋，通局的输赢也差不多，单为着一只角儿死活未分，在那里打劫。门上的小厮进来回道：“外面冯大爷要见老爷。”贾政说："请进来。"小厮出去，请了冯紫英走进门来，贾政即忙迎着。冯紫英进来，在书房中坐下，见是下棋，便道："只管下棋，我来观局。"詹光笑道："晚生的棋是不堪瞧的。"冯紫英道："好说，请下罢。"贾政道："有什么事么？"冯紫英道："没有什么话。老伯只管下棋，我也学几着儿。"贾政向詹光道："冯大爷是我们相好的，既没事，我们索性下完了这一局再说话儿。冯大爷在旁边瞧着。"

冯紫英道："下彩不下彩？"詹光道："下彩的。"冯紫英道："下彩的是不好多嘴的。"贾政道："多嘴也不妨，横竖他输了十来两银子，终久是不拿出来的。往后只好罚他做东便了。"詹光笑道："这倒使得。"冯紫英道："老伯和詹公对下么？"贾政笑道："从前对下，他输了；如今让他两个子儿，他又输了。时常还要悔几着，不叫他悔，他就急了。"詹光也笑道："没有的事。"贾政道："你试试瞧。"大家一面说笑，一面下完了。做起棋来，詹光还了棋头，输了七个子儿。冯紫英道："这盘总吃亏在打劫里头。老伯劫少，就便宜了。"

贾政对冯紫英道："有罪，有罪。咱们说话儿罢。"冯紫英道："小侄与老伯久不见面，一来会会。二来因广西的同知进来引见，带了四种洋货，可以做得贡的。一件是围屏，有二十四扇槅子，都是紫檀雕刻的。中间虽说不是玉，却是绝好的硝子石，石上镂出山水、人物、楼台、花鸟儿来。一扇上有五六十个人，都是宫妆的女子。名为《汉宫春晓》。人的眉、目、口、鼻以及出手、衣褶，刻得又清楚，又细腻。点缀布置，都是好的。我想尊府大观园中正厅上恰好用的着。还有一架钟表，有三尺多高，也是一个童儿拿着时辰牌，到什么时候儿，就报什么时辰。里头还有消息人儿打十番儿。这是两件重笨的，却还没有拿来。现在我带在这里的两件，却倒有些意思儿。"

就在身边拿出一个锦匣子来，用几重白绫裹着。揭开了绵子，第一层是一个玻璃盒子，里头金托子，大红绉绸托底，上放着一颗桂圆大的珠子，光华耀目。冯紫英道："据说这就叫做母珠。"因叫："拿一个盘儿来。"詹光即忙端过一个黑漆茶盘，道："使得么？"冯紫英道："使得。"便又向怀里掏出一个白绢包儿，将包儿里的珠子都倒在盘里散着，把那颗母珠搁在中间，将盘放于桌上，看见那些小珠子儿滴溜滴溜的都滚到大珠子身边。回来把这颗大珠子抬高了，别处的小珠子一颗也不剩，都粘在大珠上。詹光道："这也奇！"贾政道："这是有的，所以叫做'母珠'，原是珠之母。"

那冯紫英又回头看着他跟来的小厮道："那个匣子呢？"小厮赶忙捧过一个花梨木匣子来。大家打开看时，原来匣内衬着虎纹锦，锦上叠着一束蓝纱。詹光道："这是什么东西？"冯紫英道："这叫做鲛绡帐。"在匣子里拿出来时，叠得长不满五寸，厚不上半寸。冯紫英一层一层的打开，打到十来层，已经桌上铺不下了。冯紫英道："你看，里头还有两褶，必得高屋里去才张得下。这就是鲛丝所织。暑热天气张在堂屋里头，苍蝇、蚊子一个不能进来，又轻又亮。"贾政道："不用全打开，怕叠起来倒费事。"詹光便与冯紫英一层一层折好，收拾了。

冯紫英道："这四件东西，价儿也不贵，两万银他就卖：母珠一万，鲛绡帐五千，《汉宫春晓》与自鸣钟五千。"贾政道："那里买的起。"冯紫英道："你们是个国戚，难道宫里头用不着么？"贾政道："用得着的很多，只是那里有这些银子。等我叫人拿进去给老太太瞧瞧。"冯紫英道："很是。"

贾政便着人叫贾琏把这两件东西送到老太太那边去，并叫人请了邢、王二夫人、凤姐儿都来瞧着，又把两件东西一一试过。贾琏道："他还有两件：一件是围屏，一件是乐钟。共总要卖二万银子呢。"凤姐儿接着道："东西自然是好的，但是那里有这些闲钱。咱们又不比外任督抚要办贡。我已经想了好些年了，像咱们这种人家，必得置些不动摇的根基才好：或是祭地，或是义庄，再置些坟屋。往后子孙遇见不得意的事，还是点儿底子，不到一败涂地。我的意思是这样，不知老太太、老爷、太太们怎么样。若是外头老爷们要买只管买。"贾母与众人都说："这话说的倒也是。"贾琏道："还了他罢。原是老爷叫我送给老太太瞧，为的是宫里好进，谁说买来搁在家里？老太太还没开口，你便说了一大堆丧气话！"

说着，便把两件东西拿出去了，告诉贾政，只说老太太不要。便与冯紫英道："这两件东西好可好，就只没银子。我替你留心，有要买的人，我便送信给你去。”冯紫英只得收拾好了，坐下说些闲话，没有兴头，就要起身。贾政道：“你在这里吃了晚饭去罢。”冯紫英道：“罢了，来了就叨扰老伯吗？”贾政道：“说那里的话。”

正说着，人回：“大老爷来了。”贾赦早已进来。彼此相见，叙些寒温。不一时摆上酒来，肴馔罗列，大家喝着酒。至四五巡后，说起洋货的话。冯紫英道：“这种货本是难消的，除非要像尊府这样人家还可消得，其馀就难了。”贾政道：“这也不见得。”贾赦道：“我们家里也比不得从前了，这会儿也不过是个空门面。”

冯紫英又问：“东府珍大爷可好么？我前儿见他，说起家常话儿来，提到他令郎续娶的媳妇，远不及头里那位秦氏奶奶了。如今后娶的到底是那一家的？我也没有问起。”贾政道：“我们这个侄孙媳妇儿也是这里大家，从前做过京畿道的胡老爷的女孩儿。”冯紫英道：“胡道长我是知道的，但是他家教上也不怎么样。也罢了，只要姑娘好就好。”

贾琏道：“听得内阁里人说起，雨村又要升了。”贾政道：“这也好。不知准不准？”贾琏道：“大约有意思的了。”冯紫英道：“我今儿从吏部里来，也听见这样说。雨村老先生是贵本家不是？”贾政道：“是。”冯紫英道：“是有服的，还是无服的？”贾政道：“说也话长。他原籍是浙江湖州府人，流寓到苏州，甚不得意。有个甄士隐和他相好，时常周济他。以后中了进士，得了榜下知县，便娶了甄家的丫头。如今的太太不是正配。岂知甄士隐弄到零落不堪，没有找处。雨村革了职以后，那时还与我家并未相识。只因舍妹丈林如海林公在扬州巡盐的时候，请他在家做西席，外甥女儿是他的学生。因他有起复的信，要进京来，恰好外甥女儿要上来探亲，林姑老爷便托他照应上来的，还有一封荐书托我吹嘘吹嘘。那时看他不错，大家常会。岂知雨村也奇：我家世袭起，从‘代’字辈下来，宁、荣两宅，人口房舍，以及起居事宜，一概都明白。因此，遂觉得亲热了。”因又笑说道：“几年间，门子也会钻了：由知府推升转了御史；不过几年，升了吏部侍郎，兵部尚书；为着一件事降了三级，如今又要升了。”

冯紫英道："人世的荣枯，仕途的得失，终属难定。"贾政道："天下事都是一个样的理哟！比如方才那珠子，那颗大的就像有福气的人似的，那些小的都托赖着他的灵气护庇着；要是那大的没有了，那些小的也就没有收揽了。就像人家儿当头人有了事，骨肉也都分离了，亲戚也都零落了，就是好朋友也都散了。转瞬荣枯，真似春云秋叶一般。你想做官有什么趣儿呢？像雨村算便宜的了。还有我们差不多的人家儿，就是甄家，从前一样功勋，一样世袭，一样起居，我们也是时常来往。不多几年，他们进京来，差人到我这里请安，还很热闹。一会儿抄了原籍的家财，至今杳无音信，不知他近况若何，心下也着实惦记着。"

贾赦道："什么珠子？"贾政同冯紫英又说了一遍给贾赦听。贾赦道："咱们家是再没有事的。"冯紫英道："果然尊府是不怕的：一则，里头有贵妃照应；二则，故旧好，亲戚多；三则，你们家自老太太起，至于少爷们，没有一个刁钻刻薄的。"贾政道："虽无刁钻刻薄的，却没有德行才情，白白的衣租食税，那里当得起。"贾赦道："咱们不用说这些话，大家吃酒罢。"

大家又喝了几杯，摆上饭来。吃毕喝茶。冯家的小厮走来，轻轻的向紫英说了一句。冯紫英便要告辞。贾赦问那小厮道："你说什么？"小厮道："外面下雪，早已下了梆子了。"贾政叫人看时，已是雪深一寸多了。贾政道："那两件东西，你收拾好了么？"冯紫英道："收好了。若尊府要用，价钱还自然让些。"贾政道："我留神就是了。"紫英道："我再听信罢。天气冷，请罢，别送了。"贾赦、贾政便命贾琏送了出去。

未知后事如何，下回分解。

第九十三回

甄家仆投靠贾家门
水月庵掀翻风月案

却说冯紫英去后，贾政叫门上的人来吩咐道：“今儿临安伯那里来请吃酒，知道是什么事？”门上的人道：“奴才曾问过，并没有什么喜庆事，不过南安王府里到了一班小戏子，都说是个名班，伯爷高兴，唱两天戏，请相好的老爷们瞧瞧，热闹热闹。大约不用送礼的。”说着，贾赦过来问道：“明儿二老爷去不去？”贾政道：“承他亲热，怎么好不去的。”

说着，门上进来回道：“衙门里书办来请老爷明日上衙门，有堂派的事，必得早些去。”贾政道：“知道了。”

说着，只见两个管屯里地租子的家人走来，请了安，磕了头，旁边站着。贾政道：“你们是郝家庄的？”两个答应了一声。贾政也不往下问，竟与贾赦各自说了一回话儿散了。家人等秉着手灯送过贾赦去。

这里贾琏便叫那管租的人道：“说你的。”那人说道：“十月里的租子，奴才已经赶上来了。原是明儿可到，谁知京外拿车，把车上的东西，不由分说都掀在地下。奴才告诉他，说是府里收租子的车，不是买卖车，他更不管这些。奴才叫车夫只管拉着走，几个衙役就把车夫混打了一顿，硬扯了两辆车去了。奴才所以先来回报，求爷打发个人，到衙门里去要了来才好；再者，也整治整治这些无法无天的差役才好。爷还不知道呢，更可怜的是那买卖车：客商的东西全不顾，掀下来赶着就走；那些赶车的但说句话，打的头破血出的。”

贾琏听了，骂道：“这个还了得！”立刻写了一个帖儿，叫家人：“拿去向拿车的衙门里要车去，并车上东西，若少了一件是不依的。快叫周瑞。”周瑞不在家。又叫旺儿，旺儿晌午出去了，还没有回来。贾琏道：“这些忘八日的，一个都不在家！他们成年家吃粮不管事。”因吩咐小厮们：“快给我找去。”说着，也回到自己屋里睡下，不提。

且说临安伯第二天又打发人来请。贾政告诉贾赦道：“我是衙门里有事。琏儿要在家等候拿车的事情，也不能去。倒是大老爷带着宝玉应酬一天也罢了。”贾赦点头道：“也使得。”贾政遣人去叫宝玉，说：“今儿跟大爷到临安伯那里听戏去。”

宝玉喜欢的了不得，便换上衣服，带了焙茗、扫红、锄药三个小子，出来见了贾赦，请了安，上了车，来到临安伯府里。门上人回进去，一会子出来说：“老爷请。”于是贾赦带着宝玉走入院内，只见宾客喧阗。贾赦、宝玉见了临安伯，又与众宾客都见过了礼，大家坐着，说笑了一回。只见一个掌班拿着一本戏单，一个牙笏，向上打了一个千儿，说道：“求各位老爷赏戏。”先从尊位点起，挨至贾赦，也点了一出。

那人回头见了宝玉，便不向别处去，竟抢步上来，打个千儿道：“求二爷赏两出。”宝玉一见那人，面如傅粉，唇若涂朱，鲜润如出水芙蕖，飘扬似临风玉树。原来不是别人，就是蒋玉函。前日听得他带了小戏儿进京，也没有到自己那里。此时见了，又不好站起来，只得笑道：“你多早晚来的？”蒋玉函把眼往左右一溜，悄悄的笑道：“怎么二爷不知道么？”宝玉因众人在坐，也难说话，只得乱点了一出。

蒋玉函去了，便有几个议论道：“此人是谁？”有的说：“他向来是唱小旦的，如今不肯唱小旦，年纪也大了，就在府里掌班。头里也改过小生。他也攒了好几个钱，家里已经有两三个铺子，只是不肯放下本业，原旧领班。”有的说：“想必成了家了。”有的说：“亲还没有定。他倒拿定一个主意，说是人生婚配，关系一生一世的事，不是混闹得的，不论尊卑贵贱，总要配的上他的才能。所以到如今，还并没娶亲。”宝玉暗忖度道：“不知日后谁家的女孩儿嫁他，要嫁着这么样的人才儿，也算是不辜负了。”

那时开了戏，也有昆腔，也有高腔，也有弋腔、梆子腔，热闹非常。到了晌午，便摆开桌子吃酒。又看了一回，贾赦便欲起身。临安伯过来留道：“天色尚早。听见说琪官儿还有一出《占花魁》，他们顶好的首戏。”宝玉听了，巴不得贾赦不走。于是贾赦又坐了一会。果然蒋玉函扮了秦小官，伏侍花魁醉后神情，把那一种怜香惜玉的意思，做得极情尽致。以后对饮对唱，缠绵缱绻。宝玉这时不看花魁，只把两只眼睛独射在秦小官身上。更加蒋玉函声音响亮，口齿清楚，按腔落板，宝玉的神魂都唱了进去了。直等这出戏煞场后，更知蒋玉函极是情种，非寻常脚色可比。因想着：“《乐记》上说的是：‘情动于中，故形于声；声成文，谓之音。’所以知声、知音、知乐，有许多讲究。声音之原，不可不察。诗词一道，但能传情，不能入骨。自后倒要讲究讲究音律。”宝玉想出了神，忽见贾赦起身，主人不及相留。宝玉没法，只得跟了回来。

到了家中，贾赦自回那边去了。宝玉来见贾政。贾政才下衙门，正向贾琏问起拿车之事。贾琏道：“今儿叫人拿帖儿去，知县不在家。他的门上说了：‘这是本官不知道的，并无牌票出去拿车，都是那些混帐东西在外头撒野挤讹头。既是老爷府里的，我便立刻叫人去追办，包管明儿连车连东西一并送来。如有半点差迟，再行禀过本官，重重处治。此刻本官不在家，求这里老爷看破些，可以不用本官知道更好。’”贾政道：“既无官票，到底是何等样人在那里作怪？”贾琏道：“老爷不知，外头都是这样。想来明儿必定送来的。”贾琏说完下来，宝玉上去见了。贾政问了几句，便叫他往老太太那里去。

贾琏因为昨夜叫空了家人，出来传唤，那起人都已伺候齐全。贾琏骂了一顿，叫大管家赖大：“将各行档的花名册子拿来，你去查点查点，写一张谕帖，叫那些人知道：若有并未告假，私自出去，传唤不到，贻误公事的，立刻给我打了撵出去！”赖大连忙答应了几个“是”，出来吩咐了一回，家人各自留意。

过不几时，忽见有一个人头上戴着毡帽，身上穿着一身青布衣裳，脚下穿着一双撒鞋，走到门上，向众人作了个揖。众人拿眼上上下下打量了他一番，便问他："是那里来的？"那人道："我自南边甄府中来的。并有家老爷手书一封，求这里的爷们呈上尊老爷。"众人听见他是甄府来的，才站起来让他坐下，道："你乏了，且坐坐。我们给你回就是了。"门上一面进来回明贾政，呈上来书。贾政拆书看时，上写着：

世交夙好，气谊素敦，遥仰襜帷，不胜依切。弟因菲材获谴，自分万死难偿，幸邀宽宥，待罪边隅。迄今门户凋零，家人星散。所有奴子包勇，向曾使用，虽无奇技，人尚悫实。倘使得备奔走，糊口有资，屋乌之爱，感佩无涯矣！专此奉达，馀容再叙。不宣。年家眷弟甄应嘉顿首。

贾政看完，笑道："这里正因人多，甄家倒荐人来。又不好却的。"吩咐门上："叫他见我。且留他住下，因材使用便了。"

门上出去，带进人来。见了贾政，便磕了三个头，起来道："家老爷请老爷安。"自己又打个千儿，说："包勇请老爷安。"贾政回问了甄老爷的好，便把他上下一瞧。但见包勇身长五尺有零，肩背宽肥，浓眉暴眼，磕额长髯，气色粗黑，垂着手站着。便问道："你是向来在甄家的，还是住过几年的？"包勇道："小的向在甄家的。"贾政道："你如今为什么要出来呢？"包勇道："小的原不肯出来，只是家老爷再四叫小的出来，说别处你不肯去，这里老爷家里，和在咱们自己家里一样的，所以小的来的。"贾政道："你们老爷不该有这样事情，弄到这个田地。"包勇道："小的本不敢说，我们老爷只是太好了，一味的真心待人，反倒招出事来。"贾政道："真心是最好的了。"包勇道："因为太真了，人人都不喜欢，讨人厌烦是有的。"贾政笑了一笑道："既这样，皇天自然不负他的。"

包勇还要说时，贾政又问道："我听见说你们家的哥儿不是也叫宝玉么？"包勇道："是。"贾政道："他还肯向上巴结么？"包勇道："老爷若问我们哥儿，倒是一段奇事。哥儿的脾气也和我家老爷一个样子，也是一味的诚实。从小儿只爱和那些姐妹们在一处玩，老爷、太太也狠打过几次，他只是不改。那一年太太进京的时候儿，哥儿大病了一场，已经死了半日，把老爷几乎急死，装裹都预备了。幸喜后来好了，嘴里说道：走到一座牌楼那里，见了一个姑娘，领着他到了一座庙里，见了好些柜子，里头见了好些册子。又到屋里，见了无数女子，说是都变了鬼怪似的，也有变做骷髅儿的。他吓急了，就哭喊起来。老爷知他醒过来了，连忙调治，渐渐的好了。老爷仍叫他在姐妹们一处玩去，他竟改了脾气了：好着时候的玩意儿一概都不要了，惟有念书为事。就有什么人来引诱他，他也全不动心。如今渐渐的能够帮着老爷料理些家务了。"贾政默然想了一回，道："你去歇歇去罢。等这里用着你时，自然派你一个行次儿。"包勇答应着，退下来，跟着这里人出去歇息，不提。

一日，贾政早起，刚要上衙门，看见门上那些人在那里交头接耳，好像要使贾政知道的似的，又不好明回，只管咕咕唧唧的说话。贾政叫上来问道："你们有什么事，这么鬼鬼祟祟的？"门上的人回道："奴才们不敢说。"贾政道："有什么事不敢说的？"门上的人道："奴才今儿起来，开门出去，见门上贴着一张白纸，上写着许多不成事体的字。"贾政道："那里有这样的事？写的是什么？"门上的人道："是水月庵里的腌臜话。"贾政道："拿给我瞧。"门上的人道："奴才本要揭下来，谁知他贴的结实，揭不下来，只得一面抄，一面洗。刚才李德揭了一张给奴才瞧，就是那门上贴的话。奴才们不敢隐瞒。"说着，呈上那帖儿。贾政接来看时，上面写着：

西贝草斤年纪轻，水月庵里管尼僧。
一个男人多少女，窝娼聚赌是陶情。
不肖子弟来办事，荣国府内好声名。

贾政看了，气的头昏目晕，赶着叫门上的人不许声张，悄悄叫人往宁、荣两府靠近的夹道子墙壁上再去找寻。随即叫人去唤贾琏出来。贾琏即忙赶至。贾政忙问道："水月庵中寄居的那些女尼女道，向来你也查考查考过没有？"贾琏道："没有，一向都是芹儿在那里照管。"贾政道："你知道芹儿照管得来照管不来？"贾琏道："老爷既这么说，想来芹儿必有不妥当的地方儿。"贾政叹道："你瞧瞧这个帖儿写的是什么。"贾琏一看道："有这样事么？"正说着，只见贾蓉走来，拿着一封书子，写着"二老爷密启"。打开看时，也是无头榜一张，与门上所贴的话相同。贾政道："快叫赖大带了三四辆车到水月庵里去，把那些女尼姑、女道士一齐拉回来。不许泄漏，只说里头传唤。"赖大领命去了。

且说水月庵中小女尼、女道士等初到庵中，沙弥与道士原系老尼收管，日间教他些经忏。以后元妃不用，也便习学得懒怠了。那些女孩子们年纪渐渐的大了，都也有些知觉了。更兼贾芹也是风流人物，打量芳官等出家，只是小孩子性儿，便去招惹他们。那知芳官竟是真心，不能上手，便把这心肠移到女尼、女道士身上。因那小沙弥中有个名叫沁香的，和女道士中有个叫做鹤仙的，长的都甚妖娆，贾芹便和这两个人勾搭上了，闲时便学些丝弦，唱个曲儿。

那时正当十月中旬，贾芹给庵中那些人领了月例银子，便想起法儿来，告诉众人道："我为你们领月钱，不能进城，又只得在这里歇着。怪冷的，怎么样？我今儿带些果子酒，大家吃着乐一夜好不好？"那些女孩子都高兴，便摆起桌子，连本庵的女尼也叫了来。惟有芳官不来。贾芹喝了几杯，便说要行令。沁香等道："我们都不会。倒不如搳拳罢，谁输了喝一钟，岂不爽快？"本庵的女尼道："这天刚过晌午，混嚷混喝的不像。且先喝几钟，爱散的先散去。谁爱陪芹大爷的，回来晚上尽子喝去，我也不管。"

正说着，只见道婆急忙进来说："快散了罢，府里赖大爷来了。"众女尼忙乱收拾，便叫贾芹躲开。贾芹因多喝了几杯，便道："我是送月钱来的，怕什么？"话犹未完，已见赖大进来，见这般样子，心里大怒。为的是贾政吩咐不许声张，只得含糊装笑道："芹大爷也在这里呢么？"贾芹连忙站起来道："赖大爷，你来作什么？"赖大说："大爷在这里更好，快快叫沙弥、道士收拾，上车进城，宫里传呢。"贾芹等不知原故，还要细问。赖大说："天已不早了，快快的好赶进城。"众女孩子只得一齐上车。赖大骑着大走骡，押着赶进城，不提。

却说贾政知道这事后，气的衙门也不能上了，独坐在内书房叹气。贾琏也不敢走开。忽见门上的进来禀道："衙门里今夜该班是张老爷，因张老爷病了，有知会来请老爷补一班。"贾政正等赖大回来要办贾芹，此时又要该班，心里纳闷，也不言语。贾琏走上去说道："赖大是饭后出去的，水月庵离城二十来里，就赶进城也得二更天。今日又是老爷的帮班，请老爷只管去。赖大来了，叫他押着，也别声张，等明儿老爷回来再发落。倘或芹儿来了，也不用说明，看他明儿见了老爷怎么样说。"贾政听来有理，只得上班去了。贾琏抽空才要回到自己房中，一面走着，心里抱怨凤姐出的主意，欲要埋怨，因他病着，只得隐忍，慢慢的走着。

且说那些下人一人传十，传到里头，先是平儿知道，即忙告诉凤姐。凤姐因那一夜不好，恹恹的总没精神，正是惦记铁槛寺的事情。听见外头贴了匿名揭帖的一句话，吓了一跳，忙问："贴的是什么？"平儿随口答应，不留神，就错说了，道："没要紧，是馒头庵里的事情。"凤姐本是心虚，听见馒头庵的事情，这一唬直唬怔了，一句话没说出来，急火上攻，眼前发晕，咳嗽了一阵便歪倒了，两只眼却只是发怔。

平儿慌了，说道："水月庵里，不过是女沙弥、女道士的事，奶奶着什么急呢？"凤姐听是水月庵，才定了定神，道："嗳！糊涂东西，到底是水月庵，是馒头庵呢？"平儿道："是我头里错听了馒头庵，后来听见不是馒头庵，是水月庵。我刚才也就说溜了嘴，说成馒头庵了。"凤姐道："我就知道是水月庵，那馒头庵与我什么相干？原是这水月庵是我叫芹儿管的，大约克扣了月钱。"平儿道："我听着不像月钱的事，还有些腌臜话呢。"凤姐道："我更不管那个。你二爷那里去了？"平儿说："听见老爷生气，他不敢走开。我听见事情不好，我吩咐这些人不许吵嚷，不知太太们知道了没有。就听见说，老爷叫赖大拿这些女孩子去了，且叫人前头打听打听。奶奶现在病着，依我竟先别管他们的闲事。”

正说着，只见贾琏进来。凤姐欲待问他，见贾琏一脸怒气，暂且装作不知。贾琏没吃完饭，旺儿来说：“外头请爷呢，赖大回来了。”贾琏道：“芹儿来了没有？”旺儿道：“也来了。”贾琏便道：“你去告诉赖大说：老爷上班儿去了，把这些个女孩子暂且收在园里，明日等老爷回来，送进宫去。只叫芹儿在内书房等着我。”旺儿去了。

贾芹走进书房，只见那些下人指指戳戳，不知说什么。看起这个样儿来，不像宫里要人。想着问人，又问不出来。正在心里疑惑，只见贾琏走出来，贾芹便请了安，垂手侍立，说道：“不知道娘娘宫里即刻传那些孩子们做什么？叫侄儿好赶。幸喜侄儿今儿送月钱去，还没有走，便同着赖大来了。二叔想来是知道的。”贾琏道：“我知道什么？你才是明白的呢！”贾芹摸不着头脑儿，也不敢再问。贾琏道：“你干的好事啊！把老爷都气坏了。”贾芹道：“侄儿没有干什么。庵里月钱是月月给的，孩子们经忏是不忘的。”

贾琏见他不知，又是平素常在一处玩笑的，便叹口气道：“打嘴的东西，你各自去瞧瞧罢。”便从靴掖儿里头拿出那个揭帖来，扔与他瞧。贾芹拾来一看，吓得面如土色，说道：“这是谁干的？我并没得罪人，为什么这么坑我？我一月送钱去，只走一趟，并没有这些事。若是老爷回来，打着问我，侄儿就屈死了。我母亲知道，更要打死。”说着，见没人在旁边，便跪下央求道：“好叔叔，救我一救儿罢！”说着，只管磕头，满眼流泪。

贾琏想道：“老爷最恼这些，要是问准了有这些事，这场气也不小；闹出去也不好听，又长那个贴帖儿的人的志气了，将来咱们的事多着呢。倒不如趁着老爷上班儿，和赖大商量着，要混过去，就可以没事了。现在没有对证。”想定主意，便说：“你别瞒我，你干的鬼儿，你打量我都不知道呢。若要完事，除非是老爷打着问你，你只一口咬定没有才好。没脸的东西！起去罢。”叫人去叫赖大。

不多时，赖大来了，贾琏便和他商量。赖大说："这芹大爷本来闹的不像了。奴才今儿到庵里的时候，他们正在那里喝酒呢。帖儿上的话一定是有的。"贾琏道："芹儿，你听，赖大还赖你不成？"贾芹此时红涨了脸，一句也不敢言语。还是贾琏拉着赖大，央他："护庇护庇罢，只说芹哥儿是在家里找了来的。你带了他去，只说没有见我。明日你求老爷，也不用问那些女孩子了，竟是叫了媒人来，领了去，一卖完事。果然娘娘再要的时候儿，咱们再买。"赖大想来，闹也无益，且名声不好，也就应了。贾琏叫贾芹："跟了赖大爷去罢，听着他教你，你就跟着他。"

说罢，贾芹又磕了一个头，跟着赖大出去。到了没人的地方儿，又给赖大磕头。赖大说："我的小爷，你太闹的不像了。不知得罪了谁，闹出这个乱儿来。你想想，谁和你不对罢？"贾芹想了一会子，并无不对的人。只得无精打彩，跟着赖大走回。

未知是谁，下回分解。

第九十四回

宴海棠贾母赏花妖
失宝玉通灵知奇祸

话说赖大带了贾芹出来，一宿无话，静候贾政回来。单是那些女尼、女道重进园来，都喜欢的了不得，欲要到各处逛逛，明日预备进宫。不料赖大便吩咐了看园的婆子并小厮看守，惟给了些饭食，却是一步不准走开。那些女孩子摸不着头脑，只得坐着，等到天亮。园里各处的丫头虽都知道拉进女尼们来，预备宫里使唤，却也不能深知原委。

到了明日早起，贾政正要下班，因堂上发下两省城工估销册子，立刻要查核，一时不能回家，便叫人回来告诉贾琏说："赖大回来，你务必查问明白，该如何办就如何办了，不必等我。"

贾琏奉命，先替芹儿喜欢。又想道：若是办得一点影儿都没有，又恐贾政生疑。"不如回明二太太，讨个主意办去，便是不合老爷的心，我也不至甚担干系。"主意定了，进内去见王夫人，陈说："昨日老爷见了揭帖生气，把芹儿和女尼、女道等都叫进府来查办。今日老爷没空问这件不成体统的事，叫我来回太太，该怎么便怎么样。我所以来请示太太，这件事如何办理。"

王夫人听了，诧异道："这是怎么说？若是芹儿这么样起来，这还成咱们家的人了么？但只这个贴帖儿的也可恶，这些话可是混嚼说得的么？你到底问了芹儿有这件事没有呢？"贾琏道："刚才也问过了。太太想，别说他干了没有，就是干了，一个人干了混帐事，也肯应承么？但只我想芹儿也不敢行此事：知道那些女孩子都是娘娘一时要叫的，倘或闹出事来，怎么样呢？依侄儿的主见，要问也不难，若问出来，太太怎么个办法呢？"王夫人道："如今那些女孩子在那里？”贾琏道：“都在园里锁着呢。”王夫人道：“姑娘们知道不知道？”贾琏道：“大约姑娘们也都知道是预备宫里头的话，外头并没提起别的来。”

王夫人道：“很是。这些东西一刻也是留不得的。头里我原要打发他们去来着，都是你们说留着好，如今不是弄出事来了么？你竟叫赖大带了去，细细儿的问他的本家儿有人没有，将文书查出，花上几十两银子，雇只船，派个妥当人，送到本地，一概连文书发还了，也落得无事。若是为着一两个不好，个个都押着他们还俗，那又太造孽了；若在这里发给官媒，虽然我们不要身价，他们弄去卖钱，那里顾人的死活呢？芹儿呢，你便狠狠的说他一顿，除了祭祀喜庆，无事叫他不用到这里来。看仔细碰在老爷气头儿上，那可就吃不了兜着走了。也说给帐房儿里，把这一项钱粮档子销了。还打发个人到水月庵，说老爷的谕：除了上坟烧纸，要有本家爷们到他那里去，不许接待；若再有一点不好风声，连老姑子一块儿撵出去。”

贾琏一一答应了。出去将王夫人的话告诉赖大，说：“太太的主意，叫你这么办。办完了，告诉我去回太太。你快办去罢。回来老爷来，你也按着太太的话回去。”赖大听说，便道：“我们太太真正是个佛心，这班东西还着人送回去。既是太太好心，不得不挑个好人。芹哥儿竟交给二爷开发了罢。那贴帖儿的，奴才想法儿查出来，重重的收拾他才好。”贾琏点头说：“是了。”即刻将贾芹发落。赖大也赶着把女尼等领出，按着主意办去了。

晚上贾政回来，贾琏、赖大回明贾政。贾政本是省事的人，听了也便撂开手了。独有那些无赖之徒，听得贾府发出二十四个女孩子来，那个不想。究竟那些人能够回家不能，未知着落，亦难虚拟。

且说紫鹃因黛玉渐好，园中无事，听见女尼等预备宫内使唤，不知何事，便到贾母那边打听打听。恰遇着鸳鸯下来，闲着，坐下说闲话儿，提起女尼的事。鸳鸯诧异道：“我并没有听见，回来问问二奶奶就知道了。”

正说着，只见傅试家两个女人过来请贾母的安，鸳鸯要陪了上去。那两个女人因贾母正睡晌觉，就与鸳鸯说了一声儿，回去了。紫鹃问："这是谁家差来的？"鸳鸯道："好讨人嫌。家里有了一个女孩儿长的好些儿，就献宝的似的，常在老太太跟前夸他们姑娘怎么长的好，心地儿怎么好，礼貌上又好，说话儿又简绝，做活计儿手儿又巧，会写会算，尊长上头最孝敬的，就是待下人也是极和平的：来了就编这么一大套，常说给老太太听。我听着很烦。这几个老婆子真讨人嫌，我们老太太偏爱听那些个话。老太太也罢了，还有宝玉，素常见了老婆子便很厌烦的，偏见了他们家的老婆子就不厌烦，你说奇不奇？前儿还来说：他们姑娘现有多少人家儿来求亲，他们老爷总不肯应，心里只要和咱们这样人家作亲才肯。夸奖一回，奉承一回，把老太太的心都说活了。"

紫鹃听了一呆，便假意道："若老太太喜欢，为什么不就给宝玉定了呢？"鸳鸯正要说出原故，听见上头说："老太太醒了。"鸳鸯赶着上去。

紫鹃只得起身出来，回到园里，一头走，一头想道："天下莫非只有一个宝玉？你也想他，我也想他。我们家的那一位，越发痴心起来了，看他的那个神情儿，是一定在宝玉身上的了。三番两次的病，可不是为着这个是什么？这家里的金的银的还闹不清，再添上一个什么傅姑娘，更了不得了。我看宝玉的心也在我们那一位的身上啊，听着鸳鸯的话，竟是见一个爱一个的。这不是我们姑娘白操了心了吗？"

紫鹃本是想着黛玉，往下一想，连自己也不得主意了，不免神都痴了：要想叫黛玉不用瞎操心呢，又恐怕他烦恼；要是看着他这样，又可怜见儿的。左思右想，一时烦躁起来，自己啐自己道："你替人耽什么忧？就是林姑娘真配了宝玉，他的那性情儿也是难伏侍的。宝玉性情虽好，又是贪多嚼不烂的。我倒劝人不必瞎操心，我自己才是瞎操心呢。从今以后，我尽我的心伏侍姑娘，其馀的事全不管。"这么一想，心里倒觉清净。

回到潇湘馆来，见黛玉独自一人坐在炕上，理从前做过的诗文词稿。抬头见紫鹃进来，便问："你到那里去了？"紫鹃道："今儿瞧了瞧姐妹们去。"黛玉道："可是找袭人姐姐去么？"紫鹃道："我找他做什么？"黛玉一想："这话怎么顺嘴说出来了呢？"反觉不好意思，便啐道："你找不找，与我什么相干。倒茶去罢。”

紫鹃也心里暗笑，出来倒茶。只听园里一叠声乱嚷，不知何故。一面倒茶，一面叫人去打听。回来说道：“怡红院里的海棠本来萎了几棵，也没人去浇灌他。昨日宝玉走去瞧，见枝头上好像有了蓇朵儿似的。人都不信，没有理他。忽然今日开的很好的海棠花，众人诧异，都争着去看，连老太太、太太都哄动了，来瞧花儿呢。所以大奶奶叫人收拾园里的树叶子，这些人在那里传唤。”

黛玉也听见了，知道老太太来，便更了衣，叫雪雁去打听：“若是老太太来了，即来告诉我。”雪雁去不多时，便跑来说：“老太太、太太好些人都来了，请姑娘就去罢。”黛玉略自照了一照镜子，掠了一掠鬓发，便扶着紫鹃到怡红院来，已见老太太坐在宝玉常卧的榻上。黛玉便说道：“请老太太安。”退后便见了邢、王二夫人，回来与李纨、探春、惜春、邢岫烟彼此问了好。只有凤姐因病未来；史湘云因他叔叔调任回京，接了家去；薛宝琴跟他姐姐家去住了；李家姐妹因见园内多事，李婶娘带了在外居住：所以黛玉今日见的只有数人。

大家说笑了一回，讲究这花开得古怪。贾母道：“这花儿应在三月里开的，如今虽是十一月，因节气迟，还算十月，应着小阳春的天气，因为和暖，开花也是有的。”王夫人道：“老太太见的多，说得是，也不为奇。”邢夫人道：“我听见这花已经萎了一年，怎么这回不应时候儿开了？必有个原故。”李纨笑道：“老太太和太太说的都是。据我的糊涂想头，必是宝玉有喜事来了，此花先来报信。”探春虽不言语，心里想道：“必非好兆。大凡顺者昌，逆者亡。草木知运，不时而发，必是妖孽。”但只不好说出来。独有黛玉听说是喜事，心里触动，便高兴说道：“当初田家有荆树一棵，弟兄三个因分了家，那荆树便枯了。后来感动了他弟兄们，仍旧归在一处，那荆树也就荣了。可知草木也随人的。如今二哥哥认真念书，舅舅喜欢，那棵树也就发了。”贾母、王夫人听了喜欢，便说：“林姑娘比方得有理，很有意思。”

正说着，贾赦、贾政、贾环、贾兰都进来看花。贾赦便说："据我的主意，把他砍去，必是花妖作怪。"贾政道："见怪不怪，其怪自败。不用砍他，随他去就是了。"贾母听见，便说："谁在这里混说？人家有喜事好处，什么怪不怪的。若有好事，你们享去；若是不好，我一个人当去。你们不许混说。"贾政听了，不敢言语，讪讪的同贾赦等走了出来。

那贾母高兴，叫人传话到厨房里，快快预备酒席，大家赏花。叫："宝玉、环儿、兰儿，各人做一首诗志喜。林姑娘的病才好，别叫他费心，若高兴，给你们改改。"对着李纨道："你们都陪我喝酒。"李纨答应了"是"，便笑对探春道："都是你闹的。"探春道："饶不叫我们做诗，怎么我们闹的？"李纨道："海棠社不是你起的么？如今那棵海棠也要来入社了。"大家听着都笑了。

一时摆上酒菜，一面喝着，彼此都要讨老太太的喜欢，大家说些兴头话。宝玉上来斟了酒，便立成了四句诗，写出来，念与贾母听道：

海棠何事忽摧隤？今日繁花为底开？
应是北堂增寿考，一阳旋复占先梅。

贾环也写了来，念道：

草木逢春当茁芽，海棠未发候偏差。
人间奇事知多少，冬月开花独我家。

贾兰恭楷誊正，呈与贾母。贾母命李纨念道：

烟凝媚色春前萎，霜浥微红雪后开。
莫道此花知识浅，欣荣预佐合欢杯。

贾母听毕，便说："我不大懂诗，听去倒是兰儿的好，环儿做的不好。都上来吃饭罢。"

宝玉看见贾母喜欢，更是兴头，因想起："晴雯死的那年海棠死的。今日海棠复荣，我们院内这些人自然都好，但是晴雯不能像花的死而复生了。"顿觉转喜为悲。忽又想起："前日巧姐提凤姐姐要把五儿补入，或此花为他而开，也未可知。"却又转悲为喜，依旧说笑。

贾母还坐了半天，然后扶了珍珠回去了。王夫人等跟着过来。只见平儿笑嘻嘻的迎上来说："我们奶奶知道老太太在这里赏花，自己不得来，叫奴才来伏侍老太太、太太们。还有两匹红送给宝二爷包裹这花。当作贺礼。"袭人过来接了，呈与贾母看。贾母笑道："偏是凤丫头行出点事儿来，叫人看着又体面，又新鲜，很有趣儿。"袭人笑着向平儿道："回去替宝二爷给二奶奶道谢。要有喜，大家喜。"贾母听了，笑道："嗳哟！我还忘了呢。凤丫头虽病着，还是他想的到，送的也巧。"一面说着，众人就随着去了。

平儿私与袭人道："奶奶说，这花儿开的怪，叫你铰块红绸子挂挂，就应在喜事上去了。以后也不必只管当作奇事混说。"袭人点头答应，送了平儿出去，不提。

且说那日宝玉本来穿着一裹圆的皮袄在家歇息，因见花开，只管出来看一回，赏一回，叹一回，爱一回的，心中无数悲喜离合，都弄到这株花上去了。忽然听说贾母要来，便去换了一件狐腋箭袖，罩一件玄狐腿外褂，出来迎接贾母。匆匆穿换，未将通灵宝玉挂上。及至后来贾母去了，仍旧换衣，袭人见宝玉脖子上没有挂着，便问："那块玉呢？"宝玉道："刚才忙乱换衣，摘下来放在炕桌上，我没有带。"袭人回看桌上，并没有玉，便向各处找寻，踪影全无，吓得袭人满身冷汗。宝玉道："不用着急，少不得在屋里的，问他们就知道了。"

袭人当作麝月等藏起吓他玩，便向麝月等笑着说道："小蹄子们，玩呢到底有个玩法。把这件东西藏在那里了？别真弄丢了，那可就大家活不成了。"

麝月等都正色道："这是那里的话？玩是玩，笑是笑，这个事非同儿戏，你可别混说。你自己昏了心了，想想罢，想想搁在那里了？这会子又混赖人了。"袭人见他这般光景，不像是玩话，便着急道："皇天菩萨，小祖宗，你到底撂在那里了？"宝玉道："我记的明明儿放在炕桌上，你们到底找啊。"

袭人、麝月等也不敢叫人知道，大家偷偷儿的各处搜寻，闹了大半天，毫无影响。甚至翻箱倒笼，实在没处去找，便疑到方才这些人进来，不知谁捡了去了。袭人说道："进来的，谁不知道这玉是性命似的东西呢？谁敢捡了去？你们好歹先别声张，快到各处问去：若有姐妹们捡着和我们玩呢，你们给他磕个头，要了来；要是小丫头们偷了去，问出来，也不回上头，不论把些什么送他换了来，都使得的。这可不是小事，真要丢了这个，比丢了宝二爷还利害呢！"麝月、秋纹刚要往外走，袭人又赶出来嘱咐道："头里在这里吃饭的倒别先问去，找不成，再惹出些风波来，更不好了。"

麝月等依言，分头各处追问，人人不晓，个个惊疑。二人连忙回来，俱目瞪口呆，面面相窥。宝玉也吓怔了。袭人急的只是干哭。找是没处找，回又不敢回，怡红院里的人，吓的一个个像木雕泥塑一般。

大家正在发呆，只见各处知道的都来了。探春叫把园门关上，先叫个老婆子带着两个丫头，再往各处去寻去；一面又叫告诉众人："若谁找出来，重重的赏他。"大家头宗要脱干系，二宗听见重赏，不顾命的混找了一遍，甚至于茅厕里都找到了。谁知那块玉竟像绣花针儿一般，找了一天，总无影响。

李纨急了，说："这件事不是玩的，我要说句无礼的话了。"众人道："什么话？"李纨道："事情到了这里，也顾不得了。现在园里除了宝玉，都是女人。要求各位姐姐、妹妹、姑娘，都要叫跟来的丫头脱了衣服，大家搜一搜，若没有，再叫丫头们去搜那些老婆子并粗使的丫头。不知使得使不得？"大家说道："这话也说的有理。现在人多手乱，鱼龙混杂，倒是这么着，他们也洗洗清。"探春独不言语。那些丫头们也都愿意洗净自己。先是平儿起，平儿说道："打我先搜起。"于是各人自己解怀。李纨一气儿混搜。

探春嗔着李纨道："大嫂子，你也学那起不成材料的样子来了。那个人既偷了去，还肯藏在身上？况且这件东西，在家里是宝，到了外头不知道的是废物，偷他做什么？我想来必是有人使促狭。”众人听说，又见环儿不在这里，昨儿是他满屋里乱跑，都疑到他身上，只是不肯说出来。探春又道：“使促狭的只有环儿。你们叫个人去悄悄的叫了他来，背地里哄着他，叫他拿出来，然后吓着他，叫他别声张就完了。”大家点头。

李纨便向平儿道：“这件事还得你去才弄的明白。”平儿答应，就赶着去了。不多时，同着贾环来了。众人假意装出没事的样子，叫人沏了茶，搁在里间屋里。众人故意搭讪走开，原叫平儿哄他。

平儿便笑着向贾环道：“你二哥哥的玉丢了，你瞧见了没有？”贾环便急的紫涨了脸，瞪着眼说道：“人家丢了东西，你怎么又叫我来查问，疑我？我是犯过案的贼么？”平儿见这样子，倒不敢再问，便又陪笑道：“不是这么说。怕三爷要拿了去吓他们，所以白问问瞧见了没有，好叫他们找。”贾环道：“他的玉在他身上，看见没看见该问他，怎么问我呢？你们都捧着他，得了什么不问我，丢了东西就来问我。”说着，起身就走。众人不好拦他。

这里宝玉倒急了，说道：“都是这劳什子闹事，我也不要他了，你们也不用闹了。环儿一去，必是嚷的满院里都知道了，这可不是闹事了么？”袭人等急的又哭道：“小祖宗儿，你看这玉丢了没要紧，要是上头知道了，我们这些人就要粉身碎骨了！”说着，便嚎啕大哭起来。

众人更加着急，明知此事掩饰不来，只得要商议定了话，回来好回贾母诸人。宝玉道：“你们竟也不用商量，硬说我砸了就完了。”平儿道：“我的爷，好轻巧话儿。上头要问为什么砸的呢？我们也是个死啊！倘或要起砸破的碴儿来，那又怎么样呢？”宝玉道：“不然，就说我出门丢了。”众人一想：“这句话倒还混的过去，但只这两天又没上学，又没往别处去。”宝玉道：“怎么没有？大前儿还到临安伯府里听戏去了呢，就说那日丢的就完了。”探春道：“那也不妥：既是前儿丢的，为什么当日不来回？”

众人正在胡思乱想要装点撒谎，只听见赵姨娘的声儿哭着喊着走来说：“你们丢了东西，自己不找，怎么叫人背地里拷问环儿？我把环儿带了来，索性交给你们这一起洑上水的，该杀该剐随你们罢。”说着将环儿一推，说：“你是个贼，快快的招罢。”气的环儿也哭喊起来。

李纨正要劝解，丫头来说：“太太来了。”袭人等此时无地可容。宝玉等赶忙出来迎接。赵姨娘暂且也不敢作声，跟了出来。王夫人见众人都有惊惶之色，才信方才听见的话，便道：“那块玉真丢了么？”众人都不敢作声。王夫人走进屋里坐下，便叫袭人。慌的袭人连忙跪下，含泪要禀。王夫人道：“你起来，快快叫人细细的找去，一忙乱倒不好了。”袭人哽咽难言。

宝玉恐袭人直告诉出来，便说道：“太太，这事不与袭人相干，是我前日到临安伯府里听戏，在路上丢了。”王夫人道：“为什么那日不找呢？”宝玉道：“我怕他们知道，没有告诉他们。我叫焙茗等在外头各处找过的。”王夫人道：“胡说！如今脱换衣服，不是袭人他们伏侍的么？大凡哥儿出门回来，手巾、荷包短了，还要个明白，何况这块玉不见了，难道不问么？”宝玉无言可答。

赵姨娘听见，便得意了，忙接口道：“外头丢了东西，也赖环儿……”话未说完，被王夫人喝道：“这里说这个，你且说那些没要紧的话！”赵姨娘便也不敢言语了。还是李纨、探春从实的告诉了王夫人一遍。王夫人也急的眼中落泪，索性要回明了贾母，去问邢夫人那边来的这些人去。

凤姐病中也听见宝玉失玉，知道王夫人过来，料躲不住，便扶了丰儿来到园里。正值王夫人起身要走，凤姐娇怯怯的说：“请太太安。”宝玉等过来问了凤姐好。王夫人因说道：“你也听见了么？这可不是奇事吗？刚才眼错不见就丢了，再找不着。你去想想：打老太太那边的丫头起，至你们平儿，谁的手不稳，谁的心促狭，我要回了老太太，认真的查出来才好。不然，是断了宝玉的命根子了。”凤姐回道：“咱们家人多手杂，自古说的：‘知人知面不知心’，那里保的住谁是好的？但只一吵嚷，已经都知道了，偷玉的人要叫太太查出来，明知是死无葬身之地，他着了急，反要毁坏了灭口，那时可怎么处呢？据我的糊涂想头，只说宝玉本不爱他，撂丢了，也没有什么要紧。只要大家严密些，别叫老太太、老爷知道。这么说了，暗暗的派人去各处察访，哄骗出来，那时玉也可得，罪名也可定。不知太太心里怎么样？”

王夫人迟了半日，才说道：“你这话虽也有理，但只是老爷跟前怎么瞒的过呢？”便叫环儿来说道：“你二哥哥的玉丢了，白问了你一句，怎么你就乱嚷？要是嚷破了，人家把那个毁坏了，我看你活得活不得！”贾环吓得哭道：“我再不敢嚷了。”赵姨娘听了，那里还敢言语。王夫人便吩咐众人道：“想来自然有没找到的地方儿，好端端的在家里的，还怕他飞到那里去不成？只是不许声张。限袭人三天内给我找出来。要是三天找不着，只怕也瞒不住，大家那就不用过安静日子了。”说着，便叫凤姐儿跟到邢夫人那边，商议踩缉，不提。

这里李纨等纷纷议论，便传唤看园子的一干人来，叫把园门锁上。快传林之孝家的来，悄悄儿的告诉了他，叫他吩咐前后门上：三天之内，不论男女下人，从里头可以走动，要出去时，一概不许放出。只说里头丢了东西，等这件东西有了着落，然后放人出来。林之孝家的答应了“是”，因说：“前儿奴才家里也丢了一件不要紧的东西，林之孝必要明白，上街去找了一个测字的。那人叫做什么刘铁嘴，测了一个字，说的很明白，回来按着一找，就找着了。”袭人听见，便央求林家的道：“好林奶奶，出去快求林大爷替我们问问去。”那林之孝家的答应着出去了。

邢岫烟道：“若说那外头测字打卦的，是不中用的。我在南边闻妙玉能扶乩，何不烦他问一问？况且我听见说，这块玉原有仙机，想来问的出来。”众人都诧异道：“咱们常见的，从没有听他说起。”麝月便忙向岫烟道：“想来别人求他是不肯的，好姑娘，我给姑娘磕个头，求姑娘就去。若问出来了，我一辈子总不忘你的恩。”说着，赶忙就要磕下头去，岫烟连忙拦住。黛玉等也都怂恿着岫烟速往栊翠庵去。

一面林之孝家的进来说道：“姑娘们大喜！林之孝测了字回来，说这玉是丢不了的，将来横竖有人送还来的。”众人听了，也都半信半疑。惟有袭人、麝月喜欢的了不得。探春便问：“测的是什么字？”林之孝家的道：“他的话多，奴才也学不上来。记得是拈了个赏人东西的‘赏’字。那刘铁嘴也不问，便问：‘丢了东西不是？’”李纨道：“这就算好。”林之孝家的道：“他还说

‘赏’字上头一个‘小’字，底下一个‘口’字，这件东西很可嘴里放得，必是个珠子宝石。”众人听了，夸赞道：“真是神仙！往下怎么说？”林之孝家的道：“他说底下‘贝’字拆开，不成一个‘见’字，可不是不见了？因上头拆了‘當’字，叫快到当铺里找去。‘赏’字加一‘人’字，可不是‘償’字？只要找着当铺就有人，有了人便赎了来，可不是偿还了吗？”

众人道：“既这么着，就先往左近找起，横竖几个当铺都找遍了，少不得就有了。咱们有了东西，再问人就容易了。”李纨道：“只要东西，那怕不问人都使得。林嫂子，你去就把测字的话快告诉了二奶奶，回了太太，先叫太太放心，就叫二奶奶快派人查去。”林家的答应了便走。

众人略安了一点儿神，呆呆的等岫烟回来。正呆等时，只见跟宝玉的焙茗在门外招手儿，叫小丫头子快出来。那小丫头赶忙的出去了，焙茗便说道：“你快进去告诉我们二爷和里头太太、奶奶、姑娘们，天大的喜事！”那小丫头子道：“你快说罢，怎么这么累赘。”焙茗笑着拍手道：“我告诉姑娘，姑娘进去回了，咱们两个人都得赏钱呢。你打量是什么事情？宝二爷的那块玉呀，我得了准信儿来了。”

未知如何，下回分解。

第九十五回

因讹成实元妃薨逝
以假混真宝玉疯癫

话说焙茗在门口和小丫头子说宝玉的玉有了，那小丫头急忙回来告诉宝玉。众人听了，都推着宝玉出去问他，众人在廊下听着。宝玉也觉放心，便走到门口问道："你那里得了？快拿来。"焙茗道："拿是拿不来的，还得托人做保去呢。"宝玉道："你快说是怎么得的，我好叫人取去。"焙茗道："我在外头，知道林爷爷去测字，我就跟了去。我听见说在当铺里找，我没等他说完，便跑到几个当铺里去。我比给他们瞧，有一家便说有。我说：'给我罢。'那铺子里要票子。我说：'当多少钱？'他说：'三百钱的也有，五百钱的也有。前儿有一个人拿这么一块玉，当了三百钱去；今儿又有人也拿一块玉，当了五百钱去。'"宝玉不等说完，便道："你快拿三百五百钱去取了来，我们挑着看是不是。"

里头袭人便啐道："二爷不用理他。我小时候儿听见我哥哥常说，有些人卖那些小玉儿，没钱用，便去当。想来是家家当铺里有的。"众人正在听得诧异，被袭人一说，想了一想，倒大家笑起来，说："快叫二爷进来罢，不用理那糊涂东西了。他说的那些玉，想来不是正经东西。"宝玉正笑着，只见岫烟来了。

原来岫烟走到栊翠庵，见了妙玉，不及闲话，便求妙玉扶乩。妙玉冷笑几声，说道："我与姑娘来往，为的是姑娘不是势利场中的人。今日怎么听了那里的谣言，过来缠我？况且我并不晓得什么叫扶乩。"说着，将要不理。岫烟懊悔此来："知他脾气是这么着的。一时我已说出，不好白回去，又不好与他质证他会扶乩的话。”只得陪着笑，将袭人等性命关系的话说了一遍。见妙玉略有活动，便起身拜了几拜。妙玉叹道：“何必为人作嫁？但是我进京以来，素无人知，今日你来破例，恐将来缠绕不休。”岫烟道：“我也一时不忍，知你必是慈悲的。便是将来他人求你，愿不愿在你，谁敢相强？”妙玉笑了一笑，叫道婆焚香。在箱子里找出沙盘、乩架，书了符。命岫烟行礼祝告毕，起来同妙玉扶着乩。不多时，只见那仙乩疾书道：

噫！来无迹，去无踪，青埂峰下倚古松。欲追寻，山万重，入我门来一笑逢。

书毕，停了乩。岫烟便问：“请的是何仙？”妙玉道：“请的是拐仙。”岫烟录了出来，请教妙玉解识。妙玉道：“这个可不能，连我也不懂。你快拿去，他们的聪明人多着哩。”岫烟只得回来。

进入院中，各人都问：“怎么样了？”岫烟不及细说，便将所录乩语递与李纨。众姊妹及宝玉争看，都解的是：“一时要找是找不着的，然而丢是丢不了的。不知几时不找便出来了。但是青埂峰不知在那里？”李纨道：“这是仙机隐语。咱们家里那里跑出青埂峰来？必是谁怕查出，撂在有松树的山子石底下，也未可定。独是‘入我门来’这句，到底是入谁的门呢？”黛玉道：“不知请的是谁？”岫烟道：“拐仙。”探春道：“若是仙家的门，便难入了。”

袭人心里着忙，便捕风捉影的混找，没一块石底下不找到，只是没有。回到院中，宝玉也不问有无，只管傻笑。麝月着急道：“小祖宗，你到底是那里丢的？说明了，我们就是受罪，也在明处啊。”宝玉笑道：“我说外头丢的，你们又不依。你如今问我，我知道么？”李纨、探春道：“今儿从早起闹起，已到三更来的天了。你瞧林妹妹已经撑不住，各自去了。我们也该歇歇儿了，明儿再闹罢。”说着，大家散去。宝玉即便睡下。可怜袭人等哭一回，想一回，一夜无眠。暂且不提。

且说黛玉先自回去，想起“金”、“石”的旧话来，反自欢喜，心里说道：

“和尚道士的话，真个信不得。果真‘金’、‘玉’有缘，宝玉如何能把这玉丢了呢？或者因我之事，拆散他们的‘金玉’，也未可知。”想了半天，更觉安心，把这一天的劳乏竟不理会，重新倒看起书来。紫鹃倒觉身倦，连催黛玉睡下。黛玉虽躺下，又想到海棠花上，说：“这块玉原是胎里带来的，非比寻常之物，来去自有关系。若是这花主好事呢，不该失了这玉呀。看来此花开的不祥，莫非他有不吉之事？”不觉又伤起心来。又转想到喜事上头，此花又似应开，此玉又似应失。如此一悲一喜，直想到五更方睡着。

次日，王夫人等早派人到当铺里去查问，凤姐暗中设法找寻，一连闹了几天，总无下落。还喜贾母、贾政未知。袭人等每日提心吊胆。宝玉也好几天不上学，只是怔怔的，不言不语，没心没绪的。王夫人只知他因失玉而起，也不大着意。

那日正在纳闷，忽见贾琏进来请安，嘻嘻的笑道：“今日听得雨村打发人来告诉咱们二老爷，说舅太爷升了内阁大学士，奉旨来京，已定于明年正月二十日宣麻，有三百里的文书去了。想舅太爷昼夜趱行，半个多月就要到了。侄儿特来回太太知道。”王夫人听说，便欢喜非常。正想娘家人少，薛姨妈家又衰败了，兄弟又在外任照应不着。今日忽听兄弟拜相回京，王家荣耀，将来宝玉都有倚靠，便把失玉的心又略放开些了，天天专望兄弟来京。

忽一天，贾政进来，满脸泪痕，喘吁吁的说道：“你快去禀知老太太，即刻进宫。不用多人的，是你伏侍进去。因娘娘忽得暴病，现在太监在外立等。他说太医院已经奏明痰厥，不能医治。”王夫人听说，便大哭起来。贾政道：“这不是哭的时候，快快去请老太太。说得宽缓些，不要吓坏了老人家。”贾政说着，出来吩咐家人伺候。

王夫人收了泪，去请贾母，只说元妃有病，进去请安。贾母念佛道：“怎么又病了？前番吓的我了不得，后来又打听错了。这回情愿再错了也罢。”王夫人一面回答，一面催鸳鸯等开箱取衣饰穿戴起来。王夫人赶着回到自己房中，也穿戴好了，过来伺候。一时出厅，上轿进宫，不提。

且说元春自选了凤藻宫后，圣眷隆重，身体发福，未免举动费力。每日起居劳乏，时发痰疾。因前日侍宴回宫，偶沾寒气，勾起旧病。不料此回甚属利害，竟至痰气壅塞，四肢厥冷。一面奏明，即召太医调治。岂知汤药不进，连用通关之剂，并不见效。内官忧虑，奏请预办后事，所以传旨命贾氏椒房进见。

贾母、王夫人遵旨进宫，见元妃痰塞口涎，不能言语。见了贾母，只有悲泣之状，却没眼泪。贾母进前请安，奏些宽慰的话。少时贾政等职名递进，宫嫔传奏。元妃目不能顾，渐渐脸色改变。内宫太监即要奏闻，恐派各妃看视，椒房姻戚未便久羁，请在外宫伺候。贾母、王夫人怎忍便离，无奈国家制度，只得下来，又不敢啼哭，惟有心内悲戚。

朝门内官员有信。不多耐，只见太监出来，立传钦天监。贾母便知不好，尚未敢动。稍刻，小太监传谕出来说："贾娘娘薨逝。"是年甲寅年十二月十八日立春，元妃薨日是十二月十九日，已交卯年寅月，存年三十一岁。

贾母含悲起身，只得出宫，上轿回家。贾政等亦已得信，一路悲戚。到家中，邢夫人、李纨、凤姐、宝玉等出厅，分东西迎着贾母，请了安，并贾政、王夫人请安，大家哭泣不提。

次日早起，凡有品级的，按贵妃丧礼，进内请安哭临。贾政又是工部，虽按照仪注办理，未免堂上又要周旋他些，同事又要请教他，所以两头更忙，非比从前太后与周妃的丧事了。但元妃并无所出，惟谥曰贤淑贵妃。此是王家制度，不必多赘。

只讲贾府中男女天天进宫，忙的了不得。幸喜凤姐儿近日身子好些，还得出来照应家事，又要预备王子腾进京接风贺喜。凤姐胞兄王仁知道叔叔入了内阁，仍带家眷来京，凤姐心里喜欢，便有些心病，有这些娘家的人，也便撂开，所以身子倒觉比先好了些。王夫人看见凤姐照旧办事，又把担子卸了一半；又眼见兄弟来京，诸事放心，倒觉安静些。

独有宝玉原是无职之人，又不念书；代儒学里知他家里有事，也不来管他；贾政正忙，自然没有空儿查他。想来宝玉趁此机会，竟可与姊妹们天天畅乐。不料他自失了玉后，终日懒怠走动，说话也糊涂了。并贾母等出门回来，有人叫他去请安，便去；没人叫他，他也不动。袭人等怀着鬼胎，又不敢去招惹他，恐他生气。每天茶饭，端到面前便吃，不来也不要。

袭人看这光景，不像是有气，竟像是有病的。袭人偷着空儿到潇湘馆告诉紫鹃，说是："二爷这么着，求姑娘给他开导开导。"紫鹃虽即告诉黛玉，只因黛玉想着亲事上头一定是自己了，如今见了他，反觉不好意思："若是他来呢，原是小时在一处的，也难不理他；若说我去找他，断断使不得。"所以黛玉不肯过来。

袭人又背地里去告诉探春。那知探春心里明明知道海棠开得怪异，宝玉失的更奇，接连着元妃姐姐薨逝，谅家道不祥，日日愁闷，那有心肠去劝宝玉。况兄妹们男女有别，只好过来一两次，宝玉又终是懒懒的，所以也不大常来。

宝钗也知失玉。因薛姨妈那日应了宝玉的亲事，回去便告诉了宝钗。薛姨妈还说："虽是你姨妈说了，我还没有应准，说等你哥哥回来再定。你愿意不愿意？"宝钗反正色的对母亲道："妈妈这话说错了。女孩儿家的事情是父母作主的，如今我父亲没了，妈妈应该作主的，再不然问哥哥。怎么问起我来？"所以薛姨妈更爱惜他，说他虽是从小娇养惯的，却也生来的贞静，因此在他面前反不提起宝玉了。宝钗自从听此一说，把"宝玉"两字自然更不提起了。如今虽然听见失了玉，心里也甚惊疑，倒不好问，只得听旁人说去，竟像不与自己相干的。

只有薛姨妈打发丫头过来了好几次问信。因他自己的儿子薛蟠的事焦心，只等哥哥进京，便好为他出脱罪名。又知元妃已薨，虽然贾府忙乱，却得凤姐好了，出来理家，所以也不大过这边来。

这里只苦了袭人，在宝玉跟前低声下气的伏侍劝慰，宝玉竟是不懂，袭人只有暗暗的着急而已。

过了几日，元妃停灵寝庙，贾母等送殡去了几天。岂知宝玉一日呆似一日，也不发烧，也不疼痛，只是吃不像吃，睡不像睡，甚至说话都无头绪。那袭人、麝月等一发慌了，回过凤姐几次。凤姐不时过来，起先道是找不着玉生气，如今看他失魂落魄的样子，只有日日请医调治。煎药吃了好几剂，只有添病的，没有减病的。及至问他那里不舒服，宝玉也说不出来。

直至元妃事毕，贾母惦记宝玉，亲自到园看视。王夫人也随过来。袭人等忙叫宝玉接出去请安。宝玉虽说是病，每日原起来行动，今日叫他接贾母去，他依然仍是请安，惟是袭人在旁扶着指教。贾母见了，便道："我的儿，我打量你怎么病着，故此过来瞧你。今你依旧的模样儿，我的心放了好些。"王夫人也自然是宽心的。但宝玉并不回答，只管嘻嘻的笑。

贾母等进屋坐下，问他的话，袭人教一句，他说一句，大不似往常，直是一个傻子似的。贾母愈看愈疑，便说："我才进来看时，不见有什么病；如今细细一瞧，这病果然不轻，竟是神魂失散的样子。到底因什么起的呢？"王夫人知事难瞒，又瞧瞧袭人怪可怜的样子，只得便依着宝玉先前的话，将那往临安伯府里去听戏时丢了这块玉的话，悄悄的告诉了一遍。心里也傍徨的很，生恐贾母着急。并说："现在着人在四下里找寻。求签问卦，都说在当铺里找，少不得找着的。"

贾母听了，急得站起来，眼泪直流，说道："这件玉如何是丢得的？你们忒不懂事了！难道老爷也是撂开手的不成？"王夫人知贾母生气，叫袭人等跪下，自己敛容低首，回说："媳妇恐老太太着急，老爷生气，都没敢回。"贾母咳道："这是宝玉的命根子，因丢了，所以他这么失魂丧魄的。还了得！这玉是满城里都知道的，谁捡了去，肯叫你们找出来么？叫人快快请老爷，我与他说。"那时吓得王夫人、袭人等俱哀告道："老太太这一生气，回来老爷更了不得了。现在宝玉病着，交给我们尽命的找来就是了。"贾母道："你们怕老爷生气，有我呢。"便叫麝月传人去请。

不一时，传话进来说："老爷谢客去了。"贾母道："不用他也使得。你们便说我说的话，暂且也不用责罚下人。我便叫琏儿来，写出赏格，悬在前日经过的地方，便说：'有人捡得送来者，情愿送银一万两；如有知人捡得，送信找得者，送银五千两。如真有了，不可吝惜银子。这么一找，少不得就找出来了。若是靠着咱们家几个人找，就找一辈子也不能得。”王夫人也不敢直言。贾母传话告诉贾琏，叫他速办去了。贾母便叫人：“将宝玉动用之物，都搬到我那里去。只派袭人、秋纹跟过来，馀者仍留园内看屋子。”宝玉听了，总不言语，只是傻笑。

贾母便携了宝玉起身，袭人等搀扶出园。回到自己房中，叫王夫人坐下，看人收拾里间屋内安置，便对王夫人道：“你知道我的意思么？我为的是园里人少，怡红院的花树忽萎忽开，有些奇怪。头里仗着那块玉能除邪祟；如今玉丢了，只怕邪气易侵，所以我带过他来，一块儿住着。这几天也不用叫他出去，大夫来就在这里瞧。”王夫人听说，便接口道：“老太太想的自然是。如今宝玉同着老太太住了，老太太的福气大，不论什么都压住了。”贾母道：“什么福气。不过我屋里干净些，经卷也多，都可以念念，定定心神。你问宝玉好不好？”那宝玉见问，只是笑；袭人叫他说好，宝玉也就说好。王夫人见了这般光景，未免落泪，在贾母这里，不敢出声。贾母知王夫人着急，便说道：“你回去罢，这里有我调停他。晚上老爷回来，告诉他不必来见我，不许言语就是了。”王夫人去后，贾母叫鸳鸯找些安神定魄的药，按方吃了，不提。

且说贾政当晚回家，在车内听见道儿上人说道：“人要发财，也容易的很。”那个问道：“怎么见得？”这个人又道：“今日听见荣府里丢了什么哥儿的玉了，贴着招帖儿，上头写着玉的大小、式样、颜色，说有人捡了送去，就给一万两银子；送信的还给五千呢。”贾政虽未听得如此真切，心里诧异，急忙赶回，便叫门上的人，问起那事来。门上的人禀道：“奴才头里也不知道，今儿晌午琏二爷传出老太太的话，叫人去贴帖儿，才知道的。”贾政便叹气道：“家道该衰，偏生养这么一个孽障！才养他的时候，满街的谣言，隔了十几年略好了些。这会子又大张晓谕的找玉，成何道理？”

说着，忙走进里头，去问王夫人。王夫人便一五一十的告诉。贾政知是老太太的主意，又不敢违拗，只抱怨王夫人几句。又走出来，叫瞒着老太太，背地里揭了这个帖儿下来。岂知早有那些游手好闲的人揭了去了。

过了些时，竟有人到荣府门上，口称送玉来的。家人们听见，喜欢的了不得，便说："拿来，我给你回去。"那人便怀内掏出赏格来，指给门上的人瞧，说："这不是你们府上的帖子？写明送玉的给银一万两。二太爷，你们这会子瞧我穷，回来我得了银子，就是财主了，别这么待理不理的。"门上人听他的话头儿硬，便说道："你到底略给我瞧瞧，我好给你回。"那人初倒不肯，后来听人说得有理，便掏出那玉，托在掌中一扬，说："这是不是？"众家人原是在外服役，只知有玉，也不常见，今日才看见这玉的模样儿了，急忙跑到里头抢头报的似的。

那日，贾政、贾赦出门，只有贾琏在家。众人回明，贾琏还问真不真。门上人口称："亲眼见过，只是不给奴才，要见主子，一手交银，一手交玉。"贾琏却也喜欢，忙去禀知王夫人，即便回明贾母，把个袭人乐的合掌念佛。贾母并不改口，一叠连声："快叫琏儿请那人到书房里坐着，将玉取来一看，即便给银。"

贾琏依言，请那人进来，当客待他，用好言道谢："要借这玉送到里头，本人见了，谢银分厘不短。"那人只得将一个红绸子包儿送过去。贾琏打开一看，可不是那一块晶莹美玉吗？贾琏素昔原不理论，今日倒要看看。看了半日，上面的字也仿佛认得出来，什么"除邪祟"等字。贾琏看了，喜之不胜，便叫家人伺候，忙忙的送与贾母、王夫人认去。

这会子惊动了合家的人，都等着争看。凤姐见贾琏进来，便劈手夺去，不敢先看，送到贾母手里。贾琏笑道："你这么一点儿事还不叫我献功呢。"贾母打开看时，只见那玉比先前昏暗了好些。一面用手擦摸，鸳鸯拿上眼镜儿来，戴着一瞧，说："奇怪！这块玉倒是的，怎么把头里的宝色都没了呢？"王夫人看了一会子，也认不出，便叫凤姐过来看。凤姐看了道："像倒像，只是颜色不大对。不如叫宝兄弟自己一看，就知道了。"袭人在旁，也看着未必是那一块，只是盼得的心盛，也不敢说出不像来。

凤姐于是从贾母手中接过来，同着袭人，拿来给宝玉瞧。这时宝玉正睡着才醒。凤姐告诉道："你的玉有了。"宝玉睡眼朦胧，接在手里也没瞧，便往地下一撂，道："你们又来哄我了。"说着只是冷笑。凤姐连忙拾起来道："这也就奇了，怎么你没瞧就知道呢？"宝玉也不答言，只管笑。王夫人也进屋里来了，见他这样，便道："这不用说了。他那玉原是胎里带来的一宗古怪东西，自然他有道理。想来这个必是人家见了帖儿，照样儿做的。"大家此时恍然大悟。

贾琏在外间屋里听见这个话，便说道："既不是，快拿来给我，问问他去。人家这样事，他还敢来鬼混。"贾母喝住道："琏儿，拿了去给他，叫他去罢。那也是穷极了的人，没法儿了，所以见我们家有这样事，他就想着赚几个钱，也是有的。如今白白的花了钱弄了这个东西，又叫咱们认出来了。依着我，倒别难为他，把这块玉还他，说不是我们的，赏给他几两银子。外头的人知道了，才肯有信儿就送来呢。要是难为了这一个人，就有真的，人家也不敢拿了来了。"

贾琏答应出去。那人还等着呢，半日不见人来，正在那里心里发虚，只见贾琏气忿忿走出来了。

未知如何，下回分解。

第九十六回

瞒消息凤姐设奇谋
泄机关颦儿迷本性

话说贾琏拿了那块假玉忿忿走出，到了书房。那个人看见贾琏的气色不好，心里先发了虚了，连忙站起来迎着。刚要说话，只见贾琏冷笑道："好大胆！我把你这个混帐东西！这里是什么地方儿，你敢来掉鬼！"回头便问："小厮们呢？"外头轰雷一般，几个小厮齐声答应。贾琏道："取绳子去捆起他来。等老爷回来回明了，把他送到衙门里去。"众小厮又一齐答应："预备着呢。"嘴里虽如此，却不动身。

那人先自唬的手足无措，见这般势派，知道难逃公道，只得跪下给贾琏磕头，口口声声只叫："老太爷别生气。是我一时穷极无奈，才想出这个没脸的营生来。那玉是我借钱做的，我也不敢要了，只得孝敬府里的哥儿玩罢。"说毕，又连连磕头。贾琏啐道："你这个不知死活的东西！这府里稀罕你的那扔不了的浪东西！"

正闹着，只见赖大进来，陪着笑向贾琏道："二爷别生气了。靠他算个什么东西，饶了他，叫他滚出去罢。"贾琏道："实在可恶。"赖大、贾琏作好作歹，众人在外头都说道："糊涂狗攮的，还不给爷和赖大爷磕头呢。快快的滚罢，还等窝心脚呢！"那人赶忙磕了两个头，抱头鼠窜而去。从此，街上闹动了："贾宝玉弄出假宝玉来了。"

且说贾政那日拜客回来，众人因为灯节底下，恐怕贾政生气，已过去的事了，便也都不肯回。只因元妃的事忙碌了好些时，近日宝玉又病着，虽有旧例家宴，大家无兴，也无有可记之事。

到了正月十七日，王夫人正盼王子腾来京，只见凤姐进来回说："今日二爷在外听得有人传说：我们家大老爷赶着进京，离城只二百多里地，在路上没了。太太听见了没有？"王夫人吃惊道："我没有听见，老爷昨晚也没有说起。到底在那里听见的？"凤姐道："说是在枢密张老爷家听见的。"王夫人怔了半天，那眼泪早流下来了，因拭泪说道："回来再叫琏儿索性打听明白了来告诉我。"凤姐答应去了。

王夫人不免暗里落泪：悲女哭弟，又为宝玉耽忧。如此连三接二，都是不遂意的事，那里搁得住，便有些心口疼痛起来。又加贾琏打听明白了，来说道："舅太爷是赶路劳乏，偶然感冒风寒，到了十里屯地方，延医调治，无奈这个地方没有名医，误用了药，一剂就死了。但不知家眷可到了那里没有。"王夫人听了，一阵心酸，便心口疼得坐不住，叫彩云等扶了上炕，还扎挣着叫贾琏去回了贾政："即速收拾行装，迎到那里，帮着料理完毕，即刻回来告诉我们，好叫你媳妇儿放心。"贾琏不敢违拗，只得辞了贾政起身。

贾政早已知道，心里很不受用；又知宝玉失玉以后，神志昏愦，医药无效；又值王夫人心疼。那年正值京察，工部将贾政保列一等，二月，吏部带领引见。皇上念贾政勤俭谨慎，即放了江西粮道。即日谢恩，已奏明起程日期。虽有众亲朋贺喜，贾政也无心应酬。只念家中人口不宁，又不敢耽延在家。

正在无计可施，只听见贾母那边叫："请老爷。"贾政即忙进去，看见王夫人带着病也在那里。便向贾母请了安。贾母叫他坐下，便说："你不日就要赴任，我有多少话与你说，不知你听不听？"说着掉下泪来。贾政忙站起来说道："老太太有话，只管吩咐，儿子怎敢不遵命呢？"贾母哽咽着说道："我今年八十一岁的人了，你又要做外任去。偏有你大哥在家，你又不能告亲老。你这一去了，我所疼的只有宝玉，偏偏的又病得糊涂，还不知道怎么样呢。我昨日叫赖升媳妇出去叫人给宝玉算算命，这先生算得好灵，说要娶了金命的人帮扶他，必要冲冲喜才好，不然只怕保不住。我知道你不信那些话，所以叫你来商量。你的媳妇也在这里，你们两个也商量商量：还是要宝玉好呢，还是随他去呢？”贾政陪笑说道：“老太太当初疼儿子这么疼的，难道做儿子的就不疼自己的儿子不成么？只为宝玉不上进，所以时常恨他，也不过是恨铁不成钢的意思。老太太既要给他成家，这也是该当的，岂有逆着老太太不疼他的理？如今宝玉病着，儿子也是不放心。因老太太不叫他见我，所以儿子也不敢言语。我到底瞧瞧宝玉是个什么病？”

王夫人见贾政说着也有些眼圈儿红，知道心里是疼的，便叫袭人扶了宝玉来。宝玉见了他父亲，袭人叫他请安，他便请了个安。贾政见他脸面很瘦，目光无神，大有疯傻之状，便叫人扶了进去，便想到：“自己也是望六的人了，如今又放外任，不知道几年回来。倘或这孩子果然不好：一则年老无嗣，虽说有孙子，到底隔了一层；二则老太太最疼的是宝玉，若有差错，可不是我的罪名更重了？”瞧瞧王夫人一包眼泪，又想到他身上。复站起来说：“老太太这么大年纪，想法儿疼孙子，做儿子的还敢违拗？老太太主意该怎么，便怎么就是了。但只姨太太那边不知说明白了没有？”

王夫人便道：“姨太太是早应了的，只为蟠儿的事没有结案，所以这些时总没提起。”贾政又道：“这就是第一层的难处：他哥哥在监里，妹子怎么出嫁？况且贵妃的事虽不禁婚嫁，宝玉应照已出嫁的姐姐，有九个月的功服，此时也难娶亲。再者，我的起身日期已经奏明，不敢耽搁，这几天怎么办呢？”

贾母想了一想：“说的果然不错。若是等这几件事过去，他父亲又走了，倘或这病一天重似一天，怎么好？只可越些礼办了才好。”想定主意，便说道：“你若给他办呢，我自然有个道理，包管都碍不着：姨太太那边，我和你媳妇亲自过去求他。蟠儿那里，我央蝌儿去告诉他，说是要救宝玉的命，诸事将就，自然应的。若说服里娶亲，当真使不得；况且宝玉病着，也不可叫他成亲：不过是冲冲喜。我们两家愿意，孩子们又有‘金玉’的道理，婚是不用合的了。即挑了好日子，按着咱们家分儿过了礼。趁着挑个娶亲日子，一概鼓乐不用，倒按宫里的样子，用十二对提灯，一乘八人轿子抬了来，照南边规矩拜了堂，一样坐床撒帐，可不是算娶了亲了么？宝丫头心地明白，是不用虑的。内中又有袭人，也还是个妥妥当当的孩子，再有个明白人常劝他，更好。他又和宝丫头合的来。再者，姨太太曾说：“宝丫头的金锁，也有个和尚说过，只等有玉的便是婚姻。焉知宝丫头过来，不因金琐，倒招出他那块玉来，也定不得。从此一天好似一天，岂不是大家的造化。这会子只要立刻收拾屋子，铺排起来。这屋子是要你派的。一概亲友不请，也不排筵席。待宝玉好了，过了功服，然后再摆席请人。这么着，都赶的上；你也看见了他们小两口儿的事，也好放心着去。”

贾政听了，原不愿意，只是贾母做主，不敢违命，勉强陪笑说道：“老太太想得极是，也很妥当。只是要吩咐家下众人，不许吵嚷得里外皆知，这要耽不是的。姨太太那边只怕不肯，若是果真应了，也只好按着老太太的主意办去。”贾母道：“姨太太那里有我呢。你去罢。”

贾政答应出来，心中好不自在。因赴任事多，部里领凭，亲友们荐人，种种应酬不绝，竟把宝玉的事听凭贾母交与王夫人、凤姐儿了。惟将荣禧堂后身王夫人内屋旁边一大跨所二十馀间房屋指与宝玉，馀者一概不管。贾母定了主意，叫人告诉他去，贾政只说很好。此是后话。

且说宝玉见过贾政，袭人扶回里间炕上。因贾政在外，无人敢与宝玉说话，宝玉便昏昏沉沉的睡去，贾母与贾政所说的话，宝玉一句也没有听见。袭人等却静静儿的听得明白。心里虽也听得些风声，到底影响，只不见宝钗过来，却也有些信真。今日听了这些话，心里方才水落归漕，倒也喜欢。心里想道：“果然上头的眼力不错，这才配的是。我也造化：若他来了，我可以卸了好些担子。但是这一位的心里只有一个林姑娘，幸亏他没有听见，若知道了，又不知要闹到什么分儿了。”袭人想到这里，转喜为悲，心想：“这件事怎么好？老太太、太太那里知道他们心里的事？一时高兴，说给他知道，原想要他病好。若是他还像头里的心：初见林姑娘，便要摔玉砸玉；况且那年夏天在园里，把我当作林姑娘，说了好些私心话；后来因为紫鹃说了句玩话儿，便哭得死去活来。若是如今和他说要娶宝姑娘，竟把林姑娘撂开，除非是他人事不知还可，倘或明白些，只怕不但不能冲喜，竟是催命了。我再不把话说明，那不是一害三个人了么？”

袭人想定主意，待等贾政出去，叫秋纹照看着宝玉，便从里间出来，走到王夫人身旁，悄悄的请了王夫人到贾母后身屋里去说话。贾母只道是宝玉有话，也不理会，还在那里打算怎么过礼，怎么娶亲。

那袭人同了王夫人到了后间，便跪下哭了。王夫人不知何意，把手拉着他说：“好端端的，这是怎么说？有什么委屈，起来说。”袭人道：“这话奴才是不该说的，这会子因为没有法儿了。”王夫人道：“你慢慢的说。”袭人道：“宝玉的亲事，老太太、太太已定了宝姑娘了，自然是极好的一件事。只是奴才想着，太太看去，宝玉和宝姑娘好，还是和林姑娘好呢？”王夫人道：“他两个因从小儿在一处，所以宝玉和林姑娘又好些。”袭人道：“不是好些。”便将宝玉素与黛玉这些光景一一的说了，还说：“这些事都是太太亲眼见的。独是夏天的话，我从没敢和别人说。”

王夫人拉着袭人道：“我看外面儿已瞧出几分来了，你今儿一说，更加是了。但是刚才老爷说的话，想必都听见了，你看他的神情儿怎么样？”袭人道：“如今宝玉若有人和他说话他就笑，没人和他说话他就睡，所以头里的话却倒都没听见。”王夫人道：“倒是这件事叫人怎么样呢？”袭人道：“奴才说是说了，还得太太告诉老太太，想个万全的主意才好。”王夫人便道：“既这么着，你去干你的。这时候满屋子的人，暂且不用提起。等我瞅空儿回明老太太，再作道理。”

说着，仍到贾母跟前。贾母正在那里和凤姐儿商议，见王夫人进来，便问道：“袭人丫头说什么，这么鬼鬼祟祟的？”王夫人趁问，便将宝玉的心事细细回明贾母。贾母听了，半日没言语。王夫人和凤姐也都不再说了。只见贾母叹道：“别的事都好说。林丫头倒没有什么。若宝玉真是这样，这可叫人作了难了。”

只见凤姐想了一想，因说道：“难倒不难，只是我想了个主意，不知姑妈肯不肯。”王夫人道：“你有主意，只管说给老太太听，大家娘儿们商量着办罢了。”凤姐道：“依我想，这件事只有一个掉包儿的法子。”贾母道：“怎么掉包儿？”凤姐道：“如今不管宝兄弟明白不明白，大家吵嚷起来，说是老爷做主，将林姑娘配了他了，瞧他的神情儿怎么样：要是他全不管，这个包儿也就不用掉了；若是他有些喜欢的意思，这事却要大费周折呢。”王夫人道：“就算他喜欢，你怎么样办法呢？”凤姐走到王夫人耳边，如此这般的说了一遍。王夫人点了几点头儿，笑了一笑，说道：“也罢了。”

贾母便问道：“你们娘儿两个捣鬼，到底告诉我是怎么着呀。”凤姐恐贾母不懂，露泄机关，便也向耳边轻轻告诉了一遍。贾母果真一时不懂。凤姐笑着又说了几句。贾母笑道：“这么着也好，可就只忒苦了宝丫头了。倘或吵嚷出来，林丫头又怎么样呢？”凤姐道：“这个话，原只说给宝玉听，外头一概不许提起，有谁知道呢？”

正说间，丫头传进话来说：“琏二爷回来了。”王夫人恐贾母问及，使个眼色与凤姐。凤姐便出来迎着贾琏努了个嘴儿，同到王夫人屋里等着去了。

一会儿，王夫人进来，已见凤姐哭的两眼通红。贾琏请了安，将到十里屯料理王子腾的丧事的话说了一遍，便说：“有恩旨赏了内阁的职衔，谥了文勤公；命本家扶柩回籍，着沿途地方官员照料。昨日起身，连家眷回南去了。舅太太叫我回来请安问好。说如今想不到不能进京，有多少话不能说。听见我大舅子要进京，若是路上遇见了，便叫他来到咱们这里细细的说。”王夫人听毕，其悲痛自不必言。凤姐劝慰了一番：“请太太略歇一歇，晚上来，再商量宝玉的事罢。”说毕，同了贾琏回到自己房中，告诉了贾琏，叫他派人收拾新房，不提。

一日，黛玉早饭后，带着紫鹃到贾母这边来：一则请安，二则也为自己散散闷。出了潇湘馆，走了几步，忽然想起忘了手绢子来，因叫紫鹃回去取来，自己却慢慢的走着等他。刚走到沁芳桥那边山石背后当日同宝玉葬花之处，忽听一个人呜呜咽咽在那里哭。黛玉煞住脚听时，又听不出是谁的声音，也听不出哭的叨叨的是些什么话。心里甚是疑惑，便慢慢的走去。及到了跟前，却见一个浓眉大眼的丫头在那里哭呢。黛玉未见他时，还只疑府里这些大丫头有什么说不出的心事，所以来这里发泄发泄。及至见了这个丫头，却又好笑，因想到：“这种蠢货，有什么情种？自然是那屋里作粗活的丫头，受了大女孩子的气了。”细瞧了一瞧，却不认得。

那丫头见黛玉来了，便也不敢再哭，站起来拭眼泪。黛玉问道：“你好好的为什么在这里伤心？”那丫头听了这话，又流泪道：“林姑娘，你评评这个理：他们说话，我又不知道，我就说错了一句话，我姐姐也不犯就打我呀。”黛玉听了，不懂他说的是什么，因笑问道：“你姐姐是那一个？”那丫头道：“就是珍珠姐姐。”黛玉听了，才知他是贾母屋里的。因又问：“你叫什么？”那丫头道：“我叫傻大姐儿。”黛玉笑了一笑，又问：“你姐姐为什么打你？你说错了什么话了？”那丫头道：“为什么呢，就是为我们宝二爷娶宝姑娘的事情。”

黛玉听了这句话，如同一个疾雷，心头乱跳。略定了定神，便叫这丫头：“你跟了我这里来。”那丫头跟着黛玉到那畸角儿上葬桃花的去处，那里背静，黛玉因问道：“宝二爷娶宝姑娘，他为什么打你呢？”傻大姐道：“我们老太太和太太、二奶奶商量了，因为我们老爷要起身，说就赶着往姨太太商量，把宝姑娘娶过来罢。头一宗，给宝二爷冲什么喜；第二宗……”说到这里，又瞅着黛玉笑了一笑，才说道：“赶着办了，还要给林姑娘说婆婆家呢。”

黛玉已经听呆了。这丫头只管说道：“我又不知道他们怎么商量的，不叫人吵嚷，怕宝姑娘听见害臊。我白和宝二爷屋里的袭人姐姐说了一句：‘咱们明儿更热闹了，又是宝姑娘，又是宝二奶奶，这可怎么叫呢？’林姑娘，你说我这话害着珍珠姐姐什么了吗？他走过来就打了我一个嘴巴，说我混说，不遵上头的话，要撵出我去。我知道上头为什么不叫言语呢？你们又没告诉我，就打我。”说着，又哭起来。

那黛玉此时心里竟是油儿、酱儿、糖儿、醋儿倒在一处的一般，甜、苦、酸、咸，竟说不上什么味儿来了。停了一会儿，颤巍巍的说道：“你别混说了，你再混说，叫人听见，又要打你了。你去罢。”说着，自己转身要回潇湘馆去，那身子竟有千百斤重的，两只脚却像踩着棉花一般，早已软了，只得一步一步慢慢的走将来。走了半天，还没到沁芳桥畔：原来脚下软了，走的慢；且又迷迷痴痴，信着脚儿从那边绕过来，更添了两箭地的路。这时刚到沁芳桥畔，却又不知不觉的顺着堤往回里走起来。

紫鹃取了绢子来，不见黛玉。正在那里看时，只见黛玉颜色雪白，身子晃晃荡荡的，眼睛也直直的，在那里东转西转。又见一个丫头往前头走了，离的远，也看不出是那一个来。心中惊疑不定，只得赶过来，轻轻的问道："姑娘，怎么又回去？是要往那里去？"黛玉也只模糊听见，随口应道："我问问宝玉去。"紫鹃听了，摸不着头脑，只得搀着他到贾母这边来。

黛玉走到贾母门口，心里似觉明晰，回头看见紫鹃搀着自己，便站住了，问道："你作什么来的？"紫鹃陪笑道："我找了绢子来了。头里见姑娘在桥那边呢，我赶着过去问姑娘，姑娘没理会。"黛玉笑道："我打量你来瞧宝二爷来了呢，不然，怎么往这里走呢。"紫鹃见他心里迷惑，便知黛玉必是听见那丫头什么话来，惟有点头微笑而已。只是心里怕他见了宝玉，那一个已经是疯疯傻傻，这一个又这样恍恍惚惚，一时说出些不大体统的话来，那时如何是好？心里虽如此想，却也不敢违拗，只得搀他进去。

那黛玉却又奇怪，这时不似先前那样软了，也不用紫鹃打帘子，自己掀起帘子进来。却是寂然无声：因贾母在屋里歇中觉，丫头们也有脱滑儿玩去的，也有打盹的，也有在那里伺候老太太的。倒是袭人听见帘子响，从屋里出来一看，见是黛玉，便让道："姑娘，屋里坐罢。"黛玉笑着道："宝二爷在家么？"袭人不知底里，刚要答言，只见紫鹃在黛玉身后和他掀嘴儿，指着黛玉，又摇摇手儿。袭人不解何意，也不敢言语。

黛玉却也不理会，自己走进房来。看见宝玉在那里坐着，也不起来让坐，只瞅着嘻嘻的傻笑。黛玉自己坐下，却也瞅着宝玉笑。两个人也不问好，也不说话，也无推让，只管对着脸傻笑起来。袭人看见这番光景，心里大不得主意，只是没法儿。忽然听着黛玉说道："宝玉，你为什么病了？"宝玉笑道："我为林姑娘病了。"袭人、紫鹃两个吓得面目改色，连忙用言语来岔。两个却又不答言，仍旧傻笑起来。

袭人见了这样，知道黛玉此时心中迷惑，和宝玉一样，因悄和紫鹃说道："姑娘才好了，我叫秋纹妹妹同着你搀回姑娘，歇歇去罢。"因回头向秋纹道："你和紫鹃姐姐送林姑娘去罢。你可别混说话。"秋纹笑着也不言语，便来同着紫鹃搀起黛玉。那黛玉也就站起来，瞅着宝玉只管笑，只管点头儿。紫鹃又催道："姑娘，回家去歇歇罢。"黛玉道："可不是，我这就是回去的时候儿了。"说着，便回身笑着出来了，仍旧不用丫头们搀扶，自己却走得比往常飞快。紫鹃、秋纹后面赶忙跟着走。

黛玉出了贾母院门，只管一直走去。紫鹃连忙搀住，叫道："姑娘，往这么来。"黛玉仍是笑着，随了往潇湘馆来。离门口不远，紫鹃道："阿弥陀佛！可到了家了。"只这一句话没说完，只见黛玉身子往前一栽，哇的一声，一口血直吐出来。

未知性命如何，且听下回分解。

第九十七回

林黛玉焚稿断痴情
薛宝钗出闺成大礼

话说黛玉到潇湘馆门口，紫鹃说了一句话，更动了心，一时吐出血来，几乎晕倒。亏了紫鹃还同着秋纹，两个人搀扶着黛玉到屋里来。那时秋纹去后，紫鹃、雪雁守着，见他渐渐苏醒过来，问紫鹃道：“你们守着哭什么？”紫鹃见他说话明白，倒放了心了，因说：“姑娘刚才打老太太那边回来，身上觉着不大好，唬的我们没了主意，所以哭了。”黛玉笑道：“我那里就能够死呢！”这一句话没完，又喘成一处。

原来黛玉因今日听得宝玉、宝钗的事情，这本是他数年的心病，一时急怒，所以迷惑了本性。及至回来吐了这一口血，心中却渐渐的明白过来，把头里的事一字也不记得。这会子见紫鹃哭了，方模糊想起傻大姐的话来。此时反不伤心，惟求速死，以完此债。

这里紫鹃、雪雁只得守着，想要告诉人去，怕又像上回招的凤姐说他们失惊打怪。那知秋纹回去神色慌张，正值贾母睡起中觉来，看见这般光景，便问：“怎么了？”秋纹吓的连忙把刚才的事回了一遍。贾母大惊，说：“这还了得！”连忙着人叫了王夫人、凤姐过来，告诉了他婆媳两个。凤姐道：“我都嘱咐了，这是什么人走了风了呢？这不更是一件难事了吗？”贾母道：“且别管那些，先瞧瞧去是怎么样了。”

说着，便起身带着王夫人、凤姐等过来看视。见黛玉颜色如雪，并无一点血色，神气昏沉，气息微细；半日又咳嗽了一阵，丫头递了痰盂，吐出都是痰中带血的。大家都慌了。只见黛玉微微睁眼，看见贾母在他旁边，便喘吁吁的说道："老太太，你白疼了我了。"贾母一闻此言，十分难受，便道："好孩子，你养着罢，不怕的。"黛玉微微一笑，把眼又闭上了。

外面丫头进来回凤姐道："大夫来了。"于是大家略避。王大夫同着贾琏进来，诊了脉，说道："尚不妨事。这是郁气伤肝，肝不藏血，所以神气不定。如今要用敛阴止血的药，方可望好。"王大夫说完，同着贾琏，出去开方取药去了。

贾母看黛玉神气不好，便出来告诉凤姐等道："我看这孩子的病，不是我咒他，只怕难好。你们也该替他预备预备，冲一冲，或者好了，岂不是大家省心。就是怎么样，也不至临时忙乱，咱们家里这两天正有事呢。"凤姐儿答应了。

贾母又问了紫鹃一回，到底不知是那个说的。贾母心里只是纳闷，因说："孩子们从小儿在一处儿玩，好些是有的。如今大了，懂的人事，就该要分别些，才是做女孩儿的本分，我才心里疼他。若是他心里有别的想头，成了什么人了呢？我可是白疼了他了。你们说了，我倒有些不放心。"因回到房中，又叫袭人来问。袭人仍将前日回王夫人的话并方才黛玉的光景述了一遍。贾母道："我方才看他却还不至糊涂，这个理我就不明白了。咱们这种人家，别的事自然没有的，这心病也是断断有不得的。林丫头若不是这个病呢，我凭着花多少钱都使得；就是这个病，不但治不好，我也没心肠了。"

凤姐道："林妹妹的事，老太太倒不必张罗，横竖有他二哥哥天天同着大夫瞧。倒是姑妈那边的事要紧。今儿早起，听见说房子不差什么就妥当了。竟是老太太、太太到姑妈那边去，我也跟了去，商量商量。就只一件：姑妈家里有宝妹妹在那里，难以说话。不如索性请姑妈晚上过来，咱们一夜都说结了，就好办了。"贾母、王夫人都道："你说的是。今儿晚了，明儿饭后，咱们娘儿们就过去。"说着，贾母用了晚饭，凤姐同王夫人各自归房，不提。

且说次日凤姐吃了早饭过来，便要试试宝玉，走进屋里，说道："宝兄弟大喜！老爷已择了吉日，要给你娶亲了。你喜欢不喜欢？”宝玉听了，只管瞅着凤姐笑，微微的点点头儿。凤姐笑道：“给你娶林妹妹过来，好不好？”宝玉却大笑起来。凤姐看着，也断不透他是明白，是糊涂。因又问道：“老爷说你好了，就给你娶林妹妹呢；若还是这么傻，就不给你娶了。”宝玉忽然正色道：“我不傻，你才傻呢。”说着，便站起来说：“我去瞧瞧林妹妹，叫他放心。”凤姐忙扶住了，说：“林妹妹早知道了。他如今要做新媳妇了，自然害羞，不肯见你的。”宝玉道：“娶过来，他到底是见我不见？”

凤姐又好笑，又着忙，心里想：“袭人的话不差。提到林妹妹，虽说仍旧说些疯话，却觉得明白些。若真明白了，将来不是林姑娘，打破了这个灯虎儿，那饥荒才难打呢。”便忍笑说道：“你好好儿的便见你；若是疯疯癫癫的，他就不见你了。”宝玉说道：“我有一个心，前儿已交给林妹妹了。他要过来，横竖给我带来，还放在我肚子里头。”

凤姐听着竟是疯话，便出来，看着贾母笑。贾母听了，又是笑，又是疼，说道：“我早听见了。如今且不用理他，叫袭人好好的安慰他。咱们走吧。”说着，王夫人也来了。

大家到了薛姨妈那里，只说：“惦记着这边的事，来瞧瞧。”薛姨妈感激不尽，说些薛蟠的话。喝了茶，薛姨妈要叫人告诉宝钗，凤姐连忙拦住说：“姑妈不必告诉宝妹妹。”又向薛姨妈陪笑说道：“老太太此来：一则为瞧姑妈；二则也有句要紧的话，特请姑妈到那边商议。”薛姨妈听了，点点头儿说：“是了。”于是大家又说些闲话，便回来了。

当晚，薛姨妈果然过来，见过了贾母，到王夫人屋里来，不免说起王子腾来，大家落了一回泪。薛姨妈便问道：“刚才我到老太太那里，宝哥儿出来请安，还好好儿的，不过略瘦些，怎么你们说得很利害？”凤姐便道：“其实也不怎么，这只是老太太悬心。目今老爷又要起身外任去，不知几年才来。老太太的意思：头一件，叫老爷看着宝兄弟成了家，也放心；二则，也给宝兄弟冲冲喜，借大妹妹的金锁压压邪气，只怕就好了。”薛姨妈心里也愿意，只虑着宝钗委屈，说道：“也使得，只是大家还要从长计较计较才好。”王夫人便按着凤姐的话和薛姨妈说，只说："姨太太这会子家里没人，不如把妆奁一概蠲免。明日就打发蝌儿告诉蟠儿，一面这里过门，一面给他变法儿撕掳官司。"并不提宝玉的心事。又说："姨太太，既作了亲，早娶过来，早好一天，大家早放一天心。"

正说着，只见贾母差鸳鸯过来候信。薛姨妈虽恐宝钗委屈，然也没法儿，又见这般光景，只得满口应承。鸳鸯回去回了贾母。贾母也甚喜欢，又叫鸳鸯过来求薛姨妈和宝钗说明原故，不叫他受委屈。薛姨妈也答应了。便议定凤姐夫妇作媒人。大家散了，王夫人姊妹不免又叙了半夜的话儿。

次日，薛姨妈回家，将这边的话细细的告诉了宝钗，还说："我已经应承了。"宝钗始则低头不语，后来便自垂泪。薛姨妈用好言劝慰，解释了好些话。宝钗自回房内，宝琴随去解闷。薛姨妈又告诉了薛蝌，叫他："明日起身，一则打听审详的事，一则告诉你哥哥一个信儿。你即便回来。"

薛蝌去了四日，便回来回复薛姨妈道："哥哥的事，上司已经准了误杀，一过堂就要题本了，叫咱们预备赎罪的银子。妹妹的事，说：'妈妈做主很好的。赶着办又省了好些银子。叫妈妈不用等我，该怎么着，就怎么办罢。'"

薛姨妈听了，一则薛蟠可以回家，二则完了宝钗的事，心里安顿了好些。只是看着宝钗心里好像不愿意似的："虽是这样，他是女儿家，素来也孝顺守礼的人，知我应了，他也没得说的。"便叫薛蝌："办泥金庚帖，填上八字，即叫人送到琏二爷那边去。还问了过礼的日子来，你好预备。本来咱们不惊动亲友：哥哥的朋友，是你说的，都是混帐人；亲戚呢，就是贾、王两家，如今贾家是男家，王家无人在京里。史姑娘放定的事，他家没有来请咱们，咱们也不用通知。倒是把张德辉请了来，托他照料些，他上几岁年纪的人，到底懂事。"薛蝌领命，叫人送帖过去。

次日，贾琏过来见了薛姨妈，请了安，便说："明日就是上好的日子，今日过来回姨太太，就是明日过礼罢。只求姨太太不要挑饬就是了。"说着，捧过通书来。薛姨妈也谦逊了几句，点头应允。

贾琏赶着回去，回明贾政。贾政便道："你回老太太说：既不叫亲友们知道，诸事宁可简便些。若是东西上，请老太太瞧了就是了，不必告诉我。"贾琏答应，进内将话回明贾母。

这里王夫人叫了凤姐，命人将过礼的物件都送与贾母过目，并叫袭人告诉宝玉。那宝玉又嘻嘻的笑道："这里送到园里，回来园里又送到这里，咱们的人送，咱们的人收，何苦来呢。"贾母、王夫人听了，都喜欢道："说他糊涂，他今日怎么这么明白呢？"鸳鸯等忍不住好笑，只得上来一件一件的点明给贾母瞧，说："这是金项圈，这是金珠首饰，共八十件。这是妆蟒四十匹。这是各色绸缎一百二十匹。这是四季的衣服，共一百二十件。外面也没有预备羊酒，这是折羊酒的银子。"贾母看了，都说好。轻轻的与凤姐说道："你去告诉姨太太说：不是虚礼，求姨太太等蟠儿出来，慢慢的叫人给他妹妹做来就是了。那好日子的被褥，还是咱们这里代办了罢。"

凤姐答应出来，叫贾琏先过去。又叫周瑞、旺儿等，吩咐他们："不必走大门，只从园里从前开的便门内送去。我也就过去。这门离潇湘馆还远，倘别处的人见了，嘱咐他们不用在潇湘馆里提起。"众人答应着，送礼而去。

宝玉认以为真，心里大乐，精神便觉的好些，只是语言总有些疯傻。那过礼的回来，都不提名说姓，因此上下人等虽都知道，只因凤姐吩咐，都不敢走漏风声。

且说黛玉虽然服药，这病日重一日。紫鹃等在旁苦劝，说道："事情到了这个分儿，不得不说了。姑娘的心事，我们也都知道。至于意外之事，是再没有的。姑娘不信，只拿宝玉的身子说起，这样大病，怎么做得亲呢？姑娘别听瞎话，自己安心保重才好。"黛玉微笑一笑，也不答言，又咳嗽数声，吐出好些血来。紫鹃等看去，只有一息奄奄。明知劝不过来，惟有守着流泪；天天三四趟去告诉贾母。鸳鸯测度贾母近日比前疼黛玉的心差了些，所以不常去回。况贾母这几日的心都在宝钗、宝玉身上，不见黛玉的信儿，也不大提起，只请太医调治罢了。

黛玉向来病着，自贾母起直到姊妹们的下人常来问候。今见贾府中上下人等都不过来，连一个问的人都没有，睁开眼，只有紫鹃一人。自料万无生理，因扎挣着向紫鹃说道："妹妹，你是我最知心的。虽是老太太派你伏侍我，这几年，我拿你就当作我的亲妹妹。"说到这里，气又接不上来。紫鹃听了，一阵心酸，早哭得说不出话来。迟了半日，黛玉又一面喘，一面说道："紫鹃妹妹，我躺着不受用，你扶起我来，靠着坐坐才好。"紫鹃道："姑娘的身上不大好，起来又要抖搂着了。"黛玉听了，闭上眼不言语了，一时又要起来。紫鹃没法，只得同雪雁把他扶起，两边用软枕靠住，自己却倚在旁边。

黛玉那里坐得住，下身自觉硌的疼，狠命的掌着。叫过雪雁来道："我的诗本子……"说着，又喘。雪雁料是要他前日所理的诗稿，因找来送到黛玉跟前。黛玉点点头儿，又抬眼看那箱子。雪雁不解，只是发怔。黛玉气的两眼直瞪，又咳嗽起来，又吐了一口血。雪雁连忙回身取了水来。黛玉漱了，吐在盂内。紫鹃用绢子给他拭了嘴。黛玉便拿那绢子指着箱子，又喘成一处，说不上来，闭了眼。紫鹃道："姑娘歪歪儿罢。"黛玉又摇摇头儿。紫鹃料是要绢子，便叫雪雁开箱，拿出一块白绫绢子来。黛玉瞧了，撂在一边，使劲说道："有字的。"紫鹃这才明白过来：要那块题诗的旧帕，只得叫雪雁拿出来递给黛玉。紫鹃劝道："姑娘歇歇儿罢，何苦又劳神。等好了再瞧罢。"只见黛玉接到手里，也不瞧，扎挣着伸出那只手来，狠命的撕那绢子。却是只有打颤的分儿，那里撕得动。紫鹃早已知他是恨宝玉，却也不敢说破，只说："姑娘，何苦自己又生气。"黛玉微微的点头，便掖在袖里。说叫点灯。

雪雁答应，连忙点上灯来。黛玉瞧瞧，又闭上眼坐着，喘了一会子，又道："笼上火盆。"紫鹃打量他冷，因说道："姑娘躺下，多盖一件罢。那炭气只怕耽不住。"黛玉又摇头儿。雪雁只得笼上，搁在地下火盆架上。黛玉点头，意思叫挪到炕上来。雪雁只得端上来，出去拿那张火盆炕桌。

那黛玉却又把身子欠起，紫鹃只得两只手来扶着他。黛玉这才将方才的绢子拿在手中，瞅着那火，点点头儿，往上一撂。紫鹃唬了一跳，欲要抢时，两只手却不敢动；雪雁又出去拿火盆桌子：此时那绢子已经烧着了。紫鹃劝道："姑娘，这是怎么说呢？"黛玉只作不闻，回手又把那诗稿拿起来，瞧了瞧，又撂下了。紫鹃怕他也要烧，连忙将身倚住黛玉，腾出手来拿时，黛玉又早拾起，撂在火上。此时紫鹃却够不着，干急。

雪雁正拿进桌子来，看见黛玉一撂，不知何物，赶忙抢时，那纸沾火就着，如何能够少待，早已烘烘的着了。雪雁也顾不得烧手，从火里抓起来，撂在地下乱踩，却已烧得所馀无几了。

那黛玉把眼一闭，往后一仰，几乎不曾把紫鹃压倒。紫鹃连忙叫雪雁上来，将黛玉扶着放倒，心里突突的乱跳。欲要叫人时，天又晚了；欲不叫人时，自己同着雪雁和鹦哥等几个小丫头，又怕一时有什么原故。好容易熬了一夜。

到了次日早起，觉黛玉又缓过一点儿来。饭后，忽然又嗽又吐，又紧起来。紫鹃看着不好了，连忙将雪雁等都叫进来看守，自己却来回贾母。那知到了贾母上房，静悄悄的，只有两三个老妈妈和几个做粗活的丫头在那里看屋子呢。紫鹃因问道："老太太呢？"那些人都说："不知道。"紫鹃听这话诧异，遂到宝玉屋里去看，竟也无人。遂问屋里的丫头，也说不知。

紫鹃已知八九："但这些人怎么竟这样狠毒冷淡！"又想到黛玉这几天竟连一个人问的也没有，越想越悲，索性激起一腔闷气来，一扭身便出来了。自己想了一想："今日倒要看看宝玉是何形状，看他见了我怎么样过的去！那一年我说了一句谎话，他就急病了，今日竟公然做出这件事来。可知天下男子之心，真真是冰寒雪冷，令人切齿的！"

一面走，一面想，早已来到怡红院。只见院门虚掩，里面却又寂静的很。紫鹃忽然想到："他要娶亲，自然是有新屋子的，但不知他这新屋子在何处？"

正在那里徘徊瞻顾，看见墨雨飞跑，紫鹃便叫住他。墨雨过来，笑嘻嘻的道："姐姐到这里做什么？"紫鹃道："我听见宝二爷娶亲，我要来看看热闹儿，谁知不在这里，也不知是几儿。"墨雨悄悄的道："我这话只告诉姐姐，你可别告诉雪雁。他们上头吩咐了，连你们都不叫知道呢。就是今日夜里娶。那里是在这里，老爷派琏二爷另收拾了房子了。”说着，又问：“姐姐有什么事么？”紫鹃道：“没什么事，你去罢。”墨雨仍旧飞跑去了。

紫鹃自己发了一回呆，忽然想起黛玉来，这时候还不知是死是活。因两泪汪汪，咬着牙发狠道：“宝玉，我看他明儿死了，你算是躲的过，不见了！你过了你那如心如意的事儿，拿什么脸来见我？”一面哭，一面走，呜呜咽咽的自回去了。

还未到潇湘馆，只见两个小丫头在门里往外探头探脑的，一眼看见紫鹃，那一个便嚷道：“那不是紫鹃姐姐来了吗？”紫鹃知道不好了，连忙摆手儿不叫嚷。赶忙进来看时，只见黛玉肝火上炎，两颧红赤。紫鹃觉得不妥，叫了黛玉的奶奶王奶奶来，一看，他便大哭起来。

这紫鹃因王奶奶有些年纪，可以仗个胆儿，谁知竟是个没主意的人，反倒把紫鹃弄的心里七上八下。忽然想起一个人来，便命小丫头急忙去请。你道是谁？原来紫鹃想起李宫裁是个孀居，今日宝玉结亲，他自然回避；况且园中诸事，向系李纨料理：所以打发人去请他。李纨正在那里给贾兰改诗，冒冒失失的见一个丫头进来回说：“大奶奶，只怕林姑娘不好了，那里都哭呢。”

李纨听了，吓了一大跳，也不及问了，连忙站起身来便走。素云、碧月跟着。一头走着，一头落泪，想着：“姐妹在一处一场，更兼他那容貌才情，真是寡二少双，惟有青女、素娥可以仿佛一二。竟这样小小的年纪，就作了北邙乡女。偏偏凤姐想出一条偷梁换柱之计，自己也不好过潇湘馆来，竟未能少尽姊妹之情。真真可怜可叹！”一头想着，已走到潇湘馆的门口。里面却又寂然无声，李纨倒着起忙来：“想来必是已死，都哭过了。那衣衾装裹，未知妥当了没有？”连忙三步两步走进屋子来。

里间门口一个小丫头已经看见，便说：“大奶奶来了。”紫鹃忙往外走，和李纨走了个对面。李纨忙问：“怎么样？”紫鹃欲说话时，惟有喉中哽咽的分儿，却一字说不出，那眼泪一似断线珍珠一般，只将一只手回过去指着黛玉。李纨看了紫鹃这般光景，更觉心酸，也不再问，连忙走过来看时，那黛玉已不能言。李纨轻轻叫了两声。黛玉却还微微的开眼，似有知识之状，但只眼皮、嘴唇微有动意，口内尚有出入之息，却要一句话、一点泪也没有了。

李纨回身，见紫鹃不在跟前，便问雪雁。雪雁道："他在外头屋里呢。"李纨连忙出来，只见紫鹃在外间空床上躺着，颜色青黄，闭了眼，只管流泪，那鼻涕眼泪把一个缉花锦边的褥子已湿了碗大的一片。李纨连忙唤他，那紫鹃才慢慢的睁开眼，欠起身来。李纨道："傻丫头，这是什么时候，且只顾哭你的？林姑娘的衣衾，还不拿出来给他换上，还等多早晚呢？难道他个女孩儿家，你还叫他赤身露体，精着来，光着去吗？"紫鹃听了这句话，一发止不住痛哭起来。李纨一面也哭，一面着急，一面拭泪，一面拍着紫鹃的肩膀说："好孩子，你把我的心都哭乱了。快着收拾他的东西罢，再迟一会子就了不得了。"

正闹着，外边一个人慌慌张张跑进来，倒把李纨唬了一跳。看时，却是平儿，跑进来看见这样，只是呆磕磕的发怔。李纨道："你这会子不在那边，做什么来了？"说着，林之孝家的也进来了。平儿道："奶奶不放心，叫来瞧瞧。既有大奶奶在这里，我们奶奶就只顾那一头儿了。"李纨点点头儿。平儿道："我也见见林姑娘。"说着，一面往里走，一面早已流下泪来。

这里李纨因和林之孝家的道："你来的正好，快出去瞧瞧去，告诉管事的预备林姑娘的后事。妥当了，叫他来回我，不用到那边去。"林之孝家的答应了，还站着。李纨道："还有什么话呢？"林之孝家的道："刚才二奶奶和老太太商量了，那边用紫鹃姑娘使唤使唤呢。"

李纨还未答言，只见紫鹃道："林奶奶，你先请罢。等着人死了，我们自然是出去的，那里用这么……"说到这里，却又不好说了，因又改说道："况且我们在这里守着病人，身上也不洁净。林姑娘还有气儿呢，不时的叫我。"李纨在旁解说道："当真的，林姑娘和这丫头也是前世的缘法儿。倒是雪雁是他南边带来的，他倒不理会。惟有紫鹃，我看他两个一时也离不开。"

林之孝家的头里听了紫鹃的话，未免不受用，被李纨这一番话，却也没有说的了。又见紫鹃哭的泪人一般，只好瞅着他微微的笑，说道："紫鹃姑娘这些闲话倒不要紧，只是你却说得，我可怎么回老太太呢？况且这话是告诉得二奶奶的吗？”

正说着，平儿擦着眼泪出来道：“告诉二奶奶什么事？”林之孝家的将方才的话说了一遍。平儿低了一回头，说：“这么着罢，就叫雪姑娘去罢。”李纨道：“他使得吗？”平儿走到李纨耳边说了几句。李纨点点头儿道：“既是这么着，就叫雪雁过去也是一样的。”林之孝家的因问平儿道：“雪姑娘使得吗？”平儿道：“使得，都是一样。”林家的道：“那么着，姑娘就快叫雪姑娘跟了我去。我先回了老太太和二奶奶：这可是大奶奶和姑娘的主意。回来姑娘再各自回二奶奶去。”李纨道：“是了，你这么大年纪，连这么点子事还不耽呢。”林家的笑道：“不是不耽。头一宗，这件事是老太太和二奶奶办的，我们都不能很明白；再者，又有大奶奶和平姑娘呢。”

说着，平儿已叫了雪雁出来。原来雪雁因这几日黛玉嫌他小孩子家懂得什么，便也把心冷淡了；况且听是老太太和二奶奶叫，也不敢不去。连忙收拾了头，平儿叫他换了新鲜衣服，跟着林家的去了。

随后平儿又和李纨说了几句话。李纨又嘱咐平儿：“打那么催着林家的，叫他男人快办了来。”平儿答应着出来，转了个弯子，看见林家的带着雪雁在前头走呢，赶忙叫住道：“我带了他去罢。你先告诉林大爷，办林姑娘的东西去罢。奶奶那里，我替回就是了。”那林家的答应着去了。这里平儿带了雪雁，到了新房子里回明了，自去办事。

却说雪雁看见这个光景，想起他家姑娘，也未免伤心，只是在贾母、凤姐跟前不敢露出。因又想道：“也不知用我作什么？我且瞧瞧，宝玉一日家和我们姑娘好的蜜里调油，这时候总不见面了，也不知是真病假病？只怕是怕我们姑娘恼，假说丢了玉，装出傻子样儿来，叫那一位寒了心，他好娶宝姑娘的意思。我索性看看他，看他见了我傻不傻。难道今儿还装傻么？”一面想着，已溜到里间屋子门口，偷偷儿的瞧。

这时宝玉虽因失玉昏愦，但只听见娶了黛玉为妻，真乃是从古至今天上人间第一件畅心满意的事了，那身子顿觉健旺起来，只不过不似从前那般灵透，所以凤姐的妙计，百发百中。巴不得就见黛玉，盼到今日完姻，真乐的手舞足蹈，虽有几句傻话，却与病时光景大相悬绝了。雪雁看了，又是生气，又是伤心。他那里晓得宝玉的心事，便各自走开。

这里宝玉便叫袭人快快给他装新，坐在王夫人屋里。看见凤姐、尤氏忙忙碌碌，再盼不到吉时，只管问袭人道："林妹妹打园里来，为什么这么费事，还不来？"袭人忍着笑道："等好时辰呢。"又听见凤姐和王夫人说道："虽然有服，外头不用鼓乐，咱们家的规矩要拜堂的，冷清清的使不的。我传了家里学过音乐管过戏的那些女人来，吹打着热闹些。"王夫人点头说："使得。"

一时，大轿从大门进来，家里细乐迎出去，十二对宫灯排着进来，倒也新鲜雅致。傧相请了新人出轿。宝玉见喜娘披着红，扶着新人，蒙着盖头。下首扶新人的你道是谁？原来就是雪雁。宝玉看见雪雁，犹想："因何紫鹃不来，倒是他呢？"又想道："是了，雪雁原是他南边家里带来的；紫鹃是我们家的，自然不必带来。"因此见了雪雁，竟如见了黛玉的一般欢喜。傧相喝礼，拜了天地。请出贾母，受了四拜。后请贾政夫妇等登堂，行礼毕，送入洞房。还有坐帐等事，俱是按本府旧例，不必细说。贾政原为贾母作主，不敢违拗，不信冲喜之说。那知今日宝玉居然像个好人，贾政见了，倒也喜欢。

那新人坐了帐，就要揭盖头的。凤姐早已防备，请了贾母、王夫人等进去照应。宝玉此时到底有些傻气，便走到新人跟前，说道："妹妹，身上好了？好些天不见了。盖着这劳什子做什么？"欲待要揭去，反把贾母急出一身冷汗来。宝玉又转念一想道："林妹妹是爱生气的，不可造次了。"又歇了一歇，仍是按捺不住，只得上前，揭了盖头。喜娘接去，雪雁走开，莺儿上来伺候。宝玉睁眼一看，好像是宝钗。心中不信，自己一手持灯，一手擦眼一看，可不是宝钗么。只见他盛妆艳服，丰肩愞体，鬟低鬓亸，眼瞤息微。论雅淡，似荷粉露垂；看娇羞，真是杏花烟润了。

宝玉发了一回怔，又见莺儿立在旁边，不见了雪雁。此时心无主意，自己反以为是梦中了，呆呆的只管站着。众人接过灯去，扶着坐下，两眼直视，半语全无。贾母恐他病发，亲自过来招呼着。凤姐、尤氏请了宝钗，进入里间坐下。宝钗此时自然是低头不语。

宝玉定了一回神，见贾母、王夫人坐在那边，便轻轻的叫袭人道："我是在那里呢？这不是做梦么？"袭人道："你今日好日子，什么梦不梦的混说。老爷可在外头呢。"宝玉悄悄的拿手指着道："坐在那里的这一位美人儿是谁？"袭人捂了自己的嘴，笑的说不出话来，半日才说道："那是新娶的二奶奶。"众人也都回过头去忍不住的笑。宝玉又道："好糊涂，你说二奶奶，到底是谁？"袭人道："宝姑娘。"宝玉道："林姑娘呢？"袭人道："老爷作主娶的是宝姑娘，怎么混说起林姑娘来？"宝玉道："我才刚看见林姑娘了么，还有雪雁呢，怎么说没有？你们这都是做什么玩呢？"

凤姐便走上来，轻轻的说道："宝姑娘在屋里坐着呢，别混说。回来得罪了他，老太太不依的。"宝玉听了，这会子糊涂的更利害了。本来原有昏愦的病，加以今夜神出鬼没，更叫他不得主意，便也不顾别的，口口声声只要找林妹妹去。贾母等上前安慰，无奈他只是不懂。又有宝钗在内，又不好明说。知宝玉旧病复发，也不讲明，只得满屋里点起安息香来，定住他的神魂，扶他睡下。众人鸦雀无闻。停了片时，宝玉便昏沉睡去。贾母等才得略略放心，只好坐以待旦，叫凤姐去请宝钗安歇。宝钗置若罔闻，也便和衣在内暂歇。

贾政在外，未知内里原由，只就方才眼见的光景想来，心下倒放宽了。恰是明日就是起程的吉日，略歇了一歇，众人贺喜送行。贾母见宝玉睡着，也回房去暂歇。

次早，贾政辞了宗祠，过来拜别贾母，禀称："不孝远离，惟愿老太太顺时颐养。儿子一到任所，即修禀请安，不必挂念。宝玉的事，已经依了老太太完结，只求老太太训诲。"贾母恐贾政在路不放心，并不将宝玉复病的话说起，只说："我有一句话：宝玉昨夜完姻，并不是同房。今日你起身，本该叫他远送才是。但他因病冲喜，如今才好些，又是昨日一天劳乏，出来恐怕着了风。故此问你：你叫他送呢，即刻去叫他；你若疼他，就叫人带了他来你见见，叫他给你磕个头就算了。"贾政道："叫他送什么？只要他从此以后认真念书，比送我还喜欢呢。"贾母听了，又放了一条心。便叫贾政坐着；叫鸳鸯去，如此如此，带了宝玉，叫袭人跟着来。鸳鸯去了不多一会，果然宝玉来了，仍是叫他行礼，他便行礼。只可喜此时宝玉见了父亲，神志略敛些，片时清楚，也没什么大差。贾政吩咐了几句，宝玉答应了。贾政叫人扶他回去了。自己回到王夫人房中，又切实的叫王夫人管教儿子："断不可如前骄纵。明年乡试，务必叫他下场。"王夫人一一的听了，也没提起别的。即忙命人搀扶着宝钗过来，行了新妇送行之礼，也不出房。其馀内眷俱送至二门而回。贾珍等也受了一番训饬。大家举酒送行，一班子弟及晚辈亲友直送至十里长亭而别。

不言贾政起程赴任。且说宝玉回来，旧病陡发，更加昏愦，连饮食也不能进了。

未知性命如何，下回分解。

第九十八回

苦绛珠魂归离恨天
病神瑛泪洒相思地

话说宝玉见了贾政，回至房中，更觉头昏脑闷，懒怠动弹，连饭也没吃，便昏沉睡去。仍旧延医诊治，服药不效，索性连人也认不明白了。大家扶着他坐起来，还是像个好人。一连闹了几天。

那日恰是回九之期，说是若不过去，薛姨妈脸上过不去；若说去呢，宝玉这般光景。贾母明知是为黛玉而起，欲要告诉明白，又恐气急生变。宝钗是新媳妇，又难劝慰，必得姨妈过来才好。若不回九，姨妈嗔怪。便与王夫人、凤姐商议道：“我看宝玉竟是魂不守舍，起动是不怕的。用两乘小轿，叫人扶着，从园里过去，应了回九的吉期。以后请姨妈过来安慰宝钗，咱们一心一计的调治宝玉，可不两全？”

王夫人答应了，即刻预备。幸亏宝钗是新媳妇，宝玉是个疯傻的，由人掇弄过去了。宝钗也明知其事，心里只怨母亲办得糊涂，事已至此，不肯多言。独有薛姨妈看见宝玉这般光景，心里懊悔，只得草草完事。

回家，宝玉越加沉重。次日，连起坐都不能了。日重一日，甚至汤水不进。薛姨妈等忙了手脚，各处遍请名医，皆不识病源。只有城外破寺中住着个穷医，姓毕，别号知庵的，诊得病源是悲喜激射，冷暖失调，饮食失时，忧忿滞中，正气壅闭：此内伤外感之症。于是度量用药。至晚服了，二更后，果然省些人事，便要喝水。贾母、王夫人等才放了心，请了薛姨妈，带了宝钗，都到贾母那里，暂且歇息。

宝玉片时清楚，自料难保，见诸人散后，房中只有袭人，因唤袭人至跟前，拉着手哭道："我问你：宝姐姐怎么来的？我记得老爷给我娶了林妹妹过来，怎么叫宝姐姐赶出去了？他为什么霸占住在这里？我要说呢，又恐怕得罪了他。你们听见林妹妹哭的怎么样了？"袭人不敢明说，只得说道："林姑娘病着呢。"宝玉又道："我瞧瞧他去。"说着要起来，那知连日饮食不进，身子岂能动转。便哭道："我要死了。我有一句心里的话，只求你回明老太太：横竖林妹妹也是要死的，我如今也不能保，两处两个病人，都要死的。死了越发难张罗，不如腾一处空房子，趁早把我和林妹妹两个抬在那里，活着也好一处医治、伏侍，死了也好一处停放。你依我这话，不枉了几年的情分。"袭人听了这些话，又急又笑又痛。

宝钗恰好同着莺儿过来，也听见了，便说道："你放着病不保养，何苦说这些不吉利的话呢？老太太才安慰了些，你又生出事来。老太太一生疼你一个，如今八十多岁的人了，虽不图你的诰封，将来你成了人，老太太也看着乐一天，也不枉了老人家的苦心。太太更是不必说了，一生的心血精神，抚养了你这一个儿子，若是半途死了，太太将来怎么样呢？我虽是薄命，也不至于此。据此三件看来，你就要死，那天也不容你死的，所以你是不能死的。只管安稳着养个四五天后，风邪散了，太和正气一足，自然这些邪病都没有了。"

宝玉听了，竟是无言可答，半晌，方才嘻嘻的笑道："你是好些时不和我说话了，这会子说这些大道理的话给谁听？"宝钗听了这话，便又说道："实告诉你说罢，那两日你不知人事的时候，林妹妹已经亡故了。"宝玉忽然坐起，大声诧异道："果真死了吗？"宝钗道："果真死了，岂有红口白舌咒人死的呢？老太太、太太知道你姐妹和睦，你听见他死了，自然你也要死，所以不肯告诉你。"

宝玉听了，不禁放声大哭，倒在床上，忽然眼前漆黑，辨不出方向。心中正自恍惚，只见眼前好像有人走来。宝玉茫然问道："借问此是何处？"那人道："此是阴司泉路。你寿未终，何故至此？"宝玉道："适闻有一故人已死，遂寻访至此，不觉迷途。"那人道："故人是谁？"宝玉道："姑苏林黛玉。"那人冷笑道："林黛玉生不同人，死不同鬼，无魂无魄，何处寻访？凡人魂魄，聚而成形，散而为气，生前聚之，死则散焉。常人尚无可寻访，何况林黛玉呢？汝快回去罢。”

宝玉听了，呆了半晌，道：“既云死者散也，又如何有这个阴司呢？”那人冷笑道：“那阴司说有便有，说无就无。皆为世俗溺于生死之说，设言以警世，便道上天深怒愚人：或不守分安常；或生禄未终，自行夭折；或嗜淫欲，尚气逞凶，无故自殒者：特设此地狱，囚其魂魄，受无边的苦，以偿生前之罪。汝寻黛玉，是无故自陷也。且黛玉已归太虚幻境，汝若有心寻访，潜心修养，自然有时相见；如不安生，即以自行夭折之罪，囚禁阴司，除父母之外，图一见黛玉，终不能矣。”那人说毕，袖中取出一石，向宝玉心口掷来。

宝玉听了这话，又被这石子打着心窝，吓的即欲回家，只恨迷了道路。正在踌躇，忽听那边有人唤他。回首看时，不是别人，正是贾母、王夫人、宝钗、袭人等围绕哭泣叫着，自己仍旧躺在床上。见案上红灯，窗前皓月，依然锦绣丛中，繁华世界。定神一想，原来竟是一场大梦。浑身冷汗，觉得心内清爽。仔细一想，真正无可奈何，不过长叹数声。

起初宝钗早知黛玉已死，因贾母等不许众人告诉宝玉知道，恐添病难治。自己却深知宝玉之病，实因黛玉而起，失玉次之，故趁势说明，使其一痛决绝，神魂一归，庶可疗治。贾母、王夫人等不知宝钗的用意，深怪他造次。后来见宝玉醒了过来，方才放心，立刻到外书房请了毕大夫进来诊视。那大夫进来诊了脉，便道：“奇怪！这回脉气沉静，神安郁散，明日进调理的药，就可以望好了。”说着出去。众人各自安心散去。

袭人起初深怨宝钗不该告诉，惟是口中不好说出。莺儿背地也说宝钗道：“姑娘忒性急了。”宝钗道：“你知道什么。好歹横竖有我呢。”那宝钗任人诽谤，并不介意，只窥察宝玉心病，暗下针砭。

一日，宝玉渐觉神志安定，虽一时想起黛玉，尚有糊涂。更有袭人缓缓的将“老爷选定的宝姑娘为人和厚；嫌林姑娘秉性古怪，原恐早夭；老太太恐你不知好歹，病中着急，所以叫雪雁过来哄你”的话，时常劝解。宝玉终是心酸落泪。欲待寻死，又想着梦中之言，又恐老太太、太太生气，又不得撩开。

又想黛玉已死，宝钗又是第一等人物，方信“金石姻缘”有定，自己也解了好些。

宝钗看来不妨大事，于是自己心也安了，只在贾母、王夫人等前尽行过家庭之礼后，便设法以释宝玉之忧。宝玉虽不能时常坐起，亦常见宝钗坐在床前，禁不住生来旧病。宝钗每以正言解劝，以“养身要紧，你我既为夫妇，岂在一时”之语安慰他。那宝玉心里虽不顺遂，无奈日里贾母、王夫人及薛姨妈等轮流相伴，夜间宝钗独去安寝，贾母又派人服侍，只得安心静养。又见宝钗举动温柔，也就渐渐的将爱慕黛玉的心肠，略移在宝钗身上。此是后话。

却说宝玉成家的那一日，黛玉白日已经昏晕过去，却心头口中一丝微气不断，把个李纨和紫鹃哭的死去活来。到了晚间，黛玉却又缓过来了，微微睁开眼，似有要水要汤的光景。此时雪雁已去，只有紫鹃和李纨在旁。紫鹃便端了一盏桂圆汤和的梨汁，用小银匙灌了两三匙。黛玉闭着眼静养了一会子，觉得心里似明似暗的。此时李纨见黛玉略缓，明知是回光返照的光景，却料着还有一半天耐头，自己回到稻香村，料理了一回事情。

这里黛玉睁开眼一看，只有紫鹃和奶妈并几个小丫头在那里，便一手攥了紫鹃的手，使着劲说道：“我是不中用的人了。你伏侍我几年，我原指望咱们两个总在一处，不想我……”说着，又喘了一会儿，闭了眼歇着。紫鹃见他攥着不肯松手，自己也不敢挪动。看他的光景，比早半天好些，只当还可以回转，听了这话，又寒了半截。半天，黛玉又说道：“妹妹，我这里并没亲人，我的身子是干净的，你好歹叫他们送我回去。”说到这里，又闭了眼不言语了。那手却渐渐紧了，喘成一处，只是出气大，入气小，已经促疾的很了。

紫鹃忙了，连忙叫人请李纨，可巧探春来了。紫鹃见了，忙悄悄的说道：“三姑娘，瞧瞧林姑娘罢。”说着，泪如雨下。探春过来，摸了摸黛玉的手，已经凉了，连目光也都散了。探春、紫鹃正哭着叫人端水来给黛玉擦洗，李纨赶忙进来了。三个人才见了，不及说话。刚擦着，猛听黛玉直声叫道：“宝玉！宝玉！你好……”说到“好”字，便浑身冷汗，不作声了。紫鹃等急忙扶住，那汗愈出，身子便渐渐的冷了。探春、李纨叫人乱着拢头穿衣，只见黛玉两眼一翻，呜呼！

香魂一缕随风散，愁绪三更入梦遥！

当时黛玉气绝，正是宝玉娶宝钗的这个时辰。紫鹃等都大哭起来。李纨、探春想他素日的可疼，今日更加可怜，便也伤心痛哭。因潇湘馆离新房子甚远，所以那边并没听见。一时，大家痛哭了一阵，只听得远远一阵音乐之声，侧耳一听，却又没有了。探春、李纨走出院外再听时，惟有竹梢风动，月影移墙，好不凄凉冷淡。一时叫了林之孝家的过来，将黛玉停放毕，派人看守，等明早去回凤姐。

凤姐因见贾母、王夫人等忙乱，贾政起身，又为宝玉昏愦更甚，正在着急异常之时，若是又将黛玉的凶信回了，恐贾母、王夫人愁苦交加，急出病来，只得亲自到园。到了潇湘馆内，也不免哭了一场。见了李纨、探春，知道诸事齐备，就说："很好。只是刚才你们为什么不言语，叫我着急？"探春道："刚才送老爷，怎么说呢？"凤姐道："这倒是你们两个可怜他些。这么着，我还得那边去招呼那个冤家呢。但是这件事好累赘：若是今日不回，使不得；若回了，恐怕老太太搁不住。"李纨道："你去见机行事，得回再回方好。"凤姐点头，忙忙的去了。

凤姐到了宝玉那里，听见大夫说不妨事，贾母、王夫人略觉放心，凤姐便背了宝玉，缓缓的将黛玉的事回明了。贾母、王夫人听得，都唬了一大跳。贾母眼泪交流，说道："是我弄坏了他了。但只是这个丫头也忒傻气。"说着，便要到园里去哭他一场，又惦记着宝玉：两头难顾。王夫人等含悲共劝贾母："不必过去，老太太身子要紧。"贾母无奈，只得叫王夫人自去。又说："你替我告诉他的阴灵：并不是我忍心不来送你，只为有个亲疏：你是我的外孙女儿，是亲的了；若与宝玉比起来，可是宝玉比你更亲些。倘宝玉有些不好，我怎么见他父亲呢？"说着，又哭起来。王夫人劝道："林姑娘是老太太最疼的，但只寿夭有定，如今已经死了，无可尽心，只是葬礼上要上等的发送：一则可以少尽咱们的心，二则就是姑太太和外甥女儿的阴灵儿也可以少安了。”贾母听到这里，越发痛哭起来。

凤姐恐怕老人家伤感太过，明仗着宝玉心中不甚明白，便偷偷的使人来撒个谎儿，哄老太太道：“宝玉那里找老太太呢。”贾母听见，才止住泪，问道：“不是又有什么缘故？”凤姐陪笑道：“没什么缘故，他大约是想老太太的意思。”贾母连忙扶了珍珠儿，凤姐也跟着过来。

走至半路，正遇王夫人过来，一一回明了贾母。贾母自然又是哀痛的，只因要到宝玉那边，只得忍泪含悲的说道：“既这么着，我也不过去了，由你们办罢，我看着心里也难受。只别委屈了他就是了。”王夫人、凤姐一一答应了。

贾母才过宝玉这边来，见了宝玉，因问：“你做什么找我？”宝玉笑道：“我昨日晚上看见林妹妹来了，他说要回南去。我想没人留的住，还得老太太给我留一留他。”贾母听着，说：“使得，只管放心罢。”袭人因扶宝玉躺下。贾母出来，到宝钗这边来。

那时宝钗尚未回九，所以每每见了人，倒有些含羞之意。这一天，见贾母满面泪痕，递了茶，贾母叫他坐下。宝钗侧身陪着坐了，才问道：“听得林妹妹病了，不知他可好些了？”贾母听了这话，那眼泪止不住流下来，因说道：“我的儿，我告诉你，你可别告诉宝玉。都是因你林妹妹，才叫你受了多少委屈。你如今作媳妇了，我才告诉你：这如今你林妹妹没了两三天了，就是娶你的那个时辰死的。如今宝玉这一番病，还是为着这个。你们先都在园子里，自然也都是明白的。”宝钗把脸飞红了，想到黛玉之死，又不免落下泪来。贾母又说了一回话，去了。

自此，宝钗千回万转，想了一个主意，只不肯造次，所以过了回九，才想出这个法子来。如今果然好些，然后大家说话才不至似前留神。

独是宝玉虽然病势一天好似一天，他的痴心总不能解，必要亲去哭他一场。贾母等知他病未除根，不许他胡思乱想。怎奈他郁闷难堪，病多反复。倒是大夫看出心病，索性叫他开散了，再用药调理，倒可好得快些。

宝玉听说，立刻要往潇湘馆来。贾母等只得叫人抬了竹椅子过来，扶宝玉坐上，贾母、王夫人即便先行。到了潇湘馆内，一见黛玉灵柩，贾母已哭得泪干气绝。凤姐等再三劝住。王夫人也哭了一场。李纨便请贾母、王夫人在里间歇着，犹自落泪。宝玉一到，想起未病之先，常到这里，今日屋在人亡，不禁嚎啕大哭。想起从前何等亲密，今日死别，怎不更加伤感。众人原恐宝玉病后过哀，都来解劝，宝玉已经哭得死去活来，大家搀扶歇息。其馀随来的，如宝钗，俱极痛哭。

独是宝玉必要叫紫鹃来见，问明姑娘临死有何话说。紫鹃本来深恨宝玉，见如此，心里已回过来些；又有贾母、王夫人都在这里，不敢洒落宝玉：便将林姑娘怎么复病，怎么烧毁帕子，焚化诗稿，并将临死说的话，一一的都告诉了。宝玉又哭得气噎喉干。探春趁便又将黛玉临终嘱咐带柩回南的话也说了一遍。贾母、王夫人又哭起来。多亏凤姐能言劝慰，略略止些，便请贾母等回去。宝玉那里肯舍，无奈贾母逼着，只得勉强回房。

贾母有了年纪的人，打从宝玉病起，日夜不宁，今又大痛一阵，已觉头晕身热。虽是不放心惦着宝玉，却也扎挣不住，回到自己房中睡下。王夫人更加心痛难禁，也便回去。派了彩云，帮着袭人照应，并说："宝玉若再悲戚，速来告诉我们。"宝钗知是宝玉一时必不能舍，也不相劝，只用讽刺的话说他。宝玉倒恐宝钗多心，也便饮泣收心。歇了一夜，倒也安隐。明日一早，众人都来瞧他，但觉气虚身弱，心病倒觉去了几分。于是加意调养，渐渐的好起来。贾母幸不成病。惟是王夫人心痛未痊。那日薛姨妈过来探望，看见宝玉精神略好，也就放心，暂且住下。

一日，贾母特请薛姨妈过去商量，说："宝玉的命，都亏姨太太救的。如今想来不妨了。独委屈了你的姑娘。如今宝玉调养百日，身体复旧，又过了娘娘的功服，正好圆房。要求姨太太作主，另择个上好的吉日。"薛姨妈便道："老太太主意很好，何必问我？宝丫头虽生的粗笨，心里却还是极明白的。他的情性，老太太素日是知道的。但愿他们两口儿言和意顺，从此老太太也省好些心，我姐姐也安慰些，我也放了心了。老太太就定个日子。还通知亲戚不用呢？”贾母道：“宝玉和你们姑娘生来第一件大事，况且费了多少周折，如今才得安逸，必要大家热闹几天，亲戚都要请的：一来酬愿；二则咱们吃杯喜酒，也不枉我老人家操了好些心。”

薛姨妈听着，自然也是喜欢的，便将要办妆奁的话也说了一番。贾母道：“咱们亲上做亲，我想也不必这些。若说动用的，他屋里已经满了；必定宝丫头他心爱的要你几件，姨太太就拿了来。我看宝丫头也不是多心的人，比不的我那外孙女儿的脾气，所以他不得长寿。”说着，连薛姨妈也便落泪。

恰好凤姐进来，笑道：“老太太、姑妈又想着什么了？”薛姨妈道：“我和老太太说起你林妹妹来，所以伤心。”凤姐笑道：“老太太和姑妈且别伤心，我刚才听了个笑话儿来了，意思说给老太太和姑妈听。”贾母拭了拭眼泪，微笑道：“你又不知要编派谁呢。你说来，我和姨太太听听。说不笑，我们可不依。”只见那凤姐未从张口，先用两只手比着，笑弯了腰了。

未知他说出些什么来，下回分解。

第九十九回

守官箴恶奴同破例
阅邸报老舅自担惊

话说凤姐见贾母和薛姨妈为黛玉伤心，便说："有个笑话儿说给老太太和姑妈听。"未从开口，先自笑了。因说道："老太太和姑妈打谅是那里的笑话儿？就是咱们家的那二位新姑爷新媳妇啊。"贾母道："怎么了？"凤姐拿手比着道："一个这么坐着，一个这么站着；一个这么扭过去，一个这么转过来；一个又……"

说到这里，贾母已经大笑起来，说道："你好生说罢，倒不是他们两口儿，你倒把人怄的受不得了。"薛姨妈也笑道："你往下直说罢，不用比了。"凤姐才说道："刚才我到宝兄弟屋里，我听见好几个人笑。我只道是谁，巴着窗户眼儿一瞧，原来宝妹妹坐在炕沿上，宝兄弟站在地下。宝兄弟拉着宝妹妹的袖子，口口声声只叫：'宝姐姐，你为什么不会说话了？你这么说一句话，我的病包管全好。'宝妹妹却扭着头，只管躲。宝兄弟又作了一个揖，上去又拉宝妹妹的衣裳。宝妹妹急的一扯。宝兄弟自然病后是脚软的，索性一栽，栽在宝妹妹身上了。宝妹妹急的红了脸，说道：'你越发比先不尊重了。'"说到这里，贾母和薛姨妈都笑起来。凤姐又道："宝兄弟站起来，又笑着说：'亏了这一栽，好容易才栽出你的话来了。'"

薛姨妈笑道："这是宝丫头古怪。这有什么，既作了两口儿，说说笑笑的怕什么？他没见他琏二哥和你。"凤姐儿红了脸笑道："这是怎么说？我饶说笑话儿给姑妈解闷儿，姑妈反倒拿我打起卦来了。"贾母也笑道："要这么着才好。夫妻固然要和气，也得有个分寸儿。我爱宝丫头就在这尊重上头。只是我愁宝玉还是那么傻头傻脑的，这么说起来，比头里竟明白多了。你再说说还有什么笑话儿没有？”凤姐道：“明儿宝玉圆了房儿，亲家太太抱了外孙子，那时候儿不更是笑话儿了么？”

贾母笑道：“猴儿，我在这里和姨太太想你林妹妹，你来怄个笑儿还罢了，怎么臊起皮来了？你不叫我们想你林妹妹？你不用太高兴了，你林妹妹恨你，将来你别独自一个儿到园里去，隄防他拉着你不依。”凤姐笑道：“他倒不怨我，他临死咬牙切齿，倒恨宝玉呢。”贾母、薛姨妈听着还道是玩话儿，也不理会，便道：“你别胡拉扯了。你去叫外头挑个很好的日子，给你宝兄弟圆了房儿罢。”凤姐答应着，又说了一会话儿，便出去叫人择了吉日，重新摆酒唱戏请人，不在话下。

却说宝玉虽然病好，宝钗有时高兴，翻书观看，谈论起来，宝玉所有眼前常见的尚可记忆，若论灵机儿，大不从前活变了，连他自己也不解。宝钗明知是通灵失去，所以如此。倒是袭人时常说他：“你何故把从前的灵机儿都没有了？倒是忘了旧毛病也好，怎么脾气还照旧，独道理上更糊涂了呢？”宝玉听了，并不生气，反是嘻嘻的笑。有时宝玉顺性胡闹，多亏宝钗劝着，略觉收敛些。袭人倒可少费些唇舌，惟知悉心伏侍。别的丫头素仰宝钗贞静和平，各人心服，无不安静。

只有宝玉到底是爱动不爱静的，时常要到园里去逛。贾母等一则怕他招受寒暑；二则恐他睹景伤情，虽黛玉之柩已寄放城外庵中，然而潇湘馆依然人亡屋在，不免勾起旧病来：所以也不使他去。况且亲戚姊妹们：薛宝琴已回到薛姨妈那边去了；史湘云因史侯回京，也接了家去了，又有了出嫁的日子，所以不大常来，只有宝玉娶亲那一日与吃喜酒这天来过两次，也只在贾母那边住下，为着宝玉已经娶过亲的人，又想自己就要出嫁的，也不肯如从前的诙谐谈笑，就是有时过来，也只和宝钗说话，见了宝玉，不过问好而已；那邢岫烟却是因迎春出嫁之后，便随着邢夫人过去了；李家姊妹也另住在外，即同着李婶娘过来，亦不过到太太们和姐妹们处请安问好，即回到李纨那里，略住一两天就去了。所以园内的只有李纨、探春、惜春了。贾母还要将李纨等挪进来，为着元妃薨后，家中事情接二连三，也无暇及此。现今天气一天热似一天，园里尚可住得，等到秋天再挪。此是后话，暂且不提。

且说贾政带了几个在京请的幕友，晓行夜宿，一日到了本省，见过上司，即到任拜印受事，便查盘各属州县米粮仓库。贾政向来作京官，只晓得郎中事务都是一景儿的事情；就是外任，原是学差，也无关于吏治上：所以外省州县折收粮米、勒索乡愚这些弊端，虽也听见别人讲究，却未尝身亲其事，只有一心做好官。便与幕宾商议，出示严禁，并谕以一经查出，必定详参揭报。初到之时，果然胥吏畏惧，便百计钻营，偏遇贾政这般古执。

那些家人跟了这位老爷在都中一无出息，好容易盼到主人放了外任，便在京指着在外发财的名儿，向人借贷做衣裳，装体面，心里想着到了任，银钱是容易的了。不想这位老爷呆性发作，认真要查办起来，州县馈送，一概不受。门房、签押等人心里盘算道："我们再挨半个月，衣服也要当完了，帐又逼起来，那可怎么样好呢？眼见得白花花的银子，只是不能到手。"那些长随也道："你们爷们到底还没花什么本钱来的。我们才冤，花了若干的银子，打了个门子，来了一个多月，连半个钱也没见过。想来跟这个主儿是不能捞本儿的了。明儿我们齐打伙儿告假去。"次日，果然聚齐，都来告假。贾政不知就里，便说："要来也是你们，要去也是你们。既嫌这里不好，就都请便。"那些长随怨声载道而去。

只剩下些家人，又商议道："他们可去的去了。我们去不了的，到底想个法儿才好。"内中有一个管门的叫李十儿，便说："你们这些没能耐的东西，着什么急呢？我见这'长'字号儿的在这里，不犯给他出头。如今都饿跑了，瞧瞧十太爷的本领，少不得本主儿依我。只是要你们齐心，打伙儿弄几个钱，回家受用；若不随我，我也不管了，横竖拼得过你们。"众人都说："好十爷，你还主儿信得过，若你不管，我们实在是死症了。"李十儿道："别等我出了头，得了银钱，又说我得了大分儿了，窝儿里反起来，大家没意思。"众人道："你万安，没有的事。就没有多少，也强似我们腰里掏钱。"

正说着，只见粮房书办走来找周二爷。李十儿坐在椅子上，跷着一只腿，挺着腰，说道：“找他做什么？”书办便垂手，陪着笑说道：“本官到了一个多月的任，这些州县太爷见得本官的告示利害，知道不好说话，到了这时候，都没有开仓。若是过了漕，你们太爷们来做什么的？”李十儿说：“你别混说，老爷是有根蒂的，说到那里，是要办到那里。这两天原要行文催兑，因我说了缓几天，才歇的。你到底找我们周二爷做什么？”书办道：“原为打听催文的事，没有别的。”李十儿道：“越发胡说！方才我说催文，你就信嘴胡诌。可别鬼鬼祟祟来讲什么帐，我叫本官打了你，退你。”书办道：“我在这衙门内已经三代了，外头也有些体面，家里还过得，就规规矩矩伺候本官升了还能够，不像那些等米下锅的。”说着，回了一声：“二太爷，我走了。”

李十儿便站起，堆着笑说：“这么不禁玩，几句话就脸急了。”书办道：“不是我脸急，若再说什么，岂不带累了二太爷的清名呢。”李十儿过来，拉着书办的手说：“你贵姓啊？”书办道：“不敢，我姓詹，单名是个会字。从小儿也在京里混了几年。”李十儿道：“詹先生，我是久闻你的名的。我们弟兄们是一样的，有什么话，晚上到这里，咱们说一说。”书办也说：“谁不知道李十太爷是能事的，把我一诈就吓毛了。”大家笑着走开。那晚便与书办咕唧了半夜。

第二天，拿话去探贾政，被贾政痛骂了一顿。隔一天拜客，里头吩咐伺候，外头答应了。停了一会子，打点已经三下了，大堂上没有人接鼓。好容易叫个人来打了鼓，贾政踱出暖阁，站班喝道的衙役只有一个。贾政也不查问，在墀下上了轿，等轿夫又等了好一会。来齐了，抬出衙门，那个炮只响得一声；吹鼓亭的鼓手只有一个打鼓，一个吹号筒。贾政便也生气说：“往常还好，怎么今儿不齐集至此？”抬头看那执事，却是搀前落后。勉强拜客回来，便传误班的要打。有的说因没有帽子误的，有的说是号衣当了误的，又有说是三天没吃饭抬不动的。贾政生气，打了一两个，也就罢了。

隔一天，管厨房的上来要钱，贾政将带来银两付了。以后便觉样样不如意，比在京的时候倒不便了好些。无奈，便唤李十儿问道：“跟我来这些人，怎么都变了？你也管管。现在，带来银两早使没有了，藩库俸银尚早，该打发京里取去。”李十儿禀道：“奴才那一天不说他们，不知道怎么样，这些人都是没精打彩的，叫奴才也没法儿。老爷说家里取银子，取多少？现在打听节度衙门这几天有生日，别的府道老爷都上千上万的送了，我们到底送多少呢？”贾政道：“为什么不早说？”李十儿说：“老爷最圣明的：我们新来乍到，又不与别位老爷很来往，谁肯送信？巴不得老爷不去，好想老爷的美缺呢。”贾政道：“胡说！我这官是皇上放的，不给节度做生日，便叫我不做不成？”李十儿笑着回道：“老爷说的也不错。京里离这里很远，凡百的事，都是节度奏闻：他说好便好，说不好便吃不住。到得明白，已经迟了。就是老太太、太太们，那个不愿意老爷在外头烈烈轰轰的做官呢。”

贾政听了这话，也自然心里明白，道：“我正要问你，为什么不说出来？”李十儿回说：“奴才本不敢说，老爷既问到这里，若不说，是奴才没良心；若说了，少不得老爷又生气。”贾政道：“只要说得在理。”李十儿说道：“那些书吏、衙役，都是花了钱买着粮道的衙门，那个不想发财？俱要养家活口。自从老爷到任，并没见为国家出力，倒先有了口碑载道。”贾政道：“民间有什么话？”李十儿道：“百姓说：‘凡有新到任的老爷，告示出的越利害，越是想钱的法儿：州县害怕了，好多多的送银子。’收粮的时候，衙门里便说新道爷的法令，明是不敢要钱，这一留难叨登，那些乡民心里反愿意花几个钱，早早了事。所以那些人不说老爷好，反说不谙民情。便是本家大人是老爷最相好的，他不多几年，已巴到极顶的分儿，也只为识时达务，能够上和下睦罢了。”

贾政听到这话，道：“胡说！我就不识时务吗？若是上和下睦，叫我与他们猫鼠同眠吗？”李十儿回说道：“奴才为着这点心儿不敢掩住，才这么说。若是老爷就是这样做去，到了功不成、名不就的时候，老爷说奴才没良心，有什么话不告诉老爷。”贾政道：“依你怎么做才好？”李十儿道：“也没有别的，趁着老爷的精神年纪，里头的照应，老太太的硬朗，为顾着自己就是了。不然，到不了一年，老爷家里的钱也都贴补完了，还落了自上至下的人抱怨：都说老爷是做外任的，自然弄了钱藏着受用。倘遇着一两件为难的事，谁肯帮着老爷？那时辩也辩不清，悔也悔不及。”

贾政道：“据你一说，是叫我做贪官吗？送了命还不要紧，必定将祖父的功勋抹了才是？”李十儿回禀道：“老爷极圣明的人，没看见旧年犯事的几位老爷吗？这几位都与老爷相好，老爷常说是个做清官的，如今名在那里？现有几位亲戚，老爷向来说他们不好的，如今升的升，迁的迁。只在要做的好就是了。老爷要知道，民也要顾，官也要顾。若是依着老爷，不准州县得一个大钱，外头这些差使谁办？只要老爷外面还是这样清名声原好；里头的委屈，只要奴才办去，关碍不着老爷的。奴才跟主儿一场，到底也要掏出良心来。”贾政被李十儿一番言语，说得心无主见，道：“我是要保性命的，你们闹出来，不与我相干。”说着，便踱了进去。

李十儿便自己做起威福，钩连内外一气的哄着贾政办事，反觉得事事周到，件件随心。所以贾政不但不疑，反都相信。便有几处揭报，上司见贾政古朴忠厚，也不查察。惟是幕友们耳目最长，见得如此，得便用言规谏。无奈贾政不信，也有辞去的，也有与贾政相好在内维持的。于是，漕务事毕，尚无陨越。

一日，贾政无事，在书房中看书。签押上呈进一封书子，外面官封上开着“镇守海门等处总制公文一角，飞递江西粮道衙门”。贾政拆封看时，只见上写道：

> 金陵契好，桑梓情深。昨岁供职来都，窃喜常依座右。仰蒙雅爱，许结朱陈，至今佩德勿谖。只因调任海疆，未敢造次奉求，衷怀歉仄，自叹无缘。今幸棨戟遥临，快慰平生之愿。正申燕贺，先蒙翰教，边帐光生，武夫额手。虽隔重洋，尚叨樾荫。想蒙不弃卑寒，希望茑萝之附。小儿已承青盼，淑媛素仰芳仪。如蒙践诺，即遣冰人。途路虽遥，一水可通。不敢云百辆之迎，敬备仙舟以俟。兹修寸幅，恭贺升祺，并求金允。临颖不胜待命之至。世弟周琼顿首。

贾政看了，心想："儿女姻缘果然有一定的。旧年因见他就了京职，又是同乡的人，素来相好；又见那孩子长得好：在席间原提起这件事，因未说定，也没有与他们说起。后来他调了海疆，大家也不说了。不料我今升任至此，他写书来问。我看来门户却也相当，与探春倒也相配。但是我并未带家眷，只可写字与他商议。"

正在踌躇，只见门上传进一角文书，是议取到省会议事件。贾政只得收拾上省，候节度派委。

一日，在公馆闲坐，见桌上堆着许多邸报。贾政一一看去，见刑部一本："为报明事，会看得金陵籍行商薛蟠……"贾政便吃惊道："了不得，已经提本了！"随用心看下去，是"薛蟠殴伤张三身死，串嘱尸证，捏供误杀一案"。贾政一拍桌道："完了！"只得又看底下是：

据京营节度使咨称：缘薛蟠籍隶金陵，行过太平县，在李家店歇宿，与店内当槽之张三素不相认。于某年月日，薛蟠令店主备酒，邀请太平县民吴良同饮，令当槽张三取酒。因酒不甘，薛蟠令换好酒。张三因称酒已沽定，难换。薛蟠因伊倔强，将酒照脸泼去，不期去势甚猛，恰值张三低头拾箸，一时失手，将酒碗掷在张三囟门，皮破血出，逾时殒命。李店主趋救不及，随向张三之母告知。伊母张王氏往看，见已身死，随喊禀地保，赴县呈报。前署县诣验，仵作将骨破一寸三分及腰眼一伤，漏报填格，详府审转。看得薛蟠实系泼酒失手，掷碗误伤张三身死，将薛蟠照过失杀人，准斗杀罪收赎等因前来。

臣等细阅各犯证、尸亲前后供词不符，且查斗杀律注云："相争为斗，相打为殴。必实无争斗情形，邂逅身死，方可以过失杀定拟。"应令该节度审明实情，妥拟具题。今据该节度疏称：薛蟠因张三不肯换酒，醉后拉着张三右手，先殴腰眼一拳。张三被殴回骂，薛蟠将碗掷出，致伤囟门深重，骨碎脑破，立时殒命。是张三之死，实由薛蟠以酒碗砸伤深重致死，自应以薛蟠拟抵，将薛蟠依斗杀律拟绞监候。吴良拟以杖徒。承审不实之府州县，应请……

以下注着“此稿未完”。

贾政因薛姨妈之托，曾托过知县，若请旨革审起来，牵连着自己，好不放心。即将下一本开看，偏又不是，只好翻来覆去，将报看完，终没有接这一本的。心中狐疑不定，更加害怕起来。

正在纳闷，只见李十儿进来：“请老爷到官厅伺候去，大人衙门已经打了二鼓了。”贾政只是发怔，没有听见。李十儿又请一遍。贾政道：“这便怎么处？”李十儿道：“老爷有什么心事？”贾政将看报之事说了一遍。李十儿道：“老爷放心。若是部里这么办了，还算便宜薛大爷呢。奴才在京的时候，听见薛大爷在店里叫了好些媳妇儿，都喝醉了生事，直把个当槽儿的活活儿打死了。奴才听见不但是托了知县，还求琏二爷去花了好些钱，各衙门打通了才提的。不知道怎么部里没有弄明白。如今就是闹破了，也是官官相护的，不过认个承审不实，革职处分罢咧，那里还肯认得银子听情的话呢？老爷不用想，等奴才再打听罢，倒别误了上司的事。”贾政道：“你们那里知道。只可惜那知县听了一个情，把这个官都丢了，还不知道有罪没有罪。”李十儿道：“如今想他也无益，外头伺候着好半天了，请老爷就去罢。”

贾政不知节度传办何事，且听下回分解。

第一百回

破好事香菱结深恨
悲远嫁宝玉感离情

话说贾政去见节度，进去了半日，不见出来，外头议论不一。李十儿在外也打听不出什么事来，便想到报上的饥荒，实在也着急。好容易听见贾政出来了，便迎上来跟着，等不得回去，在无人处便问："老爷进去这半天，有什么要紧的事？"贾政笑道："并没有事。只为镇海总制是这位大人的亲戚，有书来嘱托照应我，所以说了些好话。又说我们如今也是亲戚了。"李十儿听得，心内喜欢，不免又壮了些胆子，便竭力怂恿贾政许这亲事。

贾政心想薛蟠的事到底有什么罣碍，在外头信息不通，难以打点。故回到本任来，便打发家人进京打听；顺便将总制求亲之事回明贾母，如若愿意，即将三姑娘接到任所。

家人奉命，赶到京中，回明了王夫人。便在吏部打听得贾政并无处分，惟将署太平县的这位老爷革职。即写了禀帖，安慰了贾政，然后住着等信。

且说薛姨妈为着薛蟠这件人命官司，各衙门内不知花了多少银钱，才定了误杀具题。原打量将当铺折变给人，备银赎罪。不想刑部驳审，又托人花了好些钱，总不中用，依旧定了个死罪，监着守候秋天大审。薛姨妈又气又疼，日夜啼哭。

宝钗时常过来劝解，说是："哥哥本来没造化。承受了祖父这些家业，就该安安顿顿的守着过日子。在南边已经闹的不像样，便是香菱那件事情就了不得，因为仗着亲戚们的势力，花了些银钱，这算白打死了一个公子。哥哥就该改过，做起正经人来，也该奉养母亲才是，不想进了京仍是这样。妈妈为他不知受了多少气，哭掉了多少眼泪。给他娶了亲，原想大家安安逸逸的过日子。不想命该如此，偏偏娶的嫂子又是一个不安静的，所以哥哥躲出门去。真正俗语说的'冤家路儿狭'，不多几天就闹出人命来了。妈妈和二哥哥也算不得不尽心的了：花了银钱不算，自己还求三拜四的谋干。无奈命里应该，也算自作自受。大凡养儿女是为着老来有靠，便是小户人家，还要挣一碗饭养活母亲。那里有将现成的闹光了，反害的老人家哭的死去活来的？不是我说，哥哥的这样行为，不是儿子，竟是个冤家对头。妈妈再不明白，明哭到夜，夜哭到明，又受嫂子的气。我呢，又不能常在这里劝解。我看见妈妈这样，那里放得下心？他虽说是傻，也不肯叫我回去。前儿老爷打发人回来说，看见京报，唬的了不得，所以才叫人来打点的。我想哥哥闹了事，担心的人也不少。幸亏我还是在跟前的一样，若是离乡调远，听见了这个信，只怕我想妈妈也就想杀了。我求妈妈暂且养养神，趁哥哥的活口现在，问问各处的帐目。人家该咱们的，咱们该人家的，亦该请个旧伙计来算一算，看看还有几个钱没有。"

薛姨妈哭着说道："这几天为闹你哥哥的事，你来了，不是你劝我，就是我告诉你衙门的事。你还不知道，京里官商的名字已经退了，两个当铺已经给了人家，银子早拿来使完了。还有一个当铺，管事的逃了，亏空了好几千两银子，也夹在里头打官司。你二哥哥天天在外头要帐，料着京里的帐已经去了几万银子，只好拿南边公分里银子和住房折变才够。前两天还听见一个荒信，说是南边的公分当铺也因为折了本儿收了。要是这么着，你娘的命可就活不成了。"说着，又大哭起来。

宝钗也哭着劝道："银钱的事，妈妈操心也不中用，还有二哥哥给我们料理。单可恨这些伙计们，见咱们的势头儿败了，各自奔各自的去也罢了，我还听见说帮着人家来挤我们的讹头。可见我哥哥活了这么大，交的人总不过是些个酒肉弟兄，急难中是一个没有的。妈妈要是疼我，听我的话，有年纪的人，自己保重些。妈妈这一辈子，想来还不至挨冻受饿。家里这点子衣裳、家伙，只好任凭嫂子去，那是没法儿的了。所有的家人、老婆们，瞧他们也没心在这里了，该去的叫他们去。只可怜香菱苦了一辈子，只好跟着妈妈。实在短什么，我要是有的，还可以拿些个来，料我们那个也没有不依的。就是袭姑娘也是心术正道的，他听见咱们家的事，他倒提起妈妈来就哭。我们那一个还打量没事的，所以不大着急；要听见了，也是要唬个半死儿的。”薛姨妈不等说完，便说：“好姑娘，你可别告诉他。他为一个林姑娘几乎没要了命，如今才好了些。要是他急出个原故来，不但你添一层烦恼，我越发没了依靠了。”宝钗道：“我也是这么想，所以总没告诉他。”

正说着，只听见金桂跑来外间屋里哭喊道：“我的命是不要的了！男人呢，已经是没有活的分儿了。咱们如今索性闹一闹，大伙儿到法场上去拚一拚。”说着，便将头往隔断板上乱撞，撞的披头散发。气的薛姨妈白瞪着两只眼，一句话也说不出来。还亏了宝钗嫂子长嫂子短，好一句歹一句的劝他。金桂道：“姑奶奶，如今你是比不得头里的了，你两口儿好好的过日子。我是个单身人儿，要脸做什么？”说着，就要跑到街上回娘家去。亏了人还多，拉住了，又劝了半天方住。把个宝琴唬的再不敢见他。

若是薛蝌在家，他便抹粉施脂，描眉画鬓，奇情异致的打扮收拾起来，不时打从薛蝌住房前过，或故意咳嗽一声；明知薛蝌在屋里，特问房里是谁。有时遇见薛蝌，他便妖妖调调、娇娇痴痴的问寒问暖，忽喜忽嗔。丫头们看见，都连忙躲开。他自己也不觉得，只是一心一意要弄的薛蝌感情时，好行宝蟾之计。那薛蝌却只躲着；有时遇见，也不敢不周旋他，倒是怕他撒泼放刁的意思。更加金桂一则为色迷心，越瞧越爱，越想越幻，那里还看的出薛蝌的真假来。只有一宗：他见薛蝌有什么东西都是托香菱收着，衣服缝洗也是香菱；两个人偶然说话，他来了，急忙散开：一发动了一个“醋”字。欲待发作薛蝌，却是舍不得，只得将一腔隐恨都搁在香菱身上；却又恐怕闹了香菱，得罪了薛蝌，倒弄的隐忍不发。

一日，宝蟾走来，笑嘻嘻的向金桂道：“奶奶，看见了二爷没有？”金桂道："没有。"宝蟾笑道："我说二爷的那种假正经是信不得的。咱们前儿送了酒去，他说不会喝；刚才我见他到太太那屋里去，脸上红扑扑儿的一脸酒气。奶奶不信，回来只在咱们院子门口儿等他，他打那边过来，奶奶叫住他问问，看他说什么。"金桂听了，一心的恼意，便道："他那里就出来了呢！他既无情义，问他作什么？"宝蟾道："奶奶又迂了。他好说，咱们也好说；他不好说，咱们再另打主意。"金桂听着有理，因叫宝蟾："瞧着他，看他出去了。"宝蟾答应着出来。

金桂却去打开镜奁，又照了一照，把嘴唇儿又抹了一抹。然后拿一条洒花绢子，才要出来，又像忘了什么的，心里倒不知怎么是好了。只听宝蟾外面说道："二爷，今日高兴啊，那里喝了酒来了？"金桂听了，明知是叫他出来的意思，连忙掀起帘子出来。只见薛蝌和宝蟾说道："今日是张大爷的好日子，所以被他们强不过，吃了半钟，到这时候脸还发烧呢。"一句话没说完，金桂早接口道："自然人家外人的酒，比咱们自己家里的酒是有趣儿的。"薛蝌被他拿话一激，脸越红了，连忙走过来陪笑道："嫂子说那里的话。"宝蟾见他二人交谈，便躲到屋里去了。

这金桂初时原要假意发作薛蝌两句，无奈一见他两颊微红，双眸带涩，别有一种谨愿可怜之意，早把自己那骄悍之气，感化到爪洼国去了，因笑说道："这么说，你的酒是硬强着才肯喝的呢？"薛蝌道："我那里喝得来。"金桂道："不喝也好，强如像你哥哥喝出乱子来，明儿娶了你们奶奶儿，像我这样守活寡受孤单呢。"说到这里，两个眼已经乜斜了，两腮上也觉红晕了。薛蝌见这话越发邪僻了，打算着要走。金桂也看出来了，那里容得，早已走过来一把拉住。薛蝌急了，道："嫂子放尊重些！"说着浑身乱颤。金桂索性老着脸道："你只管进来，我和你说一句要紧的话。"

正闹着，忽听背后一个人叫道："奶奶，香菱来了。"把金桂唬了一跳。回头瞧时，却是宝蟾掀着帘子看他二人的光景，一抬头见香菱从那边来了，赶忙知会金桂。金桂这一惊不小，手已松了。薛蝌得便，脱身跑了。那香菱正走着，原不理会，忽听宝蟾一嚷，才瞧见金桂在那里拉住薛蝌，往里死拽。香菱却唬的心头乱跳，自己连忙转身回去。这里金桂早已连吓带气，呆呆的瞅着薛蝌去了，怔了半天，恨了一声，自己扫兴归房。从此把香菱恨入骨髓。那香菱本是要到宝琴那里，刚走出腰门，看见这般，吓回去了。

是日，宝钗在贾母屋里，听得王夫人告诉老太太要聘探春一事。贾母说道："既是同乡的人，很好。只是听见说那孩子到过我们家里，怎么你老爷没有提起？"王夫人道："连我们也不知道。"贾母道："好是好，但只道儿太远。虽然老爷在那里，倘或将来老爷调任，可不是我们孩子太单了吗？"王夫人道："两家都是做官的，也是拿不定。或者那边还调进来；即不然，终有个叶落归根。况且老爷既在那里做官，上司已经说了，好意思不给么？想来老爷的主意定了，只是不敢做主，故遣人来回老太太的。"贾母道："你们愿意更好。但是三丫头这一去了。不知三年两年，那边可能回家？若再迟了，恐怕我赶不上再见他一面了。"说着掉下泪来。

王夫人道："孩子们大了，少不得总要给人家的。就是本乡本土的人，除非不做官还使得，要是做官的，谁保的住总在一处。只要孩子们有造化就好。譬如迎姑娘倒配的近呢，偏时常听见他和女婿打闹，甚至于不给饭吃。就是我们送了东西去，他也摸不着。近来听见益发不好了，也不放他回来。两口子拌起来，就说咱们使了他家的银钱。可怜这孩子总不得个出头的日子。前儿我惦记他，打发人去瞧他，迎丫头藏在耳房里，不肯出来。老婆们必要进去，看见我们姑娘这样冷天，还穿着几件旧衣裳。他一包眼泪的告诉老婆们说：'回去别说我这么苦，这也是我命里所招。也不用送什么衣裳、东西来，不但摸不着，反要添一顿打，说是我告诉的。'老太太想想，这倒是近处眼见的，若不好，更难受。倒亏了大太太也不理会他，大老爷也不出个头。如今迎姑娘实在比我们三等使唤的丫头还不及。我想探丫头虽不是我养的，老爷既看见过女婿，定然是好才许的。只请老太太示下，择个好日子，多派几个人送到他老爷任上，该怎么着，老爷也不肯将就。"贾母道："有他老子作主，你就料理妥当，拣个长行的日子送去，也就定了一件事。"

王夫人答应着“是”。

宝钗听的明白，也不敢则声，只是心里叫苦：“我们家的姑娘们，就算他是个尖儿，如今又要远嫁，眼看着这里的人一天少似一天了。”见王夫人起身告辞出去，他也送了出来，一径回到自己房中，并不与宝玉说知。见袭人独自一个做活，便将听见的话说了。袭人也很不受用。

却说赵姨娘听见探春这事，反喜欢起来，心里说道：“我这个丫头在家忒瞧不起我，我何从还是个娘，比他的丫头还不济。况且洑上水，护着别人。他挡在头里，连环儿也不得出头。如今老爷接了去，我倒干净。想要他孝敬我，不能够了。只愿他像迎丫头似的，我也称称愿。”

一面想着，一面跑到探春那边，与他道喜说：“姑娘，你是要高飞的人了。到了姑爷那边，自然比家里还好，想来你也是愿意的。便是养了你一场，并没有借你的光儿。就是我有七分不好，也有三分的好，也别说一去了，把我搁在脑勺子后头。”探春听着毫无道理，只低头作活，一句也不言语。赵姨娘见他不理，气忿忿的自己去了。

这里探春又气又笑又伤心，也不过自己掉泪而已。坐了一回，闷闷的走到宝玉这边来。宝玉因问道：“三妹妹，我听见林妹妹死的时候，你在那里来着。我还听见说，林妹妹死的时候，远远的有音乐之声。或者他是有来历的，也未可知。”探春笑道：“那是你心里想着罢了。但只那夜却怪，不像人家鼓乐的声儿，你的话或者也是。”宝玉听了，更以为实。又想前日自己神魂飘荡之时，曾见一人，说是黛玉生不同人，死不同鬼，必是那里的仙子临凡。又想起那年唱戏做的嫦娥，飘飘艳艳，何等风致。

过了一会，探春去了。因必要紫鹃过来，立刻回了贾母去叫他。无奈紫鹃心里不愿意，虽经贾母、王夫人派了过来，自己没法，却是在宝玉跟前，不是嗳声，就是叹气的。宝玉背地里拉着他，低声下气要问黛玉的话，紫鹃从没好话回答。宝钗倒背地里夸他有忠心，并不嗔怪他。

那雪雁虽是宝玉娶亲这夜出过力的，宝玉见他心地不甚明白，便回了贾母、王夫人，将他配了一个小厮，各自过活去了。王奶妈，养着他，将来好送黛玉的灵柩回南。鹦哥等小丫头，仍旧伏侍老太太。

宝玉本想念黛玉，因此及彼，又想跟黛玉的人已经云散，更加纳闷。闷到无可如何，忽又想黛玉死的这样清楚，必是离凡返仙去了，反又欢喜。

忽然听见袭人和宝钗在那里讲究探春出嫁之事，宝玉听了，“啊呀”的一声，哭倒在炕上。唬得宝钗、袭人都来扶起，说：“怎么了？”宝玉早哭的说不出来。定了一会子神，说道：“这日子过不得了：我姊妹们都一个一个的散了；林妹妹是成了仙去了；大姐姐呢已经死了，这也罢了，没天天在一块儿；二姐姐碰着了一个混帐不堪的东西；三妹妹又要远嫁，总不得见的了；史妹妹又不知要到那里去；薛妹妹是有了人家儿的。这些姐姐妹妹，难道一个都不留在家里，单留我做什么？”

袭人忙又拿话解劝。宝钗摆着手说：“你不用劝他，等我问他。”因问着宝玉道：“据你的心里，要这些姐妹都在家里陪到你老了，都不为终身的事吗？要说别人，或者还有别的想头。你自己的姐姐妹妹，不用说没有远嫁的，就是有，老爷作主，你有什么法儿？打量天下就是你一个人爱姐姐妹妹呢？要是都像你，就连我也不能陪着你了。大凡人念书，原为的是明理，怎么你越念越糊涂了呢？这么说起来，我和袭姑娘各自一边儿去，让你把姐姐妹妹们都邀了来守着你。”

宝玉听了，两只手拉住宝钗、袭人道：“我也知道。为什么散的这么早呢？等我化了灰的时候，再散也不迟。”袭人掩着他的嘴道：“又胡说了。才这两天身上好些，二奶奶才吃些饭。你要是又闹翻了，我也不管了。”宝玉听他两个人说话都有道理，只是心上不知道怎么着才好，只得说道：“我却明白，但只是心里闹得慌。”宝钗也不理他，暗叫袭人快把定心丸给他吃了，慢慢的开导他。

袭人便欲告诉探春，说临行不必来辞。宝钗道：“这怕什么？等消停几日，他心里明白了，还要叫他们多说句话儿呢。况且三姑娘是极明白的人，不像那些假惺惺的人，少不得有一番箴谏，他以后就不是这样了。”

正说着，贾母那边打发过鸳鸯来说：“知道宝玉旧病又发，叫袭人劝说安慰，叫他不用胡思乱想。”袭人等应了。鸳鸯坐了一会子去了。

那贾母又想起探春远行，虽不全备妆奁，其一应动用之物俱该预备，便把凤姐叫来，将老爷的主意告诉了一遍，叫他料理去。凤姐答应。

不知怎么办理，下回分解。

第一百一回

大观园月夜警幽魂
散花寺神签惊异兆

却说凤姐回至房中，见贾琏尚未回来，便分派那管办探春行李、妆奁事的一干人。那天有黄昏以后，因忽然想起探春来，要瞧瞧他去，便叫丰儿与两个丫头跟着，头里一个丫头打着灯笼。走出门来，见月光已上，照耀如水，凤姐便命打灯笼的："回去罢。"因而走至茶房窗下，听见里面有人嘁嘁喳喳的，又似哭，又似笑，又似议论什么的。凤姐知道不过是家下婆子们又不知搬什么是非，心内大不受用，便命小红："进去装做无心的样子，细细打听着，用话套出原委来。"小红答应着去了。

凤姐只带着丰儿来至园门前，门尚未关，只虚虚的掩着。于是主仆二人方推门进去。只见园中月色比外面更觉明朗，满地下重重树影，杳无人声，甚是凄凉寂静。刚欲往秋爽斋这条路来，只听唿唿的一声风过，吹的那树枝上落叶满园中唰喇喇的作响，枝梢上吱喽喽的发哨，将那些寒鸦宿鸟都惊飞起来。凤姐吃了酒，被风一吹，只觉身上发噤。丰儿后面也把头一缩，说："好冷！"凤姐也撑不住，便叫丰儿："快回去把那件银鼠坎肩儿拿来，我在三姑娘那里等着。"丰儿巴不得一声，也要回去穿衣裳，连忙答应一声，回头就跑了。

凤姐刚举步走了不远，只觉身后咈咈哧哧，似有闻嗅之声，不觉头发森然直竖起来。由不得回头一看，只见黑油油一个东西在后面伸着鼻子闻他呢，那两只眼睛恰似灯光一般。凤姐吓的魂不附体，不觉失声的咳了一声，却是一只大狗。那狗抽头回身，拖着个扫帚尾巴，一气跑上大土山上，方站住了，回身犹向凤姐拱爪儿。

凤姐此时肉跳心惊，急急的向秋爽斋来。将已来至门口，方转过山子，只见迎面有一个人影儿一晃。凤姐心中疑惑，还想着必是那一房的丫头，便问："是谁？"问了两声，并没有人出来，早已神魂飘荡了。恍恍惚惚的似乎背后有人说道："婶娘连我也不认得了？"凤姐忙回头一看，只见那人形容俊俏，衣履风流，十分眼熟，只是想不起是那房那屋里的媳妇来。只听那人又说道："婶娘只管享荣华受富贵的心盛，把我那年说的'立万年永远之基'都付于东洋大海了。"凤姐听说，低头寻思，总想不起。那人冷笑道："婶娘那时怎样疼我来，如今就忘在九霄云外了。"

凤姐听了，此时方想起来是贾蓉的先妻秦氏，便说道："嗳呀！你是死了的人哪，怎么跑到这里来了呢？"啐了一口，方转回身要走时，不防一块石头绊了一跤，犹如梦醒一般，浑身汗如雨下。虽然毛发悚然，心中却也明白，只见小红、丰儿影影绰绰的来了。

凤姐恐怕落人的褒贬，连忙爬起来，说道："你们做什么呢，去了这半天。快拿来我穿上罢。"一面丰儿走至跟前，伏侍穿上。小红过来搀扶着要往前走，凤姐道："我才到那里，他们都睡了，回去罢。"一面说着，一面带了两个丫头，急急忙忙回到家中。贾琏已回来了，凤姐见他脸上神色更变，不似往常，待要问他，又知他素日性格，不敢突然相问，只得睡了。

至次日五更，贾琏就起来，要往总理内庭都检点太监裘世安家来打听事务。因太早了，见桌上有昨日送来的抄报，便拿起来闲看。第一件，吏部奏请急选郎中，奉旨照例用事。第二件是刑部题奏云南节度使王忠一本：新获私带神枪、火药出边事，共十八名人犯，头一名鲍音，系太师、镇国公贾化家人。贾琏想了一想，又往下看。第三件，苏州刺史李孝一本：参劾纵放家奴，倚势凌辱军民，以致因奸不遂，杀死节妇事。凶犯姓时名福，自称系世袭三等职衔贾范家人。贾琏看见这一件，心中不自在起来。待要往下看，又恐迟了不能见裘世安的面，便穿了衣服，也等不得吃东西，恰好平儿端上茶来，喝了两口，便出来骑马走了。平儿收拾了换下的衣服。

此时凤姐尚未起来，平儿因说道："今儿夜里我听着奶奶没睡什么觉，我替奶奶捶着，好生打个盹儿罢。”凤姐也不言语。平儿料着这意思是了，便爬上炕来，坐在身边，轻轻的捶着。

那凤姐刚有要睡之意，只听那边大姐儿哭了，凤姐又将眼睁开。平儿连向那边叫道：“李妈，你到底是怎么着？姐儿哭了，你到底拍着他些。你也忒爱睡了。”那边李妈从梦中惊醒，听得平儿如此说，心中没好气，狠命的拍了几下，口里嘟嘟囔囔的骂道：“真真的小短命鬼儿！放着尸不挺，三更半夜嚎你娘的丧！”一面说，一面咬牙，便向那孩子身上拧了一把。那孩子哇的一声大哭起来。

凤姐听见，说：“了不得！你听听，他该挫磨孩子了。你过去把那黑心的养汉老婆下死劲的打他几下子，把妞妞抱过来罢。”平儿笑道：“奶奶别生气，他那里敢挫磨妞儿，只怕是不隄防碰了一下子，也是有的。这会子打他几下子没要紧，明儿叫他们背地里嚼舌根，倒说三更半夜的打人了。”

凤姐听了，半日不言语，长叹一声，说道：“你瞧瞧，这会子还是我十旺八旺的呢，明儿我要是死了，撂下这小孽障，还不知怎么样呢！”平儿笑道：“奶奶这是怎么说？大五更的，何苦来呢！”凤姐冷笑道：“你那里知道。我是早已明白了，我也不久了。虽然活了二十五岁，人家没见的也见了，没吃的也吃了，衣禄食禄也算全了，所有世上有的也都有了，气也赌尽了，强也算争足了，就是寿字儿上头缺一点儿也罢了。”

平儿听说，由不的眼圈儿红了。凤姐笑道：“你这会子不用假慈悲，我死了，你们只有喜欢的。你们一心一计和和气气的过日子，省的我是你们眼里的刺。只有一件：你们知好歹，只疼我那孩子就是了。”平儿听了，越发掉下泪来。凤姐笑道：“别扯你娘的臊！那里就死了呢，这么早就哭起来。我不死，还叫你哭死了呢。”平儿见说，连忙止住哭，道：“奶奶说的这么叫人伤心。”一面说，一面又捶，凤姐才朦胧的睡着。

平儿方下炕来，只听外面脚步响。谁知贾琏去迟了，那裘世安已经上朝去了，不遇而回，心中正没好气，进来就问平儿道：“他们还没起来呢么？”

平儿回说："没有呢。"贾琏一路摔帘子进来，冷笑道："好啊！这会子还都不起来，安心打擂台，打撒手儿。"一叠声又要吃茶。平儿忙倒了一碗茶来。原来那些丫头、老婆见贾琏出了门，又复睡了，不打量这会子回来，原不曾预备，平儿便把温过的拿了来。贾琏生气，举起碗来，哗啷一声，摔了个粉碎。

凤姐惊醒，唬了一身冷汗。"嗳哟"一声，睁开眼，只见贾琏气狠狠的坐在旁边，平儿弯着腰拾碗片子呢。凤姐道："你怎么就回来了？"问了一声，半日不答应，只得又问一声。贾琏嚷道："你不要我回来，叫我死在外头罢？"凤姐笑道："这又是何苦来呢。常时我见你不像今儿回来的快，问你一声儿，也没什么生气的。"贾琏又嚷道："又没遇见，怎么不快回来呢！"凤姐笑道："没有遇见，少不得奈烦些，明儿再去早些儿，自然遇见了。"贾琏嚷道："我可不吃着自己的饭，替人家赶獐子呢！我这里一大堆的事，没个动秤儿的，没来由为人家的事瞎闹了这些日子，当什么呢？正经那有事的人还在家里受用，死活不知，还听见说要锣鼓喧天的摆酒唱戏做生日呢。我可瞎跑他娘的腿子！"一面说，一面往地下啐了一口，又骂平儿。

凤姐听了，气的干咽。要和他分证，想了一想，又忍往了，勉强陪笑道："何苦来生这么大气？大清早起，和我叫喊什么？谁叫你应了人家的事？你既应了，只得奈烦些，少不得替人家办办。也没见这个人自己有为难的事，还有心肠唱戏摆酒的闹。"贾琏道："你可说么。你明儿倒也问问他。"

凤姐诧异道："问谁？"贾琏道："问谁？问你哥哥。"凤姐道："是他吗？"贾琏道："可不是他，还有谁呢？"凤姐忙问道："他又有什么事，叫你替他跑？"贾琏道："你还在坛子里呢。"凤姐道："真真这就奇了，我连一个字儿也不知道。"贾琏道："你怎么能知道呢？这个事，连太太和姨太太还不知道呢。头一件，怕太太和姨太太不放心；二则，你身上又常嚷不好：所以我在外头压住了，不叫里头知道。说起来，真真可人恼！你今儿不问我，我也不便告诉你。你打量你哥哥行事像个人呢，你知道外头的人都叫他什么？"凤姐道："叫他什么？"贾琏道："叫他什么？叫他'忘仁'！"凤姐扑哧的一笑："他可不叫王仁，叫什么呢？"贾琏道："你打量那个王仁吗？是忘了仁义礼智信的那个‘忘仁’哪！”凤姐道：“这是什么人这么刻薄嘴儿糟蹋人？”贾琏道：“不是糟蹋他呀。今儿索性告诉你，你也该知道知道你那哥哥的好处，到底知道他给他二叔做生日呵！”

凤姐想了一想道：“嗳哟！可是啊，我还忘了问你：二叔不是冬天的生日吗？我记得年年都是宝玉去。前者老爷升了，二叔那边送过戏来，我还偷偷儿的说：‘二叔为人是最啬刻的，比不得大舅太爷。他们各自家里还乌眼鸡似的。不么，昨儿大舅太爷没了，你瞧他是个兄弟，他还出了个头儿，揽了个事儿吗？’所以那一天说赶他的生日，咱们还他一班子戏，省了亲戚跟前落亏欠。如今这么早就做生日，也不知是什么意思。”

贾琏道：“你还作梦呢。你哥哥一到京，借着舅太爷的首尾，就开了一个吊。他怕咱们知道拦他，所以没告诉咱们，弄了好几千银子。后来二舅嗔着他，说他不该一网打尽。他吃不住了，变了个法儿，指着你们二叔的生日撒了个网，想着再弄几个钱，好打点二舅太爷不生气。也不管亲戚朋友冬天夏天的，人家知道不知道，这么丢脸！你知道我起早为什么？如今因海疆的事情，御史参了一本，说是大舅太爷的亏空，本员已故，应着落其弟王子胜、侄儿王仁赔补。爷儿两个急了，找了我给他们托人情。我见他们吓的那个样儿，再者又关系太太和你，我才应了。想着找找总理内庭都检点老裘替办办，或者前任后任挪移挪移。偏又去晚了，他进里头去了，我白起来跑了一趟。他们家里还那里定戏摆酒呢，你说说叫人生气不生气？”

凤姐听了，才知王仁所行如此。但他素性要强护短，听贾琏如此说，便道：“凭他怎么样，到底是你的亲大舅儿；再者，这件事，死的大爷、活的二叔都感激你。罢了，没什么说的，我们家的事，少不得我低三儿下四的求你，省了带累别人受气，背地里骂我。”说着，眼泪便下来了，掀开被窝，一面坐起来，一面挽头发，一面披衣裳。贾琏道：“你倒不用这么着，是你哥哥不是人，我并没说你什么。况且我出去了，你身上又不好，我都起来了，他们还睡着，咱们老辈子有这个规矩么？你如今作好好先生，不管事了。我说了一句，你就起来。明儿我要嫌这些人，难道你都替了他们么？好没意思啊！”

凤姐听了这些话，才把泪止住了，说道："天也不早了，我也该起来了。你有这么说的，你替他们家在心的办办，那就是你的情分了。再者，也不光为我，就是太太听见也喜欢。"贾琏道："是了，知道了。大萝卜还用屎浇？"

平儿道："奶奶这么早起来做什么？那一天奶奶不是起来有一定的时候儿呢。爷也不知是那里的邪火，拿着我们出气，何苦来呢？奶奶也算替爷挣够了，那一点儿不是奶奶挡头阵。不是我说，爷把现成儿的也不知吃了多少，这会子替奶奶办了一点子事，况且关会着好几层儿呢，就这么拿糖作醋的起来，也不怕人家寒心。况且这也不单是奶奶的事呀。我们起迟了，原该爷生气，左右到底是奴才呀。奶奶跟前，尽着身子累的成了个病包儿了，这是何苦来呢。"说着，自己的眼圈儿也红了。

那贾琏本是一肚子闷气，那里见得这一对娇妻美妾又尖利又柔情的话呢，便笑道："够了，算了罢。他一个人就够使的了，不用你帮着。左右我是外人，多早晚我死了，你们就清净了。"凤姐道："你也别说那个话，谁知道谁怎么样呢？你不死，我还死呢，早死一天早心净。"说着，又哭起来。平儿只得又劝了一回。那时天已大亮，日影横窗，贾琏也不便再说，站起来出去了。

这里凤姐自己起来，正在梳洗，忽见王夫人那边小丫头过来道："太太说了，叫问二奶奶，今日过舅太爷那边去不去？要去，说叫二奶奶同着宝二奶奶一路去呢。"凤姐因方才一段话已经灰心丧气，恨娘家不给争气；又兼昨夜园中受了那一惊，也实在没精神。便说道："你先回太太去：我还有一两件事没办清，今日不能去；况且他们那又不是什么正经事。宝二奶奶要去，各自去罢。"小丫头答应着，回去回复了。不在话下。

且说凤姐梳了头，换了衣服，想了想："虽然自己不去，也该带个信儿；再者，宝钗还是新媳妇出门子，自然要过去照应照应的。"于是见过王夫人，支吾了一件事，便过来到宝玉房中。只见宝玉穿着衣服，歪在炕上，两个眼睛呆呆的看宝钗梳头。凤姐站在门口，还是宝钗一回头看见了，连忙起身让坐。宝玉也爬起来。凤姐才笑嘻嘻的坐下。宝钗因说麝月道："你们瞧着二奶奶进来，也不言语声儿。"麝月笑着道："二奶奶头里进来就摆手儿，不叫言语么。"

凤姐因向宝玉道："你还不走，等什么呢？没见这么大人了，还是这么小孩子气。人家各自梳头，你爬在旁边看什么？成日家一块子在屋里，还看不够吗？也不怕丫头们笑话。"说着，哧的一笑，又瞅着他咂嘴儿。宝玉虽也有些不好意思，还不理会；把个宝钗直臊的满脸飞红，又不好听着，又不好说什么。只见袭人端过茶来，只得搭讪着，自己递了一袋烟。凤姐儿笑着站起来接了，道："二妹妹，你别管我们的事，你快穿衣服罢。"

宝玉一面也搭讪着，找这个，弄那个。凤姐道："你先去罢，那里有个爷们等着奶奶们一块儿走的理呢？"宝玉道："我只是嫌我这衣裳不大好，不如前年穿着老太太给的那件雀金呢好。"凤姐因怄他道："你为什么不穿？"宝玉道："穿着太早些。"凤姐忽然想起，自悔失言。幸亏宝钗也和王家是内亲，只是那些丫头们跟前，已经不好意思了。

袭人却接着说道："二奶奶还不知道呢，就是穿得，他也不穿了。"凤姐儿道："这是什么原故？"袭人道："告诉二奶奶，真真的我们这位爷行的事，都是天外飞来的。那一年因二舅太爷的生日，老太太给了他这件衣裳，谁知那一天就烧了。我妈病重了，我没在家。那时候还有晴雯妹妹呢，听见说，病着整给他缝了一夜，第二天老太太才没瞧出来呢。去年，那一天上学天冷，我叫焙茗拿了去给他披披。谁知这位爷见了这件衣裳，想起晴雯来了，说了总不穿了，叫我给他收一辈子呢。"

凤姐不等说完，便道："你提晴雯，可惜了儿的。那孩子模样儿手儿都好，就只嘴头子利害些。偏偏儿的太太不知听了那里的谣言，活活儿的把个小命儿要了。还有一件事：那一天我瞧见厨房里柳家的女人他女孩儿，叫什么五儿，那丫头长的和晴雯脱了个影儿。我心里要叫他进来，后来我问他妈，他妈说是很愿意。我想着宝二爷屋里的小红跟了我去，我还没还他呢，就把五儿补过来罢。平儿说：'太太那一天说了，凡像那个样儿的，都不叫派到宝二爷屋里呢。'我所以也就搁下了。这如今宝二爷也成了家了，还怕什么呢？不如我就叫他进来。可不知宝二爷愿意不愿意？要想着晴雯，只瞧见这五儿就是了。"

宝玉本要走，听见这些话又呆了。袭人道："为什么不愿意？早就要弄进来的，只是因为太太的话说的结实罢了。”凤姐道：“那么着，明儿我就叫他进来。太太跟前有我呢。”宝玉听了，喜不自胜，才走到贾母那边去了。这里宝钗穿衣服。

凤姐儿看他两口儿这般恩爱缠绵，想起贾琏方才那种光景，甚实伤心，坐不住，便起身向宝钗笑道：“我和你上太太屋里去罢。”笑着出了房门，一同来见贾母。宝玉正在那里回贾母往舅舅家去。贾母点头说道：“去罢，只是少吃酒，早些回来，你身子才好些。”宝玉答应着出来，刚走到院内，又转身回来，向宝钗耳边说了几句，不知什么。宝钗笑道：“是了，你快去罢。”将宝玉催着去了。

这里贾母和凤姐、宝钗说了没三句话，只见秋纹进来传说：“二爷打发焙茗回来，说请二奶奶。”宝钗道：“他又忘了什么，又叫他回来？”秋纹道：“我叫小丫头问了，焙茗说是：‘二爷忘了一句话，二爷叫我回来告诉二奶奶：若是去呢，快些来罢；若不去呢，别在风地里站着。’”说的贾母、凤姐并地下站着的老婆子、丫头都笑了。宝钗的脸上飞红，把秋纹啐了一口，说道：“好个糊涂东西，这也值的这么慌慌张张跑了来说。”秋纹也笑着，回去叫小丫头去骂焙茗。那焙茗一面跑着，一面回头说道：“二爷把我巴巴儿的叫下马来，叫回来说的；我若不说，回来对出来，又骂我了。这会子说了，他们又骂我。”那丫头笑着跑回来说了。贾母向宝钗道：“你去罢，省了他这么不放心。”说的宝钗站不住，又被凤姐怄着玩笑，没好意思，才走了。

只见散花寺的姑子大了来了，给贾母请安，见过了凤姐，坐着吃茶。贾母因问他：“这一向怎么不来？”大了道：“因这几日庙中作好事，有几位诰命夫人不时在庙里起坐，所以不得空儿来。今日特来回老祖宗：明儿还有一家作好事，不知老祖宗高兴不高兴？若高兴，也去随喜随喜。”贾母便问：“做什么好事？”大了道：“前月为王大人府里不干净，见神见鬼的，偏生那太太夜间又看见去世的老爷。因此，昨日在我庙里告诉我，要在散花菩萨跟前许愿烧香，做四十九天的水陆道场，保佑家口安宁，亡者升天，生者获福。所以我不得空儿来请老太太的安。”

却说凤姐素日最是厌恶这些事，自从昨夜见鬼，心中总只是疑疑惑惑的。如今听了大了这些话，不觉把素日的心性改了一半，已有三分信意，便问大了道：“这散花菩萨是谁？他怎么就能避邪除鬼呢？”大了见问，便知他有些信意，说道：“奶奶要问这位菩萨，等我告诉你奶奶知道：这个散花菩萨，根基不浅，道行非常。生在西天大树园中，父母打柴为生。养下菩萨来，头长三角，眼横四目，身长八尺，两手拖地。父母说这是妖精，便弃在冰山背后了。谁知这山上有一个得道的老猢狲出来打食，看见菩萨顶上白气冲天，虎狼远避，知道来历非常，便抱回洞中抚养。谁知菩萨带了来的聪慧，禅也会谈，与猢狲天天谈道参禅，说的天花散漫。到了一千年后，便飞升了。至今山上犹见谈经之处，天花散漫，所求必灵，时常显圣，救人苦厄。因此世人才盖了庙，塑了像供奉着。”

凤姐道：“这有什么凭据呢？”大了道：“奶奶又来搬驳了。一个佛爷，可有什么凭据呢。就是撒谎，也不过哄一两个人罢咧，难道古往今来多少明白人都被他哄了不成？奶奶只想，惟有佛家香火历来不绝，他到底是祝国裕民，有些灵验，人才信服啊。”凤姐听了，大有道理，因道：“既这么着，我明儿去试试。你庙里可有签？我去求一签，我心里的事，签上批的出来，我从此就信了。”大了道：“我们的签最是灵的，明儿奶奶去求一签就知道了。”贾母道：“既这么着，索性等到后日初一，你再去求。”说着，大了吃了茶，到王夫人各房里去请了安，回去不提。

这里凤姐勉强扎挣着，到了初一清早，令人预备了车马，带着平儿并许多奴仆，来至散花寺。大了带了众姑子接了进去，献茶后，便洗手，至大殿上焚香。那凤姐儿也无心瞻仰圣像，一秉虔诚，磕了头，举起签筒，默默的将那见鬼之事并身体不安等故祝告了一回。才摇了三下，只听唰的一声，筒中撺出一支签来。于是叩头拾起一看，只见写着“第三十三签，上上大吉”。大了忙查签簿看时，只见上面写着：“王熙凤衣锦还乡。”

凤姐一见这几个字，吃一大惊，忙问大了道：“古人也有叫王熙凤的么？”大了笑道：“奶奶最是通今博古的，难道汉朝的王熙凤求官的这一段事也不晓得？”周瑞家的在旁笑道：“前年李先儿还说这一回书来着，我们还告诉他重着奶奶的名字，不许叫呢。”凤姐笑道：“可是呢，我倒忘了。”说着，又瞧底下的，写的是：

去国离乡二十年，于今衣锦返家园。
蜂采百花成蜜后，为谁辛苦为谁甜。
行人至，音信迟，讼宜和，婚再议。

看完也不甚明白。大了道：“奶奶大喜，这一签巧得很。奶奶自幼在这里长大，何曾回南京去过。如今老爷放了外任，或者接家眷来，顺便回家，奶奶可不是‘衣锦还乡’了？”一面说，一面抄了个签经，交与丫头。凤姐也半疑半信的。

大了摆了斋来，凤姐只动了一动，放下了要走，又给了香银。大了苦留不住，只得让他走了。

凤姐回至家中，见了贾母、王夫人等，问起签来，命人一解，都欢喜非常：“或者老爷果有此心，咱们走一趟也好。”凤姐儿见人人这么说，也就信了。不在话下。

却说宝玉这一日正睡午觉，醒来不见宝钗，正要问时，只见宝钗进来。宝玉问道：“那里去了，半日不见？”宝钗笑道：“我给凤姐姐瞧一回签。”宝玉听说，便问是怎么样的。宝钗把签帖念了一回，又道：“家中人人都说好的。据我看，这‘衣锦还乡’四字里头还有缘故。后来再瞧罢了。”宝玉道：“你又多疑了，妄解圣意。‘衣锦还乡’四字，从古至今都知道是好的，今儿你又偏生看出缘故来了。依你说，这‘衣锦还乡’还有什么别的解说？”宝钗正要解说，只见王夫人那边打发丫头过来请二奶奶，宝钗立刻过去。

未知何事，下回分解。

第一百二回

宁国府骨肉病灾祲
大观园符水驱妖孽

话说王夫人打发人来唤宝钗，宝钗连忙过来请了安。王夫人道："你三妹妹如今要出嫁了，你们作嫂子的大家开导开导他，也是你们姊妹之情。况且他也是个明白孩子，我看你们两个也很合的来。只是我听见说，宝玉听见他三妹妹出门子，哭的了不的。你也该劝劝他才是。如今我的身子是十病九痛的，你二嫂子也是三日好两日不好。你还心地明白些，诸事该管的，也别说只管吞着，不肯得罪人。将来这一番家事，都是你的担子。"宝钗答应着。

王夫人又说道："还有一件事：你二嫂子昨儿带了柳家媳妇的丫头来，说补在你们屋里。"宝钗道："今日平儿才带过来，说是太太和二奶奶的主意。"王夫人道："是呦，你二嫂子和我说，我想也没要紧，不便驳他的回。只是一件：我见那孩子眉眼儿上头也不是个很安顿的。起先为宝玉房里的丫头狐狸似的，我撵了几个。那时候你也自然知道，才搬回家去的。如今有你，固然不比先前了，我告诉你，不过留点神儿就是了。你们屋里，就是袭人那孩子还可以使得。"

宝钗答应了，又说了几句话，便过来了。饭后到了探春那边，自有一番殷勤劝慰之言，不必细说。

次日，探春将要起身，又来辞宝玉。宝玉自然难割难分。探春倒将纲常大体的话，说的宝玉始而低头不语，后来转悲作喜，似有醒悟之意。于是探春放心辞别众人，竟上轿登程，水舟陆车而去。

先前众姊妹们都住在大观园中，后来贾妃薨后，也不修葺。到了宝玉娶亲，林黛玉一死，史湘云回去，宝琴在家住着，园中人少；况兼天气寒冷：李纨姊妹、探春、惜春等俱挪回旧所。到了花朝月夕，依旧相约玩耍。如今探春一去，宝玉病后不出屋门，益发没有高兴的人了。所以园中寂寞，只有几家看园的人住着。

那日尤氏过来送探春起身，因天晚省得套车，便从前年在园里开通宁府的那个便门里走过去了。觉得凄凉满目，台榭依然，女墙一带都种作园地一般，心中怅然，如有所失。因到家中，便有些身上发热。扎挣一两天，竟躺倒了。日间的发烧犹可，夜里身热异常，便谵语绵绵。贾珍连忙请了大夫看视，说感冒起的，如今缠经入了足阳明胃经，所以谵语不清，如有所见。有了大秽，即可身安。

尤氏服了两剂，并不稍减，更加发起狂来。贾珍着急，便叫贾蓉来："打听外头有好医生，再请几位来瞧瞧。"贾蓉回道："前儿这个大夫是最兴时的了，只怕我母亲的病不是药治得好的。"贾珍道："胡说！不吃药，难道由他去罢？"贾蓉道："不是说不治，为的是前日母亲往西府去，回来是穿着园子里走过来的，一到了家，就身上发烧，别是撞客着了罢？外头有个毛半仙，是南方人，卦起的很灵，不如请他来占算占算：看有信儿呢，就依着他；要是不中用，再请别的好大夫来。"

贾珍听了，即刻叫人请来。坐在书房内喝了茶，便说："府上叫我，不知占什么事？"贾蓉道："家母有病，请教一卦。"毛半仙道："既如此，取净水洗手，设下香案，让我起出一课来看就是了。"一时，下人安排定了。他便怀里掏出卦筒来，走到上头，恭恭敬敬的作了一个揖，手内摇着卦筒，口里念道："伏以太极两仪，絪缊交感。图书出而变化不穷，神圣作而诚求必应。兹有信官贾某，为因母病，虔请伏羲、文王、周公、孔子四大圣人鉴临在上，诚感则灵，有凶报凶，有吉报吉。先请内象三爻。"说着，将筒内的钱倒在盘内，说："有灵的，头一爻就是交。"拿起来又摇了一摇，倒出来，说是单。第三爻又是交。捡起钱来，嘴里说是："内爻已示，更请外象三爻，完成一卦。"起出来是单拆单。

那毛半仙收了卦筒和铜钱，便坐下问道："请坐，请坐。让我来细细的看看。这个卦乃是'未济'之卦。世爻是第三爻，午火兄弟劫财，晦气是一定该有的。如今尊驾为母问病，用神是初爻，真是父母爻动出官鬼来。五爻上又有一层官鬼，我看令堂太夫人的病是不轻的。还好，还好，如今子亥之水休囚，寅木动而生火。世爻上动出一个子孙来，倒是克鬼的。况且日月生身，再隔两日，子水官鬼落空，交到戌日就好了。但是父母爻上变鬼，恐怕令尊大人也有些关碍。就是本身世爻比劫过重，到了水旺土衰的日子也不好。"说完了，便撅着胡子坐着。

贾蓉起先听他捣鬼，心里忍不住要笑。听他讲的卦理明白，又说生怕父亲也不好，便说道："卦是极高明的，但不知我母亲到底是什么病？"毛半仙道："据这卦上，世爻午火变水相克，必是寒火凝结。若要断得清楚，揲蓍也不大明白，除非用大六壬才断的准。"贾蓉道："先生都高明的么？"毛半仙道："知道些。"

贾蓉便要请教，报了一个时辰。毛先生便画了盘子，将神将排定。"算去是戌上白虎，这课叫做'魄化课'。大凡白虎乃是凶将，乘旺象气受制，便不能为害。如今乘着死神死煞及时令囚死，则为饿虎，定是伤人。就如魄神受惊消散，故名'魄化'。这课象说是人身丧魄，忧患相仍，病多死丧，讼有忧惊。按象有日暮虎临，必定是傍晚得病的。象内说：凡占此课，必定旧宅有伏虎作怪，或有形响。如今尊驾为大人而占，正合着虎在阳忧男，在阴忧女，此课十分凶险呢。"

贾蓉没有听完，唬得面上失色道："先生说的很是，但与那卦又不大相合，到底有妨碍么？"毛半仙道："你不用慌，待我慢慢的再看。"低着头又咕哝了一会子，便说："好了，有救星了。算出巳上有贵神救解，谓之'魄化魂归'，先忧后喜，是不妨事的，只要小心些就是了。"

贾蓉奉上卦金，送了出去，回禀贾珍，说是："母亲的病，是在旧宅傍晚得的，为撞着什么'伏尸白虎'。"贾珍道："你说你母亲前日从园里走回来的，可不是那里撞着的。你还记得你二婶娘到园里去，回来就病了？他虽没有见什么，后来那些丫头、老婆们都说是山子上一个毛烘烘的东西，眼睛有灯笼大，还会说话，他把二奶奶赶回来了，唬出一场病来。”贾蓉道：“怎么不记得。我还听见宝二叔家的焙茗说：晴雯做了园里芙蓉花的神了；林姑娘死了，半空里有音乐，必定他也是管什么花儿了。想这许多妖怪在园里，还了得！头里人多阳气重，常来常往不打紧。如今冷落的时候，母亲打那里走，还不知踹了什么花儿呢，不然就是撞着那一个。那卦也还算是准的。”

贾珍道：“到底说有妨碍没有呢？”贾蓉道：“据他说，到了戌日就好了。只愿早两天好，或迟两天才好。”贾珍道：“这又是什么意思？”贾蓉道：“那先生若是这样准，生怕老爷也有些不自在。”

正说着，里头喊说：“奶奶要坐起，到那边园里去，丫头们都按捺不住。”贾珍等进去安慰，只闻尤氏嘴里乱说：“穿红的来叫我，穿绿的来赶我。”地下这些人又怕又好笑。贾珍便命人买些纸钱，送到园里烧化。果然那夜出了汗，便安静些。到了戌日，也就渐渐的好起来。

由是，一人传十，十人传百，都说大观园中有了妖怪，唬得那些看园的人也不修花补树，灌溉果蔬。起先晚上不敢行走，以致鸟兽逼人；近来甚至日间也是约伴持械而行。过了些时，果然贾珍也病，竟不请医调治，轻则到园化纸许愿，重则详星拜斗。贾珍方好，贾蓉等相继而病。如此接连数月，闹的两府俱怕。从此风声鹤唳，草木皆妖。园中出息一概全蠲，各房月例重新添起，反弄的荣府中更加拮据。那些看园的没有了想头，个个要离此处，每每造言生事，便将花妖树怪编派起来，各要搬出。将园门封固，再无人敢到园中。以致崇楼高阁，琼馆瑶台，皆为禽兽所栖。

却说晴雯的表兄吴贵正住在园门口，他媳妇自从晴雯死后，听见说作了花神，每日晚间便不敢出门。这一日，吴贵出门买东西，回来晚了。那媳妇子本有些感冒着了，日间吃错了药，晚上吴贵到家，已死在炕上。外面的人因那媳妇子不大妥当，便说妖怪爬过墙来，吸了精去死的。

于是老太太着急的了不得，另派了好些人，将宝玉的住房围住，巡逻打更。这些小丫头们还说有看见红脸的，有看见很俊的女人的，吵嚷不休。唬的宝玉天天害怕。亏得宝钗有把持，听见丫头们混说，便吓唬着要打，所以那些谣言略好些。无奈各房的人都是疑人疑鬼的不安静，也添了人坐更，于是更加了好些食用。

独有贾赦不大很信，说："好好儿的园子，那里有什么鬼怪？"挑了个风清日暖的日子，带了好几个家人，手内持着器械，到园踹看动静。众人劝他不依。到了园中，果然阴气逼人。贾赦还扎挣前走，跟的人都探头缩脑的。内中有个年轻的家人，心内已经害怕，只听嗯的一声，回过头来，只见五色灿烂的一件东西跳过去了，唬的"嗳哟"一声，腿子发软，就栽倒了。

贾赦回身查问，那小子喘嘘嘘的回道："亲眼看见一个黄脸红胡子绿衣裳一个妖精，走到树林子后头山窟窿里去了。"贾赦听了，便也有些胆怯，问道："你们都看见么？"有几个推顺水船儿的回说："怎么没瞧见，因老爷在头里，不敢惊动罢了。奴才们还掌得住。"说得贾赦害怕，也不敢再走，急急的回来，吩咐小子们："不用提及，只说看遍了，没有什么东西。"心里实也相信，要到真人府里请法官驱邪。岂知那些家人无事还要生事，今见贾赦怕了，不但不瞒着，反添些穿凿，说得人人吐舌。

贾赦没法，只得请道士到园作法，驱邪逐妖。择吉日，先在省亲正殿上铺排起坛场来。供上三清圣像，旁设二十八宿并马、赵、温、周四大将，下排三十六天将图像。香花灯烛设满一堂，钟鼓法器排列两边，插着五方旗号。道纪司派定四十九位道众的执事，净了一天坛。三位法官行香取水毕，然后擂起法鼓。法师们俱戴上七星冠，披上九宫八卦的法衣，踏着登云履，手执牙笏，便拜表请圣。又念了一天的消灾驱邪接福的《洞玄经》，以后便出榜召将。榜上大书"太乙、混元、上清三境灵宝符箓演教大法师行文敕令本境诸神到坛听用"。

那日两府上下爷们仗着法师擒妖，都到园中观看，都说："好大法令！呼神遣将的闹起来，不管有多少妖怪也唬跑了。"大家都挤到坛前。只见小道士们将旗幡举起，按定五方站住，伺候法师号令。三位法师：一位手提宝剑，拿着法水；一位捧着七星皂旗；一位举着桃木打妖鞭：立在坛前。只听法器一停，上头令牌三下，口中念起咒来，那五方旗便团团散布。法师下坛，叫本家领着到各处楼阁殿亭，房廊屋舍，山崖水畔，洒了法水，将剑指画了一回。回来，连击令牌，将七星旗祭起。众道士将旗幡一聚，接下打妖鞭，望空打了三下。本家众人都道拿住妖怪，争着要看，及到跟前，并不见有什么形响。只见法师叫众道士拿取瓶罐，将妖收下，加上封条，法师朱笔书符收起，令人带回在本观塔下镇住。一面撤坛谢将。贾赦恭敬叩谢了法师。

贾蓉等小弟兄背地都笑个不住，说："这样的大排场，我打量拿着妖怪，给我们瞧瞧，到底是些什么东西，那里知道是这样搜罗。究竟妖怪拿去了没有？"贾珍听见，骂道："糊涂东西，妖怪原是聚则成形，散则成气，如今多少神将在这里，还敢现形吗？无非把这妖气收了，便不作祟，就是法力了。"众人将信将疑，且等不见响动再说。

那些下人只知妖怪被擒，疑心去了，便不大惊小怪，往后果然没人提起了。贾珍等病愈复原，都道法师神力。独有一个小厮笑说道："头里那些响动，我也不知道。就是跟着大老爷进园这一日，明明是个大公野鸡飞过去了。拴儿吓离了眼，说的活像；我们都替他圆了个谎：大老爷就认真起来，倒瞧了个很热闹的坛场。"众人虽然听见，那里肯信，究无人敢住。

一日，贾赦无事，正想要叫几个家下人搬住园中看守，惟恐夜晚藏匿奸人。方欲传出话去，只见贾琏进来，请了安，回说："今日到大舅家去，听见一个荒信，说是二叔被节度使参进来，为的是失察属员，重征粮米，请旨革职的事。"贾赦听了，吃惊道："只怕是谣言罢？前儿你二叔带书子来说，探春于某日到了任所，择了某日吉时，送了你妹子到了海疆，路上风恬浪静，合家不必挂念。还说节度认亲，倒设席贺喜。那里有做了亲戚，倒题参起来的？且不必言语，快到吏部打听明白，就来回我。"

贾琏即刻出去，不到半日回来，便说："才到吏部打听，果然二叔被参。题本上去，亏得皇上的恩典，没有交部，便下旨意，说是失察属员，重征粮米，苛虐百姓，本应革职，姑念初膺外任，不谙吏治，被属员蒙蔽，着降三级，加恩仍以工部员外上行走，并令即日回京。这信是准的。正在吏部说话的时候，来了一个江西引见的知县，说起我们二叔，是很感激的。但说是个好上司，只是用人不当，那些家人在外招摇撞骗，欺凌属员，已经把好名声都弄坏了。节度大人早已知道，也说我们二叔是个好人。不知怎么样，这回又参了。想是忒闹得不好，恐将来弄出大祸，所以借了一件失察的事情参的，倒是避重就轻的意思，也未可知。”

贾赦未听说完，便叫贾琏：“先去告诉你婶子知道，且不必告诉老太太就是了。”贾琏去回王夫人。

未知有何话说，下回分解。

第一百三回

施毒计金桂自焚身 昧真禅雨村空遇旧

话说贾琏到了王夫人那边，一一的说了。次日到了部里，打点停妥，回来又到王夫人那边，将打点吏部之事告知王夫人。王夫人便道："打听准了么？果然这样，老爷也愿意，合家也放心。那外任何尝是做得的。不是这样回来，只怕叫那些混帐东西把老爷的性命都坑了呢。"贾琏道："太太怎么知道？"王夫人道："自从你二叔放了外任，并没有一个钱拿回来，把家里的倒掏摸了好些去了。你瞧那些跟老爷去的人，他男人在外头不多几时，那些小老婆子们都金头银面的妆扮起来了，可不是在外头瞒着老爷弄钱？你叔叔就由着他们闹去，要弄出事来，不但自己的官做不成，只怕连祖上的官也要抹掉了呢。"贾琏道："太太说的很是。方才我听见参了，吓的了不得，直等打听明白才放心。也愿意老爷做个京官，安安逸逸的做几年，才保得住一辈子的声名。就是老太太知道了，倒也是放心的，只要太太说的宽缓些。"王夫人道："我知道，你到底再去打听打听。"

贾琏答应了，才要出来，只见薛姨妈家的老婆子慌慌张张的走来，到王夫人里间屋内，也没说请安，便道："我们太太叫我来告诉这里的姨太太，说我们家了不得了，又闹出事来了。"王夫人听了，便问："闹出什么事来？"那婆子又说："了不得，了不得！"王夫人哼道："糊涂东西，有紧要事，你到底说呀！"婆子便说："我们家二爷不在家，一个男人也没有，这件事情出来，怎么办？要求太太打发几位爷们去料理料理。"王夫人听着不懂，便着急道："到底要爷们去干什么？"婆子道："我们大奶奶死了。"王夫人听了，啐道："呸！那行子女人，死就死了罢咧，也值的大惊小怪的？"婆子道："不是好好儿死的，是混闹死的。快求太太打发人去办办。"说着就要走。王夫人又生气，又好笑，说："这老婆子好混帐。琏哥儿，倒不如你去瞧瞧，别理那糊涂东西。"那婆子没听见打发人去，只听见说"别理他"，他便赌气跑回去了。

这里薛姨妈正在着急，再不见来。好容易那婆子来了，便问："姨太太打发谁来？"婆子叹说道："人再别有急难事。什么好亲好眷，看来也不中用。姨太太不但不肯照应我们，倒骂我糊涂。"薛姨妈听了，又气又急道："姨太太不管，你姑奶奶怎么说来着？"婆子道："姨太太既不管，我们家的姑奶奶自然更不管了，没有去告诉。"薛姨妈啐道："姨太太是外人，姑娘是我养的，怎么不管？"婆子一时省悟道："是啊，这么着我还去。"

正说着，只见贾琏来了，给薛姨妈请了安，道了恼，回说："我婶子知道弟妇死了，问老婆子再说不明，着急的很，打发我来问个明白，还叫我在这里料理。该怎么样，姨太太只管说了办去。"薛姨妈本来气的干哭，听见贾琏的话，便赶忙说："倒叫二爷费心。我说姨太太是待我最好的，都是这老货说不清，几乎误了事。请二爷坐下，等我慢慢的告诉你。"便道："不为别的事，为的是媳妇不是好死的。"贾琏道："想是为兄弟犯事，怨命死的？"

薛姨妈道："若这样倒好了。前几个月头里，他天天赤脚蓬头的疯闹。后来听见你兄弟问了死罪，他虽哭了一场，以后倒擦胭抹粉的起来。我要说他，又要吵个了不得，我总不理他。有一天，不知为什么来要香菱去作伴儿。我说：'你放着宝蟾，要香菱做什么？况且香菱是你不爱的，何苦惹气呢？'他必不依。我没法儿，只得叫香菱到他屋里去。可怜香菱不敢违我的话，带着病就去了。谁知道他待香菱很好，我倒喜欢。你大妹妹知道了，说：'只怕不是好心罢？'我也不理会。头几天香菱病着，他倒亲手去做汤给他喝。谁知香菱没福，刚端到跟前，他自己烫了手，连碗都砸了。我只说必要迁怒在香菱身上，他倒没生气，自己还拿笤帚扫了，拿水泼净了地，仍旧两个人很好。昨儿晚上，又叫宝蟾去做了两碗汤来，自己说和香菱一块儿喝。隔了一会子，听见他屋里闹起来，宝蟾急的乱嚷。以后香菱也嚷着，扶着墙出来叫人。我忙着看去，只见媳妇鼻子眼睛里都流出血来，在地下乱滚，两只手在心口里乱抓，两只脚乱蹬，把我就吓死了。问他也说不出来，闹了一会子就死了。我瞧那个光景儿是服了毒的。宝蟾就哭着来揪香菱，说他拿药药死奶奶了。我看香菱也不是这么样的人；再者，他病的起还起不来，怎么能药人呢？无奈宝蟾一口咬定。我的二爷，这叫我怎么办？只得硬着心肠，叫老婆子们把香菱捆了，交给宝蟾，便把房门反扣了。我和你二妹妹守了一夜，等府里的门开了，才告诉去的。二爷，你是明白人，这件事怎么好？”

贾琏道：“夏家知道了没有？”薛姨妈道：“也得撕掳明白了，才好报啊。”贾琏道：“据我看起来，必要经官，才了的下来。我们自然疑在宝蟾身上，别人却说宝蟾为什么药死他们姑娘呢？若说在香菱身上，倒还装得上。”

正说着，只见荣府的女人们进来说：“我们二奶奶来了。”贾琏虽是大伯子，因从小儿见的，也不回避。宝钗进来见了母亲，又见了贾琏，便往里间屋里，和宝琴坐下。薛姨妈进来，也将前事告诉了一遍。宝钗便说：“若把香菱捆了，可不是我们也说是香菱药死的了么？妈妈说这汤是宝蟾做的，就该捆起宝蟾来问他呀。一面就该打发人报夏家去，一面报官才是。”

薛姨妈听见有理，便问贾琏。贾琏道：“二妹子说的很是。报官还得我去托了刑部里的人，相验问口供的时候，方有照应。只是要捆宝蟾放香菱，倒怕难些。”薛姨妈道：“并不是我要捆香菱，我恐怕香菱病中受冤着急，一时寻死，又添了一条人命，才捆了交给宝蟾，也是个主意。”贾琏道：“虽是这么说，我们倒帮了宝蟾了。若要放都放，要捆都捆，他们三个人是一处的。只要叫人安慰香菱就是了。”

薛姨妈便叫人开门进去，宝钗就派了带来的几个女人帮着捆宝蟾。只见香菱已哭的死去活来。宝蟾反得意洋洋；以后见人要捆他，便乱嚷起来。那禁得荣府的人吆喝着，也就捆了，竟开着门，好叫人看着。这里报夏家的人已经去了。

那夏家先前不住在京里，因近年消索，又惦记女孩儿，新近搬进京来。

父亲已没，只有母亲。又过继了一个混帐儿子，把家业都花完了，不时的常到薛家。那金桂原是个水性人儿，那里守得住空房；况兼天天心里想念薛蝌：便有些饥不择食的光景。无奈他这个干兄弟又是个蠢货，虽也有些知觉，只是尚未入港。所以金桂时常回去，也帮贴他些银钱。

这些时正盼金桂回家，只见薛家的人来，心里想着："又拿什么东西来了？"不料说这里的姑娘服毒死了，他就气的乱嚷乱叫。金桂的母亲听见了，更哭喊起来，说："好端端的女孩儿在他家，为什么服了毒呢？"哭着喊着的带了儿子，也等不得雇车，便要走来。那夏家本是买卖人家，如今没了钱，那顾什么脸面。儿子头里走，他就跟了个破老婆子，出了门，在街上哭哭啼啼的雇了一辆车，一直跑到薛家。

进门也不搭话，就儿一声肉一声的闹起。那时贾琏到刑部去找人，家里只有薛姨妈、宝钗、宝琴，何曾见过这个阵仗儿，都吓的不敢则声。要和他讲理，他也不听，只说："我女孩儿在你家，得过什么好处？两口子朝打暮骂，闹了几时。还不容他两口子在一处，你们商量着把我女婿弄在监里，永不见面。你们娘儿们仗着好亲戚受用也罢了，还嫌他碍眼，叫人药死他，倒说是服毒。他为什么服毒？"说着，直奔薛姨妈来。薛姨妈只得退后，说："亲家太太，且瞧瞧你女孩儿，问问宝蟾，再说歪话还不迟呢。"宝钗、宝琴因外面有夏家的儿子，难以出来拦护，只在里边着急。

恰好王夫人打发周瑞家的照看，一进门来，见一个老婆子指着薛姨妈的脸哭骂。周瑞家的知道必是金桂的母亲，便走上来说："这位是亲家太太么？大奶奶自己服毒死的，与我们姨太太什么相干？也不犯这么糟蹋呀。"那金桂的母亲问："你是谁？"薛姨妈见有了人，胆子略壮了些，便道："这就是我们亲戚贾府里的。"金桂的母亲便说："谁不知道你们有仗腰子的亲戚，才能够叫姑爷坐在监里。如今我的女孩儿倒白死了不成？"说着，便拉薛姨妈说："你到底把我女孩儿怎么弄杀了？给我瞧瞧。"

周瑞家的一面劝说："只管瞧去，不用拉拉扯扯。"把手只一推。夏家的儿子便跑进来不依道："你仗着府里的势头儿来打我母亲么？"说着，便将椅子打去，却没有打着。里头跟宝钗的人听见外头闹起来，赶着来瞧，恐怕周瑞家的吃亏，齐打伙儿上去，半劝半喝。那夏家的母子索性撒起泼来，说："知道你们荣府的势头儿。我们家的姑娘已经死了，如今也都不要命了。"说着，仍奔薛姨妈拚命。地下的人虽多，那里挡得住。自古说的："一人拚命，万夫莫当。"

正闹到危急之际，贾琏带了七八个家人进来，见是如此，便叫人先把夏家的儿子拉出去，便说："你们不许闹，有话好好儿的说。快将家里收拾收拾，刑部里头的老爷们就来相验了。"金桂的母亲正在撒泼，只见来了一位老爷，几个在头里吆喝，那些人都垂手侍立。金桂的母亲见这个光景，也不知是贾府何人；又见他儿子已被众人揪住；又听见说刑部来验，他心里原想看见女孩儿的尸首，先闹个稀烂，再去喊冤，不承望这里先报了官：也便软了些。

薛姨妈已吓糊涂了。还是周瑞家的回说："他们来了也没去瞧瞧他们姑娘，便作践起姨太太来了。我们为好劝他，那里跑进一个野男人，在奶奶们里头混撒村混打，这可不是没有王法了？"贾琏道："这会子不用和他讲理，等回来打着问他，说：男人有男人的地方儿，里头都是些姑娘、奶奶们；况且有他母亲，还瞧不见他们姑娘么？他跑进来，不是要打抢来了么？"家人们做好做歹，压伏住了。

周瑞家的仗着人多，便说："夏太太，你不懂事，既来了，该问个青红皂白。你们姑娘是自己服毒死了，不然就是宝蟾药死他主子了。怎么不问明白，又不看尸首，就想讹人来了呢？我们就肯叫一个媳妇儿白死了不成？现在把宝蟾捆着，因为你们姑娘有了点病儿，所以叫香菱陪着他，也在一个屋里住，故此两个人都看守在那里。原等你们来，眼看着刑部相验，问出道理来才是啊。"

金桂的母亲此时势孤，也只得跟着周瑞家的到他女孩儿屋里，只见满脸黑血，直挺挺的躺在炕上，便叫哭起来。宝蟾见是他家的人来，便哭喊说："我们姑娘好意待香菱，叫他在一块儿住，他倒抽空儿药死我们姑娘。"那时薛家上下人等俱在，便齐声吆喝道："胡说！昨日奶奶喝了汤才药死的，这汤可不是你做的？"宝蟾道："汤是我做的，端了来，我有事走了。不知香菱起来放了些什么在里头药死的。”金桂的母亲没听完就奔香菱，众人拦住。薛姨妈便道：“这样子是砒霜药的，家里决无此物。不管香菱、宝蟾，终有替他买的。回来刑部少不得问出来，才赖不去。如今把媳妇权放平正，好等官来相验。”众婆子上来抬放。

宝钗道：“都是男人进来，你们将女人动用的东西检点检点。”只见炕褥底下有一个揉成团的纸包儿。金桂的母亲瞧见，便拾起打开看时，并没有什么，便撩开了。宝蟾看见道：“可不是有了凭据了？这个纸包儿我认得：头几天耗子闹的慌，奶奶家去找舅爷要的，拿回来搁在首饰匣内。必是香菱看见了，拿来药死奶奶的。若不信，你们看看首饰匣里有没有了。”

金桂的母亲便依着宝蟾的话，取出匣子来，只有几支银簪子。薛姨妈便说：“怎么好些首饰都没有了？”宝钗叫人打开箱柜，俱是空的，便道：“嫂子这些东西被谁拿去了？这可要问宝蟾。”金桂的母亲心里也虚了好些，见薛姨妈查问宝蟾，便说：“姑娘的东西，他那里知道？”周瑞家的道：“亲家太太别这么说么。我知道宝姑娘是天天跟着大奶奶的，怎么说不知道？”宝蟾见问得紧，又不好胡赖，只得说道：“奶奶自己每每带回家去，我管得么？”众人便说：“好个亲家太太！哄着拿姑娘的东西，哄完了，叫他寻死来讹我们。好罢咧，回来相验，就是这么说。”宝钗叫人：“到外头告诉琏二爷说：别放了夏家的人。”

里头金桂的母亲忙了手脚，便骂宝蟾道：“小蹄子，别嚼舌头了！姑娘几时拿东西到我家去？”宝蟾道：“如今东西是小，给姑娘偿命是大。”宝琴道：“有了东西，就有偿命的人了。快请琏二哥哥问准了夏家的儿子买砒霜的话，回来好回刑部里的话。”

金桂的母亲着了急，道：“这宝蟾必是撞见鬼了，混说起来。我们姑娘何尝买过砒霜？要这么说，必是宝蟾药死了的。”宝蟾急的乱嚷说：“别人赖我也罢了，怎么你们也赖起我来呢？你们不是常和姑娘说，叫他别受委屈，闹得他们家破人亡，那时将东西卷包儿一走，再配一个好姑爷。这个话是有的没有？”金桂的母亲还未及答言，周瑞家的便接口说道：“这是你们家的人说的，还赖什么呢？”金桂的母亲恨的咬牙切齿的骂宝蟾说：“我待你不错呀，为什么你倒拿话来葬送我呢？回来见了官，我就说是你药死姑娘的。”宝蟾气的瞪着眼说：“请太太放了香菱罢，不犯着白害别人，我见官自有我的话。”

宝钗听出这个话头儿来了，便叫人反倒放开了宝蟾，说：“你原是个爽快人，何苦白冤在里头？你有话，索性说了，大家明白，岂不完了事了呢？”宝蟾也怕见官受苦，便说：“我们奶奶天天抱怨说：‘我这样人，为什么碰着这个瞎眼的娘，不配给二爷，偏给了这么个混帐糊涂行子？要是能够和二爷过一天，死了也是愿意的。’说到这里，便恨香菱。我起初不理会，后来看见和香菱好了，我只道是香菱怎么哄转了。不承望昨儿的汤不是好意。”金桂的母亲接说道：“越发胡说了！若是要药香菱，为什么倒药了自己呢？”

宝钗便问道：“香菱，昨日你喝汤来着没有？”香菱道：“头几天我病的抬不起头来，奶奶叫我喝汤，我不敢说不喝。刚要扎挣起来，那碗汤已经洒了，倒叫奶奶收拾了个难，我心里很过不去。昨儿听见叫我喝汤，我喝不下去，没有法儿，正要喝的时候儿，偏又头晕起来。见宝蟾姐姐端了去。我正喜欢，刚合上眼，奶奶自己喝着汤，叫我尝尝，我便勉强也喝了两口。”

宝蟾不待说完，便道：“是了，我老实说罢。昨儿奶奶叫我做两碗汤，说是和香菱同喝。我气不过，心里想着：‘香菱那里配我做汤给他喝呢？’我故意的一碗里头多抓了一把盐，记了暗记儿，原想给香菱喝的。刚端进来，奶奶却拦着我，叫外头叫小子们雇车，说今日回家去。我出去说了回来，见盐多的这碗汤在奶奶跟前呢。我恐怕奶奶喝着咸，又要骂我，正没法的时候，奶奶往后头走动。我眼错不见，就把香菱这碗汤换过来了。也是合该如此：奶奶回来，就拿了汤，去到香菱床边喝着，说：‘你到底尝尝。’那香菱也不觉咸，两个人都喝完了。我正笑香菱没嘴道儿，那里知道这死鬼奶奶要药香菱，必定趁我不在，将砒霜撒上了，也不知道我换碗。这可就是天理昭彰，自害自身了。”于是众人往前后一想，真正一丝不错，便将香菱也放了，扶着他仍旧睡在床上。

不说香菱得放。且说金桂的母亲心虚事实，还想辩赖。薛姨妈等你言我语，反要他儿子偿还金桂之命。正在吵嚷，贾琏在外嚷说："不用多说了，快收拾停当，刑部的老爷就到了。"此时惟有夏家母子着忙，想来总要吃亏的，不得已反求薛姨妈道："千不是，万不是，总是我死的女孩儿不长进。这也是他自作自受。要是刑部相验，到底府上脸面不好看。求亲家太太息了这件事罢。"宝钗道："那可使不得，已经报了，怎么能息呢？"周瑞家的等人大家做好做歹的劝说："若要息事，除非夏亲家太太自己出去拦验，我们不提长短罢了。"贾琏在外也将他儿子吓住，他情愿迎到刑部具结拦验，众人依允。薛姨妈命人买棺成殓，不提。

且说贾雨村升了京兆府尹，兼管税务。一日，出都查勘开垦地亩，路过知机县，到了急流津，正要渡过彼岸，因待人夫，暂且停轿。只见村旁有一座小庙，墙壁坍颓，露出几株古松，倒也苍老。雨村下轿，闲步进庙，但见庙内神像金身脱落，殿宇歪斜。旁有断碣，字迹模糊，也看不明白。意欲行至后殿，只见一株翠柏下荫着一间茅庐，庐中有一个道士，合眼打坐。

雨村走近看时，面貌甚熟，想着倒像在那里见过的，一时再想不起来。从人便欲吆喝，雨村止住，徐步向前，叫一声："老道。"那道士双眼略启，微微的笑道："贵官何事？"雨村便道："本府出都查勘事件，路过此地，见老道静修自得，想来道行深通，意欲冒昧请教。"那道人说："来自有地，去自有方。"雨村知是有些来历的，便长揖请问："老道从何处焚修，在此结庐？此庙何名？庙中共有几人？或欲真修，岂无名山？或欲结缘，何不通衢？"那道人道："葫芦尚可安身，何必名山结舍。庙名久隐，断碣犹存，形影相随，何须修募。岂似那'玉在椟中求善价，钗于匣内待时飞'之辈耶！"

雨村原是个颖悟人，初听见"葫芦"两字，后闻"钗"、"玉"一对，忽然想起甄士隐的事来，重复将那道士端详一回，见他容貌依然。便屏退从人，问道："君家莫非甄老先生么？"那道人微微笑道："什么真？什么假？要知道真即是假，假即是真。"

雨村听说出"贾"字来，益发无疑，便从新施礼道："学生自蒙慨赠到都，托庇获隽公车，受任贵乡，始知老先生超悟尘凡，飘举仙境。学生虽溯洄思切，自念风尘俗吏，末由再睹仙颜。今何幸于此处相遇，求老仙翁指示愚蒙。倘荷不弃，京寓甚近，学生当得供奉，得以朝夕聆教。”那道人也站起来，回礼道：“我于蒲团之外，不知天地间尚有何物。适才尊官所言，贫道一概不解。”说毕依旧坐下。

雨村复又心疑：“想去若非士隐，何貌言相似若此？离别来十九载，面色如旧，必是修炼有成，未肯将前身说破。但我既遇恩公，又不可当面错过。看来不能以富贵动之，那妻女之私更不必说了。”想罢，又道：“仙师既不肯说破前因，弟子于心何忍。”

正要下礼，只见从人进来禀说：“天色将晚，快请渡河。”雨村正无主意，那道人道：“请尊官速登彼岸，见面有期，迟则风浪顿起。果蒙不弃，贫道他日尚在渡头候教。”说毕，仍合眼打坐。雨村无奈，只得辞了道人出庙。正要过渡，只见一人飞奔而来。

未知何人，下回分解。

第一百四回

醉金刚小鳅生大浪
痴公子馀痛触前情

话说贾雨村刚欲过渡，见有人飞奔而来，跑到跟前，口称："老爷，方才逛的那庙火起了。"雨村回首看时，只见烈焰烧天，飞灰蔽日。雨村心想："这也奇怪：我才出来，走不多远，这火从何而来？莫非士隐遭劫于此？"欲待回去，又恐误了过河；若不回去，心下又不安。想了一想，便问道："你方才见那老道士出来了没有？"那人道："小的原随老爷出来，因腹内疼痛，略走了一走。回头看见一片火光，原来就是那庙中火起，特赶来禀知老爷，并没有见有人出来。"雨村虽则心里狐疑，究竟是名利关心的人，那肯回去看视，便叫那人："你在这里等火灭了，进去瞧那老道在与不在，即来回禀。"那人只得答应了伺候。雨村过河，仍自去查看，查了几处，遇公馆便自歇下。

明日，又行一程，进了都门，众衙役接着，前呼后拥的走着。雨村坐在轿内，听见轿前开路的人吵嚷。雨村问是何事，那开路的拉了一个人过来，跪在轿前，禀道："这人酒醉，不知回避，反冲突过来，小的吆喝他，他倒恃酒撒泼，躺在街心，说小的打了他了。"雨村便道："我是管理这里地方的，你们都是我的子民。知道本府经过，喝了酒不知退避，还敢撒赖！"那人道："我喝酒是自己的钱，醉了躺的是皇上的地，就是大人老爷也管不得。"雨村怒道："这人目无法纪！问他叫什么名字。"那人回道："我叫醉金刚倪二。"雨村听了生气，叫人："打这东西！瞧他是金刚不是。"手下把倪二按倒，着实的打了几鞭子。倪二负痛，酒醒求饶。雨村在轿内哈哈笑道："原来是这么个金刚。我且不打你，叫人带进衙门里慢慢的问你。"众衙役答应，拴了倪二，拉着就走。

倪二哀求也不中用。雨村进内复旨回署，那里把这件事放在心上。

那街上看热闹的，三三两两传说："倪二仗着有些力气，恃酒讹人，今儿碰在贾大人手里，只怕不轻饶的。"这话已传到他妻女耳边。那夜果等倪二不见回家，他女儿便到各处赌场寻觅，那赌博的都是这么说，他女儿哭了。众人都道："你不用着急。那贾大人是荣府的一家，荣府里的一个什么二爷和你父亲相好，你同你母亲去找他说个情，就放出来了。"倪二的女儿想了一想："果然我父亲常说间壁贾二爷和他好，为什么不找他去？"赶着回来，就和母亲说了，娘儿两个去找贾芸。

那日贾芸恰好在家，见他母女两个过来，便让坐，贾芸的母亲便命倒茶。倪家母女将倪二被贾大人拿去的话说了一遍："求二爷说个情儿放出来。"贾芸一口应承，说："这算不得什么，我到西府里说一声就放了。那贾大人全仗着西府里才得做了这么大官，只要打发个人去一说就完了。"倪家母女欢喜，回来便到府里告诉了倪二，叫他不用忙，已经求了贾二爷，他满口应承，讨个情便放出来的。倪二听了也喜欢。

不料贾芸自从那日给凤姐送礼不收，不好意思进来，也不常到荣府。那荣府的门上原看着主子的行事，叫谁走动才有些体面，一时来了，他便进去通报；若主子不大理了，不论本家、亲戚，他一概不回，支回去就完事。那日贾芸到府，说："给琏二爷请安。"门上的说："二爷不在家，等回来我们替回罢。"贾芸欲要说请二奶奶的安，又恐门上厌烦，只得回家。又被倪家母女催逼着说："二爷常说府上不论那个衙门，说一声儿谁敢不依。如今还是府里的一家儿，又不为什么大事，这个情还讨不来，白是我们二爷了。"贾芸脸上下不来，嘴里还说硬话："昨儿我们家里有事，没打发人说去，少不得今儿说了就放。什么大不了的事。"倪家母女只得听信。

岂知贾芸近日大门竟不得进去，绕到后头，要进园内找宝玉，不料园门锁着，只得垂头丧气的回来。想起："那年倪二借银，买了香料送他，才派我种树。如今我没钱打点，就把我拒绝。那也不是他的能为，拿着太爷留下的公中银钱，在外放加一钱，我们穷当家儿要借一两也不能。他打谅保得住一辈子不穷的了，那里知道外头的名声儿很不好。我不说罢了，若说起来，人命官司不知有多少呢。”

一面想着，来到家中，只见倪家母女正等着呢。贾芸无言可支，便说是：“西府里已经打发人说了，只言贾大人不依。你还求我们家的奴才周瑞的亲戚冷子兴去才中用。”倪家母女听了，说：“二爷这样体面爷们还不中用，若是奴才，是更不中用了。”贾芸不好意思，心里发急道：“你不知道，如今的奴才比主子强多着呢。”倪家母女听来无法，只得冷笑几声，说：“这倒难为二爷白跑了这几天，等我们那一个出来再道乏罢。”说毕出来，另托人将倪二弄出来了，只打了几板，也没有什么罪。

倪二回家，他妻女将贾家不肯说情的话说了一遍。倪二正喝着酒，便生气要找贾芸，说：“这小杂种，没良心的东西！头里他没有饭吃，要到府内钻谋事办，亏我倪二爷帮了他。如今我有了事，他不管。好罢咧，要是我倪二闹起来，连两府里都不干净。”他妻女忙劝道：“嗳！你又喝了黄汤，就是这么有天没日头的。前儿可不是醉了闹的乱子？挨了打还没好呢，你又闹了。”

倪二道：“挨了打就怕他不成？只怕拿不着由头儿。我在监里的时候儿，倒认得了好几个有义气的朋友。听见他们说起来，不独是城里姓贾的多，外省姓贾的也不少，前儿监里就收下了好几个贾家的家人。我倒说这里的贾家小一辈子连奴才们虽不好，他们老一辈的还好，怎么犯了事呢？我打听了打听，说是和这里贾家是一家儿，都住在外省，审明白了，解进来问罪的，我才放心。若说贾二这小子，他忘恩负义，我就和几个朋友说他家怎么欺负人，怎么放重利，怎么强娶活人妻。吵嚷出去，有了风声到了都老爷耳朵里头，这一闹起来，叫他们才认得倪二金刚呢。”他女人道：“你喝了酒睡去罢。他又强占谁家的女人来着？没有的事，你不用混说了。”

倪二道：“你们在家里，那里知道外头的事。前年我在场儿里碰见了小张，说他女人被贾家占了，他还和我商量，我倒劝着他才压住了。不知道小张如今那里去了，这两年没见。若碰着了他，我倪二太爷出个主意，叫贾二小子死给我瞧瞧！好好儿的孝敬孝敬我倪二太爷才罢了。”说着，倒身躺下，嘴里还是咕咕哝哝的说了一回，便睡去了。他妻女只当是醉话，也不理他。明日早起，倪二又往赌场中去了，不提。

且说雨村回到家中，歇息了一夜，将道上遇见甄士隐的事告诉了他夫人一遍。他夫人便埋怨他："为什么不回去瞧一瞧？倘或烧死了，可不是咱们没良心？"说着掉下泪来。雨村道："他是方外的人了，不肯和咱们在一处的。"

正说着，外头传进话来禀说："前日老爷吩咐瞧那庙里失火去的人回来了。"雨村踱了出来。那衙役请了安，回说："小的奉老爷的命回去，也没等火灭，冒着火进去瞧那道士，那里知他坐的地方儿都烧了。小的想着那道士必烧死了：那烧的墙屋往后塌了，道士的影儿都没有了。只有一个蒲团，一个瓢儿，还是好好的。小的各处找他的尸首，连骨头都没有一点儿。小的恐怕老爷不信，想要拿这蒲团、瓢儿回来做个证见，小的这么一拿，谁知都成了灰了。"雨村听毕，心下明白，知士隐仙去，便把那衙役打发出去了。回到房中，并没提起士隐火化之言，恐怕妇女不知，反生悲感；只说并无形迹，必是他先走了。

雨村出来，独坐书房，正要细想士隐的话，忽有家人传报说："内廷传旨，交看事件。"雨村疾忙上轿进内，只听见人说："今日贾存周江西粮道被参回来，在朝内谢罪。"雨村忙到了内阁，见了各大臣，将海疆办理不善的旨意看了。出来即忙找着贾政，先说了些为他抱屈的话。后又道喜，问一路可好。贾政也将违别以后的话细细的说了一遍。雨村道："谢罪的本上了去没有？"贾政道："已上去了，等膳后下来看旨意罢。"

正说着，只听里头传出旨来叫贾政。贾政即忙进去。各大人有与贾政关切的，都在里头等着。等了好一会，方见贾政出来，看见他带着满头的汗。众人迎上去接着，问："有什么旨意？"贾政吐舌道："吓死人，吓死人！倒蒙各位大人关切，幸喜没有什么事。"

众人道："旨意问了些什么？"贾政道："旨意问的是云南私带神枪一案。本上奏明是原任太师贾化的家人，主上一时记着我们先祖的名字，便问起来。

我忙着磕头奏明先祖的名字是代化，主上便笑了。还降旨意说：‘前放兵部，后降府尹的，不是也叫贾化么？’”这时雨村也在旁边，倒吓了一跳，便问贾政道：“老先生怎么奏的？”贾政道：“我便慢慢奏道：‘原任太师贾化是云南人，现任府尹贾某是浙江人。’主上又问：‘苏州刺史奏的贾范，是你一家子么？’我又磕头奏道：‘是。’主上便变色道：‘纵使家奴强占良民妻女，还成事么？’我一句不敢奏。主上又问道：‘贾范是你什么人？’我忙奏道：‘是远族。’主上哼了一声，降旨叫出来了。可不是诧事？”

众人道：“本来也巧，怎么一连有这两件事？”贾政道：“事倒不奇，倒是都姓贾的不好。算来我们寒族人多，年代久了，各处都有。现在虽没有事，究竟主上记着一个‘贾’字就不好。”众人说：“真是真，假是假，怕什么？”贾政道：“我心里巴不得不做官，只是不敢告老。现在我们家里两个世袭，这也无可奈何的。”

雨村道：“如今老先生仍是工部，想来京官是没有事的。”贾政道：“京官虽然无事，我究竟做过两次外任，也就说不齐了。”众人道：“二老爷的人品行事，我们都佩服的。就是令兄大老爷，也是个好人。只要在令侄辈身上严紧些就是了。”贾政道：“我因在家的日子少，舍侄的事情不大查考，我心里也不甚放心。诸位今日提起，都是至相好，或者听见东宅的侄儿家有什么不奉规矩的事么？”众人道：“没听见别的，只有几位侍郎心里不大和睦，内监里头也有些。想来不怕什么，只要嘱咐那边令侄诸事留神就是了。”众人说毕，举手而散。

贾政然后回家，众子侄等都迎接上来。贾政迎着请贾母的安，然后众子侄俱请了贾政的安，一同进府，王夫人等已到了荣禧堂迎接。贾政先到了贾母那里拜见了，陈述些违别的话。贾母问探春消息。贾政将许嫁探春的事都禀明了，还说：“儿子起身急促，难过重洋，虽没有亲见，听见那边亲家的人来，说的极好。亲家老爷、太太都说请老太太的安。还说今冬明春，大约还可调进京来，这便好了。如今闻得海疆有事，只怕那时还不能调。”贾母始则因贾政降调回来，知探春远在他乡，一无亲故，心下伤感；后听贾政将官事说明，探春安好，也便转悲为喜，便笑着叫贾政出去。然后弟兄相见，众子侄拜见，定了明日清晨拜祠堂。

贾政回到自己屋内，王夫人等见过，宝玉、贾琏替另拜见。贾政见了宝玉果然比起身之时脸面丰满，倒觉安静，独不知他心里糊涂，所以心甚喜欢，不以降调为念。心想："幸亏老太太办理的好。"又见宝钗沉厚更胜先时，兰儿文雅俊秀，便喜形于色。独见环儿仍似先前，究不甚钟爱。

歇息了半天，忽然想起："为何今日短了一人？"王夫人知是想着黛玉，前因家书未报，今日又刚到家，正是喜欢，不便直告，只说是病着。岂知宝玉的心里已如刀搅，因父亲到家，只得把持心性伺候。

王夫人设筵接风，子孙敬酒。凤姐虽是侄媳，现办家事，也随了宝钗等递酒。贾政便叫递了一巡酒："都歇息去罢。"命众家人不必伺候，待明早拜过宗祠，然后进见。

分派已定，贾政与王夫人说些别后的话，馀者王夫人都不敢言。倒是贾政先提起王子腾的事来，王夫人也不敢悲戚。贾政又说蟠儿的事，王夫人只说他是自作自受。趁便也将黛玉已死的话告诉。贾政反吓了一惊，不觉掉下泪来，连声叹息。王夫人也掌不住，也哭了。旁边彩云等即忙拉衣，王夫人止住，重又说些喜欢的话，便安寝了。

次日一早，至宗祠行礼，众子侄都随往。贾政便在祠旁厢房坐下，叫了贾珍、贾琏过来，问起家中事务。贾珍拣可说的说了。贾政又道："我初回家，也不便来细细查问，只是听见外头说起你家里更不比从前，诸事要谨慎才好。你年纪也不小了，孩子们该管教管教，别叫他们在外头得罪人。琏儿也该听着。不是才回家就说你们，因我有所闻，所以才说的。你们更该小心些。"贾珍等脸涨通红的，也只答应个"是"字，不敢说什么。贾政也就罢了。回归西府，众家人磕头毕，仍复进内，众女仆行礼，不必多赘。

只说宝玉因昨日贾政问起黛玉，王夫人答以有病，他便暗里伤心。直待贾政命他回去，一路上已滴了好些眼泪。回到房中，见宝钗和袭人等说话，他便独坐外间纳闷。宝钗叫袭人送过茶去，知他必是怕老爷查问功课，所以如此，只得过来安慰。宝玉便借此过去向宝钗说："你今夜先睡，我要定定神。这时更不如从前了，三言倒忘两语，老爷瞧着不好。你先睡，叫袭人陪我略坐坐。"宝钗不便强他，点头应允。

宝玉出来，便轻轻和袭人说："央你把紫鹃叫来，有话问他。但是紫鹃见了我，脸上总是有气，须得你去解劝开了，再来才好。"袭人道："你说要定神，我倒喜欢，怎么又定到这上头去了？有话你明儿问不得？"宝玉道："我就是今晚得闲，明日倘或老爷叫干什么，便没空儿了。好姐姐，你快去叫他来。"袭人道："他不是二奶奶叫是不来的。"宝玉道："所以得你去说明了才好。"

袭人道："叫我说什么？"宝玉道："你还不知道我的心和他的心么？都为的是林姑娘。你说我并不是负心，我如今叫你们弄成了一个负心的人了。"说着这话，便瞧瞧里间屋子，用手指着说："他是我本不愿意的，都是老太太他们捉弄的，好端端把个林妹妹弄死了。就是他死，也该叫我见见，说个明白，他死了也不抱怨我嗄！你到底听见三姑娘他们说过的，临死恨怨我。那紫鹃为他们姑娘，也是恨的我了不得。你想我是无情的人么？晴雯到底是个丫头，也没有什么大好处，他死了，我实告诉你罢，我还做个祭文祭他呢，这是林姑娘亲眼见的。如今林姑娘死了，难道倒不及晴雯么？我连祭都不能祭一祭？况且林姑娘死了还有灵圣的，他想起来不更要怨我么？"

袭人道："你要祭就祭去，谁拦着你呢？"宝玉道："我自从好了起来，就想要做一篇祭文，不知道如今怎么一点灵机儿都没了。要祭别人呢，胡乱还使得；祭他是断断粗糙不得一点儿的。所以叫紫鹃来，问他姑娘的心，他打那里看出来的。我没病的头里还想的出来，病后都不记得了。你倒说林姑娘已经好了，怎么忽然死的？他好的时候，我不去，他怎么说来着？我病的时候，他不来，他又怎么说来着？所有他的东西，我诓过来，你二奶奶总不叫动，不知什么意思。"

袭人道："二奶奶惟恐你伤心罢了，还有什么呢。"宝玉道："我不信。林姑娘既是念我，为什么临死把诗稿烧了，不留给我作个纪念？又听见说天上有音乐响，必是他成了神，或是登了仙去。我虽见过了棺材，到底不知道棺材里有他没有。”袭人道：“你这话越发糊涂了，怎么一个人没死，就搁在一个棺材里当死了的呢？”宝玉道：“不是嗄！大凡成仙的人，或是肉身去的，或是脱胎去的。好姐姐，你到底叫了紫鹃来。”

袭人道：“如今等我细细的说明了你的心，他要肯来还好，要不肯来，还得费多少话；就是来了，见你也不肯细说。据我的主意，明日等二奶奶上去了，我慢慢的问他，或者倒可仔细。遇着闲空儿，我再慢慢的告诉你。”宝玉道：“你说得也是，你不知道我心里的着急。”

正说着，麝月出来说：“二奶奶说，天已四更了，请二爷进去睡罢。袭人姐姐必是说高了兴了，忘了时候儿了。”袭人听了道：“可不是该睡了，有话明儿再说罢。”宝玉无奈，只得进去，又向袭人耳边道：“明儿好歹别忘了。”袭人笑道：“知道了。”麝月抹着脸笑道：“你们两个又闹鬼儿了。为什么不和二奶奶说明了，就到袭人那边睡去？由着你们说一夜，我们也不管。”宝玉摆手道：“不用言语。”袭人恨道：“小蹄子儿，你又嚼舌根，看我明儿撕你的嘴！”回头对宝玉道：“这不是你闹的，说了四更天的话。”一面说，一面送宝玉进屋，各人散去。

那夜宝玉无眠。到了次日，还想这事。只听得外头传进话来说：“众亲朋因老爷回家，都要送戏接风。老爷再四推辞说：‘不必唱戏，竟在家里备了水酒，倒请亲朋过来，大家谈谈。’于是定了后儿摆席请人，所以进来告诉。”

不知所请何人，下回分解。

第一百五回

锦衣军查抄宁国府
骢马使弹劾平安州

话说贾政正在那里设宴请酒，忽见赖大急忙走上荣禧堂来，回贾政道："有锦衣府堂官赵老爷带领好几位司官，说来拜望。奴才要取职名来回，赵老爷说：'我们至好，不用的。'一面就下了车，走进来了。请老爷同爷们快接去。"贾政听了，心想："和老赵并无来往，怎么也来？现在有客，留他不便，不留又不好。"正自思想，贾琏说："叔叔快去罢，再想一会，人都进来了。"

正说着，只见二门上家人又报进来说："赵老爷已进二门了。"贾政等抢步接去，只见赵堂官满脸笑容，并不说什么，一径走上厅来。后面跟着五六位司官，也有认得的，也有不认得的，但是总不答话。贾政等心里不得主意，只得跟着上来让坐。众亲友也有认得赵堂官的，见他仰着脸不大理人，只拉着贾政的手笑着说了几句寒温的话。众人看见来头不好，也有躲进里间屋里的，也有垂手侍立的。

贾政正要带笑叙话，只见家人慌张报道："西平王爷到了。"贾政慌忙去接，已见王爷进来。赵堂官抢上去请了安，便说："王爷已到，随来的老爷们就该带领府役把守前后门。"众官应了出去。

贾政等知事不好，连忙跪接。西平郡王用两手扶起，笑嘻嘻的说道："无事不敢轻造，有奉旨交办事件，要赦老接旨。如今满堂中筵席未散，想有亲友在此未便，且请众位府上亲友各散，独留本宅的人听候。"赵堂官回说："王爷虽是恩典，但东边的事，这位王爷办事认真，想是早已封门。"众人知是两府干系，恨不能脱身。只见王爷笑道："众位只管就请。叫人来给我送出去，告诉锦衣府的官员说：这都是亲友，不必盘查，快快放出。”那些亲友听见，就一溜烟如飞的出去了。独有贾赦、贾政一干人，唬得面如土色，满身发颤。

不多一会，只见进来无数番役，各门把守，本宅上下人等一步不能乱走。赵堂官便转过一副脸来，回王爷道：“请爷宣旨意，就好动手。”这些番役都撩衣奋臂，专等旨意。西平王慢慢的说道：“小王奉旨，带领锦衣府赵全来查看贾赦家产。”贾赦等听见，俱俯伏在地。王爷便站在上头说：“有旨意：‘贾赦交通外官，依势凌弱，辜负朕恩，有忝祖德，着革去世职。钦此。’”

赵堂官一叠声叫：“拿下贾赦！其馀皆看守！”维时贾赦、贾政、贾琏、贾珍、贾蓉、贾蔷、贾芝、贾兰俱在；惟宝玉假说有病，在贾母那边打混；贾环本来不大见人的：所以就将现在几人看住。赵堂官即叫他的家人：“传齐司员，带同番役，分头按房，查抄登帐。”这一言不打紧，唬得贾政上下人等面面相看；喜得番役、家人摩拳擦掌，就要往各处动手。

西平王道：“闻得赦老与政老同房各爨的，理应尊旨查看贾赦的家资；其馀且按房封锁，我们复旨去，再候定夺。”赵堂官站起来说：“回王爷：贾赦、贾政并未分家，闻得他侄儿贾琏现在承总管家，不能不尽行查抄。”西平王听了，也不言语。赵堂官便说：“贾琏、贾赦两处，须得奴才带领查抄才好。”西平王便说：“不必忙。先传信后宅，且叫内眷回避，再查不迟。”一言未了，老赵家奴、番役已经拉着本宅家人领路，分头查抄去了。王爷喝命：“不许罗唣，待本爵自行查看！”说着，便慢慢的站起来吩咐说：“跟我的人一个不许动，都给我站在这里候着，回来一齐瞧着登数。”

正说着，只见锦衣司官跪禀说：“在内查出御用衣裙并多少禁用之物，不敢擅动，回来请示王爷。”一会子，又有一起人来拦住西平王，回说：“东跨所抄出两箱子房地契，又一箱借票，都是违例取利的。”老赵便说：“好个重利盘剥！很该全抄！请王爷就此坐下，叫奴才去全抄来，再候定夺罢。”

说着，只见王府长史来禀说：“守门军传进来说：主上特派北静王到这里宣旨，请爷接去。”赵堂官听了，心想：“我好晦气，碰着这个酸王。如今那位来了，我就好施威了。”一面想着，也迎出来。只见北静王已到大厅，就向外站着说："有旨意，锦衣府赵全听宣。"说："奉旨：'着锦衣官惟提贾赦质审，馀交西平王遵旨查办。钦此。'"西平王领了旨意，甚实喜欢，便与北静王坐下，着赵堂官提取贾赦回衙。

里头那些查抄的人听得北静王到，俱一齐出来。及闻赵堂官走了，大家没趣，只得侍立听候。北静王便拣选两个诚实司官并十来个老年番役，馀者一概逐出。

西平王便说："我正和老赵生气，幸得王爷到来降旨；不然，这里很吃大亏。"北静王说："我在朝内听见王爷奉旨查抄贾宅，我甚放心，谅这里不致荼毒。不料老赵这么混帐！但不知现在政老及宝玉在那里？里面不知闹到怎么样了？"众人回禀："贾政等在下房看守着，里面已抄的乱腾腾了。"北静王便吩咐司员："快将贾政带来问话。"

众人领命，带了上来。贾政跪下，不免含泪乞恩。北静王便起身拉着说："政老放心。"便将旨意说了。贾政感激涕零，望北又谢了恩，仍上来听候。王爷道："政老，方才老赵在这里的时候，番役呈禀有禁用之物并重利欠票，我们也难掩过。这禁用之物，原备办贵妃用的，我们声明也无碍。独是借券，想个什么法儿才好。如今政老且带司员，实在将赦老家产呈出，也就完事。切不可再有隐匿，自干罪戾。"贾政答应道："犯官再不敢。但犯官祖父遗产并未分过，惟各人所住的房屋，所有的东西，便为己有。"两王便说："这也无妨，惟将赦老那边所有的交出就是了。"又吩咐司员等依命行去，不许胡乱混动。司员领命去了。

且说贾母那边女眷也摆家宴，王夫人正在那边说："宝玉不到外头，看你老子生气。"凤姐带病哼哼唧唧的说："我看宝玉也不是怕人，他见前头陪客的人也不少了，所以在这里照应，也是有的。倘或老爷想起里头少个人在那里照应，太太便把宝兄弟献出去，可不是好？"贾母笑道："凤丫头病到这个分儿，这张嘴还是那么尖巧。"

正说到高兴，只听见邢夫人那边的人一叠声的嚷进来说："老太太，太太，不……不好了！多多少少的穿靴戴帽的强……强盗来了！翻箱倒笼的来拿东西。”贾母等听着发呆。又见平儿披头散发，拉着巧姐，哭哭啼啼的来说：“不好了！我正和姐儿吃饭，只见来旺被人拴着进来说：‘姑娘，快快传进去，请太太们回避，外头王爷就进来抄家了。’我听了几乎唬死。正要进房拿要紧的东西，被一伙子人浑推浑赶出来了。这里该穿该带的，快快的收拾罢。”邢、王二夫人听得，俱魂飞天外，不知怎样才好。独见凤姐先前圆睁两眼听着，后来一仰身便栽倒地下。贾母没有听完，便吓得涕泪交流，连话也说不出来。

这时一屋子人拉这个，扯那个，正闹得翻天覆地，又听见一叠声嚷说：“叫里头女眷们回避，王爷进来了。”宝钗、宝玉等正在没法，只见地下这些丫头、婆子乱拉乱扯的时候，贾琏喘吁吁的跑进来说：“好了，好了，幸亏王爷救了我们了。”众人正要问他，贾琏见凤姐死在地下，哭着乱叫；又见老太太吓坏了，也回不过气来，更是着急。还亏了平儿将凤姐叫醒，令人扶着。老太太也苏醒了，又哭的气短神昏，躺在炕上，李纨再三宽慰。然后贾琏定神，将两王恩典说明。惟恐贾母、邢夫人知道贾赦被拿，又要唬死，且暂不敢明说。只得出来照料自己屋内。

一进屋门，只见箱开柜破，物件抢得半空。此时急的两眼直竖，淌泪发呆。听见外头叫，只得出来。见贾政同司员登记物件，一人报说：

伽楠寿佛一尊，伽楠观音像一尊，佛座一件，伽楠念珠二串，金佛一堂，镀金镜光九件，玉佛三尊，玉寿星八仙一堂，伽楠金、玉如意各二柄，古磁瓶、炉十七件，古玩软片共十四箱，玉缸一口，小玉缸二件，玉盘二对，玻璃大屏二架，炕屏二架，玻璃盘四件，玉盘四件，玛瑙盘二件，淡金盘四件，金碗六对，金抢碗八个，金匙四十把，银大碗、银盘各六十个，三镶金牙箸四把，镀金执壶十二把，折盂三对，茶托二件，银碟、银杯一百六十件，黑狐皮十八张，貂皮五十六张，黄、白狐皮各四十四张，猞猁狲皮十二张，云狐筒子二十五件，海龙二十六张，海豹三张，虎皮六张，麻叶皮三张，獭子皮二十八张，绛色羊皮四十张，黑羊皮六十三张，香鼠筒子二十件，豆鼠皮二十四方，天鹅绒四卷，灰鼠皮二百六十三张，倭缎三十二度，洋呢三十度，哔叽三十三度，姑绒四十度，绸缎一百三十卷，纱绫一百八十卷，线绉三十二卷，羽缎、羽纱各二十二卷，氆氇三十卷，妆蟒缎十八卷，各色布三十捆，皮衣一百三十二件，绵、夹、单纱绢衣三百四十件，带头儿九副，铜、锡等物五百馀件，钟表十八件，朝珠九挂，珍珠十三挂，赤金首饰一百二十三件，珠宝俱全，上用黄缎迎手、靠背三分，宫妆衣裙八套，脂玉圈带二条，黄缎十二卷，潮银七千两，淡金一百五十二两，钱七千五百串。

一切动用家伙及荣国赐第，一一开列；房地契纸，家人文书，亦俱封裹。

贾琏在旁窃听，不见报他的东西，心里正在疑惑，只闻二王问道："所抄家资，内有借券，实系盘剥，究是谁行的？政老据实才好。"贾政听了，跪在地下磕头说："实在犯官不理家务，这些事全不知道。问犯官侄儿贾琏才知。"贾琏连忙走上，跪下禀说："这一箱文书既在奴才屋里抄出来的，敢说不知道么？只求王爷开恩。奴才叔叔并不知道的。"两王道："你父已经获罪，只可并案办理。你今认了，也是正理。如此，叫人将贾琏看守，馀俱散收宅内。政老，你须小心候旨，我们进内复旨去了。这里有官役看守。"说着，上轿出门。贾政等就在二门跪送。北静王把手一伸，说："请放心。"觉得脸上大有不忍之色。

此时贾政魂魄方定，犹是发怔。贾兰便说："请爷爷到里头先瞧瞧老太太去呢。"贾政听了，疾忙起身进内。只见各门上妇女乱糟糟的，都不知要怎样。贾政无心查问，一直到了贾母房中，只见人人泪痕满面，王夫人、宝玉等围着贾母，寂静无言，各各掉泪。惟有邢夫人哭作一团。因见贾政进来，都说："好了，好了。"便告诉老太太说："老爷仍旧好好的进来了，请老太太安心罢。"

贾母奄奄一息的微开双目，说："我的儿，不想还见的着你！"一声未了，便嚎啕的哭起来。于是满屋里的人俱哭个不住。贾政恐哭坏老母，即收泪说："老太太放心罢。本来事情原不小，蒙主上天恩，两位王爷的恩典，万般轸恤。就是大老爷暂时拘质，等问明白了，主上还有恩典。如今家里一些也不动了。"贾母见贾赦不在，又伤心起来，贾政再三安慰方止。

众人俱不敢走散。独邢夫人回至自己那边，见门全封锁，丫头、老婆也锁在几间屋里，无处可走，便放声大哭起来。只得往凤姐那边去，见二门旁边也上了封条，惟有屋门开着，里头呜咽不绝。邢夫人进去，见凤姐面如纸灰，合眼躺着，平儿在旁暗哭。邢夫人打谅凤姐死了，又哭起来。平儿迎上来说："太太先别哭。奶奶才抬回来像是死了的，歇息了一会子苏过来，哭了几声，这会子略安了安神儿。太太也请定定神儿罢。但不知老太太怎么样了？"邢夫人也不答言，仍走到贾母那边，见眼前俱是贾政的人。自己夫子被拘，媳妇病危，女儿受苦，现在身无所归，那里止得住悲痛。众人劝慰。李纨等令人收拾房屋，请邢夫人暂住。王夫人拨人服侍。

贾政在外，心惊肉跳，拈须搓手的等候旨意。听见外面看守军人乱嚷道："你到底是那一边的？既碰在我们这里，就记在这里册上，拴着他交给里头锦衣府的爷们。"贾政出外看时，见是焦大，便说："怎么跑到这里来？"焦大见问，便号天跺地的哭道："我天天劝这些不长进的爷们，倒拿我当作冤家。爷还不知道焦大跟着太爷受的苦吗？今儿弄到这个田地！珍大爷、蓉哥儿都叫什么王爷拿了去了；里头女主儿们都被什么府里衙役抢的披头散发，圈在一处空房里；那些不成材料的狗男女都像猪狗似的拦起来了。所有的都抄出来搁着，木器钉的破烂，磁器打的粉碎。他们还要把我拴起来。我活了八九十岁，只有跟着太爷捆人的，那里有倒叫人捆起来的？我说我是西府里的，就跑出来。那些人不依，押到这里，不想这里也是这么着。我如今也不要命了，和那些人拚了罢。"说着撞头。

众衙役见他年老，又是两王吩咐，不敢发狠，便说："你老人家安静些儿罢，这是奉旨的事，你先歇歇听信儿。"贾政听着，虽不理他，但是心里刀搅一般，便道："完了，完了！不料我们一败涂地如此！"

正在着急听候内信，只见薛蝌气嘘嘘的跑进来说："好容易进来了。姨父在那里呢？”贾政道：“来的好！外头怎么放进来的？”薛蝌道：“我再三央求，又许他们钱，所以我才能够出入的。”贾政便将抄去之事告诉了他，就烦他打听打听，说：“别的亲友，在火头儿上也不便送信，有你就好通信了。”薛蝌道：“这里的事我倒想不到。那边东府的事，我已听见说了。”贾政道：“究竟犯什么事？”薛蝌道：“今儿为我哥哥打听决罪的事，在衙门里听说是两位御史参奏的。风闻是珍大哥引诱世家子弟赌博，这一款还轻；还有一大款强占良民之妻为妾，因其不从，凌逼致死。那御史恐怕不准，还将咱们家的鲍二拿去，又还拉出一个姓张的来。只怕连都察院都有不是，为的是姓张的起先告过。”贾政尚未听完，便跺脚道：“了不得！罢了，罢了！”叹了一口气，扑簌簌的掉下泪来。

薛蝌宽慰了几句，即便又出去打听。隔了半日，仍旧进来说：“事情不好。我在刑科里打听，倒没有听见两王复旨的信。只听说李御史今早又参奏平安州奉承京官，迎合上司，虐害百姓，好几大款。”贾政慌道：“那管他人的事！到底打听我们的怎么样？”薛蝌道：“说是平安州，就有我们，那参的京官就是大老爷。说的是包揽词讼，所以火上浇油。就是同朝这些官府，俱藏躲不迭，谁肯送信。即如才散的这些亲友们，有各自回家去了的，也有远远儿的歇下打听的。可恨那些贵本家都在路上说：‘祖宗撂下的功业，弄出事来了，不知道飞到那个头上去呢，大家也好施为施为。’”贾政没有听完，复又顿足道：“都是我们大老爷忒糊涂！东府也忒不成事体！如今老太太和琏儿媳妇是死是活还不知道呢。你再打听去，我到老太太那边瞧瞧。若有信，能够早一步才好。”正说着，听见里头乱嚷出来说，“老太太不好了！”急的贾政即忙进去。

未知生死如何，下回分解。

第一百六回

王熙凤致祸抱羞惭
贾太君祷天消祸患

话说贾政闻知贾母危急，即忙进去看视，见贾母惊吓气逆，王夫人、鸳鸯等唤醒回来。即用疏气安神的丸药服了，渐渐的好些，只是伤心落泪。贾政在旁劝慰，总说："是儿子们不肖，招了祸来，累老太太受惊。若老太太宽慰些，儿子们尚可在外料理；若是老太太有什么不自在，儿子们的罪孽更重了。"贾母道："我活了八十多岁，自作女孩儿起，到你父亲手里，都托着祖宗的福，从没有听见过这些事。如今到老了，见你们倘或受罪，叫我心里过的去吗？倒不如合上眼，随你们去罢了。"说着又哭。

贾政此时着急异常，又听外面说："请老爷，内廷有信。"贾政急忙出来，见是北静王府长史，一见面便说："大喜！"贾政谢了，请长史坐下，请问："王爷有何谕旨？"那长史道："我们王爷同西平郡王进内复奏，将大人惧怕之心、感激天恩之语都代奏过了。主上甚是悯恤，并念及贵妃溘逝未久，不忍加罪，着加恩仍在工部员外上行走。所封家产，惟将贾赦的入官，馀俱给还。并传旨令尽心供职。惟抄出借券，令我们王爷查核：如有违禁重利的，一概照例入官；其在定例生息的，同房地文书，尽行给还。贾琏着革去职衔，免罪释放。"贾政听毕，即起身叩谢天恩，又拜谢王爷恩典："先请长史大人代为禀谢，明晨到阙谢恩，并到府里磕头。"那长史去了。

少停，传出旨来。承办官遵旨，一一查清，入官者入官，给还者给还；将贾琏放出；所有贾赦名下男妇人等，造册入官。

可怜贾琏屋内东西，除将按例放出的文书发给外，其馀虽未尽入官的，早被查抄的人尽行抢去，所存者只有家伙物件。贾琏始则惧罪，后蒙释放，已是大幸。但想起历年积聚的东西并凤姐的体己，不下五七万金，一朝而尽，怎得不疼。且他父亲现禁在锦衣府，凤姐病在垂危，一时悲痛交集。

又见贾政含泪叫他，问道："我因官事在身，不大理家，故叫你们夫妇总理家事。你父亲所为，固难谏劝；那重利盘剥，究竟是谁干的？况且非咱们这样人家所为。如今入了官，在银钱呢是不打紧的，这声名出去还了得吗？"贾琏跪下说道："侄儿办家事，并不敢存一点私心。所有出入的帐目，自有赖大、吴新登、戴良等登记，老爷只管叫他们来查问。现在这几年，库内的银子出多入少，虽没贴补在内，已在各处做了好些空头，求老爷问太太就知道了。这些放出去的帐，连侄儿也不知道那里的银子，要问周瑞、旺儿才知道。"贾政道："据你说来，连你自己屋里的事还不知道，那些家中上下的事更不知道了。我这会子也不查问你。现今你无事的人，你父亲的事和你珍大哥的事，还不快去打听打听吗？"贾琏一心委屈，含着眼泪，答应了出去。

贾政连连叹气，想道："我祖父勤劳王事，立下功勋，得了两个世职，如今两房犯事，都革去了。我瞧这些子侄没一个长进的。老天哪，老天哪！我贾家何至一败如此！我虽蒙圣恩格外垂慈，给还家产，那两处食用自应归并一处，叫我一人那里支撑的住。方才琏儿所说，更加诧异，说不但库上无银，而且尚有亏空，这几年竟是虚名在外。只恨我自己为什么糊涂若此。倘或我珠儿在世，尚有膀臂；宝玉虽大，更是无用之物。"想到这里，不觉泪满衣襟。又想："老太太偌大年纪，儿子们并没奉养一日，反累他老人家吓得死去活来，种种罪孽，叫我委之何人？"

正在独自悲切，只见家人禀报："各亲友进来看候。"贾政一一道谢，说起："家门不幸，是我不能管教子侄，所以至此。"有的说："我久知令兄赦大老爷行事不妥，那边珍爷更加骄纵。若说因官事错误得个不是，于心无愧；如今自己闹出的，倒带累了二老爷。"有的说："人家闹的也多，也没见御史参奏。不是珍老大得罪朋友，何至如此。"有的说："也不怪御史，我们听见说是府上的家人同几个泥腿在外头哄嚷出来的。御史恐参奏不实，所以诓了这里的人去，才说出来的。我想府上待下人最宽的，为什么还有这事？”有的说：“大凡奴才们是一个养活不得的。今儿在这里都是好亲友，我才敢说，就是尊驾在外任，我也保不得：你是不爱钱的，那外头的风声也不好，都是奴才们闹的，你该隄防些。如今虽说没有动你的家，倘或再遇着主上疑心起来，好些不便呢。”

贾政听说，心下着忙道：“众位听见我的风声怎样？”众人道：“我们虽没见实据，只听得外头人说，你在粮道任上，怎么叫门上家人要钱。”贾政听了，便说道：“我这是对天可表的，从不敢起这个念头。只是奴才们在外头招摇撞骗，闹出事来，我就耽不起。”众人道：“如今怕也无益，只好将现在的管家们都严严的查一查，若有抗主的奴才，查出来严严的办一办也罢了。”

贾政听了点头。便见门上的进来回说：“孙姑爷打发人来说，自己有事不能来，着人来瞧瞧。说大老爷该他一项银子，要在二老爷身上还的。”贾政心内忧闷，只说：“知道了。”众人都冷笑道：“人说令亲孙绍祖混帐，果然有的。如今丈人抄了家，不但不来瞧看帮补，倒赶忙的来要银子，真真不在理上。”贾政道：“如今且不必说他。那头亲事原是家兄配错了的，我的侄女儿的罪已经受够了，如今又找上我来了。”

正说着，只见薛蝌进来说道：“我打听锦衣府赵堂官必要照御史参的办，只怕大老爷和珍大爷吃不住。”众人都道：“二老爷，还是得你出去求求王爷，怎么挽回挽回才好；不然，这两家子就完了。”贾政答应致谢，众人都散。

这时天已点灯时候，贾政进去请贾母的安，见贾母略略好些。回到自己房中，埋怨贾琏夫妇不知好歹，如今闹出放帐的事情，大家不好，心里很不受用。只是凤姐现在病重，况他所有的什物尽被抄抢，心内自然难受，一时也未便说他，暂且隐忍不言。一夜无话。

次早，贾政进内谢恩。并到北静王府、西平王府两处叩谢，求二位王爷照应他哥哥、侄儿。二王应许。贾政又在同寅相好处托情。

且说贾琏打听得父兄之事不大妥，无法可施，只得回到家中。平儿守着凤姐哭泣，秋桐在耳房里抱怨凤姐。贾琏走到旁边，见凤姐奄奄一息，就有多少怨言，一时也说不出来。平儿哭道：“如今已经这样，东西去了不能复来。奶奶这样，还得再请个大夫瞧瞧才好啊。”贾琏啐道：“呸！我的性命还不保，我还管他呢！”

凤姐听见，睁眼一瞧，虽不言语，那眼泪直流。看见贾琏出去了，便和平儿道：“你别不达时务了。到了这个田地，你还顾我做什么？我巴不得今儿就死才好。只要你能够眼里有我，我死后，你扶养大了巧姐儿，我在阴司里也感激你的情。”平儿听了，越发抽抽搭搭的哭起来了。凤姐道：“你也不糊涂。他们虽没有来说，必是抱怨我的。虽说事是外头闹起，我不放帐，也没我的事。如今枉费心计，争了一辈子的强，偏偏儿的落在人后头了。我还恍惚听见珍大爷的事，说是强占良民妻子为妾，不从逼死，有个姓张的在里头，你想想还有谁呢？要是这件事审出来，咱们二爷是脱不了的，我那时候儿可怎么见人呢？我要立刻就死，又耽不起吞金服毒的。你还要请大夫，这不是你疼我，反倒害了我了么？”平儿愈听愈惨，想来实在难处，恐凤姐自寻短见，只得紧紧守着。

幸贾母不知底细，因近日身子好些，又见贾政无事，宝玉、宝钗在旁，天天不离左右，略觉放心。素来最疼凤姐，便叫鸳鸯：“将我的体己东西拿些给凤丫头，再拿些银钱交给平儿，好好的伏侍好了凤丫头，我再慢慢的分派。”又命王夫人照看邢夫人。

此时宁国府第入官，所有财产、房地等项并家奴等俱已造册收尽。这里贾母命人将车接了尤氏婆媳过来。可怜赫赫宁府，只剩得他们婆媳两个并佩凤、偕鸾二人，连一个下人没有。贾母指出房子一所居住，就在惜春所住的间壁；又派了婆子四人、丫头两个伏侍；一应饭食起居，在大厨房内分送；衣裙什物，又是贾母送去；零星需用，亦在帐房内开销，俱照荣府每人月例之数。

那贾赦、贾珍、贾蓉在锦衣府使用，帐房内实在无项可支。如今凤姐儿一无所有，贾琏外头债务满身。贾政不知家务，只说：“已经托人，自有照应。”贾琏无计可施，想到那亲戚里头：薛姨妈家已败，王子腾已死；馀者亲戚虽有，俱是不能照应的。只得暗暗差人下屯，将地亩暂卖数千金，作为监中使费。贾琏如此一行，那些家奴见主家势败，也便趁此弄鬼，并将东庄租税也就指名借用些。此是后话，暂且不提。

且说贾母见祖宗世职革去，现在子孙在监质审，邢夫人、尤氏等日夜啼哭，凤姐病在垂危；虽有宝玉、宝钗在侧，只可解劝，不能分忧：所以日夜不宁，思前想后，眼泪不干。

一日傍晚，叫宝玉回去。自己扎挣坐起，叫鸳鸯等各处佛堂上香，又命自己院内焚起斗香，用拐拄着，出到院中。琥珀知是老太太要拜佛，铺下大红猩毡拜垫。贾母上香跪下，磕了好些头，念了一回佛，含泪祝告天地道："皇天菩萨在上：我贾门史氏，虔诚祷告，求菩萨慈悲。我贾门数世以来，不敢行凶霸道。我帮夫助子，虽不能为善，也不敢作恶。必是后辈儿孙骄奢淫佚，暴殄天物，以致合府抄检。现在儿孙监禁，自然凶多吉少，皆由我一人罪孽，不教儿孙，所以至此。我今叩求皇天保佑：在监的逢凶化吉，有病的早早安身。纵有合家罪孽，情愿一人承当，求饶恕儿孙。若皇天怜念我虔诚，早早赐我一死，宽免儿孙之罪。"默默说到此处，不禁伤心，呜呜咽咽的哭泣起来。鸳鸯、珍珠一面解劝，一面扶进房去。

只见王夫人带了宝玉、宝钗过来请晚安，见贾母伤悲，三人也大哭起来。宝钗更有一层苦楚：想哥哥也在外监，将来要处决，不知可能减等；公婆虽然无事，眼见家业萧条；宝玉依然疯傻，毫无志气。想到后来终身，更比贾母、王夫人哭的悲痛。宝玉见宝钗如此，他也有一番悲戚，想着："老太太年老，不得安心；老爷、太太见此光景，不免悲伤；众姐妹风流云散，一日少似一日。追思园中吟诗起社，何等热闹。自林妹妹一死，我郁闷到今，又有宝姐姐伴着，不便时常哭泣。况他又忧兄思母，日夜难得笑容。今日看他悲哀欲绝，心里更加不忍。"竟嚎啕大哭起来。鸳鸯、彩云、莺儿、袭人看着，也各有所思，便都抽抽搭搭的。馀者丫头们看的伤心，不觉也都哭了。竟无人劝，满屋中哭声惊天动地，将外头上夜婆子吓慌，急报与贾政知道。

那贾政正在书房纳闷，听见贾母的人来报，心中着忙，飞奔进内。远远听得哭声甚众，打量老太太不好，急的魂魄俱丧。疾忙进来，只见坐着悲啼，才放下心来，便道："老太太伤心，你们该劝解才是啊，怎么打伙儿哭起来了？"众人这才急忙止哭，大家对面发怔。贾政上前安慰了老太太，又说了众人几句。都心里想道："我们原怕老太太悲伤，所以来劝解，怎么忘情，大家痛哭起来？"

正自不解，只见老婆子带了史侯家的两个女人进来，请了贾母的安，又向众人请安毕，便说道："我们家的老爷、太太、姑娘打发我来说：听见府里的事，原没什么大事，不过一时受惊。恐怕老太太、老爷、太太烦恼，叫我们过来告诉一声，说这里二老爷是不怕的了。我们姑娘本要自己来的，因不多几日就要出阁，所以不能来了。"贾母听了，不便道谢，说："你回去给我问好。这是我们的家运合该如此。承你们老爷、太太惦记着，改日再去道谢。你们姑娘出阁，想来姑爷是不用说的了，他们的家计如何呢？"两个女人回道："家计倒不怎么着，只是姑爷长的很好，为人又和平。我们见过好几次，看来和这里的宝二爷差不多儿，还听见说文才也好。"

贾母听了，喜欢道："这么着才好，这是你们姑娘的造化。只是咱们家的规矩还是南方礼儿，所以新姑爷我们都没见过。我前儿还想起我娘家的人来，最疼的就是你们姑娘，一年三百六十天，在我跟前的日子倒有二百多天。混的这么大了，我原想给他说个好女婿，又为他叔叔不在家，我又不便作主。他既有造化配了个好姑爷，我也放心。月里头出阁，我原想过来吃杯喜酒，不料我们家闹出这样事来，我的心就像在热锅里熬的似的，那里能够再到你们家去。你回去说我问好，我们这里的人都请安问好。你替另告诉你们姑娘，不用把我放在心上。我是八十多岁的人了，就死也算不得没福了。只愿他过了门，两口儿和和顺顺的百年到底，我就心安了。"说着，不觉掉下泪来。

那女人道："老太太也不必伤心。姑娘过了门，等回了九，少不得同着姑爷过来请老太太的安，那时老太太见了才喜欢呢。"贾母点头。那女人出去了。

别人都不理论，只有宝玉听着，发了一回怔。心里想道："为什么人家养了女孩儿，到大了必要出嫁呢？一出了嫁，就改换了一个人似的？史妹妹这么个人，又叫他叔叔硬压着配了人了。他将来见了我，必是也不理我了。我想一个人到了这个没人理的分儿，还活着做什么？"想到这里，又是伤心。见贾母此时才安，又不敢哭，只得闷坐着。

一时贾政不放心，又进来瞧瞧老太太，见是好些。便出来传了赖大，叫他将合府里管事的家人的花名册子拿来，一齐点了一点。除去贾赦入官的人，尚有三十馀家，共男女二百十二名。贾政叫现在府内当差的男人共四十一名进来，问起历年居家用度，共有若干进来，该用若干出去。那管总的家人将近来支用簿子呈上。贾政看时，所入不敷所出，又加连年宫里花用，帐上多有在外浮借的。再查东省地租，近年所交不及祖上一半，如今用度比祖上加了十倍。贾政不看则已，看了急的跺脚道："这还了得！我打谅琏儿管事，在家自有把持。岂知好几年头里，已经寅年用了卯年的，还是这样装好看，竟把世职俸禄当作不打紧的事，有什么不败的呢？我如今要省俭起来，已是迟了。"想到这里，背着手踱来踱去，竟无方法。

众人知贾政不知理家，也是白操心着急，便说道："老爷也不用心焦，这是家家这样的。若是统总算起来，连王爷家还不够过的呢。不过是装着门面，过到那里是那里罢咧。如今老爷到底得了主上的恩典，才有这点子家产；若是一并入了官，老爷就不过了不成？"贾政嗔道："放屁！你们这班奴才最没良心的：仗着主子好的时候儿，任意开销；到弄光了，走的走，跑的跑，还顾主子的死活吗？如今你们说是没有查抄，你们知道吗？外头的名声，连大本儿都保不住了，还搁的住你们在外头支架子说大话，诓人骗人？到闹出事来，往主子身上一推就完了。如今大老爷和你珍大爷的事，说是咱们家人鲍二吵嚷的，我看这册子上并没有什么鲍二，这是怎么说？"

众人回道："这鲍二是不在档子上的。先前在宁府册上，为二爷见他老实，把他们两口子叫过来了。后来他女人死了，他又回宁府去。自从老爷衙门里头有事，老太太、太太们和爷们往陵上去了，珍大爷替理家事，带过来的，以后也就去了。老爷几年不管家务事，那里知道这些事呢。老爷只打量着册子上有这个名字，就只有这一个人呢，不知道一个人手底下亲戚们也有好几个，奴才还有奴才呢。”贾政道：“这还了得！”想来一时不能清理，只得喝退众人。早打了主意在心里了，且听贾赦等的官事审的怎样再定。

一日，正在书房筹算，只见一人飞奔进来说：“请老爷快进内廷问话。”贾政听了，心下着忙，只得进去。

未知吉凶，下回分解。

第一百七回

散馀资贾母明大义
复世职政老沐天恩

话说贾政进内，见了枢密院各位大臣，又见了各位王爷。北静王道："今日我们传你来，有遵旨问你的事。"贾政急忙跪下。众大臣便问道："你哥哥交通外官，恃强凌弱，纵儿聚赌，强占良民妻女不遂逼死的事，你都知道么？"贾政回道："犯官自从主恩钦点学政，任满后查看赈恤，于上年冬底回家，又蒙堂派工程；后又任江西粮道，题参回都，仍在工部行走：日夜不敢怠惰。一应家务，并未留心伺察，实在糊涂，不能管教子侄，这就是辜负圣恩。只求主上重重治罪。"

北静王据说转奏。不多时传出旨来，北静王便述道："主上因御史参奏贾赦交通外官，恃强凌弱。据该御史指出，贾赦与平安州互相往来，包揽词讼。严鞫贾赦，据供平安州原系姻亲来往，并未干涉官事。该御史亦不能指实。惟有倚势强索石呆子古扇一款是实的，然系玩物，究非强索良民之物可比。虽石呆子自尽，亦系疯傻所致，与逼勒致死者有间。今从宽将贾赦发往台站效力赎罪。所参贾珍强占良民妻女为妾不从逼死一款，提取都察院原案，看得尤二姐实系张华指腹为婚未娶之妻，因伊贫苦，自愿退婚，尤二姐之母愿给贾珍之弟为妾，并非强占。再，尤三姐自刎掩埋并未报官一款，查尤三姐原系贾珍妻妹，本意为伊择配，因彼逼索定礼，众人扬言秽乱，以致羞忿自尽，并非贾珍逼勒致死。但身系世袭职员，罔知法纪，私埋人命，本应重治，念伊究属功臣后裔，不忍加罪，亦从宽革去世职，派往海疆效力赎罪。贾蓉年幼无干，省释。贾政实系在外任多年，居官尚属勤慎，免治伊治家不正之罪。”

贾政听了，感激涕零，叩首不及；又叩求王爷代奏下忱。北静王道：“你该叩谢天恩。更有何奏？”贾政道：“犯官仰蒙圣恩，不加大罪，又蒙将家产给还，实在扪心惶愧。愿将祖宗遗受重禄，积馀置产，一并交官。”北静王道：“主上仁慈待下，明慎用刑，赏罚无差。如今既蒙莫大深恩，给还财产，你又何必多此一奏？”众官也说不必。

贾政便谢了恩，叩谢了王爷出来，恐贾母不放心，急忙赶回。上下男女人等不知传进贾政是何吉凶，都在外头打听，一见贾政回家，都略略的放心，也不敢问。只见贾政忙忙的走到贾母跟前，将蒙圣恩宽免的事，细细告诉了一遍。贾母虽则放心，只是两个世职革去，贾赦又往台站效力，贾珍又往海疆，不免又悲伤起来。邢夫人、尤氏听见这话，更哭起来。贾政便道：“老太太放心。大哥虽则台站效力，也是为国家办事，不致受苦，只要办得妥当，就可复职。珍儿正是年轻，很该出力。若不是这样，便是祖父的馀德亦不能久享。”说了些宽慰的话。

贾母素来本不大喜欢贾赦，那边东府贾珍究竟隔了一层。只有邢夫人、尤氏痛哭不止。邢夫人想着：“家产一空，丈夫年老远出；膝下虽有琏儿，又是素来顺他二叔的，如今都靠着二叔，他两口子自然更顺着那边去了：独我一人孤苦伶仃，怎么好？”那尤氏本来独掌宁府的家计，除了贾珍，也算是惟他为尊；又与贾珍夫妻相和。如今犯事远出，家财抄尽，依住荣府，虽则老太太疼爱，终是依人门下；又兼带着佩凤、偕鸾；那蓉儿夫妇，也还不能兴家立业。又想起：“二妹妹、三妹妹都是琏二爷闹的，如今他们倒安然无事，依旧夫妻完聚，只剩我们几个，怎么度日？”想到这里，痛哭起来。

贾母不忍，便问贾政道：“你大哥和珍儿现已定案，可能回家？蓉儿既没他的事，也该放出来了。”贾政道：“若在定例呢，大哥是不能回家的。我已托人徇个私情，叫我大哥同着侄儿回家，好置办行装，衙门内业已应了。想来蓉儿同着他爷爷、父亲一起出来。只请老太太放心，儿子办去。”

贾母又道：“我这几年老的不成人了，总没有问过家事。如今东府里是抄了去了，房子入官不用说；你大哥那边，琏儿那里，也都抄了。咱们西府里的银库和东省地土，你知道还剩了多少？他两个起身，也得给他们几千银子才好。”贾政正是没法，听见贾母一问，心想着：“若是说明，又恐老太太着急；若不说明，不用说将来，只现在怎样办法呢？”想毕，便回道：“若老太太不问，儿子也不敢说。如今老太太既问到这里，现在琏儿也在这里，昨日儿子已查了，旧库的银子早已虚空，不但用尽，外头还有亏空。现今大哥这件事，若不花银托人，虽说主上宽恩，只怕他们爷儿两个也不大好，就是这项银子尚无打算。东省的地亩，早已寅年吃了卯年的租儿了，一时也弄不过来。只好尽所有蒙圣恩没有动的衣服、首饰折变了，给大哥和珍儿作盘费罢了。过日的事，只可再打算。”

贾母听了，又急的眼泪直淌，说道：“怎么着，咱们家到了这个田地了么？我虽没有经过，我想起我家向日比这里还强十倍，也是摆了几年虚架子，没有出这样事，已经塌下来了，不消一二年就完了。据你说起来，咱们竟一两年就不能支了？”贾政道：“若是这两个世俸不动，外头还有些挪移。如今无可指称，谁肯接济。”说着，也泪流满面：“想起亲戚来，用过我们的，如今都穷了；没有用过我们的，又不肯照应。昨日儿子也没有细查，只看了家下的人丁册子，别说上头的钱一无所出，那底下的人也养不起许多。”

贾母正在忧虑，只见贾赦、贾珍、贾蓉一齐进来给贾母请安。贾母看这般光景，一只手拉着贾赦，一只手拉着贾珍，便大哭起来。他两人脸上羞惭，又见贾母哭泣，都跪在地下，哭着说道：“儿孙们不长进，将祖上功勋丢了，又累老太太伤心，儿孙们是死无葬身之地的了！”满屋中人看这光景，又一齐大哭起来。贾政只得劝解：“倒先要打算他两个的使用。大约在家只可住得一两日，迟则人家就不依了。”老太太含悲忍泪的说道：“你两个且各自同你们媳妇们说说话儿去罢。”又吩咐贾政道：“这件事是不能久待的，想来外面挪移恐不中用，那时误了钦限，怎么好？只好我替你们打算罢了。就是家中如此乱糟糟的，也不是常法儿。”一面说着，便叫鸳鸯吩咐去了。

这里贾赦等出来，又与贾政哭泣了一会，都不免将从前任性，过后恼悔，如今分离的话说了一会，各自夫妻们那边悲伤去了。贾赦年老，倒还撂的下；独有贾珍与尤氏怎忍分离。贾琏、贾蓉两个也只有拉着父亲啼哭。虽说是比军流减等，究竟生离死别。这也是事到如此，只得大家硬着心肠过去。

却说贾母叫邢、王二夫人同着鸳鸯等开箱倒笼，将做媳妇到如今积攒的东西都拿出来。又叫来贾赦、贾政、贾珍等，一一的分派。给贾赦三千两，说："这里现有的银子，你拿二千两去做你的盘费使用，留一千给大太太零用。这三千给珍儿：你只许拿一千去，留下二千给你媳妇收着。仍旧各自过日子，房子还是一处住，饭食各自吃罢。四丫头将来的亲事，还是我的事。只可怜凤丫头操了一辈子心，如今弄的精光，也给他三千两，叫他自己收着，不许叫琏儿用。如今他还病的神昏气短，叫平儿来拿去。这是你祖父留下的衣裳；还有我少年穿的衣服、首饰，如今我也用不着了。男的呢，叫大老爷、珍儿、琏儿、蓉儿拿去分了；女的呢，叫大太太、珍儿媳妇、凤丫头拿了分去。这五百两银子交给琏儿，明年将林丫头的棺材送回南去。"

分派定了，又叫贾政道："你说外头还该着帐呢，这是少不得的，你叫拿这金子变卖偿还。这是他们闹掉了我的，你也是我的儿子，我并不偏向。宝玉已经成了家，我下剩的这些金银东西，大约还值几千银子，这是都给宝玉的了。珠儿媳妇向来孝顺我，兰儿也好，我也分给他们些。这就是我的事情完了。"

贾政等见母亲如此明断分晰，俱跪下哭着说："老太太这么大年纪，儿孙们没点孝顺，承受老祖宗这样恩典，叫儿孙们更无地自容了。"贾母道："别瞎说了。要不闹出这个乱儿来，我还收着呢。只是现在家人太多，只有二老爷当差，留几个人就够了。你就吩咐管事的，将人叫齐了，分派妥当。各家有人就罢了。譬如那时都抄了，怎么样呢？我们里头的，也要叫人分派，该配人的配人，赏去的赏去。如今虽说这房子不入官，你到底把这园子交了才是呢。那些地亩还交琏儿清理，该卖的卖，留的留，再不可支架子，做空头。我索性说了罢，江南甄家还有几两银子，二太太那里收着，该叫人就送去罢。倘或再有点事儿出来，可不是他们躲过了风暴又遭了雨了么？”贾政本是不知当家立计的人，一听贾母的话，一一领命，心想：“老太太实在真真是理家的人，都是我们这些不长进的闹坏了。”

贾政见贾母劳乏，求着老太太歇歇养神。贾母又道：“我所剩的东西也有限，等我死了，做结果我的使用。下剩的都给伏侍我的丫头。”

贾政等听到这里，更加伤感，大家跪下：“请老太太宽怀。只愿儿子们托老太太的福，过了些时，都邀了恩眷，那时兢兢业业的治起家来，以赎前愆，奉养老太太到一百岁。”贾母道：“但愿这样才好，我死了也好见祖宗。你们别打量我是享得富贵受不得贫穷的人哪，不过这几年看着你们轰轰烈烈，我乐得都不管，说说笑笑，养身子罢了。那知道家运一败，直到这样。若说外头好看，里头空虚，是我早知道的了。只是‘居移气，养移体’，一时下不了台就是了。如今借此正好收敛，守住这个门头儿，不然叫人笑话。你还不知，只打量我知道穷了，就着急的要死。我心里是想着祖宗莫大的功勋，无一日不指望你们比祖宗还强，能够守住也罢了。谁知他们爷儿两个做些什么勾当！”

贾母正自长篇大论的说，只见丰儿慌慌张张的跑来回王夫人道：“今早我们奶奶听见外头的事，哭了一场，如今气都接不上了，平儿叫我来回太太。”丰儿没有说完，贾母听见，便问：“到底怎么样？”王夫人便代回道：“如今说是不大好。”贾母起身道：“嗳！这些冤家，竟要磨死我了。”说着，叫人扶着，要亲自看去。贾政急忙拦住劝道：“老太太伤了好一会子心，又分派了好些事，这会子该歇歇儿了。就是孙子媳妇有什么事，叫媳妇瞧去就是了，何必老太太亲身过去呢，倘或再伤感起来，老太太身上要有一点儿不好，叫做儿子的怎么处呢？”贾母道：“你们各自出去，等一会子再进来，我还有话说。”贾政不敢多言，只得出来料理兄、侄起身的事，又叫贾琏挑人跟去。

这里贾母才叫鸳鸯等派人拿了给凤姐的东西，跟着过来。凤姐正在气厥。平儿哭的眼肿腮红，听见贾母带着王夫人等过来，疾忙出来迎接。贾母便问：“这会子怎么样了？”平儿恐惊了贾母，便说：“这会子好些儿。”说着，跟了贾母等进来，赶忙先走过来，轻轻的揭开帐子。凤姐开眼瞧着，只见贾母进来，满心惭愧。先前原打量贾母等恼他，不疼他了，是死活由他的。不料贾母亲自来瞧，心里一宽，觉都壅塞的气略松动些，便要扎挣坐起。

贾母叫平儿按着："不用动。你好些么？"凤姐含泪道："我好些了。只是从小儿过来，老太太、太太怎么样疼我。那知我福气薄，叫神鬼支使的失魂落魄，不能够在老太太、太太跟前尽点儿孝心，讨个好儿，还这样把我当人，叫我帮着料理家务，被我闹的七颠八倒，我还有什么脸见老太太、太太呢？今日老太太、太太亲自过来，我更担不起了，恐怕该活三天的，又折了两天去了。"说着悲咽。贾母道："那些事原是外头闹起来的，与你什么相干。就是你的东西被人拿去，这也算不了什么呀。我带了好些东西给你，你瞧瞧。"说着，叫人拿上来给他瞧。

凤姐本是贪得无厌的人，如今被抄净尽，自然愁苦，又恐人埋怨，正是几不欲生的时候。今见贾母仍旧疼他，王夫人也不嗔怪，过来安慰他；又想贾琏无事：心下安放好些。便在枕上与贾母磕头，说道："请老太太放心。若是我的病托着老太太的福好了，我情愿自己当个粗使的丫头，尽心竭力的伏侍老太太、太太罢。"

贾母听他说的伤心，不免掉下泪来。宝玉是从来没有经过这大风浪的，心下只知安乐、不知忧患的人，如今碰来碰去，都是哭泣的事，所以他竟比傻子尤甚，见人哭他就哭。

凤姐看见众人忧闷，反倒勉强说几句宽慰贾母的话，求着："请老太太、太太回去，我略好些，过来磕头。"说着，将头仰起。贾母叫平儿："好生伏侍。短什么，到我那里要去。"说着，带了王夫人，将要回到自己房中，只听见两三处哭声。贾母听着，实在不忍，便叫王夫人散去，叫宝玉："去见你大爷、大哥，送一送就回来。"自己躺在榻上下泪。幸喜鸳鸯等能用百样言语劝解，贾母暂且安歇。

不言贾赦等分离悲痛。那些跟去的人，谁是愿意的，不免心中抱怨，叫苦连天。正是生离果胜死别，看者比受者更加伤心。好好的一个荣国府，闹到人嚎鬼哭。贾政最循规矩，在伦常上也讲究的，执手分别后，自己先骑马赶至城外，举酒送行，又叮咛了好些国家轸恤勋臣，力图报称的话。贾赦等挥泪分头而别。

贾政带了宝玉回家，未及进门，只见门上有好些人在那里乱嚷，说："今日旨意：将荣国公世职着贾政承袭。"那些人在那里要喜钱，门上人和他们分争，说："是本来的世职，我们本家袭了，有什么喜报？"那些人说道："那世职的荣耀，比任什么还难得，你们大老爷闹掉了，想要这个，再不能的了。如今圣人的恩典比天还大，又赏给二老爷了，这是千载难逢的，怎么不给喜钱？"

正闹着，贾政回家，门上回了，虽则喜欢，究竟是哥哥犯事所致，反觉感极涕零，赶着进内告诉贾母。贾母自然喜欢，拉着说了些勤黾报恩的话。王夫人正恐贾母伤心，过来安慰，听得世职复还，也是欢喜。独有邢夫人、尤氏心下悲苦，只不好露出来。

且说外面这些趋炎奉势的亲戚朋友，先前贾宅有事，都远避不来；今儿贾政袭职，知圣眷尚好，大家都来贺喜。那知贾政纯厚性成，因他袭哥哥的职，心内反生烦恼，只知感激天恩。于第二日进内谢恩，到底将赏还府第、园子备折奏请入官。内廷降旨不必，贾政才得放心回家。以后循分供职。

但是家计萧条，入不敷出；贾政又不能在外应酬。家人们见贾政忠厚；凤姐抱病，不能理家；贾琏的亏空一日重似一日，难免典房卖地：府内家人几个有钱的怕贾琏缠扰，都装穷躲事，甚至告假不来，各自另寻门路。独有一个包勇，虽是新投到此，恰遇荣府坏事，他倒有些真心办事，见那些人欺瞒主子，便时常不忿。奈他是个新来乍到的人，一句话也插不上。他便生气，每日吃了就睡。众人嫌他不肯随和，便在贾政前说他终日贪杯生事，并不当差。贾政道："随他去罢，原是甄府荐来，不好意思。横竖家内添这一个人吃饭，虽说穷，也不在他一人身上。"并不叫驱逐。众人又在贾琏跟前说他怎么样不好。贾琏此时也不敢自作威福，只得由他。

忽一日，包勇耐不过，吃了几杯酒，在荣府街上闲逛，见有两个人说话。

那人说道："你瞧，这么个大府，前儿抄了家，不知如今怎么样了。"那人道："他家怎么能败。听见说，里头有位娘娘是他家的姑娘，虽是死了，到底有根基的。况且我常见他们来往的都是王公侯伯，那里没有照应。就是现在的府尹，前任的兵部，是他们的一家儿。难道有这些人还护庇不来么？"那人道："你白住在这里。别人犹可，独是那个贾大人更了不得。我常见他在两府来往，前儿御史虽参了，主子还叫府尹查明实迹再办，你说他怎么样？他本沾过两府的好处，怕人说他回护一家儿，他倒狠狠的踢了一脚，所以两府里才到底抄了。你说如今的世情还了得吗？"

两人无心说闲话，岂知旁边有人跟着听的明白。包勇心下暗想："天下有这样人！但不知是我们老爷的什么人。我若见了他，便打他一个死，闹出事来，我承当去。"那包勇正在酒后胡思乱想，忽听那边喝道而来。包勇远远站着，只见那两人轻轻的说道："这来的就是那个贾大人了。"包勇听了，心里怀恨，趁着酒兴，便大声说道："没良心的男女！怎么忘了我们贾家的恩了？"雨村在轿内听得一个"贾"字，便留神观看，见是一个醉汉，也不理会，过去了。

那包勇醉着，不知好歹，便得意洋洋回到府中，问起同伴，知道了方才见的那位大人是这府里提拔起来的："他不念旧恩，反来踢弄咱们家里，见了他骂他几句，他竟不敢答言。"那荣府的人本嫌包勇，只是主人不计较他，如今他又在外头惹祸，正好趁着贾政无事，便将包勇喝酒闹事的话回了贾政。

贾政此时正怕风波，听见家人回禀，便一时生气，叫进包勇来数骂了几句，也不好深究责罚他，便派去看园，不许他在外行走。那包勇本是个直爽的脾气，投了主子，他便赤心护主，那知贾政反倒听了别人的话骂他。他也不敢再辩，只得收拾行李，往园中看守浇灌去了。

未知后事如何，且听下回分解。

第一百八回

强欢笑蘅芜庆生辰
死缠绵潇湘闻鬼哭

却说贾政先前曾将房产并大观园奏请入官，内廷不收，又无人居住，只好封锁。因园子接连尤氏、惜春住宅，太觉旷阔无人，遂将包勇罚看荒园。

此时贾政理家，奉了贾母之命，将人口渐次减少，诸凡省俭，尚且不能支持。幸喜凤姐是贾母心爱的人，王夫人等虽不大喜欢，若说治家办事，尚能出力，所以内事仍交凤姐办理。但近来因被抄以后，诸事运用不来，也是每形拮据。那些房头上下人等原是宽裕惯了的，如今较往日十去其七，怎能周到，不免怨言不绝。凤姐也不敢推辞，在贾母前扶病承欢。

过了些时，贾赦、贾珍各到当差地方，恃有用度，暂且自安，写书回家，都言安逸，家中不必挂念。于是贾母放心，邢夫人、尤氏也略略宽怀。

一日，史湘云出嫁回门，来贾母这边请安。贾母提起他女婿甚好，史湘云也将那里家中平安的话说了，请老太太放心。又提起黛玉去世，不免大家落泪。贾母又想起迎春苦楚，越觉悲伤起来。

史湘云解劝一回，又到各家请安问好毕，仍到贾母房中安歇，言及："薛家这样人家，被薛大哥闹的家破人亡。今年虽是缓决人犯，明年不知可能减等。"贾母道："你还不知道呢，昨儿蟠儿媳妇死的不明白，几乎又闹出一场事来。还幸亏老佛爷有眼，叫他带来的丫头自己供出来了，那夏奶奶没的闹了，自家拦住相验，你姨妈这里才将皮裹肉的打发出去了。如今守着蝌儿过日子。这孩子却有良心，他说哥哥在监里尚没完事，不肯娶亲；你邢妹妹在大太太那边，也就很苦。琴姑娘为他公公死了还没满服，梅家尚未娶去。你说说，真真是六亲同运：薛家是这么着；二太太的娘家大舅太爷一死，凤丫头的哥哥也不成人，那二舅太爷是个小气的，又是官项不清，也是打饥荒；甄家自从抄家以后，别无信息。”

湘云道：“三姐姐去了，曾有书字回来么？”贾母道：“自从出了嫁，二老爷回来说，你三姐姐在海疆很好。只是没有书信，我也是日夜惦记。为我们家连连的出些不好事，所以我也顾不来。如今四丫头也没有给他提亲。环儿呢，谁有功夫提起他来。如今我们家的日子，比你从前在这里的时候更苦了。只可怜你宝姐姐自过了门，没过一天舒服日子。你二哥哥还是那么疯疯癫癫，这怎么好呢！”

湘云道：“我从小儿在这里长大的，这里那些人的脾气，我都知道的。这一回来了，竟都改了样子了。我打量我隔了好些时没来，他们生疏我。我细想起来，竟不是的。就是见了我，瞧他们的意思，原要像先前一样的热闹，不知道怎么说说就伤起心来了。所以我坐了坐儿，就到老太太这里来了。”贾母道：“如今的日子，在我也罢了。他们年轻轻儿的人，还了得！我正要想个法儿，叫他们还热闹一天才好，只是打不起这个精神来。”

湘云道：“我想起来了：宝姐姐不是后儿的生日吗？我多住一天，给他拜个寿，大家热闹一天。不知老太太怎么样？”贾母道：“我真正气糊涂了。你不提，我竟忘了，后日可不是他的生日吗。我明日拿出钱来，给他办个生日。他没有定亲的时候，倒做过好几次；如今过了门，倒没有做。宝玉这孩子，头里很伶俐，很淘气；如今因为家里的事不好，把这孩子越发弄的话都没有了。倒是珠儿媳妇还好，他有的时候是这么着，没的时候他也是这么着，带着兰儿静静儿的过日子，倒难为他。”

湘云道：“别人还不离，独有琏二嫂子，连模样儿都改了，说话也不伶俐了。明日等我来引逗他们，看他们怎么样。但只他们嘴里不说，心里要抱怨我，说我有了……”刚说到这里，却把个脸飞红了。贾母会意，道：“这怕什么，当初姊妹们都是在一处乐惯了的，说说笑笑，再别留这些心。大凡一个人，有也罢，没也罢，总要受得富贵，耐得贫贱才好呢。你宝姐姐生来是个大方的人：头里他家这样好，他也一点儿不骄傲；后来他家坏了事，他也是舒舒坦坦的。如今在我家里，宝玉待他好，他也是那样安顿；一时待他不好，也不见他有什么烦恼。我看这孩子倒是个有福的。你林姐姐他就最小性儿，又多心，所以到底儿不长命的。凤丫头也见过些事，很不该略见些风波，就改了样子。他若这样没见识，也就是小气了。后儿宝丫头的生日，我另拿出银子来，热热闹闹的给他做个生日，也叫他喜欢这么一天。”

湘云答应道：“老太太说的很是，索性把那些姐妹们都请了来，大家叙一叙。”贾母道：“自然要请的。”一时高兴，遂叫鸳鸯拿出一百银子来，交给外头：“叫他明日起，预备两天的酒饭。”鸳鸯领命，叫婆子交了出去。一宿无话。

次日传话出去，打发人去接迎春；又请了薛姨妈、宝琴，叫带了香菱来；又请李婶娘。不多半日，李纹、李绮都来了。宝钗本不知道，听见老太太的丫头来请，说：“薛姨太太来了，请二奶奶过去呢。”宝钗心里喜欢，便是随身衣服过去，要见他母亲。只见他妹子宝琴并香菱都在这里，又见李婶娘等人也都来了，心想：“这些人必是知道我们家的事情完了，所以来问候的。”便去问了李婶娘好，见了贾母，然后与他母亲说了几句话，和李家姐妹们问好。

湘云在旁说道：“太太们请都坐下，让我们姐妹们给姐姐拜寿。”宝钗听了，倒呆了一呆，回来一想：“可不是明日是我的生日吗。”便说：“姐妹们过来瞧老太太是该的。若说为我的生日，是断断不敢的。”

正推让着，宝玉也来请薛姨妈、李婶娘的安。听见宝钗自己推让，他心里本早打算过宝钗生日，因家中闹得七颠八倒，也不敢在贾母处提起，今儿湘云等众人要拜寿，便喜欢道：“明日才是生日，我正要告诉老太太来。”湘云笑道：“扯臊！老太太还等你告诉？你打量这些人为什么来？是老太太请的。”

宝钗听了，心下未信，只听贾母合他母亲道：“可怜宝丫头做了一年新媳妇，家里接二连三的有事，总没有给他做过生日。今日我给他做个生日，请姨太太、太太们来，大家说说话儿。”薛姨妈道：“老太太这些时心里才安，他小人儿家还没有孝敬老太太，倒要老太太操心。”湘云道：“老太太最疼的孙子是二哥哥，难道二嫂子就不疼了么？况且宝姐姐也配老太太给他做生日。”宝钗低头不语。宝玉心里想道：“我只说史妹妹出了阁，必换了一个人了，我所以不敢亲近他，他也不来理我；如今听他的话，竟和先前是一样的。为什么我们那个过了门，更觉的腼腆了，话都说不出来了呢？”

正想着，小丫头进来说：“二姑奶奶回来了。”随后李纨、凤姐都进来，大家厮见一番。迎春提起他父亲出门，说：“本要赶来见见，只是他拦着不许来，说是咱们家正是晦气时候，不要沾染在身上。我扭不过，没有来，直哭了两三天。”凤姐道：“今儿为什么肯放你回来？”迎春道：“他又说咱们家二老爷又袭了职，还可以走走，不妨事的，所以才放我来。”说着又哭起来。贾母道：“我原为闷的慌，今日接你们来，给孙子媳妇过生日，说说笑笑，解个闷儿；你们又提起这些烦事来，又招起我的烦恼来了。”迎春等都不敢作声了。

凤姐虽勉强说了几句有兴的话，终不似先前爽利，招人发笑。贾母心里要宝钗喜欢，故意的怄凤姐儿说话。凤姐也知贾母之意，便竭力张罗，说道：“今儿老太太喜欢些了。你看这些人好几时没有聚在一处，今儿齐全。”说着，回过头去，看见婆婆、尤氏不在这里，又缩住了口。贾母为着“齐全”两字，也想邢夫人等，叫人请去。邢夫人、尤氏、惜春等听见老太太叫，不敢不来，心内也十分不愿意：想着家业零败，偏又高兴给宝钗做生日，到底老太太偏心。便来了，也是无精打彩的。贾母问起岫烟来，邢夫人假说病着不来。贾母会意，知薛姨妈在这里，有些不便，也不提了。

一时，摆下果酒。贾母说：“也不送到外头，今日只许咱们娘儿们乐一乐。”宝玉虽然娶过亲的人，因贾母疼爱，仍在里头打混，但不与湘云、宝琴等同席，便在贾母身旁设着一个坐儿，他替宝钗轮流敬酒。贾母道：“如今且坐下，大家喝酒。到挨晚儿，再到各处行礼去。若如今行起礼来，大家又闹规矩，把我的兴头打回去，就没趣了。”宝钗便依言坐下。

贾母又向众人道：“咱们今儿索性洒脱些，各留一两个人伺候。我叫鸳鸯带了彩云、莺儿、袭人、平儿等在后间去，也喝一钟酒。”鸳鸯等说：“我们还没有给二奶奶磕头，怎么就好喝酒去呢。”贾母道：“我说了，你们只管去，用的着你们再来。”鸳鸯等去了。

这里贾母才让薛姨妈等喝酒，见他们都不是往常的样子，贾母着急道：“你们到底是怎么着？大家高兴些才好。”湘云道：“我们又吃又喝，还要怎么着呢？”凤姐道：“他们小的时候都高兴，如今碍着脸不敢混说，所以老太太瞧着冷静了。”宝玉轻轻的告诉贾母道：“话是没有什么说的，再说就说到不好的上头去了。不如老太太出个主意，叫他们行个令儿罢。”贾母侧着耳朵听了，笑道：“若是行令，又得叫鸳鸯去。”

宝玉听了，不待再说，就出席到后间去找鸳鸯，说：“老太太要行令，叫姐姐去呢。”鸳鸯道：“小爷，让我们舒舒服服的喝一钟罢，何苦来又来搅什么。”宝玉道：“当真老太太说的叫你去呢，与我什么相干。”鸳鸯没法，说道：“你们只管喝，我去了就来。”便到贾母这边。

老太太道：“你来了么，这里要行令呢。”鸳鸯道：“听见宝二爷说老太太叫我，才来的。不知老太太要行什么令儿？”贾母道：“那文的怪闷的慌，武的又不好，你倒是想个新鲜玩意儿才好。”鸳鸯想了想道：“如今姨太太有了年纪，不肯费心，倒不如拿出令盆、骰子来，大家掷个曲牌名儿，赌输赢酒罢。”贾母道：“这也使得。”便命人取骰盆，放在案上。

鸳鸯说：“如今用四个骰子掷去，掷不出名儿来的罚一杯；掷出名儿来，每人喝酒的杯数儿，掷出来再定。”众人听了道：“这是容易的，我们都随着。”鸳鸯便打点儿。众人叫鸳鸯喝了一杯，就在他身上数起，恰是薛姨妈先掷。薛姨妈便掷了一下，却是四个幺。鸳鸯道：“这是有名的，叫做‘商山四皓’。有年纪的喝一杯。”于是贾母、李婶娘、邢、王两夫人都该喝。贾母举酒要喝，鸳鸯道：“这是姨太太掷的，还该姨太太说个曲牌名儿，下家接一句《千家诗》。说不出来的罚一杯。”薛姨妈道：“你又来算计我了，我那里说的上来。”贾母道：“不说到底寂寞，还是说一句的好。下家儿就是我了，若说不出来，我陪姨太太喝一钟就是了。”薛姨妈便道：“我说个‘临老入花丛’。”贾母点点头儿道：“将谓偷闲学少年。”

说完，骰盆过到李纹，便掷了两个四，两个二。鸳鸯说：“也有名儿了，这叫‘刘阮入天台’。”李纹便接着说了个“二士入桃源”。下手儿便是李纨，说道：“寻得桃源好避秦”。大家又喝了一口。

骰盆又过到贾母跟前，便掷了两个二，两个三。贾母道：“这要喝酒了？”鸳鸯道：“有名儿的，这是‘江燕引雏’。众人都该喝一杯。”凤姐道：“雏是雏，倒飞了好些了。”众人瞅了他一眼，凤姐便不言语。贾母道：“我说什么呢？‘公领孙’罢。”下手是李绮，便说道：“闲看儿童捉柳花”。众人都说好。

宝玉巴不得要说，只是令盆轮不到。正想着，恰好到了跟前，便掷了一个二，两个三，一个幺。便说道：“这是什么？”鸳鸯笑道：“这是个‘臭’。先喝一钟再掷罢。”宝玉只得喝了。又掷，这一掷掷了两个三，两个四。鸳鸯道：“有了，这叫做‘张敞画眉’。”宝玉知是打趣他。宝钗的脸也飞红了。凤姐不大懂得，还说：“二兄弟快说了，再找下家儿是谁。”宝玉难说，自认：“罚了罢。我也没下家儿。”

过了令盆，轮到李纨，便掷了一下。鸳鸯道：“大奶奶掷的是‘十二金钗’。”宝玉听了，赶到李纨身旁看时，只见红绿对开，便说：“这一个好看的很。”忽然想起“十二钗”的梦来，便呆呆的退到自己座上，心里想：“这‘十二钗’说是金陵的，怎么我家这些人如今七大八小的就剩了这几个？”复又看看湘云、宝钗，虽说都在，只是不见了黛玉。一时按捺不住，眼泪便要下来。恐人看见，便说身上燥的很，脱脱衣裳去，挂了筹，出席去了。史湘云看见宝玉这般光景，打量宝玉掷不出好的来，被别人掷了去，心里不喜欢才去的；又嫌那个令儿没趣，便有些烦。只见李纨道：“我不说了，席间的人也不齐，不如罚我一杯。”

贾母道：“这个令儿也不热闹，不如蠲了罢。让鸳鸯掷一下，看掷出个什么来。”小丫头便把令盆放在鸳鸯跟前。鸳鸯依命，便掷了两个二，一个五，那一个骰子在盆里只管转。鸳鸯叫道：“不要五！”那骰子单单转出一个五来。鸳鸯道：“了不得！我输了。”贾母道：“这是不算什么的吗？”鸳鸯道：“名儿倒有，只是我说不上曲牌名来。”贾母道：“你说名儿，我给你诌。”鸳鸯道：

“这是‘浪扫浮萍’。”贾母道：“这也不难，我替你说个‘秋鱼入菱窠’。”鸳鸯下手的就是湘云，便道：“白萍吟尽楚江秋”。众人都道：“这句很确。”

贾母道：“这令完了，咱们喝两杯，吃饭罢。”回头一看，见宝玉还没进来，便问道：“宝玉那里去了，还不来？”鸳鸯道：“换衣裳去了。”贾母道：“谁跟了去的？”那莺儿便上来回道：“我看见二爷出去，我叫袭人姐姐跟了去了。”贾母、王夫人才放心。等了一会，王夫人叫人去找。

小丫头到了新房子里，只见五儿在那里插蜡。小丫头便问：“宝二爷那里去了？”五儿道：“在老太太那边喝酒呢。”小丫头道：“我打老太太那里来，太太叫我来找，岂有在那里，倒叫我来找的呢？”五儿道：“这就不知道了，你到别处找去罢。”小丫头没法，只得回来，遇见秋纹，问道：“你见二爷那里去了？”秋纹道：“我也找他，太太们等他吃饭。这会子那里去了呢？你快去回老太太去，不必说不在家，只说喝了酒不大受用，不吃饭了，略躺一躺再来，请老太太、太太们吃饭罢。”

小丫头依言回去，告诉珍珠，珍珠回了贾母。贾母道：“他本来吃不多，不吃也罢了，叫他歇歇罢。告诉他今儿不必过来，有他媳妇在这里就是了。”珍珠便向小丫头道：“你听见了？”小丫头答应着，不便说明，只得在别处转了一转，说告诉了。众人也不理会，吃毕饭，大家散坐闲话，不提。

且说宝玉一时伤心，走出来，正无主意，只见袭人赶来，问是怎么了。宝玉道：“不怎么，只是心里怪烦的。要不趁他们喝酒，咱们两个到珍大奶奶那里逛逛去。”袭人道：“珍大奶奶在这里，去找谁？”宝玉道：“不找谁，瞧瞧他。既在这里，住的房屋怎么样？”袭人只得跟着，一面走，一面说。走到尤氏那边，有一个小门儿半开半掩，宝玉也不进去。只见看园门的两个婆子坐在门槛上说话儿，宝玉问道：“这小门儿开着么？”婆子道：“天天不开。今儿有人出来说，今日预备老太太要用园里的果子，才开着门等着呢。”

宝玉便慢慢的走到那边，果见腰门半开。宝玉才要进去，袭人忙拉住道：“不用去，园里不干净，常没有人去，别再撞见什么。”宝玉仗着酒气，说道：

"我不怕那些。"袭人苦苦的拉住，不容他去。婆子们上来说道："如今这园子安静的了。自从那日道士拿了妖去，我们摘花，打果子，一个人常走的。二爷要去，咱们都跟着，有这些人怕什么。"宝玉喜欢。袭人也不便相强，只得跟着。

宝玉进得园来，只见满目凄凉：那些花木枯萎；更有几处亭馆，彩色久经剥落。远远望见一丛翠竹，倒还茂盛。宝玉一想，说："我自病时出园，住在后边，一连几个月不准我到这里，瞬息荒凉。你看独有那几竿翠竹菁葱，这不是潇湘馆么？"袭人道："你几个月没来，连方向儿都忘了。咱们只管说话儿，不觉将怡红院走过了。"回头用手指着道："这才是潇湘馆呢。"宝玉顺着袭人的手一瞧，道："可不是过了吗。咱们回去瞧瞧。"袭人道："天晚了，老太太必是等着吃饭，该回去了。"宝玉不言，找着旧路，竟往前走。

你道宝玉虽离了大观园将及一载，岂遂忘了路径？只因袭人怕他见了潇湘馆，想起黛玉，又要伤心，所以要用言混过。后来见宝玉只望里走，只怕他招了邪气，所以哄着他，只说已经走过了。那里知道宝玉的心全在潇湘馆上。此时宝玉往前急走，袭人只得赶上。见他站着，似有所见，如有所闻，便道："你听什么？"宝玉道："潇湘馆倒有人住么？"袭人道："大约没有人罢。"宝玉道："我明明听见有人在内啼哭，怎么没有人？"袭人道："是你疑心：素常你到这里，常听见林姑娘伤心，所以如今还是那样。"

宝玉不信，还要听去。婆子们赶上说道："二爷快回去罢，天已晚了。别处我们还敢走，这里的路儿隐僻，又听见人说，这里打林姑娘死后，常听见有哭声，所以人都不敢走的。"宝玉、袭人听说，都吃了一惊。宝玉道："可不是。"说着，便滴下泪来，说："林妹妹，林妹妹，好好儿的，是我害了你了！你别怨我，只是父母作主，并不是我负心。"愈说愈痛，便大哭起来。

袭人正在没法，只见秋纹带着些人赶来，对袭人道："你好大胆子，怎么和二爷到这里来？老太太、太太急的打发人各处都找到了。刚才腰门上有人说是你和二爷到这里来了，唬的老太太、太太们了不得，骂着我，叫我带人赶来。还不快回去呢！"宝玉犹自痛哭。袭人也不顾他哭，两个人拉着就走，一面替他拭眼泪，告诉他老太太着急。宝玉没法，只得回来。

袭人知老太太不放心，将宝玉仍送到贾母那边，众人都等着未散。贾母便说："袭人，我素常因你明白，才把宝玉交给你，怎么今儿带他园里去？他的病才好，倘或撞着什么，又闹起来，那可怎么好？"袭人也不敢分辩，只得低头不语。宝钗看宝玉颜色不好，心里着实的吃惊。倒还是宝玉恐袭人受委屈，说道："青天白日怕什么。我因为好些时没到园里逛逛，今儿趁着酒兴走走，那里就撞着什么了呢？"

凤姐在园里吃过大亏的，听到这里，寒毛直竖，说："宝兄弟胆子忒大了！"湘云道："不是胆大，倒是心实。不知是会芙蓉神去了，还是寻什么仙去了。"宝玉听着，也不答言。独有王夫人急的一言不发。

贾母问道："你到园里没有唬着呀？不用说了。以后要逛，到底多带几个人才好。不是你闹的，大家早散了。去罢，好好的睡一夜。明儿一早过来，我要找补，叫你们再乐一天呢。别为他又闹出什么原故来。"

众人听说，遂辞了贾母出来。薛姨妈便到王夫人那里住下，史湘云仍在贾母房中，迎春便往惜春那里去了，馀者各自回去，不提。

独有宝玉回到房中，嗳声叹气。宝钗明知其故，也不理他。只是怕他忧闷勾出旧病来，便进里间，叫袭人来，细问他宝玉到园怎么样的光景。

未知袭人怎生回说，下回分解。

第一百九回

候芳魂五儿承错爱
还孽债迎女返真元

话说宝钗叫袭人问出原故，恐宝玉悲伤成疾，便将黛玉临死的话与袭人假作闲谈，说是：“人在世上，有意有情。到了死后，各自干各自的去了，并不是生前那样的，人死后还是那样。活人虽有痴心，死的竟不知道。况且林姑娘既说仙去，他看凡人是个不堪的浊物，那里还肯混在世上。只是人自己疑心，所以招出些邪魔外祟来缠扰。”宝钗虽是与袭人说话，原说给宝玉听的。袭人会意，也说是：“没有的事。若说林姑娘的魂灵儿还在园里，我们也算相好，怎么没有梦见过一次？”

宝玉在外面听着，细细的想道：“果然也奇。我知道林妹妹死了，那一日不想几遍，怎么从没梦见？想必他到天上去了，瞧我这凡夫俗子不能交通神明，所以梦都没有一个儿。我如今就在外间睡，或者我从园里回来，他知道我的心，肯与我梦里一见。我必要问他实在那里去了，我也时常祭奠。若是果然不理我这浊物，竟无一梦，我便也不想他了。”主意已定，便说：“我今夜就在外间睡，你们也不用管我。”

宝钗也不强他，只说：“你不用胡思乱想。你没瞧见太太因你园里去了，急的话都说不出来？你这会子还不保养身子，倘或老太太知道了，又说我们不用心。”宝玉道：“白这么说罢咧，我坐一会子就进来。你也乏了，先睡罢。”宝钗料他必进来的，假意说道：“我睡了，叫袭姑娘伺候你罢。”

宝玉听了，正合机宜。等宝钗睡下，他便叫袭人、麝月另铺设下一副被褥，常叫人进来瞧二奶奶睡着了没有。宝钗故意装睡，也是一夜不宁。那宝玉只当宝钗睡着，便与袭人道："你们各自睡罢，我又不伤感。你若不信，你就伏侍我睡了再进去，只要不惊动我就是了。"袭人果然伏侍他睡下，预备下了茶水，关好了门，进里间去照应了一回，各自假寐，等着宝玉若有动静再出来。

宝玉见袭人进去了，便将坐更的两个婆子支到外头。他轻轻的坐起来，暗暗的祝赞了几句，方才睡下。起初再睡不着，以后把心一静，谁知竟睡着了，却倒一夜安眠。直到天亮，方才醒来，拭了拭眼，坐着想了一回，并无有梦。便叹口气道："正是'悠悠生死别经年，魂魄不曾来人梦'。"

宝钗反是一夜没有睡着，听见宝玉在外边念这两句，便接口道："这话你说莽撞了，若林妹妹在时，又该生气了。"宝玉听了，自觉不好意思，只得起来，搭讪着进里间来说："我原要进来，不知怎么，一个盹儿就打着了。"宝钗道："你进来不进来，与我什么相干。"

袭人也本没有睡，听见他们两个说话，即忙上来倒茶。只见老太太那边打发小丫头来问："宝二爷昨夜睡的安顿么？若安顿，早早的同二奶奶梳洗了就过去。"袭人道："你去回老太太，说宝玉昨夜很安顿，回来就过来。"小丫头去了。宝钗连忙梳洗了，莺儿、袭人等跟着，先到贾母那里行了礼。便到王夫人那边起，至凤姐，都让过了。仍到贾母处，见他母亲也过来了。大家问起："宝玉晚上好么？"宝钗便说："回去就睡了，没有什么。"众人放心，又说些闲话。

只见小丫头进来说："二姑奶奶要回去了。听见说孙姑爷那边人来，到大太太那里说了些话。大太太叫人到四姑娘那边说不必留了，让他去罢。如今二姑奶奶在大太太那边哭呢，大约就过来辞老太太。"贾母众人听了，心中好不自在，都说："二姑娘这么一个人，为什么命里遭着这样的人？一辈子不能出头，这可怎么好呢！"

说着，迎春进来，泪痕满面。因是宝钗的好日子，只得含着泪，辞了众人要回去。贾母知道他的苦处，也不便强留，只说道："你回去也罢了，但只不用伤心，碰着这样人也是没法儿的。过几天，我再打发人接你去罢。"迎春道："老太太始终疼我，如今也疼不来了，可怜我没有再来的时候儿了。"说着，眼泪直流。众人都劝道："这有什么不能回来的呢？比不得你三妹妹隔得远，要见面就难了。"贾母等想起探春，不觉也大家落泪。为是宝钗的生日，只得转悲作喜说："这也不难。只要海疆平静，那边亲家调进京来，就见的着了。"大家说："可不是这么着么。"说着，迎春只得含悲而别。

大家送了出来，仍回贾母这里。从早至暮，又闹了一天。众人见贾母劳乏，各自散了。

独有薛姨妈辞了贾母，到宝钗那里，说道："你哥哥是今年过了，直要等到皇恩大赦的时候减了等，才好赎罪。这几年叫我孤苦伶仃，怎么处？我想要给你二哥哥完婚，你想想好不好？"宝钗道："妈妈是因为大哥哥娶了亲，唬怕了的，所以把二哥哥的事也疑惑起来。据我说，很该办。邢姑娘是妈妈知道的，如今在这里也很苦。娶了去，虽说咱们穷，究竟比他傍人门户好多着呢。"薛姨妈道："你得便的时候，就去回明老太太，说我家没人，就要择日子了。"宝钗道："妈妈只管和二哥哥商量，挑个好日子，过来和老太太、大太太说了，娶过去，就完了一宗事。这里大太太也巴不得娶了去才好。"薛姨妈道："今日听见史姑娘也就回去了，老太太心里要留你妹妹在这里住几天，所以他住下了。我想他也是不定多早晚就走的人了，你们姐妹们也多叙几天话儿。"宝钗道："正是呢。"于是薛姨妈又坐了一坐，出来辞了众人，回去了。

却说宝玉晚间归房，因想："昨夜黛玉竟不入梦，或者他已经成仙，所以不肯来见我这种浊人，也是有的；不然，就是我的性儿太急了，也未可知。"便想了个主意，向宝钗说道："我昨夜偶然在外头睡着，似乎比在屋里睡的安稳些，今日起来，心里也觉清净。我的意思，还要在外头睡两夜，只怕你们又来拦我。"

宝钗听了，明知早晨他嘴里念诗自然是为黛玉的事了。想来他那个呆性是不能劝的，倒好叫他睡两夜，索性自己死了心也罢了；况兼昨夜听他睡的倒也安静。便道："好没来由，你只管睡去，我们拦你作什么？但只别胡思乱想的招出些邪魔外祟来。"宝玉笑道："谁想什么？"

袭人道："依我劝，二爷竟还是屋里睡罢。外边一时照应不到，着了凉，倒不好。"宝玉未及答言，宝钗却向袭人使了个眼色儿。袭人会意，道："也罢，叫个人跟着你罢，夜里好倒茶倒水的。"宝玉便笑道："这么说，你就跟了我来。"袭人听了，倒没意思起来，登时飞红了脸，一声也不言语。宝钗素知袭人稳重，便说道："他是跟惯了我的，还叫他跟着我罢，叫麝月、五儿照料着也罢了。况且今日他跟着我闹了一天，也乏了，该叫他歇歇了。"

宝玉只得笑着出来。宝钗因命麝月、五儿给宝玉仍在外间铺设了，又嘱咐两个人："醒睡些，要茶要水，都留点神儿。"两个答应着出来，看见宝玉端然坐在床上，闭目合掌，居然像个和尚一般，两个也不敢言语，只管瞅着他笑。宝钗又命袭人出来照应。袭人看见这般，却也好笑，便轻轻的叫道："该睡了，怎么又打起坐来了？"宝玉睁开眼看见袭人，便道："你们只管睡罢，我坐一坐就睡。"袭人道："因为你昨日那个光景，闹的二奶奶一夜没睡，你再这么着成什么事？"宝玉料着自己不睡，都不肯睡，便收拾睡下。袭人又嘱咐了麝月等几句，才进去关门睡了。这里麝月、五儿两个人也收拾了被褥，伺候宝玉睡着，各自歇下。

那知宝玉要睡越睡不着，见他两个人在那里打铺，忽然想起："那年袭人不在家时，晴雯、麝月两个人伏侍，夜间麝月出去，晴雯要唬他，因为没穿衣服着了凉，后来还是从这个病上死的。"想到这里，一心移在晴雯身上去了。忽又想起凤姐说五儿给晴雯脱了个影儿，因将想晴雯的心又移在五儿身上。自己假装睡着，偷偷儿的看那五儿，越瞧越像晴雯，不觉呆性复发。听了听里间已无声息，知是睡了。但不知麝月睡了没有，便故意叫了两声，却不答应。

五儿听见了宝玉叫人，便问道："二爷要什么？"宝玉道："我要漱漱口。"五儿见麝月已睡，只得起来，重新剪了蜡花，倒了一钟茶来，一手托着漱盂。却因赶忙起来的，身上只穿着一件桃红绫子小袄儿，松松的挽着一个鬏儿。宝玉看时，居然晴雯复生。忽又想起晴雯说的“早知担了虚名，也就打个正经主意了”，不觉呆呆的呆看，也不接茶。

那五儿自从芳官去后，也无心进来了。后来听说凤姐叫他进来伏侍宝玉，竟比宝玉盼他进来的心还急。不想进来以后，见宝钗、袭人一般尊贵稳重，看着心里实在敬慕；又见宝玉疯疯傻傻，不似先前的丰致；又听见王夫人为女孩子们和宝玉玩笑都撵了：所以把那女儿的柔情和素日的痴心，一概搁起。

怎奈这位呆爷今晚把他当作晴雯，只管爱惜起来。那五儿早已羞得两颊红潮，又不敢大声说话，只得轻轻的说道：“二爷，漱口啊。”宝玉笑着接了茶在手中，也不知道漱了没有，便笑嘻嘻的问道：“你和晴雯姐姐好，不是啊？”五儿听了，摸不着头脑，便道：“都是姐妹，也没有什么不好的。”宝玉又悄悄的问道：“晴雯病重了，我看他去，不是你也去了么？”五儿微微笑着点头儿。宝玉道：“你听见他说什么了没有？”五儿摇着头儿道：“没有。”宝玉已经忘神，便把五儿的手一拉。五儿急的红了脸，心里乱跳，便悄悄说道：“二爷，有什么话只管说，别拉拉扯扯的。”宝玉才撒了手，说道：“他和我说来着：‘早知担了个虚名，也就打正经主意了。’你怎么没听见么？”

五儿听了，这话明明是撩拨自己的意思，又不敢怎么样，便说道：“那是他自己没脸，这也是我们女孩儿家说得的吗？”宝玉着急道：“你怎么也是这么个道学先生？我看你长的和他一模一样，我才肯和你说这个话，你怎么倒拿这些话糟蹋他？”此时五儿心中也不知宝玉是怎么个意思，便说道：“夜深了，二爷睡罢，别紧着坐着，看凉着了。刚才奶奶和袭人姐姐怎么嘱咐来？”宝玉道：“我不凉。”

说到这里，忽然想起五儿没穿着大衣裳，就怕他也像晴雯着了凉，便问道：“你为什么不穿上衣裳就过来？”五儿道：“爷叫的紧，那里有尽着穿衣裳的空儿？要知道说这半天话儿时，我也穿上了。”宝玉听了，连忙把自己盖的一件月白绫子绵袄儿揭起来，递给五儿，叫他披上。五儿只不肯接，说：“二爷盖着罢，我不凉，我凉，我有我的衣裳。”

说着，回到自己铺边，拉了一件长袄披上。又听了听，麝月睡的正浓，才慢慢过来说：“二爷今晚不是要养神呢吗？”宝玉笑道：“实告诉你罢，什么是养神，我倒是要遇仙的意思。”五儿听了，越发动了疑心，便问道：“遇什么仙？”宝玉道：“你要知道，这话长着呢。你挨着我来坐下，我告诉你。”五儿红了脸，笑道：“你在那里躺着，我怎么坐呢？”宝玉道：“这个何妨。那一年冷天，也是你晴雯姐姐和麝月姐姐玩，我怕冻着他，还把他揽在一个被窝儿里呢。这有什么。大凡一个人，总别酸文假醋的才好。”

五儿听了，句句都是宝玉调戏之意，那知这位呆爷却是实心实意的话。五儿此时走开不好，站着不好，坐下不好，倒没了主意。因拿眼一溜，抿着嘴儿笑道：“你别混说了，看人家听见，什么意思？怨不得人家说你专在女孩儿身上用工夫。你自己放着二奶奶和袭人姐姐都是仙人儿似的，只爱和别人混搅。明儿再说这些话，我回了二奶奶，看你什么脸见人。”

正说着，只听外面咕咚一声，把两个人吓了一跳。里间宝钗咳嗽了一声。宝玉听见，连忙[illegible]嘴儿。五儿也就忙忙的熄了灯，悄悄的躺下了。原来宝钗、袭人因昨夜不曾睡，又兼日间劳乏了一天，所以睡去，都不曾听见他们说话。此时院中一响，猛然惊醒，听了听，也无动静。

宝玉此时躺在床上，心里疑惑：“莫非林妹妹来了，听见我和五儿说话，故意吓我们的？”翻来覆去，胡思乱想，五更以后，才朦胧睡去。

却说五儿被宝玉鬼混了半夜，又兼宝钗咳嗽，自己怀着鬼胎，生怕宝钗听见了，也是思前想后，一夜无眠。次日一早起来，见宝玉尚自昏昏睡着，便轻轻儿的收拾了屋子。这时麝月已醒，便道：“你怎么这么早起来了？你难道一夜没睡吗？”五儿听这话，又似麝月知道了的光景，便只是讪笑，也不答言。一时宝钗、袭人也都起来，开了门。见宝玉尚睡，却也纳闷：“怎么在外头两夜睡的倒这么安稳呢？”

及宝玉醒来，见众人都起来了，自己连忙爬起。揉着眼睛，细想昨夜又不曾梦见，可是仙凡路隔了。慢慢的下了床，又想昨夜五儿说的宝钗、袭人都是天仙一般，这话却也不错，便怔怔的瞅着宝钗。

宝钗见他发怔，虽知他为黛玉之事，却也定不得梦不梦。只是瞅的自己倒不好意思的，便道："你昨夜可遇见仙了么？"宝玉听了，只道昨晚的话宝钗听见了，笑着勉强说道："这是那里的话？"那五儿听了这一句，越发心虚起来，又不好说的，只得且看宝钗的光景。只见宝钗又笑着问五儿道："你听见二爷睡梦里和人说话来着么？"宝玉听了，自己坐不住，搭讪着走开了。五儿把脸飞红，只得含糊道："前半夜倒说了几句，我也没听真。什么'担了虚名'，又什么'没打正经主意'，我也不懂，劝着二爷睡了。后来我也睡了，不知二爷还说来着没有。"宝钗低头一想："这话明是为黛玉了。但尽着叫他在外头，恐怕心邪了，招出些花妖柳怪来。况兼他的旧病原在姐妹上情重，只好设法将他的心意挪移过来，然后能免无事。"想到这里，不免面红耳热起来，也就讪讪的进房梳洗去了。

且说贾母两日高兴，略吃多了些，这晚有些不受用，第二天便觉着胸口饱闷。鸳鸯等要回贾政，贾母不叫言语，说："我这两日嘴馋些，吃多了点子。我饿一顿就好了，你们快别吵嚷。"于是鸳鸯等并没有告诉人。

这日晚间，宝玉回到自己屋里，见宝钗自贾母、王夫人处才请了晚安回来，宝玉想着早起之事，未免赧颜抱惭。宝钗看他这样的，也晓得是没意思的光景。因想着他是个痴情人，要治他的这个病，少不得仍以痴情治之。想了想，便问宝玉道："你今夜还在外头睡去罢咧。"宝玉自觉没趣，便道："里头外头都是一样的。"宝钗意欲再说，反觉碍难出口。袭人道："罢呀，这倒是什么道理呢？我不信睡的那么安顿。"五儿听见这话，连忙接口道："二爷在外头睡，别的倒没有什么，只爱说梦话，叫人摸不着头脑儿，又不敢驳他的回。"袭人便道："我今日挪出床上睡睡，看说梦话不说。你们只管把二爷的铺盖铺在里间就完了。"

宝钗听了，也不作声。宝玉自己惭愧，那里还有强嘴的分儿，便依着搬进来。一则宝玉抱歉，欲安宝钗之心；二则宝钗恐宝玉思郁成疾，不如稍示柔情，使得亲近，以为移花接木之计。于是当晚袭人果然挪出去。这宝玉固然是有意负荆，那宝钗自然也无心拒客，从过门至今日，方才是雨腻云香，氤氲调畅。从此“二五之精，妙合而凝”。此是后话不提。

且说次日宝玉、宝钗同起，宝玉梳洗了，先过贾母这边来。这里贾母因疼宝玉，又想宝钗孝顺，忽然想起一件东西来。便叫鸳鸯开了箱子，取出祖上所遗的一个汉玉玦，虽不及宝玉他那块玉石，挂在身上却也稀罕。鸳鸯找出来递与贾母，便说道：“这件东西，我好像从没见的。老太太这些年还记得这样清楚，说是那一箱什么匣子里装着，我按着老太太的话，一拿就拿出来了。老太太这会子叫拿出来做什么？”贾母道：“你那里知道。这块玉还是祖爷爷给我们老太爷，老太爷疼我，临出嫁的时候叫了我去，亲手递给我的。还说：‘这玉是汉朝所佩的东西，很贵重，你拿着就像见了我的一样。’我那时还小，拿了来也不当什么，便撩在箱子里。到了这里，我见咱们家的东西也多，这算得什么，从没带过，一撩便撩了六十多年。今儿见宝玉这样孝顺，他又丢了一块玉，故此想着拿出来给他，也像是祖上给我的意思。”

一时宝玉请了安，贾母便喜欢道：“你过来，我给你一件东西瞧瞧。”宝玉走到床前，贾母便把那块汉玉递给宝玉。宝玉接来一瞧，这玉有三寸方圆，形似甜瓜，色有红晕，甚是精致。宝玉口口称赞。贾母道：“你爱么？这是我祖爷爷给我的，我传了你罢。”宝玉笑着，请了个安谢了，又拿了要送给他母亲瞧。贾母道：“你太太瞧了，告诉你老子，又说疼儿子不如疼孙子了。他们从没见过。”宝玉笑着去了。宝钗等又说了几句话，也辞了出来。

自此，贾母两日不进饮食，胸口仍是膨闷，觉得头晕目眩，咳嗽。邢、王二夫人、凤姐等请安，见贾母精神尚好，不过叫人告诉贾政，立刻来请了安。贾政出来，即请大夫看脉。不多一时，大夫来诊了脉，说是有年纪的人，停了些饮食，感冒些风寒，略消导发散些就好了。开了方子，贾政看了，知是寻常药品，命人煎好进服。以后贾政早晚进来请安。

一连三日，不见稍减。贾政又命贾琏：“打听好大夫，快去请来瞧老太太的病。咱们家常请的几个大夫，我瞧着不怎么好，所以叫你去。”贾琏想了一想，说道："记得那年宝兄弟病的时候，倒是请了一个不行医的来瞧好了的，如今不如找他。"贾政道："医道却是极难的，越是不兴时的大夫倒有本领。你就打发人去找来罢。"贾琏即忙答应去了。回来说道："这刘大夫新近出城教书去了，过十来天进城一次。这时等不得，又请了一位，也就来了。"贾政听了，只得等着，不提。

且说贾母病时，合宅女眷，无日不来请安。一日，众人都在那里，只见看园内腰门的老婆子进来回说："园里的栊翠庵的妙师父知道老太太病了，特来请安。"众人道："他不常过来，今儿特来，你们快请进来。"凤姐走到床前回了贾母。岫烟是妙玉的旧相识，先走出去接他。只见妙玉头戴妙常冠，身上穿一件月白素绸袄儿，外罩一件水田青缎镶边长背心，拴着秋香色的丝绦，腰下系一条淡墨画的白绫裙，手执麈尾、念珠，跟着一个侍儿，飘飘拽拽的走来。岫烟见了问好，说是："在园内住的时候儿，可以常来瞧瞧你。近来因为园内人少，一个人轻易难出来，况且咱们这里的腰门常关着，所以这些日子不得见你。今儿幸会。"妙玉道："头里你们是热闹场中，你们虽在外园里住，我也不便常来亲近。如今知道这里的事情也不大好，又听说是老太太病着，又惦记着你，还要瞧瞧宝姑娘。我那管你们关不关，我要来就来；我不来，你们要我来也不能啊。"岫烟笑道："你还是这种脾气。"

一面说着，已到贾母房中。众人见了，都问了好。妙玉走到贾母床前问候，说了几句套话。贾母便道："你是个女菩萨，你瞧瞧我的病可好的了好不了？"妙玉道："老太太这样慈善的人，寿数正有呢。一时感冒，吃几帖药，想来也就好了。有年纪的人，只要宽心些。"贾母道："我倒不为这些，我是极爱寻快乐的。如今这病也不觉怎么着，只是胸膈饱闷。刚才大夫说是气恼所致。你是知道的，谁敢给我气受？这不是那大夫脉理平常么？我和琏儿说了，还是头一个大夫说感冒伤食的是，明儿还请他来。"说着，叫鸳鸯："吩咐厨房里办一桌净素菜来，请妙师父这里便饭。"妙玉道："我吃过午饭了，我是不吃东西的。"王夫人道："不吃也罢，咱们多坐一会，说些闲话儿罢。"妙玉道："我久已不见你们，今日来瞧瞧。"又说了一回话，便要走。回头见惜春站着，便问道："四姑娘为什么这样瘦？不要只管爱画劳了心。"惜春道："我久不画了。如今住的房屋不比园里的显亮，所以没兴头画。"妙玉道："你如今住在那一所？"惜春道："就是你才来的那个门东边的屋子，你要来很近。"妙玉道："我高兴的时候来瞧你。"惜春等说着送了出去。回身过来，听见丫头们回说大夫在贾母那边呢，众人暂且散去。

那知贾母这病日重一日，延医调治不效，以后又添腹泻。贾政着急，知病难医，即命人到衙门告诉，日夜同王夫人亲侍汤药。

一日，见贾母略进些饮食，心里稍宽，只见老婆子在门外探头。王夫人叫彩云看去，问问是谁。彩云看了是陪迎春到孙家去的人，便道："你来做什么？"婆子道："我来了半日，这里找不着一个姐姐们，我又不敢冒撞，我心里又急。"彩云道："你急什么？又是姑爷作践姑娘不成么？"婆子道："姑娘不好了。前儿闹了一场，姑娘哭了一夜，昨日痰堵住了。他们又不请大夫，今日更利害了。"彩云道："老太太病着呢，别大惊小怪的。"王夫人在内已听见了，恐老太太听见不受用，忙叫彩云带他外头说去。岂知贾母病中心静，偏偏听见，便道："迎丫头要死了么？"王夫人便道："没有。婆子们不知轻重，说是这两日有些病，恐不能就好，到这里问大夫。"贾母道："瞧我的大夫就好，快请了去。"王夫人便叫彩云："叫这婆子去回大太太去。"那婆子去了。

这里贾母便悲伤起来，说是："我三个孙女儿：一个享尽了福死了；三丫头远嫁，不得见面；迎丫头虽苦，或者熬出来，不打量他年轻轻儿的就要死了。留着我这么大年纪的人活着做什么？"王夫人、鸳鸯等解劝了好半天。

这时宝钗、李氏等不在房中，凤姐近来有病。王夫人恐贾母生悲添病，便叫人叫了他们来陪着。自己回到房中，叫彩云来埋怨："这婆子不懂事。以后我在老太太那里，你们有事，不用来回。"丫头们依命不言。

岂知那婆子刚到邢夫人那里，外头的人已传进来说："二姑奶奶死了。"邢夫人听了，也便哭了一场。现今他父亲不在家中，只得叫贾琏快去瞧看。知贾母病重，众人都不敢回。可怜一位如花似月之女，结缡年馀，不料被孙家揉搓，以致身亡。又值贾母病笃，众人不便离开，竟容孙家草草完结。

贾母病势日增，只想这些孙女儿。一时想起湘云，便打发人去瞧他。回来的人悄悄的找鸳鸯，因鸳鸯在老太太身旁，王夫人等都在那里，不便上去，到了后头，找了琥珀，告诉他道："老太太想史姑娘，叫我们去打听。那里知道史姑娘哭的了不得，说是姑爷得了暴病，大夫都瞧了，说这病只怕不能好，若是变了痨病，还可挨个四五年。所以史姑娘心里着急。又知道老太太病，只是不能过来请安。还叫我别在老太太跟前提起来，倘或老太太问起来，务必托你们变个法儿回老太太才好。"琥珀听了，咳了一声，也就不言语了，半日说道："你去罢。"琥珀也不便回，心里打算告诉鸳鸯，叫他撒谎去。所以来到贾母床前，见贾母神色大变，地下站着一屋子的人，嘁嘁喳喳的说："瞧着是不好。"也不敢言语了。

这里贾政悄悄的叫贾琏到身旁，向耳边说了几句话。贾琏轻轻的答应，出去了，便传齐了现在家里的一干人，说："老太太的事，待好出来了，你们快快分头派人办去。头一件，先请出板来瞧瞧，好挂里子。快到各处将各人的衣服量了尺寸，都开明了，便叫裁缝去做孝衣。那棚杠、执事都讲定了。厨房里还该多派几个人。"赖大等回道："二爷，这些事不用爷费心，我们早打算好了，只是这项银子在那里领呢？"贾琏道："这项银子不用外头出，老太太自己早留下了。刚才老爷的主意，只要办的好，我想外面也要好看。"赖大等答应，派人分头办去。

贾琏复回到自己房中，便问平儿："你奶奶今儿怎么样？"平儿把嘴往里一努，说："你瞧去。"贾琏进内，见凤姐正要穿衣，一时动不得，暂且靠在炕桌儿上。贾琏道："你只怕养不住了，老太太的事，今儿明儿就要出来了，你还脱得过么？快叫人将屋里收拾收拾，就该扎挣上去了。若有了事，你我还能回来么？"凤姐道："咱们这里还有什么收拾的，不过就是这点子东西，还怕什么。你先去罢，看老爷叫你。我换件衣裳就来。"贾琏先回到贾母房里，向贾政悄悄的回道："诸事已交派明白了。"贾政点头。

外面又报："太医来了。"贾琏接入，诊了一回。大夫出来，悄悄的告诉贾琏："老太太的脉气不好，防着些。"贾琏会意，与王夫人等说知。王夫人即忙使眼色叫鸳鸯过来，叫他把老太太的装裹衣服预备出来。鸳鸯自去料理。

贾母睁眼要茶喝，邢夫人便进了一杯参汤。贾母刚用嘴接着喝，便道："不要这个，倒一钟茶来我喝。"众人不敢违拗，即忙送上来。一口喝了，还要，又喝一口，便说："我要坐起来。"贾政等道："老太太要什么，只管说，可以不必坐起来才好。"贾母道："我喝了口水，心里好些儿，略靠着和你们说说话儿。"珍珠等用手轻轻的扶起，看见贾母这会子精神好了些。

未知生死，下回分解。

第一百十回

史太君寿终归地府
王凤姐力诎失人心

却说贾母坐起，说道："我到你们家已经六十多年了，从年轻的时候到老来，福也享尽了。自你们老爷起，儿子孙子也都算是好的了。就是宝玉呢，我疼了他一场……"说到这里，拿眼满地下瞅着。王夫人便推宝玉走到床前。贾母从被窝里伸出手来拉着宝玉道："我的儿，你要争气才好。"宝玉嘴里答应，心里一酸，那眼泪便要流下来，又不敢哭，只得站着，听贾母说道："我想再见一个重孙子，我就安心了。我的兰儿在那里呢？"

李纨也推贾兰上去。贾母放了宝玉，拉着贾兰道："你母亲是要孝顺的，将来你成了人，也叫你母亲风光风光。凤丫头呢？"

凤姐本来站在贾母旁边，赶忙走到跟前说："在这里呢。"贾母道："我的儿，你是太聪明了，将来修修福罢。我也没有修什么，不过心实吃亏。那些吃斋念佛的事，我也不大干，就是旧年叫人写了些《金刚经》送送人，不知送完了没有？"凤姐道："没有呢。"贾母道："早该施舍完了才好。我们大老爷和珍儿是在外头乐了。最可恶的是史丫头没良心，怎么总不来瞧我？"鸳鸯等明知其故，都不言语。

贾母又瞧了一瞧宝钗，叹了口气，只见脸上发红。贾政知是回光返照，即忙进上参汤。贾母的牙关已经紧了，合了一回眼，又睁着满屋里瞧了一瞧。王夫人、宝钗上去轻轻扶着，邢夫人、凤姐等便忙穿衣。地下婆子们已将床安设停当，铺了被褥。听见贾母喉间略一响动，脸变笑容，竟是去了。享年八十三岁。众婆子疾忙停床。

于是贾政等在外一边跪着，邢夫人等在内一边跪着，一齐举起哀来。外面家人各样预备齐全，只听里头信儿一传出来，从荣府大门起至内宅门扇扇大开，一色净白纸糊了，孝棚高起，大门前的牌楼立时竖起。上下人等登时成服。贾政报了丁忧，礼部奏闻。主上深仁厚泽，念及世代功勋，又系元妃祖母，赏银一千两，谕礼部主祭。家人们各处报丧。众亲友虽知贾家势败，今见圣恩隆重，都来探丧。择了吉时成殓，停灵正寝。

贾赦不在家，贾政为长；宝玉、贾环、贾兰是亲孙，年纪又小：都应守灵。贾琏虽也是亲孙，带着贾蓉，尚可分派家人办事。虽请了些男女外亲来照应，内里邢、王二夫人、李纨、凤姐、宝钗等是应灵旁哭泣的；尤氏虽可照应，他自贾珍外出，依住荣府，一向总不上前，且又荣府的事不甚谙练；贾蓉的媳妇更不必说；惜春年小，虽在这里长的，他于家事全不知道：所以内里竟无一人支持。只有凤姐可以照管里头的事，况又贾琏在外作主，里外他二人，倒也相宜。

凤姐先前仗着自己的才干，原打量老太太死了，他大有一番作用。邢、王二夫人等本知他曾办过秦氏的事，必是妥当，于是仍叫凤姐总理里头的事。凤姐本不应辞，自然应了，心想：“这里的事本是我管的，那些家人更是我手下的人；太太和珍大嫂子的人本来难使唤，如今他们都去了；银项虽没有对牌，这项银子却是现成的；外头的事又是我们那个办：虽说我现今身子不好，想来也不致落褒贬，必比宁府里还得办些。”

心下已定，且待明日接了三，后日一早分派。便叫周瑞家的传出话去，将花名册取上来。凤姐一一的瞧了，统共男仆只有二十一人，女仆只有十九人，馀者俱是些丫头，连各房算上，也不过三十多人，难以派差。心里想道：“这回老太太的事倒没有东府里的人多。”又将庄上的弄出几个，也不敷差遣。

正在思算，只见一个小丫头过来说：“鸳鸯姐姐请奶奶。”凤姐只得过去，只见鸳鸯哭得泪人一般，一把拉着凤姐儿说道：“二奶奶请坐，我给二奶奶磕个头。虽说服中不行礼，这个头是要磕的。”鸳鸯说着跪下。慌的凤姐赶忙拉住，说道："这是什么礼？有话好好的说。"鸳鸯跪着，凤姐便拉起来。鸳鸯说道："老太太的事，一应内外，都是二爷和二奶奶办。这项银子是老太太留下的，老太太这一辈子也没有糟蹋过什么银钱，如今临了这件大事，必得求二奶奶体体面面的办一办才好。我方才听见老爷说什么'诗云''子曰'，我也不懂；又说什么'丧与其易，宁戚'，我更不明白。我问宝二奶奶，说是老爷的意思：老太太的丧事，只要悲切才是真孝，不必糜费，图好看的念头。我想老太太这样一个人，怎么不该体面些？我虽是奴才丫头，敢说什么。只是老太太疼二奶奶和我这一场，临死了还不叫他风光风光？我想二奶奶是能办大事的，故此我请二奶奶来，作个主意。我生是跟老太太的人，老太太死了，我也是跟老太太的。若是瞧不见老太太的事怎么办，将来怎么见老太太呢？"

凤姐听了这话来的古怪，便说："你放心，要体面是不难的。虽是老爷口说要省，那势派也错不得。便拿这项银子都花在老太太身上，也是该当的。"鸳鸯道："老太太的遗言说，所有剩下的东西是给我们的，二奶奶倘或用着不够，只管拿这个去折变补上。就是老爷说什么，也不好违了老太太的遗言。况且老太太分派的时候，不是老爷在这里听见的么？"

凤姐道："你素来最明白的，怎么这会子这样的着急起来了？"鸳鸯道："不是我着急，为的是大太太是不管事的，老爷是怕招摇的，若是二奶奶心里也是老爷的想头，说抄过家的人家，丧事还是这么好，将来又要抄起来，也就不顾起老太太来，怎么样呢？我呢，是个丫头，好歹碍不着，到底是这里的声名。"凤姐道："我知道了。你只管放心，有我呢。"鸳鸯千恩万谢的托了凤姐。

那凤姐出来，想道："鸳鸯这东西好古怪，不知打了什么主意。论理，老太太身上本该体面些。嗳！且别管他，只按着咱们家先前的样子办去。"于是叫旺儿家的来，把话传出去，请二爷进来。

不多时，贾琏进来，说道："怎么找我？你在里头照应着些就是了。横竖作主是老爷、太太们，他说怎么着，我们就怎么着。"凤姐道："你也说起这个话来了，可不是鸳鸯说的话应验了么？"贾琏道："什么鸳鸯的话？"凤姐便将鸳鸯请进去的话述了一遍。贾琏道："他们的话算什么？刚才二老爷叫我去，说：‘老太太的事固要认真办理，但是知道的呢，说是老太太自己结果自己；不知道的，只说咱们都隐匿起来了，如今很宽裕。老太太的这项银子用不了，谁还要么？仍旧该用在老太太身上。老太太是在南边的，虽有坟地，却没有阴宅。老太太的灵是要归到南边去的，留这银子在祖坟上盖起些房屋来，再馀下的置买几顷祭田。咱们回去也好，就是不回去，便叫那些贫穷族中住着，也好按时按节，早晚上香，时常祭扫祭扫。’你想这些话可不是正经主意么？据你的话，难道都花了罢？”

凤姐道：“银子发出来了没有？”贾琏道：“谁见过银子？我听见咱们太太听见了二老爷的话，极力的撺掇二太太和二老爷说：‘这是好主意。’叫我怎么着？现在外头棚杠上要支几百银子，这会子还没有发出来。我要去，他们都说有，先叫外头办了，回来再算。你想，这些奴才有钱的早溜了。按着册子叫去，有说告病的，有说下庄子去了的。剩下几个走不动的，只有赚钱的能耐，还有赔钱的本事么？”凤姐听了，呆了半天，说道：“这还办什么？”

正说着，见来了一个丫头，说：“大太太的话，问二奶奶：今儿第三天了，里头还很乱，供了饭，还叫亲戚们等着吗？叫了半天，上了菜，短了饭。这是什么办事的道理？”凤姐急忙进去，吆喝人来伺候，将就着把早饭打发了。偏偏那日人来的多，里头的人都死眉瞪眼的，凤姐只得在那里照料了一会子。又惦记着派人，赶着出来，叫了旺儿家的传齐了家下女人们，一一分派了。众人都答应着不动。凤姐道：“什么时候，还不供饭？”众人道：“传饭是容易的，只要将里头的东西发出来，我们才好照管去。”凤姐道：“糊涂东西，派定了你们，少不得有的。”众人只得勉强应着。

凤姐即往上房去取应用之物，要去请示邢、王二夫人，见人多难说。看那时候已经日渐平西了，只得找了鸳鸯，说要老太太存的那一分家伙。鸳鸯道：“你还问我呢，那一年二爷当了，赎了来了么？”凤姐道：“不用银的金的，只要那一分平常使的。”鸳鸯道：“大太太、珍大奶奶屋里使的是那里来的？”凤姐一想不差，转身就走，只得到王夫人那边找了玉钏、彩云，才拿了一分出来，急忙叫彩明登帐，发与众人收管。

鸳鸯见凤姐这样慌张，又不好叫他回来，心想："他头里作事何等爽利周到，如今怎么掣肘的这个样儿？我看这两三天连一点头脑都没有，不是老太太白疼了他了吗？"那里知邢夫人一听贾政的话，正合着将来家计艰难的心，巴不得留一点子作个收局。况且老太太的事原是长房作主，贾赦虽不在家，贾政又是拘泥的人，有件事便说："请大太太的主意。"邢夫人素知凤姐手脚大，贾琏的闹鬼，所以死拿住不放松。鸳鸯只道已将这项银两交了出去了，故见凤姐掣肘如此，却疑为不肯用心，便在贾母灵前唠唠叨叨哭个不了。邢夫人等听了话中有话，不想到自己不令凤姐便宜行事，反说："凤丫头果然有些不用心。"

王夫人到了晚上，叫了凤姐过来，说："咱们家虽说不济，外头的体面是要的。这两三天人来人往，我瞧着那些人都照应不到，想必你没有吩咐。还得你替我们操点心儿才好。"凤姐听了，呆了一会，要将银两不凑手的话说出来，但只银钱是外头管的，王夫人说的是照应不到，凤姐也不敢辩，只好不言语。邢夫人在旁说道："论理，该是我们做媳妇的操心，本不是孙子媳妇的事。但是我们动不得身，所以托你，你是打不得撒手的。"凤姐紫涨了脸，正要回说，只听外头鼓乐一奏，是烧黄昏纸的时候了，大家举起哀来，又不得说。凤姐原想回来再说，王夫人催他出去料理，说道："这里有我们呢，你快快儿的去料理明儿的事罢。"

凤姐不敢再言，只得含悲忍泣的出来，又叫人传齐了众人，又吩咐了一会。说："大娘婶子们可怜我罢！我上头挨了好些说，为的是你们不齐截，叫人笑话。明儿你们豁出些辛苦来罢。"那些人回道："奶奶办事，不是今儿个一遭儿了，我们敢违拗吗？只是这回的事，上头过于累赘。只说打发这顿饭罢，有在这里吃的，有要在家里吃的；请了这位太太，又是那位奶奶不来：诸如此类，那里能齐全？还求奶奶劝劝那些姑娘们少挑饬就好了。"凤姐道："头一层是老太太的丫头们是难缠的，太太们的也难说话，叫我说谁去呢？"

众人道："从前奶奶在东府里还是署事，要打要骂，怎么那样锋利？谁敢不依？如今这些姑娘们都压不住了？"凤姐叹道："东府里的事，虽说托办的，太太虽在那里，不好意思说什么。如今是自己的事情，又是公中的，人人说得话。再者，外头的银钱也叫不灵。即如棚里要一件东西，传出去了，总不见拿进来。这叫我有什么法儿呢？”

众人道：“二爷在外头，倒怕不应付么？”凤姐道：“还提这个，他也是那里为难。第一件，银钱不在他手里，要一件得回一件，那里凑手。”众人道：“老太太这项银子不在二爷手里吗？”凤姐道：“你们回来问管事的就知道了。”众人道：“怨不得我们听见外头男人抱怨说：‘这么件大事，咱们一点摸不着，净当苦差。’叫人怎么能齐心呢？”

凤姐道：“如今不用说了，眼面前的事，大家留些神罢。倘或闹的上头有了什么说的，我可和你们不依。”众人道：“奶奶要怎么样，我们敢抱怨吗？只是上头一人一个主意，我们实在难周到。”凤姐听了也没法，只得央求道：“好大娘们，明儿且帮我一天。等我把姑娘们闹明白了，再说罢了。”众人听命而去。

凤姐一肚子的委屈，愈想愈气，直到天亮，又得上去。要把各处的人整理整理，又恐邢夫人生气；要和王夫人说，怎奈邢夫人挑唆。这些丫头们见邢夫人等不助着凤姐的威风，更加作践起他来。幸得平儿替凤姐排解，说是：“二奶奶巴不得要好，只是老爷、太太们吩咐了外头，不许糜费，所以我们二奶奶不能应付到了。”说过几次，才得安静些。

虽说僧经道忏，吊祭供饭，络绎不绝，终是银钱吝啬，谁肯踊跃，不过草草了事。连日王妃、诰命也来的不少，凤姐也不能上去照应，只好在底下张罗。叫了那个，走了这个；发一回急，央求一回；支吾过了一起，又打发一起。别说鸳鸯等看去不像样，连凤姐自己心里也过不去了。

邢夫人虽说是冢妇，仗着“悲戚为孝”四个字，倒也都不理会。王夫人只得跟着邢夫人行事，馀者更不必说了。独有李纨瞧出凤姐的苦处，却不敢替他说话，只自叹道：“俗话说的：‘牡丹虽好，全仗绿叶扶持。’太太们不亏了凤丫头，那些人还帮着吗？若是三姑娘在家还好，如今只有他几个自己的人瞎张罗，背前面后的也抱怨，说是一个钱摸不着，脸面也不能剩一点儿。老爷是一味的尽孝，庶务上头不大明白。这样的一件大事，不撒散几个钱就办的开了吗？可怜凤丫头闹了几年，不想在老太太的事上，只怕保不住脸了。”

于是抽空儿叫了他的人来，吩咐道：“你们别看着人家的样儿，也糟蹋起琏二奶奶来。别打量什么穿孝守灵就算了大事了，不过混过几天就是了。看见那些人张罗不开，就插个手儿，也未为不可。这也是公事，大家都该出力的。”那些素服李纨的人都答应着说：“大奶奶说的很是，我们也不敢那么着。只听见鸳鸯姐姐们的口气儿，好像怪琏二奶奶的似的。”

李纨道：“就是鸳鸯，我也告诉过他。我说琏二奶奶并不是在老太太的事上不用心，只是银子钱都不在他手里，叫他巧媳妇还作的上没米的粥来吗？如今鸳鸯也知道了，所以也不怪他了。只是鸳鸯的样子竟是不像从前了，这也奇怪：那时候有老太太疼他，倒没有作过什么威福；如今老太太死了，没有了仗腰子的了，我看他倒有些气质不大好了。我先前替他愁，这会子幸喜大老爷不在家，才躲过去了；不然，他有什么法儿？”

说着，只见贾兰走来说：“妈妈，睡罢。一天到晚人来客去的也乏了，歇歇罢。我这几天总没有摸摸书本儿，今儿爷爷叫我家里睡，我喜欢的很，要理个一两本书才好，别等脱了孝，再都忘了。”李纨道：“好孩子，看书呢，自然是好的。今儿且歇歇罢，等老太太送了殡再看罢。”贾兰道：“妈妈要睡，我也就睡在被窝里头想想也罢了。”

众人听了，都夸道：“好哥儿，怎么这点年纪，得了空儿就想到书上？不像宝二爷，娶了亲的人，还是那么孩子气。这几日跟着老爷跪着，瞧他很不受用，巴不得老爷一动身，就跑过来找二奶奶，不知唧唧咕咕的说些什么。甚至弄的二奶奶都不理他了，他又去找琴姑娘。琴姑娘也躲着他，邢姑娘也不很和他说话。倒是咱们本家儿的什么喜姑娘，四姑娘咧，哥哥长哥哥短的和他亲密。我们看那宝二爷除了和奶奶、姑娘们混混，只怕他心里也没有别的事。白过费了老太太的心，疼了他这么大。那里及兰哥儿一零儿呢。大奶奶将来是不愁的了。”李纨道：“就好也还小呢。只怕到他大了，咱们家还不知怎么样了呢。环哥儿你们瞧着怎么样？”

众人道：“那一个更不像样儿了：两只眼睛倒像个活猴儿似的，东溜溜，西看看；虽在那里嚎丧，见了奶奶、姑娘们来了，他在孝幔子里头净偷着眼儿瞧人呢。”李纨道：“他的年纪其实也不小了，前日听见说还要给他说亲呢，如今又得等着了。嗳！还有一件事：咱们家这些人，我看来也是说不清的，且不必说闲话儿，后日送殡，各房的车是怎么样了？”

众人道：“琏二奶奶这几天闹的像失魂落魄的样儿了，也没见传出去。昨儿听见外头男人们说：二爷派了蔷二爷料理，说是咱们家的车也不够，赶车的也少，要到亲戚家去借去呢。”李纨笑道：“车也都是借得的么？”众人道：“奶奶说笑话儿了，车怎么借不得？只是那一日所有的亲戚都用车，只怕难借，想来还得雇呢。”李纨道：“底下人的只得雇，上头白车也有雇的么？”众人道：“现在大太太，东府里的大奶奶、小蓉奶奶，都没有车了，不雇，那里来的呢？”李纨听了，叹息道：“先前见有咱们亲戚家里的太太、奶奶们坐了雇的车来，咱们都笑话，如今轮到自己头上了。你明儿去告诉你们的男人：我们的车马，早早的预备好了，省了挤。”众人答应了出去，不提。

且说史湘云因他女婿病着，贾母死后，只来了一次。屈指算是后日送殡，不能不去；又见他女婿的病已成痨症，暂且不妨：只得坐夜前一日过来。想起贾母素日疼他；又想到自己命苦，刚配了一个才貌双全的女婿，情性又好，偏偏的得了冤孽症候，不过挨日子罢了：于是更加悲痛，直哭了半夜，鸳鸯等再三劝慰不止。

宝玉瞅着也不胜悲伤，又不好上前去劝。见他淡妆素服，不敷脂粉，更比未出嫁的时候犹胜几分。回头又看宝琴等也都是淡素妆饰，丰韵嫣然。独看到宝钗浑身挂孝，那一种雅致，比寻常穿颜色时更自不同。心里想道：“古人说：千红万紫，终让梅花为魁。看来不止为梅花开的早，竟是那‘洁白清香’四字真不可及了。但只这时候若有林妹妹也是这样打扮，更不知怎样的丰韵呢。”想到这里，不觉的心酸起来，那泪珠儿便一直的滚下来了，趁着贾母的事，不妨放声大哭。

众人正劝湘云，外间忽又添出一个哭的人来。大家只道是想着贾母疼他的好处，所以悲伤，岂知他们两个人各自有各自的眼泪。这场大哭，招得满屋的人无不下泪。还是薛姨妈、李婶娘等劝住。

次日乃坐夜之期，更加热闹。凤姐这日竟支撑不住，也无方法，只得用尽心力，甚至咽喉嚷哑，敷衍过了半日。到了下半天，亲友更多了，事情也更繁了，瞻前不能顾后。

正在着急，只见一个小丫头跑来说：“二奶奶在这里呢，怪不得大太太说里头人多，照应不过来，二奶奶是躲着受用去了。”凤姐听了这话，一口气撞上来，往下一咽，眼泪直流；只觉得眼前一黑，嗓子里一甜，便喷出鲜红的血来，身子站不住，就蹲倒在地。幸亏平儿急忙过来扶住。只见凤姐的血一口一口的吐个不住。

未知性命如何，下回分解。

第一百十一回

鸳鸯女殉主登太虚
狗彘奴欺天招伙盗

话说凤姐听了小丫头的话，又气又急又伤心，不觉吐了一口血，便昏晕过去，坐在地下。平儿急来扶住，忙叫了人来搀扶着，慢慢的送到自己房中，将凤姐轻轻的安放在炕上。立刻叫小红斟上一杯开水，送到凤姐唇边。凤姐呷了一口，昏迷仍睡。秋桐过来略瞧了一瞧，便走开了。平儿也不叫他。只见丰儿在旁站着，平儿便说："快去回明二位太太。"于是丰儿将凤姐吐血不能照应的话回了邢、王二夫人。邢夫人打量凤姐推病藏躲，因这时女亲都在内里，也不好说别的。心里却不全信，只说："叫他歇着去罢。"众人也并无言语。

自然这晚亲友来往不绝，幸得几个内亲照应。家下人等见凤姐不在，也有偷闲歇力的，乱乱吵吵，已闹得七颠八倒，不成事体了。

到二更多天，远客去后，便预备辞灵。孝幕内的女眷，大家都哭了一阵。只见鸳鸯已哭的昏晕过去了，大家扶住，捶闹了一阵，才醒过来，便说"老太太疼了我一场，要跟了去"的话。众人都打量人到悲哭，俱有这些言语，也不理会。及至辞灵的时候，上上下下也有百十馀人，只不见鸳鸯。众人因为忙乱，却也不曾检点。到琥珀等一干人哭奠之时，才要找鸳鸯，又恐是他哭乏了，暂在别处歇着，也不言语。

辞灵以后，外头贾政叫了贾琏，问明送殡的事，便商量着派人看家。贾琏回说："上人里头，派了芸儿在家照应，不必送殡；下人里头，派了林之孝一家子照应拆棚等事。但不知里头派谁看家。"贾政道："听见你母亲说是你媳妇病了，不能去，就叫他在家罢。你珍大嫂子又说你媳妇病得利害，还叫四丫头陪着，带领了几个丫头、婆子，照看上屋里才好。”贾琏听了，心想：“珍大嫂子与四丫头两个不合，所以撺掇着不叫他去。若是上头就是他照应，也是不中用的；我们那一个又病着，也难照应。”想了一回，回贾政道：“老爷且歇歇儿，等进去商量定了再回。”贾政点了点头，贾琏便进去了。

谁知此时鸳鸯哭了一场，想到：“自己跟着老太太一辈子，身子也没有着落。如今大老爷虽不在家，大太太的这样行为，我也瞧不上。老爷是不管事的人，以后便乱世为王起来了，我们这些人不是要由他们掇弄了么？谁收在屋子里，谁配小子，我是受不得这样折磨的，倒不如死了干净。但是一时怎么样的个死法呢？”一面想，一面走到老太太的套间屋内。

刚跨进门，只见灯光惨淡，隐隐有个女人拿着汗巾子，好似要上吊的样子。鸳鸯也不惊怕，心里想道：“这一个是谁？和我的心事一样，倒比我走在头里了。”便问道：“你是谁？咱们两个人是一样的心，要死一块儿死。”那个人也不答言。鸳鸯走到跟前一看，并不是这屋子的丫头。仔细一看，觉得冷气侵人，一时就不见了。

鸳鸯呆了一呆，退出在炕沿上坐下，细细一想道：“哦！是了，这是东府里的小蓉大奶奶啊！他早死了的了，怎么到这里来？必是来叫我来了。他怎么又上吊呢？”想了一想道：“是了，必是教给我死的法儿。”鸳鸯这么一想，邪侵入骨，便站起来，一面哭，一面开了妆匣，取出那年铰的一绺头发，揣在怀里。就在身上解下一条汗巾，按着秦氏方才比的地方拴上。自己又哭了一回，听见外头人客散去，恐有人进来，急忙关上屋门。然后端了一个脚凳，自己站上，把汗巾拴上扣儿，套在咽喉，便把脚凳蹬开，可怜咽喉气绝，香魂出窍。

正无投奔，只见秦氏隐隐在前。鸳鸯的魂魄疾忙赶上，说着：“蓉大奶奶，你等等我。”那个人道：“我并不是什么蓉大奶奶，乃警幻之妹可卿是也。”鸳鸯道：“你明明是蓉大奶奶，怎么说不是呢？”那人道：“这也有个缘故，待我告诉你，你自然明白了。我在警幻宫中，原是个钟情的首坐，管的是风情月债。降临尘世，自当为第一情人，引这些痴情怨女，早早归入情司，所以我该悬梁自尽的。因我看破凡情，超出情海，归入情天，所以太虚幻境‘痴情’一司竟自无人掌管。今警幻仙子已经将你补入，替我掌管此司，所以命我来引你前去的。”

鸳鸯的魂道：“我是个最无情的，怎么算我是个有情的人呢？”那人道：“你还不知道呢。世人都把那淫欲之事当作‘情’字，所以作出伤风败化的事来，还自谓风月多情，无关紧要。不知‘情’之一字，喜怒哀乐未发之时，便是个性；喜怒哀乐已发，便是情了。至于你我这个情，正是未发之情，就如那花的含苞一样。若待发泄出来，这情就不为真情了。”鸳鸯的魂听了，点头会意，便跟了秦氏可卿而去。

这里琥珀辞了灵，听邢、王二夫人分派看家的人，想着去问鸳鸯明日怎样坐车，便在贾母的那间屋里找了一遍，不见，又找到套间里头。刚到门口，见门儿掩着。从门缝里望里看时，只见灯光半明半灭的，影影绰绰。心里害怕，又不听见屋里有什么动静，便走回来说道：“这蹄子跑到那里去了？”劈头见了珍珠，说：“你见鸳鸯姐姐来着没有？”珍珠道：“我也找他，太太们等他说话呢。必在套间里睡着了罢。”琥珀道：“我瞧了，屋里没有。那灯也没人夹蜡花儿，漆黑怪怕的，我没进去。如今咱们一块儿进去瞧，看有没有。”琥珀等进去，正夹蜡花，珍珠说：“谁把脚凳撂在这里？几乎绊我一跤。”说着，往上一瞧，唬的“嗳哟”一声，身子往后一仰，咕咚的栽在琥珀身上。琥珀也看见了，便大嚷起来，只是两只脚挪不动。

外头的人也都听见了，跑进来一瞧，大家嚷着，报与邢、王二夫人知道。王夫人、宝钗等听了，都哭着去瞧。邢夫人道：“我不料鸳鸯倒有这样志气。快叫人去告诉老爷。”

只有宝玉听见此信，便唬的双眼直竖。袭人等慌忙扶着说道：“你要哭就哭，别憋着气。”宝玉死命的才哭出来了。心想：“鸳鸯这样一个人，偏又这样死法。”又想：“实在天地间的灵气，独钟在这些女子身上了。他算得了死所。

我们究竟是一件浊物，还是老太太的儿孙，谁能赶得上他？”复又喜欢起来。这时宝钗听见宝玉大哭了出来了，及到跟前，见他又笑。袭人等忙说：“不好了，又要疯了！”宝钗道：“不妨事，他有他的意思。”宝玉听了，更喜欢宝钗的话：“到底他还知道我的心，别人那里知道。”

正在胡思乱想，贾政等进来，着实的嗟叹着说道：“好孩子，不枉老太太疼他一场！”即命贾琏：“出去吩咐人连夜买棺盛殓，明日便跟着老太太的殡送出，也停在老太太棺后，全了他的心志。”贾琏答应出去。这里命人将鸳鸯放下，停放里间屋内。

平儿也知道了，过来同袭人、莺儿等一干人都哭的哀哀欲绝。内中紫鹃也想起自己终身一无着落，恨不跟了林姑娘去，又全了主仆的恩义，又得了死所；如今空悬在宝玉屋内，虽说宝玉仍是柔情密意，究竟算不得什么：于是更哭得哀切。

王夫人即传了鸳鸯的嫂子进来，叫他看着入殓。遂与邢夫人商量了，在老太太项内赏了他嫂子一百两银子；还说等闲了，将鸳鸯所有的东西俱赏他们。他嫂子磕了头出去，反喜欢说：“真真的我们姑娘是个有志气的，有造化的：又得了好名声，又得了好发送。”旁边一个婆子说道：“罢呀！嫂子，这会子你把一个活姑娘卖了一百银便这么喜欢了，那时候儿要给了大老爷，你还不知得多少银钱呢，你该更得意了。”一句话戳了他嫂子的心，便红了脸走开了。刚走到二门上，见林之孝带了人抬进棺材来了，他只得也跟进去，帮着盛殓，假意哭嚎了几声。

贾政因他为贾母而死，要了香来，上了三炷，作了个揖，说：“他是殉葬的人，不可作丫头论，你们小一辈的都该行个礼儿。”宝玉听了，喜不自胜，走来恭恭敬敬磕了几个头。贾琏想他素日的好处，也要上来行礼，被邢夫人说道：“有了一个爷们就是了，别折受的他不得超生。”贾琏就不便过来了。宝钗听着这话，好不自在，便说道：“我原不该给他行礼，但只老太太去世，咱们都有未了之事，不敢胡为，他肯替咱们尽孝，咱们也该托托他，好好的替咱们伏侍老太太西去，也少尽一点子心哪。”说着，扶了莺儿，走到灵前，一面奠酒，那眼泪早扑簌簌流下来了。奠毕，拜了几拜，狠狠的哭了他一场。众人也有说宝玉的两口子都是傻子，也有说他两个心肠儿好的，也有说他知礼的。贾政反倒合了意。

一面商量定了看家的仍是凤姐、惜春，馀者都遣去伴灵。一夜谁敢安眠。一到五更，听见外面齐人。到了辰初发引，贾政居长，衰麻哭泣，极尽孝子之礼。灵柩出了门，便有各家的路祭，一路上的风光，不必细述。走了半日，来至铁槛寺安灵，所有孝男等俱应在庙伴宿，不提。

且说家中林之孝带领拆了棚，将门窗上好，打扫净了院子，派了巡更的人到晚打更上夜。只是荣府规例：一交二更，三门掩上，男人就进不去了，里头只有女人们查夜。凤姐虽隔了一夜，渐渐的神气清爽了些，只是那里动得。只有平儿同着惜春各处走了一走，吩咐了上夜的人，也便各自归房。

却说周瑞的干儿子何三，去年贾珍管事之时，因他和鲍二打架，被贾珍打了一顿，撵在外头，终日在赌场过日。近知贾母死了，必有些事情领办，岂知探了几天的信，一些也没有想头，便嗳声叹气的回到赌场中，闷闷的坐下。那些人便说道："老三，你怎么不下来捞本儿了吗？"何三道："倒想要捞一捞呢，就只没有钱么。"那些人道："你到你们周大太爷那里去了几日，府里的钱，你也不知弄了多少来，又来和我们装穷儿了。"何三道："你们还说呢，他们的金银不知有几百万，只藏着不用。明儿留着，不是火烧了，就是贼偷了，他们才死心呢。"那些人道："你又撒谎，他家抄了家，还有多少金银？"何三道："你们还不知道呢。抄的是搁不了的，如今老太太死后，还留了好些金银，他们一个也不使，都在老太太屋里搁着，等送了殡回来才分呢。"

内中有一个人听在心里，掷了几骰，便说："我输了几个钱，也不翻本儿了，睡去了。"说着，便走出来，拉了何三道："老三，我和你说句话。"何三跟他出来。那人道："你这么个伶俐人，这么穷，我替你不服这口气。"何三道："我命里穷，可有什么法儿呢？"那人道："你才说荣府的银子这么多，为什么不去拿些使唤使唤？”何三道：“我的哥哥，他家的金银虽多，你我去白要一二钱，他们给咱们吗？”那人笑道：“他不给咱们，咱们就不会拿吗？”

何三听了这话里有话，忙问道：“依你说，怎么样拿呢？”那人道：“我说你没有本事，若是我，早拿了来了。”何三道：“你有什么本事？”那人便轻轻的说道：“你若要发财，你就引个头儿。我有好些朋友，都是通天的本事：别说他们送殡去了，家里只剩下几个女人，就让有多少男人也不怕。只怕你没这么大胆子罢咧。”何三道：“什么敢不敢，你打量我怕那个干老子吗？我是瞧着干妈的情儿上头，才认他做干老子罢咧，他又算了人了。你刚才的话，就只怕弄不来，倒招了饥荒。他们那个衙门不熟，别说拿不来，倘或拿了来，也要闹出来的。”那人道：“这么说，你的运气来了。我的朋友还有海边上的呢，现今都在这里。看个风头，等个门路，若到了手，你我在这里也无益，不如大家下海去受用，不好么？你若撂不下你干妈，咱们索性把你干妈也带了去，大家伙儿乐一乐，好不好？”何三道：“老大，你别是醉了罢？这些话混说的是什么！”说着，拉了那人走到个僻静地方，两个人商量了一回，各人分头而去，暂且不提。

且说包勇自被贾政吆喝，派去看园，贾母的事出来，也忙了，不曾派他差使。他也不理会，总是自做自吃，闷来睡一觉，醒时便在园里耍刀弄棍，倒也无拘无束。那日贾母一早出殡，他虽知道，因没有派他差使，他任意闲游，只见一个女尼带了一个道婆，来到园内腰门那里叩门。包勇走来，说道：“女师父那里去？”道婆道：“今日听得老太太的事完了，不见四姑娘送殡，想必是在家看家。恐他寂寞，我们师父来瞧他一瞧。”包勇道：“主子都不在家，园门是我看的，请你们回去罢。要来呢，等主子们回来了再来。”婆子道：“你是那里来的个黑炭头，也要管起我们的走动来了。”包勇道：“我嫌你们这些人，我不叫你们来，你们有什么法儿？”婆子生了气，嚷道：“这都是反了天的事了！连老太太在日还不能拦我们的来往走动呢，你是那里的这么个横强盗，这样没法没天的。我偏要打这里走！”说着，便把手在门环上狠狠的打了几下。

妙玉已气的不言语，正要回身便走，不料里头看二门的婆子听见有人拌嘴，连忙开门一看，见是妙玉，已经回身走去，明知必是包勇得罪了走了。近日婆子们都知道上头太太们、四姑娘都和他亲近，恐他日后说出门上不放进他来，那时如何担得住，赶忙走来说："不知师父来，我们开门迟了。我们四姑娘在家里，还正想师父呢，快请回来。看园的小子是个新来的，他不知咱们的事。回来回了太太，打他一顿，撵出去就完了。"妙玉虽是听见，总不理他。那禁得看腰门的婆子赶上，再四央求，后来才说出怕自己担不是，几乎急的跪下。妙玉无奈，只得随着那婆子过来。包勇见这般光景，自然不好再拦，气得瞪眼叹气而回。

这里妙玉带了道婆走到惜春那里，道了恼，叙些闲话。惜春说起："在家看家，只好熬个几夜。但是二奶奶病着，一个人又闷又害怕，能有一个人在这里，我就放心。如今里头一个男人也没有。今儿你既光降，肯伴我一宵，咱们下棋说话儿，可使得么？"妙玉本来不肯，见惜春可怜，又提起下棋，一时高兴，应了。打发道婆回去取来他的茶具、衣褥，命侍儿送了过来，大家坐谈一夜。惜春欣幸异常，便命彩屏去开上年蠲的雨水，预备好茶。那妙玉自有茶具。

道婆去了不多一时，又来了一个侍者，送下妙玉日用之物。惜春亲自烹茶。两人言语投机，说了半天，那时天有初更时候，彩屏放下棋枰，两人对弈，惜春连输两盘。妙玉又让了四个子儿，惜春方赢了半子。不觉已到四更，正是天空地阔，万籁无声。妙玉道："我到五更须得打坐，我自有人伏侍，你自去歇息。"惜春犹是不舍，见妙玉要自己养神，不便扭他。

刚要歇去，猛听得东边上屋内上夜的人一片声喊起。惜春那里的老婆子们也接着声嚷道："了不得了！有了人了！"唬得惜春、彩屏等心胆俱裂。听见外头上夜的男人便大声喊起来。妙玉道："不好了！必是这里有了贼了。"说着，赶忙的关上屋门，便掩了灯光。在窗户眼内往外一瞧，只见几个男人站在院内。唬得不敢作声，回身摆着手，轻轻的爬下来说："了不得！外头有几个大汉站着。”说犹未了，又听得房上响声不绝，便有外头上夜的人进来吆喝拿贼。一个人说道：“上屋里的东西都丢了，并不见人。东边有人去了，咱们到西边去。”惜春的老婆子听见有自己的人，便在外间屋里说道：“这里有好些人上了房了。”上夜的都道：“你瞧，这可不是吗？”大家一齐嚷起来。只听房上飞下好些瓦来，众人都不敢上前。

正在没法，只听园里腰门一声大响，打进门来，见一个梢长大汉，手执木棍。众人唬得藏躲不及。听得那人喊说道：“不要跑了他们一个！你们都跟我来！”这些家人听了这话，越发唬得骨软筋酥，连跑也跑不动了。只见这人站在当地，只管乱喊。家人中有一个眼尖些的看出来了。你道是谁？正是甄家荐来的包勇。这些家人不觉胆壮起来，便颤巍巍的说道：“有一个走了，有的在房上呢。”包勇便向地下一扑，耸身上房，追赶那贼。

这些贼人明知贾家无人，先在院内偷看惜春房内，见有个绝色尼姑，便顿起淫心。又欺上屋俱是女人，且又畏惧，正要踹进门去，因听外面有人进来追赶，所以贼众上房。见人不多，还想抵挡，猛见一人上房赶来。那些贼见是一人，越发不理论了，便用短兵抵住。那经得包勇用力一棍打去，将贼打下房来。那些贼飞奔而逃，从园墙过去。包勇也在房上追捕。

岂知园内早藏下了几个在那里接赃，已经接过好些。见贼伙跑回，大家举械保护。见追的只有一人，明欺寡不敌众，反倒迎上来。包勇一见，生气道：“这些毛贼，敢来和我斗斗！”那伙贼便说：“我们有一个伙计被他们打倒了，不知死活，咱们索性抢了他出来。”这里包勇闻声即打。那伙贼便轮起器械，四五个人围住包勇，乱打起来。外头上夜的人也都仗着胆子只顾赶了来。众贼见斗他不过，只得跑了。

包勇还要赶时，被一个箱子一绊。立定看时，心想：“东西未丢，众贼远逃。”也不追赶，便叫众人将灯照看，地下只有几个空箱。叫人收拾，他便欲跑回上房。因路径不熟，走到凤姐那边，见里面灯烛辉煌，便问：“这里有贼没有？”里头的平儿战兢兢的说道：“这里也没开门，只听上屋叫喊，说有贼呢，你到那里去罢。”包勇正摸不着路头，遥见上夜的人过来，才跟着一齐寻到上屋。见是门开户启，那些上夜的在那里啼哭。

一时贾芸、林之孝都进来了，见是失盗，大家着急。进内查点，老太太的房门大开。将灯一照，锁头拧折。进内一瞧，箱柜已开。便骂那些上夜女人道："你们都是死人么？贼人进来，你们都不知道么？"那些上夜的人啼哭着说道："我们几个人轮更上夜，是管二、三更的，我们都没有住脚，前后走的。他们是四更、五更。我们才下班儿，只听见他们喊起来，并不见一个人。赶着照看，不知什么时候把东西早已丢了。求爷们问管四更、五更的。"林之孝道："你们个个要死！回来再说。咱们先到各处看去。"

上夜的男人领着走到尤氏那边，门儿关紧。有几个接音说："唬死我们了！"林之孝问道："这里没有丢东西呀？"里头的人方开了门道："这里没丢东西。"

林之孝带着人走到惜春院内，只听得里面说道："了不得！唬死了姑娘了。醒醒儿罢。"林之孝便叫人开门，问是怎么了。里头婆子开门说："贼在这里打仗，把姑娘都唬坏了，亏得妙师父和彩屏才将姑娘救醒。东西是没失。"林之孝道："贼人怎么打仗？"上夜的男人说："幸亏包大爷上了房，把贼打跑了去了，还听见打倒了一个人呢。"包勇道："在园门那里呢，你们快瞧去罢。"

贾芸等走到那边，果然看见一个人躺在地下死了。细细的一瞧，好像是周瑞的干儿子。众人见了诧异，派了一个人看守着，又派了两个人照看前后门。走到门前看时，那门俱仍旧关锁着。

林之孝便叫人开了门，报了营官。立刻到来查勘贼踪，是从后夹道子上了房的，到了西院房上，见那瓦片破碎不堪，一直过了后园去了。众上夜的人齐声说道："这不是贼，是强盗。"营官着急道："并非明火执仗，怎么便算是强盗呢？"上夜的道："我们赶贼，他在房上撇瓦，我们不能到他跟前，幸亏我们家的姓包的上房打退。赶到园里，还有好几个贼竟和姓包的打起仗来，打不过姓包的，才都跑了。"营官道："可又来，若是强盗，难道倒打不过你们的人么？不用说了，你们快查清了东西，递了失单，我们报就是了。"

贾芸等又到了上屋里，已见凤姐扶病过来，惜春也来了。贾芸请了凤姐的安，问了惜春的好，大家查看失物，因鸳鸯已死，琥珀等又送灵去了，那些东西都是老太太的，并没见过数儿，只用封锁，如今打从那里查起。众人都说：“箱柜东西不少，如今一空，偷的时候儿自然不小了，那些上夜的人管做什么的？况且打死的贼是周瑞的干儿子，必是他们通同一气的。”凤姐听了，气的眼睛直瞪瞪的，便说：“把那些上夜的女人都拴起来，交给营里去审问！”众人叫苦连天，跪地哀求。

不知怎生发放，并失去的物件有无着落，下回分解。

第一百十二回

活冤孽妙姑遭大劫
死雠仇赵妾赴冥曹

话说凤姐命捆起上夜的女人，送营审问，众女人跪地哀求。林之孝同贾芸道："你们求也无益。老爷派我们看家，没事是造化。如今有了事，上下都耽不是，谁救得你？若说是周瑞的干儿子，连太太起，里里外外的都不干净。"凤姐喘吁吁的说道："这都是命里所招，和他们说什么，带了他们去就是了。那丢的东西，你告诉营里去说：实在是老太太的东西，问老爷们才知道。等我们报了去，请了老爷们回来，自然开了失单送来。文官衙门里我们也是这样报。"贾芸、林之孝答应出去。

惜春一句话也没有，只是哭道："这些事，我从来没有听见过，为什么偏偏碰在咱们两个人身上？明儿老爷、太太回来，叫我怎么见人？说把家里交给你们，如今闹到这个分儿，还想活着么？"凤姐道："咱们愿意吗？现在有上夜的人在那里。"惜春道："你还能说，况且你又病着；我是没有说的。这都是我大嫂子害了我了，他撺掇着太太派我看家的。如今我的脸搁在那里呢？"说着，又痛哭起来。凤姐道："姑娘，你快别这么想。若说没脸，大家一样的。你若是这个糊涂想头，我更搁不住了。"

二人正说着，只听见外头院子里有人大嚷的说道："我说那三姑六婆是再要不得的，我们甄府里从来是一概不许上门的。不想这府里倒不讲究这个。昨儿老太太的殡才出去，那个什么庵里的尼姑死要到咱们这里来。我吆喝着不准他进来，腰门上的老婆子们倒骂我，死央求着叫那姑子进来。那腰门子一会儿开着，一会儿关着，不知做什么。我不放心，没敢睡，听到四更，这里就嚷起来，我来叫门倒不开了。我听见声儿紧了，打开了门，见西边院子里有人站着，我便赶上打死了。我今儿才知道这是四姑奶奶的屋子，那个姑子就在里头，今儿天没亮溜出去了，可不是那姑子引进来的贼么？”

平儿等听着，都说：“这是谁这么没规矩？姑娘、奶奶都在这里，敢在外头这么混嚷！”凤姐道：“你听他说甄府里，别就是甄家荐来的那个厌物罢。”惜春听得明白，更加心里受不的。凤姐接着问惜春道：“那个人混说什么姑子，你们那里弄了个姑子住下了？”惜春便将妙玉来瞧他，留着下棋守夜的话说了。凤姐道：“是他么，他怎么肯这样，是再没有的话。但是叫这讨人嫌的东西嚷出来，老爷知道了也不好。”

惜春愈想愈怕，站起来要走。凤姐虽说坐不住，又怕惜春害怕，弄出事来，只得叫他：“先别走，且看着人把偷剩下的东西收起来，再派了人看着，咱们好走。”平儿道：“咱们不敢收，等衙门里来了，踏看了才好收呢。咱们只好看着。但只不知老爷那里有人去了没有。”凤姐道：“你叫老婆子问去。”一会进来说：“林之孝是走不开，家下人要伺候查验的，再有的是说不清楚的，已经芸二爷去了。”凤姐点头，同惜春坐着发愁。

且说那伙贼原是何三等邀的，偷抢了好些金银财宝接运出去，见人追赶，知道都是那些不中用的人，要往西边屋内偷去，在窗外看见里面灯光底下两个美人：一个姑娘，一个姑子。那些贼那顾性命，顿起不良，就要踹进来，因见包勇来赶，才获赃而逃，只不见了何三，大家且躲入窝家。

到第二天打听动静，知是何三被他们打死，已经报了文武衙门，这里是躲不住的。便商量趁早归入海洋大盗一处去，若迟了，通缉文书一行，关津上就过不去了。内中一个人胆子极大，便说：“咱们走是走，我就只舍不得那个姑子，长的实在好看。不知是那个庵里的雏儿呢？”一个人道：“啊呀！我想起来了，必就是贾府园里的什么栊翠庵里的姑子。不是前年外头说他和他们家什么宝二爷有原故，后来不知怎么又害起相思病来了，请大夫吃药的就是他。”那一个人听了，说：“咱们今日躲一天，叫咱们大哥拿钱置办些买卖行头，明儿亮钟时候陆续出关。你们在关外二十里坡等我。”众贼议定，分赃俵散，不提。

且说贾政等送殡到了寺内，安厝毕，亲友散去。贾政在外厢房伴灵，邢、王二夫人等在内，一宿无非哭泣。到了第二日，重新上祭。正摆饭时，只见贾芸进来，在老太太灵前磕了个头，忙忙的跑到贾政跟前，跪下请了安，喘吁吁的将昨夜被盗，将老太太上房的东西都偷去，包勇赶贼打死了一个，已经呈报文武衙门的话说了一遍。贾政听了发怔。邢、王二夫人等在里头也听见了，都唬得魂不附体，并无一言，只有啼哭。贾政过了一会子，问：“失单怎样开的？”贾芸回道：“家里的人都不知道，还没有开单。”贾政道：“还好。咱们动过家的，若开出好的来，反耽罪名。快叫琏儿。”

那时贾琏领了宝玉等别处上祭未回，贾政叫人赶了回来。贾琏听了，急得直跳，一见芸儿，也不顾贾政在那里，便把贾芸狠狠的骂了一顿，说：“不配抬举的东西！我将这样重任托你，押着人上夜巡更，你是死人么？亏你还有脸来告诉！”说着，望贾芸脸上啐了几口。贾芸垂手站着，不敢回一言。贾政道：“你骂他也无益了。”贾琏然后跪下，说：“这便怎么样？”贾政道：“也没法儿，只有报官缉贼。但只是一件：老太太遗下的东西，咱们都没动。你说要银子，我想老太太死得几天，谁忍得动他那一项银子。原打量完了事，算了帐，还人家；再有的，在这里和南边置坟产的。所有东西也没见数儿。如今说文武衙门要失单，若将几件好的东西开上，恐有碍；若说金银若干，衣饰若干，又没有实在数目，谎开使不得。倒可笑你如今竟换了一个人了，为什么这样料理不开？你跪在这里是怎么样呢？”

贾琏也不敢答言，只得站起来就走。贾政又叫道：“你那里去？”贾琏又回来道：“侄儿赶回家去料理清楚。”贾政哼了一声，贾琏把头低下。贾政道：“你进去回了你母亲，叫了老太太的一两个丫头去，叫他们细细的想了开单子。”贾琏心里明知老太太的东西都是鸳鸯经管，他死了问谁？就问珍珠，他们那里记得清楚。只不敢驳回，连连的答应了。回身走到里头，邢、王二夫人又埋怨了一顿，叫贾琏："快回去，问他们这些看家的，说明儿怎么见我们？"贾琏也只得答应了出来，一面命人套车，预备琥珀等进城；自己骑上骡子，跟了几个小厮：如飞的回去。贾芸也不敢再回贾政，斜签着身子慢慢的溜出来，骑上了马，来赶贾琏。一路无话。

到了家中，林之孝请了安，一直跟了进来。贾琏到了老太太上屋里，见了凤姐、惜春在那里，心里又恨，又说不出来。便问林之孝道："衙门里瞧了没有？"林之孝自知有罪，便跪下回道："文武衙门都瞧了，来踪去迹也看了，尸也验了。"贾琏吃惊道："又验什么尸？"林之孝又将包勇打死的伙贼似周瑞的干儿子的话回了贾琏。贾琏道："叫芸儿。"贾芸进来，也跪着听话。贾琏道："你见老爷时，怎么没有回周瑞的干儿子做贼被包勇打死的话？"贾芸说道："上夜的人说像他的，恐怕不真，所以没有回。"贾琏道："好糊涂东西！你若告诉了，我就带了周瑞来一认，可不就知道了？"林之孝回道："如今衙门里把尸首放在市口儿招认去了。"贾琏道："这又是个糊涂东西，谁家的人做了贼，被人打死，要偿命么？"林之孝回道："这不用人家认，奴才就认得是他。"

贾琏听了，想道："是啊，我记得珍大爷那一年要打的可不是周瑞家的么？"林之孝回说："他和鲍二打架来着，爷还见过的呢。"贾琏听了更生气，便要打上夜的人。林之孝哀告道："请二爷息怒。那些上夜的人，派了他们，敢偷懒吗？只是爷府上的规矩，三门里一个男人不敢进去的，就是奴才们，里头不叫也不敢进去。奴才在外同芸哥儿刻刻查点，见三门关的严严的，外头的门一层没有开，那贼是从后夹道子来的。"

贾琏道："里头上夜的女人呢？"林之孝将上夜的人说"奉奶奶的命，捆着等爷审问"的话回了。贾琏问："包勇呢？"林之孝说："又往园里去了。"贾琏便说："去叫他。"小厮们便将包勇带来，说："还亏你在这里；若没有你，只怕所有房屋里的东西都抢了去了呢。"包勇也不言语。惜春恐他说出那话，心下着急。凤姐也不敢言语。只见外头说："琥珀姐姐们回来了。"大家见了，不免又哭一场。

贾琏叫人检点偷剩下的东西，只有些衣服、尺头、钱箱未动，馀者都没有了。贾琏心里更加着急，想着外头的棚杠银、厨房的钱都没有付给，明儿拿什么还呢？便呆想了一回。只见琥珀等进去，哭了一番，见箱柜开着，所有的东西怎能记忆，便胡乱猜想，虚拟了一张失单，命人即送到文武衙门。

贾琏复又派人上夜。凤姐、惜春各自回房。贾琏不敢在家安歇，也不及埋怨凤姐，竟自骑马赶出城外去了。这里凤姐又恐惜春短见，打发丰儿过去安慰。

天已二更。不言这里贼去关门，众人更加小心，不敢睡觉。且说伙贼一心想着妙玉，知是孤庵女众，不难欺负。到了三更夜静，便拿了短兵器，带些闷香，跳上高墙。远远瞧见栊翠庵内灯光犹亮，便潜身溜下，藏在房头僻处。等到四更，见里头只有一盏海灯，妙玉一人在蒲团上打坐。歇了一会，便嗳声叹气的说道："我自玄墓到京，原想传个名的，为这里请来，不能又栖他处。昨儿好心去瞧四姑娘，反受了这蠢人的气，夜里又受了大惊。今日回来，那蒲团再坐不稳，只觉肉跳心惊。"因素常一个打坐的，今日又不肯叫人相伴。岂知到了五更，寒颤起来。正要叫人，只听见窗外一响，想起昨晚的事，更加害怕，不免叫人。岂知那些婆子都不答应。自己坐着，觉得一股香气透入囟门，便手足麻木，不能动弹，口里也说不出话来，心中更自着急。只见一个人拿着明晃晃的刀进来。此时妙玉心中却是明白，只不能动，想是要杀自己，索性横了心，倒不怕他。那知那个人把刀插在背后，腾出手来，将妙玉轻轻的抱起，轻薄了一会子，便拖起背在身上。此时妙玉心中只是如醉如痴。可怜一个极洁极净的女儿，被这强盗的闷香熏住，由着他掇弄了去了。

却说这贼背了妙玉，来到园后墙边，搭了软梯，爬上墙，跳出去了。外边早有伙贼弄了车辆在园外等着。那人将妙玉放倒在车上，反打起官衔灯笼，叫开栅栏，急急行到城门，正是开门之时。门官只知是有公干出城的，也不及查诘。赶出城去，那伙贼加鞭赶到二十里坡，和众强徒打了照面，各自分头奔南海而去。不知妙玉被劫，或是甘受污辱，还是不屈而死，不知下落，也难妄拟。

只言栊翠庵一个跟妙玉的女尼，他本住在静室后面，睡到五更，听见前面有人声响，只道妙玉打坐不安。后来听见有男人脚步，门窗响动，欲要起来瞧看，只是身子发软，懒怠开口，又不听见妙玉言语，只睁着两眼听着。到了天亮，才觉得心里清楚。披衣起来，叫了道婆，预备妙玉茶水，他便往前面来看妙玉。岂知妙玉的踪迹全无，门窗大开。心里诧异，昨晚响动甚是疑心，说："这样早，他到那里去了？"走出院门一看，有一个软梯靠墙立着，地下还有一把刀鞘，一条搭膊，便道："不好了！昨晚是贼烧了闷香了。"急叫人起来查看，庵门仍是紧闭。那些婆子、侍女们都说："昨夜煤气熏着了，今早都起不来。这么早，叫我们做什么？"那女尼道："师父不知那里去了。"众人道："在观音堂打坐呢。"女尼道："你们还做梦呢，你来瞧瞧。"众人不知，也都着忙，开了庵门，满园里都找到了，想来或是到四姑娘那里去了。

众人来叩腰门，又被包勇骂了一顿。众人说道："我们妙师父昨晚不知去向，所以来找。求你老人家叫开腰门，问一问来了没来就是了。"包勇道："你们师父引了贼来偷我们，已经偷到手了，他跟了贼去受用去了。"众人道："阿弥陀佛！说这些话的，防着下割舌地狱！"包勇生气道："胡说！你们再闹，我就要打了。"众人陪笑央告道："求爷叫开门，我们瞧瞧，若没有，再不敢惊动你太爷了。"包勇道："你不信，你去找，若没有，回来问你们。"包勇说着，叫开腰门。众人且找到惜春那里。

惜春正在愁闷，惦着妙玉："清早去后，不知听见我们姓包的话了没有。只怕又得罪了他，以后总不肯来，我的知己是没有了。况我现在实难见人，父母早死，嫂子嫌我。头里有老太太，到底还疼我些；如今也死了，留下我孤苦伶仃，如何了局！"又想到："迎春姐姐折磨死了，史姐姐守着病人，三姐姐远去：这都是命里所招，不能自由。独有妙玉如闲云野鹤，无拘无束。我若能学他，就造化不小了。但我是世家之女，怎能遂意？这回看家，大耽不是，还有何颜？又恐太太们不知我的心事，将来的后事，更未晓如何。"想到其间，便要把自己的青丝铰去，要想出家。彩屏等听见，急忙来劝，岂知已将一半头发铰去了。彩屏愈加着忙，说道："一事不了，又出一事，这可怎么好呢！"

正在吵闹，只见妙玉的道婆来找妙玉。彩屏问起来由，先唬了一跳，说："是昨日一早去了，没来。"里面惜春听见，急忙问道："那里去了？"道婆将昨夜听见的响动，被煤气熏着，今早不见妙玉，庵内有软梯、刀鞘的话说了一遍。惜春惊疑不定，想起昨日包勇的话来："必是那些强盗看见了他，昨晚抢去了，也未可知。但是他素来孤洁的很，岂肯惜命！"便问道："怎么你们都没听见么？"婆子道："怎么没听见，只是我们都是睁着眼，连一句话也说不出来：必是那贼烧了闷香。妙姑一人，想也被贼闷住，不能言语；况且贼人必多，拿刀执杖威逼着他，还敢声喊么？"

正说着，包勇又在腰门那里嚷说："里头快把这些混帐道婆子赶出来罢，快关上腰门！"彩屏听见，恐耽不是，只得催婆子出去，叫人关了腰门。惜春于是更加苦楚。无奈彩屏等再三以礼相劝，仍旧将一半青丝拢起。大家商议：不必声张，就是妙玉被抢，也当作不知，且等老爷、太太回来再说。惜春心里从此死定一个出家的念头，暂且不提。

且说贾琏回到铁槛寺，将到家中查点了上夜的人，开了失单报去的话，回了贾政。贾政道："怎么开的？"贾政便将琥珀记得的数目单子呈出，并说："上头元妃赐的东西，已经注明。还有那人家不大有的东西，不便开上。等侄儿脱了孝，出去托人细细的缉访，少不得弄出来的。"贾政听了合意，就点头不言。

贾琏进内见了邢、王二夫人，商量着："劝老爷早些回家才好呢，不然都是乱麻似的。"邢夫人道："可不是，我们在这里也是惊心吊胆。"贾琏道："这是我们不敢说的，还是太太的主意，二老爷是依的。"邢夫人便与王夫人商议妥了。

过了一夜，贾政也不放心，打发宝玉进来说："请太太们今日回家，过两三日再来。家人们已经派定了，里头请太太们派人罢。"邢夫人派了鹦哥等一干人伴灵，将周瑞家的等人派了总管，其馀上下人等都回去。一时忙乱套车备马。贾政等在贾母灵前辞别，众人又哭了一场。

都起来正要走时，只见赵姨娘还爬在地下不起。周姨娘打量他还哭，便去拉他。岂知赵姨娘满嘴白沫，眼睛直竖，把舌头吐出，反把家人唬了一跳。贾环过来乱嚷。赵姨娘醒来说道："我是不回去的，跟着老太太回南去。"众人道："老太太那用你跟呢？"赵姨娘道："我跟了老太太一辈子，大老爷还不依，弄神弄鬼的算计我。我想仗着马道婆出出我的气，银子白花了好些，也没有弄死一个。如今我回去了，又不知谁来算计我。"

众人先只说鸳鸯附着他，后头听说马道婆的事，又不像了。邢、王二夫人都不言语。只有彩云等代他央告道："鸳鸯姐姐，你死是自己愿意，与赵姨娘什么相干？放了他罢。"见邢夫人在这里，也不敢说别的。赵姨娘道："我不是鸳鸯。我是阎王老爷差人拿我去的，要问我为什么和马道婆用魇魔法的案件。"说着，口里又叫："好琏二奶奶，你在这里老爷面前少顶一句儿罢，我有一千日的不好，还有一天的好呢。好二奶奶，亲二奶奶，并不是我要害你，我一时糊涂，听了那个老娼妇的话。"

正闹着，贾政打发人进来叫环儿。婆子们去回说："赵姨娘中了邪了，三爷看着呢。"贾政道："没有的事。我们先走了。"于是爷们等先回。

这里赵姨娘还是混说，一时救不过来。邢夫人恐他又说出什么来，便说："多派几个人在这里瞧着他。咱们先走，到了城里，打发大夫出来瞧罢。"王夫人本嫌他，也打撒手儿。宝钗本是仁厚的人，虽想着他害宝玉的事，心里究竟过不去，背地里托了周姨娘在这里照应。周姨娘也是个好人，便应承了。李纨说道："我也在这里罢。"王夫人道："可以不必。"于是大家都要起身。贾环着急说："我也在这里吗？"王夫人啐道："糊涂东西！你姨妈的死活都不知，你还要走吗？"贾环就不敢言语了。宝玉道："好兄弟，你是走不得的。我进了城，打发人来瞧你。"说毕，都上车回家。寺里只有赵姨娘、贾环、鹦哥等人。

贾政、邢夫人等先后到家，到了上房，哭了一场。林之孝带了家下众人请了安，跪着。贾政喝道："去罢！明日问你！"凤姐那日发晕了几次，竟不能出接。只有惜春见了，觉得满面羞惭。邢夫人也不理他，王夫人仍是照常，李纨、宝钗拉着手说了几句话。独有尤氏说道："姑娘，你操心了，倒照应了好几天。"惜春一言不答，只紫涨了脸。宝钗将尤氏一拉，使了个眼色，尤氏等各自归房去了。贾政略略的看了一看，叹了口气，并不言语。到书房席地坐下，叫了贾琏、贾蓉、贾芸，吩咐了几句话。宝玉要在书房来陪贾政，贾政道："不必。"兰儿仍跟他母亲。一宿无话。

次日，林之孝一早进书房跪着，贾政将前后被盗的事问了一遍，并将周瑞供了出来。又说："衙门拿住了鲍二，身边搜出了失单上的东西，现在夹讯，要在他身上要这一伙贼呢。"贾政听了，大怒道："家奴负恩，引贼偷窃家主，真是反了！"立刻叫人到城外将周瑞捆了，送到衙门审问。林之孝只管跪着，不敢起来。贾政道："你还跪着做什么？"林之孝道："奴才该死，求老爷开恩。"正说着，赖大等一干办事家人上来请了安，呈上丧事帐簿。贾政道："交给琏二爷算明了来回。"吆喝着林之孝起来出去了。

贾琏一腿跪着，在贾政身边说了一句话。贾政把眼一瞪道："胡说！老太太的事，银两被贼偷去，难道就该罚奴才拿出来么？"贾琏红了脸，不敢言语，站起来也不敢动。贾政道："你媳妇怎么样了？"贾琏又跪下说："看来是不中用了。"贾政叹口气道："我不料家运衰败，一至如此！况且环哥儿他妈尚在庙中病着，也不知是什么症候。你们知道不知道？"贾琏也不敢言语。贾政道："传出话去，叫人带了大夫瞧瞧去。"贾琏即忙答应着出来，叫人带了大夫到铁槛寺去瞧赵姨娘。

未知死活，下回分解。

第一百十三回

忏宿冤凤姐托村妪
释旧憾情婢感痴郎

说话赵姨娘在寺内得了暴病，见人少了，更加混说起来，唬的众人发怔。就有两个女人搀着赵姨娘双膝跪在地下，说一回，哭一回。有时爬在地下叫饶说：“打杀我了！红胡子的老爷，我再不敢了。”有一时双手合着，也是叫疼，眼睛突出，嘴里鲜血直流，头发披散。人人害怕，不敢近前。这时又将天晚，赵姨娘的声音只管阴哑起来，居然鬼嚎的一般。无人敢在他跟前，只得叫了几个有胆量的男人进来坐着。赵姨娘一时死去，隔了些时又回过来，整整的闹了一夜。

到了第二天，也不言语，只装鬼脸，自己拿手撕开衣服，露出胸膛，好像有人剥他的样子。可怜赵姨娘虽说不出来，其痛苦之状，实在难堪。正在危急，大夫来了，也不敢诊脉，只嘱咐：“办后事罢。”说了起身就走。那送大夫的家人再三央告说：“请老爷看看脉，小的好回禀家主。”那大夫用手一摸。已无脉息。贾环听了，这才大哭起来。众人只顾贾环，谁管赵姨娘蓬头赤脚死在炕上。只有周姨娘心里想到：“做偏房的下场头，不过如此！况他还有儿子，我将来死的时候，还不知怎样呢！”于是反倒悲切。

且说那人赶回家去禀知贾政，贾政即派人去照例料理，陪着环儿住上三天，一同回来。那人去了。

这里一人传十，十人传百，都知道赵姨娘使了毒心害人，被阴司里拷打死了。又说是：“琏二奶奶只怕也好不了，这么说是琏二奶奶告的呢。”

这些话传到平儿耳内，甚是着急，看着凤姐的样子，实在是不能好的了。

况且贾琏近日并不似先前的恩爱，本来事也多，竟像不与他相干的。平儿在凤姐跟前只管劝慰。又兼着邢、王二夫人回家几日，只打发人来问问，并不亲身来看，凤姐心里更加悲苦。贾琏回来也没有一句贴心的话。

凤姐此时只求速死，心里一想，邪魔悉至。只见尤二姐从房后走来，渐近床前，说："姐姐，许久的不见了，做妹妹的想念的很，要见不能，如今好容易进来见见姐姐。姐姐的心机也用尽了，咱们的二爷糊涂，也不领姐姐的情，反倒怨姐姐作事过于刻薄，把他的前程去了，叫他如今见不得人。我替姐姐气不平。"凤姐恍惚说道："我如今也后悔我的心忒窄了。妹妹不念旧恶，还来瞧我。"平儿在旁听见，说道："奶奶说什么？"凤姐一时苏醒，想起尤二姐已死，必是他来索命。被平儿叫醒，心里害怕，又不肯说出，只得勉强说道："我神魂不定，想是说梦话。给我捶捶。"

平儿上去捶着，见个小丫头子进来，说是刘老老来了，婆子们带着来请奶奶的安。平儿急忙下来说："在那里呢？"小丫头子说："他不敢就进来，还听奶奶的示下。"平儿听了点头，想凤姐病里必是懒怠见人，便说道："奶奶现在养神呢，暂且叫他等着。你问他来有什么事么？"小丫头子说道："他们问过了，没有事。说知道老太太去世了，因没有报，才来迟了。"小丫头子说着，凤姐听见，便叫："平儿，你来。人家好心来瞧，不可冷淡了他。你去请了刘老老进来，我和他说说话儿。"平儿只得出来请刘老老这里坐。

凤姐刚要合眼，又见一个男人、一个女人走向炕前，就像要上炕的。凤姐急忙便叫平儿说："那里来了一个男人，跑到这里来了。"连叫了两声，只见丰儿、小红赶来说："奶奶要什么？"凤姐睁眼一瞧，不见有人，心里明白，不肯说出来，便问丰儿道："平儿这东西那里去了？"丰儿道："不是奶奶叫去请刘老老去了么？"凤姐定了一会神，也不言语。

只见平儿同刘老老带了一个小女孩儿进来，说："我们姑奶奶在那里？"平儿引到炕边，刘老老便说："请姑奶奶安。"凤姐睁眼一看，不觉一阵伤心，说："老老，你好？怎么这时候才来？你瞧你外孙女儿也长的这么大了。"刘老老看着凤姐骨瘦如柴，神情恍惚，心里也就悲惨起来，说："我的奶奶，怎么这几个月不见，就病到这个分儿？我糊涂的要死，怎么不早来请姑奶奶的安！”便叫青儿给姑奶奶请安。青儿只是笑。凤姐看了，倒也十分怜爱，便叫小红招呼着。

刘老老道：“我们屯乡里的人不会病的，若一病了，就要求神许愿，从不知道吃药。我想姑奶奶的病，别是撞着什么了罢？”平儿听着这话不在理，忙在背地里拉他。刘老老会意，便不言语了。那里知道这句话倒合了凤姐的意，扎挣着说：“老老，你是有年纪的人，说的不错。你见过的赵姨娘也死了，你知道么？”刘老老诧异道：“阿弥陀佛！好端端一个人，怎么就死了？我记得他也有一个小哥儿，这可怎么样呢？”平儿道：“那怕什么，他还有老爷、太太呢。”刘老老道：“姑娘，你那里知道。不好死了，是亲生的；隔了肚皮子，是不中用的。”这句话又招起凤姐的愁肠，呜呜咽咽的哭起来了。众人都来解劝。

巧姐儿听见他母亲悲哭，便走到炕前，用手拉着凤姐的手，也哭起来。凤姐一面哭着，道：“你见过了老老了没有？”巧姐儿道：“没有。”凤姐道：“你的名字还是他起的呢，就和干妈一样，你给他请个安。”巧姐儿便走到跟前。刘老老忙拉着道：“阿弥陀佛！不要折杀我了。巧姑娘，我一年多不来，你还认得我么？”巧姐儿道：“怎么不认得。那年在园里见的时候，我还小呢。前年你来，我和你要隔年的蝈蝈儿，你也没有给我，必是忘了。”刘老老道：“好姑娘，我是老糊涂了。要说蝈蝈儿，我们屯里多着呢，只是不到我们那里去；若去了，要一车也容易。”

凤姐道：“不然，你带了他去罢。”刘老老笑道：“姑娘这样千金贵体，绫罗裹大了的，吃的是好东西，到了我们那里，我拿什么哄他玩，拿什么给他吃呢？这倒不是坑杀我了么？”说着，自己还笑，因说：“那么着，我给姑娘做个媒罢。我们那里虽说是屯乡里，也有大财主人家，几千顷地，几百牲口，银子钱亦不少，只是不像这里有金的，有玉的。姑奶奶自然瞧不起这样人家。我们庄家人瞧着这样财主，也算是天上的人了。”凤姐道：“你说去，我愿意就给。”刘老老道：“这是玩话儿罢咧。放着姑奶奶这样，大官大府的人家只怕还不肯给，那里肯给庄家人？就是姑奶奶肯了，上头太太们也不给。”巧姐因他这话不好听，便走了去和青儿说话。两个女孩儿倒说得上，渐渐的就熟起来了。

这里平儿恐刘老老话多搅烦了凤姐，便拉了刘老老说：“你提起太太来，你还没有过去呢。我出去叫人带了你去见见，也不枉来这一趟。”

刘老老便要走，凤姐道：“忙什么？你坐下，我问你：近来的日子还过的么？”刘老老千恩万谢的说道：“我们若不仗着姑奶奶，”说着指着青儿说：“他的老子娘都要饿死了。如今虽说是庄家人苦，家里也挣了好几亩地，又打了一眼井，种些菜蔬、瓜果，一年卖的钱也不少，尽够他们嚼吃的了；这两年姑奶奶还时常给些衣服、布匹：在我们村里算过得的了。阿弥陀佛！前日他老子进城，听见姑奶奶这里动了家，我就几乎唬杀了。亏得又有人说不是这里，我才放心。后来又听见说这里老爷升了，我又喜欢，就要来道喜，为的是满地的庄稼来不得。昨日又听见说老太太没有了。我在地里打豆子，听见了这话，唬的连豆子都拿不起来了，就在地里狠狠的哭了一大场。我合女婿说：‘我也顾不得你们了，不管真话谎话，我是要进城瞧瞧去的。’我女儿、女婿也不是没良心的，听见了也哭了一会子，今儿天没亮就赶着我进城来了。我也不认得一个人，没有地方打听。一径来到后门，见是门神都糊了，我这一唬又不小。进了门，找周嫂子，再找不着。撞见一个小姑娘，说周嫂子得了不是，撵出去了。我又等了好半天，遇见个熟人，才得进来。不打量姑奶奶也是这么病。”说着，就掉下泪来。

平儿着急，也不等他说完了，拉着就走，说：“你老人家说了半天，口也干了，咱们喝茶去罢。”拉着刘老老到下房坐着。青儿自在巧姐那边。刘老老道：“茶倒不要。好姑娘，叫人带了我去请太太的安，哭哭老太太去罢。”平儿道：“你不用忙，今儿也赶不出城去了。方才我是怕你说话不防头，招的我们奶奶哭，所以催你出来。你别思量。”刘老老道：“阿弥陀佛！姑娘这是多心，我也知道。倒是奶奶的病怎么好呢？”平儿道：“你瞧妨碍不妨碍？”刘老老道：“说是罪过，我瞧着不好。”

正说着，又听凤姐叫呢。平儿急到床前，凤姐又不言语了。平儿正问丰儿，贾琏进来，向炕上一瞧，也不言语，走到里间，气哼哼的坐下。只有秋桐跟了进去，倒了茶，殷勤一回，不知嘁嘁喳喳的说些什么。回来，贾琏叫平儿来问道："奶奶不吃药么？"平儿道："不吃药怎么样呢？"贾琏道："我知道么？你拿柜子上的钥匙来罢。"平儿见贾琏有气，又不敢问，只得出来在凤姐耳边说了一声。凤姐不言语。平儿便将一个匣子搁在贾琏那里就走。贾琏道："有鬼叫你吗？你搁着叫谁拿呢？"平儿忍气打开，取了钥匙，开了柜子，便问道："拿什么？"贾琏道："咱们有什么吗？"平儿气的哭道："有话明说，人死了也愿意。"贾琏道："这还要说么？头里的事是你们闹的，如今老太太的丧事还短了四五千银子，老爷叫我拿公中的地帐弄银子，你说有么？外头拉的帐不开发，使得么？谁叫我应这个名儿！只好把老太太给我的东西折变去罢了，你不依么？"

平儿听了，一句不言语，将柜里东西搬出。只见小红过来说："平姐姐快走，奶奶不好呢！"平儿也顾不得贾琏，急忙过来，见凤姐用手空抓，平儿用手攥着哭叫。贾琏也过来一瞧，把脚一跺道："若是这样，是要我的命了！"说着掉下泪来。丰儿进来说："外头找二爷呢。"贾琏只得出去。

这里凤姐愈加不好，丰儿等便大哭起来。巧姐听见赶来。刘老老也急忙走到炕前，嘴里念佛，捣了些鬼，果然凤姐好些。一时王夫人听了丫头的信，也过来了，先见凤姐安静些，心下略放心。见了刘老老，便说："刘老老，你好？什么时候来的？"刘老老便说："请太太安。"也不及说别的，只言凤姐的病，讲究了半天。彩云进来说："老爷请太太呢。"王夫人叮咛了平儿几句话，便过去了。

凤姐闹了一回，此时又觉清楚些，见刘老老在这里，心里信他求神祷告，便把丰儿等支开，叫刘老老坐在床前，告诉他心神不宁，如见鬼的样子。刘老老便说我们屯里什么菩萨灵，什么庙有感应。凤姐道："求你替我祷告。要用供献的银钱，我有。"便在手腕上褪下一只金镯子来交给他。刘老老道："姑奶奶，不用这个。我们村庄人家许了愿，好了，花上几百钱就是了，那用这些？

就是我替姑奶奶求去，也是许愿。等姑奶奶好了，要花什么，自己去花罢。”凤姐明知刘老老一片好心，不好勉强，只得留下，说：“老老，我的命交给你了。我的巧姐儿也是千灾百病的，也交给你了。”刘老老顺口答应，便说：“这么着，我看天气尚早，还赶的出城去，我就去了。明儿姑奶奶好了，再请还愿去。”

凤姐因被众冤魂缠绕害怕，巴不得他就去，便说：“你若肯替我用心，我能安稳睡一觉，我就感激你了。你外孙女儿，叫他在这里住下罢。”刘老老道：“庄家孩子没有见过世面，没的在这里打嘴，我带他去的好。”凤姐道：“这就是多心了，既是咱们一家人，这怕什么。虽说我们穷了，多一个人吃饭也不算什么。”刘老老见凤姐真情，乐得叫青儿住几天，省了家里的嚼吃。只怕青儿不肯，不如叫他来问问，若是他肯就留下。于是和青儿说了几句。青儿因与巧姐儿玩得熟了，巧姐又不愿意他去，青儿又要在这里。刘老老便吩咐了几句，辞了平儿，忙忙的赶出城去，不提。

“且说栊翠庵原是贾府的地址，因盖省亲园子，将那庵圈在里头，向来食用香火并不动贾府的钱粮．今日妙玉被劫，那女尼呈报到官。一则候官府缉盗的下落，二则是妙玉基业，不便离散，依旧住下，不过回明了贾府。

这时贾府的人虽都知道，只为贾政新丧，且又心事不宁，也不敢将这些没要紧的事回禀。只有惜春知道此事，日夜不安。渐渐传到宝玉耳边，说妙玉被贼劫去；又有的说妙玉凡心动了，跟人而走。宝玉听得，十分纳闷：“想来必是被强徒抢去，这个人必不肯受，一定不屈而死。”但是一无下落，心下甚不放心，每日长吁短叹。还说：“这样一个人，自称为‘槛外人’，怎么遭此结局？”又想到：“当日园中何等热闹！自从二姐姐出阁以来，死的死，嫁的嫁。我想他一尘不染，是保得住的了，岂知风波顿起，比林妹妹死的更奇。”由是一而二，二而三，追思起来，想到《庄子》上的话，虚无缥缈，人生在世，难免风流云散，不觉的大哭起来。袭人等又道是他的疯病发作，百般的温柔解劝。

宝钗初时不知何故，也用话箴规。怎奈宝玉抑郁不解，又觉精神恍惚。宝钗想不出道理，再三打听，方知妙玉被劫，不知去向，也是伤感。只为宝玉愁烦，便用正言解释，因提起："兰儿自送殡回来，虽不上学，闻得日夜攻苦。他是老太太的重孙。老太太素来望你成人，老爷为你日夜焦心，你为闲情痴意糟蹋自己，我们守着你如何是个结果？"说得宝玉无言可答，过了一会，才说道："我那管人家的闲事，只可叹咱们家的运气衰颓。"宝钗道："可又来，老爷、太太原为是要你成人，接续祖宗遗绪，你只是执迷不悟，如何是好？"宝玉听来，话不投机，便靠在桌上睡去。宝钗也不理他，叫麝月等伺候着，自己却去睡了。

宝玉见屋里人少，想起："紫鹃到了这里，我从没合他说句知心的话儿，冷冷清清撂着他，我心里甚不过意。他呢又比不得麝月、秋纹，我可以安放得的。想起从前我病的时候，他在我这里伴了好些时，如今他的那一面小镜子还在我这里，他的情意却也不薄了。如今不知为什么，见我就是冷冷的。若说为我们这一个呢，他是合林妹妹最好的，我看他待紫鹃也不错。我不在家的日子，紫鹃原也与他有说有笑的；到我来了，紫鹃便走开了。想来自然是为林妹妹死了，我便成了家的原故。嗳！紫鹃，紫鹃，你这样一个聪明女孩儿，难道连我这点子苦处都看不出来么？"因又一想："今晚他们睡的睡，做活的做活，不如趁着这个空儿，我找他去，看他有什么话。倘或我还有得罪之处，便赔个不是也使得。"想定主意，轻轻的走出了房门，来找紫鹃。

那紫鹃的下房也就在西厢里间。宝玉悄悄的走到窗下，只见里面尚有灯光，便用舌头舐破窗纸，往里一瞧，见紫鹃独自挑灯，又不是做什么，呆呆的坐着。宝玉便轻轻的叫道："紫鹃姐姐，还没有睡么？"紫鹃听了，唬了一跳，怔怔的半日，才说："是谁？"宝玉道："是我。"紫鹃听着似乎是宝玉的声音，便问："是宝二爷么？"宝玉在外轻轻的答应了一声。紫鹃问道："你来做什么？"宝玉道："我有一句心里的话，要和你说说。你开了门，我到你屋里坐坐。"紫鹃停了一会儿，说道："二爷有什么话，天晚了，请回罢，明日再说罢。"

宝玉听了，寒了半截。自己还要进去，恐紫鹃未必开门；欲要回去，这一肚子的隐情，越发被紫鹃这一句话勾起。无奈说道："我也没有多馀的话，只问你一句。"紫鹃道："既是一句，就请说。"宝玉半日反不言语。

紫鹃在屋里不见宝玉言语，知他素有痴病，恐怕一时实在抢白了他，勾起他的旧病，倒也不好了，因站起来，细听了一听，又问道："是走了，还是傻站着呢？有什么又不说，尽着在这里怄人。已经怄死了一个，难道还要怄死一个么？这是何苦来呢！"说着，也从宝玉舐破之处往外一瞧，见宝玉在那里呆听。紫鹃不便再说，回身剪了剪烛花。忽听宝玉叹了一声道："紫鹃姐姐，你从来不是这样铁心石肠，怎么近来连一句好好儿的话都不和我说了？我固然是个浊物，不配你们理我。但只我有什么不是，只望姐姐说明了，那怕姐姐一辈子不理我，我死了倒作个明白鬼呀！"

紫鹃听了，冷笑道："二爷就是这个话呀，还有什么？若就是这句话呢，我们姑娘在时，我也跟着听俗了。若是我们有什么不好处呢，我是太太派来的，二爷倒是回太太去。左右我们丫头们更算不得什么了！"说到这里，那声儿便哽咽起来，说着又擤鼻涕。宝玉在外知他伤心哭了，便急的跺脚道："这是怎么说！我的事情，你在这里几个月，还有什么不知道的？就便别人不肯替我告诉你，难道你还不叫我说，叫我憋死了不成？"说着，也呜咽起来了。

宝玉正在这里伤心，忽听背后一个人接言道："你叫谁替你说呢？谁是谁的什么？自己得罪了人，自己央求呀。人家赏脸不赏在人家，何苦来拿我们这些没要紧的垫喘儿呢？"这一句话把里外两个人都吓了一跳。你道是谁？原来却是麝月。宝玉自觉脸上没趣。只见麝月又说道："到底是怎么着？一个赔不是，一个又不理。你倒是快快儿的央求呀。嗳！我们紫鹃姐姐也就太狠心了，外头这么怪冷的，人家央求了这半天，总连个活动气儿也没有。"又向宝玉道："刚才二奶奶说了，多早晚了，打量你在那里呢，你却一个人站在这房檐底下做什么？"紫鹃里面接着说道："这可是什么意思呢？早就请二爷进去，有话明日说罢。这是何苦来！"

宝玉还要说话，因见麝月在这里，不好再说别的，只得一面同麝月走回，一面说道："罢了！罢了！我今生今世也难剖白这个心了，惟有老天知道罢了！"说到这里，那眼泪也不知从何处来的，滔滔不断了。麝月道："二爷，依我劝，你死了心罢，白赔眼泪，也可惜了儿的。"宝玉也不答言，遂进了屋子，只见宝钗睡了。宝玉也知宝钗装睡。却是袭人说了一句道："有什么话，明日说不得？巴巴儿的跑到那里去闹，闹出……"说到这里，也就不肯说，迟一迟，才接着道："身上不觉怎么样？"宝玉也不言语，只摇摇头儿。袭人便打发宝玉睡下。一夜无眠，自不必说。

这里紫鹃被宝玉一招，越发心里难受，直直的哭了一夜。思前想后："宝玉的事，明知他病中不能明白，所以众人弄鬼弄神的办成了。后来宝玉明白了，旧病复发，时常哭想，并非忘情负义之徒。今日这种柔情，一发叫人难受。只可怜我们林姑娘真真是无福消受他。如此看来，人生缘分，都有一定：在那未到头时，大家都是痴心妄想；及至无可如何，那糊涂的也就不理会了，那情深义重的也不过临风对月，洒泪悲啼。可怜那死的倒未必知道；这活的真真是苦恼伤心，无休无了。算来竟不如草木石头，无知无觉，倒也心中干净。"想到此处，倒把一片酸热之心，一时冰冷了。才要收拾睡时，只听东院里吵嚷起来。

未知何事，下回分解。

第一百十四回

王熙凤历幻返金陵
甄应嘉蒙恩还玉阙

却说宝玉、宝钗听说凤姐病的危急，赶忙起来，丫头秉烛伺候。正要出院，只见王夫人那边打发人来说："琏二奶奶不好，还没有咽气，二爷、二奶奶且慢些过去罢。琏二奶奶的病有些古怪：从三更天起到四更时候没有住嘴，说了好些胡话，要船要轿，只说赶到金陵归入什么册子去。众人不懂，他只是哭哭喊喊。琏二爷没有法儿，只得去糊船轿，还没拿来，琏二奶奶喘着气等着呢。太太叫我们过来说，等琏二奶奶去了，再过去罢。"

宝玉道："这也奇，他到金陵做什么去？"袭人轻轻的说道："你不是那年做梦，我还记得说有多少册子，莫不琏二奶奶是到那里去罢？"宝玉听了，点头道："是呀，可惜我都不记得那上头的话了。这么说起来，人都有个定数的了。但不知林妹妹又到那里去了？我如今被你一说，我有些懂的了。若再做这个梦时，我必细细的瞧一瞧，便有未卜先知的分儿了。"袭人道："你这样的人，可是不可合你说话，我偶然提了一句，你就认起真来了吗？就算你能先知了，又有什么法儿？"宝玉道："只怕不能先知；若是能了，我也犯不着为你们瞎操心了。"

两人正说着，宝钗走来，问道："你们说什么？"宝玉恐他盘诘，只说："我们谈论凤姐姐。"宝钗道："人要死了，你们还只管议论他。旧年你还说我咒人，那个签不是应了么？"宝玉又想了一想，拍手道："是的，是的。这么说起来，你倒能先知了。我索性问问你：你知道我将来怎么样？"宝钗笑道："这是又胡闹起来了。我是就他求的签上的话混解的，你就认了真了。你和我们二嫂子成了一样的了：你失了玉，他去求妙玉扶乩，批出来众人不解，他背地里合我说妙玉怎么前知，怎么参禅悟道。如今他遭此大难，如何自己都不知道？这可是算得前知吗？就是我偶然说着了二奶奶的事情，其实知道他是怎么样了，只怕我连我自己也不知道呢。这些事情，原都是虚诞的，可是信得的么？”

宝玉道：“别提他了。你只说邢妹妹罢，自从我们这里连连的有事，把他这件事竟忘记了。你们家这么一件大事，怎么就草草的完了，也没请亲唤友的？”宝钗道：“你这话又是迂了。我们家的亲戚，只有咱们这里和王家最近：王家没了什么正经人了；咱们家遭了老太太的大事，所以也没请，就是琏二哥张罗了张罗。别的亲戚虽也有一两门子，你没过去，如何知道。算起来，我们这二嫂子的命和我差不多。好好的许了我二哥哥，我妈妈原想要体体面面的给二哥哥娶这房亲事的。一则为我哥哥在监里，二哥哥也不肯大办；二则为咱们家的事；三则为我二嫂子在大太太那边忒苦，又加着抄了家，大太太是一味的苛刻，他也实在难受：所以我和妈妈说了，便将将就就的娶了过去。我看二嫂子如今倒是安心乐意的孝敬我妈妈，比亲媳妇还强十倍呢；待二哥哥也是极尽妇道的，和香菱又甚好，二哥哥不在家，他两个和和气气的过日子。虽说是穷些，我妈妈近来倒安逸好些。就是想起我哥哥来，不免伤心。况且常打发人家里来要使用，多亏二哥哥在外头帐头儿上讨来应付他。我听见说，城里的几处房子已经也典了，还剩了一所，如今打算着搬了去住。”

宝玉道：“为什么要搬？住在这里，你来去也便宜些；若搬远了，你去就要一天了。”宝钗道：“虽说是亲戚，到底各自的稳便些。那里有个一辈子住在亲戚家的呢？”

宝玉还要讲出不搬去的理，王夫人打发人来说：“琏二奶奶咽了气了，所有的人都过去了，请二爷、二奶奶就过去。”宝玉听了，也掌不住，跺脚要哭。宝钗虽也悲戚，恐宝玉伤心，便说：“有在这里哭的，不如到那边哭去。”于是两人一直到凤姐那里，只见好些人围着哭呢。宝钗走到跟前，见凤姐已经停床，便大放悲声。宝玉也拉着贾琏的手，大哭起来。贾琏也重新哭泣。平儿等因见无人劝解，只得含悲上来劝止了。众人都悲哀不止。贾琏此时手足无措，叫人传了赖大来，叫他办理丧事。自己回明了贾政，然后去行事。但是手头不济，诸事拮据。又想起凤姐素日的好处来，更加悲哭不已。又见巧姐哭的死去活来，越发伤心。哭到天明，即刻打发人去请他大舅子王仁过来。

那王仁自从王子腾死后，王子胜又是无能的人，任他胡为，已闹的六亲不和。今知妹子死了，只得赶着过来哭了一场。见这里诸事将就，心下便不舒服，说："我妹妹在你家辛辛苦苦当了好几年家，也没有什么错处，你们家该认真的发送发送才是，怎么这时候诸事还没有齐备？"贾琏本与王仁不睦，见他说些混帐话，知他不懂的什么，也不大理他。

王仁便叫了他外甥女儿巧姐过来说："你娘在时，本来办事不周到，只知道一味的奉承老太太，把我们的人都不大看在眼里。外甥女儿，你也大了，看见我从来沾染过你们没有？如今你娘死了，诸事要听着舅舅的话。你母亲娘家的亲戚，就是我和你二舅舅了。你父亲的为人，我也早知道了，只有敬重别人的：那年什么尤姨娘死了，我虽不在京，听见说花了好些银子。如今你娘死了，你父亲倒是这样的将就办去，你也不知道劝劝你父亲吗？"巧姐道："我父亲巴不得要好看，只是如今比不得从前了。现在手里没钱，所以诸事省些是有的。"王仁道："你的东西还少么？"巧姐儿道："旧年抄去，何尝还有呢。"王仁道："你也这样说。我听见老太太又给了好些东西，你该拿出来。"巧姐又不好说父亲用去，只推不知道。王仁便道："哦！我知道了，不过是你要留着做嫁妆罢咧。"巧姐听了，不敢回言，只气得哽噎难鸣的哭起来了。

平儿生气说道："舅老爷，有话等我们二爷进来再说。姑娘这么点年纪，他懂的什么？"王仁道："你们是巴不得二奶奶死了，你们就好为王了。我并不要什么，好看些，也是你们的脸面。"说着，赌气坐着。

巧姐满心的不舒服，心想："我父亲并不是没情。我妈妈在时，舅舅不知拿了多少东西去，如今说得这样干净。"于是便不大瞧得起他舅舅了。岂知王仁心里想来，他妹妹不知积攒了多少："虽说抄了家，那屋里的银子还怕少吗？必是怕我来缠他们，所以也帮着这么说。这小东西儿也是不中用的。"从此王仁也嫌了巧姐儿了。

贾琏并不知道，只忙着弄银钱使用。外头的大事叫赖大办了，里头也要用好些钱，一时实在不能张罗。平儿知他着急，便叫贾琏道："二爷也别过于伤了自己的身子。"贾琏道："什么身子！现在日用的钱都没有，这件事怎么办？偏有个糊涂行子又在这里蛮缠，你想有什么法儿？"平儿道："二爷也不用着急，若说没钱使唤，我还有些东西，旧年幸亏没有抄在里头去，二爷要，就拿去当着使唤罢。"贾琏听了，心想："难得这样。"便笑道："这样更好，省得我各处张罗。等我银子弄到手了还你。"平儿道："我的也是奶奶给的，什么还不还，只要这件事办的好看些就是了。"

贾琏心里倒着实感激他，便将平儿的东西拿了去，当钱使用。诸凡事情，便与平儿商量。秋桐看着，心里就有些不甘，每每口角里头便说："平儿没有了奶奶，他要上去了。我是老爷的人，他怎么就越过我去了呢？"平儿也看出来了，只不理他。倒是贾琏一时明白，越发把秋桐嫌了，碰着有些烦恼，便拿着秋桐出气。邢夫人知道，反说贾琏不好。贾琏忍气，不提。

再说凤姐停了十馀天，送了殡。贾政守着老太太的孝，总在外书房。那时清客相公渐渐的都辞去了，只有个程日兴还在这里，时常陪着说说话儿。贾政提起家运不好："一连人口死了好些，大老爷合珍大爷又在外头，家计一天难似一天，外头东庄地亩也不知道怎么样，总不得了！"那程日兴道："我在这里好些年，也知道府上的人，那一个不是肥己的，一年一年都往他家里拿，那自然府上是一年不够一年了；又添了大老爷、珍大爷那边两处的费用；外头又有些债务；前儿又破了好些财，要想衙门里缉贼追赃，那是难事。老世翁若要安顿家事，除非传那些管事的来，派一个心腹人，各处去清查清查：该去的去，该留的留；有了亏空，着在经手的身上赔补。这就有了数儿了。那一座大园子，人家是不敢买的。这里头的出息也不少，又不派人管了。几年老世翁不在家，这些人就弄神弄鬼儿的，闹的一个人不敢到园里，这都是家人的弊。此时把下人查一查，好的使着，不好的便撵了，这才是道理。”

贾政点头道：“先生，你有所不知。不必说下人，就是自己的侄儿也靠不住。若要我查起来，那能一一亲见亲知？况我又在服中，不能照管这些个。我素来又兼不大理家，有的没的，我还摸不着呢。”程日兴道：“老世翁最是仁德的人，若在别人家，这样的家计，就穷起来，十年五载还不怕，便向这些管家的要也就够了，我听见世翁的家人还有做知县的呢。”贾政道：“一个人若要使起家人们的钱来，便了不得了，只好自己俭省些。但是册子上的产业，若是实有还好，生怕有名无实了。”程日兴道：“老世翁所见极是，晚生为什么说要查查呢。”贾政道：“先生必有所闻。”程日兴道：“我虽知道些那些管事的神通，晚生也不敢言语的。”贾政听了，便知话里有因，便叹道：“我家祖父以来，都是仁厚的，从没有刻薄过下人。我看如今这些人一日不似一日了。在我手里行出主子样儿来，又叫人笑话。”

两人正说着，门上的进来回道：“江南甄老爷来了。”贾政便问道：“甄老爷进京为什么？”那人道：“奴才也打听过了，说是蒙圣恩起复了。”贾政道：“不用说了，快请罢。”那人出去，请了进来。

那甄老爷即是甄宝玉之父，名叫甄应嘉，表字友忠，也是金陵人氏，功勋之后。原与贾府有亲，素来走动的。因前年罣误革了职，动了家产。今遇主上眷念功臣，赐还世职，行取来京陛见。知道贾母新丧，特备祭礼，择日到寄灵的地方拜奠，所以先来拜望。

贾政有服，不能远接，在外书房门口等着。那位甄老爷一见，便悲喜交集。因在制中，不便行礼，遂拉着手，叙了些阔别思念的话。然后分宾主坐下，献了茶，彼此又将别后事情的话说了。贾政问道：“老亲翁几时陛见的？”甄应嘉道：“前日。”贾政道：“主上隆恩，必有温谕。”甄应嘉道：“主上的恩典，真是比天还高，下了好些旨意。”贾政道：“什么好旨意？”甄应嘉道：“近来越寇猖獗，海疆一带小民不安，派了安国公征剿贼寇。主上因我熟悉土疆，命我前往安抚，但是即日就要起身。昨日知老太太仙逝，谨备瓣香，至灵前拜奠，稍尽微忱。”

贾政即忙叩首拜谢，便说：“老亲翁即此一行，必是上慰圣心，下安黎庶。诚哉莫大之功，正在此行。但弟不克亲睹奇才，只好遥聆捷报。现在镇海统制是弟舍亲，会时务望青照。”甄应嘉道：“老亲翁与统制是什么亲戚？”贾政道：“弟那年在江西粮道任时，将小女许配与统制少君，结缡已经三载。因海口案内未清，继以海寇聚奸，所以音信不通。弟深念小女，俟老亲翁安抚事竣后，拜恳便中一视。弟即修字数行，烦尊纪带去，便感激不尽了。”

甄应嘉道：“儿女之情，人所不免。我正有奉托老亲翁的事：昨蒙圣恩召取来京，因小儿年幼，家下乏人，将贱眷全带来京。我因钦限迅速，昼夜先行，贱眷在后缓行，到京尚需时日。弟奉旨出京，不敢久留。将来贱眷到京，少不得要到尊府，定叫小犬叩见。如可进教，遇有姻事可图之处，望乞留意为感。”贾政一一答应。那甄应嘉又说了几句话，就要起身，说：“明日在城外再见。”贾政见他事忙，谅难再坐，只得送出书房。

贾琏、宝玉早已伺候在那里代送，因贾政未叫，不敢擅入。甄应嘉出来，两人上去请安。应嘉一见宝玉，呆了一呆，心想：“这个怎么甚像我家宝玉？只是浑身缟素。”问道：“至亲久阔，爷们都不认得了。”贾政忙指贾琏道：“这是家兄名赦之子琏二侄儿。”又指着宝玉道：“这是第二小犬，名叫宝玉。”应嘉拍手道：“奇！我在家听见说老亲翁有个衔玉生的爱子，名叫宝玉，因与小儿同名，心中甚为罕异。后来想着这个也是常有的事，不在意了。岂知今日一见，不但面貌相同，且举止一般，这更奇了！”问起年纪，道：“比这里的哥儿略小一岁。”贾政便又提起承荐包勇，将问及“令郎哥儿与小儿同名”的话述了一遍。应嘉因属意宝玉，也不暇问及那包勇的好歹，只连连的称道：“真真罕异！”因又拉着宝玉的手，极致殷勤。又恐安国公起身甚速，急须预备长行，勉强分手徐行。贾琏、宝玉送出，一路又问了宝玉好些，然后才登车而去。那贾琏、宝玉回来见了贾政，便将应嘉问的话回了一遍。贾政命他二人散去。贾琏又去张罗，算明凤姐丧事的帐目。

宝玉回到自己房中，告诉了宝钗，说是："常提的甄宝玉，我想一见不能，今日倒先见了他父亲了。我还听得说，宝玉也不日要到京了，要求拜望我们老爷呢。他也说和我一模一样的，我只不信。若是他后儿到了咱们这里来，你们都去瞧瞧，看他果然和我像不像？"宝钗听了道："嗳！你说话怎么越发没前后了？什么男人同你一样都说出来了，还叫我们瞧去呢。"宝玉听了，知是失言，脸上一红，连忙的还要解说。

不知何话，下回分解。

第一百十五回

惑偏私惜春矢素志
证同类宝玉失相知

话说宝玉为自己失言，被宝钗问住，想要掩饰过去，只见秋纹进来说："外头老爷叫二爷呢。"宝玉巴不得一声儿，便走了。到贾政那里，贾政道："我叫你来不为别的，现在你穿着孝，不便到学里去，你在家里，必要将你念过的文章温习温习。我这几天倒也闲着，隔两三日要做几篇文章我瞧瞧，看你这些时进益了没有。"宝玉只得答应着。贾政又道："你环兄弟、兰侄儿，我也叫他们温习去了。倘若你做的文章不好，反倒不及他们，那可就不成事了。"宝玉不敢言语，答应了个"是"，站着不动。贾政道："去罢。"宝玉退了出来，正遇见赖大诸人拿着些册子进来，宝玉一溜烟回到自己房中。宝钗问了，知道叫他作文章，倒也喜欢。惟有宝玉不愿意，也不敢怠慢。

正要坐下静静心，只见两个姑子进来，是地藏庵的。见了宝钗，说道："请二奶奶安。"宝钗待理不理的说："你们好？"因叫人来："倒茶给师父们喝。"宝玉原要和那姑子说话，见宝钗似乎厌恶这些，也不好兜搭。那姑子知道宝钗是个冷人，也不久坐，辞了要去。宝钗道："再坐坐去罢。"那姑子道："我们因在铁槛寺做了功德，好些时没来请太太、奶奶们的安。今日来了，见过了奶奶、太太们，还要看看四姑娘呢。"宝钗点头，由他去了。

那姑子到了惜春那里，看见彩屏，便问："姑娘在那里呢？"彩屏道："不用提了，姑娘这几天饭都没吃，只是歪着。"那姑子道："为什么？"彩屏道："说也话长。你见了姑娘，只怕他就和你说了。"惜春早已听见，急忙坐起，说："你们两个人好啊，见我们家事差了，就不来了。"那姑子道："阿弥陀佛！有也是施主，没也是施主，别说我们是本家庵里，受过老太太多少恩惠的。如今为老太太的事，太太、奶奶们都见过了，只没有见姑娘，心里惦记，今儿是特特的来瞧姑娘来了。”

惜春便问起水月庵的姑子来。那姑子道：“他们庵里闹了些事，如今门上也不肯常放进来了。”便问惜春道：“前儿听见说，栊翠庵的妙师父怎么跟了人走了？”惜春道：“那里的话，说这个话的人隄防着割舌头！人家遭了强盗抢去，怎么还说这样的坏话？”那姑子道：“妙师父的为人古怪，只怕是假惺惺罢？在姑娘面前，我们也不好说的。那里像我们这些粗夯人，只知道讽经念佛，给人家忏悔，也为着自己修个善果。”

惜春道：“怎么样就是善果呢？”那姑子道：“除了咱们家这样善德人家儿不怕，若是别人家那些诰命夫人、小姐，也保不住一辈子的荣华。到了苦难来了，可就救不得了。只有个观世音菩萨大慈大悲，遇见人家有苦难事，就慈心发动，设法儿救济。为什么如今都说‘大慈大悲救苦救难的观世音菩萨’呢！我们修了行的人，虽说比夫人、小姐们苦多着呢，只是没有险难的了。虽不能成佛作祖，修修来世，或者转个男身，自己也就好了。不像如今脱生了个女人胎子，什么委屈烦难都说不出来。姑娘你还不知道呢，要是姑娘们到了出了门子，这一辈子跟着人，是更没法儿的。若说修行，也只要修得真。那妙师父自为才情比我们强，他就嫌我们这些人俗。岂知俗的才能得善缘呢，他如今到底是遭了大劫了。”

惜春被那姑子一番话说的合在机上，也顾不得丫头们在这里，便将尤氏待他怎样，前儿看家的事说了一遍。并将头发指给他瞧道：“你打量我是什么没主意恋火坑的人么？早有这样的心，只是想不出道儿来。”那姑子听了，假作惊慌道：“姑娘再别说这个话，珍大奶奶听见，还要骂杀我们，撵出庵去呢。姑娘这样人品，这样人家，将来配个好姑爷，享一辈子的荣华富贵……”惜春不等说完，便红了脸说：“珍大奶奶撵得你，我就撵不得么？”那姑子知是真心，便索性激他一激，说道：“姑娘别怪我们说错了话。太太、奶奶们那里就依得姑娘的性子呢？那时闹出没意思来倒不好。我们倒是为姑娘的话。”惜春道："这也瞧罢咧。"

彩屏等听这话头不好，便使个眼色儿给姑子，叫他走。那姑子会意，本来心里也害怕，不敢挑逗，便告辞出去。惜春也不留他，便冷笑道："打量天下就是你们一个地藏庵么？"那姑子也不敢答言，去了。

彩屏见事不妥，恐耽不是，悄悄的去告诉了尤氏，说："四姑娘铰头发的念头还没有息呢，他这几天不是病，竟是怨命。奶奶隄防些，别闹出事来，那会子归罪我们身上。"尤氏道："他那里是为要出家，他为的是大爷不在家，安心和我过不去。也只好由他罢了。"彩屏等没法，也只好常常劝解。岂知惜春一天一天的不吃饭，只想铰头发。彩屏等吃不住，只得到各处告诉。邢、王二夫人等也都劝了好几次，怎奈惜春执迷不解。

邢、王二夫人正要告诉贾政，只听外头传进来说："甄家的太太带了他们家的宝玉来了。"众人急忙接出，便在王夫人处坐下。众人行礼，叙些寒温，不必细述。只言王夫人提起甄宝玉与自己的宝玉无二，要请甄宝玉进来一见。传话出去，回来说道："甄少爷在外书房同老爷说话，说的投了机了，打发人来请我们二爷、三爷，还叫兰哥儿，在外头吃饭，吃了饭进来。"说毕，里头也便摆饭。

原来此时贾政见甄宝玉相貌果与宝玉一样，试探他的文才，竟应对如流，甚是心敬，故叫宝玉等三人出来，警励他们；再者，到底叫宝玉来比一比。宝玉听命，穿了素服，带了兄弟、侄儿出来，见了甄宝玉，竟是旧相识一般。那甄宝玉也像那里见过的。两人行了礼，然后贾环、贾兰相见。本来贾政席地而坐，要让甄宝玉在椅子上坐，甄宝玉因是晚辈，不敢上坐，就在地下铺了褥子坐下。如今宝玉等出来，又不能同贾政一处坐着；为甄宝玉是晚一辈，又不好竟叫宝玉等站着。贾政知是不便，站起来又说了几句话，叫人摆饭，说："我失陪，叫小儿辈陪着，大家说话儿，好叫他们领领大教。"甄宝玉逊谢道："老伯大人请便，小侄正欲领世兄们的教呢。"贾政回复了几句，便自往内书房去。那甄宝玉却要送出来，贾政拦住。宝玉等先抢了一步，出了书房门槛站立着，看贾政进去，然后进来让甄宝玉坐下。彼此套叙了一回，诸如久慕渴想的话，也不必细述。

且说贾宝玉见了甄宝玉，想到梦中之景，并且素知甄宝玉为人，必是和他同心，以为得了知己。因初次见面，不便造次，且又贾环、贾兰在坐，只有极力夸赞说：“久仰芳名，无由亲炙。今日见面，真是谪仙一流的人物。”

那甄宝玉素来也知贾宝玉的为人，今日一见，果然不差。“只是可与我共学，不可与我适道。他既和我同名同貌，也是三生石上的旧精魂了。我如今略知些道理，何不和他讲讲？但只是初见，尚不知他的心与我同不同，只好缓缓的来。”便道：“世兄的才名，弟所素知的。在世兄是数万人里头选出来最清最雅的。至于弟乃庸庸碌碌一等愚人，忝附同名，殊觉玷辱了这两个字。”

贾宝玉听了，心想：“这个人果然同我的心一样的。但是你我都是男人，不比那女孩儿们清洁，怎么他拿我当作女孩儿看待起来？”便道：“世兄谬赞，实不敢当。弟至浊至愚，只不过一块顽石耳，何敢比世兄品望清高，实称此两字呢！”

甄宝玉道：“弟少时不知分量，自谓尚可琢磨。岂知家遭消索，数年来更比瓦砾犹贱。虽不敢说历尽甘苦，然世道人情，略略的领悟了些须。世兄是锦衣玉食，无不遂心的，必是文章经济高出人上，所以老伯钟爱，将为席上之珍。弟所以才说尊名方称。”

贾宝玉听这话头又近了禄蠹的旧套，想话回答。贾环见未与他说话，心中早不自在。倒是贾兰听了这话，甚觉合意，便说道：“世叔所言，固是太谦。若论到文章经济，实在从历练中出来的，方为真才实学。在小侄年幼，虽不知文章为何物，然将读过的细味起来，那膏粱文绣，比着令闻广誉，真是不啻百倍的了。”

甄宝玉未及答言，贾宝玉听了兰儿的话，心里越发不合，想着：“这孩子从几时也学了这一派酸论？”便说道：“弟闻得世兄也诋尽流俗，性情中另有一番见解。今日弟幸会芝范，想欲领教一番超凡入圣的道理，从此可以洗净俗肠，重开眼界。不意视弟为蠢物，所以将世路的话来酬应。”

甄宝玉听说，心里晓得："他知我少年的性情，所以疑我为假。我索性把话说明，或者与我作个知心朋友，也是好的。"便说："世兄高论，固是真切。但弟少时也曾深恶那些旧套陈言，只是一年长似一年，家君致仕在家，懒于酬应，委弟接待。后来见过那些大人先生，尽都是显亲扬名的人；便是著书立说，无非言忠言孝，自有一番立德立言的事业：方不枉生在圣明之时，也不致负了父亲、师长养育、教诲之恩。所以把少时那些迂想痴情，渐渐的淘汰了些。如今尚欲访师觅友，教导愚蒙，幸会世兄，定当有以教我。适才所言，并非虚意。"

贾宝玉愈听愈不奈烦，又不好冷淡，只得将言语支吾。幸喜里头传出话来说："若是外头爷们吃了饭，请甄少爷里头去坐呢。"宝玉听了，趁势便邀甄宝玉进去。那甄宝玉依命前行，贾宝玉等陪着来见王夫人。贾宝玉见是甄太太上坐，便先请过了安。贾环、贾兰也见了。甄宝玉也请了王夫人的安。两母两子，互相厮认。虽是贾宝玉是娶过亲的，那甄夫人年纪已老，又是老亲，因见贾宝玉的相貌身材与他儿子一般，不禁亲热起来。王夫人更不用说，拉着甄宝玉问长问短，觉得比自己家的宝玉老成些。回看贾兰，也是清秀超群的，虽不能像两个宝玉的形像，也还随得上。只有贾环粗夯。未免有偏爱之色。

众人一见两个宝玉在这里，都来瞧看，说道："真真奇事！名字同了也罢，怎么相貌身材都是一样的？亏得是我们宝玉穿孝，若是一样的衣服穿着，一时也认不出来。"内中紫鹃一时痴意发作，因想起黛玉来，心里说道："可惜林姑娘死了，若不死时，就将那甄宝玉配了他，只怕也是愿意的。"

正想着，只听得甄夫人道："前日听得我们老爷回来说，我们宝玉年纪也大了，求这里老爷留心一门亲事。"王夫人正爱甄宝玉，顺口便说道："我也想要与令郎作伐。我家有四个姑娘：那三个都不用说，死的死，嫁的嫁了；还有我们珍大侄儿的妹子，只是年纪过小几岁，恐怕难配。倒是我们大媳妇的两个堂妹子，生得人材齐整：二姑娘呢，已经许了人家；三姑娘正好与令郎为配。过一天，我给令郎作媒。但是他家的家计如今差些。"甄夫人道："太太这话又客套了。如今我们家还有什么，只怕人家嫌我们穷罢咧。"王夫人道："现今府上复又出了差，将来不但复旧，必是比先前更要鼎盛起来。”甄夫人笑着道：“但愿依着太太的话更好。这么着，就求太太作个保山。”

甄宝玉听见他们说起亲事，便告辞出来。贾宝玉等只得陪着来到书房。见贾政已在那里，复又立谈几句。听见甄家的人来回甄宝玉道：“太太要走了，请爷回去罢。”于是甄宝玉告辞出来。贾政命宝玉、环、兰相送，不提。

且说宝玉自那日见了甄宝玉之父，知道甄宝玉来京，朝夕盼望。今儿见面，原想得一知己，岂知谈了半天，竟有些冰炭不投。闷闷的回到自己房中，也不言，也不笑，只管发怔。宝钗便问：“那甄宝玉果然像你么？”宝玉道：“相貌倒还是一样的。只是言谈间看起来，并不知道什么，不过也是个禄蠹。”宝钗道：“你又编派人家了。怎么就见得也是个禄蠹呢？”宝玉道：“他说了半天，并没个明心见性之谈，不过说些什么‘文章经济’，又说什么‘为忠为孝’，这样人可不是个禄蠹么？只可惜他也生了这样一个相貌。我想来有了他，我竟要连我这个相貌都不要了。”宝钗见他又说呆话，便说道：“你真真说出句话来叫人发笑，这相貌怎么能不要呢？况且人家这话是正理，做了一个男人，原该要立身扬名的。谁像你一味的柔情私意？不说自己没有刚烈，倒说人家是禄蠹。”

宝玉本听了甄宝玉的话甚不奈烦，又被宝钗抢白了一场，心中更加不乐，闷闷昏昏，不觉将旧病又勾起来了，并不言语，只是傻笑。宝钗不知，只道自己的话错了，他所以冷笑，也不理他。岂知那日便有些发呆，袭人等怄他，也不言语。过了一夜，次日起来，只是呆呆的，竟有前番病的样子。

一日，王夫人因为惜春定要铰发出家，尤氏不能拦阻；看着惜春的样子是若不依他，必要自尽的，虽然昼夜着人看守，终非长事：便告诉了贾政。贾政叹气跺脚，只说：“东府里不知干了什么，闹到如此地位！”叫了贾蓉来，说了一顿，叫他去和他母亲说：“认真劝解劝解，若是必要这样，就不是我们家的姑娘了。”

岂知尤氏不劝还好，一劝了，更要寻死，说：“做了女孩儿，终不能在家一辈子的。若像二姐姐一样，老爷、太太们倒要操心，况且死了。如今譬如我死了似的，放我出了家，干干净净的一辈子，就是疼我了。况且我又不出门，就是栊翠庵，原是咱们家的基址，我就在那里修行。我有什么，你们也照应得着。现在妙玉的当家的在那里，你们依我呢，我就算得了命了；若不依我呢，我也没法，只有死就完了。我如若遂了自己的心愿，那时哥哥回来，我和他说并不是你们逼着我的；若是我死了，未免哥哥回来，倒说你们不容我。”尤氏本与惜春不合，听他的话，也似乎有理，只得去回王夫人。

王夫人已到宝钗那里，见宝玉神魂失所，心下着忙，便说袭人道：“你们忒不留神，二爷犯了病，也不来回我。”袭人道：“二爷的病原来是常有的，一时好，一时不好。天天到太太那里，仍旧请安去，原是好好儿的，今日才发糊涂些。二奶奶正要来回太太，恐怕太太说我们大惊小怪。”宝玉听见王夫人说他们，心里一时明白，怕他们受委屈，便说道：“太太放心，我没什么病，只是心里觉着有些闷闷的。”王夫人道：“你是有这病根子，早说了，好请大夫瞧瞧，吃两剂药好了不好？若再闹到头里丢了玉的样子，那可就费事了。”宝玉道：“太太不放心，便叫个人瞧瞧，我就吃药。”王夫人便叫丫头传话出来请大夫。这一个心思都在宝玉身上，便将惜春的事忘了。等了一会，大夫看了，服药，王夫人才回去。

过了几天，宝玉更糊涂了，甚至于饮食不进，大家着急起来。恰又忙着脱孝，家中无人，又叫了贾芸来照应大夫。贾琏家下无人，请了王仁来，在外帮着料理。那巧姐儿是日夜哭母，也是病了。所以荣府中又闹得马仰人翻。

一日，又当脱孝来家，王夫人亲身又看宝玉，见宝玉人事不省。急得众人手足无措，一面哭着，一面告诉贾政说：“大夫说了，不肯下药，只好预备后事。”贾政叹气连连，只得亲自看视，见其光景果然不好，便又叫贾琏办去。

贾琏不敢违拗，只得叫人料理，手头又短，正在为难，只见一个人跳进来说：“二爷，不好了！又有饥荒来了。”贾琏不知何事，这一吓非同小可，瞪着眼说道：“什么事？”那小厮道：“门上来了一个和尚，手里拿着二爷的那块丢的玉，说要一万赏银。”贾琏照脸啐道：“我打量什么事，这样慌张。前番那假的你不知道么？就是真的，现在人要死了，要这玉做什么？”小厮道：“奴才也说了，那和尚说给他银子就好了。”正说着，外头嚷进来说：“这和尚撒野，各自跑进来了，众人拦他拦不住。”贾琏道：“那里有这样怪事，你们还不快打出去呢！”

正闹着，贾政听见了，也没了主意了。里头又哭出来，说：“宝二爷不好了！”贾政益发着急。只见那和尚说道：“要命，拿银子来。”贾政忽然想起：“头里宝玉的病是和尚治好的，这会子和尚来，或者有救星。但是这玉倘或是真，他要起银子来，怎么样呢？”想一想：“如今且不管他，果真人好了再说。”

贾政叫人去请，那和尚已进来了，也不施礼，也不答话，便往里就跑。贾琏拉着道：“里头都是内眷，你这野东西混跑什么？”那和尚道：“迟了就不能救了。”贾琏急得一面走，一面乱嚷道：“里头的人不要哭了，和尚进来了。”王夫人等只顾着哭，那里理会，贾琏走进来又嚷。王夫人等回过头来，见一个长大的和尚，吓了一跳，躲避不及。那和尚直走到宝玉炕前。宝钗避过一边。袭人见王夫人站着，不敢走开。只见那和尚道：“施主们，我是送玉来的。”说着，把那块玉擎着道：“快把银子拿出来，我好救他。”王夫人等惊惶无措，也不择真假，便说道：“若是救活了人，银子是有的。”那和尚笑道：“拿来。”王夫人道：“你放心，横竖折变的出来。”

和尚哈哈大笑，手拿着玉，在宝玉耳边叫道：“宝玉，宝玉，你的宝玉回来了。”说了这一句，王夫人等见宝玉把眼一睁。袭人说道：“好了！”只见宝玉便问道：“在那里呢？”那和尚把玉递给他手里。宝玉先前紧紧的攥着，后来慢慢的回过手来，放在自己眼前，细细的一看，说：“嗳呀！久违了。”里外众人都喜欢的念佛，连宝钗也顾不得有和尚了。

贾琏也走过来一看，果见宝玉回过来了，心里一喜，疾忙躲出去了。那和尚也不言语，赶来拉着贾琏就跑。贾琏只得跟着，到了前头，赶着告诉贾政。贾政听了喜欢，即找和尚施礼叩谢。和尚还了礼，坐下。贾琏心下狐疑：“必是要了银子才走。”贾政细看那和尚，又非前次见的，便问：“宝刹何方？

法师大号？这玉是那里得的？怎么小儿一见便会活过来呢？”那和尚微微笑道：“我也不知道，只要拿一万银子来就完了。”贾政见这和尚粗鲁，也不敢得罪，便说：“有。”和尚道：“有便快拿来罢。我要走了。”贾政道：“略请少坐，待我进内瞧瞧。”和尚道：“你去，快出来才好。”

贾政果然进去，也不及告诉，便走到宝玉炕前。宝玉见是父亲来了，欲要爬起，因身子虚弱，起不来。王夫人按着说道：“不要动。”宝玉笑着，拿这玉给贾政瞧，道：“宝玉来了。”贾政略略一看，知道此玉有些根源，也不细看，便和王夫人道：“宝玉好过来了，这赏银怎么样？”王夫人道：“尽着我所有的折变了给他就是了。”宝玉道：“只怕这和尚不是要银子的罢？”贾政点头道：“我也看来古怪，但是他口口声声的要银子。”王夫人道：“老爷出去先款留着他再说。”贾政出来。

宝玉便嚷饿了，喝了一碗粥，还说要饭。婆子们果然取了饭来，王夫人还不敢给他吃。宝玉说：“不妨的，我已经好了。”便爬着吃了一碗，渐渐的神气果然好过来了，便要坐起来。麝月上去轻轻的扶起，因心里喜欢忘了情，说道：“真是宝贝，才看见了一会儿就好了。亏的当初没有砸破。”宝玉听了这话，神色一变，把玉一撂，身子往后一仰。

未知死活，下回分解。

第一百十六回

得通灵幻境悟仙缘
送慈柩故乡全孝道

话说宝玉一听麝月的话，身往后仰，复又死去。急得王夫人等哭叫不止。麝月自知失言致祸。此时王夫人等也不及说他。那麝月一面哭着，一面打算主意，心想："若是宝玉一死，我便自尽，跟了他去。"

不言麝月心里的事。且说王夫人等见叫不回来，赶着叫人出来找和尚救治。岂知贾政进内出去时，那和尚已不见了。贾政正在诧异，听见里头又闹，急忙进来，见宝玉又是先前的样子，牙关紧闭，脉息全无。用手在心窝中一摸，尚是温热。贾政只得急忙请医，灌药救治。那知那宝玉的魂魄早已出了窍了。你道死了不成？却原来恍恍惚惚赶到前厅，见那送玉的和尚坐着，便施了礼。那和尚忙站起身来，拉着宝玉就走。宝玉跟了和尚，觉得身轻如叶，飘飘飖飖，也没出大门，不知从那里走出来了。

行了一程，到了个荒野地方，远远的望见一座牌楼，好像曾到过的。正要问那和尚，只见恍恍惚惚又来了一个女人。宝玉心里想道："这样旷野地方，那得有如此的丽人？必是神仙下界了。"宝玉想着，走近前来，细细一看，竟有些认得的，只是一时想不起来。见那女人合和尚打了一个照面，就不见了。宝玉一想，竟是尤三姐的样子，越发纳闷："怎么他也在这里？"又要问时，那和尚早拉着宝玉过了牌楼。只见牌上写着"真如福地"四个大字。两边一副对联，乃是：

假去真来真胜假，无原有是有非无。

转过牌坊，便是一座宫门。门上也横书着四个大字道：“福善祸淫”。又有一副对联，大书云：

过去未来，莫谓智贤能打破；
前因后果，须知亲近不相逢。

宝玉看了，心下想着：“原来如此。我倒要问问因果来去的事了。”这么一想，只见鸳鸯站在那里，招手儿叫他。宝玉想道：“我走了半日，原不曾出园子，怎么改了样儿了呢？”赶着要合鸳鸯说话，岂知一转眼便不见了，心里不免疑惑起来。走到鸳鸯站的地方儿，乃是一溜配殿，各处都有匾额。宝玉无心去看，只向鸳鸯立的所在奔去。见那一间配殿的门半掩半开，宝玉也不敢造次进去。心里正要问那和尚一声，回过头来，和尚早已不见了。宝玉恍惚见那殿宇巍峨，绝非大观园景象，便立住脚，抬头看那匾额上写着：“引觉情痴”。两边写的对联道：

喜笑悲哀都是假，贪求思慕总因痴。

宝玉看了，便点头叹息。想要进去找鸳鸯，问他是什么所在。细细想来，甚是熟识，便仗着胆子，推门进去。满屋一瞧，并不见鸳鸯，里头只是黑漆漆的，心下害怕。正要退出，见有十数个大橱，橱门半掩。宝玉忽然想起：“我少时做梦，曾到过这样个地方。如今能够亲身到此，也是大幸。”恍惚间，把找鸳鸯的念头忘了，便仗着胆子，把上首大橱开了橱门一瞧，见有好几本册子，心里更觉喜欢。想道：“大凡人做梦，说是假的，岂知有这梦，便有这事。我常说还要做这个梦再不能的，不料今儿被我找着了。但不知这册子是那个见过的不是？”

伸手在上头取了一本，册上写着“金陵十二钗正册”。宝玉拿着一想道：“我恍惚记得是这个，只恨记得不清楚。”便打开头一页看去，见上头有画，但是画迹模糊，再瞧不出来。后面有几行字迹，也不清楚，尚可摹拟，便细细的看去。见有什么玉带上头有个好像“林”字，心里想道：“莫不是说林妹妹罢？”便认真看去。底下又有“金簪雪里”四字，诧异道：“怎么又像他的名字呢？”复将前后四句合起来一念，道：“也没有什么道理，只是暗藏着他两个名字，并不为奇。独有那‘怜’字、‘叹’字不好。这是怎么解？”

想到这里，又啐道：“我是偷着看，若只管呆想起来，倘有人来，又看不成了。”遂往后看，也无暇细玩那画图，只从头看去。看到尾上有几句词，什么“虎兔相逢大梦归”一句，便恍然大悟道：“是了，果然机关不爽，这必是元春姐姐了。若都是这样明白，我要抄了去细玩起来，那些姊妹们的寿夭穷通，没有不知的了。我回去自不肯泄漏，只做一个未卜先知的人，也省了多少闲想。”

又向各处一瞧，并没有笔砚。又恐人来，只得忙着看去。只见图上影影有一个放风筝的人儿，也无心去看。急急的将那十二首诗词都看遍了，也有一看便知的，也有一想便得的，也有不大明白的，心下牢牢记着。一面叹息，一面又取那“金陵又副册”一看。看到“堪羡优伶有福，谁知公子无缘”，先前不懂，见上面尚有花席的影子，便大惊痛哭起来。

待要往后再看，听见有人说道：“你又发呆了，林妹妹请你呢。”好似鸳鸯的声气，回头却不见人。心中正自惊疑，忽鸳鸯在门外招手。宝玉一见，喜得赶出来，但见鸳鸯在前影影绰绰的走，只是赶不上。宝玉叫道：“好姐姐，等等我。”那鸳鸯并不理，只顾前走。宝玉无奈，尽力赶去。忽见别有一洞天，楼阁高耸，殿角玲珑，且有好些宫女隐约其间。宝玉贪得景致，竟将鸳鸯忘了。

宝玉顺步走入一座宫门，内有奇花异卉，却也认不明白。惟有白石花栏围着一棵青草，叶头上略有红色，但不知是何名草，这样矜贵。只见微风动处，那青草已摆摇不休。虽说是一枝小草，又无花朵，其妩媚之态，不禁心动神怡，魂消魄丧。

宝玉只管呆呆的看着，只听见旁边有一人说道：“你是那里来的蠢物，在此窥探仙草！”宝玉听了，吃了一惊，回头看时，却是一位仙女，便施礼道：“我找鸳鸯姐姐，误入仙境，恕我冒昧之罪。请问神仙姐姐：这里是何地方？怎么我鸳鸯姐姐到此，还说是林妹妹叫我？望乞明示。”那人道：“谁知你的姐姐妹妹。我是看管仙草的，不许凡人在此逗留。”宝玉欲待要出来，又舍不得，只得央告道：“神仙姐姐既是那管理仙草的，必然是花神姐姐了。但不知这草有何好处？”那仙女道：“你要知道这草，说起来话长着呢。那草本在灵河岸上，名曰‘绛珠草’。因那时萎败，幸得一个神瑛侍者日以甘露灌溉，得以长生。后来降凡历劫，还报了灌溉之恩，今返归真境。所以警幻仙子命我看管，不令蜂缠蝶恋。”

宝玉听了不解，一心疑定必是遇见了花神了，今日断不可当面错过，便问：“管这草的是神仙姐姐了。还有无数名花，必有专管的，我也不敢烦问，只有看管芙蓉花的是那位神仙？”那仙女道：“我却不知，除是我主人方晓。”宝玉便问道：“姐姐的主人是谁？”那仙女道：“我主人是潇湘妃子。”宝玉听了，道：“是了，你不知道，这位妃子就是我的表妹林黛玉。”那仙女道：“胡说！此地乃上界神女之所，虽号为潇湘妃子，并不是娥皇、女英之辈，何得与凡人有亲？你少来混说，瞧着叫力士打你出去。”

宝玉听了发怔，只觉自形秽浊。正要退出，又听见有人赶来，说道：“里面叫请神瑛侍者。”那人道：“我奉命等了好些时，总不见有神瑛侍者过来，你叫我那里请去？”那一个笑道：“才退去的不是么？”那侍女慌忙赶出来说：“请神瑛侍者回来。”宝玉只道是问别人，又怕被人追赶，只得踉跄而逃。

正走时，只见一人手提宝剑，迎面拦住说：“那里走！”吓得宝玉惊惶无措。仗着胆抬头一看，却不是别人，就是尤三姐。宝玉见了，略定些神，央告道：“姐姐，怎么你也来逼起我来了？”那人道：“你们弟兄没有一个好人：败人名节，破人婚姻。今儿你到这里，是不饶你的了。”宝玉听了话头不好，正自着急，只听后面有人叫道：“姐姐快快拦住，不要放他走了。”尤三姐道：“我奉妃子之命，等候已久。今儿见了，必定要一剑斩断你的尘缘！”

宝玉听了，益发着忙，又不懂这些话到底是什么意思，只得回头要跑。

岂知身后说话的并非别人，却是晴雯。宝玉一见，悲喜交集，便说："我一个人走迷了道儿，遇见仇人，我要逃回，却不见你们一人跟着我。如今好了，晴雯姐姐，快快的带我回家去罢。"晴雯道："侍者不必多疑。我非晴雯，我是奉妃子之命，特来请你一回，并不难为你。"宝玉满腹狐疑，只得问道："姐姐说是妃子叫我，那妃子究是何人？"晴雯道："此时不必问，到了那里，自然知道。"

宝玉没法，只得跟着走。细看那人背后、举动，恰是晴雯："那面目、声音是不错的了，怎么他说不是？我此时心里模糊，且别管他。到了那边，见了妃子，就有不是，那时再求他。到底女人的心肠是慈悲的，必定恕我冒失。"

正想着，不多时到了一个所在，只见殿宇精致，彩色辉煌；庭中一丛翠竹，户外数本苍松。廊檐下立着几个侍女，都是宫妆打扮，见了宝玉进来，便悄悄的说道："这就是神瑛侍者么？"引着宝玉的说道："就是。你快进去通报罢。"

有一侍女笑着招手，宝玉便跟着进去。过了几层房舍，见一正房，珠帘高挂。那侍女说："站着候旨。"宝玉听了，也不敢则声，只好在外等着。那侍女进去不多时，出来说："请侍者参见。"又有一人卷起珠帘。只见一女子头戴花冠，身穿绣服，端坐在内。宝玉略一抬头，见是黛玉的形容，便不禁的说道："妹妹在这里，叫我好想！"那帘外的侍女悄咤道："这侍者无礼，快快出去！"说犹未了，又见一个侍儿将珠帘放下。

宝玉此时欲待进去又不敢，要走又不舍。待要问明，见那些侍女并不认得，又被驱逐，无奈出来。心想要问晴雯，回头四顾，并不见有晴雯。心下狐疑，只得怏怏出来，又无人引着。正欲找原路而去，却又找不出旧路了。

正在为难，见凤姐站在一所房檐下招手儿。宝玉看见，喜欢道："可好了！原来回到自己家里了。怎么一时迷乱如此？"急奔前来说："姐姐在这里么？我被这些人捉弄到这个分儿，林妹妹又不肯见我，不知是何原故？"说着，走到凤姐站的地方，细看起来，并不是凤姐，原来却是贾蓉的前妻秦氏。宝玉只得立住脚，要问凤姐姐在那里。那秦氏也不答言，竟自往屋里去了。

宝玉恍恍惚惚的，又不敢跟进去，只得呆呆的站着，叹道："我今儿得了什么不是，众人都不理我？"便痛哭起来。见有几个黄巾力士执鞭赶来，说是："何处男人，敢闯入我们这天仙福地来？快走出去！"

宝玉听得，不敢言语。正要寻路出来，远远望见一群女子说笑前来。宝玉看时，又像是迎春等一干人走来，心里喜欢，叫道："我迷住在这里，你们快来救我。"正嚷着，后面力士赶来，宝玉急得往前乱跑。忽见那一群女子都变作鬼怪形象，也来追扑。

宝玉正在情急，只见那送玉来的和尚手里拿着一面镜子一照，说道："我奉元妃娘娘旨意，特来救你。"登时鬼怪全无，仍是一片荒郊。宝玉拉着和尚说道："我记得是你领我到这里，你一时又不见了。看见了好些亲人，只是都不理我，忽又变作鬼怪。到底是梦是真？望老师明白指示。"那和尚道："你到这里，曾偷看什么东西没有？"宝玉一想，道："他既能带我到天仙福地，自然也是神仙了，如何瞒得他？况且正要问个明白。"便道："我倒见了好些册子来着。"那和尚道："可又来，你见了册子，还不解么？世上的情缘，都是那些魔障。只要把历过的事情细细记着，将来我与你说明。"说着，把宝玉狠命的一推，说："回去罢。"宝玉站不住脚，一跤跌倒，口里嚷道："阿哟！"

众人正在哭泣，听见宝玉苏来，连忙叫唤。宝玉睁眼看时，仍躺在炕上，见王夫人、宝钗等哭的眼泡红肿。定神一想，心里说道："是了，我是死去过来的。"遂把神魂所历的事呆呆的细想，幸喜多还记得，便哈哈的笑道："是了，是了。"

王夫人只道旧病复发，便好延医调治，即命丫头、婆子快去告诉贾政，说是："宝玉回过来了。头里原是心迷住了，如今说出话来，不用备办后事了。"贾政听了，即忙进来看视，果见宝玉苏来，便道："没福的痴儿！你要唬死谁么？"说着，眼泪也不知不觉流下来了。又叹了几口气，仍出去叫人请医生，诊脉服药。

这里麝月正思自尽，见宝玉一过来，也放了心。只见王夫人叫人端了桂圆汤，叫他喝了几口，渐渐的定了神。王夫人等放心，也没有说麝月，只叫人仍把那玉交给宝钗给他带上。想起那和尚来："这玉不知那里找来的，也是古怪：怎么一时要银，一时又不见了？莫非是神仙不成？"宝钗道："说起那和尚来的踪迹，去的影响，那玉并不是找来的：头里丢的时候，必是那和尚取去的。"王夫人道："玉在家里，怎么能取的了去？"宝钗道："既可送来，就可取去。"袭人、麝月道："那年丢了玉，林大爷测了个字。后来二奶奶过了门，我还告诉过二奶奶，说测的那字是什么'赏'字。二奶奶还记得么？"宝钗想道："是了，你们说测的是当铺里找去，如今才明白了，竟是个和尚的'尚'字在上头，可不是和尚取了去的么？"

王夫人道："那和尚本来古怪。那年宝玉病的时候，那和尚来说是我们家有宝贝可解，说的就是这块玉了。他既知道，自然这块玉到底有些来历。况且你女婿养下来就嘴里含着的，古往今来，你们听见过这么第二个么？只是不知终久这块玉到底怎么着，就连咱们这一个也还不知是怎么着呢！病也是这块玉，好也是这块玉；生也是这块玉……"说到这里，忽然住了，不免又流下泪来。宝玉听了，心里却也明白，更想死去的事，愈加有因，只不言语，心里细细的记忆。

这时惜春便说道："那年失玉，还请妙玉请过仙，说是'青埂峰下倚古松'，还有什么'入我门来一笑逢'的话。想起来，'入我门'三字大有讲究。佛教法门最大，只怕二哥哥不能入得去。"宝玉听了，又冷笑几声。宝钗听着，不觉的把眉头儿肐揪着发起怔来。尤氏道："偏你一说又是佛门了，你出家的念头还没有歇么？"惜春笑道："不瞒嫂子说，我早已断了荤了。"王夫人道："好孩子，阿弥陀佛！这个念头是起不得的。"惜春听了，也不言语。

宝玉想起"青灯古佛旁"的诗句，不禁连叹几声。忽又想起"一床席"、"一枝花"的诗句来，拿眼睛看着袭人，不觉又流下泪来。众人都见他忽笑忽悲，也不解是何意，只道是他的旧病。岂知宝玉触处机来，竟能把偷看册上的诗句牢牢记住了，只是不说出来，心中早有一家成见在那里了。暂且不提。

且说众人见宝玉死去复生，神气清爽，又加连日服药，一天好似一天，渐渐的复原起来。便是贾政见宝玉已好，现在丁忧无事，想起贾赦不知几时遇赦，老太太的灵柩久停寺内，终不放心，欲要扶柩回南安葬，便叫了贾琏来商议。贾琏便道："老爷想的极是，如今趁着丁忧，干了这件大事更好。将来老爷起了服，只怕又不能遂意了。但是我父亲不在家，侄儿又不敢僭越。老爷的主意很好，只是这件事也得好几千银子。衙门里缉赃，那是再缉不出来的。"贾政道："我的主意是定了，只为大老爷不在家，叫你来商议商议，怎么个办法。你是不能出门的，现在这里没有人。我想好几口材，都要带回去，我一个人怎么能够照应？想着把蓉哥儿带了去，况且有他媳妇的棺材也在里头。还有你林妹妹的，那是老太太的遗言，说跟着老太太一块儿回去的。我想这一项银子，只好在那里挪借几千，也就够了。"贾琏道："如今的人情过于淡薄：老爷呢，又丁忧；我们老爷呢，又在外头：一时借是借不出来的了。只好拿房地文书出去押去。"贾政道："住的房子是官盖的，那里动得？"贾琏道："住房是不能动的，外头还有几所可以出脱的。等老爷起复后再赎，也使得；将来我父亲回来了，倘能也再起用，也好赎的。只是老爷这么大年纪，辛苦这一场，侄儿们心里却不安。"贾政道："老太太的事是应该的。只要你在家谨慎些，把持定了才好。"贾琏道："老爷这倒只管放心，侄儿虽糊涂，断不敢不认真办理的。况且老爷回南，少不得多带些人去，所留下的人也有限了，这点子费用还可以过的来。就是老爷路上短少些，必经过赖尚荣的地方，可以叫他出点力儿。"贾政道："自己老人家的事，叫人家帮什么呢？"贾琏答应了个"是"，便退出来，打算银钱。

贾政便告诉了王夫人，叫他管了家。自己择了发引长行的日子，就要起身。宝玉此时身体复元，贾环、贾兰倒认真念书。贾政都交付给贾琏，叫他管教："今年是大比的年头，环儿是有服的，不能入场；兰儿是孙子，服满了也可以考的，务必叫宝玉同着侄儿考去。能够中一个举人，也好赎一赎咱们的罪名。"贾琏等唯唯应命。贾政又吩咐了在家的人，说了好些话，才别了宗祠，便在城外念了几天经，就发引下船，带了林之孝等而去。也没有惊动亲友，惟有自家男女送了一程回来。

宝玉因贾政命他赴考，王夫人便不时催逼，查考起他的功课来。那宝钗、袭人时常劝勉，自不必说。那知宝玉病后，虽精神日长，他的念头一发更奇僻了，竟换了一种：不但厌弃功名仕进，竟把那儿女情缘也看淡了好些。只是众人不大理会，宝玉也并不说出来。

一日，恰遇紫鹃送了林黛玉的灵柩回来，闷坐自己屋里啼哭，想着："宝玉无情，见他林妹妹的灵柩回去，并不伤心落泪；见我这样痛哭，也不来劝慰，反瞅着我笑。这样负心的人，从前都是花言巧语来哄着我们。前夜亏我想得开，不然几乎又上了他的当。只是一件叫人不解：如今我看他待袭人也是冷冷儿的，二奶奶是本来不喜欢亲热的，麝月那些人就不抱怨他么？看来女孩儿们多半是痴心的，白操了那些时的心，不知将来怎样结局。"

正想着，只见五儿走来瞧他，见紫鹃满面泪痕，便说："姐姐又哭林姑娘了？我想一个人，闻名不如眼见。头里听着，二爷在女孩子跟前是最好的，我母亲再三的把我弄进来。岂知我进来了，尽心竭力的伏侍了几次病，如今病好了，连一句好话也没有剩出来，这会子索性连正眼儿也不瞧了。"紫鹃听他说的好笑，便噗嗤的一笑，啐道："呸！你这小蹄子，你心里要宝玉怎么样待你才好？女孩儿家也不害臊！人家明公正气的屋里人，他瞧着还没事人一大堆呢，有工夫理你去？"因又笑着拿个指头往脸上抹着问道："你到底算宝玉的什么人哪？"

那五儿听了，自知失言，便飞红了脸。待要解说不是要宝玉怎样看待，说他近来不怜下的话，只听院门外乱嚷说："外头和尚又来了，要那一万银子呢！太太着急，叫琏二爷和他讲去，偏偏琏二爷又不在家。那和尚在外头说些疯话，太太叫请二奶奶过去商量。"

不知怎样打发那和尚，下回分解。

第一百十七回

阻超凡佳人双护玉
欣聚党恶子独承家

说话王夫人打发人来叫宝钗过去商量，宝玉听见说是和尚在外头，赶忙的独自一人走到前头，嘴里乱嚷道："我的师父在那里？"叫了半天，并不见有和尚，只得走到外面，见李贵将和尚拦住，不放他进来。宝玉便说道："太太叫我请师父进去。"李贵听了，松了手，那和尚便摇摇摆摆的进来。

宝玉看见那僧的形状与他死去时所见的一般，心里早有些明白了，便上前施礼，连叫："师父，弟子迎候来迟。"那僧说："我不要你们接待，只要银子拿了来，我就走。"宝玉听来，又不像有道行的话。看他满头癞疮，浑身腌臜破烂，心里想道："自古说：'真人不露相，露相不真人。'也不可当面错过，我且应了他谢银，并探探他的口气。"便说道："师父不必性急，现在家母料理，请师父坐下，略等片刻。弟子请问师父：可是从太虚幻境而来？"那和尚道："什么幻境，不过是来处来，去处去罢了。我是送还你的玉来的。我且问你：那玉是从那里来的？"宝玉一时对答不来。那僧笑道："你自己的来路还不知，便来问我。"宝玉本来颖悟，又经点化，早把红尘看破，只是自己的底里未知。一闻那僧问起玉来，好像当头一棒，便说道："你也不用银子的，我把那玉还你罢。"那僧笑道："也该还我了。"

宝玉也不答言，往里就跑，走到自己院内，见宝钗、袭人等都到王夫人那里去了，忙向自己床边取了那玉，便走出来。迎面碰见了袭人，撞了一个满怀，把袭人唬了一跳，说道："太太说，你陪着和尚坐着很好。太太在那里打算送他些银两。你又回来做什么？"宝玉道："你快去回太太说，不用张罗银子了，我把这玉还了他就是了。”袭人听说，即忙拉住宝玉道：“这断使不得的。那玉就是你的命，若是他拿了去，你又要病着了。”宝玉道：“如今再不病的了，我已经有了心了，要那玉何用？”摔脱袭人，便想要走。袭人急的赶着嚷道：“你回来，我告诉你一句话。”宝玉回过头来道：“没有什么说的了。”袭人顾不得什么，一面赶着跑，一面嚷道：“上回丢了玉，几乎没有把我的命要了。刚刚儿的有了，他拿了去，你也活不成，我也活不成了！你要还他，除非是叫我死了！”说着，赶上一把拉住。宝玉急了，道：“你死也要还，你不死也要还。”狠命的把袭人一推，抽身要走。怎奈袭人两只手绕着宝玉的带子不放，哭着喊着坐在地下。

里面的丫头听见，连忙赶来，瞧见他两个人的神情不好。只听见袭人哭道：“快告诉太太去！宝二爷要把那玉去还和尚呢！”丫头赶忙飞报王夫人。那宝玉更加生气，用手来掰开了袭人的手。幸亏袭人忍痛不放。紫鹃在屋里听见宝玉要把玉给人，这一急比别人更甚，把素日冷淡宝玉的主意都忘在九霄云外了，连忙跑出来，帮着抱住宝玉。那宝玉虽是个男人，用力摔打，怎奈两个人死命的抱住不放，也难脱身，叹口气道：“为一块玉，这样死命的不放。若是我一个人走了，你们又怎么样？”袭人、紫鹃听了这话，不禁嚎啕大哭起来。

正在难分难解，王夫人、宝钗急忙赶来。见是这样形景，王夫人便哭着喝道：“宝玉，你又疯了！”宝玉见王夫人来了，明知不能脱身，只得陪笑道：“这当什么，又叫太太着急。他们总是这样大惊小怪。我说那和尚不近人情，他必要一万银子，少一个不能。我生气进来，拿了这玉还他，就说是假的，要这玉干什么。他见我们不稀罕这玉，便随意给他些，就过去了。”王夫人道：“我打量真要还他，这也罢了。为什么不告诉明白了他们，叫他们哭哭喊喊的像什么？”宝钗道：“这么说呢，倒还使得；要是真拿这玉给他，那和尚有些古怪，倘或一给了他，又闹到家口不宁，岂不是不成事了么？至于银钱呢，就把我的头面折变了，也还够了呢。”王夫人听了，道：“也罢了，且就这么办罢。”

宝玉也不回答。只见宝钗走上来，在宝玉手里拿了这玉，说道："你也不用出去，我合太太给他钱就是了。"宝玉道："玉不还他也使得，只是我还得当面见他一见才好。"袭人等仍不肯放手。到底宝钗明决，说："放了手，由他去就是了。"袭人只得放手。宝玉笑道："你们这些人，原来重玉不重人哪！你们既放了我，我便跟着他走了，看你们就守着那块玉怎么样！"袭人心里又着急起来，仍要拉他，只碍着王夫人和宝钗的面前，又不好太露轻薄，恰好宝玉一撒手就走了。袭人忙叫小丫头在三门口传了焙茗等："告诉外头照应着二爷，他有些疯了。"小丫头答应了出去。

王夫人、宝钗等进来坐下，问起袭人来由。袭人便将宝玉的话细细说了。王夫人、宝钗甚是不放心，又叫人出去，吩咐众人伺候，听着和尚说些什么。回来，小丫头传话进来回王夫人道："二爷真有些疯了。外头小厮们说：里头不给他玉，他也没法儿；如今身子出来了，求那和尚带了他去。"王夫人听了，说道："这还了得！那和尚说什么来着？"小丫头回道："和尚说，要玉不要人。"宝钗道："不要银子了么？"小丫头道："没听见说。后来和尚合二爷两个人说着笑着，有好些话，外头小厮们都不大懂。"王夫人道："糊涂东西，听不出来，学是自然学得来的。"便叫小丫头："你把那小厮叫进来。"

小丫头连忙出去叫进那小厮，站在廊下，隔着窗户请了安。王夫人便问道："和尚和二爷的话，你们不懂，难道学也学不来吗？"那小厮回道："我们只听见说什么'大荒山'，什么'青埂峰'，又说什么'太虚境'、'斩断尘缘'这些话。"王夫人听着也不懂。宝钗听了，唬得两眼直瞪，半句话都没有了。

正要叫人出去拉宝玉进来，只见宝玉笑嘻嘻的进来说："好了，好了。"宝钗仍是发怔。王夫人道："你疯疯癫癫的说的是什么？"宝玉道："正经话，又说我疯癫。那和尚与我原认得的，他不过也是要来见我一见。他何尝是真要银子呢，也只当化个善缘就是了。所以说明了，他自己就飘然而去了。这可不是好了么？"

王夫人不信，又隔着窗户问那小厮。那小厮连忙出去问了门上的人，进来回说："果然和尚走了，说：'请太太们放心，我原不要银子。'只要宝二爷时常到他那里去去就是了。诸事只要随缘，自有一定的道理。”

王夫人道：“原来是个好和尚。你们曾问他住在那里？”小厮道：“门上的说，他说来着，我们二爷知道的。”王夫人便问宝玉：“他到底住在那里？”宝玉笑道：“这个地方儿，说远就远，说近就近。”宝钗不待说完，便道：“你醒醒儿罢，别尽着迷在里头。现在老爷、太太就疼你一个人，老爷还吩咐叫你干功名上进呢。”宝玉道：“我说的不是功名么？你们不知道‘一子出家，七祖升天’？”

王夫人听到这里，不觉伤起心来，说：“我们的家运怎么好！一个四丫头口口声声要出家，如今又添出一个来了。我这样的日子过他做什么？”说着，放声大哭。宝钗见王夫人伤心，只得上前苦劝。宝玉笑道：“我说了一句玩话儿，太太又认起真来了。”王夫人止住哭声道：“这些话也是混说的么？”

正闹着，只见丫头来回话：“琏二爷回来了，颜色大变，说请太太回去说话。”王夫人又吃了一惊，说道：“将就些叫他进来罢，小婶子也是旧亲，不用回避了。”贾琏进来见了王夫人，请了安。宝钗迎着，也问了贾琏的安。贾琏回道：“刚才接了我父亲的书信，说是病重的很，叫我就去，迟了恐怕不能见面。”说到这里，眼泪便掉下来了。王夫人道：“书上写的是什么病？”贾琏道：“写的是感冒风寒起的，如今竟成了痨病了，现在危急，专差一个人连日连夜赶来的，说如若再耽搁一两天，就不能见面了。故来回太太，侄儿必得就去才好。只是家里没人照管。蔷儿、芸儿虽说糊涂，到底是个男人，外头有了事来，还可传个话。侄儿家里倒没有什么事。秋桐是天天哭着喊着，不愿意在这里，侄儿叫了他娘家的人来领了去了，倒省了平儿好些气。虽是巧姐没人照应，还亏平儿的心不很坏。姐儿心里也明白，只是性气比他娘还刚硬些，求太太时常管教管教他。”说着，眼圈儿一红，连忙把腰里拴槟榔荷包的小绢子拉下来擦眼。

王夫人道：“放着他亲祖母在那里，托我做什么？”贾琏轻轻的说道：“太太要说这个话，侄儿就该活活儿的打死了。没什么说的，总求太太始终疼侄儿就是了。”说着，就跪下来了。王夫人也眼圈儿红了，说：“你快起来，娘儿们说话儿，这是怎么说。只是一件：孩子也大了，倘或你父亲有个一差二错，又耽搁住了。或者有个门当户对的来说亲，还是等你回来，还是你太太作主？”贾琏道：“现在太太们在家，自然是太太们做主，不必等我。”王夫人道：“你要去，就写了禀帖，给二老爷送个信，说家下无人，你父亲不知怎样，快请二老爷将老太太的大事早早的完结，快快回来。”

贾琏答应了“是”，正要走出去，复转回来，回说道：“咱们家的家下人，家里还够使唤。只是园里没有人，太空了。包勇又跟了他们老爷去了。姨太太住的房子，薛二爷已搬到自己的房子内住了。园里一带屋子都空着，忒没照应，还得太太叫人常查看查看。那栊翠庵原是咱们家的地基，如今妙玉不知那里去了，所有的跟随他的当家女尼不敢自己作主，要求府里一个人管理管理。”王夫人道：“自己的事还闹不清，还搁得住外头的事么？这句话好歹别叫四丫头知道，若是他知道了，又要吵着出家的念头出来了。你想咱们家什么样的人家，好好的姑娘出家，还了得！”

贾琏道：“太太不提起，侄儿也不敢说。四妹妹到底是东府里的，又没有父母，他亲哥哥又在外头，他亲嫂子又不大说的上话。侄儿听见要寻死觅活了好几次。他既是心里这么着的了，若是牛着他，将来倘或认真寻了死，比出家更不好了。”王夫人听了，点头道：“这件事真真叫我也难担，我也做不得主，由他大嫂子去就是了。”

贾琏又说了几句，才出来。叫了众家人来，交代清楚；写了书；收拾了行装。平儿等不免叮咛了好些话。只有巧姐儿惨伤的了不得。贾琏又欲托王仁照应，巧姐到底不愿意；听见外头托了芸、蔷二人，心里更不受用：嘴里却说不出来。只得送了他父亲，谨谨慎慎的随着平儿过日子。丰儿、小红因凤姐去世，告假的告假，告病的告病。平儿意欲接了家中一个姑娘来：一则给巧姐作伴，二则可以带着他。遍想无人，只有喜鸾、四姐儿是贾母旧日钟爱的。偏偏四姐儿新近出了嫁了；喜鸾也有了人家儿，不日就要出阁。也只得罢了。

且说贾芸、贾蔷送了贾琏，便进来见了邢、王二夫人。他两个倒替着在外书房住下，日间便与家人厮闹，有时找了几个朋友吃个车箍辘会，甚至聚赌。里头那里知道。一日，邢大舅、王仁来，瞧见了贾芸、贾蔷住在这里，知他热闹，也就借着照看的名儿，时常在外书房设局赌钱喝酒。所有几个正经的家人，贾政带了几个去，贾琏又跟去了几个，只有那赖、林诸家的儿子、侄儿。那些少年托着老子娘的福吃喝惯了的，那知当家立计的道理；况且他们长辈都不在家，便是没笼头的马了；又有两个旁主人怂恿：无不乐为。这一闹，把个荣国府闹得没上没下，没里没外。

那贾蔷还想勾引宝玉，贾芸拦住道："宝二爷那个人没运气的，不用惹他。那一年我给他说了一门子绝好的亲：父亲在外头做税官，家里开几个当铺，姑娘长的比仙女儿还好看。我巴巴儿的细细的写了一封书子给他，谁知他没造化。"说到这里，瞧了瞧左右无人，又说："他心里早和咱们这个二婶娘好上了。你没听见说，还有一个林姑娘呢，弄的害了相思病死的，谁不知道。这也罢了，各自的姻缘罢咧。谁知他为这件事倒恼了我了，总不大理。他打量谁必是借谁的光儿呢！"贾蔷听了，点点头，才把这个心歇了。

他两个还不知道宝玉自会那和尚以后，他已欲断尘缘。虽然在王夫人跟前不敢任性，已与宝钗、袭人等皆不大款洽了。那些丫头不知道，还要逗他，宝玉那里看得到眼里。他也并不将家事放在心里。时常王夫人、宝钗劝他念书，他便假作攻书；一心想着那个和尚引他到那仙境的机关，心目中触处皆为俗人。却在家难受，闲来倒与惜春闲讲。他们两个人讲得上了，那种心更加重了几分，那里还管贾环、贾兰等。

那贾环为他父亲不在家，赵姨娘已死，王夫人不大理会，他便入了贾蔷一路。倒是彩云时常规劝，反被贾环辱骂。玉钏儿见宝玉疯癫更甚，早和他娘说了，要求着出去。

如今宝玉、贾环他哥儿两个，各有一种脾气，闹得人人不理。独有贾兰跟着他母亲上紧攻书，作了文字，送到学里请教代儒。因近来代儒老病在床，只得自己刻苦。李纨是素来沉静的，除请王夫人的安，会会宝钗，馀者一步不走，只有看着贾兰攻书。

所以荣府住的人虽不少，竟是各自过各自的，谁也不肯做谁的主。贾环、贾蔷等愈闹的不像事了，甚至偷典偷卖，不一而足。贾环更加宿娼滥赌，无所不为。

一日，邢大舅、王仁都在贾家外书房喝酒，一时高兴，叫了几个陪酒的来，唱着喝着劝酒。贾蔷便说："你们闹的太俗，我要行个令儿。"众人道："使得。"贾蔷道："咱们月字流觞罢。我先说起，'月'字数到那个，便是那个喝酒，还要酒面、酒底。须得依着令官，不依者罚三大杯。"众人都依了。

贾蔷喝了一杯令酒，便说："'飞羽觞而醉月'。"顺饮数到贾环。贾蔷道："酒面要个'桂'字。"贾环便说道："'冷露无声湿桂花'。酒底呢？"贾蔷道："说个'香'字。"贾环道："'天香云外飘'。"

邢大舅说道："没趣，没趣。你又懂得什么字了，也假斯文起来。这不是取乐，竟是怄人了。咱们都蠲了，倒是搳拳，输家喝，输家唱，叫作'苦中苦'。若是不会唱的，说个笑话儿也使得，只要有趣。"众人都道："使得。"

于是乱搳起来。王仁输了，喝了一杯，唱了一个。众人道好。又搳起来了，是个陪酒的输了，唱了一个什么"小姐小姐多丰采"。以后邢大舅输了，众人要他唱曲了。他道："我唱不上来，我说个笑话儿罢。"贾蔷道："若说不笑人，仍要罚的。"

邢大舅就喝了一杯，说道："诸位听着：村庄上有一座元帝庙，旁边有个土地祠。那元帝老爷常叫土地来说闲话儿。一日，元帝庙里被了盗，便叫土地去查访。土地禀道：'这地方没有贼的，必是神将不小心，被外贼偷了东西去。'元帝道：'胡说！你是土地，失了盗，不问你问谁去呢？你倒不去拿贼，反说我的神将不小心吗？'土地禀道：'虽说是不小心，到底是庙里的风水不好。'元帝道：'你倒会看风水么？'土地道：'待小神看看。'那土地向各处瞧了一会，便来回禀道：'老爷坐的身子背后，两扇红门就不谨慎。小神坐的背后是砌的墙，自然东西丢不了。以后老爷的背后也改了墙就好了。'元帝老爷听来有理，便叫神将派人打墙。众神将叹口气道：'如今香火一炷也没有，那里有砖灰、人工来打墙呢？'元帝老爷没法，叫神将作法，却都没有主意。那元帝老爷脚下的龟将军站起来道：‘你们不中用，我有主意：你们将红门拆下来，到了夜里，拿我的肚子堵在这门口，难道当不得一堵墙么？’众神将都说道：‘好，又不花钱，又便当结实。’于是龟将军便当这个差使，竟安静了。岂知过了几天，那庙里又丢了东西。众神将叫了土地来，说道：‘你说砌了墙就不丢东西，怎么如今有了墙还要丢？’那土地道：‘这墙砌的不结实。’众神将道：‘你瞧去。’土地一看，果然是一堵好墙，怎么还有失事？把手摸了一摸，道：“我打量是真墙，那里知道是个假墙。’”

众人听了，大笑起来。贾蔷也忍不住的笑说道：“傻大舅，你好！我没有骂你，你为什么骂我？快拿杯来，罚一大杯。”邢大舅喝了，已有醉意。众人又喝了几杯，都醉起来。邢大舅说他姐姐不好，王仁说他妹妹不好，都说的狠狠毒毒的。贾环听了，趁着酒兴，也说凤姐不好：怎样苛刻我们，怎么样踏我们的头。众人道：“大凡做个人，原要厚道些。看凤姑娘仗着老太太这样的利害，如今焦了尾巴梢子了，只剩了一个姐儿，只怕也要现世现报呢。”贾芸想着凤姐待他不好，又想起巧姐儿见他就哭，也信着嘴儿混说。还是贾蔷道：“喝酒罢，说人家做什么？”

那两个陪酒的道：“这位姑娘多大年纪了？长得怎么样？”贾蔷道：“模样儿是好的很的，年纪也有十三四岁了。”那陪酒的说道：“可惜这样人，生在府里这样人家。若生在小户人家，父母兄弟都做了官，还发了财呢。”众人道：“怎么样？”那陪酒的说：“现今有个外藩王爷，最是有情的，要选一个妃子，若合了式，父母兄弟都跟了去，可不是好事儿吗？”众人都不大理会，只有王仁心里略动了一动，仍旧喝酒。

只见外头走进赖、林两家的子弟来说：“爷们好乐呀！”众人站起来说道：“老大，老三，怎么这时候才来？叫我们好等！”那两个人说道：“今早听见一个谣言，说是咱们家又闹出事来了，心里着急，赶到里头打听去，并不是咱们。”众人道：“不是咱们就完了，为什么不就来？”那两个说道：“虽不是咱们，也有些干系。你们知道是谁？就是贾雨村老爷。我们今儿进去，看见带着锁子，说要解到三法司衙门里审问去呢。我们见他常在咱们家里来往，恐有什么事，便跟了去打听。”贾芸道：“到底老大用心，原该打听打听。你且坐下喝一杯再说。”

两人让了一回，便坐下喝着酒，道：“这位雨村老爷，人也能干，也会钻营，官也不小了，只是贪财，被人家参了个婪索属员的几款。如今的万岁爷是最圣明最仁慈的，独听了一个‘贪’字，或因糟蹋了百姓，或因恃势欺良，是极生气的，所以旨意便叫拿问。若问出来了，只怕搁不住；若是没有的事，那参的人也不便。如今真真是好时候，只要有造化，做个官儿就好。”众人道：“你的哥哥就是有造化的，现做知县，还不好么？”赖家的说道：“我哥哥虽是做了知县，他的行为只怕也保不住怎么样呢。”众人道：“手也长么？”赖家的点点头儿，便举起杯来喝酒。

众人又道：“里头还听见什么新闻？”两人道：“别的事没有，只听见海疆的贼寇拿住了好些，也解到法司衙门里审问。还审出好些贼寇，也有藏在城里的打听消息，抽空儿就劫抢人家。如今知道朝里那些老爷们都是能文能武，出力报效，所到之处，早就消灭了。”

众人道：“你听见有在城里的，不知审出咱们家失盗的一案来没有？”两人道：“倒没有听见。恍惚有人说是有个内地里的人，城里犯了事，抢了一个女人下海去了，那女人不依，被这贼寇杀了。那贼寇正要逃出关去，被官兵拿住了，就在拿获的地方正了法了。”众人道：“咱们栊翠庵的什么妙玉，不是叫人抢去？不要就是他罢？”贾环道：“必是他。”众人道：“你怎么知道？”贾环道：“妙玉这个东西是最讨人嫌的：他一日家捏酸，见了宝玉就眉开眼笑了；我若见了他，他从不拿正眼瞧我一瞧。真要是他，我才趁愿呢！”众人道：“抢的人也不少，那里就是他？”贾芸说：“有点信儿：前日有个人说他庵里的道婆做梦，说看见是妙玉叫人杀了。”众人笑道：“梦话算不得。”

邢大舅道：“管他梦不梦，咱们快吃饭罢，今夜做个大输赢。”众人愿意，便吃毕了饭，大赌起来。赌到三更多天，只听见里头乱嚷，说是：“四姑娘合珍大奶奶拌嘴，把头发都铰了。赶到邢夫人、王夫人那里去磕了头，说是要求容他做尼姑呢，送他一个地方儿；若不容他，他就死在眼前。那邢、王两位太太没主意，叫请蔷大爷、芸二爷进去。”贾芸听了，便知是那回看家的时候起的念头，想来是劝不过来的了，便合贾蔷商议道：“太太叫我们进去，我们是做不得主的，况且也不好做主。只好劝去，若劝不住，只好由他们罢。咱们商量了，写封书给琏二叔，便卸了我们的干系了。”

两人商量定了主意，进去见了邢、王两位太太，便假意的劝了一回。无奈惜春立意必要出家，就不放他出去，只求一两间净屋子，给他诵经拜佛。尤氏见他两个不肯作主，又怕惜春寻死，自己便硬做主张，说是：“这个不是索性我担了罢，说我做嫂子的容不下小姑子，逼的他出了家了，就完了。若说到外头去呢，断断使不得；若在家里呢，太太们都在这里，算我的主意罢。叫蔷哥儿写封书子给你珍大爷、琏二叔就是了。”贾蔷等答应了。

不知邢、王二夫人依与不依，下回分解。

第一百十八回

记微嫌舅兄欺弱女
惊谜语妻妾谏痴人

话说邢、王二夫人听了尤氏一段话，明知也难挽回。王夫人只得说道："姑娘要行善，这也是前生的夙根，我们也实在拦不住。只是咱们这样人家的姑娘出了家，不成个事体。如今你嫂子说了，准你修行，也是好处。却有一句话要说：那头发可以不剃的，只要自己的心真，那在头发上头呢。你想妙玉也是带发修行的，不知他怎样凡心一动，才闹到那个分儿。姑娘执意如此，我们就把姑娘住的房子便算了姑娘的静室。所有服侍姑娘的人，也得叫他们来问：他若愿意跟的，就讲不得说亲配人；若不愿意跟的，另打主意。"惜春听了，收了泪，拜谢了邢、王二夫人、李纨、尤氏等。

王夫人说了，便问彩屏等："谁愿跟姑娘修行？"彩屏等回道："太太们派谁就是谁。"王夫人知道不愿意，正在想人。袭人立在宝玉身后，想来宝玉必要大哭，防着他的旧病。岂知宝玉叹道："真真难得！"袭人心里更自伤悲。宝钗虽不言语，遇事试探，见他执迷不醒，只得暗中落泪。王夫人才要叫了众丫头来问，忽见紫鹃走上前来，在王夫人面前跪下，回道："刚才太太问跟四姑娘的姐姐，太太看着怎么样？"王夫人道："这个如何强派得人的，谁愿意，他自然就说出来了。"紫鹃道："姑娘修行，自然姑娘愿意，并不是别的姐姐们的意思。我有句话回太太：我也并不是拆开姐姐们，各人有各人的心。我服侍林姑娘一场，林姑娘待我也是太太们知道的，实在恩重如山，无以可报。他死了，我恨不得跟了他去，但只他不是这里的人，我又受主子家的恩典，难以从死。如今四姑娘既要修行，我就求太太们将我派了跟着姑娘，伏侍姑娘一辈子。不知太太们准不准？若准了，就是我的造化了。”

邢、王二夫人尚未答言，只见宝玉听到这里，想起黛玉，一阵心酸，眼泪早下来了。众人才要问他时，他又哈哈的大笑，走上来道：“我不该说的，这紫鹃蒙太太派给我屋里，我才敢说：求太太准了他罢，全了他的好心。”王夫人道：“你头里姊妹出了嫁，还哭得死去活来；如今看见四妹妹要出家，不但不劝，倒说好事。你如今到底是怎么个意思？我索性不明白了。”宝玉道：“四妹妹修行是已经准了的，四妹妹也是一定的主意了：若是真呢，我有一句话告诉太太；若是不定呢，我就不敢混说了。”惜春道：“二哥哥说话也好笑，一个人主意不定，便扭得过太太们来了？我也是像紫鹃的话：容我呢，是我的造化；不容我呢，还有一个死呢，那怕什么。二哥哥既有话，只管说。”

宝玉道：“我这也不算什么泄漏了，这也是一定的。我念一首诗给你们听听罢。”众人道：“人家苦得很的时候，你倒来做诗怄人。”宝玉道：“不是做诗，我到过一个地方儿看了来的。你们听听罢。”众人道：“使得，你就念念，别顺着嘴儿胡诌。”宝玉也不分辩，便说道：

勘破三春景不长，缁衣顿改昔年妆。
可怜绣户侯门女，独卧青灯古佛旁。

李纨、宝钗听了，诧异道：“不好了，这个人入了魔了。”王夫人听了这话，点头叹息，便问：“宝玉，你到底是那里看来的？”宝玉不便说出来，回道：“太太也不必问我，自有见的地方。”

王夫人回过味来，细细一想，便更哭起来道：“你说前儿是玩话，怎么忽然有这首诗？罢了，我知道了。你们叫我怎么样呢？我也没有法儿了，也只得由着你们去罢。但只等我合上了眼，各自干各自的就完了。”宝钗一面劝着，这个心比刀搅更甚，也掌不住，便放声大哭起来。袭人已经哭的死去活来，幸亏秋纹扶着。

宝玉也不啼哭，也不相劝，只不言语。贾兰、贾环听到这里，各自走开。

李纨竭力的解说："总是宝兄弟见四妹妹修行，他想来是痛极了，不顾前后的疯话，这也作不得准。独有紫鹃的事情，准不准，好叫他起来。"王夫人道："什么依不依，横竖一个人的主意定了，那也是扭不过来的。可是宝玉说的，也是一定的了。"紫鹃听了磕头。惜春又谢了王夫人。紫鹃又给宝玉、宝钗磕了头。宝玉念声："阿弥陀佛！难得，难得。不料你倒先好了。"宝钗虽然有把持，也难掌住。只有袭人也顾不得王夫人在上，便痛哭不止，说："我也愿意跟了四姑娘去修行。"宝玉笑道："你也是好心，但是你不能享这个清福的。"袭人哭道："这么说，我是要死的了？"宝玉听到这里，倒觉伤心，只是说不出来。

因时已五更，宝玉请王夫人安歇。李纨等各自散去。彩屏等暂且伏侍惜春回去，后来指配了人家；紫鹃终身伏侍，毫不改初：此是后话。

且言贾政扶了贾母灵柩，一路南行，因遇着班师的兵将船只过境，河道拥挤，不能速行，在道实在心焦。幸喜遇见了海疆的官员，闻得镇海统制钦召回京，想来探春一定回家，略略解些烦心；只打听不出起程的日期，心里又是烦躁。想到盘费算来不敷，不得已写书一封，差人到赖尚荣任上借银五百，叫人沿途迎来，应付需用。

过了数日，贾政的船才行得十数里，那家人回来，迎上船只，将赖尚荣的禀启呈上。书内告了多少苦处，备上白银五十两。贾政看了大怒，即命家人："立刻送还，将原书发回，叫他不必费心！"那家人无奈，只得回到赖尚荣任所。赖尚荣接到原书、银两，心中烦闷，知事办得不周到，又添了一百，央来人带回，帮着说些好话。岂知那人不肯带回，撂下就走。

赖尚荣心下不安，立刻修书到家，回明他父亲，叫他设法告假，赎出身来。于是赖家托了贾蔷、贾芸等，在王夫人面前乞恩放出。贾蔷明知不能，过了一日，假说王夫人不依的话，回复了。赖家一面告假；一面差人到赖尚荣任上，叫他告病辞官。王夫人并不知道。

那贾芸听见贾蔷的假话，心里便没想头。连日在外又输了好些银钱，无所抵偿，便和贾环借贷。贾环本是一个钱没有的，虽是赵姨娘有些积蓄，早被他弄光了，那能照应人家。便想起凤姐待他刻薄，趁着贾琏不在家，要摆布巧姐出气。遂把这个当叫贾芸来上，故意的埋怨贾芸道：“你们年纪又大，放着弄银钱的事又不敢办，倒和我没有钱的人商量。”贾芸道：“三叔，你这话说的倒好笑。咱们一块儿玩，一块儿闹，那里有有钱的事？”贾环道：“不是前儿有人说是外藩要买个偏房，你们何不和王大舅商量，把巧姐说给他呢？”贾芸道：“叔叔，我说句招你生气的话，外藩花了钱买人，还想能和咱们走动么？”贾环在贾芸耳边说了些话。

贾芸虽然点头，只道贾环是小孩子的话，也不当事。恰好王仁走来，说道：“你们两个人商量些什么，瞒着我吗？”贾芸便将贾环的话附耳低言的说了。王仁拍手道：“这倒是一宗好事，又有银子。只怕你们不能，若是你们敢办，我是亲舅舅，做得主的。只要环老三在大太太跟前那么一说，我找邢大舅再一说，太太们问起来，你们打伙儿说好就是了。”

贾环等商议定了，王仁便去找邢大舅；贾芸便去回邢、王二夫人，说得锦上添花。王夫人听了，虽然入耳，只是不信。邢夫人听得邢大舅知道，心里愿意，便打发人找了邢大舅来问他。那邢大舅已经听了王仁的话，又可分肥，便在邢夫人跟前说道：“若说这位郡王，是极有体面的。若应了这门亲事，虽说不是正配，管保一过了门，姐夫的官早复了，这里的声势又好了。”邢夫人本是没主意的人，被傻大舅一番假话哄得心动。请了王仁来一问，更说得热闹。于是邢夫人倒叫人出去追着贾芸去说。

王仁即刻找了人，去到外藩公馆说了。那外藩不知底细，便要打发人来相看。贾芸又钻了相看的人，说明：“原是瞒着合宅的，只说是王府相亲。等到成了，他祖母作主，亲舅舅的保山，是不怕的。”那相看的人应了。贾芸便送信与邢夫人，并回了王夫人。那李纨、宝钗等不知原故，只道是件好事，也都欢喜。

那日果然来了几个女人，都是艳妆丽服。邢夫人接了进去，叙了些闲话。本知那来人是个诰命，也不敢怠慢。邢夫人因事未定，也没有和巧姐说明，只说有亲戚来瞧，叫他去见。巧姐到底是个小孩子，那管这些，便跟了奶妈过来。平儿不放心，也跟着来。只见有两个宫人打扮的，见了巧姐，便浑身上下一看，更又起身来拉着巧姐的手又瞧了一遍，略坐了一坐就走了。倒把巧姐看得羞臊，回到房中纳闷，想来没有这门亲戚，便问平儿。

平儿先看见来头，却也猜着八九："必是相亲的。但是二爷不在家，大太太作主，到底不知是那府里的。若说是对头亲，不该这样相看。瞧那几个人的来头，不像是本支王府，好像是外头路数。如今且不必和姑娘说明，且打听明白再说。"平儿心下留神打听，那些丫头、婆子都是平儿使过的，平儿一问，所有听见外头的风声都告诉了。平儿便吓的没了主意，虽不和巧姐说，便赶着去告诉了李纨、宝钗，求他二人告诉王夫人。

王夫人知道这事不好，便和邢夫人说知。怎奈邢夫人信了兄弟并王仁的话，反疑心王夫人不是好意，便说："孙女儿也大了，现在琏儿不在家，这件事我还做得主。况且他亲舅爷爷和他亲舅舅打听的，难道倒比别人不真么？我横竖是愿意的，倘有什么不好，我和琏儿也抱怨不着别人。"王夫人听了这些话，心下暗暗生气，勉强说些闲话，便走了出来，告诉了宝钗，自己落泪。

宝玉劝道："太太别烦恼，这件事我看来是不成的。这又是巧姐儿命里所招，只求太太不管就是了。"王夫人道："你一开口就是疯话。人家说定了，就要接过去。若依平儿的话，你琏二哥哥不抱怨我么？别说自己的侄孙女儿，就是亲戚家的，也是要好才好。邢姑娘是我们作媒的，配了你二大舅子，如今和和顺顺的过日子，不好么？那琴姑娘，梅家娶了去，听见说是丰衣足食的，很好。就是史姑娘，是他叔叔的主意，头里原好，如今姑爷痨病死了，你史妹妹立志守寡，也就苦了。若是巧姐儿错给了人家儿，可不是我的心坏？"

正说着，平儿过来瞧宝钗，并探听邢夫人的口气。王夫人将邢夫人的话说了一遍。平儿呆了半天，跪下求道："巧姐儿终身，全仗着太太。若信了人家的话，不但姑娘一辈子受了苦，便是琏二爷回来，怎么说呢？"王夫人道："你是个明白人，起来听我说：巧姐儿到底是大太太孙女儿，他要作主，我能够拦他么？"宝玉劝道："无妨碍的，只要明白就是了。"平儿生怕宝玉疯癫嚷出来，也并不言语，回了王夫人，竟自去了。

这里王夫人想到烦闷，一阵心痛，叫丫头扶着，勉强回到自己房中躺下，不叫宝玉、宝钗过来，说睡睡就好的。自己却也烦闷，听见说李婶娘来了，也不及接待。只见贾兰进来请了安，回道："今早爷爷那里打发人带了一封书子来，外头小子们传进来的。我母亲接了，正要过来，因我老娘来了，叫我先呈给太太瞧，回来我母亲就过来回太太。还说我老娘要过来呢。"说着，一面把书子呈上。王夫人一面接书，一面问道："你老娘来作什么？"贾兰道："我也不知道。我只听见我老娘说，我三姨儿的婆婆家有什么信儿来了。"王夫人听了，想起来还是前次给甄宝玉说了李绮，后来放定下茶，想来此时甄家要娶过门，所以李婶娘来商量这件事情，便点点头儿。一面拆开书信，见上面写着道：

> 近因沿途俱系海疆凯旋船只，不能迅速前行。闻探姐随翁婿来都，不知曾有信否？前接到琏侄手禀，知大老爷身体欠安，亦不知已有确信否？宝玉、兰儿场期已近，务须实心用功，不可怠惰。老太太灵柩抵家，尚需时日。我身体平善，不必挂念。此谕宝玉等知道。月日手书。蓉儿另禀。

王夫人看了，仍旧递给贾兰，说："你拿去给你二叔叔瞧瞧，还交给你母亲罢。"

正说着，李纨同李婶娘过来，请安问好毕，王夫人让了坐。李婶娘便将甄家要娶李绮的话说了一遍。大家商议了一会子。李纨因问王夫人道："老爷的书子，太太看过了么？"王夫人道："看过了。"贾兰便拿着给他母亲瞧。李纨看了道："三姑娘出了门好几年，总没有来。如今要回京了，太太也放了好些心。"王夫人道："我本是心痛，看见探丫头要回来了，心里略好些，只是不知几时才到。"李婶娘便问了贾政在路好。李纨因向贾兰道："哥儿瞧见了，场期近了，你爷爷惦记的什么似的。你快拿了去给二叔叔瞧去罢。"李婶娘道：

“他们爷儿两个又没进过学，怎么能下场呢？”王夫人道：“他爷爷做粮道的起身时，给他们爷儿两个援了例监了。”李婶娘点头。贾兰一面拿着书子出来，来找宝玉。

却说宝玉送了王夫人去后，正拿着《秋水》一篇在那里细玩。宝钗从里间走出，见他看的得意忘言，便走过来一看，见是这个，心里着实烦闷。细想：“他只顾把这些出世离群的话当作一件正经事，终久不妥。”看他这种光景，料劝不过来，便坐在宝玉旁边，怔怔的瞅着。宝玉见他这般，便道：“你这又是为什么？”宝钗道：“我想你我既为夫妇，你便是我终身的倚靠，却不在情欲之私。论起荣华富贵，原不过是过眼烟云。但自古圣贤，以人品根柢为重……”

宝玉也没听完，把那本书搁在旁边，微微的笑道：“据你说‘人品根柢’，又是什么‘古圣贤’，你可知古圣贤说过‘不失其赤子之心’？那赤子有什么好处，不过是无知无识，无贪无忌。我们生来已陷溺在贪嗔痴爱中，犹如污泥一般，怎么能跳出这般尘网？如今才晓得‘聚散浮生’四字，古人说了，不曾提醒一个。既要讲到人品根柢，谁是到那太初一步地位的？”宝钗道：“你既说‘赤子之心’，古圣贤原以忠孝为赤子之心，并不是遁世离群、无关无系为赤子之心。尧、舜、禹、汤、周、孔时刻以救民济世为心，所谓赤子之心，原不过是‘不忍’二字。若你方才所说的忍于抛弃天伦，还成什么道理？”宝玉点头笑道：“尧、舜不强巢、许，武、周不强夷、齐。”宝钗不等他说完，便道：“你这个话益发不是了。古来若都是巢、许、夷、齐，为什么如今人又把尧、舜、周、孔称为圣贤呢？况且你自比夷、齐，更不成话。夷、齐原是生在殷商末世，有许多难处之事，所以才有托而逃。当此圣世，咱们世受国恩，祖父锦衣玉食；况你自有生以来，自去世的老太太，以及老爷、太太，视如珍宝：你方才所说，自己想一想，是与不是？”

宝玉听了，也不答言，只有仰头微笑。宝钗因又劝道：“你既理屈词穷，我劝你从此把心收一收，好好的用用功，但能博得一第，便是从此而止，也不枉天恩祖德了。”宝玉点了点头，叹了口气，说道：“一第呢，其实也不是什么难事。倒是你这个‘从此而止’，‘不枉天恩祖德’，却还不离其宗。”

宝钗未及答言，袭人过来说道：“刚才二奶奶说的古圣先贤，我们也不懂。我只想着我们这些人，从小儿辛辛苦苦跟着二爷，不知陪了多少小心，论起理来原该当的，但只二爷也该体谅体谅。况且二奶奶替二爷在老爷、太太跟前行了多少孝道，就是二爷不以夫妻为事，也不可太辜负了人心。至于神仙那一层，更是谎话，谁见过有走到凡间来的神仙呢？那里来的这么个和尚，说了些混话，二爷就信了真。二爷是读书的人，难道他的话比老爷、太太还重么？”宝玉听了，低头不语。

袭人还要说时，只听外面脚步走响，隔着窗户问道：“二叔在屋里呢么？”宝玉听了是贾兰的声音，便站起来笑道：“你进来罢。”宝钗也站起来。贾兰进来，笑容可掬的给宝玉、宝钗请了安，问了袭人的好。袭人也问了好。便把书子呈给宝玉瞧。宝玉接在手中看了，便道：“你三姑姑回来了？”贾兰道：“爷爷既如此写，自然是回来的了。”宝玉点头不语，默默如有所思。贾兰便问：“叔叔看见了，爷爷后头写着，叫咱们好生念书呢。叔叔这程子只怕总没作文章罢？”宝玉笑道：“我也要作几篇熟一熟手，好去诓这个功名。”贾兰道：“叔叔既这样，就拟几个题目，我跟着叔叔作作，也好进去混场。别到那时交了白卷子，惹人笑话：不但笑话我，人家连叔叔都要笑话了。”宝玉道：“你也不至如此。”说着，宝钗命贾兰坐下。宝玉仍坐在原处，贾兰侧身坐下。两个谈了一会文，不觉喜动颜色。

宝钗见他爷儿两个谈得高兴，便仍进屋里去了，心中细想：“宝玉此时光景，或者醒悟过来了。只是刚才说话，他把那‘从此而止’四字单单的许可，这又不知是什么意思了。”宝钗尚自犹豫。惟有袭人看他爱讲文章，提到下场，更又欣然，心里想道：“阿弥陀佛！好容易讲《四书》似的才讲过来了。”

这里宝玉和贾兰讲文，莺儿沏过茶来。贾兰站起来接了，又说了一会子下场的规矩，并请甄宝玉在一处的话，宝玉也甚似愿意。

一时贾兰回去，便将书子留给宝玉了。那宝玉看着书子，笑嘻嘻走进来，递给麝月收了。便出来将那本《庄子》收了，把几部向来最得意的如《参同契》、《元命苞》、《五灯会元》之类，叫出麝月、秋纹、莺儿等都搬了搁在一边。宝钗见他这番举动，甚为罕异，因欲试探他，便笑问道："不看他倒是正经，但又何必搬开呢？"宝玉道："如今才明白过来了，这些书都算不得什么。我还要一火焚之，方为干净。"宝钗听了，更欣喜异常。只听宝玉口中微吟道："内典语中无佛性，金丹法外有仙舟。"宝钗也没很听真，只听得"无佛性"、"有仙舟"几个字，心中转又狐疑，且看他作何光景。宝玉便命麝月、秋纹等收拾一间静室，把那些语录、名稿及应制诗之类都找出来，搁在静室中，自己却当真静静的用起功来。宝钗这才放了心。

那袭人此时真是闻所未闻，见所未见，便悄悄的笑着向宝钗道："到底奶奶说话透彻，只一路讲究，就把二爷劝明白了。就只可惜迟了一点儿，临场太近了。"宝钗点头微笑道："功名自有定数，中与不中，倒也不在用功的迟早。但愿他从此一心巴结正路，把从前那些邪魔永不沾染，就是好了。"说到这里，见房里无人，便悄说道："这一番悔悟过来固然很好，但只一件：怕又犯了前头的旧病，和女孩儿们打起交道来，也是不好。"袭人道："奶奶说的也是。二爷自从信了和尚，才把这些姐妹冷淡了；如今不信和尚，真怕又要犯了前头的旧病呢。我想奶奶和我，二爷原不大理会。紫鹃去了，如今只他们四个：这里头就是五儿有些个狐媚子，听见说，他妈求了大奶奶和奶奶，说要讨出去给人家儿呢，但是这两天到底在这里呢；麝月、秋纹虽没别的，只是二爷那几年也都有些顽顽皮皮的；如今算来，只有莺儿，二爷倒不大理会，况且莺儿也稳重。我想倒茶弄水，只叫莺儿带着小丫头们伏侍就够了，不知奶奶心里怎么样？"宝钗道："我也虑的是这个，你说的倒也罢了。"从此便派莺儿带着小丫头伏侍。那宝玉却也不出房门，天天只差人去给王夫人请安。王夫人听见他这番光景，那一种欣慰之情，更不待言了。

到了八月初三这一日，正是贾母的冥寿。宝玉早晨过来磕了头，便回去，仍到静室中去了。饭后，宝钗、袭人等都和姊妹们跟着邢、王二夫人在前面屋里说闲话儿。宝玉自在静室，冥心危坐。忽见莺儿端了一盘瓜果进来，说：

“太太叫人送来给二爷吃的，这是老太太的克什。”宝玉站起来答应了，复又坐下，便道：“搁在那里罢。”

莺儿一面放下瓜果，一面悄悄向宝玉道：“太太那里夸二爷呢。”宝玉微笑。莺儿又道：“太太说了，二爷这一用功，明儿进场中了出来，明年再中了进士，作了官，老爷、太太可就不枉了盼二爷了。”宝玉也只点头微笑。莺儿忽然想起那年给宝玉打络子的时候宝玉说的话来，便道：“真要二爷中了，那可是我们姑奶奶的造化了。二爷还记得那一年在园子里，不是二爷叫我打梅花络子时说的：我们姑奶奶后来带着我不知到那一个有造化的人家儿去呢。如今二爷可是有造化的罢咧。”

宝玉听到这里，又觉尘心一动，连忙敛神定息，微微的笑道：“据你说来，我是有造化的，你们姑娘也是有造化的，你呢？”莺儿把脸飞红了，勉强笑道：“我们不过当丫头一辈子罢咧，有什么造化呢？”宝玉笑道：“果然能够一辈子是丫头，你这个造化比我们还大呢。”莺儿听见这话，似乎又是疯话了，恐怕自己招出宝玉的病根来，打算着要走。只见宝玉笑着说道：“傻丫头，我告诉你罢。”

未知宝玉又说出什么话来，且听下回分解。

第一百十九回

中乡魁宝玉却尘缘　沐皇恩贾家延世泽

话说莺儿见宝玉说话，摸不着头脑，正自要走，只听宝玉又说道："傻丫头，我告诉你罢：你姑娘既是有造化的，你跟着他，自然也是有造化的了。你袭人姐姐是靠不住的。只要往后你尽心伏侍他就是了，日后或有好处，也不枉你跟着他熬了一场。"莺儿听着前头像话，后头说的又有些不像了，便道："我知道了。姑娘还等我呢，二爷要吃果子时，打发小丫头叫我就是了。"宝玉点头，莺儿才去了。一时，宝钗、袭人回来，各自房中去了，不提。

且说过了几天，便是场期。别人只知盼望他爷儿两个作了好文章，便可以高中的了。只有宝钗见宝玉的功课虽好，只是那有意无意之间，却别有一种冷静的光景。知他要进场了，头一件，叔侄两个都是初次赴考，恐人马拥挤，有什么失闪；第二件，宝玉自和尚去后，总不出门，虽然见他用功喜欢，只是改的太速太好了，反倒有些信不及，只怕又有什么变故。所以进场的头一天，一面派了袭人带了小丫头们同着素云等给他爷儿两个收拾妥当，自己又都过了目，好好的搁起，预备着；一面过来同李纨回了王夫人，拣家里老成的管事的多派了几个，只说怕人马拥挤碰了。

次日，宝玉、贾兰换了半新不旧的衣服，欣然过来见了王夫人。王夫人嘱咐道："你们爷儿两个都是初次下场；又是你们活了这么大，并不曾离开我一天；就是不在我跟前，也是丫头、媳妇们围着，何曾自己孤身睡过一夜。今日各自进去，孤孤凄凄，举目无亲，须要自己保重。早些作完了文章，出来找着家人，早些回来，也叫你母亲、媳妇们放心。”王夫人说着，不免伤起心来。贾兰听一句，答应一句。

只见宝玉一声不哼，待王夫人说完了，走过来给王夫人跪下，满眼流泪，磕了三个头，说道：“母亲生我一世，我也无可答报。只有这一入场，用心作了文章，好好的中个举人出来，那时太太喜欢喜欢，便是儿子一辈子的事也完了，一辈子的不好也都遮过去了。”王夫人听了，更觉伤心，便道：“你有这个心，自然是好的。可惜你老太太不能见你的面了。”一面说，一面哭着拉他。那宝玉只管跪着，不肯起来，便说道：“老太太见与不见，总是知道的，喜欢的；既能知道了，喜欢了，便是不见也和见了的一样。只不过隔了形质，并非隔了神气啊。”

李纨见王夫人和他如此，一则怕勾起宝玉的病来，二则也觉得光景不大吉祥，连忙过来说道：“太太，这是大喜的事，为什么这样伤心？况且宝兄弟近来很知好歹，很孝顺，又肯用功。只要带了侄儿进去，好好的作文章，早早的回来，写出来请咱们的世交老先生们看了，等着爷儿两个都报了喜，就完了。”一面叫人搀起宝玉来。

宝玉却转过身来给李纨作了个揖，说：“嫂子放心，我们爷儿两个都是必中的。日后兰哥还有大出息，大嫂子还要戴凤冠穿霞帔呢。”李纨笑道：“但愿应了叔叔的话，也不枉……”说到这里，恐怕又惹起王夫人的伤心来，连忙咽住了。宝玉笑道：“只要有了个好儿子，能够接续祖基，就是大哥哥不能见，也算他的后事完了。”李纨见天气不早了，也不肯尽着和他说话，只好点点头儿。

此时宝钗听得，早已呆了。这些话不但宝玉说的不好，便是王夫人、李纨所说，句句都是不祥之兆，却又不敢认真，只得忍泪无言。那宝玉走到跟前，深深的作了一个揖。众人见他行事古怪，也摸不着是怎么样，又不敢笑他。只见宝钗的眼泪直流下来，众人更是纳罕。又听宝玉说道：“姐姐，我要走了。你好生跟着太太，听我的喜信儿罢。”宝钗道：“是时候了，你不必说这些唠叨话了。”宝玉道：“你倒催的我紧，我自己也知道该走了。”回头见众人都在这里，只没惜春、紫鹃，便说道："四妹妹和紫鹃姐姐跟前，替我说罢，他们两个横竖是再见的。"

众人见他的话又像有理，又像疯话。大家只说他从来没出过门，都是太太的一套话招出来的，不如早早催他去了就完了事了，便说道："外面有人等你呢，你再闹就误了时辰了。"宝玉仰面大笑道："走了，走了！不用胡闹了，完了事了！"众人也都笑道："快走罢。"独有王夫人和宝钗娘儿两个倒像生离死别的一般，那眼泪也不知从那里来的，直流下来，几乎失声哭出。但见宝玉嘻天哈地，大有疯傻之状，遂从此出门而去。正是：

走来名利无双地，打出樊笼第一关。

不言宝玉、贾兰出门赴考。且说贾环见他们考去，自己又气又恨，便自大为王说："我可要给母亲报仇了！家里一个男人没有，上头大太太依了我，还怕谁？"想定了主意，跑到邢夫人那边请了安，说了些奉承的话。那邢夫人自然喜欢，便说道："你这才是明理的孩子呢，像那巧姐儿的事，原该我作主的。你琏二哥糊涂，放着亲奶奶，倒托别人去。"贾环道："人家那头儿也说了：只认得这一门子，现在定了，还要备一分大礼来送太太呢。如今太太有了这样的藩王孙女女婿，还怕大老爷没大官做么？不是我说自己的太太，他们有了元妃姐姐，便欺压的人难受。将来巧姐儿别也是这样没良心，等我去问问他。"邢夫人道："你也该告诉他，他才知道你的好处。只怕他父亲在家也找不出这么门子好亲事来。但只平儿那个糊涂东西，他倒说这件事不好，说是你太太也不愿意。想来恐怕我们得了意。若迟了，你二哥回来，又听人家的话，就办不成了。"

贾环道："那边都定了，只等太太出了八字。王府的规矩，三天就要来娶的。但是一件，只怕太太不愿意：那边说是不该娶犯官的孙女，只好悄悄的抬了去；等大老爷免了罪，做了官，再大家热闹起来。"邢夫人道："这有什么不愿意，也是礼上应该的。"贾环道："既这么着，这帖子太太出了就是了。"邢夫人道："这孩子又糊涂了。里头都是女人，你叫蔷哥儿写了一个就是了。"贾环听说，喜欢的了不得，连忙答应了出来，赶着和贾芸说了，邀着王仁到那外藩公馆立文书、兑银子去了。

那知刚才所说的话，早被跟邢夫人的丫头听见。那丫头是求了平儿才挑上的，便抽空儿赶到平儿那里，一五一十的都告诉了。平儿早知此事不好，已和巧姐细细的说明。巧姐哭了一夜，必要等他父亲回来作主，大太太的话不能遵。今儿又听见这话，便大哭起来，要和太太讲去。平儿急忙拦住道："姑娘且慢着。大太太是你的亲祖母，他说二爷不在家，大太太做得主的；况且还有舅舅做保山。他们都是一气，姑娘一个人，那里说得过呢？我到底是下人，说不上话去。如今只可想法儿，断不可冒失的。"邢夫人那边的丫头道："你们快快的想主意，不然可就要抬走了。"说着各自去了。

平儿回过头来，见巧姐哭作一团，连忙扶着道："姑娘，哭是不中用的。如今是二爷够不着。听见他们的话头……"这句话还没说完，只见邢夫人那边打发人来告诉："姑娘大喜的事来了，叫平儿将姑娘所有应用的东西料理出来。若是陪送呢，原说明了，等二爷回来再办。"

平儿只得答应了回来，又见王夫人过来。巧姐儿一把抱住，哭得倒在怀里。王夫人也哭道："妞儿不用着急。我为你吃了大太太好些话，看来是扭不过来的。我们只好应着，缓下去；即刻差个家人，赶到你父亲那里去告诉。"平儿道："太太还不知道么？早起三爷在大太太跟前说了，什么外藩规矩，三日就要过去的。如今大太太已叫芸哥儿写了名字、年庚去了，还等得二爷么？"王夫人听说是三爷，便气得话也说不出来，呆了半天，一叠声叫找贾环。找了半天，人回："今早同蔷哥儿、王舅爷出去了。"王夫人问："芸哥呢？"众人回说："不知道。"巧姐屋内人人瞪眼，都无方法。王夫人也难和邢夫人争论，只有大家抱头大哭。

正闹着，一个婆子进来回说："后门上的人说，那个刘老老又来了。"王夫人道："咱们家遭了这样事，那有工夫接待人。不拘怎么回了他去罢。"平儿道："太太该叫他进来，他是姐儿的干妈，也得告诉告诉他。"王夫人不言语。

那婆子便带了刘老老进来，各人见了问好。刘老老见众人的眼圈儿通红，也摸不着头脑，迟了一会子，问道："怎么了？太太、姑娘们必是想二姑奶奶了。"巧姐儿听见提起他母亲，越发大哭起来。

平儿道："老老别说闲话。你既是姑娘的干妈，也该知道的。"便一五一十的告诉了。把个刘老老也唬怔了，等了半天，忽然笑道："你这样一个伶俐姑娘，没听见过鼓儿词么？这上头的法儿多着呢，这有什么难的。"平儿赶忙问道："老老，你有什么法儿快说罢。"刘老老道："这有什么难的呢，一个人也不叫他们知道，扔崩一走，就完了事了。"平儿道："这可是混说了，我们这样人家的人，走到那里去？"刘老老道："只怕你们不走，你们要走，就到我屯里去。我就把姑娘藏起来，即刻叫我女婿弄了人，叫姑娘亲笔写个字儿，赶到姑老爷那里，少不得他就来了，可不好么？"平儿道："大太太知道呢？"刘老老道："我来，他们知道么？"平儿道："大太太住在前头，他待人刻薄，有什么信，没人送给他的。你若前门走来，就知道了；如今是后门来的，不妨事。"刘老老道："咱们说定了几时，我叫女婿打了车来接了去。"平儿道："这还等得几时吗？你坐着罢。"急忙进去，将刘老老的话，避了旁人告诉了。

王夫人想了半天不妥当。平儿道："只好这样。为的是太太，才敢说明。太太就装不知道，回来倒问大太太。我们那里就有人去，想二爷回来也快。"王夫人不言语，叹了一口气。巧姐儿听见，便和王夫人道："求太太救我。横竖父亲回来只有感激的。"平儿道："不用说了，太太回去罢。只要太太派人看屋子。"王夫人道："掩密些。你们两个人的衣服铺盖是要的啊。"平儿道："要快走才中用呢，若是他们定了回来，就有饥荒了。"一句话提醒了王夫人，便道："是了，你们快办去罢，有我呢。"

于是王夫人回去，倒过去找邢夫人说闲话儿，把邢夫人先绊住了。平儿这里便遣人料理去了。嘱咐道："倒别避人，有人进来看见，就说是大太太吩咐的，要一辆车子送刘老老去。"这里又买嘱了看后门的人雇了车来。平儿便将巧姐装做青儿模样，急急的去了。后来平儿只当送人，眼错不见，也跨上车去了。

原来近日贾府后门虽开，只有一两个人看着，馀外虽有几个家下人，因房大人少，空落落的，谁能照应。且邢夫人又是个不怜下人的，家人明知此事不好，又都感念平儿的好处，所以通同一气，放走了巧姐。邢夫人还自和王夫人说话，那里理会。

只有王夫人甚不放心，说了一会话，悄悄的走到宝钗那里坐下，心里还是惦记着。宝钗见王夫人神色恍惚，便问："太太的心里有什么事？"王夫人将这事背地里和宝钗说了。宝钗道："险得很！如今得快快儿的叫芸哥儿止住那里才妥当。"王夫人道："我找不着环儿呢。"宝钗道："太太总要装作不知。等我想个人去叫大太太知道才好。"王夫人点头，一任宝钗想人。暂且不言。

且说外藩原是要买几个使唤的女人，据媒人一面之辞，所以派人相看。相看的人回去，禀明了藩王。藩王问起人家，众人不敢隐瞒，只得实说。那外藩听了，知是世代勋戚，便说："了不得！这是有干例禁的，几乎误了大事！况我朝覲已过，便要择日起程。倘有人来再说，快快打发出去。"

这日恰好贾芸、王仁等递送年庚，只见府门里头的人便说："奉王爷的命说：敢拿贾府的人来冒充民女者，要拿住究治的。如今太平时候，谁敢这样大胆？"这一嚷，唬得王仁等抱头鼠窜的出来，埋怨那说事的人，大家扫兴而散。

贾环在家候信，又闻王夫人传唤，急得烦躁起来。见贾芸一人回来，赶着问道："定了么？"贾芸慌忙跺足道："了不得，了不得！不知谁露了风了。"还把吃亏的话说了一遍。贾环气得发怔，说："我早起在大太太跟前说的这样好，如今怎么样处呢？这都是你们众人坑了我了！"

正没主意，听见里头乱嚷，叫着贾环等的名字说："大太太、二太太叫呢。"两个人只得蹭进去。只见王夫人怒容满面说："你们干的好事！如今逼死了巧姐和平儿了。快快的给我找还尸首来完事！"两个人跪下，贾环不敢言语，贾芸低头说道："孙子不敢干什么，为的是邢舅太爷和王舅爷说给巧妹妹作媒，我们才回太太们的。大太太愿意，才叫孙子写帖儿去的。人家还不要呢，怎么我们逼死了妹妹呢？”王夫人道：“环儿在大太太那里说的，三日内便要抬了走，说亲作媒，有这样的么？我也不问，你们快把巧姐儿还了我们，等老爷回来再说。”邢夫人如今也是一句话儿说不出了，只有落泪。王夫人便骂贾环说：“赵姨娘这样混帐东西，留的种子也是这么混帐的！”说着，叫丫头扶了，回到自己房中。

那贾环、贾芸、邢夫人三个人互相埋怨，说道：“如今且不用埋怨。想来死是不死的，必是平儿带了他到那什么亲戚家躲着去了。”邢夫人叫了前后的门上人来骂着问：“巧姐儿和平儿，知道那里去了？”岂知下人一口同音，说是：“大太太不必问我们，问当家的爷们就知道了。在大太太也不用闹，等我们太太问起来，我们有话说。要打大家打，要罚大家都罚。自从琏二爷出了门，外头闹的还了得！我们的月钱月米是不给了，赌钱喝酒闹小旦，还接了外头的媳妇儿到宅里来，这不是爷吗？”说得贾芸等顿口无言。王夫人那边又打发人来催说：“叫爷们快找来。”那贾环等急得恨无地缝可钻，又不敢盘问巧姐那边的人。明知众人深恨，是必藏起来了，但是这句话怎敢在王夫人面前说。只得各处亲戚家打听，毫无踪迹。里头一个邢夫人，外头环儿等，这几天闹的昼夜不宁。

看看到了出场日期，王夫人只盼着宝玉、贾兰回来。等到晌午，不见回来，王夫人、李纨、宝钗着忙，打发人去到下处打听。去了一起，又无消息，连去的人也不来了。回来又打发一起人去，又不见回来。三个人心里如热油熬煎。

等到傍晚，有人进来，见是贾兰。众人喜欢，问道：“宝二叔呢？”贾兰也不及请安，便哭道：“二叔丢了。”王夫人听了这话，便怔了半天，也不言语，便直挺挺的躺倒床上。亏得彩云等在后面扶着，下死的叫醒转来，哭着。见宝钗也是白瞪两眼，袭人等已哭得泪人一般。只有哭着骂贾兰道：“糊涂东西！你同二叔在一处，怎么他就丢了？”贾兰道：“我和二叔在下处是一处吃，一处睡，进了场相离也不远，刻刻在一处的。今儿一早，二叔的卷子早完了，还等我呢。我们两个人一起去交了卷子，一同出来，在龙门口一挤，回头就不见了。我们家接场的人都问我，李贵还说：‘看见的，相离不过数步，怎么一挤就不见了？’现叫李贵等分头的找去。我也带了人，各处号里都找遍了，没有，我所以这时候才回来。”

王夫人是哭的一句话也说不出来；宝钗心里已知八九；袭人痛哭不已；贾蔷等不等吩咐，也是分头而去。可怜荣府的人，个个死多活少，空备了接场的酒饭。贾兰也都忘了辛苦，还要自己找去。倒是王夫人拦住道：“我的儿，你叔叔丢了，还禁得再丢了你么？好孩子，你歇歇去罢。”贾兰那里肯走，尤氏等苦劝不止。

众人中只有惜春心里却明白了，只不好说出来，便问宝钗道：“二哥哥带了玉去了没有？”宝钗道：“这是随身的东西，怎么不带？”惜春听了，便不言语。

袭人想起那日抢玉的事来，也是料着那和尚作怪，柔肠几断，珠泪交流，呜呜咽咽哭个不住。追想当年宝玉相待的情分：“有时怄他，他便恼了，也有一种令人回心的好处；那温存体贴，是不用说了。若怄急了他，便赌誓说做和尚，谁知今日却应了这句话了。”

不言袭人苦想。却说那天已是四更，并没个信儿。李纨怕王夫人苦坏了，极力劝着回房。众人都跟着伺候，只有邢夫人回去。贾环躲着不敢出来。王夫人叫贾兰去了。一夜无眠。

次日天明，虽有家人回来，都说：“没有一处不寻到，实在没有影儿。”于是薛姨妈、薛蝌、史湘云、宝琴、李婶娘等接二连三的过来请安问信。

如此一连数日，王夫人哭得饮食不进，命在垂危。忽有家人回道：“海疆来了一人，口称统制大人那里来的，说我们家的三姑奶奶明日到京了。”王夫人听说探春回京，虽不能解宝玉之愁，那个心略放了些。

到了明日，果然探春回来。众人远远接着，见探春出挑得比先前更好了，服采鲜明。看见王夫人形容枯槁，众人眼肿腮红，便也大哭起来。哭了一会，然后行礼。看见惜春道姑打扮，心里很不舒服。又听见宝玉心迷走失，家中多少不顺的事，大家又哭起来。还亏得探春能言，见解亦高，把话来慢慢儿的劝解了好些时，王夫人等略觉好些。

至次日，三姑爷也来了，知有这样事，留探春住下劝解。跟探春的丫头、老婆也与众姐妹们相聚，各诉别后情事。从此，上上下下的人，竟是无昼无夜，专等宝玉的信。

那一夜五更多天，外头几个家人进来到二门口报喜。几个小丫头乱跑进来，也不及告诉大丫头了，进了屋子便说："太太、奶奶们大喜！"王夫人打量宝玉找着了，便喜欢的站起身来说："在那里找着的？快叫他进来。"那人道："中了第七名举人。"王夫人道："宝玉呢？"家人不言语。王夫人仍旧坐下。探春便问："第七名中的是谁？"家人回说："是宝二爷。"

正说着，外头又嚷道："兰哥儿中了！"那家人赶忙出去，接了报单回禀，见贾兰中了一百三十名。李纨心下自然喜欢，但因不见了宝玉，不敢喜形于色。王夫人见贾兰中了，心下也是喜欢，只想："若是宝玉也回来，咱们这些人不知怎样乐呢！"独有宝钗心下悲苦，又不好掉泪。

众人道喜，说是："宝玉既有中的命，自然再不会丢的，不过再过两天，必然找的着。"王夫人等想来不错，略有笑容。众人便趁势劝王夫人等多进了些饮食。只见三门外头焙茗乱嚷说："我们二爷中了举人，是丢不了的了。"众人问道："怎么见得？"焙茗道："'一举成名天下闻'，如今二爷走到那里，那里就知道的，谁敢不送来？"里头的众人都说："这小子虽是没规矩，这句话是不错的。"

惜春道："这样大人了，那里有走失的？只怕他勘破世情，入了空门，这就难找着他了。"这句话又招的王夫人等都大哭起来。李纨道："古来成佛作祖成神仙的，果然把爵位富贵都抛了，也多得很。"王夫人哭道："他若抛了父母，这就是不孝，怎能成佛作祖？"探春道："大凡一个人，不可有奇处。二哥哥生来带块玉来，都道是好事，这么说起来，都是有了这块玉的不好。若是再有几天不见，我不是叫太太生气，就有些原故了，只好譬如没有生这位哥哥罢了。果然有来头成了正果，也是太太几辈子的修积。”宝钗听了不言语。袭人那里忍得住，心里一疼，头上一晕，便栽倒了。王夫人看着可怜，命人扶他回去。

贾环见哥哥、侄儿中了，又为巧姐的事，大不好意思，只抱怨蔷、芸两个。知道探春回来，此事不肯干休，又不敢躲开，这几天竟是如在荆棘之中。

次日，贾兰只得先去谢恩。知道甄宝玉也中了，大家序了同年。提起贾宝玉心迷走失，甄宝玉叹息劝慰。知贡举的将考中的卷子奏闻。皇上一一的披阅，看取中的文章俱是平正通达的。见第七名贾宝玉是金陵籍贯，第一百三十名又是金陵贾兰，皇上传旨询问：“两个姓贾的是金陵人氏，是否贾妃一族？”大臣领命出来，传贾宝玉、贾兰问话。贾兰将宝玉场后迷失的话并将三代陈明，大臣代为转奏。皇上最是圣明仁德，想起贾氏功勋，命大臣查复。大臣便细细的奏明。皇上甚是悯恤，命有司将贾赦犯罪情由，查案呈奏。皇上又看到“海疆靖寇班师善后事宜”一本，奏的是“海晏河清，万民乐业”的事。皇上圣心大悦，命九卿叙功议赏，并大赦天下。贾兰等朝臣散后，拜了座师，并听见朝内有大赦的信，便回了王夫人等。合家略有喜色，只盼宝玉回来。薛姨妈更加喜欢，便要打算赎罪。

一日，人报甄老爷同三姑爷来道喜。王夫人便命贾兰出去接待。不多一时，贾兰进来，笑嘻嘻的回王夫人道：“太太们大喜了。甄老爷在朝内听见有旨意，说是大爷爷的罪名免了；珍大爷不但免了罪，仍袭了宁国三等世职；荣国世职，仍是爷爷袭了，俟丁忧服满，仍升工部郎中。所抄家产，全行赏还。二叔的文章，皇上看了甚喜。问知元妃兄弟，北静王还奏说人品亦好，皇上传旨召见。众大臣奏称：‘据伊侄贾兰回称出场时迷失，现在各处寻访。’皇上降旨，着五营各衙门用心寻访。这旨意一下，请太太们放心，皇上这样圣恩，再没有找不着的。”王夫人等这才大家称贺，喜欢起来。

只有贾环等心下着急，四处找寻巧姐。那知巧姐随了刘老老，带着平儿出了城，到了庄上。刘老老也不敢轻亵巧姐，便打扫上房，让给巧姐、平儿住下；每日供给虽是乡村风味，倒也洁净；又有青儿陪着：暂且宽心。

那庄上也有几家富户，知道刘老老家来了贾府姑娘，谁不来瞧，都道是天上神仙。也有送菜果的，也有送野味的，倒也热闹。内中有个极富的人家姓周，家财巨万，良田千顷。只有一子，生得文雅清秀，年纪十四岁。他父母延师读书，新近科试，中了秀才。那日他母亲看见巧姐，心里羡慕，自想："我是庄家人家，那里配得起这样世家小姐。"只顾呆想。刘老老早看出他的心事来，便说："你的心事，我知道了，我给你们做个媒罢。"周妈妈笑道："你别哄我，他们什么人家，肯给我们庄家人？"刘老老道："说着瞧罢。"于是两人各自走开。

刘老老惦记着贾府，叫板儿进城打听。那日恰好到宁荣街，只见有好些车轿在那里，板儿便在邻近打听，说是：宁、荣两府复了官，赏还抄的家产，如今府里又要起来了。只是他们的宝玉中了举，不知走到那里去了。板儿心里喜欢，便要回去，又见好几匹马到来，在门前下马。只见门上打千儿请安说："二爷回来了，大喜！大老爷身上安了么？"那位爷笑着道："好了，又遇恩旨，就要回来了。"还问："那些人做什么的？"门上回说："是皇上派官在这里下旨意，叫人领家产。"那位爷便喜喜欢欢的进去。板儿料是贾琏，也不再打听，赶忙回去告诉他外祖母。

刘老老听说，喜的眉开眼笑，去给巧姐儿道喜，将板儿的话说了一遍。平儿笑说道："可是亏了老老这样一办；不然，姑娘也摸不着这好时候儿了。"巧姐更自喜欢。

正说着，那送贾琏信的人也回来了，说是："姑老爷感激得很。叫我一到家，快把姑娘送回去。又赏了我好几两银子。"刘老老听了得意，便叫人赶了两辆车，请巧姐、平儿上车。巧姐等在刘老老家住熟了，反是依依不舍，更有青儿哭着，恨不能留下。刘老老见他不忍相别，便叫青儿跟了进城，一径直奔荣府而来。

且说贾琏先前知道贾赦病重，赶到配所，父子相见，痛哭一场，渐渐的好起来。贾琏接着家书，知道家中的事，禀明贾赦回来。走到中途，听得大赦，又赶了两天，今日到家，恰遇颁赏恩旨。里面邢夫人等正愁无人接旨，虽有贾兰，终是年轻。人报琏二爷回来，大家相见，悲喜交集。此时也不及叙话，即到前厅，叩见了。钦命大人问了他父亲好，说："明日到内府领赏，宁国府第发交居住。"众人起身辞别。

贾琏送出门去，见有几辆屯车，家人们不许停歇，正在吵闹。贾琏早知道是巧姐来的车，便骂家人道："你们这一起糊涂忘八崽子！我不在家，就欺心害主，将姐儿都逼走了；如今人家送来，还要拦阻：必是你们和我有什么仇么？"众家人原怕贾琏回来不依，想来少时才破，岂知贾琏说得更明，心下不懂，只得站着回道："二爷出门，奴才们有病的，有告假的，都是三爷、蔷大爷、芸二爷作主，不与奴才们相干。"贾琏道："什么混帐东西！我完了事，再和你们说！快把车赶进来！"

贾琏进去，见了邢夫人，也不言语。转身到了王夫人那里，跪下磕了个头，回道："姐儿回来了，全亏太太周全。环兄弟也不用说他了。只是芸儿这东西，他上回看家就闹乱儿，如今我去了几个月，便闹到这样。回太太的话：这种人，撵了他不往来也使得的。"王夫人道："王仁这下流种子！为什么也是这样坏？"贾琏道："太太不用说了，我自有道理。"

正说着，彩云等回道："姐儿进来了。"于是巧姐儿见了王夫人，虽然别不多时，想起那样逃难的景况，不免落下泪来。巧姐儿也便大哭。贾琏忙过来道谢了刘老老。王夫人便拉他坐下，说起那日的话来。贾琏见了平儿，外面不好说别的，心里十分感激，眼中不觉流泪。自此，益发敬重平儿，打算等贾赦回来，要扶平儿为正。此是后话，暂且不提。

只说邢夫人正恐贾琏不见了巧姐，必有一番的周折；又听见贾琏在王夫人那里，心下更是着急：便叫丫头去打听。回来说是巧姐儿同着刘老老在那里说话儿呢。邢夫人才如梦初觉，知是他们弄鬼，还抱怨王夫人："调唆的我母子不和。到底不知是那个送信给平儿的？"正问着，只见巧姐同着刘老老，带了平儿，王夫人在后头跟着进来，先把头里的话都说在贾芸、王仁身上，说："大太太原是听见人说，为的是好事，那里知道外头的鬼。"邢夫人听了，自觉羞惭；想起王夫人主意不差，心里也服。于是邢、王二夫人彼此倒心下相安了。

平儿回了王夫人，带了巧姐，到宝钗那里来请安，各自提各自的苦处。又说到："皇上隆恩，咱们家该兴旺起来了。想来宝二爷必回来的。"正说到这句话，只见秋纹慌慌张张的跑来说道："袭人不好了！"

不知何事，且听下回分解。

第一百二十回

甄士隐详说太虚情 贾雨村归结红楼梦

程乙本

话说宝钗听秋纹说袭人不好，连忙进去瞧看，巧姐儿同平儿也随着。走到袭人炕前，只见袭人心痛难禁，一时气厥。宝钗等用开水灌了过来，仍旧扶他睡下；一面传请大夫。巧姐儿因问宝钗道：“袭人姐姐怎么病到这个样儿？”宝钗道：“大前儿晚上哭伤了心了，一时发晕栽倒了。太太叫人扶他回来，他就睡倒了。因外头有事，没有请大夫瞧他，所以致此。”说着，大夫来了，宝钗等略避。大夫看了脉，说是急怒所致，开了方子，去了。

原来袭人模糊听见说宝玉若不回来，便要打发屋里的人都出去，一急，越发不好了。到大夫瞧后，秋纹给他煎药，他各自一人躺着，神魂未定。好像宝玉在他面前，恍惚又像是见个和尚，手里拿着一本册子揭着看。还说道：“你不是我的人，日后自然有人家儿的。”袭人似要和他说话，秋纹走来说：“药好了，姐姐吃罢。”

袭人睁眼一瞧，知是个梦，也不告诉人。吃了药，便自己细细的想：“宝玉必是跟了和尚去。上回他要拿玉出去，便是要脱身的样子。被我揪住，看他竟不像往常，把我混推混搡的，一点情意都没有；后来待二奶奶更生厌烦，在别的姊妹跟前也是没有一点情意：这就是悟道的样子。但是你悟了道，抛了二奶奶怎么好？我是太太派我服侍你，虽是月钱照着那样的分例，其实我究竟没有在老爷、太太跟前回明，就算了你的屋里人。若是老爷、太太打发我出去，我若死守着，又叫人笑话；若是我出去，心想宝玉待我的情分，实在不忍。”左思右想，万分难处。想到刚才的梦："说我是别人的人，那倒不如死了干净。"

岂知吃药以后，心痛减了好些，也难躺着，只好勉强支持。过了几日，起来服侍宝钗。宝钗想念宝玉，暗中垂泪，自叹命苦。又知他母亲打算给哥哥赎罪，很费张罗，不能不帮着打算。暂且不表。

且说贾政扶贾母灵柩，贾蓉送了秦氏、凤姐、鸳鸯的棺木，到了金陵，先安了葬。贾蓉自送黛玉的灵也去安葬。贾政料理坟墓的事。一日，接到家书，一行一行的看到宝玉、贾兰得中，心里自是喜欢；后来看到宝玉走失，复又烦恼，只得赶忙回来。在道儿上又闻得有恩赦的旨意；又接着家书，果然赦罪复职：更是喜欢，便日夜趱行。

一日，行到昆陵驿地方，那天乍寒下雪，泊在一个清静去处。贾政打发众人上岸投帖辞谢朋友，总说即刻开船，都不敢劳动。船上只留一个小厮伺候，自己在船中写家书，先要打发人起早到家。写到宝玉的事，便停笔。抬头忽见船头上微微的雪影里面一个人，光着头，赤着脚，身上披着一领大红猩猩毡的斗篷，向贾政倒身下拜。贾政尚未认清，急忙出船，欲待扶住问他是谁。那人已拜了四拜，站起来打了个问讯。贾政才要还揖，迎面一看，不是别人，却是宝玉。贾政吃一大惊，忙问道："可是宝玉么？"那人只不言语，似喜似悲。贾政又问道："你若是宝玉，如何这样打扮，跑到这里来？"宝玉未及回言，只见船头上来了两人：一僧一道，夹住宝玉道："俗缘已毕，还不快走！"说着，三个人飘然登岸而去。贾政不顾地滑，疾忙来赶，见那三人在前，那里赶得上。只听得他们三人口中不知是那个作歌曰：

我所居兮青埂之峰，我所游兮鸿蒙太空。
谁与我逝兮吾谁与从，渺渺茫茫兮归彼大荒。

贾政一面听着，一面赶去，转过一小坡，倏然不见。贾政已赶得心虚气喘，惊疑不定。回过头来，见自己的小厮也随后赶来，贾政问道："你看见方才那三个人么？"小厮道："看见的。奴才为老爷追赶，故也赶来。后来只见老爷，不见那三个人了。"贾政还欲前走，只见白茫茫一片旷野，并无一人。贾政知是古怪，只得回来。

众家人回船，见贾政不在舱中，问了船夫，说是老爷上岸追赶两个和尚、一个道士去了。众人也从雪地里寻踪迎去，远远见贾政来了，迎上去接着，一同回船。

贾政坐下，喘息方定，将见宝玉的话说了一遍。众人回禀，便要在这地方寻觅。贾政叹道："你们不知道。这是我亲眼见的，并非鬼怪。况听得歌声，大有玄妙。宝玉生下时衔了玉来，便也古怪，我早知是不祥之兆，为的是老太太疼爱，所以养育到今。便是那和尚、道士，我也见了三次：头一次，是那僧、道来说玉的好处；第二次，便是宝玉病重，他来了，将那玉持诵了一番，宝玉便好了；第三次，送那玉来，坐在前厅，我一转眼就不见了。我心里便有些诧异，只道宝玉果真有造化，高僧仙道来护佑他的。岂知宝玉是下凡历劫的，竟哄了老太太十九年。如今叫我才明白。"说到这里，掉下泪来。

众人道："宝二爷果然是下凡的和尚，就不该中举人了，怎么中了才去？"贾政道："你们那里知道。大凡天上星宿，山中老僧，洞里的精灵，他自具一种性情。你看宝玉何尝肯念书，他若略一经心，无有不能的。他那一种脾气，也是各别另样。"说着又叹了几声。众人便拿兰哥得中、家道复兴的话解了一番。贾政仍旧写家书，便把这事写上，劝谕合家不必想念了。写完封好，即着家人回去。贾政随后赶回。暂且不提。

且说薛姨妈得了赦罪的信，便命薛蝌去各处借贷，并自己凑齐了赎罪银两。刑部准了，收兑了银子，一角文书，将薛蟠放出。他们母子、姊妹、弟兄见面，不必细述，自然是悲喜交集了。薛蟠自己立誓说道："若是再犯前病，必定犯杀犯剐！"薛姨妈见他这样，便捂他的嘴说："只要自己拿定主意，必定还要妄口巴舌血淋淋的起这样恶誓么？只是香菱跟你受了多少苦处，你媳妇儿已经自己治死自己了，如今虽说穷了，这碗饭还有得吃，据我的主意，我便算他是媳妇了。你心里怎么样？”薛蟠点头愿意。宝钗等也说：“很该这样。”倒把香菱急得脸涨通红，说是：“伏侍大爷一样的，何必如此？”众人便称起“大奶奶”来，无人不服。

薛蟠便要去拜谢贾家，薛姨妈、宝钗也都过来。见了众人，彼此聚首，又说了一番的话。正说着，恰好那日贾政的家人回家，呈上书子，说：“老爷不日到了。”王夫人叫贾兰将书子念给听。贾兰念到贾政亲见宝玉的一段，众人听了，都痛哭起来，王夫人、宝钗、袭人等更甚。

大家又将贾政书内叫家内不必悲伤，原是借胎的话解说了一番：“与其作了官，倘或命运不好，犯了事，坏家败产，那时倒不好了。宁可咱们家出一位佛爷，倒是老爷、太太的积德，所以才投到咱们家来。不是说句不顾前后的话，当初东府里太爷倒是修炼了十几年，也没有成了仙，这佛是更难成的。太太这么一想，心里便开豁了。”王夫人哭着和薛姨妈道：“宝玉抛了我，我还恨他呢。我叹的是媳妇的命苦，才成了一二年的亲，怎么他就硬着肠子，都撂下了走了呢？”薛姨妈听了，也甚伤心。宝钗哭得人事不知。

所有爷们都在外头，王夫人便说道：“我为他担了一辈子的惊，刚刚儿的娶了亲，中了举人，又知道媳妇坐了胎，我才喜欢些，不想弄到这样结局！早知这样，就不该娶亲，害了人家的姑娘！”薛姨妈道：“这是自己一定的，咱们这样人家，还有什么别的说的吗？幸喜有了胎，将来生个外孙子，必定是有成立的，后来就有了结果了。你看大奶奶，如今兰哥儿中了举人，明年成了进士，可不是就做了官了么？他头里的苦也算吃尽的了，如今的甜来，也是他为人的好处。我们姑娘的心肠儿，姐姐是知道的，并不是刻薄轻佻的人，姐姐倒不必耽忧。”

王夫人听薛姨妈一番言语说得极有理，心想：“宝钗小时候便是廉静寡欲极爱素淡的，他所以才有这个事。想人生在世，真有个定数的。看着宝钗虽是痛哭，他那端庄样儿一点不走，却倒来劝我，这是真真难得。不想宝玉这样一个人，红尘中福分竟没有一点儿。”想了一回，也觉解了好些。又想到袭人身上：“若说别的丫头呢，没有什么难处的：大的配了出去，小的伏侍二奶奶就是了。独有袭人可怎么处呢？”此时人多，也不好说，且等晚上和薛姨妈商量。

那日薛姨妈并未回家，因恐宝钗痛哭，住在宝钗房中解劝。那宝钗却是极明理，思前想后：“宝玉原是一种奇异的人，夙世前因，自有一定，原无可怨天尤人。”更将大道理的话告诉他母亲了。薛姨妈心里反倒安慰，便到王夫人那里，先把宝钗的话说了。王夫人点头叹道：“若说我无德，不该有这样好媳妇了。”说着，便又伤心起来。

薛姨妈倒又劝了一会子，因又提起袭人来，说：“我见袭人近来瘦的了不得，他是一心想着宝哥儿。但是正配呢理应守的，屋里人愿守也是有的。惟有这袭人，虽说是算个屋里人，到底他和宝哥儿并没有过明路儿的。”王夫人道：“我才刚想着，正要等妹妹商量商量。若说放他出去，恐怕他不愿意，又要寻死觅活的；若要留着他也罢，又恐老爷不依：所以难处。”薛姨妈道：“我看姨老爷是再不肯叫守着的；再者，姨老爷并不知道袭人的事，想来不过是个丫头，那有留的理呢？只要姐姐叫他本家的人来，狠狠的吩咐他，叫他配一门正经亲事，再多多的陪送他些东西。那孩子心肠儿也好，年纪儿又轻，也不枉跟了姐姐会子，也算姐姐待他不薄了。袭人那里，还得我细细劝他。就是叫他家的人来，也不用告诉他；只等他家里果然说定了好人家儿，我们还打听打听，若果然足衣足食，女婿长的像个人儿，然后叫他出去。”王夫人听了，道：“这个主意很是；不然，叫老爷冒冒失失的一办，我可不是又害了一个人了么？”

薛姨妈听了，点头道：“可不是么。”又说了几句，便辞了王夫人，仍到宝钗房中去了。看见袭人泪痕满面，薛姨妈便劝解譬喻了一回。袭人本来老实，不是伶牙俐齿的人，薛姨妈说一句，他应一句，回来说道：“我是做下人的人，姨太太瞧得起我，才和我说这些话。我是从不敢违拗太太的。”薛姨妈听他的话："好一个柔顺的孩子！"心里更加喜欢。宝钗又将大义的话说了一遍，大家各自相安。

过了几日，贾政回家，众人迎接。贾政见贾赦、贾珍已都回家，弟兄、叔侄相见，大家历叙别来的景况。然后内眷们见了，不免想起宝玉来，又大家伤了一会子心。贾政喝住道："这是一定的道理！如今只要我们在外把持家事，你们在内相助，断不可仍是从前那样的散漫。别房的事，各有各家料理，也不用承总。我们本房的事，里头全归于你，都要按理而行。"王夫人便将宝钗有孕的话也告诉了，将来丫头们都放出去。贾政听了，点头无语。

次日，贾政进内请示大臣们，说是："蒙恩感激，但未服阕，应该怎么谢恩之处，望乞大人们指教。"众朝臣说是代奏请旨。于是圣恩浩荡，即命陛见。贾政进内谢了恩。圣上又降了好些旨意，又问起宝玉的事来。贾政据实回奏。圣上称奇，旨意说：宝玉的文章固是清奇，想他必是过来人，所以如此。若在朝中，可以进用；他既不敢受圣朝的爵位，便赏他一个文妙真人的道号。贾政又叩头谢恩而出。

回到家中，贾琏、贾珍接着。贾政将朝内的话述了一遍，众人喜欢。贾珍便回说："宁国府第，收拾齐全，回明了，要搬过去。栊翠庵圈在园内，给四妹妹养静。"贾政并不言语，隔了半日，却吩咐了一番仰报天恩的话。

贾琏也趁便回说："巧姐亲事，父亲、太太都愿意给周家为媳。"贾政昨晚也知巧姐的始末，便说："大老爷、大太太作主就是了。莫说村居不好，只要人家清白，孩子肯念书，能够上进。朝里那些官，难道都是城里的人么？"贾琏答应了"是"，又说："父亲有了年纪，况且又有痰症的根子，静养几年。诸事原仗二老爷为主。"贾政道："提起村居养静，甚合我意，只是我受恩深重，尚未酬报耳。"贾政说毕进内。

贾琏打发人请了刘老老来，应了这件事。刘老老见了王夫人等，便说些将来怎样升官，怎样起家，怎样子孙昌盛。

正说着，丫头回道："花自芳的女人进来请安。"王夫人问了几句话。花自芳的女人说："亲戚作媒，说的是城南蒋家的，现在有房有地，又有铺面。姑爷年纪略大几岁，并没有娶过的，况且人物儿长的是百里挑一的。"王夫人听了愿意，说道："你去应了。隔几日进来，再接你妹子罢。"王夫人又命人打听，都说是好。王夫人便告诉了宝钗，仍请了薛姨妈，细细的告诉了袭人。

袭人悲伤不已，又不敢违命的。心里想起宝玉那年到他家去，回来说的死也不回去的话："如今太太硬作主张，若说我守着，又叫人说我不害臊；若是去了，实不是我的心愿。"便哭得哽咽难鸣。又被薛姨妈、宝钗等苦劝，回过念头想道："我若是死在这里，倒把太太的好心弄坏了，我该死在家里才是。"于是袭人含悲叩辞了众人。那姐妹分手时，自然更有一番不忍。

袭人怀着必死的心肠，上车回去，见了哥哥、嫂子，也是哭泣，但只说不出来。那花自芳悉把蒋家的聘礼送给他看，又把自己所办妆奁一一指给他瞧，说："这是太太赏的，那是置办的。"袭人此时更难开口。住了两天，细想起来："哥哥办事不错，若是死在哥哥家里，岂不又害了哥哥呢？"千思万想，左右为难，真是一缕柔肠，几乎牵断，只得忍住。

那日已是迎娶吉期，袭人本不是那一种泼辣人，委委屈屈的上轿而去，心里另想到那里再作打算。岂知过了门，见那蒋家办事，极其认真，全都按着正配的规矩。一进了门，丫头仆妇都称"奶奶"。袭人此时欲要死在这里，又恐害了人家，辜负了一番好意。那夜原是哭着不肯俯就的，那姑爷却极柔情曲意的承顺。

到了第二天开箱，这姑爷看见一条猩红汗巾，方知是宝玉的丫头。原来当初只知是贾母的侍儿，意想不到是袭人。此时蒋玉函念着宝玉待他的旧情，倒觉满心惶愧，更加周旋；又故意将宝玉所换那条松花绿的汗巾拿出来。袭人看了，方知这姓蒋的原来就是蒋玉函，始信姻缘前定，袭人才将心事说出。蒋玉函也深为叹息敬服，不敢勉强，并越发温柔体贴。弄得个袭人真无死所了。

看官听说：虽然事有前定，无可奈何。但孽子孤臣，义夫节妇，这"不得已"三字也不是一概推委得的。此袭人所以在"又副册"也。正是前人过那桃花庙的诗上说道：

千古艰难惟一死，伤心岂独息夫人！

不言袭人从此又是一番天地。且说那贾雨村犯了婪索的案件，审明定罪，今遇大赦，递籍为民。雨村因叫家眷先行，自己带了一个小厮，一车行李，来到急流津觉迷渡口。只见一个道者，从那渡头草棚里出来，执手相迎。雨村认得是甄士隐，也连忙打恭。士隐道："贾老先生，别来无恙？"雨村道："老仙长到底是甄老先生，何前次相逢，觌面不认？后知火焚草亭，鄙下深为惶恐。今日幸得相逢，益叹老仙翁道德高深。奈鄙人下愚不移，致有今日。"甄士隐道："前者老大人高官显爵，贫道怎敢相认。原因故交，敢赠片言，不意老大人相弃之深。然而富贵穷通，亦非偶然，今日复得相逢，也是一桩奇事。这里离草庵不远，暂请膝谈，未知可否？"雨村欣然领命。

两人携手而行，小厮驱车随后，到了一座茅庵。士隐让进雨村坐下，小童献茶上来。雨村便请教仙长超尘始末。士隐笑道："一念之间，尘凡顿易。老先生从繁华境中来，岂不知温柔富贵乡中，有一宝玉乎？"雨村道："怎么不知。近闻纷纷传述，说他也遁入空门。下愚当时也曾与他往来过数次，再不想此人竟有如是之决绝。"士隐道："非也。这一段奇缘，我先知之。昔年我与先生在仁清巷旧宅门口叙话之前，我已会过他一面。"雨村惊讶道："京城离贵乡甚远，何以能见？"士隐道："神交久矣。"雨村道："既然如此，现今宝玉的下落，仙长定能知之。"士隐道："宝玉，即宝玉也。那年荣、宁查抄之前，钗、黛分离之日，此玉早已离世：一为避祸，二为撮合。从此夙缘一了，形质归一。又复稍示神灵，高魁贵子，方显得此玉乃天奇地灵锻炼之宝，非凡间可比。前经茫茫大士、渺渺真人携带下凡，如今尘缘已满，仍是此二人携归本处：便是宝玉的下落。"

雨村听了，虽不能全然明白，却也十知四五，便点头叹道："原来如此，下愚不知。但那宝玉既有如此的来历，又何以情迷至此，复又豁悟如此？还要请教。”士隐笑道：“此事说来，先生未必尽解。太虚幻境，即是真如福地。两番阅册，原始要终之道，历历生平，如何不悟？仙草归真，焉有通灵不复原之理呢？”

雨村听着，却不明白，知是仙机，也不便更问。因又说道：“宝玉之事，既得闻命。但敝族闺秀如是之多，何元妃以下，算来结局俱属平常呢？”士隐叹道：“老先生莫怪拙言。贵族之女，俱属从情天孽海而来。大凡古今女子，那‘淫’字固不可犯，只这‘情’字也是沾染不得的。所以崔莺、苏小，无非仙子尘心；宋玉、相如，大是文人口孽。但凡情思缠绵，那结局就不可问了。”

雨村听到这里，不觉拈须长叹。因又问道：“请教仙翁：那荣、宁两府，尚可如前否？”士隐道：“福善祸淫，古今定理。现今荣、宁两府，善者修缘，恶者悔祸，将来兰桂齐芳，家道复初，也是自然的道理。”雨村低了半日头，忽然笑道：“是了，是了。现在他府中有一个名兰的，已中乡榜，恰好应着‘兰’字。适间老仙翁说‘兰桂齐芳’，又道宝玉‘高魁贵子’，莫非他有遗腹之子，可以飞黄腾达的么？”士隐微微笑道：“此系后事，未便预说。”

雨村还要再问，士隐不答，便命人设具盘飧，邀雨村共食。食毕，雨村还要问自己的终身。士隐便道：“老先生草庵暂歇。我还有一段俗缘未了，正当今日完结。”雨村惊讶道：“仙长纯修若此，不知尚有何俗缘？”士隐道：“也不过是儿女私情罢了。”雨村听了，益发惊异：“请问仙长何出此言？”士隐道：“老先生有所不知。小女英莲，幼遭尘劫，老先生初任之时，曾经判断。今归薛姓，产难完劫，遗一子于薛家，以承宗祧。此时正是尘缘脱尽之时，只好接引接引。”士隐说着，拂袖而起。雨村心中恍恍惚惚，就在这急流津觉迷渡口草庵中睡着了。

这士隐自去度脱了香菱，送到太虚幻境，交那警幻仙子对册。刚过牌坊，见那一僧一道缥缈而来，士隐接着，说道：“大士，真人，恭喜，贺喜！情缘完结，都交割清楚了么？”那僧、道说：“情缘尚未全结，倒是那蠢物已经回来了。还得把他送还原所，将他的后事叙明，不枉他下世一回。”士隐听了，便拱手而别。那僧、道仍携了玉到青埂峰下，将宝玉安放在女娲炼石补天之处，各自云游而去。从此后：

天外书传天外事，两番人作一番人。

这一日，空空道人又从青埂峰前经过，见那补天未用之石仍在那里，上面字迹依然如旧，又从头的细细看了一遍，见后面偈文后又历叙了多少收缘结果的话头，便点头叹道："我从前见石兄这段奇文，原说可以闻世传奇，所以曾经抄录，但未见返本还原。不知何时复有此段佳话？方知石兄下凡一次，磨出光明，修成圆觉，也可谓无复遗憾了。只怕年深日久，字迹模糊，反有舛错。不如我再抄录一番，寻个世上清闲无事的人，托他传遍，知道奇而不奇，俗而不俗，真而不真，假而不假。或者尘梦劳人，聊倩鸟呼归去；山灵好客，更从石化飞来：亦未可知。"

想毕，便又抄了，仍袖至那繁华昌盛地方，遍寻了一番，不是建功立业之人，即系餬口谋衣之辈，那有闲情去和石头饶舌。直寻到急流津觉迷渡口草庵中，睡着一个人，因想他必是闲人，便要将这抄录的《石头记》给他看看，那知那人再叫不醒。空空道人复又使劲拉他，才慢慢的开眼坐起。便接来草草一看，仍旧掷下道："这事我已亲见尽知，你这抄录的尚无舛错。我只指与你一个人，托他传去，便可归结这段新鲜公案了。"空空道人忙问何人，那人道："你须待某年某月某日某时，到一个悼红轩中，有个曹雪芹先生，只说贾雨村言，托他如此如此。"说毕，仍旧睡下了。

那空空道人牢牢记着此言，又不知过了几世几劫，果然有个悼红轩，见那曹雪芹先生正在那里翻阅历来的古史。空空道人便将贾雨村言了，方把这《石头记》示看。那雪芹先生笑道："果然是'贾雨村言'了！"空空道人便问："先生何以认得此人，便肯替他传述？"那雪芹先生笑道："说你空空，原来肚里果然空空。既是假语村言，但无鲁鱼亥豕以及背谬矛盾之处，乐得与二三同志酒馀饭饱，雨夕灯窗，同消寂寞，又不必大人先生品题传世。似你这样寻根究底，便是刻舟求剑，胶柱鼓瑟了。"那空空道人听了，仰天大笑，掷下抄本，飘然而去。一面走着，口中说道："原来是敷衍荒唐！不但作者不知，抄者不知，并阅者也不知。不过游戏笔墨，陶情适性而已！"

后人见了这本传奇，亦曾题过四句偈语，为作者缘起之言更进一竿。云：

说到辛酸处，荒唐愈可悲。
由来同一梦，休笑世人痴。